U0922938

唐浩明作品典藏系列

（中）

唐浩明 著

修订版

SPM 南方传媒 广东人民出版社
·广州·

目 录

第五章　幕府才盛

第六章　天京大火

第七章　审讯忠王

第八章　殊荣奇忧

第一章／进军皖中

一　丑道人给曾国藩谈医道：岐黄可医身病，黄老可医心病

入夏以来，天气一天比一天炎热，近半个月，湘中一带又刮起火南风。这风像是从一座巨大的火炉中喷出似的，吹在人的身上，直如火燎炭烤般地难受。山溪沟渠中的水，全被它卷走了，连常年行船的涓水河，也因水浅而断了航。禾田开了拆。几寸宽的拆缝里，四脚蛇在爬进爬出。已扬花的禾苗，因缺水而显得格外的枯黄干瘪。什么都是蔫蔫搭搭、半死不活的，连狗都懒得多叫一声，成天将肚皮贴在地上，吐出血红的舌头喘粗气。人们在摇头叹息。上了年纪的人都说，三十年没有见过这样恶毒的火南风了，这是连年战乱不休，互相残杀，引起天心震怒。火南风是上天对世人的惩罚啊！

午后，天气更加燥热，一向最能吃苦的荷叶塘农夫，这时也忍受不了烈日的无情炙烤，都躲在茅屋里不敢出来。四野静悄悄的，只有

一声递一声尖厉单调的蝉鸣，从粉墙外的柳树叶上，传进黄金堂两边厢房里，和着屋子里混浊不清的老年男子的哼哼声，使这一带的空气益发显得滞闷难耐。

黄金堂东西两边共有十多间厢房，它是曾府中最好的住屋，东边住着曾国藩一家人，西边住着曾国荃一家人。去年秋天，曾国华应李续宾之邀去了湖北，紧接着曾国荃也重返吉安战场。这几天里，曾国荃的妻子熊氏就要临产了。两个月前，纪泽的妻子贺氏在黄金堂难产死去。贺家坳的张师公说黄金堂有鬼，贺氏是被那鬼捉去当了替身，贺氏也要在此找替身。熊氏很害怕，一心想请张师公进来捉鬼，但又怕大伯骂。因为曾国藩素来恪遵祖父星冈公家教，不准巫师进门。妯娌们商量后，决定请张师公在曾国藩午睡时进府来做道场。

吃过午饭后，看着曾国藩睡下了，张师公带了一个小徒弟，偷偷地进了黄金堂，将熊氏卧房关好，在里面点起蜡烛线香，穿上法衣，仗着一把桃木剑，作起法来。一切都是轻轻地：轻轻地跳跃，轻轻地念咒，轻轻地敲锣。看看道场快要完了，谁知小徒弟一不慎，将搁放在柜顶上的一面锣碰了下来。在这安静的午后，这一面锣掉在铺着青砖的地上，犹如放炮打雷，发出惊天动地的响声。

“什么鬼名堂!”正在东边厢房里睡觉的曾国藩被惊醒了，他愤怒地坐起来，大声喊叫。西边厢房里，欧阳夫人、熊氏、邓氏几妯娌吓得不敢做声。欧阳夫人忙跑过来，气喘吁吁地说：“没什么，一面破锣摔下来了。”

“锣为何摔下来?”曾国藩望着夫人脸色发白，神色惊慌，觉得奇怪。

“是老黄猫弄下来的。”欧阳夫人急中生智。

曾国藩走出东厢房，来到正厅。只见西边房门紧闭，门缝里隐隐约约透出一丝烟气来。曾国藩怒气冲冲地走过去，一脚将门踢开，身穿法衣的张师公和他精心布置的道场，立刻毫无遮拦地展现在曾国藩的面前。曾国藩这一气非同小可。他冲上前去，一把抓住张师公，破口大骂："你是哪个？狗胆包天，敢在我家胡作非为！"

干瘦的张师公早吓得魂不附体，双膝跪在曾国藩面前，哀求道："曾大人，小人不是私自闯进来的，是九太太要我来的呀！曾大人，您老饶命，饶命！"

张师公连连磕头，小徒弟看着这个凶神恶煞般的曾大人，早吓得哇哇大哭起来。熊氏也嘤嘤哭着，挺着大肚子，走到曾国藩身边："大伯，都是我的不好，是我叫他来的。大伯，你就骂我打我吧！"

"你们这批蠢猪！"曾国藩瞟了一眼熊氏，又环视着站在一旁的欧阳夫人、邓氏，"祖父在生时，是怎么教训的？这两年，我们兄弟在江西不顺利，都是让你们这批人把师公巫婆引进黄金堂来弄坏的。厚二！"曾国藩高叫满弟曾国葆的乳名，曾国葆慌慌张张地跑来。

"把这个鸟师公给我赶出去！什么乌七八糟的道场！"说罢，铁青着脸回到了东厢房。

坐在竹床上，出了半天粗气后，曾国藩的情绪慢慢平息下来。回家守父丧以来，他不断地回忆这些年带兵打仗的往事，每一次回忆，都给他增加一分痛苦。一年多里，他便一直在痛苦中度过。比起六年前初回荷叶塘时，曾国藩已判若两人。头发、胡须都开始花白了，精力锐减，气势不足，使他成天忧心忡忡。尤其令他不可理解的是，两眼昏花到看方寸大小的字都要戴老花眼镜的地步。他哀叹，尚不满五十岁，怎么会如此衰老颓废！他甚至恐惧地想到了死，但他绝对不甘心。假若这时真的死去，他曾国藩千年万载都不会瞑目，他那缕屈抑不伸的怨魂，日日夜夜都会绕着高嵋山岫，飘在涓水河上，永远不会化开。是的，曾国藩怎么想得通呢？这些年来，为了皇上的江山，他真可谓赴汤蹈火、出生入死，到头来，江西的局面一筹莫展，不仅粮饷难筹，连他本人和整个湘勇都受到猜忌。天下不公不平的事，还有过于此吗？

去年回家不久，他收到湖南巡抚衙门转来的上谕：赏假三个月，假满后仍回江西督办军务。他深知江西军务的难办，估计无人可以代替自己，遂援大学士贾桢的先例，请皇上同意他在籍终制。皇上不允。曾国藩心中暗自高兴，对付长毛，皇上到底还是知道缺他不可，于是趁机向皇上要督抚实权。说非如此，则勇不能带，仗不能打。谁知此时，何桂清正任两江总督，他利用两江的富庶，倾尽全力支持江南大营，雄心勃勃地要夺得攻下江宁的首功。江南大营在源源不断的银子的鼓励下，打了几场胜仗，形势对清廷有利。咸丰帝便顺水推舟，开了他的兵部侍郎缺，命他在籍守制。曾国藩见到这道上谕，犹如遭到当头一棒，隐隐觉得自己好比一个弃妇似的，孤零零、冷冰冰。

后来，湘勇捷报频传。先是收复蕲水、广济、黄梅、小池口，接着水师外江内湖会合，夺取了湖口，打下了梅家洲。四月，又一举攻克九江城，林启容的一万七千名太平军全军覆没。为此，官文、胡林翼赏加太子少保衔，李续宾赏加巡抚衔，杨载福实授水师提督，彭玉麟授按察使衔，均赏穿黄马褂。消息传来，曾国藩又喜又愧。喜的是自己亲手创建的湘勇，建立了如此辉煌的战功；惭愧的是自己过去自视太高了。这一年多来不在前线，湘勇水陆两支人马在胡林翼、李续宾、杨载福、彭玉麟的指挥下，反而打得更好。看来，对付长毛的能人多得很。

于是，曾国藩又添三分痛苦：照这样下去，湘勇很有可能在一年半载中便打下江宁；自己建的军队，却让别人驱使着，摘下那颗盖世硕果。这个滋味，曾国藩无论如何不愿意去品尝。他几次想向皇上请缨，但终究不敢下笔。这样出尔反尔，岂不贻笑天下？思前想后，左右为难，曾国藩的病情愈来愈严重，心情愈来愈烦躁。这一向，他看什么都不顺眼，常常无端发脾气，弄得曾府上下，人人提心吊胆。但他毕竟还是有节制的，像刚才这样粗暴的行动、粗鄙的话，过去还没有出现过。今天发作，事出有因。

铜锣掉在地上之前，他正在做一个噩梦：江宁攻下了，最先冲进城里的，竟是僧格林沁的蒙古马队，接下来的是耀武扬威的旗兵、绿营，多隆阿、官文、桂明等人骑在高头大马上，神气十足地走在前列；

江面上，何桂清指挥着胡林翼、李续宾、彭玉麟、杨载福等人在摇旗呐喊，城门外、大江里，四处是湘勇血肉模糊的尸首。一会儿，咸丰帝来到江宁，接受僧格林沁的献俘。皇上给每位立功者都赏了一件黄马褂。江宁城里，一片金灿灿的。忽然，曾国藩惊讶地发现，德音杭布也披着一件黄马褂，在向皇上哭诉着什么。皇上听着听着，大喝一声："带曾国藩！"曾国藩心惊肉跳。正在这时，哐啷一声，他惊醒过来了……

欧阳夫人端来一碗冰糖莲羹。他吃了两口，心里略觉舒坦一点："九弟妹还在哭吗?"

"还在哭，劝都劝不住，她说她一个人在这里害怕。"欧阳夫人拿起竹床上一把大蒲扇，轻轻地给丈夫扇着，"你们男人哪里晓得，女人生孩子，和男人上战场一个样，肚子一旦发作，是生是死，难以预料，况且贺妹子死去不久，你叫弟妹怎么不怕? 她说大伯不让捉鬼，她就打发人去叫老九回来壮胆。"

"真是妇道人家! 老九为女人生孩子回来，他的脸往哪里放?"想起兄弟在前线打仗卖命，自己为这点事对弟妹大发脾气，太对兄弟不住了。曾国藩怀着歉意对夫人说，"你再过去对她说，刚才是大伯不对。大伯这一向心烦，容易发脾气。再说，她违背祖训，偷偷请师公到家里来做道场也不对。若是真害怕，明天派一顶轿，送她回娘家去生孩子，满月后再回来，大伯为她母子接风。"

"好，有你这句话就行了。"欧阳夫人感激地望了丈夫一眼，顺手接过空碗，说，"我这就去告诉九弟妹。"

"哥，那个骗人的张师公走了。"过了一会，国潢进来禀告，"我狠狠地骂了他一顿，警告他，今后若再进曾府大门，我就打断他的狗腿。张师公说他再不敢来了。"

这些年，曾府四爷经营家政，比以往更神气、派头更大了。这不仅因为老六、老九每攻下一座城池后，便大量往家里搬运金银财宝，还因为曾家手握重兵，乱世年头，谁个不畏惧、不巴结? 湘勇在外面打仗，湘乡县四十三都的反应，比上报给皇上的奏章还要来得快而准确。只要看到永丰河、涓水河上行驶着装满货物的船队，便可知湘勇最近打了胜仗。祖祖辈辈穷怕了的作田人，看着这些财物，眼热得不得了，都要把儿子、丈夫往湘勇里送。自己找上门的，辗转托人说情的，天天不断，把个曾四爷捧得晕晕乎乎。这一年多来，国潢见哥哥心情不好，时常生病，心里很着急，四处延医求药，打听偏方，一心巴望哥哥早日恢复健康，好重上战场，为曾家攫取更多的财富更高的地位。昨天，他又有了新发现。

“哥，蒋市街碧云观里来了个游方道士，有起死回生的绝技，什么疑难怪病，他都可以治得好。明天我陪哥去见见他如何?”

“一个游方道士能有这样高的医术?”曾国藩怀疑地问，“你听谁说的?”

“雁门师亲口对我说的。”国潢坐到竹床另一头，神秘地说，“雁门师前几天到碧云观去寻访老友九还道长，见观里有一位面孔丑得出奇的新道长。九还道长介绍说，这是他的道友，新近从广西游历到此。雁门师见他脸虽难看，却仙风道骨，因而喜欢。丑道长也钦佩雁门师的学问。两人谈得十分投机。当夜，雁门师留宿碧云观，又谈到深夜。谁知兴奋过头，雁门师的老气痛病发作了，急得九还道长手足无措。丑道长不慌不忙地拿出一根银针来，在雁门师的耳根上扎了一针。真是怪事！雁门师马上就不痛了。他于是知丑道人医术精湛，向道长求断根之方。丑道长开了一个药方。雁门师服了两三剂后，觉得精神大振，手脚轻便，仿佛年轻了十岁。雁门师昨天到碧云观去道谢，丑道人要他切莫外传，说从不替凡夫俗子看病。我昨天到蒋市街，恰遇雁门师出观。他悄悄地告诉我这件事，要哥亲到碧云观去拜访这位道人。”

曾国藩素来尊敬这位给他启蒙的忠厚塾师，既然是雁门师的亲身经历，还有什么可怀疑的！

蒋市街离荷叶塘有十七里路。第二天，兄弟俩起个大早，乘两顶竹凉轿，趁着上午凉快的时候，赶到了碧云观前。

建在蒋市街的碧云观已有两百年的历史了。观不大，几间草房，一圈竹篱，向来不大引人注目。三十年前，曾国藩还未考取秀才。一次，他挑了几十个自家编织的菜篮子赶蒋市街的集，想换几个纸笔钱。毕竟是读书人，总觉得做买卖是丢脸的事，曾国藩急着要脱手，把价钱压低，买主都围在他的摊子前面。这下惹怒了另外两个卖菜篮子的汉子。曾国藩和他们争辩。那两个汉子讲不过他，便来蛮的。正在这时，从碧云观里走出一位道长，喝退了那两个大汉，把曾国藩带进观里，请他喝茶，并劝他不要出来卖东西，这不是读书人做的事。曾国藩十分感激。后来，曾国藩进了翰林院，想寄点银子给道长修观，一打听，道长早已仙逝，便也作罢了。今日来到这里，见碧云观与三十年前并无多大差别，而自己却由昔日的英俊少年变得衰老不堪了。他心里感叹不已。

兄弟二人推开虚掩的竹门。院子里静悄悄的，沿篱笆种了一溜葫芦藤，青藤翠叶间，时而垂几个油绿发亮的小葫芦。这些小葫芦，两个圆球配合，上小下大，造型天然成趣，给碧云观增添盎盎生气。一个身材颀长的道人正在给葫芦藤浇水。道人背对着竹门，前面是高耸壁立的黛色山崖。好一幅令人羡慕的仙居图！曾国藩在心里赞叹。

“道长，打扰了！”曾国潢走前一步，客气地叫了一声。

那道人转过身来，和蔼地说：“是找九还道长吗？他昨天出观访友去了。”

曾国藩看那道人，果然丑得出奇：脸上满是发亮的疤痕，一边眉毛稀稀拉拉，另一边则干脆脱落尽净，代之以粗糙的皱皮，嘴唇略向右边歪斜，下巴上横着一道裂痕，将胡须明显地划成两半。面孔虽丑，两只眼睛却分外明亮宁静，充满着睿智的光芒。遂忙拱手施礼，笑道：“我们兄弟不会九还道长，特来拜谒您。”

“找我何事？”丑道人放下手中的水壶，微笑着问。那笑容里满是和善、亲切。就凭这一脸纯真的笑容，曾国藩断定这是一个内涵深厚、宅心光明的人。

“昨闻雁门先生盛赞道长医道精深，有妙手回春绝技，家兄久患重病，特来拜谒，求道长法眼看一看。”曾国潢努力做出一副谦谦君子的样子，几句简简单单的话，害得他字斟句酌地说了很久。

“哈哈哈！”丑道人爽朗地笑起来，“雁门先生谬奖了，那天不过偶尔碰中而已，哪有什么医道精深、妙手回春。”

“仙师请了。”曾国藩略微弯了弯腰，说，“雁门师忠厚长者，从不谬许人，是他特为叫弟子前来恳请仙师，以悲天悯人之心，布春满杏林之德，好叫弟子早脱病患苦海，略舒平生鄙怀。”

丑道人收起笑容，正色看了曾国藩良久，轻轻地摇摇头，说：“我今日能与二位在此相会，也算是缘分吧，请随贫道进屋。”

说罢，自己先迈步进门，曾国藩兄弟跟着他进了草房。道房里无甚摆设，几件简朴陈旧的日用家具收拾得干干净净，一尘不染，正面粉壁上悬挂一幅古色古香的老君炼丹图。曾国藩心里叹道：“真个是仙家风味，清净无为！纸醉金迷、勾心斗角的世俗生活，在这里简直就是污秽不堪的痈疽。”

丑道人让座斟茶完毕，拿出一方薄薄的棉垫来，平放在茶几上，让曾国藩伸出一只手搁在其上，自己在对面坐下来，微闭双眼，默默切脉，不再说话。许久，道人示意换一只手，又切起来，仍不说话。曾国藩见道人切脉的手上也布满疤痕。他心中好生奇怪：望闻问切，乃医家治病必不可少的程序，为何这个道人不望不闻不问，只顾切脉，而又切得如此之久呢？他注意观察道人的表情：从容安详，凝神端坐，似已忘却人世，遨游仙乡。曾国藩越看越觉得道人的脸型神态，尤其是那双眼睛，仿佛在哪里见过。他想了很久想不出。的确，在他的所有故旧友人中，没有这样一张丑陋难看的脸。

时光已近正午，往日此刻，正是热得难受的时候，但今日坐在道房里的曾国藩，却感到身边总有一股习习凉风在吹，遍体清爽。四周异常的安静、清馨。窗外，可隐隐约约听见花丛中蜜蜂振翅飞翔的嗡嗡声；房里，小火炉上的百年瓦罐冒出吱吱的声响，传出沁人心脾的茶香。历尽战火硝烟的前湘勇统帅，此刻如同置身于太虚仙境、蓬莱瀛洲，心里偷偷地说："早知碧云观这样好，真该来此养病才是！"

道人足足切了半个时辰的脉，这才睁开眼睛，望着曾国藩说："贫道偶过此地，于珂乡人地两生，亦不知大爷的身份。不过，从大爷双目来看，定非等闲之辈，但可惜两眼失神，脉亦缓弱无力。实不相瞒，大爷的病其来已久，其状不轻呀！"

曾国藩心里一怔，国潢正要抢着说话，他用眼色制止了，说："弟子眼光虽有点凶，但实在只是荷叶塘一个普通的耕读之徒。请问仙师，弟子患的是什么病？"

丑道人微微一笑，收起棉垫，慢慢地说："大爷得的是怔忡之症，乃长期心中有大郁结不解，积压日久而成。"

曾国藩点头称是，甚为佩服道人的一针见血。

"大爷。"丑道人轻轻地叫了一声，使得曾国藩不自觉地挺起腰板，端坐聆听，"《灵枢经》说，五脏已成，神气舍心，魂魄毕具，乃成为人，可见神乃人之君。《素问经》说，得神者昌，失神者亡。贫道看大爷堂堂一表，肩可担万民之重任，腹能藏安邦之良策，只可惜精神不振，目光黯淡，朦胧恍惚，语气低微，此乃失神之状也。贫道为大爷惋惜。"

曾国藩见丑道人谈吐高深，眼力非凡，想此人真非比一般，与之交谈，必定有所收益，遂问："请问仙师，适才言在下之病，乃郁结不解所致，人为何会有郁结？"

"大爷问得好。"道人莞尔一笑，"凡病之起，多由于郁。郁者，滞而不通之意也。人禀七情，皆足以致郁，喜则气缓，怒则气上，忧则气凝，悲则气消，恐则气下，惊则气乱，思则气结，行气紊乱，皆致壅滞，足以郁结。"

曾国藩又问："在下近来常患不寐症，一旦睡着，又怪梦连翩，请问这是何故？"

“此亦七情所伤之故。”丑道人缓缓答道，“情志伤于心则血气暗耗，神不守舍；伤于脾则食纳减少，化源不足，营血亏虚，不能上奉滋养于心，心失所养，以致心神不安而成不寐。各种情志又多耗精血，血不养心，亦多致不寐之症。故《景岳全书》上说：‘凡思虑劳倦，惊恐忧疑，及别无所累而常多不寐者，总属真阳精血之不足，阴阳不交，而神有不安其室耳。’大爷睡中梦多，总因思虑过多之故；思虑过多则心血亏耗，而神游于外，是以多梦。”

这番话，说得曾国藩连连点头，说：“仙师说得甚是深刻。在下之病，的确乃忧思而致气不活，血不足，心神摇动，精力亏欠。不过，在下年不到五十，尚思做点事情，盼望早日根治此病，略展胸中一点薄愿。请问仙师，有何药物可治疗？”

丑道人听后，开口笑了起来：“大爷胸襟，贫道亦知。然大爷之病，乃情志不正常而引起，无情之草木，岂能治有情之疾病？”

“难道就不能治吗？”曾国潢忧郁地问。

“可治，可治。”道人严肃地说，“大爷之病，乃情志所致之心病也。岐黄医世人之身病，黄老医世人之心病，愿大爷弃以往处世之道，改行黄老之术，则心可清，气可静，神可守舍，精自内敛，百病消除，万愁尽释。”

丑道人这几句话，真使曾国藩有振聋发聩之感，不觉肃然端坐，病已去了三分。他恭敬道：“愿听仙师言其详。”

“《素问经》上说，上知天文，下知地理，中知人事，可以长久。这既是立身之本，亦是处世之方。”丑道人两目灼灼有神地说，“天文地理，自有专著论及，贫道不能详说。这人事之学说，依贫道看来，仅只黄老一家道中要害。故太史公论六家之要旨，历数其他五家之长短，独对道家褒而不贬。此非太史公一人之私好，实为天下之公论也。《道德经》虽只五千言，却揭出人事中极奥极秘之要点，一句‘江海之所以为百谷王者，以其善下之’，便揭橥世上竞争者取胜的诀窍。可惜世人读《道德经》者多，懂《道德经》者少，以《道德经》处世立身者更少。大爷想必从小便读过此书，谅那时年轻不更世事，不甚了了。请大爷回去后，结合这些年来的人事纠纷，再认真细读十遍，自然世事豁达，病亦随之消除。”

道人不急不徐、从容平淡的一番话，对于满腹委屈、百思不解的曾国藩来说，犹如一滴清油流进了锈坏多年的锁孔，顿时灵泛起来。他起身打躬道：“谢仙师指点。”

“大爷请坐，如此客气，贫道怎受得了。”道人和蔼地招呼曾国藩坐下，解开床头上的小布包，取出一部蓝布封面的书来，双手递过，“大爷，贫道平生一无所有，只有这本宋刻《道德经》乃先师所珍传。当年先师曾有言，日后遇到有根底之人，可以将此书赠送。今日得遇大爷，亦是贫道三生有幸，愿大爷精读善用，一生成就荣耀、平安泰裕，都在此书之中。”

曾国藩起身接住，丑道人的眼角边露出一丝不易觉察的谲笑。

“道长，你还给家兄开个单方吧！”曾国潢见道人说的都是不着边际的空话，送的是一本《道德经》，而不是医书，心中着急：若这样回去，岂不白来了一趟！

“二爷不必着急。”道人瞟了一眼曾国潢，“我想令兄心中已明白，这部《道德经》便是最好的单方了。虽然如此，贫道还得为大爷开一处方。”

道人磨墨运笔，很快写出一张处方来，交与曾国藩。曾国藩接过处方，问：“弟子还想冒昧请教仙师，眼下天气炎热，万物焦燥，弟子更是五内沸腾，如坐蒸笼，为何今日在仙师处，总觉有凉风吹拂而不热呢？”

“大爷所问，一字可回答。”道人套上笔筒，说，“乃静耳。老子说：‘清静天下正。’南华真人发挥得更详尽：‘水静则明烛须眉，平中准，大匠取法焉。水静犹明，而况精神？圣人之心静乎，天地之鉴也，万物之镜也。夫虚静恬淡、寂寞无为者，天地之平而道德之至也。’世间凡夫俗子，为名，为利，为妻室，为子孙，心如何静得下来？外感热浪，内遭心烦，故燥热难耐。大爷或许忧国忧民，畏谗惧讥，或许心有不解之结，肩有未卸之任，也不能静下来，故有如坐蒸笼之感。切脉时，贫道以己心之静感染大爷，故大爷觉得有凉风吹拂而不热。”

“多谢仙师指点，弟子受益匪浅。”曾国藩说。心里叹道：真是惭愧！过去跟镜海师研习静字之妙，自认已得阃奥，其实连门槛都没入。到底方外人，排除了俗念，功夫才能到家。

道人微笑着说：“还是我方才说的两句话：岐黄可医身病，黄老可医心病。有的身病起源于心病，故还得治本才能奏效。大爷回去后，多读儿遍《道德经》和《南华经》，深思反省，再益以所开的处方，自然身病心病都可去掉。”

曾国藩又鞠一躬，发自内心地说：“多谢了！”

丑道人说：“时候不早了，大爷兄弟也请回家，贫道今日和大爷兄弟一起离开碧云观，回庐山黄叶观去，从此采药炼丹，不复与世人交往矣。”

说罢，和曾国藩兄弟走出碧云观，稽首告别，飘然北去。曾国藩望着远去的道人，又一次觉得那洒脱的步伐也似曾见过。

二　曾国藩细细地品味《道德经》《南华经》，终于大彻大悟

曾国藩回到荷叶塘，关起门来，一遍又一遍，反反复复地读着丑道人所送的《道德经》。果然如道人所言，此时重读它，似觉字字在心、句句入理，与过去所读时竟大不相同。

曾国藩早在雁门师手里就读过《道德经》。这部仅只五千言的道家经典，他从小便能够倒背如流。进翰林院后，在镜海师的指点下，他再次下功夫钻研过它。这是一部处处充满着哲理智慧的著作，它曾给予曾国藩以极大的教益。类似于“合抱之木生于毫末，九层之台起

于累土，千里之行始于足下”等格言，他笃信之，谨奉之，而对于该书退让、柔弱、不敢为天下先的主旨，仕途顺遂的红翰林则不能接受。那时的曾国藩一心一意信仰孔孟学说，要以儒家思想来入世拯世。对自身的修养，他遵奉的是“天行健，君子以自强不息”；对社会，他遵奉的是“以天下为己任”。也正是靠的这种持身谨严，奋发向上，关心国事，留意民情，使得他赢得了君王和同僚的信赖，在官场上春风得意，扶摇直上。咸丰二年间，正处于顺利向上攀援的礼部侍郎，坚决地相信“治乱世须用重典”的古训以及从严治军的必要性，遂由孔孟儒家弟子一变而转为申韩法家之徒。他认为自己奉皇上之命办团练，名正言顺，只要己身端正，就可以正压邪，什么事都能办得好。谁知大谬不然！这位金马门里的才子、六部堂官中的干吏，在严酷的现实中处处碰壁，事事不顺。

这一年多来，他曾无数次痛苦地回想过出山五年间的往事。他始终不能明白：为什么自己一身正气、两袖清风，却不能见容于湘赣官场？为什么对皇上忠心耿耿，却招来元老重臣的嫉恨，甚至连皇上本人也不能完全放心？为什么处处遵循国法、事事秉公办理，实际上却常常行不通？他心里充满着委屈，心情郁结不解，日积月累，终于酿成大病。

这一年里，他又从头至尾读了《左传》《史记》《汉书》《资治通鉴》，希望从这些史学名著中窥测前人处世行事的诀窍，从中获取借鉴。但这些前史并没有给予他解开郁结的钥匙，反而使他更痛苦不堪：前人循法度而动成就辉煌，偏偏我曾国藩就不能成功！

他也想到老庄，甚至还想到禅学空门。但是他，一个以捍卫孔孟名教为职志的朝廷重臣，一个以平叛中兴为目标的三军统帅，能从老庄消极遁世的学说中求得解脱吗？不，这对他来说，是绝对不可能的。

这些日子，在实实在在的民事军旅中亲身体验了许多次成功与失败的帮办团练大臣，通过细细地品味、慢慢地咀嚼，终于探得了这部道家经典的奥秘。这部貌似出世的书，其实全是谈的入世的道理。只不过孔孟申韩是直接的，老子则主张以迂回的方式去达到目的；申韩崇尚以强制强，老子则认为“柔胜刚，弱胜强”，“天下之至柔，驰骋天下之至坚”。“江海之所以为百谷王者，以其善下之”。这句话说得多么深刻！老子真是个把天下竞争之术揣摩得最为深透的大智者。

曾国藩想起在长沙与绿营的龃龉斗法，与湖南官场的凿枘不合，想起在南昌与陈启迈、恽光宸的争强斗胜，这一切都是采取儒家直接、法家强权的方式。结果呢？表面上胜利了，实则埋下了更大的隐患。又如参清德、参陈启迈，越俎代庖、包揽干预种种情事，办理之时，固然痛快干脆，却没有想到锋芒毕露、刚烈太甚，伤害了清德、陈启迈的上上下下、左左右右，无形中给自己设置了许多障碍。这些隐患与障碍，如果不是自己亲身体验过，在书斋里，在六部签押房里是无论如何也设想不到的，它们对事业的损害，大大地超过了一时的风光和快意！既然直接的、以强对强的手法有时不能行得通，而迂回的、间接的、柔弱的方式也可以达到目的，战胜强者，且不至于留下隐患，为什么不采用呢？少年时代记住的诸如“大方无隅”“大音稀声”“大象无形”“大巧若拙”的话，过去一直似懂非懂，现在一下子豁然开朗了。这些年来与官场内部以及与绿营的争斗，其实都是一种有隅之方，有声之音，有形之象，似巧实拙，真正的大方、大象、大巧不是这样的，它要做到全无形迹之嫌，全无斧凿之工。

“人之生也柔弱，其死也坚强，草木之生也柔脆，其死也枯槁。”柔弱，柔弱，天下万事万物，归根结底，莫不是以至柔克至刚。能克刚之柔，难道不是更刚吗？祖父“男儿以懦弱无刚为耻”的家训，自己竟然简单地接受了。曾国藩想到这里，兴奋地在《道德经》扉页上写下八个字：“大柔非柔，至刚无刚。”他觉得胸中的郁结解开了许多。

读罢《道德经》，他又拿起《庄子》来温习。这部又称为《南华经》的《庄子》，是他最爱读的书，从小到大，也不记得读过多少遍了。那汪洋恣肆的文笔、奇谲瑰丽的意境，曾无数次地令他折服，令他神往。过去，他是把它作为文章的范本来读，从中学习作文的技巧，思想上，他不赞同庄子出世的观点，一心一意地遵循孔孟之道，要入世拯世，建功立业，泽惠斯民，彪炳后昆。说也奇怪，经历过暴风骤雨冲刷的现在，曾国藩再来读《庄子》，对这部前无古人、后无来者的巨著，有了很多共鸣之处。甚至，他还悟出了庄子和孔子并不是截然相对立的，入世出世，可以而且应该相辅相成，互为补充。如此，才能既做出壮烈奋进的事业，又可保持宁静谦退的心境。曾国藩为自己的这个收获而高兴，并提起笔，郑重其事地记录下来：

> 静中细思，古今亿百年无有穷期，人生其间数十寒暑，仅须臾耳，当思一搏。大地数万里，不可纪极，人于其中寝处游息，昼仅一室，夜仅一榻耳，当思珍惜。古人书籍，近人著述，浩如烟海，人生目光之所能及者，不过九牛一毛耳，当思多览。事变万端，美名百途，人生才力之所能及者，不过太仓之粒耳，当思奋争。然知天之长，而吾所历者短，则忧患横逆之来，当少忍以待其定；知地之大，而吾所居者小，则遇荣利争夺之境，当退让以守其雌。

老庄深邃的哲理，如一道梯子，使曾国藩从百思不解的委屈苦恼深渊中，踏着它走了出来，身心日渐好转了。

这天夜里，曾国藩收到胡林翼由武昌寄来的信。信上说浙江危急，朝廷有调湘勇入浙的动议。他已向皇上奏明，请命曾国藩再度夺情出山，统率湘勇援浙。为加强此奏的分量，他说服了官文会衔拜发。

曾国藩从心里感激胡林翼对自己的关心和照顾，在这样的时候能仗义上疏，请诏复出，简直有再生之德。尤为难得的是，他能说动名为支持湘勇、实则嫉妒汉人的满洲权贵官文一起会衔，真个是用心良苦，谋划周到。湖北能有今天的局面，湘勇能在江西走出低谷，全凭着武昌城内官胡水乳交融的合作。此刻，曾国藩的脑子里，浮起胡林翼屈身事官文的往事。

官文是满洲正白旗人，出身军人世家，年纪轻轻便做了殿前蓝翎侍卫，累迁至头等侍卫，出为广州汉军副都统，走的是满洲贵族子弟的特权道路，一帆风顺，青云直上。杨霈被撤职后，他由荆州将军任上调湖广总督。此人于游冶享受样样精通，就是于打仗治民不通，占着湖广总督的高位，什么事都不做，却又出于满洲权贵防范汉人的本性，对胡林翼事事横加干涉，弄得胡处处为难。一气之下，胡要幕僚起草奏折，向皇上告状。幕僚劝告：江南汉人手握重兵，朝廷如何放心得下？官文名为总督，实是朝廷派到湖广监视汉人的耳目，告官文的状，只会徒增皇上的反感。最好的办法是取得官文的支持，督抚同心，共成大业。胡林翼经此指点，立刻醒悟。不久，官文三十岁的六姨太生日，总督衙门向武昌官场大发请柬，要为六姨太热闹一番。谁知湖北司道府县大部分官员平日对官文都无好感，耻于为一个年轻的姨太太祝寿。生日这天，日上三竿了，总督衙门还冷冷清清。官文心里着急，六姨太气得嘤嘤哭泣。将近正午了，武昌城里的重要官员，仍无一人登门。官文无法，只得降尊纡贵，派人四处再请。正在这时，一顶绿呢大轿抬来，前面仪仗森严，后面跟着几顶花呢绣轿。一个家丁飞奔过来，递上一个名刺。管家接过一看，上面赫然写着湖北巡抚胡林翼的大名。管家喜出望外，连忙进府报告官文。官文欢喜异常，亲到大门外迎接。胡林翼不但自己来了，还带来了老母和正妻静娟夫人，以太太之礼，给六姨太送了一份厚礼。六姨太破涕为笑，在二门外恭迎胡家太夫人、夫人。听说巡抚以如此隆重的礼仪庆贺官文六姨太的生日，不到一个时辰，湖北藩司、臬司、粮道、盐道、汉阳知府、武昌知府全部来齐了。六姨太得了一个全脸面。宴席上，胡太夫人、静娟夫人尽选些好听的话恭维六姨太，把个六姨太喜得合不上嘴。临别时，胡太夫人又郑重邀请六姨太到巡抚衙门去做客，六姨太乐滋滋地接受了。

第二天一早，一顶花呢大轿将六姨太抬进巡抚衙门，胡太夫人、静娟夫人设盛宴款待，陪着玩牌听曲，扯家常。六姨太自幼丧母，见胡太夫人这样喜欢她，便认胡太夫人为母。胡太夫人高高兴兴地收下这个义女，又叫她拜见了兄长胡林翼。胡太夫人送给六姨太金镯、金耳环、金戒指各一副，算是给义女的见面礼。六姨太回府后，在枕边对着官文说起胡家母子的千好万好。并说，从今以后两家认了亲，就是一家了，就不要再为难胡林翼了。官文对这个娇媚聪敏的六姨太向来百依百顺，果然从此再不给胡林翼找岔子了。军事民事，全付与胡林翼一手办理，他只在上面画诺而已；而胡林翼也表面上对他恭敬顺从。武昌城里督抚关系之亲密，为全国之首。

先前，曾国藩听到官胡这段故事后置之一笑。他笑胡林翼太软弱了，竟然用讨好一个姨太太的手腕来换取官文的合作，岂不太失堂堂大丈夫的气节！现在，他明白了，这正是胡林翼的高明之处，也是胡林翼胜过他的地方。“柔弱胜刚强”，胡林翼早已深懂此中之昧，并运用得相当熟练了。

“润芝啊，你竟比我早得道！”曾国藩高兴得拍着几案，不自觉地喊出声来。这一拍不打紧，把一支正燃着的蜡烛给震倒了，恰跌在摊开的《道德经》上。曾国藩心疼地抚摸着，却意外地在一个烧残的夹层之中发现一块薄薄的白绢。他小心地将白绢抽出，见上面写着几行字：

涤生侍郎大人麾下：

山人有幸，又与大人相晤，只是面容为山火所毁，不知惊吓故人否？尝思以陌路相接谈，或更少成见梗阻，故未能相认，尚乞谅宥是幸。山人为此次晤谈，计谋日久，思虑至深，所谈者，句句为医病，亦句句为立身。满人主中原两百年之久，何尝轻授兵权于汉人？大人虽雄才大略，连克名城，然亦气运转移，得乘时之利也。湘勇系大人所手创，听大人所调遣，替大人立功，亦为大人招妒也，此故岷樵、润芝位列封疆，而大人仍客悬虚位也。当此之时，战战兢兢犹恐不及，岂能四处开罪人耶？《道德经》一部，可以五字概括：柔弱胜刚强。前此不十分顺心，盖全用申韩之故也。山人试问大人：古往今来，纯用申韩，有几人功成身全？大人不久将再次奉命出山。山人夜观天象，见荆楚将星倍添光彩，知大人时运已至。望从此明用程朱之名分，暗效申韩之法势，杂用黄老之柔弱，如此，则六年前山人为大人许下之愿，将不日实现。盼好自为之。

江右陈敷顿首谨拜

“怪不得我觉得似曾相识，原来是广敷先生，他竟然如此用心良苦地来启迪我，真难为了他！”曾国藩喃喃说着，笑出声来。这段日子里，他仿佛真如陶渊明所说的“悟以往之不谏，知来者之可追”，对过去的一切，已大悔大悟，大彻大明，精神状态进入了一个全新的境地。

不出陈敷所料，几天后，援浙诏命由湖南巡抚衙门递到荷叶塘。经过这番痛苦锻炼的曾国藩相信，他必能以更为圆熟的技巧、老到的功夫，在东南这块充满血与火的政治舞台上，演出一幕迥异往昔的精彩之剧来。

三　敬胜怠，义胜欲；知其雄，守其雌

当九江被攻下的时候，太平军在江西已处于不利局面，罗大纲、周国虞奉天王之命，率领在赣的三万余名太平军官兵，从饶州、广信一带，与李秀成在浙江的部队会合，北卫天京、南辟福建。

李秀成，广西滕县人，是内讧以后崛起的重要军事将领。此人智勇双全，对天国忠心耿耿，受到天王的器重。天京内讧后，在广大将士的衷心拥戴下，石达开进京主持朝政。但这时的洪秀全被内讧吓怕

了，再也不敢完全相信异姓人，他名义上尊石达开为义王，实际上却把权力交给两位昏庸贪劣的兄长洪仁发、洪仁达，封他们为安王（后改封为信王）、福王（后改封为勇王），监视石达开。石达开气愤至极，率领十多万精兵离京出走。天国又一次面临危局。洪秀全当机立断，重新组建最高军事领导集团，任命赞王蒙得恩为正掌率、中军主将，成天豫陈玉成为又正掌率、前军主将，合天侯李秀成为副掌率、后军主将，李秀成堂弟李世贤为左军主将，韦昌辉的弟弟韦俊为右军主将。

罗大纲、周国虞与李秀成会合后，声势浩大，浙江告急。朝廷欲急调湘勇赴浙江，但浙江提督周天受资望浅，不堪统率，只得任命钦差大臣、江南大营提督和春指挥。恰逢和春患病，不能受命。胡林翼趁此机会，联合官文火急上奏，请起复曾国藩，又鼓动骆秉章支持。湘勇出湖南后，骆秉章于钱粮支持甚厚，曾骆关系大为改善。骆亦不愿湘勇落于满人手里，便欣然上奏，并答应湖南继续全力支持饷糈。朝廷环顾四方，的确再无合适的人可以代替曾国藩，于是再次赏他一顶兵部侍郎空衔，命火速奔赴前线；同时又谕令官、胡、骆，既作保人，则必须确保湘勇的粮饷。

咸丰八年六月初三日曾国藩接到上谕，初七日便整装离开荷叶塘。他不再向朝廷讨价还价，要督抚实职了，反而生怕收回成命，离家前便打发荆七赍着“奉命援浙，即日择将出兵”的奏疏，先行赶到长沙，借湖南巡抚衙门的官封拜发。曾国藩之所以立即受命上路，除急于重统湘勇以酬夙志外，还有一件事，使他确信此次援浙，是走向立功坦途的一个吉兆。

六年前，还是在为江氏守丧的时候，曾麟书对曾国藩兄弟说过，四十年前，他去南岳烧香拜菩萨，在上封寺求得一签。签云：双珠齐入手，光彩耀杭州。曾麟书欣喜异常，回来对江氏说：“我今后必有两个儿子在浙江做官。”

“真是灵验！”曾国藩心想，“可惜父亲死了，不然，看着儿子带勇入浙，该有几多高兴!”

去年春天，曾国藩不待皇上批准，匆匆回籍奔丧的事，引起左宗棠大为不满。他肆口谩骂曾国藩自私无能，临阵脱逃。左宗棠是个从不掩饰情感的人，情绪一上来，就不顾一切，骂曾国藩骂得起劲的时候，他甚至把这个曾令他佩服的老友说得一无是处，连曾国藩多年自我标榜的忠敬诚信，也被他一概斥之为虚伪。左宗棠如此带头攻击，一时间长沙官场哗然和之，给蛰居荷叶塘守丧的曾国藩极大的刺激。他本已身心憔悴，经此打击，更添一重痛苦。曾国藩恨死了不念旧情的左宗棠，也恨死了不明事理的长沙官场，发誓永不与左宗棠说话，也永不与长沙官场往来。

在前往长沙的途中，就如何会见左宗棠一事，曾国藩思考了很久。先前的发誓自然已经过去，既然复出带兵，怎能不与左宗棠说话？已经大彻大悟的曾国藩，对左宗棠一年前骂他的所有的话都可以不再计较，唯独对“虚伪”二字难以释怀。他一生最恨别人虚伪，想不到这个最招他厌恨的字眼，竟然由相交二十多年的老友加于自己的头上，如何不令他气愤伤心！想到这里，曾国藩决定把与左宗棠的会见降到最低的规格，学孔子见阳货的办法，俟其外出时，到他的家里走一趟，然后留一张名刺，匆匆离开。这是一个最妙的办法，说见了又未见，说未见又见了。转念一想，这个办法不好。心高气傲、明察秋毫的左宗棠一眼就会识破这个陈旧的小花招，造成的后果必然是二人的关系进一步恶化。

无论对湘勇，还是对他个人，左宗棠都是有大恩在前的；何况人才难得，对江西战事的几次建议，当时不在意，现在想起来，吃亏就吃在没有听这个今亮的话。左宗棠信中反复谈用兵之道贵在审势，而自己恰恰就在审势这一点上欠缺功夫。这是一个古今少见的将材！今后还得要重用他，让他带一支人马独当一面，万不可冷淡！

瞻前顾后地想了很久，曾国藩决定把这次与左宗棠的会见，当做自己转向黄老之术的第一步，实地检验一下究竟效果如何。

昨天夜晚，骆秉章打发人告诉左宗棠，说是曾国藩在拜会他的时候说过，今上午亲来左府看望老友。骆秉章深知左宗棠的倔脾气，特为关照，希望他不再计较去年的事，把这次曾的主动来访，当做捐弃前嫌、和好如初的好机会。

左宗棠对曾国藩的恨意仍未消，他不大情愿见曾国藩。今年三月，他把妻儿从东山接出，和陶桄夫妇一起，住在戥子桥外的陶公馆里。一大早，左宗棠打发陶恭在门外十字路口探听曾国藩来访的情况，随时向他报告。他自己则带着前几天从湘阴来的老表吴伟才，一同巡查后花园的施工。

陶公馆后面有一大片荒芜的土地，过去陶桄没有理会它，左宗棠看着荒在那里可惜，便自己设计一个花园，命人按图施工。现在，这个花园就要全面竣工了。

花园的正中是一个大水池。盈盈清水中养着几百尾鱼，青翠的荷叶罩在水面上，益发增加几分幽静。正当盛夏，粉红色的荷花满池绽开，如同西子湖从杭州移到了长沙。左宗棠看着欢喜，给它取个名字，叫“武侯池”。凿池开挖出来的泥土就堆在旁边，形成一座小小的山冈，上面栽些青篁幼松。再热的夏日南风，经过松竹的过滤，也增添三分清凉。左宗棠称它为“卧龙岗”。卧龙岗下有一栋竹篱编就、茅草为顶的房子。房子里正中矮几上摆一张古琴，壁上挂着主人最喜爱的“隆中对”古画。这个茅屋被命名为“隐贤庐”。

左宗棠的官职虽只是一个在籍四品卿衔兵部郎中，实则此时已名动九重。早在咸丰五年，御史宗稷辰向朝廷推荐人才，他的名字便赫然列在首位。自那以后，每逢两湖有人进京，咸丰帝则询问左宗棠。前不久又在养心殿西暖阁召见郭嵩焘，详细问明左宗棠的情况，鼓励他努力办事。当得知左常以举人功名自憾，极欲会试时，咸丰帝竟然宽慰道：“何必以进士为荣，文章报国与建功立业，所得孰多？他有这等才能，务必充分发挥才是。”这些话传到左宗棠耳中，自然更激发他要做一番轰轰烈烈大事的雄心壮志，也促使他更加自命不凡。他今年虽已四十七岁，精力却仍旺盛过人。几个月前，张氏妾又给他生了一个儿子。近半百的人再添男丁，他欢喜无尽。

两老表并肩来到武侯池边的一座石牛雕像旁。这是一头壮实的大水牛，头、腹、尾、四蹄都雕得极好，尤其那对弯曲的角，在头的两侧画出两个圆圈，既逼真又很具美感。整个石牛的尺寸，与一头真牛的大小完全一样，再加上用黑色岩石雕出，远远地看起来，还真是一头刚从池中沐浴上岸的耕田牯牛哩！

“表哥，你的后花园有武侯池、卧龙岗、隐贤庐，这我晓得，你是当今的诸葛亮，缺不了这些名目。但为何要雕一个石头牯牛放这里？从小起，牛还见得少吗？一个石头牛有么子好看的?!”老表吴伟才指着石牛问。

左宗棠的这个表亲是他的三姑母的次子。说来也真是凑巧，两个人竟是同年同月同日同时所生。吴伟才家住湘江东边，左宗棠家住湘江西边，生日那天，两家报喜的人居然在江边相遇。过几年长大了，都争当表哥，谁也不愿做表弟。左宗棠对吴伟才说：“我们也不要争了，谁的书读得好，谁就当哥哥。”结果每次考试，左宗棠总是第一，吴伟才终于服了输，称左为兄。吴伟才读书不成，加之后来家道中落，于是改行做了屠户。

表兄弟俩有次一同请人算八字。左宗棠报了壬申年辛亥月丙午日庚寅时之后，瞎子用手掐了半天，突然大声说：“恭喜恭喜，这是一个大富大贵的八字。”左宗棠大喜。

吴伟才也高兴，忙对瞎子说：“我的八字也是壬申辛亥丙午庚寅，你也给我算算。”

瞎子也掐了半天，再摸摸他的头，又摸摸手，叹口气说：“八字虽好，可惜生的地方没选好。请问你是生在河东，还是河西？”

“河东。”吴伟才答。

“这就对了。”瞎子翻了翻两只白眼珠，说：“生在河西者，杀人万万，出将入相；生于河东者，杀牲万万，屠猪宰羊。”

三十年后，左宗棠果然拜相封侯，吴伟才也当了一世的屠户。左宗棠特为赏那瞎子五百两银子。不料瞎子命不好，生病无钱治，早死了，也没有妻儿。左宗棠便给他砌了一座好坟墓，墓前立了一块高高的石碑。吴伟才气不过，夜里偷偷把碑给砸了。

这是个传闻故事，想必不是真的。世上真有这等料事如神的瞎子，他早就为自己寻找一个发财致富的机会了，何至于贫病交加，无家无室！

当时左宗棠听了表弟的提问后，正色道："这你就不懂了，我原本是牵牛星下凡。"

"牵牛星下凡？你是如何晓得的？"屠户很惊讶。

"我三十岁生日那年，太白金星亲自托梦给我，说我前生乃是牵牛星，今生注定要为世人吃苦负重。"

吴伟才看他神色庄重，并无半点说笑话的味道，感叹起来："怪不得我和你八字相同，命却相差这样远，原来你是天上的星宿下凡，我哪能跟你比！"

左宗棠抚摸着石牛的弯角，没有说话，那样子显然是赞同老表的这番感慨。

"老爷，曾侍郎已到了营盘街。"陶恭急急忙忙地跑进后花园禀告。

"是坐轿，还是骑马？"左宗棠停止抚摸石牛，双目闪亮地望着陶府家人。

"曾侍郎是坐轿来的，坐的绿呢大轿。"

"你去传我的话，关闭大门小门，今日任何客都不见，叫他曾侍郎打轿回府！"左宗棠斩钉截铁地下命令。

"是！"陶恭虽然遵令，两脚却并未移动。他深为不解：曾侍郎专程来访，为何要关门不见？

"站着干什么？快去！"左宗棠挥手，"关门是门房的事，你依旧到外面去观察，有什么动静，再来禀报。"

陶恭出去了。吴伟才说："表哥你这样做，曾侍郎会要见怪的。"

"让他见怪去好了。"左宗棠又细细地审看起石牛来，对老表说，"你看它的下巴是不是还要肥一点才好？"左宗棠边说边摸着自己胖胖的下巴，仿佛那头牛就是以他为原型雕的一样。

"老爷，曾侍郎在司马里口子上下了轿，徒步向这里走来。"一会儿，陶恭又进来禀报。

"什么！他下了轿？"左宗棠大出意外。略停片刻，又问，"他穿的什么衣？官服，还是便衣？随从有多少人？"

"他没有穿官服，穿的是一件灰灰的长褂子，也没有随从，一个人。"陶恭在陶府当了二十年的差，办事能干，观察事物也仔细。

"没有看错？"左宗棠拉长声调问。

"没有看错。"陶恭回答得干脆。

左宗棠沉吟一会，断然说："打开右边的侧门迎接！"

"季高，四年多不见，你比先前还显得年轻了！"曾国藩刚从右侧门槛进来，一眼看见左宗棠，便抢先打招呼。那笑容的真切，声调的亲热，仿佛在他们的友谊中从来就没有过裂痕似的，一如以往的亲密无间。

"涤生，是你来了！"对于曾国藩的如此态度，左宗棠颇感意外，连声说，"书房坐，书房坐。"一边高喊献茶，一边忙将自己手中的旧蒲扇递过去。

"这么热的天气，你还放驾，难为了！"左宗棠望着曾国藩说。心里想：四年多不见，他的确是衰老多了。这样想过后，觉得自己去年对他的肆意攻讦有点过分了。

"昨天下午见过骆中丞后，我就要来看你。骆中丞说你这两天偶有不适，劝我晚上莫打扰了。"曾国藩轻轻摇着大蒲扇，关切地问，"今天好些了吗？"

"好多了，明天就去衙门办事。"

这时，陶恭端来一大盆切好的西瓜。左宗棠招呼曾国藩吃西瓜。

曾国藩没有客套，拿起一块瓜，大口大口地吃起来。看着曾国藩全无芥蒂的神态，左宗棠心里隐隐升起一股歉疚，说："伯父安葬妥帖了吗？这一年多来，琐琐碎碎的事情很多，也没有给他老人家去磕个头，真是很对不住。"

"哪里，哪里！"曾国藩拿起毛巾擦擦嘴巴，说，"我这次能够得以为父亲办理身后之事，尽一个做儿子的孝顺，全是靠的你赐予呀！"

"这话从何说起？"左宗棠一时不解。

"季高，那一年在水陆洲，不是你一番开导，我早就作一个不忠不孝的罪人死了，哪还有为父亲送葬的时候?!"

曾国藩的态度极为诚恳真挚。左宗棠见他此时此地，绝口不提自己去年对他的攻讦，反而以感激的心情回忆那夜船舱里的责骂，不禁大为感动起来。他是个直性情的人，觉得应该表示一点自己的歉意。"涤生，你去年从江西回来，我当时认为有些不妥，说了几句你不爱听的话，你不会介意吧?!"

"季高，看你说到哪里去了！我们二十多年的交往，情同骨肉，那几句话还能记在心里？况且，你说的都有道理。"曾国藩真诚地说，"就如当年一样，你话虽说得重了点，但纯是一片好心。这几年，你在很艰难的条件下，为湘勇筹拨了二百九十万两饷银。你为江西战场作出的贡献比我大得多。你的几点军事建议，我后悔没有早采纳，不然九江、湖口早就拿下了。"

"正是这话！"左宗棠素来不会谦虚客套，直来直去，心里怎么想的，嘴里便怎么说，"实话对你讲，润芝、雪琴他们之所以连克长江沿线城镇，就是用我的主动出击的主意。涤生，稳扎稳打，是你的长处，不能出奇制胜则是你的短处。要想百战百胜，必须两者相结合。这次复出带兵，我希望你能更多地注意审时度势，出奇制胜。"

"你说得很对，我的失败，就在于太平实，缺乏奇策。在这方面，你今后还要多给我指点指点。"这句话，一半是为了讨得左宗棠的欢心，一半也是曾国藩的心里话。这段时期来，他检讨自己的过失，十分清楚地看到了这个欠缺。

“的确，你的打仗和你的为人一样。”左宗棠笑着说，“为人要稳重实在，不过兵者阴事，越诡计多端越好。”

“不错，不错！”曾国藩也爽朗地笑起来。

过一会，他以极其恳切的语调说：“说句实在话，我并不够格统领湘勇，你才具备着真正的统帅之才。”

这句话，说到左宗棠的心坎里去了。不过，再直爽的他，也不能说出“彼可取而代之”的话，遂微微一笑道：“湘勇的统帅是你，这是皇上钦命的，谁还能不承认？看今后战事的发展如何，如果有必要的话，我也可以自领一军，作你的辅翼。”

“若这样，那就太好了！”曾国藩兴奋地站起来，走到左宗棠身边，郑重地说，“季高，我想求你一事。”

“何事？”左宗棠见他一副严肃的模样，心里想：八成是求我给他筹一笔大饷。

“我在荷叶塘守制时，取《道德经》之义，凑了一副联语，想用篆体写出来，挂在居室中，可惜我的篆字太差。你是三湘篆字高手，求你给我书写如何？”

说左宗棠是篆字高手，这分明是出格的恭维。湖南的书法家多得很，篆字写得好的也大有人在，左宗棠自知他的字，包括篆体在内，充其量在长沙城里也只算得上二流。不过，左宗棠一向喜出格恭颂。他心里高兴，忙说：“你想的是哪几句话，讲吧！”说着便起身到大柜边去拿纸。

“这副联语的上联是：敬胜怠，义胜欲。”

“行！”没等曾国藩说完，左宗棠便插话，手里拿着一叠宣纸。

“下联是：知其雄，守其雌。”

左宗棠把纸摊开在桌面上，正要取笔，听到下联，心里一怔：这是什么意思？很快，他明白了：曾涤生这个滑头，原来是借这副联语，在我的面前进一步表明他的心迹。他将我比作雄，自己甘愿为雌。唉，也真难为了他！左宗棠想到此，停住了笔，笑着说："涤生兄，听人说，你这一年多守丧期间，天天不离《道德经》《南华经》，俨然成了老庄的入室弟子。别人听了为你高兴，我听后为你惋惜。"

曾国藩不露声色地坐到椅子上，等待着这位怪杰发出与众不同的议论来。

"老庄之说，养心则可，办事却不行。尤其是身处今世，我辈人更不可为其所迷。"左宗棠放下笔，严肃地说，"当今天下纷乱，强寇蜂起，君父处寝食不安之际，百姓在水深火热之中，正靠的英雄豪杰以刚强果敢之手段，杀尽匪贼，速平祸乱。这里要的是拯难救苦的良知，倡导的是敢为天下先的血性，窃以为柔退只能是授人以首的自灭之计，逍遥则更是极不负责任的逃避态度。老庄之道，今日诚不可取！"

出自于左宗棠口中的这一番激昂的陈辞，曾国藩一点儿也不觉意外，这正是他自己多年来所怀抱的态度。他只能赞许，不能有任何非议。不过，今天的曾国藩，其心中的境界已升华到新的层面，不是左宗棠所能领略到的。他不想与左宗棠争辩。他知道辩亦无益。眼前这位气冲斗牛的左师爷，世上有几人辩得过？更何况他挟的是儒家以天下苍生为念的凛然正气，正可谓横扫千军如卷席一般，谁敌得了？曾国藩微微笑着，轻轻地点头，嘴里说："有道理，有道理！"

"涤生，你的心意我已明白，这副联语不写了罢，我另送你一副，集的是武乡侯的话，可能对你的用兵打仗更有实益。"

说罢，也不管曾国藩同意不同意，立时挥笔写就。上联写的是："集众思，广忠益。"下联是："宽小过，总大纲。"曾国藩看了拍手称快，高兴地说："很好，很好，我收下了。你落个款吧！"

左宗棠于是又提起笔，在后面补了几行小字："涤生兄奉命复出，嘱余书老子'守雌'之言以自束。余以为不可，改书古亮之言以贻之。今亮咸丰八年六月于只进不退斋。"

曾国藩双手接过这份重礼。

“这几天你下榻哪里？”左宗棠问。

“暂住在城南书院。”

“明天一早我来拜会你，与你谈谈这次浙江用兵的一些想法。”

“好！”曾国藩感激地说，“我在书院恭候大驾！”

当左宗棠亲送曾国藩出门时，只见陶公馆中门大开，十多名衣冠整齐的仆从肃立两旁。曾国藩心里暗暗得意：此行的目的已圆满达到了！

四　巴河舟中，曾国藩向湘军将领密授进军皖中之计

一连几天，曾国藩坐着绿呢大轿，遍拜长沙各衙门，连小小的长沙、善化两县知县，他也亲去造访。手握重兵的湘勇统帅，如此不计前嫌、谦恭有礼的行动，使长沙官场人人自惭，纷纷表示要尽全力支援子弟兵在外打胜仗，立军功。

与骆秉章、左宗棠商量后，曾国藩决定带张运兰的老湘营五千人、萧启江的果字营四千人赴浙江。去年八月，王鑫率老湘营在江西乐平一带打仗，病逝于军营中，老湘营便由张运兰统领。不久，老湘营奉调回湖南。当年射雁得腰刀的张运兰，在曾国藩的脑子里有深刻的记忆。张运兰告诉曾国藩，王鑫临死前，将曾所赠的《二十三史》留给了他，叮嘱他以前代名将为榜样，把老湘营带成一支百战不败的军队。曾国藩听后感叹不已。一个不可多得的人才，正在自己的激励下逐步走向成熟，可惜三十三岁便遽尔身亡。张运兰不具备独当一面的大将之才，但他有心向学，敢于任事，曾国藩认为这便可取；能如此，即便是中才，也可以做出大事来。他勉励张运兰继承璞山遗志，莫负厚望，并命他加紧准备，十天后便率部由醴陵进入江西，在广信府河口镇集结待命。萧启江字浚川，和张运兰一样，也是湘乡人，监生出身。咸丰二年来长沙投营，曾国藩见他厚实可靠，便把他留在亲兵营着意培植，后又荐他到吉字营当营官，不久便因母丧回籍。他患耳病重听，

大家都喊他萧聋子。这次，曾国藩少不了也勉励他一番，要他率果字营和张运兰一起入赣。

刘蓉这时正在家守母丧，不想随曾国藩入浙。曾国藩也以刘蓉跟着他几年，未保一官半职而觉得亏待。不仅刘蓉，还有康福、李元度、彭寿颐、杨国栋等人，都未曾保荐。前几个月，李元度的母亲来信质问他这事，曾国藩无可回答，只能说些充满感情的“三不忘”之类的话来搪塞，并约结儿女亲作慰藉。过去认为这是为朝廷矜惜名器，通过这次自省，他也认识到了，这也是先前战事不顺畅的原因。没有重赏重保，怪不得部下不出死力。在这点上，胡林翼做得好。自从接管江西的湘勇后，他将李续宾的父亲接到武昌抚署，以父礼待之，又将自己的妹妹许配给罗泽南的儿子，使得李续宾兄弟和罗泽南旧部感激奋发。曾国藩决心在这方面今后也要改弦易辙。陈士杰这两年在家办团练，自建一营，号称“广武军”，正干得起劲，也不想出来。曾国藩于是请王鑫族叔王人瑞管理营务处，李瀚章总理转运局，彭王姑的儿子彭山屺护理粮台，老营官邹寿璋管理银钱所，郭嵩焘的二弟郭崑焘管理公牍，江西举人许振祎管理书启，军械所和文案将由仍在江西军营的杨国栋、彭寿颐管理。

曾国藩一一接见王人瑞、李瀚章、郭崑焘等人，以大义剀切晓谕，以优保暗作许诺，听者心中明白，个个踊跃。同时，又分批召见老湘营、果字营哨官以上的将官和参与军事的随行人员，和他们个别交谈。对于其中有特点的尤其是在精、气、神三个方面突出的人，则简短地记在当天的日记中，以备今后量才使用。这些年的军营经历，告诉他那些外表挺拔、心态安静的将官特别难能可贵。这次个别接见，他特别留心此类人物。曾国藩在道光十九年开始逐日记日记，后来停止了。为日日督促自己，并记下当天的主要事情，这次复出后，他恢复了中断十三年的日记。曾国藩又向驻扎在江西的李续宾、曾国华、曾国荃、杨载福、彭玉麟、鲍超、李元度等人发出函札，令他们接信后迅速赶到巴河见面，有要事商量。

尽管天气酷热得流金铄石，曾国藩却一扫一年多来的颓靡心绪，每天从清晨忙到半夜，将各项应办大事小事，考虑得周密细致，处理得井井有条。

在长沙忙了半个月后，曾国藩带着一班随员解缆北进。骆秉章、左宗棠等大小官绅，一齐到小西门码头送行。曾国藩站在甲板上，满脸堆笑，谦容可掬，一再弯腰举手，向送行者频频致意，与当年蔑视湖南官场的在籍礼部侍郎相比，判若两人。

长沙城渐离渐远。江风吹拂战旗，波浪拍打船头，曾国藩看在眼里，觉得通体舒适。他走进舱内，正想靠着窗口打个盹，却忽然想起一件应办的事还没办。

欧阳夫人提过多少次了，纪泽原配贺氏死去多时，冢妇不可久缺，宜早为他定继室；四女纪纯十三岁了，尚未定亲，此事也不能再拖。前向心情不好，无心操办。启程那天，夫人再三叮嘱，离长沙前一定要把儿女婚事定好，写好庚帖付回。谁知一到长沙，便忙得不可开交，曾国藩为未尽到父亲之责而感到歉疚。其实，他心里早有考虑，只是尚未最后拿定主意。二十年来，与他关系最为亲密，前几年又为他出力最多的人，一是郭嵩焘，一是刘蓉，而这两人都没得过他的丝毫好处。现在，他们一在京师，一在湘乡，今后想保举也不可能了，唯一补救的法子便是结儿女亲家。曾国藩不再犹豫了，立即拿出三张红纸来，分别写上："曾纪泽　生于己亥十一月初二日寅时　父曾国藩"，"曾纪纯　生于丙午九月十八日未时　生父曾国藩"，"曾纪纯　生于丙午九月十八日未时　继父曾国葆"。原来，满弟国葆结婚多年未有生育，咸丰四年由曾麟书做主，将国潢之子纪渠和国藩之四女纪纯、满女纪芬出继给曾国葆为子女，故他为四女写了两张庚帖。又拿出两个信封来，一个写上："曾国藩谨拜孟容刘蓉几下，戊午六月二十七日长沙舟次"，将纪泽的庚帖装进这个信封里。一个写上："曾国藩谨拜筠仙郭嵩焘几下　戊午六月二十七日长沙舟次"，将纪纯的两份庚帖装进这个信封里。又给欧阳夫人写了一封家信，告诉她，郭家也必须来两份庚帖，一份给生父，一份给继父；并将请彭玉麟、杨国栋为儿子的媒人，请李续宾、杨载福为女儿的媒人。完成这桩事后，曾国藩感到一阵轻松。二子五女，唯一只剩满女未定亲了，家事也只这一桩了。兵凶战危之地，随时都有生命之虞，必须尽快为满女寻一个好婆家，那时即便死去，作为一个父亲，也算大致尽到职责了。

一路顺风，船航行七日后到了武昌。作过一番官场应酬后，曾国藩一头扎进巡抚衙门。从私交到国事，从朝廷到地方，从湘勇到太平军，从过去的失误到今后的设想，曾国藩和胡林翼足足谈了三日三夜。在离开武昌前往巴河的途中，对今后的用兵方略，他已成竹在胸了。

巴河是长江边一个小镇，在黄州府下游五十里处，彭玉麟的内湖水师有五个营驻扎在这里。船开出黄州府不远，彭玉麟就亲驾小舟前来迎接了。

“涤丈，江西湘勇盼望您老复出，真如大旱之望云霓，婴儿之望慈母呀！”彭玉麟上了大船，以充满感情的声调说。听得出，当年渣江街上的奇男子，今日威名赫赫的水师统领的话是发自内心的。曾国藩紧握彭玉麟的手，注视良久，动情地说：“雪琴，这一年来，你瘦多了！”停一会，他忽然笑问：“听说你去年打下小姑山后，在石壁上题了一首绝妙好诗？”

“它居然传到荷叶塘去了？”彭玉麟快乐地说。

“这叫做不胫而走。”曾国藩抑扬顿挫地念着，“书生笑率战船来，江面旌旗一色开。十万雄师齐奏凯，彭郎夺得小姑回。雪琴，这最后一句，真正是妙语天成！”

曾国藩这几句笑话，又勾起彭玉麟感情最深处的那缕情丝。后人只能读懂这句诗的文字，至于深处的情意，他们将永远不可能理解。彭玉麟心想。曾国藩正要问国秀母子的情况，李续宾和曾国华的座船到了。曾国藩和李续宾及六弟亲亲热热地道着别情，大家合坐一条船一起下行。将到巴河时，远远地看见杨载福、李元度、鲍超、杨国栋、彭寿颐等人在船头眺望。只有曾国荃因吉安城外的战事正处在白热化阶段，暂且不能脱身外，所有该到的将领都来了。分别一年多了，今天重见这些和他一起从硝烟中走过来的旧部，曾国藩心里百感交集。在荷叶塘时，他就听别人讲过：湘勇官兵，朝廷命令难以调遣，绿营将帅不能统领，但得曾国藩一纸书函便千里赴命，不辞水火。这些话，当时令他忧多于喜。现在见他们一个个由衷地热情接待，曾国藩欣慰万分。他于此看出当年的功夫没有白费，也看到了自己的力量所在。

当天夜晚，曾国藩召见李、杨、彭、曾、鲍等人。这是一次异乎寻常的重要军事会议，会址选在彭玉麟宽大的座船上。为做到绝对保密，船划到了江心。船头船尾又安排几名亲兵巡视。

见面以后，李续宾、彭玉麟等人便向曾国藩提出一系列问题，如：目前在江西的人马是否全部赴浙江？各路人马进军路线如何？水师怎么走？等等。这些问题，从接到上谕那天起，曾国藩就开始考虑了。不过，他考虑得更多的是整个东南战局的设想，是如何稳扎稳打，步步进逼江宁。从荷叶塘到长沙，从长沙到武昌，从武昌到巴河，他沿途都在想，计划慢慢地由模糊到清晰，由零碎到完整。今夜，他要对这批心腹将领全部倒出来，再听听他们的意见。

“诸位的人马都暂且不到浙江去。”曾国藩开头的一句话，便把大家弄糊涂了：朝廷明文命令湘勇援浙，为何都不去呢？“张凯章和萧浚川的九千人目前已到分宜，援浙一事由他们担负。我和润芝都认为，长毛在浙江不会待得太久，很可能是个诱兵之计，想引诱我们到福建去，利用福建的崇山峻岭和我们兜圈子，企图把湘勇的斗志消磨在雾岚瘴气之中。”

李续宾等人都没有想到这一层，鲍超伸了伸舌头说：“长毛都是从山里杀出来的，最会兜圈子，咱老鲍可吃不了这一套，一进山，便辨不出东西南北了。”

众人都笑了。

“所以不派你鲍春霆去。”曾国藩也淡淡笑了一下，便接着说，

“不过，也得作两手打算，还得调一支人马到浙江附近。次青，平江勇实有多少人?”

“号称五千，实有四千一百人。”李元度答。

“平江勇在饶州府，离浙江最近，你回去后率之南下，驻扎玉山、广丰一带。凯章、浚川二十天后将到河口，那时你再和他们联系。”

“是！什么时候赶到?”

“从明天算起，十二天内到玉山，做得到吗?”

“到防不成问题，只是官勇们缺饷三个月了。”李元度答。

最大的问题就是饷银！过去这事最叫曾国藩头痛。没有督抚实权，客悬虚位，调不出半点钱粮，一年到头，像个叫化子一样向四方乞讨。现在仍只是一个侍郎空衔，处境并没有改变。一路上，曾国藩愁的就是它。这个李元度，话不及三句，便索起饷来了。幸而骆、胡慷慨资助，这几个月还勉强对付得过去。

“朝廷未拨款下来，经费十分枯竭，各位都要勒紧裤带，先开拔再说。”他转过眼望着李元度，“待胡中丞解来银子后，再拨四万一千两给你。”

听前面的话，李元度失望了，后面这句话，他又转忧为喜，心想：好厉害的曾涤生，算好了一人十两。先知如此，我五千人一个不减！

“我们怎么办呢？仍在原地不动?”一向心高气躁的曾国华忍不住了，急着问。

“这就是我们今夜要商量的大事。”曾国藩严肃地向四周望了一眼，“诸位，六年前，我们在长沙初建湘勇时，大家便有一个想法，那就是今后要打到江宁去，彻底荡平这股巨寇。我想，这个初衷，诸位都没有忘记吧?!”

“哪里忘得了!”杨载福说。

“日日思之，念念不忘。”彭玉麟插话。

“应该这样。不但诸位要这样想，还要告诫部下都不要忘记。我湘勇数万将士都要以此作为最高目标，不达此目的，誓不罢休!”说完这几句话后，曾国藩换了一种平缓的口气，“诸位都知道，洪逆是从长江上游东下而占据江宁的，故江宁上游乃洪逆气运之所在，现湖北、江西均为我收复，江宁之上，仅存皖省，若皖省克复，江宁则早晚必成孤城。”

“涤师的意思，是要我们进兵安徽?”一贯深沉寡言的李续宾，已从曾国藩的话中窥测到下步的用兵重点，他试探着问。

“对!”曾国藩以赞赏的目光看了李续宾一眼，“迪庵说得很好，看来你平日对此已有思考。为将者，踏营攻寨算路程等等尚在其次，重要的是胸有全局，规划宏远，这才是大将之才。迪庵在这点上，比诸位要略胜一筹。”

曾国藩顺势揄扬李续宾几句后，从竹箱里拿出一幅鄂皖赣苏浙地图悬挂起来，开始切入正题。大家肃然端坐，用心细听。

“我全体湘勇，除沅甫吉字营继续攻打吉安外，其余的将新开辟两个战场。一是奉旨援浙，由我统领，凯章老湘营、浚川果字营为陆师先锋，次青平江勇为后援，厚庵水师为接应；一是进兵皖中，由迪庵统率陆师，温甫为副，春霆霆字营充援军，雪琴水师控制江面，封锁安庆以上的水路，严格控制过往船只，尤其是洋船。皖中用兵的最后落脚点在安庆。”

众人一齐点头。李续宾问：“我们的进军路线呢?”

“你们从大同镇进入安徽。”曾国藩拿起朱笔，在鄂皖交界的大同镇三字上画了一圈，“然后再翻越独山，打下太湖，继而拿下潜山，进兵桐城、庐江，从东北两面包围安庆。春霆暂在浮梁不动，拖住徽、池一带的长毛，待迪庵、温甫兵围安庆之后，再从南面渡江支援。”

“大人，我们霆字营已断饷多时了。”鲍超也叫起苦来。

“待胡中丞的饷银解来后，也会给你们发点。不过，我听说霆字营这几个月越来越不像话了，有的人甚至白日抢劫，有没有这事?”曾国藩严厉地问鲍超。

“断饷日子久了，弟兄们做出些越轨的事可能有。”鲍超支支吾吾地。

“实在无钱了，你们去把婺源县城打下来，把长毛聚敛的财产拿出分一点都可以。抢劫百姓的东西，这是自掘坟墓，懂吗?”曾国藩瞪了鲍超一眼。

“懂!”鲍超爽快地回答。有这句话，他今后可以名正言顺将婺源县城抢劫一空了。不过，他心里也在想：从前曾大人可从来没有这样开过恩呀!

“长毛在皖中的驻兵虽不多，但陈玉成的兵集结在六合一带，数日间便可进入皖省，我和温甫的人马合起来不过七千人，兵力单薄了些。”李续宾颇有顾虑地说。

“自古兵在精而不在多，七千人也不算少了；且鲍超尚有四千精兵，加起来已过一万。实在嫌少，到时还可以联络本地团练。不过，安徽的团练十分复杂，你们要慎重行事。”

“我们不要团练，实在不够，我再回湘乡募勇。”曾国华大大咧咧地说，“一个月内，一定要拿下太湖、潜山，兵临安庆城下。”

“温甫气概可嘉，但亦不可轻敌。”曾国藩说，“皖省多年来陷于石逆之手，石逆在皖省以减租抗租手段笼络人心，收买愚民；且皖中为江宁屏障，洪逆必然拼死抵抗，你们要做好打恶仗的准备。”

李续宾神态坚毅，曾国华不以为然，但都不再说话了。

“对于整个用兵方略，诸位还有什么高见?”曾国藩环视四周，众人或凝望着地图，或托腮思考，一时都说不出更好的意见来。李续宾站起来坚定地说：“涤师放心，我和温甫一定通力合作，力争三个月内收复皖中全境，以慰罗山、璞山在天之灵。”

“好!”曾国藩神情庄重地对大家说，“我在此向各位交个底。援浙一事，是奉命而行，长毛的动向一旦有所变动，我们也要随之变化，故这并不是一个固定的战场。而进兵皖中，乃是目前我们的根本方略，它关系到夺取江宁首功的大局，无论局势发生什么变化，这个战场决不能改变。今夜会议到此为止，明早各人上岸去，按此部署进行。”

曾国藩的话音刚落，几个厨子便鱼贯进舱，端来香气四溢的鸡鸭鱼肉。这是彭玉麟为大家准备的夜餐。见夜空月色皎洁，曾国藩心中欢喜，遂步出舱门。

长江月夜，江面如同无边无际的汪洋大海，显得莽莽苍苍、恢廓大度，有一种迥异白日的朦胧壮观之美。曾国藩望着江景，随口吟起了苏东坡的《赤壁赋》："壬戌之秋，七月既望，苏子与客泛舟游于赤壁之下。清风徐来，水波不兴，举酒属客，诵明月之诗，歌窈窕之章。少焉，月出于东山之上，徘徊于斗牛之间。白露横江，水光接天。纵一苇之所如，凌万顷之茫然，浩浩乎……"

突然，他停止吟咏，意外地发现约在二十多丈远的江面上似有一个人头在出没。他揉揉眼睛，再仔细盯着：的确是一个人，正在向下游游去！这是什么人呢？是守夜的渔翁？还是有急事过江的弄潮儿？不，应该说都不可能是！曾国藩在心里想着，难道是偷听军情的奸细？他想到这里，不觉心里一惊，悄悄地把彭玉麟喊到身边，指着江中起伏不定的黑影问："雪琴，你看江面上那个黑圆坨坨是什么？"

彭玉麟顺着曾国藩手指的方向看去。

"哦！那是一头江猪。"他笑着说。

"江猪？"曾国藩疑惑地说，"你再看看，好像一个人头。"

"不是的。"彭玉麟又看了一眼，肯定地说，"那是江猪，我在长江上看得多了。它的书名叫江豚，老百姓都叫它江猪，样子就像一头小猪，背部黝黑黝黑的，在江浪之上一起一伏的，就像一个人在游水。唐才子许浑有一首金陵怀古诗还提到了它。"彭玉麟想了一下，念道，"石燕拂云晴亦雨，江豚吹浪夜还风。这江猪最喜夜游。"

"听你这样说来，那真的是江猪了。"

彭玉麟有根有据的回答打消了曾国藩的疑惑。他再看远处，那个黑影已消失不见了。

"涤丈，进舱用夜餐吧！我特为您老安排了最好吃的长江红烧鲫鱼。"

“好哇，去尝尝巴河厨师的手艺!”曾国藩兴冲冲地回到了船舱。

五　东王显灵

事实上，彭玉麟错了，江面上的确是一个人在游水。此人专程前来刺探湘勇绝密军情；他不是别人，正是官封太平军总制的康禄。曾国藩复出的消息传到浙江后，他奉李秀成之命，化装来到巴河打探军情。这几天，巴河镇纷纷传说曾国藩将在这里召见各路将领，康禄暗暗高兴。午后，康禄在河边亲眼看到曾国藩在李续宾、彭玉麟等人簇拥下，边走边谈，沿着石阶上了岸。这个两次险些死于他手下的湘勇统帅尽管精神尚好，但已明显地衰老了。康禄与曾国藩打了多年交道，知道曾国藩办事一向不分昼夜，既然各路将领都已到齐，今夜必有重要活动。

康禄密切注视着巴河镇的动向。傍晚，他见曾国藩一行走进停泊在江边的大船，接着船又开到江心。他明白了。趁着云彩遮住月光的时候，康禄潜游到了船边。轻手轻脚地上了船，又将守在舱外的那个亲兵不露声响地掐死了。康禄换上那个亲兵的衣服，紧靠着舱边站定。月色朦胧的夜晚，谁也没有发觉这个亲兵是太平军假冒的。舱中的议论，清楚地传入康禄的耳中。一切都已听到后，他才悄悄离船下水。

康禄水性很好，他轻而易举地游出两三里，然后大摇大摆地上岸走了。第二天早上，他觅得一匹快马，日夜兼程，赶到湖州，将曾国藩分兵两路，重在向皖中进军的机密报告了李秀成。

这个面白身小、状如秀女的后军主将，正在全力应付曾国藩的入浙，听完康禄的报告，心里一怔：这个老奸巨猾的妖头!

李秀成本人并没有和曾国藩交过手。这些年来，他的对手是江北、江南大营和江浙两省的绿营。不过，对曾国藩，他已久闻其名。李秀成对曾国藩以进兵皖中为重点的用兵方略不敢等闲视之。他当即作出两条决定：一是派人火速进京，将此情报上奏天王，请天王令陈玉成、李世贤、韦俊和他自己在安徽枞阳集会，商讨应付办法；二是命林绍璋按原定计划，打着他的旗号，由浙江下到福建，把曾国藩引到赣闽交界的丛山之中，使其水师不起作用，然后再团团包围，一鼓聚歼。他料定曾国藩明知是圈套，在朝廷的敦促下，也不得不入。接到天王同意的诏书后，李秀成带着罗大纲、周国虞、康禄等人星夜奔赴枞阳。

枞阳分上下两镇，两镇相距八里地，扼控破岗湖、菜子湖、禧子湖三湖入长江之口，下距安庆水路八十里，是个军事要镇，李秀成的亲信吴定规带领一万精兵驻扎在这里。

这两年来，李秀成内心深处很痛苦。天京城内血流成河、尸积如山的惨景，在他脑子里的印象太深刻了。每当夜深人静之时，他常常会无端地听到女人的悲号、婴儿的啼哭。这个出身赤贫，举家投奔天国的太平军老兄弟，这时心里便会一阵阵剧痛。天王毕竟是战火中打出来的领袖，在翼王出走后的关键时刻，将几十万大军重新组织了起来。尤其令李秀成庆幸的是，天王没有把韦俊排斥在外。是的，韦俊手下有一支强大的人马，决不能把他推到清妖那边去！对建立五军主帅这个决策，从整体上说，李秀成是很支持他的，但他也有不满。论年纪，李秀成长陈玉成十岁；论才能，论战功，李秀成也不在陈玉成之下，为什么陈玉成的爵位和权力都要在他之上呢？李秀成是顾全大局的。他清楚，目前天国的万斤重担已压在他们几个人的肩上，再不能因个人的利益吵闹了，否则，天国这只风雨飘摇的船，就真要倾覆了。自天京事变以来，天国再也没有召开过这样大规模的高级军事会议，李秀成很希望通过这次大会，将大家再次凝聚起来，重振当年百战百胜的威风，彻底挫败曾妖头的阴谋。

几天后，陈玉成、李世贤、韦俊以及皖省战场上的六十余名高级将领都陆续来到枞阳。连日来，秀成、玉成、世贤、韦俊四个主将和参加会议的全体高级将领深入分析了敌我双方的形势。认为曾国藩刚刚复出，还未来得及从容调度各方兵力，江北、江南大营将骄兵惰，暮气沉重，宜趁此机会来一场大仗。一个想法闪电似的骤然出现在李秀成的脑中，他与玉成一商量，一拍即合。

三天后，即太平天国戊午八年七月二十七日，是杨秀清被杀两周年忌日。内讧平息后不久，洪秀全念及杨秀清是开国巨勋，又愤怒韦昌辉的滥杀无辜，为安定军心，维系国运，他恢复了杨秀清的东王爵号，让其第五子袭封为幼东王，并定东王被害这天为东升节。

二十七日子夜，枞阳镇上，无论兵营民房，门口都点灯两盏，供茶三杯、白饭三碗、菜三盘。兵营由最高长官、民房由户主带头率领全体人员，手捧三炷香，跪拜在地，对天祷告：愿东王在天堂永享尊荣，并庇佑下界生灵早得幸福。

在原枞阳上镇的首富马家大院里，所有参加会议的将领们已恭立在花厅中，这里的仪式比镇上兵营、民房的仪式要隆重得多。

花厅正面，临时扯起一道青布帷幕，帷幕上悬挂着一幅东王升天图。图上的东王，并不是事实上的血肉模糊、横尸卧室，而是身穿龙袍，飘发仗剑，由和风瑞云徐徐送到半空。东王像前摆着一张条形长几，上面燃着十多支龙凤大蜡烛。也只三杯茶，不过那茶杯是景德镇制的御用青龙雪底镂花细瓷杯。也只三样菜：一盘辣子爆炒狗肉，一盘武昌团头鲂鱼，一盘炖熊掌——都是东王生前最喜欢的，不过那盛菜的盘子，却是专程从江宁宫中运来的全金御用盘。也只三碗饭，不过那饭是用天王宫中珍藏的江永黄土坳香米煮成，虽只小小的三碗，却香溢整个花厅。四周燃着数百根蜡烛，每个将领手中也都捧着三炷香。香烟缭绕，烛光闪烁，众人面对着栩栩如生的东王像，心中升涌着神圣崇高的情感。

悼念仪式由又正掌率、前军主将成天豫陈玉成主持。玉成双手捧着一张黄表纸，纸上有朱笔写的几行字，神色庄重地走到东王像前三鞠躬，秀成、世贤、韦俊、大纲、国虞等人站在玉成后面，也跟着三鞠躬。鞠躬完毕，玉成跪下，众人也跟着跪下。玉成拿起黄表纸，高声朗诵：“我们赞美——”

花厅里顿时响起一片和声：“我们赞美——”

接着，他们跟着玉成一句一句地诵道：“我们赞美上帝为天父，是魂爷为独一真神；赞美天兄为救世主，是圣主舍命代人；赞美天王是圣贤，是拯救万物圣人；赞美东王是神圣风，是圣灵赎病救人；赞美西王为雨师，是高天贵人；赞美南王是云师，是高天正人；赞美翼王是电师，是高天义人。”

这本是甲寅四年燕王秦日纲撰写的“赞美诗”，其中还有三句：“赞美北王是雷师，是高天仁人；赞美燕王是霜师，是高天忠人；赞美豫王是露师，是高天真人。”后来，豫王被削去王爵，赞美诗的最后一句跟着删去了。内讧之后，赞美北王、燕王的两句也删去了。

朗诵完毕，陈玉成转过身，将黄表纸焚烧，众人起身，一齐大呼：“愿我真天命太平天国禾乃师赎病主东王在天堂永享富贵！”

李秀成走出队列，来到几案前，对众位将领讲话。李秀成本是杨秀清一手提拔的人，对杨秀清有着深厚的知遇之恩，又对他卓越的才干很崇拜。李秀成满怀深情地讲述了东王从金田起义以来的赫赫战功以及治理天京的超群才能，赞美他料事如神，爱才如命，爱兵如子。说到动情处，这个坚强的广西汉子泪如雨下，声音哽咽。

花厅中的将领，包括陈玉成、李世贤在内，绝大部分也都是杨秀清所提拔的，无不对杨秀清有极深的感情。秀成的演讲，把他们带到了昔日跟随天王、东王所向无敌、节节胜利的年月。那是多么激动人心的日子啊！武昌攻下了，九江攻下了，安庆攻下了，百万大军一瞬间便进了小天堂。东王在天王宫里，代表天王向各位有功将领颁赐爵位，封授官职。永安许下的诺言，没有失信！那时的天国将士，意气风发，英雄豪迈，北征、西征，凯歌阵阵，捷报频传。这是一个多么壮丽辉煌、蒸蒸日上的事业啊！眼看北京就要攻下，全国就要光复，孰料风云陡变，祸起萧墙，东王倒在血泊中，三万将士喋血天京。天国的军事实力大受挫伤，然而，挫伤更重的还是心灵。一时间，在不少将士的心目中，美好的信仰毁灭了，坚定的信念动摇了。为什么高喊人人平等的领袖们，却要制定等级森严的礼仪制度？为什么同是天父的儿子，却要兵刃相见，残忍毒杀？大部分从金田和两湖过来的老兄弟们，对天国有着极其深厚的感情，他们对这两年来的局面痛心疾首，他们对翼王由倾心仰慕、寄予厚望到日渐不满，由对翼王的不满又转而怀念东王，怀念东王罕见的军事组织才干，更怀念东王领导他们打胜仗、灭清妖的峥嵘岁月……

“弟兄们！”秀成洪亮的广西官话声震屋瓦，“东王没有死，他正在天堂陪着天父天兄，保佑我天国国土及数十万将士。他近来常托梦给我，要我们忠心服从天王，吸取教训，重新团结起来，彻底消灭清妖的日子已经不远了，我天国已度过了最艰难的关头，国运正在好转，大家舍命奋斗两三年，就可以永享大富大贵了！”

这时，一阵风起，花厅中的蜡烛大部分被吹熄，只见似有似无的烛光中，东王升天图飘落下来。突然，一个令人惊骇万分的怪事出现了：原来挂图的地方，现在笔挺挺地站着一个人。这人头戴单龙双凤冠，身穿九龙团绣袍，双目炯炯，面孔黑红。这不是东王吗？众人先以为是眼花看错了，揉揉眼睛，定定神再细看，不错，果然千真万确是东王！众人在心里呼喊：“东王显灵了！”大家既兴奋异常，又恐惧不安，战战兢兢地重又跪下。

“玉胞、秀胞。”东王威严的声音响起，只是比在生时缓慢嘶哑，“清妖江北大营气数已尽，你们速去歼灭。清妖进犯皖中，自取灭亡，你们可在三河一带消灭它。我走了。”

说完，东王起身，向花厅外走去，唬得众人磕头不止，不敢仰望。过了好长时间，众人才把头抬起，东王早已回天堂去了。玉成激动地对大家说：“今夜大家亲眼看到东王显灵了。东王命我们歼灭清妖江北大营，在三河消灭曾妖头，弟兄们，我们怎么办？”

“听从东王诰谕！”众人毫不犹豫地高声呼喊。

六　七千湘勇葬身三河镇

部署用兵方略的次日下午，曾国藩的座船起锚下行。在武穴，他会见了多隆阿。这一年多来，多隆阿的绿营仗着湘勇的声威，也打了几次胜仗，他自己因此升了官，赏了黄马褂，士兵们也跟着发了财。尽管对湘勇仍有很深的偏见，比起其他满蒙文武来，他的态度算是友好的了。曾国藩把他着实恭维了一番，图谋皖中的事暂不告诉，只建议他的部队移防到滁州、和州一带，明说是作下一步攻江宁的准备，实是安排他的人马堵从江宁过来的援兵，保证李续宾、曾国华的成功。多隆阿不明白此中奥妙，欣然接受。

船过九江府，曾国藩来到塔齐布祠，燃香焚纸，凭吊了一番。第二天到了湖口。这是内湖外江水师的大本营。所有哨官以上的将官，一齐整队在此恭候。曾国藩见到自己亲手创建的水师如此兴旺，且一如既往地对自己忠心耿耿，欣喜异常。他破例给每个水勇赏钱二千文，又亲到湖口水师昭忠祠祭奠。然后来到长江边，摆上供饭供果，焚香烧纸钱。曾国藩在供品前跪下，望空三拜，放声大哭，将供饭供果一齐抛进江中，又把亲撰的“巨石咽江声，长鸣今古英雄恨；崇祠彰战绩，永奠湖湘子弟魂”挽联点火焚化。仪式隆重，感情亲切，陪祭的水师将官无不为之动容。

到了南昌，曾国藩如同在长沙一样，主动遍拜南昌官场，并每人送上一篓上等君山毛尖。南昌官场这一年多来也发生了很大的变化。文俊因德音杭布事，被撤去了巡抚职，召回北京，原布政使耆龄升任巡抚。曾国藩对耆龄等人检查了自己过去在江西的差错，承担了未与地方商量擅建厘卡的责任，缓和了以往与南昌官场格格不入的气氛。

曾国藩正拟按原计划赴广信府，与张运兰、萧启江会合东进浙江时，接到五百里紧急上谕。上谕说浙江局势稍苏，闽省吃紧，命曾国藩率部改道入福建。曾国藩接到上谕后，便从抚州府，经水路去建昌府。就在曾国藩赴闽途中，陈玉成、李秀成有意调走皖中部队，集中优势兵力回扑江北，在乌衣至江浦一带大败德兴阿的江北大营。正在向皖中进兵的李续宾、曾国华趁着这个空隙连战连胜，接连攻下太湖、潜山、桐城、舒城。掠足了金银财宝的湘勇，沉浸在一片狂喜之中。

下步兵锋指向何处？南下打安庆，还是北上攻庐州？李续宾欲暂时驻兵舒城，略事休整，待鲍超霆字营过江后，再合围安庆。曾国华不同意。

“迪庵兄，用兵之道，在于乘势，今我军连克四城，兵势正盛，亟宜乘势北进，攻克庐州，岂可屯兵休整？”

曾国华生性骄躁，好大喜功，前些年初带兵时常受挫，尚能做到谨慎收敛，近来轻取四城，遂以为用兵打仗亦不过如此，功可立成，名可立就，对李续宾的稳慎颇为不满。见李续宾尚在沉吟，他继续慷慨陈词：“庐州地处皖中，城池大而富庶，皖省运往江宁的粮饷，陆路大半经庐州运输，实为发逆老巢之西面屏障；且今日庐州已为皖省临时省垣，其地位更非往日可比。庐州收复，则皖省全局皆在掌握之中，北出凤阳、颍州，南下安庆、池州，都可居中从容调度。”

“涤师在巴河舟中已指示我们先围安庆，且春霆不久即可过江，我看还是以南下为宜。”李续宾不善言辞，说起话来，远不如曾国华的酣畅淋漓。他觉得曾国华的话虽有道理，但不甚稳妥。

“迪庵兄，”曾国华笑了笑，不以为然地说，“兵机瞬息万变，难以预料，且我大哥亦未指示不能打庐州，我军目前距庐州仅一百五十里，距安庆有二百五十里。安庆城高池深，一时难以攻破，当做长期打算，而庐州到底不如安庆之难下。以今日形势言，下一庐州，其功胜过下皖省十县。”

曾国华这话有道理。六月份，署理巡抚李孟群阵亡，庐州失守，朝廷震惊。新巡抚翁同书只得将抚署暂设在寿州。朝廷责翁同书速下庐州，翁同书无力为之，将全部希望都寄托在湘勇身上。收复庐州，功劳自然不小。但李续宾还有一层顾虑。

“据探报，陈玉成、李秀成正集结在浦口、六合一带，与江北大营鏖战。若是庐州危急，增援部队三五天便可赶到。打庐州，不一定会胜利。”

“迪庵兄，你过虑了。”曾国华拍着李续宾的肩膀说，“陈、李二逆围江北大营，志在解江宁之围。正因为德兴阿扯住了陈、李，我们才可以放心打庐州。你不必再犹豫了，就让他德兴阿去卖命，我们摘现成的果子吧！满人处处占我们的便宜，这次也轮到我们占占他们的便宜了。”

说罢，得意地大笑起来。曾国华身为曾国藩的嫡亲兄弟，一向被大哥视为奇才，李续宾不便再坚持下去，心想：待攻下庐州后再回兵安庆也行，克复临时省垣，毕竟是一桩大功。

李、曾统率的这七千人，其基础是长沙建大团时的罗泽南一营，系湘勇中的精锐之师，当即全部开出舒城，兼程向庐州进发。沿途太平军不战自退，李、曾心中高兴。傍晚，湘勇驻扎在金牛镇。探马报：前方四十里处的三河镇外，长毛新筑石垒九座，镇上粮草堆积如山，兵器甲仗无数，从舒城、桐城一带溃逃的太平军亦聚在这里，看阵势，欲在此与湘勇决一死战。

曾国华大喜说：“皖中粮食奇缺，据说人肉卖到一百二十文一斤。长毛大批粮食聚积此地，真乃天赐我军。”

李续宾也高兴地说：“今夜安稳睡一觉，明早一鼓作气拿下三河。”

二人正商议间，忽一人闯入帐内，高喊：“大帅，前进不得，请速退兵!”

曾国华看时，原来是一个年轻的读书人，不经通报，径自闯了进来，大怒道：“你是谁？知道此处是什么地方吗？”

“大帅，”那人并不害怕，神色自若地说：“小生特地冒死前来相告，据确凿消息，陈玉成、李秀成已在乌衣镇大败德兴阿，江北大营全军溃败，目前正反戈进皖，三河乃陈、李设下的陷阱。”

“江北大营溃败？”李续宾大惊。这个消息使李续宾对来人改容相待，忙请他坐下，亲兵献茶。李续宾问，“足下尊姓大名，何以知德兴阿已败于陈、李之手？”

“小生姓赵名烈文，字惠甫，江苏阳湖人。今天上午从全椒来到此处访友。昨天在县城见到长毛先头部队，并听他们说大军随后就会到。”

“不要紧，三河离庐州只有六十里，待我们明日拿下三河后，即全速北进，等陈、李二贼赶到庐州时，我们早已进城了。”曾国华并不把此事看得很重。

“大帅，这三河镇不比别处。它前傍界河、马栅河，后为巢湖，右侧为白石山，左侧为金牛岭。从南面入三河镇，只有金牛镇上一条大道。当地人称三河镇一带为一天然水葫芦，葫芦口即为金牛镇，里面装着半葫芦水。此地易守难攻，故长毛将粮草器械存于此处，以便随时接济庐州、江宁。今长毛在镇外添筑九垒，金牛镇大道撤除防兵，是有意让大帅军队进葫芦口，请千万莫上当。”

“依你之见如何?”赵烈文将三河镇一带的地势说得如此详细，引起带兵多年的李续宾的重视。

“依小生之见，立即从此地南下，趁庐江守贼不备，奇袭庐江城，定可一战成功。”

“赵先生，谢谢你的好意。用兵打仗，岂同儿戏，北进庐州已定，不能改变，赵先生请回吧!”李续宾正在思索时，曾国华已不耐烦地下逐客令了。一个素不相识的青年后生的几句话，就可以改变如此重大的进军目标吗?他生怕李续宾和赵烈文再谈下去，被赵的话打动。赵烈文只得讪讪告退。

“兵机岂书生所知。”曾国华断然对李续宾说，“管他水葫芦、酒葫芦，我们都要把它捅破。迪庵兄，明日起个早，我们分头攻打。”

李续宾不想扫这个曾府六爷的兴头，同意了他的计划。

吴定规半个月前来到三河，按照陈玉成、李秀成的布置，环镇构筑九个石垒。这些天来，奉命让城的太湖、潜山、桐城、舒城四城守将相继来到三河，当他们得知李续宾、曾国华已驻兵金牛镇的时候，无不佩服陈、李二主将的神机妙算。当天深夜，吴定规便派飞骑将这一重要军情报告已到全椒的陈玉成、李秀成。

第二天清早，李续宾、曾国华率领七千湘勇，气势汹汹地开到三河。一天激战下来，九座石垒全部被攻破。石垒中尽是金银美酒，湘勇个个喜笑颜开。

曾国华得意地说："长毛只能吓唬胆小无能的人。那个姓赵的既有心知兵事，又胆小无识见，可怜！打下庐州城，我请你到包孝肃祠堂痛饮三杯如何？"

"一定奉陪！"李续宾也快乐地笑起来。

此后，接连三天，湘勇对三河镇发起强攻，均无功而回。原来，太平军在镇前挖了一道八丈宽、二丈深的护城河，西接马栅河，东连巢湖，护城河被水灌得满满的。湘勇的进攻，都被河对面的火炮、强弩所压住。连战连胜的湘勇并不气馁。一道护城河，能挡得几天？白天无功而回，晚上回营照旧大吃大喝，不少人怀揣着掠来的银子，半夜偷偷溜出营房，到附近农家去，找个女人睡上一两个更次，再趁着夜色朦胧时回营来。大家都觉得这样很痛快，巴不得不战不和地在三河镇多待些日子。曾国华也偷偷干起这个事来。他勾引了镇郊一个小饭铺的年轻寡妇。那妇人美貌风骚，远胜他荷叶塘的妻妾。曾国华天天晚上瞒着李续宾在饭铺过夜，并思量着如何把她藏在军营中带走。

就在这个时候，陈玉成、李秀成带领十二万人马昼夜兼程，步步进逼三河。庐州守将吴如孝会合捻军首领张乐行南下，阻遏可能从皖西来的增援部队。当探马将这一严峻形势报告李续宾和曾国华时，他们才如梦方醒，但为期已晚。李续宾一面火速派人向湖广总督官文求援，请调驻扎在罗田、黄梅一带的绿营前来帮忙，一面修筑工事，准备迎战。而此时恰巧胡林翼因母丧回籍，官文拿着李续宾的求援书遍示僚属，取笑道："湘勇名将九江都打下了，小小的三河算得了什么？"遂不派一兵一卒。李续宾大为失望，又不好意思厚着脸皮再请求。

太平军在白石山、罗家埠、北夹关一带布下天罗地网，却并不立即向湘勇进攻。这一夜，曾国华按捺不住对饭铺寡妇的思念，二更后，见毫无动静，又悄悄溜出营房，钻进了饭铺的后门。

三更刚过，金牛岭、白石山上陡起秋雾。雾越来越大，越来越浓，霎时间，从金牛镇到三河镇，方圆三四十里地面上的山水房屋，全部消失在一片夜雾之中。此时，陈玉成、李秀成将布置多日的大网开始收拢了。

陈玉成率本部七万人从金牛镇大道向三河推进，李秀成指挥五万人从白石山翻过来，吴定规统领三河镇上一万人马踏过护城河，吴如孝、张乐行带一万人由西向东。四路人马十四万人，从东南西北四个方向，将七千湘勇团团包围在三河镇郊。当震耳欲聋的鼓角声，把李续宾和湘勇们从睡梦中惊醒时，他们面临着的，已是无可挽回的灭顶之灾了。湘勇们惊慌失措，心胆俱裂，成百上千的人，稀里糊涂地顷刻间便做了无头鬼。浓雾中，即便打起灯笼，十几步外的人和物也看不见，李续宾又急又恨。周国虞命令手下人齐声高喊：

“活捉李续宾！”

“抓住李妖头，抽筋剥皮，报仇雪恨！”

李续宾慌乱之中顾不得找曾国华，提着一把剑仓皇而逃。

曾国华睡在寡妇温暖的被窝里，忽然被一阵粗暴的打门声惊醒：“快开门，快开门！老子们要砸了！”

原来，这是几个太平军。前几天，还是德兴阿手下的绿营士兵，乌衣镇兵败后投降了太平天国，他们想趁混乱之机打家劫舍，发点财。曾国华猛地从被窝里爬出，赶紧穿衣，寡妇吓得脸色惨白，紧紧抱住他。曾国华推开寡妇，抽出佩剑。门被冲开了。火把之中，士兵们一眼看见放在床头的曾国华的官服，惊叫道：“这是一个清妖！”

“还是一个官儿哩！”

“抓活的！”

说话间，几个士兵一拥而上。曾国华毕竟是一介书生，如何是他们的对手。交手不过两三下，剑便被击落，立即被活捉了。士兵们狂呼乱叫起来，拿麻绳将曾国华绑得死死的，吆喝着推出门外。一个士兵盯着寡妇，舍不得走，有人在门外吼："色鬼！想打水炮了？你若不去，赏银没你的分。"

那人走到寡妇身边，在她的脸上重重地掐了一下："小娘们，待会儿再跟你痛快玩一阵。"

曾国华垂头丧气地走出门，听见四面八方的喊杀声，方知太平军已展开了全面进攻，后悔不迭，心中寻思着如何逃走。

太阳出来后，雾消散了。李续宾带着百余名亲兵，慌乱之中逃到一个小山包上。只见山包周围，太平军人山人海，无数面红、黄、蓝、白、黑旗帜迎风招展，李续宾知今日已难逃厄运，懊丧地靠在一棵树边低头长叹。他后悔不该听信曾国华的无知妄见，后悔没有采纳赵烈文的建议，恨官文不出兵救援，更恨自己麻痹轻敌，没有料到敌人在雾夜中偷营，面临着的毫无疑问是全军覆没。从咸丰三年来，大大小小百十个战役所赢得的三湘名将的声誉将扫地以尽，涤师的进军皖中的用兵计划也全盘打破了。这时，周国虞带着一支人马冲上山来，大喊："树下的那个清妖便是李续宾！活捉的，赏银一千两！"

话音未落，几百名士兵呐喊着冲上山来。内中有几个野人山的人，更是痛恨已极，高叫："抓住李续宾这个狗娘养的！""把这条恶狗碎尸万段！"

李续宾身边的亲兵慌忙迎敌。李续宾双脚都已受伤，他刚一迈步，便痛得锥心般难受。眼看太平军就要冲上山顶，李续宾咬咬牙，解下腰带，向北跪下三叩头，然后将腰带挂在树杈上，踩着一块石板，将头伸进带圈中，追随他的老师罗泽南去了。

正午时分，陈玉成、李秀成胜利结束对太平天国后期起着重大作用的三河战役，七千湘勇除两三百名侥幸逃走者外，全部葬身三河镇。

七　曾国华死而复生，不得已投奔大哥给他指引的归宿

当李续宾、曾国华全军覆没的消息传到江西建昌府时，曾国藩被

这突如其来的噩耗吓得几乎晕死过去。他对李续宾寄托极大的期望，也相信李能不负重托。谁知恰恰就是这个老成可靠的李续宾坏了大事，不仅经营皖中、谋夺攻克江宁首功的如意算盘被打得粉碎，就连让六弟依附李续宾成名的想法也破灭了。他知道李续宾、曾国华在这种情况下定然难以生还，良将顿失，骨肉永别，心中伤悼不已。

这是湘勇出师以来，最为惨重的失败。建昌军营上自将官，下至勇丁，几乎人人都与三河阵亡的人员有联系：或为亲戚，或为朋友，或为乡邻，或为熟人。消息传来，不待吩咐，各营各哨便自动地焚纸燃香，挂起招魂幡，军营上下，蒙着一片阴霾。一连几天，曾国藩看到这种情景，心里难受至极。他想到此刻的湘乡县，不知有多少人家正在举办丧仪，有多少寡妇孤儿在哀哀欲绝。湘乡县的悲痛，将十倍百倍地超过建昌军营。湘勇的元气如何恢复？进军皖中的用兵方略改不改变？曾国藩陷于极度的痛苦之中。几天后，他从痛苦中清醒过来。“好汉打脱牙和血吞”，重振军威，报仇雪恨，才是大丈夫之所为。他甚至还怀着一线希望，李续宾、曾国华也可能死里逃生了，说不定哪天会突然出现在他的面前，那时再把皖中的事交给他们。他相信，受此大挫后，李续宾和曾国华会更加成熟。曾国藩想通后，下令军营中所有招魂幡一律烧掉，不准再谈三河失败的事，一切都按原计划去做。

十天过后，派到三河阵地上查访尸体的勇丁回来报告，李续宾的遗体已找到，将由安徽巡抚翁同书出面隆重礼葬，曾国华的遗体一直未见。阵地上的无头尸身成百上千，估计曾国华是被砍头致死。又过了十多天，武昌、湘乡、长沙、寿州，各处信件先后来到，均未见曾国华的踪迹，曾国藩认定六弟已死无疑。

这一天，他郑重其事地给朝廷上折，详奏曾国华自咸丰四年带勇以来所立下的桩桩功劳，以及这次殉国的悲壮。拜折之后，又给在家的四弟、满弟写了一封信，要他们安慰叔父及温甫妻妾；并再三指出，这种时候，全家务必要比往日更和睦亲热，又检讨自己在家时脾气不好，兄弟不和，今后要引以为戒。又叫他们去查看父母坟茔，是不是被人挖动，泄漏了气运。半个月后，朝廷发来上谕，追赠候选同知曾国华为道员，从优议恤，加恩赏给其父曾骥云从二品封典，咸丰帝还亲书“一门忠义”四字，以示格外褒奖。

曾国藩接到这道上谕，甚感宽慰，立即派专人将皇上御笔送回荷叶塘，要家中把“一门忠义”四字制成金匾，高悬在黄金堂上，以此旷代之荣上慰父母在天之灵，下励儿孙忠君之心。至于赏给叔父从二品封典一事，却把曾国藩弄得哭笑不得。早在道光三十年，曾国藩在侍郎任内曾邀貤封叔父从一品封典，不想八年后反倒来个从二品封典。曾国藩心中暗暗埋怨礼部官员糊涂马虎，连随手查查的事都懒得一为，现在弄得他左右为难，受亦不是，不受亦不是。曾国藩为此很费了一番思考。他在仔细斟酌之后，给皇上上了一道谢恩折，先将历次封典之事的过程叙说一通，然后写上：“诰轴则祇领新纶，谨拜此日九重之命；顶戴则仍从旧秩，不忘昔年两次之恩。惟是降抱稠迭，报称尤难。臣惟有竭尽愚忠，代臣弟弥未竟之憾，代臣叔抒向日之忱，以期仰答高厚于万一。”

不久，满弟国葆受叔父之命来到建昌，代兄带勇。曾国藩着实勉励一番，拨五百勇丁让他统领，又给他改名贞干，字子恒，意为吸取靖港之败的教训，为人办事，忠贞有恒。

这天半夜，曾国藩在灯下再次修改近日写成的《母弟温甫哀词》。他哀悯六弟满腹才华，却功名不遂，正要凭借军功出人头地之时，却又兵败身死，真可谓命运乖舛。又怜悯风烛残年的叔父。叔父因无子才过继六弟，谁料继子又不得永年，老而丧子，是人生的大不幸；继而又怜悯已成孤儿的侄子。小小年纪，便从此永远失去了父亲，心灵要承受多大的痛苦！作为大伯，曾国藩决定，今后将由自己承担起对这个侄子的抚养教育之责，让他如同纪泽、纪鸿一样地得到慈爱温暖，长大成人，继承叔父一房的香火。曾国藩就这样边想边改，时常停笔凝思，望着跳跃着的烛火出神。

“大哥，快开门！”急促的声音，惊得曾国藩回过神来。这是贞干在外面喊。

曾国藩打开门，贞干急忙闪进屋，身后还跟了一个人。

“大哥，你看谁来了?”曾国葆有意轻声地说，但语气中的兴奋之情显然压抑不住。

昏暗的烛光中，曾国藩见来人衣衫破损、面容憔悴。看着看着，他不觉惊呆了：这不是自己刻骨思念的六弟温甫吗？他不敢相信，温甫失踪一个多月了，宾字营、华字营全军覆没，统领李续宾已死，高级将领无一人生还，全军副统领、华字营营官今夜怎么可能出现在这里？曾国藩拿起蜡烛，走到那人身边。他把烛火举高，照着那人的面孔，仔仔细细地审看着。不错，这人的确是他的胞弟曾国华!

“你是温甫?”尽管这样，他仍带着怀疑的口气问。

“大哥，是我呀!”曾国华见大哥终于认出了他，不禁悲喜交集，双手抱着大哥的肩膀，眼泪大把大把地流了下来。

千真万确是自己的亲兄弟活生生地站在面前，一刹那间，曾国藩心里充满着巨大的喜悦：六弟没有死！叔父抹去了丧子之痛，侄儿免去了孤儿之悲，这真是曾氏一门中的大喜大庆!

“快坐，快坐下，温甫，你受苦了。”

曾国藩双手扶着弟弟坐下，两眼湿润润的。死里逃生的曾国华见大哥这种手足真情，心里感动极了：“大哥，这一个多月来，我想死了你和老满!”

“我们也很想念你!”曾国藩真诚地说，并亲手给弟弟端来一杯热茶，又转脸问满弟，“贞干，你是在哪里找到温甫的?”

曾国葆高兴地回答：“今日黄昏时，我从镇上回营，路过一座作废的砖窑，忽然听见有人轻轻地叫我的名字。进去一看，原来是六哥在那里。我又惊又喜。六哥当即要我带他来见大哥，我说现在不能去，半夜时我再带你去。”

“做得对。”对满弟的老成，曾国藩甚是满意，他转问六弟，“温甫，三河之战已经一个多月了，你为何这时才露面，害得全家着急，都以为你死了。你这一个多月来在哪些地方?"

"那天半夜,大雾弥漫,长毛前来劫营,我寡不敌众,正拟自裁殉国,突然被一长毛从背后打掉手中的刀,给他们捉住了。"曾国华不敢讲出在寡妇家被抓的真相,编造了这套谎言。"长毛不知我的身份,把我关进一家农户的厨房里,又去忙着抓别的人,不再管我了。我靠着磨盘上下用力擦,将绳子擦断,偷偷地逃了出来。沿途打听到大哥在江西建昌府,就径直向这里奔来,途中又不幸病倒。就这样边走边停,挨过了一个多月。"这几句倒是实情。他说罢,将一杯茶一饮而尽,那样子,的确是病羸饥渴。曾国藩听完六弟的叙说,心中凄然。

"温甫,你们为什么要去打庐州?我是要你们与春霆一起去围安庆。"给六弟添了一杯茶后,曾国藩问。

"大哥,这是我的失策,迪庵也是主张南下围安庆的,我想打下庐州后再南下。"温甫并不掩饰自己的过错,使曾国藩感到六弟的坦诚。

"打三河一事,军中有人提出不同看法吗?"一向留心人才的曾国藩,想以此来发现有真知灼见的人才。

"军中没有谁提过,倒是有一个来三河作客的读书人闯营进谏,说不能打三河,要转而打庐江。"

"这人叫什么名字?"曾国藩带有几分惊喜地问。

"此人自称赵烈文,字惠甫,江苏阳湖人,寓居全椒,年纪不大,二三十岁。"

"难得,难得。"曾国藩轻轻地拍打着桌面,感慨地说,说得曾国华脸红起来,大声叫道:"大哥,你让我回湘乡去招募五千勇丁吧,我曾国华若不报此仇,枉为世间一男子!"

"小声点!"曾国藩如同被吓了一跳似的,忙挥手制止。六弟这一句气概雄壮的话,不仅没有引来大哥的赞赏,反而使得见面时的浓烈亲情消失殆尽,代之而起的是满腔的恼怒:正是因为违背了原定的作战方案，才招致这一场空前的惨败。精锐被消灭，进军皖中的大计彻底破产，前途困难重重，作为全军的统帅，他所承受的压力有多巨大呀！他真想把六弟大骂一顿，甚至抽他两耳光，以发泄心头的这股郁闷之气。但他没有这样，只是呆滞地望着温甫，也不做声。曾国华见大哥对他的话没有反应，又再说了一遍："大哥，过几天我就回湘乡招勇如何?"

"温甫，你太不争气了!"望了很久之后，曾国藩终于忍不住慢慢地吐出一句话。

"大哥，我对不起你，对不起迪庵和死去的兄弟们，我有罪，罪孽深重。我要重上战场，杀贼赎罪呀!"曾国华从心底里发出自己的呼喊。他深知自己的过失太大了，大哥的这句轻轻的责备，不足以惩罚，他倒是希望被狠狠地杖责一百棍。

"唉!"曾国藩长长地叹了一口气，六弟的痛悔冲淡了他心中的怨怒，一股怜悯之情油然而生。眼下的处境，温甫自己是一点不明白呀！他能出现在大家面前吗?全军覆没，唯独自己的弟弟、负有直接责任的副统领生还，曾国藩怎么向世人交代?怎么向皇上交代?没有温甫的阵亡，哪来的"一门忠义"褒奖！温甫虽破坏了进军皖中的大计，却又为曾氏家族挣来天家的旷代隆恩。带兵打仗的曾国藩，是多么需要这种抵御来自各方猜忌的荣耀身份啊！它的作用，要远远超过温甫再募的五千湘勇！如何处置这个意外生还的弟弟呢?既要不负圣恩，又要让他继续活在世界上，曾国藩的脑子在苦苦地盘算着。

见大哥久久不语，曾国葆劝六哥："莫这样急，你现在身体很差，无法带兵，回家休息两三个月后再说。"

"不!"曾国华蓦地站起来，坚决地再次请缨，"大哥，你就答应我吧!"

曾国藩苦笑了一下，将桌上那页《母弟温甫哀词》文稿拿起，递给曾国华说："温甫，可惜你早在一个多月前便死在三河了。"

曾国华接过哀词，看了一眼，一把扯碎，笑着说："那是讹传，我不是好好地在这里吗？”

“不，你早死了。”曾国藩重复了一句。看着大哥那张变得严峻冷酷的脸孔，分明不是在说笑话，曾国华顿时心凉起来，冒出一股莫名的恐惧。

“大哥，你为何要说这话呢？我没有死，没有死呀！”曾国华凄惨地喊起来。

“不要喊！”曾国藩威严地止住，口气中明显地含着鄙夷，曾国华立时闭了嘴。

“哀词你可以撕掉，皇上的谕旨你能撕掉吗？”曾国藩从柜子里将内阁转抄的上谕找出来。曾国华一看，脸刷地白了。

“三河战败之后，迪庵的遗体很快找到，我等你等了二十多天，一直没有消息，派人查访也未找到，只能断定你已死。全军覆没，你身为迪庵的副手，也只有战死沙场，才能说得过去。我因此上奏皇上，说你已壮烈殉国。”曾国藩缓慢而沉重地说着。曾国华看得出，大哥在压抑着心中的巨大痛苦，听到最后一句话，他浑身起了鸡皮疙瘩。大哥继续说：“天恩格外褒奖，从优议恤，不仅追赠你为道员，还赏叔父从二品封典。我日前已申明，叔父大人早蒙赏从一品，请求加恩纪寿及岁引见，想必会蒙俯允。尤其是因你的殉国，皇上御笔亲书‘一门忠义’四字，我已命家里制匾悬挂黄金堂上。这是旷代殊荣，足使我曾氏门第大放光辉。你现在要生还回家，我将如何向皇上交代，我们曾氏一家如何向皇上交代？”

“请大哥再向皇上拜折，叙说我生还缘由，请收回一切赏赐，行吗？”曾国华试探着问。

“你说得好轻巧！”曾国藩瞟了六弟一眼，不悦地说：“欺君之罪，谁受得了？”

“这不是有意的。”曾国华分辩。

“纵然不是有意的，但天下人都知道你曾国华是杀身成仁的伟男子，皇上是优待功臣的仁义之君。现在又上折说你未死，岂不贻笑天下！此举将置皇上于何地？”稍停一下，曾国藩沉痛地说，“温甫，当‘一门忠义’的金匾从黄金堂取下时，你想想看，那会使我曾氏家族蒙受多大的耻辱！”

曾国华又起一阵冷战，他完全没有想到，事情竟有这般严重。沉吟良久，他问大哥：“如此说来，我今生已不能再带勇杀贼，报仇雪恨，显亲扬名了？”

“不能了。”曾国藩轻轻地答。

“好吧！”曾国华下了最大的决心，“我明日就布衣回荷叶塘，躬耕田亩，课子读书，了此一生。”

“荷叶塘你也不能回。”

“这是为何？”曾国华害怕起来，难道当一个厮守妻妾儿女的普通老百姓也不成？他简直不能理解。

“哎，温甫，你今年三十六岁了，怎么还这样不晓事？”曾国藩皱着眉头说，“三河战败，湘乡县几乎是家家丧亲，户户招魂，他们明里不说，心底里谁不把迪庵和你恨得要死。总是你们无能，才招致他们失去亲人。你若跟着他们一起战死，我曾氏全家尚能略感心安。你现在又未死回家，你有何面目见家乡父老？且我湘勇历来最恨从敌营中逃回来的人，你说是自己逃回来的，谁为你作证？乡亲们会说你害得兄弟们死去，自己又投敌乞命。到那时，千夫所指，只怕你曾温甫会无病而亡吧！”

贞干本想替六哥说几句，听了大哥这番话，吓得不敢再开口。

“带勇不行，回家不行，难道我真的要去死吗？”兄弟三人相对无言默坐良久，曾国华绝望地吐出一句话。

“温甫，你想到哪里去了。”曾国藩起身，走到六弟身旁，温存地拍着六弟的肩膀，细声说，“你是我的亲兄弟，大哥怎么会叫你去死。大哥为你想了一条生路，不知你情愿否？”

“请大哥明示。”曾国华已完全无主见了，唯有仰仗大哥。

“陈广敷先生，你还记得吗？”

曾国华点点头。

“前几个月，他来到蒋市街与我会晤，告诉我离开湘乡后，就回庐山黄叶观隐居。你去投奔他，拜他为师，后半生你就在黄叶观作一道人。陈先生是一个超脱尘世的人，你可以把事情的原委都说给他听，他不会怪你的，也不会张扬出去。你看如何？”

曾国华禁不住一阵战栗，眼泪刷刷地流了下来。这个功名心极重、人世欲望极浓的曾六爷，听说后半生将要与黄卷青灯为伴，与古木山猿为友，心如刀绞，但反复想想，觉得现在已无路可走，只得勉强答应：“大哥，你让我悄悄回一趟荷叶塘，见见叔父大人和寿儿再去吧！”

“温甫，休怪大哥不通情理，你委实回不得家，趁着天黑赶快离开此地，不要让人看见了。过段时间，我要贞干回家一趟，将实情告诉叔父大人，再安排他们去黄叶观与你相会。平定长毛以后，大哥再到黄叶观去看你。”曾国藩说着说着，不觉流下泪来。国华抱着大哥泪如雨下，贞干也在一旁抽泣。

曾国藩吩咐贞干不要惊醒厨子，悄悄地盛些冷饭给国华吃了，又收拾几件衣服，拿出一百两银子来给他。然后，双手抱着六弟的肩膀，嗓音哽咽，好一阵才说出四个字：“兄弟珍重！”

国华说不出话来，只能点点头，恋恋不舍地离开军营。

待六弟走后，曾国藩又关起门来，与满弟密谈了很久。第二天，贞干亲自去三河战场寻找六哥遗骸。二十多天后回来了，后面还跟着一具棺木。一到军营门口，贞干便放声大哭起来，引得勇丁们纷纷出来观看。贞干走进屋，哭倒在大哥面前，高叫：“大哥，六哥的忠骸找回来了，可惜没有了头！”

“你是怎么找到的？不会认错吧！”曾国藩惊讶地问。

“哪里会错！莫说四肢还在，就是烧成灰，我也认得出。”

曾国藩抚棺痛哭，一边叫人打开盖板。曾国藩见躺在棺材里的那人除无头外，四肢都尚完好。他拉开死者的左裤脚，看到一道三寸长的疤痕后，立即喊起来：“温甫，你到底回来了，大哥找你找得好苦呀!”

说罢，又大哭起来。哭了一阵后，他对四周围观的人说：“温甫八岁那年，爬上塘边一棵桃树摘桃子吃，我怕他摔到塘里去，便高声喝骂他。他吓得赶紧从树上跳下来，腿不慎被树枝划破了，一直烂了两个月才好，从此便落下了这个疤。近三十年来，我一直为此事抱疚。”说着说着，又对死者高喊：“温甫，我的好兄弟，你为国捐躯，死得英勇。大哥为你伤心，大哥也为你荣耀呀!”

曾国藩越哭越厉害，引得围观者嗟叹不已，在杨国栋、彭寿颐等人竭力劝说下，好不容易才止住。

夜里，曾国藩为温甫设了一个简朴的灵堂。湘勇将领们络绎不绝地前来吊唁，曾国藩对着温甫的神主诵读了哀辞。并从第二天起，为六弟吃七天斋。到了第八天清晨，贞干带着二十多个勇丁，护送温甫灵柩回湘乡，曾国藩亲自送到盱江码头。

八　李鸿章给恩师献上皖省八府五州详图

正当建昌军营因三河之变而士气沮丧的时候，围攻两年多的吉安城，终于被曾国荃的吉字营攻克。接着，鲍超趁陈玉成部返回天京附近、李秀成部再度经营苏南的时机，在皖南连打几次胜仗，站稳了脚跟。紧接着，李元度部又挫败从福建过来的太平军。这些胜利，使士气重新振作起来。曾国藩从吉安之胜中，看出了九弟倔强不屈的性格和带勇打仗的才能，认定他是个可当大任的人物。恰好康福这时又从老家跋山涉水来到了建昌。去年，曾国藩回籍不久，康福也请假回沅江去了。曾国藩赏给他的三百亩水田，王矮爹替他经营得兴旺。一到家，王矮爹又为他张罗着娶了一房妻子。康福将田产分为两半。一半归于弟弟康禄的名下。康福不愿意作个财主终老，他要建功立业，光耀康氏先祖，接到曾国藩的信后，便匆匆赶来了。曾国藩派他前往吉安，代他奖赏吉字营。国荃将吉字营安置后，便和康福一同来到建昌。

曾国荃送给大哥的战利品是一部《欧阳文忠公文集》。曾国藩轻轻地翻着这部已发黄发黑的文集，惊喜地问："这是南宋庆元年间刻的，是欧阳子文集的最早刻本，你是怎么得来的？"

"吉安是欧阳修的故乡，大哥不是要我留意他的遗墨吗？"曾国荃得意地说，"打下吉安后，我也不管是不是欧阳修的后人，凡姓欧阳的，我统统把他抓了起来，要他们交出遗墨来，否则杀头。"

"你怎么能这样做？"曾国藩没有想到九弟用这种手段来搜集遗墨，倘若欧阳修九泉有知，岂不愤怒至极！

"不这样做，怎么可能得到它？"曾国荃指了指大哥手中的文集，"就这样，几百个姓欧阳的互相商议，逼得那些欧阳修的后人无法，实在找不出遗墨，便以这部供在祠堂里的宋本来充数。"

"沅甫，你给我送回吉安去！"曾国藩生气了，板着面孔命令弟弟。

"大哥，这样的珍本到哪里去找？你若过意不去，我给他们三百两银子算了。"曾国荃不服气。

"九弟！"曾国藩严肃地说，"咸丰三年练勇之初，我便对你们说过，长毛毁孔孟、焚书籍，得罪了天下读书人。我们就是要抓住这一点，把读书人争取过来。在《讨粤匪檄》中，我将维护中国数千年的礼义人伦、诗书典籍昭告天下，也是为了得读书人的心。这些年来朝廷失政，老百姓易被长毛笼络，只有读书人才是我们依靠的力量。你以杀头的手法，逼一代文宗的后人交出他们的传族之宝，此事传扬出去，岂不冷了天下读书人的心？九弟，你要明白此中的利害！"

大哥的话有理，曾国荃不做声了。曾国藩把文集仔仔细细翻了一遍，递了回去，曾国荃默默地收下。

"沅甫，乘这次攻破吉安的好机会，你回家去一次，招募几千人，将吉字营扩大到一万人。看来，温甫收复皖中的未竟事业，要由你来担负了。"

大哥的话太合国荃的心意了。这次在吉安获得的大量金银，正要运回家去买田起屋，为今后自立门户作准备，至于募勇扩营，更是他多年的心愿。

“大哥，无论为国为家，我都要和长毛血战到底!”曾国荃慷慨激昂地表示。在建昌小住几天后，便匆匆回荷叶塘去了。

不久，石达开率部离开福建，经江西、湖南向西开拔。朝廷分析石达开有可能入四川，急调曾国藩入川剿堵。一旦入川，则远离江宁，今后只能眼睁睁地看着别人拿下它。这是曾国藩极不情愿的事。他上奏皇上，请求让他进兵皖中，为三河之役报仇。奏折刚拜发，荆七送来一封信。原来，这信是李鸿章从五里外的县城里，托人捎来的。信上说，咸丰二年六月与恩师在京分别后，第二年正月，便随同工部侍郎吕贤基回籍办团练，与长毛、捻子作战。这些年来，巡抚福济不明事理，钦差大臣胜保多方猜忌排挤，在安徽很不得意，欲投奔恩师，不知肯收留否?

曾国藩览毕微微一笑，对于这个年家子，他是再了解不过了。

道光二十四年，李鸿章遵父命晋京，投奔曾国藩门下，拜他为师。曾国藩见李鸿章长得身材修长，五官俊美，言谈文雅，举止倜傥，心中甚是高兴，更兼李鸿章有人所不及的乖觉，过目不忘的记性，深为曾国藩所赏识。在他的精心指导下，第二年李鸿章便考中举人。道光二十七年，李鸿章与郭嵩焘一起中进士，入词馆，时年二十五岁。真个是少年高第，春风得意。曾国藩将他、郭嵩焘及同年入翰苑的陈鼐、帅远燡视为丁未年四君子。但李鸿章心气高傲，性格疏懒，为人不够实在，细节上不大检点，这些方面，与曾国藩脾性不合。李文安曾给曾国藩讲过他儿子小时候的一个故事：

李家以前养过一缸好金鱼。李文安一日偶与家人戏言，如今年金鱼产子多，则门徒中进学的多。后果然这一年产子很多，李文安扳着指头，数着这个可进学，那个可进学，又说长子瀚章今年也可进学。第二天，一缸金鱼全部死尽。文安奇怪，问家人，鸿章坦然承认。文安问何以害鱼。鸿章说："这么多人进学，唯独我不进，此鱼不可留。"文安笑道："你今年只有十一岁，怎能进学？"鸿章不语。李文安从这件事上，知儿子虽心高志大，但胸襟未免太狭窄，手段也太刻毒了。

这几年李鸿章在安徽打胜仗少，打败仗多，曾国藩也知道些。他甚至还听到过有人以"翰林变绿林"的刻薄话来挖苦李鸿章。曾国藩将来信锁进柜子，既不复函，也不派人传话，他有意要挫挫这个高足的锋芒。

十天过去了，没有动静，曾国藩派人悄悄地到建昌旅馆查看。回报说，李鸿章在旅馆读书写字。又过十天，曾国藩再派人去窥视李鸿章。回报说，李鸿章仍在读书写字，并无回安徽的表示。当天，曾国藩传令叫李鸿章来军营相见。

李鸿章一进军营，便急趋向前，走到曾国藩身边，行门生叩拜大礼。曾国藩凝然端坐，并不起身。待李鸿章行完礼，才招呼他坐下。六年多不见了，李鸿章已步入中年，战火奔波，使他面色黧黑，而腰板却显得比过去在书斋时硬朗多了。近来常感右目痒痛、精力不支的曾国藩，看到眼前这个踔厉风发的门生，又是喜欢，又是羡慕。

"少荃，这些年来你干了不少大事，人也发福了，官也做大了，现在是道员衔，还是按察使衔？"曾国藩充当过多次乡试主考和会试阅卷大臣，且诗文为一时之冠，故而门生甚多，但真正经他指教过的受业生，仅李鸿章一人。对李鸿章，他有一种父兄对子弟的情感。早就盼望李鸿章来了，但直到在安徽混不下去了才来投靠，曾国藩心里不太满意，二十天不理不问，也含有这层原因。

"恩师取笑了！门生早就想投奔恩师帐下，并托家兄转达过此意，怎奈福中丞执意挽留。福中丞是门生的座师，门生亦不好强违。这次我不管他肯不肯，下决心离开了他，追随恩师左右。门生虽蒙圣恩赏加按察使衔，但在恩师面前，门生永远只是个小学生。"

李鸿章的话提醒了曾国藩。的确，李瀚章曾跟他说起过老二要投奔的事，且二十天未见，李鸿章不以冷落为意，仍这样谦恭有礼，恍如十多年前碾儿胡同里的恂恂学子。曾国藩心中的一丝不快消失了。

“少荃，此间局面狭窄，恐艨艟巨舰，非潺潺浅濑所能容。你既与胜保不和，何不回翰林院供职去?”曾国藩望着李鸿章笑着，三角眼里射出的是慈爱的光芒。

“恩师，”李鸿章认真地说，“您老从来教导门生，男儿立身，不在高官厚禄，更不应贪图个人享受，当为君分忧，为国出力。目前逆贼肆虐，四海鼎沸，门生岂能违背恩师教导，视国难民危不顾，而回翰苑享清福呢?”

真是本性难移。多年的挫折，并没有打磨掉他的棱角，说起话来，仍是这般大言荦荦，但曾国藩喜欢听。他心里暗暗赞许，脸上却无特别的表示。

“这几年，门生在家乡东撞西突，前后追随过吕侍郎、福中丞，均茫然无指归；现在又遇了个胜保，心中无点滴才学，偏又目空一切，视汉员如同仇人一般。门生冷眼观察过许久，无论福中丞，还是何制台，以及和春、张国梁，都不是戡乱之才，更不要说胜保之流了。东南半壁浊浪滔天，真正的中流砥柱，实只恩师一人，万望恩师收留门生，日后也好附恩师骥尾光宗耀祖，这也是先父临终时的遗言。”李鸿章说到这里颇为动情。

“少荃，你来我这里，是想自己带勇，还是作参赞?”曾国藩不再盘马弯弓了，直接问。

“门生虽出身词臣，但这几年也曾几十次亲历沙场，略懂一点打仗的道理，门生想在恩师帐下作一名偏裨将佐。”李鸿章答得也直截了当。

“哦，你想带勇，那好哇!”曾国藩边说边思考，略停一会说，“不过，我身边暂缺一个办文书的人，先委屈你帮帮忙，掌几天书记文案如何?”

在曾国藩看来，安徽的团练办得一团糟，李鸿章的那一套根本就不能带到湘勇中来，必须先在他的身边跟着学习一段时期再说。

“好！门生正要跟着恩师学习起草奏折哩！”绝顶聪明的李鸿章将失望藏起，装出一副满心喜悦的样子，“家兄曾跟我说过，筠仙有次起草奏折，中有‘屡战屡败’四字。恩师看后，将‘战’‘败’二字互换位置，变为‘屡败屡战’。家兄对此佩服得五体投地，说位置一换，满篇精神大变。门生在安徽时，听福中丞说，恩师奏折，当今无双。门生过去跟恩师学古文时不用心，现在要补上这一课。”

李鸿章此时提起这件往事，真是恰到好处。曾国藩开心地笑笑说：“好吧，你今天回旅馆去结账，明日一早到军营来。”

几天下来，李鸿章在建昌军营办事顺利。他留心观察幕府一切事务，觉得也并没有什么与众不同之处，从书启到赞画都可胜任，唯一难以适应的，便是天未明就吃早饭这件事。湘勇规矩，天未明就得吃罢早饭，有仗打仗，无仗操练，不容许睡懒觉。幕府跟军营一样。曾国藩自己以身作则，每天和幕僚们一起吃早饭。吃饭时，他说古论今，谈笑风生。饭桌上，他不再是一个严厉的统帅，而是幕僚们极随和的朋友。李鸿章却有睡懒觉的习惯。平素在家乡，他要团勇们清早起床操练，自己则总是日上三竿才大梦方觉。

这几天凌晨，天还是漆黑漆黑的，军营便放炮吃饭了。一会儿，亲兵便来敲门叫起床，李鸿章正睡得香甜，哪里愿意出被窝！他借故不起。一连三天，曾国藩看在眼里不做声。第四天天未亮，亲兵又来敲门了。李鸿章烦躁地喊：“我病了，不吃饭！”

过一会，一幕僚来敲，李鸿章仍不起。又过一会，康福来了：“李翰林，请起床吃早饭！”

“告诉你们我病了，为什么三番两次总来喊？”

“曾大人说，有病也得起来，大家等你去后再用餐。”

李鸿章一听，心里发毛了，赶紧披衣，踉踉跄跄地奔进饭堂。曾国藩瞟了李鸿章一眼，端起碗吃饭，幕僚们跟着端起碗来。曾国藩面色峻厉，一言不发。吃完饭后，他放下碗筷，一字一句地说："少荃，既到我这里来，就要遵守我的规矩。此间所尚的，唯一诚字而已！"

说罢，起身走出饭堂，看也不看李鸿章一眼。李鸿章惊呆在板凳上，半天做不得声。

从那天起，李鸿章一改过去骄懒的文人习气，虚心学习周围的一切，这才发觉恩师所带的湘勇，与自己过去所带的团练确有许多不同之处，愈加从心里佩服。这天晚上，他对曾国藩说："门生这次给恩师带来了一件小小的东西。"

说罢从布包里拿出一卷纸来，曾国藩认得这是大内珍藏的特制棉纸。

"恩师请看。"李鸿章微笑着展开，竟是一幅皖省全图。曾国藩拨亮灯，仔细查看。图上画着安徽全省大的山川和府县界线，都标有名字。图下边还注明图与实地的比例关系。图虽画得精工，但并无特别之处。这样的地图，曾国藩手头有，他微笑着没有做声。

"恩师，这是几幅安徽分府地图，请您老过目。"李鸿章又从布包里拿出一卷纸，打开第一张，图上方标明"凤阳府"三字。只见这张地图大异刚才那一张，图上密密麻麻地标着山名、水名、县名、镇名，甚至较大的村庄名、神庙名都写上了。曾国藩心里吃了一惊："少荃，庐州府的详图有吗?"

"有。八府五州都有。"李鸿章不慌不忙地找出了庐州府地图。

曾国藩接过地图，急忙打开，右手食指在图上快速地移动，嘴里不停地说："三河，三河在哪里?"

"在这里。"李鸿章一下子就点出了三河镇。

曾国藩两眼死死地盯住三河。图上明明白白地标出三河镇四周的形势地名：镇建在马栅河与界河的交汇处，巢湖在东边，只有四十五里远，西边是金牛岭，东边是白石山，一条大道贯穿金牛镇直达三河镇。这样详尽的分府地图，曾国藩还是第一次见到。看着看着，他慢慢地两眼潮润，嗓门嘶哑："少荃，要是早几个月看到你这张图，迪庵、温甫和七千湘勇也不至于遭厄难。”

曾国藩将其他府州的地图略微翻了翻，都像凤阳、庐州一样，山川城镇，一一标列得清清楚楚。这是他多年来梦寐以求的地图啊，想不到今天居然由李鸿章送上门来了。看着这几张地图，曾国藩仿佛看到了湘勇的战旗正插在一个个城池上，规复皖省、攻克安庆已有了可靠的保证。他真想站起来，紧紧地拉着李鸿章的手，大声地说：“少荃，你这个礼物太好了，我收下！”但他很快地控制了自己的感情。李鸿章毕竟是他的晚辈门生，在晚辈门生面前怎能失态！他以惯常的神情说：“少荃，你来我这里好些天了，怎么今天才把皖省地图拿出来，你对我还留一手吗？”

“哪里，哪里！”李鸿章已知这几张地图在曾国藩眼中的分量，兴奋地说，“门生巴不得把一切都贡献给恩师，哪有留一手之理，前几天之所以没有拿出来，是怕露丑。这两天我见恩师这里用的仍是乾隆内府图，故才敢奉献。”

曾国藩心想：毕竟长了几岁年纪，比以往稳重多了。他慢慢地梳理着已见花白的长须，说：“地图莫精于康熙内府图，其准望勾弦，皆命星官亲至各处，按诸天度测量里差。乾隆内府图又拓而大之，亦甚精当，盖出齐次风宗伯之手。近时阳湖董方正孝廉依此二图订正差误，合为一本，李申耆先生照此刻印，据说是现在最精确的地图。我已托人去重金购买，至今未得到。这批皖省分府地图确比乾隆内府图精细多了，你是怎样得来的？”

“恩师。”李鸿章欠身答道，“咸丰三年初，我随吕侍郎在家乡办团练，几仗打下来，吃了不少苦头。这些苦头，大部分来自对地形不熟悉。有一次，我与长毛打仗，打败了，想找条路逃都找不到，结果几十个弟兄送了命，我幸而躲在草丛中才免于一死。长毛走后，我问当地百姓。他们告诉我，穿过松树林后就是一条大路，路口左右是两座小石山，是天然的堡垒，只要百把个弓箭手埋伏在石山上，就是一千人也都会死在那里。我听后半晌做不得声，倘若早点知道此处地形，不仅那几十个弟兄不会死，说不定还可反败为胜。我于是下定决心要绘制一套详细地图，远胜朝廷颁发的乾隆内府图。我从团练中抽出几十个知书识字、头脑灵活、办事可靠的人，派他们到各府去实地调查，足足用了十个月时间，终于绘制了这十四幅地图。”

“少荃，你做了一件顶好的事，假若东南八省都有这样的分府图，我们就可以立于不败之地了。”

“恩师过奖了。这地图虽较细，但打起仗来，还是嫌简略了，如果再详细到每个小山包、每条小溪港、每个小村庄都有的话，那就好了。”

“好哇，待平定长毛后，你就去做这件事吧！全国十八省，省省都绘制，那真是一桩惠泽子孙的大好事。”

“太好了，那时在恩师指导下，我一定会干得比现在的好得多。”李鸿章高兴地说。

“少荃，你把地图送给我，你自己不就没有了吗？”

“有，我还有一份，照这份原样影绘的。我那时想，万一一份丢了或损坏了，还可以有一个底子再补绘。”

是比先前长进多了，曾国藩心想。过会儿，他对李鸿章说：“少荃，我即将率师入川，远离你的家乡，你要不要先回家去安顿一下，我们再在芜湖码头相会。”

“不用了，门生来建昌之前，家事已作了安排。”李鸿章说，“不过，门生斗胆向恩师进一言，四川不可去，也不必去。”

“这话如何讲？”曾国藩靠在椅背上，习惯性地抬起右手，慢慢地梳理着胡须。这神情，显然是要李鸿章说下去。

“今夜只恩师与门生两人，门生就直言吧！”李鸿章略为停顿了一下，说出他在建昌旅馆里的一番深远思虑来，“咸丰三年正月，江宁陷落，东南半壁冒出一个与朝廷敌对的叛逆国号，其势力尤强在苏南、皖中、江西三个地方。自咸丰六年逆贼内讧后，江西已渐为恩师统率的湘勇光复，逆贼势力只有苏南、皖中两处。依门生愚见，与长毛决战的主要战场也只有这两处。长毛气焰，乃顺江由西而东，江宁之西，为长毛后方所在，江宁之东，不过长毛之门面而已。数年间，恩师已洞悉此中机要，由武昌而黄州，由黄州而武穴，由武穴而九江，由九江而湖口，步步进逼，节节获胜。门生在安徽细细观看思考，见长江两岸，恩师每复一城池，长毛气焰辄消一分，门生从心底里佩服恩师高屋建瓴，深谋远虑，其取势百倍胜过江北江南大营。门生心里早已明白，平巨憝，复江宁，非恩师莫属。”

李鸿章越说越有劲，双目晶亮，神采奕奕，令曾国藩暗为惊诧：今日之李少荃，已非吴下旧阿蒙。他随手拿起穆彰阿赠送的玉球，在手里慢慢旋转。此情此景，使他想起了二十年前与穆彰阿的一夕谈话。薪尽火传，这个才大心细、见识不凡的门生，不正是自己的传火人吗？

“朝廷已对江宁逆贼撒下了天罗地网，你何以知下江宁者非我莫属。少荃啦，这等大事，可不许你信口开河。”曾国藩打断李鸿章的话，“你说四川不可去，不能去，道理在哪里呀？”

“是，门生说漏了嘴。”李鸿章素知老师行事谨慎，这层意思，点到即可，他马上转入正题，“门生说四川不可去，其原因也正是刚才所说的，恩师多年浴血奋战，已将长毛逼在皖中、苏南一隅之地，现在反而忽然掉头入蜀，到千里之遥去堵流寇，将这伸手可摘之熟桃让给别人，就是恩师不在乎，湘勇将官弟兄也不情愿呀！就是门生在一旁，也为恩师抱不平。”

曾国藩微微一笑，在心里说：这个机灵的李老二，说话的本事是越来越高了，他的老子与哥哥都远不及。

“况且川督王庆云为人器局狭小，很久以来就想当蜀王，他决不会愿意恩师入川的。门生说四川不必去，是指石逆目前已成流寇，军心不稳，士气不旺，此去四川，将很可能走向末路，四川兵力足可制服他，不必动用湘勇这把牛刀。门生以为，恩师须立即向皇上陈明入川之非和入皖之要，同时亦请官帅、胡帅代为说明不能离开东南的原因；官帅、胡帅要成功，也是离不开恩师的。为使朝廷明白此中道理，恩师可命令目前在徽州、宁国的鲍超之部暂且撤离皖南。这样，长毛一定会乘虚而入，翁中丞必定急奏朝廷，那时各方交章挽留，恩师将免去入川之劳。”

曾国藩不得不佩服这个比他小十二岁的门生的见事之明。在湘勇主要将领中，有彭玉麟的忠贞、有杨载福的朴直、有鲍超的勇猛、有李元度的策划、有曾国荃的顽强，但无一人有李鸿章这样洞察全局的清醒、机巧应变的手腕！人才难得呀！两江一带，历来是人文荟萃之地，要留心访寻延揽。想到这里，曾国藩忽然记起温甫讲的赵烈文进谏的事。

“少荃，你是庐州人，全椒就在庐州旁边，你有没有听说一个寓居全椒的阳湖秀才赵烈文？”

“恩师何以知道赵烈文？他是门生的好朋友。”

“那太巧了！前次迪庵和温甫误攻三河，此人到军营进谏，可惜他们未听，不然也不至于有三河之变。我看这是个有识见的人才。”

“赵烈文确是个非比一般的读书人，他不乐举业，留心国事，潜研兵法，熟知舆地，尤工于谋划，的确是个好的军事参谋。”

“是呀，草莱之中，常有异才，日后到了你的家乡，我一定亲去拜访他。”曾国藩边说边抽出日记簿来，记上：“赵烈文，字惠甫，阳湖人，寓居全椒，知舆地，工谋划。少荃竭力推荐。”

“何劳恩师亲去，我写封信叫他来就行了。”

“不！还是我去见他为好。”

师生二人在军营一直谈到次日鸡鸣方止。第二天，曾国藩修书给官文、胡林翼，请他们代为向皇上说情，为不使皇上不悦，曾国藩尽起在建昌的水陆两支人马，踏上赴川的道路。当曾国藩将到武昌时，接到了上谕。上谕命曾国藩暂驻湖北，与官、胡熟商进剿皖省之计，援川部队从湖南选调。官文、胡林翼在武昌置酒为曾国藩道喜。席上，官文提出派永州镇总兵樊燮带二千人入川，曾、胡一致同意。于是官文以制军身份下令，调樊燮立即入川。谁知这一纸命令，倒惹出一桩轰动全国的大事来。

第二章／总督两江

一 国家不可一日无湖南，湖南不可一日无左宗棠

永州镇总兵樊燮接到命令后，兴冲冲地带着二千绿营启程入川。樊燮为官不清廉，仗着是官文五姨太娘家亲戚有恃无恐。湖南巡抚衙门接到不少参劾信函，骆秉章不愿得罪官文，压着这些信不理睬，左宗棠碍着骆秉章的面子，也不便处理。

这一日，樊燮路过长沙，将兵士们安置在城外，自己带着几个亲兵入城，径直来到又一村巡抚衙门里。巡捕见是樊镇台，不敢怠慢，忙进内通报。骆秉章正与左宗棠在谈论曾国藩驻兵湖北的事，听到通报，连声说："有请，有请。"樊燮大步踏进签押房，向骆秉章鞠躬请安："卑职参见中丞大人。"

骆秉章忙站起，笑道："樊镇台免礼。"

樊燮正欲靠着骆秉章坐下，忽然见左宗棠板着面孔坐在对面，便

走前一步说："左师爷一向好。"

左宗棠看了樊燮一眼，冷冷地说："樊将军客气了。"

樊燮心中不快，叉开两腿坐在骆秉章身边。骆秉章打着哈哈说："樊镇台，这次官中堂亲向朝廷保举你去四川剿贼，想镇台一定会以频频捷报答谢皇上圣恩和官中堂的器重。"

"石逆孤军远窜，成不了气候，樊某不敢夸口说一举获胜，但终究要剿灭那些乱臣贼子的。"樊燮不无得意地说，似乎有意让左宗棠知道他的厉害。

"大将威风，果然令人敬畏，令人敬畏！"骆秉章仍然打着哈哈说。

"长毛不过跳梁小丑而已，算得了什么？"

樊燮任永州镇总兵不过一两年，根本没有跟太平军交过手。前两个月，石达开围宝庆府，弄得长沙官场紧张得不得了。左宗棠亲自指挥人马，费了九牛二虎之力才勉强对付过去。听了樊燮这种欺世大言，左宗棠如何能不动怒："此话过头了吧！朝廷调兵几十万，糜饷几千万，至今尚未把长毛平定下去；且石达开乃贼中枭雄，曾涤生侍郎都数败于其手，你说这话，不脸红吗？"

樊燮吹牛时不脸红，听了这句话，倒真的脸红了，他强压怒火说："左师爷，我也不和你打嘴皮仗，以后看吧！"

樊燮来巡抚衙门，本是一种官场应酬，见气氛不好，起身朝骆秉章拱手道："卑职告辞。"

说罢转脸便走，并不理睬左宗棠。左宗棠勃然大怒，喝道："回来！"

"何事？"樊燮站住，气愤地反问。

"樊燮，你进衙门不向我请安，出衙门不向我告辞，你太猖狂了。湖南武官，无论大小，见我都要请安，你不请安，是何缘故？"

樊燮也怒了，高声说："朝廷体制并未规定武官见师爷要请安。武官虽轻，也不比师爷贱，何况樊某乃朝廷任命的正二品总兵，岂有向你四品幕僚请安的道理!”

左宗棠一时语塞，气得环眼暴凸，燕颔僵硬，虎地站起来，冲过去，抬起脚就要踢樊燮，骆秉章慌忙拦住：“季高，你这是干什么?”

左宗棠气得呼呼大喘，好半天，才冒出一声雷鸣：“王八蛋，滚出去!”

樊燮火冒三丈，青筋鼓起，欲再与左宗棠争辩，骆秉章忙说：“樊镇台，你请回吧！本抚就不送你了，祝你马到成功。”

樊燮只得含恨退出，当天下午便离长北去。

樊燮窝着一肚子气到了武昌，谒见官文，添枝加叶地把左宗棠如何无视朝廷命官、骄横跋扈、独断专行的情形，向官文哭诉了半天。官文听后老大不快。左宗棠居然敢对他的姻亲、朝廷指派的援川将领如此无礼，他岂能容忍！当天夜晚，官文便给皇上上了一个折子，将樊燮所说的摘要写了几条，又给左宗棠戴了一顶“劣幕”的帽子，说他把持湖南，为非作歹。

咸丰帝接到官文这道奏章，方知左宗棠居然是这样的幕僚，他大为吃惊，随即在奏章上批道：“湖南为劣幕把持，可恼可恨，着细加查明，若果有不法情事，可就地正法。”

奏折递回武昌，六姨太知左宗棠与胡家的关系，便悄悄地把此事告诉静娟夫人。静娟夫人怎能眼见自己兄弟的丈人吃官司不救，便求胡林翼设法搭救。胡林翼一面火速打发人送信到长沙，将事情原委告诉左宗棠，一面发信给郭嵩焘和王闿运。郭嵩焘此时供职南书房，王闿运则在已升为协办大学士的肃顺家做西席。咸丰四年八月，曾国藩率湘勇出省入鄂，王闿运没有随行。咸丰五年，王闿运中举，次年赴京会试。会试告罢后留京温习，被肃顺看中，延入府中。胡林翼请郭、王密切注视朝廷动向。

左宗棠接到胡林翼的信后，借口赴京会试，向骆秉章辞职。骆再三挽留不住，只得放行。左宗棠含恨离开长沙，回湘阴小住几天后，便带着一个仆人，冒着严寒乘船北去。这时，郭嵩焘给胡林翼来了一封急信，说皇上怕官文所奏不实，特地派都察院湖广道监察御史富阿吉来湘查访，将于近日由运河南下。胡林翼将家人胡汉唤进书房，密授机宜。胡汉受命，星夜乘快马赴河北，在山东德州遇上了富阿吉。

胡汉在德州出高价雇了一只大船，船上陈设华丽，肴馔精美。趁富阿吉的船泊在德州码头的时候，胡汉先请富阿吉的仆人上船玩，并以好酒好菜招待。仆人于是劝富阿吉改乘胡汉的大船。富阿吉到船上看了看，满口应允。待富阿吉上船后，胡汉又从德州妓院雇来四个能歌善舞的漂亮妓女陪伴他。富阿吉是个世家子弟，胸无点墨，靠祖上的军功，年纪轻轻地便做上了五品御史，平日最好的就是声色犬马、醇酒美妇。这一下，如同进了天堂，他不愿早日入湘，只想在船上多盘桓些日子。舟子似乎懂得富阿吉的心思，那船走得极缓极慢，又时走时停。就这样，富阿吉从北京到武昌，足足用了三个月。这期间，胡林翼将左宗棠留在襄阳听消息，暂勿进京。

富阿吉一到武昌，就被接进巡抚衙门，胡林翼亲自设宴为之洗尘。酒吃到兴起时，胡林翼对富阿吉说："星使为查办左宗棠，不畏辛苦，跋山涉水，令人敬佩。"

富阿吉谦虚地说："仆受皇上差遣，查朝廷要案，无辛苦可言。"

胡林翼连声说"可敬，可敬"，又殷勤劝了一杯酒，问："星使先前知左宗棠其人否？"

富阿吉答："不曾听说。"

"林翼与左宗棠同乡，对其人略知一二。"

"请中丞说说。"富阿吉放下筷子，显出一副专注的神态，似乎查办左案就从这里开始了。

"湖广一带人士，凡稍涉国事者，莫不知左宗棠乃当今一人才。值此宇内纷扰，三湘略能安枕者，固仗骆中丞镇抚之功，亦靠左宗棠赞襄之力。远的不说，这次长毛伪翼王窜扰宝庆府，全省震惊。正是因为左宗棠指挥省内绿营、团练同心协力作战，宝庆府城才得以保存，湘省人民才免遭涂炭。"

“哦，如此说来，左宗棠这人也还有些本事。”富阿吉生长在钟鸣鼎食之家，战火兵灾从未见过，心想：倘若叫我去杀贼卫土，还不知如何应付哩！

“岂止是有些本事！”胡林翼认真地说，“实为当今戡乱大才。只因左宗棠耿介成性，嫉恶如仇，又缺乏涵养，故开罪小人。据说告状的永州镇总兵樊燮贪婪庸劣，士兵百姓都有怨言。左宗棠对他的呵责，并非蔑视朝廷命官，而是发泄心中对贪官污吏的愤恨，希望星使为保全人才计，替左宗棠说几句话。”

富阿吉不在意地说：“仆奉命查办，总期水落石出，案情大白。中丞放心，一定会公事公办。”

“公事公办，诚为至论，但目前谣诼纷纭，星使又不明内情，恐怕欲秉公办理而不能。”

富阿吉问：“如中丞所说，该如何办才是？”

胡林翼说：“依鄙人之见，星使当先存爱才之心，后方能做到秉公办理。”

“中丞是要我袒护左宗棠？”富阿吉警觉起来。

“不能说袒护，乃为惜才耳。左宗棠之才出类拔萃，天下纷乱，养成一人才不易，宁忍加以摧残？鄙人之意，实为国家社稷着想，非为私情。星使若理解，就请在武昌停驻，中止湘行，鄙人已代星使拟好奏稿，为左宗棠辩诬，星使可在武昌拜发后返旆回京。”

富阿吉一听，顿时变色，拿出钦差大臣的架势来，一本正经地说：“中丞此言差矣。仆奉使命而不赴湘查办，住在武昌，岂不欺罔朝廷，蒙骗皇上？左宗棠之案已立于都察院，仆岂能凭中丞一面之词而定谳？中丞刚才这番话，既有谀左宗棠之嫌，又陷仆于不忠，还望中丞三思才是。”

说完就要起身，仿佛这桌酒席是害他不忠的陷阱。

“慢点！”胡林翼冷冷地说，一面从柜子里拿出一份奏折来甩到富阿吉的面前，“星使不发代拟之折，鄙人将拜发此折了。”

富阿吉莫名其妙地拿起奏折，看着看着，冷汗淋漓，面如死灰。原来，胡林翼的奏折是一份措辞强硬的弹劾。内中列出富阿吉自出京以来，如何骚扰民间，奸淫民女，耽于享乐，有意延误行程等等罪状，人证物证俱在，不容辩驳。富阿吉是个未谙世事的纨绔青年，看着这个奏折，早已吓得魂飞魄散，手抖抖地不能自已，忙赔着笑脸说："中丞，开玩笑何以至如此。常言说得好，官官相护，共保无事，请中丞万勿拜发此等奏折，仆感激不尽！"

胡林翼也换成笑脸说："星使也不必过于害怕。舟中之事，鄙人不告发，谅旁人也不知。鄙人不求星使感激，请星使就此拜发代拟折吧！"

富阿吉无奈，只得遵命拜发。

在此同时，官文也打发几个人装模作样地到长沙住了几天。回到武昌，按早已定好的调子也拜发一份奏折，证明樊燮所说属实，请杀左宗棠以儆效尤者。

咸丰帝接到两份截然不同的奏折，有些为难，便与肃顺商量。肃顺回府后，与王闿运谈起这事。王闿运乘机在肃顺面前极言左宗棠之才，请他保全。肃顺久闻左宗棠能干，也有心保护，便对王闿运说："听说左宗棠与曾国藩、胡林翼相交甚深，我劝皇上特旨垂询曾、胡，你再去跟郭嵩焘说说，联络几个名翰林上书皇上。到那时，我就好说话了。"

当时最有名的翰林，是壬子年探花，时为内阁学士的吴县人潘祖荫，其祖父乃鼎鼎有名的状元大学士潘世恩，郭嵩焘与他同值南书房。潘祖荫喜爱古玩，尤爱收集鼻烟壶。传说他主考乡试时，遇到两个不相上下的考生，而又只能二者取一时，他便拿出红绿两个鼻烟壶来放在口袋里，先定好红为甲，绿为乙，然后信手摸，摸出红来取中甲，摸出绿来便取中乙，决不改变。郭嵩焘在王府井古董店里，重价买下一只明万历年间利玛窦从意大利带来进贡的镶银玛瑙鼻烟壶，邀请潘祖荫来家喝酒。酒酣耳热之际，郭嵩焘卖弄似的拿出鼻烟壶，果然引得潘祖荫胃口大开，欣赏把玩，爱不释手。

“伯寅兄，你是个收藏鼻烟壶的专家，要是看得上，就送给你凑个数吧！”

“真的?”潘祖荫喜出望外，“筠仙，你这个礼物太贵重了，叫我如何感谢你！”

“感谢嘛，不敢当。”郭嵩焘摸摸已经发福的圆胖脸，笑道，“只求你的大手笔做一篇有益于国家的文章。”

“这个容易，你只管说。”

要探花潘祖荫写篇文章，就好比要小孩子搓个泥蛋一样，既乐意办，又容易办。

“左宗棠的事，你听说过吗?”

“你是说官文告状的事吗?”潘祖荫一边用玉签剔牙，一边摆弄着杭州檀香扇，扇上的诗画都出自他的手笔，一副十足的名士派头。

“官文是诬告。”

“真的吗?”潘祖荫觉得奇怪，左宗棠这几年为湖广局面的稳定出过不少力，京师都有传闻。官文作为湖广总督，为何要诬告一个师爷?待郭嵩焘将事情的经过和这中间复杂的关系，原原本本地告诉潘祖荫后，潘恍然大悟。潘祖荫才华横溢，少年气盛，十分恼火满蒙亲贵的尸位素餐、嫉贤妒能，况且他的家乡四周已落入太平军手中好多年了，迫切盼望早日光复，而光复的希望又只能寄托在曾、胡、左等人的身上。潘祖荫边听边打腹稿，待郭嵩焘说完后，他的腹稿也已打好。瞬息之间，便草就一篇折子。

“筠仙，你看看要得不?”

郭嵩焘接过，轻轻念道：“湘勇立功本省，援应江西、湖北、安徽、浙江，所向克捷，虽由曾国藩指挥得宜，亦由骆秉章供应调度有方，而实由左宗棠运筹决策，此天下所共见，久在我圣明洞察之中也。前逆酋石达开回窜湖南，号称数十万。以本省之饷，用本省之兵，不数月肃清四境，其时贼纵横数千里，皆在宗棠规划之中。设使易地而观，有溃裂不可收拾者，是国家不可一日无湖南，湖南不可一日无左宗棠也。”

读到这里，郭嵩焘神采飞扬，拍案叫绝：“伯寅兄，你真不愧为探花郎！‘国家不可一日无湖南，湖南不可一日无左宗棠’。这真是千古佳句！万千称赞左宗棠的话，在这两句面前都显得软弱无力。我今天真是服了你。”

“你读完吧，读完后我们再来一句句斟酌。”潘祖荫微笑着，心中十分得意，檀香扇在手中轻轻地摇动。天气其实还很冷，扇子在他手里，不过是一种习惯、派头的表现而已。

“宗棠为人，秉性刚直，嫉恶如仇。”郭嵩焘继续念下去，“湖南不肖之员，不遂其私，思有以中伤之久矣。湖广总督惑于浮言，未免有引绳批根之处。宗棠一在籍举人，去留无足轻重，而楚南事势关系尤大，不得不为国家惜此才。”

“好，就这样送上去，一个字都不用动了！”郭嵩焘发自内心地赞叹。

“筠仙，你莫客气，该改该删的地方，都由你做主。”

“真的妙极了。这样的奏疏，日后必然传下去，尤其是两个‘不可一日无’，一定会传诵千古。”

“传诵千古不敢当。不过，这两句也确是神助之笔。一篇好文章，靠的就是一两句警句支撑。比如《滕王阁序》，靠的是‘落霞与孤鹜齐飞，秋水共长天一色’，《岳阳楼记》靠的是‘先天下之忧而忧，后天下之乐而乐’。”潘祖荫摇头晃脑地说着，看来，他也被自己创造的警句陶醉了。

过几天，曾、胡的回奏先后到达咸丰帝的手里。曾国藩说：“左宗棠刚明耐苦，晓畅兵机，当此需才孔亟之时，或饬令办理湖南团防，或简用藩、臬等官，予以地方，俾得安心任事，必能感激图报，有裨时局。”胡林翼说得更恳切：“臣查湖南在籍四品卿衔兵部郎中左宗棠，精熟方舆、晓畅兵略，在湖南赞助军事，遂以克复江西、贵州、广西各府州县之地，名满天下，谤亦随之。其刚直激烈，诚不免汲黯大戆、宽饶少和之讥。要其筹兵筹饷，专精殚思，过或可宥，心固无他。恳请天恩酌量器使，饬下湖南抚臣，令其速在湖南募勇六千人，以救江西、浙江、皖南之疆土，必能补救于万一。”

肃顺借着潘、曾、胡的奏疏，请皇上免查左宗棠之过失，予以重用。咸丰帝接受肃顺的建议，下诏左宗棠以四品京堂候补，随同曾国藩襄办军务。后来，左宗棠又请骆秉章代他上一道奏折，详细奏明樊燮贪劣无能之种种情事，樊燮终被革职。

樊燮带二子回到原籍湖北恩施，建一栋楼房。楼房建成之日，樊燮宴请恩施父老，说：“左宗棠不过一举人，既辱我身，又夺我官，且波及我先人，视武人为犬马。我把二子安置楼上，延名师教育，不中举人进士点翰林，雪我耻辱，死后不得入祖茔。”

樊燮重金聘请名师，以楼房为书房，除先生与二子外，别人一律不准上楼。每日酒饭，必亲自过目，具衣冠延先生下楼坐食，席上有先生未动箸者，即撤去另换。二子不准着男装，都穿女子衣裤；又将左宗棠骂他的“王八蛋，滚出去”六字写在木牌上，置于祖宗神龛下侧，告诫二子说：“考上秀才进学，脱女外服；中举脱女内服，方与左宗棠功名相等；中进士、点翰林，则焚木牌，并告诉先人，已胜过左宗棠了。”

二子谨受父命，在书案上刻“左宗棠可杀”五字。后来，樊燮的第二子樊樊山果中进士。报捷那天，他恭恭敬敬地在父亲坟头报喜，当场焚烧“王八蛋，滚出去”木牌。当然，这些都是后话。

二　江南大营溃败后，左宗棠乘时而起

就在朝廷处理樊燮、左宗棠一案的这段时期里，曾国藩将大营移到安徽宿松，作重新规复皖省的准备。左宗棠应曾国藩之邀，由襄阳来到宿松，一住就是二十天。二人在宿松大营里昕夕纵谈东南大局，

商量补救方略。曾国藩又将近年来辑录的《经史百家杂钞》底稿给左宗棠看，请他提意见。军务这样繁忙，曾国藩居然能忙中偷闲，不忘文人本职，编辑百万字的大部头古文选本，使左宗棠自叹不如。他接过底稿，认认真真地看起来。

这一天，彭玉麟差人来报，属外江水师的澄海营与属内湖水师的定湘营，同在长江上截获一条运粮往安庆的洋船，因分货不均而发生械斗，请派人前去调停。事态严重，曾国藩决定亲到彭泽走一趟。他与左宗棠约定，回来后听左谈对《经史百家杂钞》的意见。曾国藩刚走，左宗棠便收到胡林翼的信。信上说皇上将命他回湘募勇，可早作准备。左宗棠欣喜异常，只等曾国藩回到宿松后，即告辞回湘。正在这时，一场意外的变故发生了。

取得三河大捷的陈玉成、李秀成先后被洪秀全封为英王、忠王，以后李世贤也被封为侍王。咸丰十年正月间，三王为解天京之围，策划一次大的军事行动。李秀成、李世贤由苏南率军进入浙江，大兵猛压杭州。浙江巡抚罗遵殿慌忙向江南大营统帅和春求救。和春派总兵张玉良带兵两万，由江宁赶救杭州。张玉良刚走到半路，李秀成、李世贤带兵离杭北上，猛扑江南大营。此时，陈玉成率皖北之兵强行渡江。两军会合，数日之内连破江南大营外围要地高淳、溧阳、溧水、句容、秣陵关。江南大营被包围了。和春、张国梁分头拼死抵抗。太平军与清军连战九昼夜，江南大营彻底崩溃，天京之围顿解，李秀成、陈玉成围魏救赵之计获得全胜。太平军趁势南下，和春、张国梁节节败退。张国梁死于丹阳，和春毙命于浒墅关。七万江南绿营，除张玉良部二万人外，至此全部瓦解。

消息传出时，曾国藩正在彭泽。他既感意外，又在意中。杨载福对败兵沿途的骚扰非常愤慨，彭玉麟则担心太平军的气焰会更加炽烈。曾国藩心中却隐隐生出一丝快意：江南大营的瓦解，或许将预示着湘军的转机！他匆匆离彭泽返宿松。船过泊劳湖时，接到正驻军宁国的李元度的信。李向他报告江南大营的情况，并捎上一句耐人寻味的话：

和春死，桂清逃，东南大局，天意将属于谁？

“这个平江才子，想得也太多了。”曾国藩心里说，随手点起火，将信烧了。宿松老营的反应如何呢？曾国藩心中交织着忧虑、沉重、庆幸、热望等各种复杂情绪，究竟哪种为主，连他自己也说不准。夜里，他躺在船上，辗转反侧，难以入眠。后半夜，癣疾又发作了，奇痒难耐，害得他整夜不能合眼，抓得皮屑满床，血迹斑斑。

天亮时，船靠羊角塘码头，他换上轿子，匆匆向宿松老营奔去。老营扎在县城外，气氛仍如几天前的平静。曾国藩一进屋，便看到案桌上堆了一尺多高的文报。他拿起最上面的一份，随便浏览。

“涤生，你到底回来了，我天天都在盼望。”人未进门，声音就雷鸣般地灌了进来，除开左宗棠，再没有第二人这样。“出大事了，你知道吗？”

“你是说江南大营的事？”曾国藩放下文报。

“江南大营已不复存在了。”左宗棠边说边在对面木凳上坐下。

“四五万人马，十多天的日子便毁了，真不堪设想，可惜呀！”曾国藩面带戚容，比起左宗棠洪亮的嗓音来，他的音色干涩多了。

“有什么可惜的，这个脓包早点穿了早点好！”左宗棠的爽直，使曾国藩吃惊。

“你说得太刻薄了，江南大营毕竟经营了七八年，担负着抵抗长毛的大任呀！现在和帅、张军门惨死，数万弟兄身亡异乡，朝廷辛辛苦苦部署的计划全部打乱，今后只会使长毛的气焰更嚣张，我们的道路更艰难。”

“和春、张国梁死不足惜，数万弟兄虽可怜，但这也是无可奈何的事。不过，对消灭长毛的大局来说，”左宗棠两眼逼视着曾国藩，略微压低了声音，“涤生，莫怪我说得直，它倒是一件天大的好事。”

“你说什么！”曾国藩故作惊讶地问，“这是我之不幸，敌之万幸，何来天大的好事可言？”

“涤生，我不信你真的没看出来。”左宗棠一笑。他这人要说的话藏不住，痛痛快快地倒出来后，心里就舒服了。“江南大营早已千疮百孔，腐臭冲天。当将官的莫不锦衣玉食，倡优歌舞，士兵则多抽鸦片，嫖赌成风，士气溺惰，军营糜烂。这两年来，何桂清每月给它十多万两银子的接济，想利用它来做个中兴名臣；朝廷则受何的欺骗，以为江南大营是抵抗长毛的干城，反倒将我们湘勇视为可有可无。不要说你和在前线打仗的弟兄们不服，就是我这个留守大臣都怄了一肚子气。真正是蝉翼为重，千钧为轻；黄钟毁弃，瓦釜雷鸣呀！现在江南大营彻底覆没，将使朝廷从此清醒过来，岂不是天大的好事！”

“你知道何桂清逃命的情形吗？”左宗棠说的是实话，曾国藩怎会不知道！对朝廷的决策，他历来采取谨慎的态度，从不妄加议论，何况当着这位心直口快的左季高的面！对何桂清则不同。曾国藩恨何桂清，最先起于郭嵩焘购浙盐的事；后来，何桂清常向他的靠山——军机大臣彭蕴章写密信，说曾国藩胆小，不会打仗，彭蕴章把这股阴风吹到皇上的耳边。这些，都是郭嵩焘在南书房当值时听到的。现在，何桂清终于惨败了，曾国藩如何不快意！

“不知道！”左宗棠摇头。他对于这些身居高位的官僚有种本能的敌意，极乐于听他们的倒霉事，“你说吧。”

“败兵逃到常州，何桂清才知江南大营破了。他不思抵抗，立即带着僚属跟在和春的后面南逃。常州士绅知道了，半路拦下他的轿子，哭着跪着请他留下。何桂清这个丧尽天良的家伙，居然命令亲兵开枪，打死了几个乡绅，然后冲出人群，逃到苏州。徐有壬闭门不纳，只得连夜绕城墙往上海方向逃去。向攀轿挽留的乡绅开枪，大清二百年来，还没有这样的总督！”义愤私怨混合在一起，使曾国藩显出少有的激动。

“偏偏都是这些混蛋得到重用，倘若不是这次长毛打到常州，过不了几年，这个油滑小生又要入阁了。”天下这些不平事，左宗棠恨之入骨，提起便有气。这次樊案给他很大的教训，他告诫自己要克制肝火。他有意端起茶杯，大口大口地喝起茶来。火气略为平息后，他告诉老朋友，皇上已命他回湘募勇，明天就要离开宿松。

“明天就走？”曾国藩希望左宗棠多住几天，关于局势变化后湘勇的用兵计划，他很想与这个今亮商讨商讨，“《经史百家杂钞》编纂如何，你还没有提意见呢！”

“我猜你是想超过姚鼐？”左宗棠诡谲地笑笑。

“姚姬传先生博大精深，我粗解文章，乃姚先生启之，哪里敢有超过他的野心！”曾国藩诚恳地说。

“当然，要想超过姚鼐，也的确不易。”左宗棠收起笑容，认真地说，“不过，你将姚先生义理、辞章、考据的治学路径有意拓宽一条，把经济加了进去。从这点上说，你有所超过。但大醇小疵，里面也有些篇章还可再斟酌斟酌，眼下我无心和你多说，待平定长毛后，再来详论如何？”

“好！平定长毛后再谈。先说说，你准备招多少人！”

“多则一万，少则七八千，名字我已想好了，就叫它楚军。”

“楚军？”曾国藩想起当年王鑫在赵家祠堂张贴“湘军营务处”招牌的事，“季高，叫楚军不宜，你既然要另树一帜，还是叫楚勇为好，日后免得遭人诘难。”

“虽然是勇，但它既出省作战，还是叫楚军为好，究竟名正言顺些。”左宗棠不是王鑫，他不愿受曾国藩的制约，做事也没有曾国藩那么多的顾虑，有声有色，轰轰烈烈地干一番事业，是他几十年梦寐以求的愿望。前几个月，因樊燮告状，他在长沙处境不利，有人甚至偷偷写一些辱骂的小条子，半夜贴在他的门上以泄积怨，常常惹得他怒火中烧。有一张帖子上甚至写着“钦命劣幕衔帮办湖南巡抚大公馆”，极尽挖苦之能事。现在此案已平，因祸得福，且又正遇江南大营溃败的非常时机，年已四十九岁、中举达二十八年之久的左宗棠怎能失掉这个大好机会！他恨不得招集十万八万雄师，尽展胸中奇才，一年半载便荡平巨寇，克复江宁。他相信自己有这个本事。

左宗棠刚告辞出门，亲兵送来一个讣帖：罗遵殿家明日举行家祭，请曾国藩参加。

“淡村死得可怜！”曾国藩自言自语，满脸阴云，转而对亲兵说，“你告诉罗家，明早我亲来府上吊唁。”

三 想起历史上的权臣手腕，曾国藩不给肃顺写信感恩

罗遵殿是安徽宿松人，一年前由湖北藩司任上调任浙江巡抚。他与胡林翼关系极深。何桂清出于对湘系人员的嫉妒，讨厌罗遵殿。张玉良奉和春命带兵援浙时，何桂清指示亲信江苏藩司王有龄，以视察苏州城垣为名，将张玉良留在苏州两天，结果贻误军情，致使罗遵殿城破自杀。曾国藩很为罗遵殿抱不平，他凝神良久，为罗写了一副挽联：“孤军断外援，差同许远城中事；万马迎忠骨，新自岳王坟畔来。”第二天，曾国藩亲到罗府，在罗遵殿的灵柩前鞠躬致哀。当他所撰的挽联被高高悬挂起来的时候，所有前来吊唁者莫不感慨唏嘘。

凭吊完毕，曾国藩特地叫罗遵殿的儿子罗忠祐到后院叙谈，以示关怀。他要罗忠祐将父亲冤死之事上奏皇上，严惩贪生怕死、祸国殃民的何桂清。又勉励罗忠祐好好读书，锻炼才干，方今四方多虞，有才者必不会久处囊中。

“曾大人，晚生年幼，虽极愿读书，但不知生在今世，以读哪种书为急务。”罗忠祐一向敬佩曾国藩的学问，趁机向他请教。

曾国藩想了想，说：“先哲经世之书，莫善于司马文正公《资治通鉴》。其论古皆折衷至当，开拓心胸，如因三家分晋而论名分，因曹魏移祚而论风俗，因蜀汉而论正闰，因樊、英而论名实，皆能穷物之理，执圣之权。又好叙兵事所以得失之由，脉络分明。又好详名公巨卿所以兴家败家之故，使士大夫怵然知戒。实六经外不刊之典。足下若能熟读此书，而参稽三《通》、两《衍义》，将来出来任事，自有所持循而不失坠。”

罗忠祐很受启发，说：“大人这一番教导，使晚生从迷津中走了

出来。晚生今后就遵照大人的教诲，好好研习《资治通鉴》。”

正说话间，忽见一人踉跄闯进灵堂，高呼：“淡翁，你死得惨呀!”

曾国藩抬头看时，原来是湖北粮台总理阎敬铭。他走过去，拉着阎敬铭的手问：“你是从武昌专程来的?”

阎敬铭说：“润芝要我代他来宿松吊唁，他还有封信要给你。”

曾国藩点点头，不再问了。

罗府家祭完毕，曾国藩请阎敬铭同到军营。

“吊淡村是名，送它才是实。”进了内室后，阎敬铭从靴页中间抽出一封信来，双手递给曾国藩。

曾国藩心想：这是一封什么信，如此神秘！他一看信封，更感奇怪了：信封上并不是写的他的名字，而是胡林翼的大名。拆开看时，才知这是肃顺近日写给胡林翼的一封密信。信上说的是这样一件事：江南大营溃败，皇上近来寝食不安；何桂清临阵脱逃，皇上更为愤恨。皇上打算在东南几省内选一个可靠的人代替何桂清，为此事垂询过几位亲贵大臣。昨夜，皇上对肃顺说，拟授胡林翼为两江总督。肃顺听后沉吟片刻，说：“胡林翼才学优长，足堪江督之任，但若调离，鄂抚一职则无人可代。”皇上问：“叫曾国藩任鄂抚如何?”肃顺说：“六年前，皇上命曾国藩署鄂抚，几天后又撤销前命，曾国藩想必心中不快。事隔六年，又叫他任鄂抚，显得皇上恩德不重，不如干脆叫曾国藩作江督。胡与曾是好友，必定会协调合作。那时上下一气，东南局面将有转机。”皇上点头说：“你考虑的是，就这样办吧!”

曾国藩看到这里，激动得手微微发颤，心里充满着对肃顺的无限感激。肃顺信最后写道：

> 润芝向来深明大义，顾全大局，想不会因此事而有芥蒂。望与曾涤生和衷共济，力挽狂澜，建攻克江宁大功。异日筑凌烟阁，同绘润芝与涤生像于其首。

信的边角还有一行小字："请送与涤生一阅。"

曾国藩将信重新折好，郑重装进信套，双手退回给阎敬铭，说："烦你转告润芝，就说我已经拜读了。"待阎敬铭将信又塞进靴页中间后，曾国藩问："润芝还说了些什么？"

阎敬铭答："润芝要我告诉你，说难得皇上身边有肃相这样的贤臣，以天潢贵胄之尊，对我汉族士人如此垂青，实我朝仅见。看来大事有济，国家中兴有望，可以放手大胆去干一场了。"

"是呀！君圣相贤，国事有可为。"曾国藩从心底深处涌出这句话。

"润芝还说，欲复江宁，还得从皖省下手，建议沅甫带吉字营速围安庆。沅甫才大器大，足可独当一面。"

"才根于器，确为良论。"曾国藩笑道，"看来，我这个做哥哥的，还不如润芝对沅甫了解得深透。你回去告诉润芝，就说我按他的部署，立即调沅甫去安庆。"

"好，我不在宿松久留了，明天就回武昌。"

阎敬铭刚走，又响起敲门声。"这么晚了，还有谁来？"曾国藩心想。

门打开了，进来的是李鸿章。

"恩师，睡不着觉，想跟您老聊聊。"

李鸿章知道曾国藩有个好夜里聊天的习惯。

"什么事害得你睡不好觉，这可是少有。"与曾国藩相反，李鸿章则瞌睡极重。这点，曾国藩也知道。

"恩师。"李鸿章坐下后，一本正经地说，"我想来想去，这江南大营的溃败，不是坏事，是好事。"

"你也是这样看的？"曾国藩暗自高兴，李元度、左宗棠、胡林翼都能从江南大营的失败中看到湘勇的转机，现在李鸿章也持这种看法，他感到自己身边的确有一批识见不凡的人才。

“祸兮福所倚，福兮祸所伏。江南大营前些日子表面上热火朝天，其实已种下了溃败的祸根。现在全军覆灭的大祸里，又潜伏着战事的转机。”李鸿章两只好看的眼睛闪闪发亮，显出一种异常机灵的模样。

“将会有什么样的转机呢？”曾国藩问。他既想进一步测量李鸿章对事情的分析能力，又要凭他的分析来验证自己的判断。

“恩师，我以为皇上从此将会对绿营失去信心，而把全部希望寄托在湘勇身上。这就是战事的转机。”

好个乖觉的李老二！曾国藩心里称赞着。他羡慕李文安好福气，生下一个这么聪颖的儿子，倘若纪泽能像他一样就好了。

“恩师，门生还有一种预感。”李鸿章把头伸过去，靠拢曾国藩，神秘地说，“何桂清肯定会被撤职，恩师极有可能总督两江。”

“不要瞎说！”曾国藩小声制止。

“是。门生不会对别人讲，只是自己这样想想罢了。”过一会，李鸿章又说，“恩师，门生想，湘勇虽水陆俱全，但还有欠缺。”

“缺什么？”

“缺一支马队。”

“哦！”曾国藩点点头，习惯地半眯起眼，靠在椅背上沉思着。很快，半眯的眼睛睁开了。他想起六弟曾说过，半眯着眼睛看人，使人觉得倨傲，不易接近。要改！今后做了总督，位高权重，更要注意仪表上的谦恭。李鸿章倒没有注意到这个变化，继续说：“长毛马队力量不强，但皖北的捻子却擅长骑射，今后平息捻子，非有一支强悍的马队不可。”

“少荃，你考虑得长远。”李鸿章的提醒很重要。皖省属两江的辖境，不能仅仅只想到目前，还要虑及它今后的长治久安。“你准备一下，过几天到皖北去招募五百剽悍的大汉，我再派人到口外去买五百匹好马，由你来训练一支马队如何？”

“恩师如此器重，门生一定要把这支马队训练好。”李鸿章大喜过望，再随便扯了几句闲话，便起身回去了。

睡意给阎、李的谈话全部冲走了，曾国藩干脆不上床睡觉，他觉得有许多事要赶快办理。环视东南数省，只有自己最有资格任江督一职，看来肃顺说的是实话。从咸丰三年带勇以来，就巴望着能有这一天的到来。现在，这一天已屈指可数了。这个时候的两江总督，其实就是与长毛作战的最高统帅，也就是全国军事力量的最高统帅，要站在这个高度上作一番统筹全局的安排。然而，过去历任两江总督的怡良、何桂清等人，都没有看清自己的位置，或者看到了，但手中无足够的可直接调配的军队，也当不成真正的统帅。曾国藩是可以充当这个统帅的。他有自己的嫡系力量——湘勇，他要制定出一个深思熟虑的、切实可行的用兵计划，大大扩充湘勇，指挥两江的绿营，做一个号令威严、三军敬畏的统帅。想到这里，曾国藩再一次涌起对肃顺的感激之情。

他要给肃顺写一封极机密的信，派人专程送到北京去。曾国藩抽出一张纸来，又慢慢地磨着墨。猛然，他记起了肃顺要胡林翼将信给他看的话，心中产生了疑问：为什么肃顺要将这种绝密的事告诉胡林翼和自己呢？按理，他不应该泄露出来。“肃顺要讨好！”曾国藩心里说，他开始冷静了。对于这个圣眷甚隆的协揆，曾国藩是清楚的。肃顺精明干练，魄力宏大，敢于重用汉人，瞧不起满蒙亲贵中的昏愦者。为人骄横跋扈，独断专行。原来与恭王关系较好，后来仗着皇上的宠幸，连恭王也不放在眼里了。今日的肃顺，不就是历史上的权臣吗？恭王以及在他身后的满蒙亲贵，在朝廷中势力很大，与他们相比，肃顺势孤力单。皇上虽说年轻，但据说有痨病，万一有不幸，肃顺岂是恭王的对手！他这样明目张胆地拉拢自己，安抚胡林翼，是不是心怀叵测？想到这里，曾国藩心中冒出一丝恐惧。凡事预则立，不预则废。这样的大事，还是以谨慎为好。曾国藩停止磨墨，将纸收到抽屉里。他决定不给肃顺写感谢信，今后即使真的上谕来了，也只能按规矩办事，给皇上上谢恩折，不能与肃顺有私下的联系。

四 定下西面进攻的制胜之策

上谕真的到了宿松："曾国藩着先行赏加兵部尚书衔，迅速驰往江苏，署理两江总督。"这个消息很快便传开了，驻扎在宿松的湘勇将官们纷纷前来祝贺，宿松、太湖、望江等县的县令们，一个个亲自坐轿来，连远驻徽州的左副都御史张芾也打发人飞骑奔来道喜。凡前来恭贺的人，曾国藩一律不见。他在大营墙上张贴了一纸告示："本署督荷蒙皇恩，任重道远，无暇应酬，贺喜者到此止步，即刻返回，莫懈职守，本署督已祗受矣。"

因为事先早已知道，曾国藩对这道上谕并没有表现出过多的欣喜，反而深感临危受命的重大责任。局面是严峻的：整个苏南，除上海一隅外，已全部落入太平军手里；苏北皖北，捻军势力大为增长，行踪飘忽不定，州县无法对付；在浙江，李秀成的部队绕过杭州，出没于浙西一带；江西饶州、广信、建昌、抚州等地，李世贤的人马经常任意往来；石达开的二十万人马虽已进入川贵，但随时都可返旆东来，太平军的各路人马，合起来至少还有五六十万。进入知天命之年的曾国藩，这些天来时常有一种苍凉之感。朝廷在江南大营溃败、四顾无人的时候，才想起依靠湘勇的力量，就在要依靠的时候，仍不愿干干脆脆把江督授予他这个湘勇的元勋，而要授给胡林翼。难道说，皇上对他的成见，一直耿耿于怀吗？每当想起这些，曾国藩便涌出一种强烈的委屈和失意之感。

这天傍晚，巡捕送来刚收到的一个大包封。打开一看，是朝廷颁发给两江总督衙门象征皇权军威的箭、旗等物，共有令箭十二支、箭壶一个、架子一个、令旗十二面、令牌十面、王命旗十道。曾国藩拿起一面可以据此行使斩杀大权的王命旗来仔细一看，不觉倒抽一口冷气。原来，用蓝绸做成的旗面，粗糙得跟乡间农家织的夏布差不多，尤其是旗杆，更令人哭笑不得：杆用小竹子代替，上面只涂上一层薄薄的红油漆，顶部旗帽以及帽上的缨络，竟然是纸做的！庄重严肃的王旗，用料如此之差、做工如此之劣，令曾国藩大出意外。朝廷再无钱也不至于穷到这等地步；朝廷再无用，也不至于连工匠都不畏慎王法！难道说，大清真的是气数已尽了吗？想到这里，他的背脊阵阵发冷。他凝视眼前时明时暗的灯火，一股莫名其妙的恐惧感突然冒出，脑子里慢慢地浮出一首五言诗来：大叶迟未发，冷风吹我衣。天地气一浊，回头万事非。虚舟无抵忤，恩怨召杀机。年年绊物累，俯仰邻垢讥。终然学黄鹄，浩荡沧溟飞。写完后，他自己也觉得好笑：怎么会心灰若此！他想，无论是对国家，还是对自己，这种思想都要不得。他烧了这首诗，打起精神，考虑今后的用兵计划。

其实，这些计划，早在江南大营失败前，便和彭玉麟、杨载福、左宗棠、胡林翼、李鸿章等人磋商过，那时只局限于湘勇及胡林翼所掌管的部分绿营的调配。现在不同了，两江地方的绿营都可以由自己来节制。当然，绿营还包括多年来和湘勇一起打仗的多隆阿部。

曾国藩将前些日子磋商的事理出个头绪来，作出了几点决定：首先，他清楚地认识到，朝廷从浙江入手，通过苏、常包围江宁的东面进攻的决策，历史和现实都证明是错误的，必须改由西面进攻的策略，也就是两年前复出时所定下的进军皖中的计划，即从长江上游向江宁包围。长江在安徽境内有两座重要城镇，一为江北的安庆，一为江南的池州，占住它们，即打开了攻破江宁的大门。拿下安庆，这是曾国藩复出后的第一个战略任务，可惜李续宾、曾国华辜负重任。十天前，经胡林翼提醒，曾国藩已拟定调九弟国荃去安徽。他密函九弟：把围安庆当做围江宁的演习，训练部属，积累经验，日后好抢夺攻克江宁的首功。曾国荃是个好大喜功的人，接到大哥的信后，立即出发，一面又派人回湖南再募五千人。有了攻吉安的经验，他对下安庆充满信心。曾国藩又把满弟贞干的贞字营扩大到两千人，也调往安庆。吉字营、贞字营，才是真正的曾家军。安庆方面可以放得心了。池州如何对付呢？

守池州府的是太平军左军主将定天义韦俊。太平军三下武昌，其中两次的总指挥便是他。咸丰六年，他在武昌城头亲自指挥打死了罗泽南。曾国藩既对韦俊恨之入骨，又佩服他是个难得的将材。韦俊是韦昌辉的弟弟，是不是不用武力，而用离间计，使韦俊挟池州投降呢？对此，曾国藩没有信心。太平军深受拜上帝教的影响，团结心强，要他们叛教投敌，怕是难办。

另一件大事，是两江总督目前驻节何处？朝廷严命赴江苏，江苏一时固然不能进，但也不能留在宿松不动，置朝命不理。曾国藩拿出李鸿章献的皖省地图，指画着由宿松向浙江方向前进的路线。他在祁门县境停住了手指。祁门处于丛山包围之中，一条大道贯穿县城，东连休宁、徽州，南达江西景德镇，既有天然大山可以屏蔽老营，又可以与浙江、江西互通声息，是个驻节的好地方。

还有，两江属下的江西、江苏、安徽以及浙江四省的巡抚，是至关重要的大员，必须逐步地不露声色地替换，他们一定要是可靠的心腹，否则难收指臂之效。可任巡抚的人选，他心中已有两个：一个是彭玉麟，一个是赣南兵备道沈葆桢。沈葆桢字幼丹，福建闽侯人，林则徐的女婿，品行才干，都有岳丈之风。尤其重要的是，他在咸丰五六年间，曾在湘勇营务处供职一年多。以福建人、名臣之戚而与湘勇有如此渊源，实为难得，既可引为心腹，又可免尽用湘人之嫌。还得再物色两个人，一年半载之内将现在的江西巡抚耆龄、安徽巡抚翁同书、江苏巡抚薛焕、浙江巡抚王有龄统统换掉。

另外，曾国藩还想到，江苏号为泽国，水师力量必须加强，除外江、内湖水师外，还须建立淮扬水师，攻取里下河粮米之仓，建太湖水师收复苏州，建宁国水师规复芜湖。

真个是百事丛杂，千头万绪，曾国藩靠着思虑周密和多年来的用兵经验，对已临的和将临的一系列大事小事，逐一作了细细的思考。待基本就绪后，他亲自草拟一份谢恩折，并将收复两江、攻取江宁的用兵计划向皇上作了报告。为了使皇上采纳他的不从东面，而从西面进攻的策略，他很用心地构思了这样一段文字：

> 自古平江南之贼，必踞上游之势，建瓴而下，乃能成功。自咸丰三年金陵被陷，向荣、和春等军皆由东面进攻，原欲屏蔽苏浙，因时制宜，而屡进屡挫，迄不能克金陵，而转失苏、常，非兵力之单薄，实形势之未得也。今东南决裂，贼焰益张，欲复苏、常，南军须从浙江而入，北军须从金陵而入。欲复金陵，北岸须先克安庆，南岸则须先攻池州，庶得以上制下之势。若仍从东路入手，内外主客，形势全失，必至仍蹈覆辙，终无了期。

曾国藩相信，皇上是会批准他这个西面进攻的制胜之策的，万一不同意，他也要据理力争。在这个重大的决策上，他不能作丝毫的妥协，直至辞去两江总督之职。

谢恩折拟好后，天将放亮，他吩咐王荆七将奏稿送到文书房誊写，便吹熄蜡烛，倒头睡下了。这一觉直睡到黄昏才醒来。在曾国藩的记忆中，从未有过如此安稳的睡眠。心里高兴，吃过晚饭后，曾国藩便打发荆七请康福来，今晚要和他围几局。

半年前，曾国藩从吉字营中选拔二百名朴实强壮的勇丁，由朱品隆带着来到他的身边，充当亲兵营。曾国藩任命康福为亲兵营统领，朱品隆为副。在康福、朱品隆的训练下，亲兵营人人武艺高强，一以当十，对曾国藩忠心耿耿。

康福带着祖传云子，应召而至，二人兴致勃勃地下起来。

“大人，您老的技艺大大提高了。”当曾国藩将被包围的两枚黑子拾起时，康福笑着说。

“比起那年在洞庭湖来是有些提高，这多亏了你的指点。”曾国藩今夜特别高兴，刚才又吃了两子，益发兴致高。

“大人夸奖。”康福边说边注视着棋子，现在对付曾国藩，他必须聚精会神，稍有不慎，便有失子的可能。

“价人，这几年来，你与不少将领们下过棋，你认为谁的棋下得最好?”

“下得最好的嘛，”康福略作思考，说，“以前是罗山先生棋艺最精，现在要数次青统领下得最好了，雪琴统领也下得不错。”

“我湘勇将官除打仗外，人人都会琴棋书画，这是古来少有的。”曾国藩得意地说。这也是实话。湘勇将官绝大多数出身书生，琴棋书画自是他们的本行。

“大人说的对。但我也听说，长毛中也有人围棋下得好。”

“真的吗?”曾国藩饶有兴致地问。

“听人说，长毛头领中精于围棋的，第一要数石达开。”

“这有可能。”曾国藩点点头，“据说石逆大不同其他人，不但会打仗，也会写诗。听人说石逆那年在九江浔阳楼上，即兴题了一首诗。就诗而论，写得不坏。”

“石逆的诗是如何写的?”康福好奇地问。

曾国藩想了想，把石达开的题诗背了出来：“扬鞭慷慨莅中原，不为仇雠不为恩。只觉苍天方愦愦，要凭赤手拯元元。三年揽辔悲羸马，万众梯山似病猿。妖氛扫时寰宇靖，人间从此无啼痕!”

“口气倒不小!”康福微笑着，一瞬间，脑子里出现了弟弟康禄：他现在哪里？会不会跟石达开进了四川?

“说实在话，此人也是个人才，可惜做了贼首。”曾国藩从心底里为石达开惋惜。“那么第二个呢?”

“第二个便要数韦俊了。”

“韦俊也会下围棋?”曾国藩似乎突然想起什么，大为惊喜。

“是的，仅次于石逆，在长毛中坐第二把交椅。”

“好，好!”曾国藩习惯地用手梳理着胸前的长须，两眼凝视着前方，弄得康福莫名其妙。“价人，你和韦俊去下两盘如何?”

“和韦俊去下?”康福愈发摸不着头脑了。

“是的，你去下赢他！把杨国栋找来，你们一起去。”

康福似有所悟地点了点头。

五　纹枰对弈，康福赢了韦俊

五更未到，韦俊就醒了。近一个多月来，他常常都这样，每到这时，他心里就生发出隐隐痛楚。四年前，天京内讧，韦俊的二哥北王韦昌辉惨遭杀戮，韦俊在武昌城里吓得心惊肉跳，常觉不测之祸就要降临头上。幸亏他与翼王石达开很要好，翼王后来入京主持朝政，在天王面前竭力称赞韦俊能征惯战，功劳赫赫，又暗地叫韦俊上一道奏章给天王，表示坚决拥护天王诛杀韦昌辉，誓死效忠天王，又将三岁的儿子送到天京作人质。这样才取得天王的信任，不再株连到他的头上。韦俊终于安下心来。去年天王重新调整军事领导集团，任命他为左军主将。韦俊感激天王对他的信任，要从心底深处抹掉韦氏家族不幸的往事，全力去争取自己今后的前程。但今年来，许多事情使韦俊又陷于忧虑之中。

先是五军主将中的其他四人，一个接一个地封王。中军主将蒙得恩是天王最宠信的人，在朝廷中扶持朝纲，封赞王，他不能说什么。陈玉成、李秀成战功卓著，全军敬佩，封英王、忠王，韦俊也没有意见。但李世贤参加起义时，不过才十来岁的娃娃，这些年战功平平，封右军主将犹不够格，现在居然也封侍王了。而他，始终只是一个“义”。论功劳，别的不说，单是两次下武昌的功勋，就让李世贤远远不及；论资历，癸好三年，韦俊就受封国宗爷，赏穿黄袍，而李世贤只是一个普通圣兵。李世贤凭什么封王？难道因为他是李秀成的堂弟；而自己不能封王，是否也因为是韦昌辉的胞弟？想到这里，韦俊浑身发冷，感到前途一片阴暗。

最近，从天京传来消息，说天王族弟干王洪仁玕要追究他丙辰六年丢失武昌的责任，拟撤销他左军主将之职，召回天京。韦俊心里想，自己在天王心目中尚有点地位，凭借的就是手下八千子弟兵，倘若召回天京，离开了弟兄们，则如同鱼儿离开了水，成为别人砧板上的菜了。江南大营的溃败不仅没有给韦俊带来欢喜，反而使他又增一分恐惧。战事不利，天王要用他，一时还不会下手；打了胜仗，力量雄厚，就会想到要剪除异己了。丙辰六年的内讧，不正是发生在踏破江南大营之后吗？他天天忐忑不安，也曾暗暗想过，大丈夫岂能眼看着人为刀俎，己为鱼肉，而不思动作？但如何动作？学当今的翼王出走边徼，还是学前明的闯王遁入空门？他觉得都不好。天已放亮了，韦俊仍然心烦意乱。他起床，推开窗门。正是暮春季节，长江南岸的池州府草长莺飞，春意盎然。他想城外的春意必然会更浓，于是叫起侄儿韦以德，带着几个亲兵，背上弓箭，跨上战马，悄悄地出了城门。

果然是一派江南好春光：清溪河碧波荡漾，两岸杨柳叶暗，桃李花明，黄鹂欢啼，紫燕轻飞，江风阵阵却吹面不寒，细雨飘飘而沾衣欲湿。韦俊一时兴起，扬起马鞭子，那马飞也似的奔跑起来，穿过清溪镇，跨过五溪桥，不知不觉地进入了九华山地面。近看浓绿扑面，遥望山峰郁郁苍苍，韦俊连日来的积郁顿时散去，兴致极高地与侄儿打起猎来。韦俊箭法好，坐下又是千里挑一的神驹，凡在他的射程内的飞禽走兽，几乎没有侥幸逃脱的。午后，亲兵的马背上载满了羚羊獐兔，喜气洋洋地往回转。

一阵急驰过后，韦俊回首看九华山已在朦胧之中，忽然想起唐代大诗人王维的名作，遂在马背上高声吟诵起来：“风高角弓劲，将军猎渭城。草枯鹰眼疾，雪尽马蹄轻。才过新丰市，忽到细柳营。回看射雕处，千里暮云平。”韦俊觉得，此刻的自己，正是王维笔下的那个将军，不禁感叹起来：人生有此一日之乐，即不枉活在世上了。

正在得意之际，前面林子里忽然闪出一头梅花鹿来。那鹿毛色光滑，斑纹耀眼，头上长着高耸的角，甚是逗人喜爱。韦俊常常打猎，从来没见过鹿，更不用说这样好看的梅花雄鹿了。韦俊吆喝一声，拍马冲上去，张弓便射。可惜，没射中！那鹿受此一惊，没命地奔跑。韦俊不气馁，夹紧马肚，风也似的追上来。鹿前马后，相距总在两三百步远。韦俊连射几箭都不着，他生怕梅花鹿逃进树林中，死命追赶，那马却偏偏不能超过鹿的速度。眼看前面真的现出一座丛林，韦俊急起来，又射一箭，仍不着。正在失望之际，草丛中突然飞出一镖，正中梅花鹿的后颈。那鹿四蹄挣扎几下，倒在一棵树下不动了。韦俊看在眼里，高喊："好镖！好镖！"

这时，只见草丛中走出一个三十多岁的汉子，背上背着一个蓝布包，面带微笑地朝韦俊走来。韦俊下马，对着汉子大声说："兄弟，了不起，你真是一个神镖手！"

那汉子客气地说："将军夸奖了，这只是偶尔碰中而已。将军身后猎物这样多，才真正是神箭手哩！"

韦俊见汉子身怀绝技而如此谦逊，甚为敬重，双手提起死鹿，说："兄弟拿回家去吧，光这对鹿角就可以卖得百把两银子了。"

汉子忙推开死鹿："将军说哪里话！这头鹿明明是将军的猎物，小人岂敢妄取。"

韦俊心里愈加敬佩，恳切地说："兄弟，看你这身打扮，也不像有钱人，这头鹿拿回家去，可以保一家人几个月的吃喝，但对我来说，可有可无，你就不要推辞了。"

汉子说："小人孤身只影，无家无室，用不着拿死鹿去换银子。若是将军硬不肯受，我和将军将此鹿驮回城里，一起献给韦将军如何！"

韦俊一惊，问："你认得韦将军？"

"不认得。"

"那你为何要送给他呢？"

汉子笑道："小人久闻韦将军是天国的名棋手，小人一生只好下棋，特到池州府来找韦将军对局，这头鹿正是一个见面礼。烦将军带路，引我去拜见韦将军。"

韦俊高兴起来，问："兄弟叫什么名字，何处人氏？"

汉子答："小人叫米福，湖广人，多年来浪迹江湖，以棋会友。"

韦俊满脸堆笑地拉起米福的手说："兄弟，我就是韦俊。今日真是天父安排我们在此见面。"

"您就是韦将军，小人有眼不识泰山，刚才多多冒犯。"米福刚要下跪，韦俊一把拉住。二人说说笑笑，一起进了池州府。

韦俊吩咐宰鹿款待米福。杯盏之间，韦俊知道米福不仅精于镖法，且于拳剑刀棍样样精熟，十分喜爱。吃完饭后，又特意留住米福下围棋。米福从蓝布包里取出一盒围棋来，韦俊立时被棋盒上那条穿云破雾的银龙所吸引。米福打开棋盒，取出几粒子来。韦俊接过棋子，摸摸掂掂，眼中射出惊奇的光彩。

"米福，你这棋子非比一般，不是寻常之物啊！"韦俊出身豪富，见多识广，虽说不出此棋的许多佳处，但见其色泽质地，已知它的价值。米福凑过脸去，小声说："不瞒将军，这盒棋是前明宫中的御用之物。"

"噢！"韦俊又拿起几枚棋子，细细摩挲，瞪大双眼看着，"怎么会到了你的手里？"

"将军，容米福日后慢慢禀告。久闻将军乃义军中围棋高手，今夜陪将军围几局如何？"

韦俊心想，他不告诉我，兴许是不服我的棋艺，今夜就请看看我的手段吧！

二人不再说话。纹枰对弈，静观默思，四周一片阒寂，唯一的响声，是棋子叩在木盘上所发出的铿锵声音。韦俊的棋艺，使米福心里称赞不已；而米福，则更使韦俊暗自佩服嗟叹。三局下来，韦俊一胜二负。他爽快地承认输了。

"哪里，哪里！将军运子，出神入化，今日偶失一局，岂能轻言'输'字。若将军有兴趣，明晚再下如何？"

"最好，最好。"韦俊高兴地说，"你若不嫌弃，就住在我这里。你这身武艺，池州府里少有人可及。过几天立了军功，我提拔你做师帅、军帅。"

原来这米福就是康福。他与杨国栋二人带着几个亲兵，奉曾国藩之命，悄悄来到池州城外，已有些日子了。那天窥视韦俊外出打猎，便尾随其后，伺机行动，恰巧梅花鹿帮了忙。康福跟随韦俊进了城，杨国栋带着亲兵仍住城外。亲兵早晚进出，与二人互通声息。

康福在韦俊主将衙门一住半月。白天与韦俊一起讲兵法，谈武艺，巡视防守，夜晚二人闭门对弈。韦俊十分器重康福，康福亦百般曲奉韦俊，二人成了莫逆之交。康福有心，常趁韦俊不在的时候，细细浏览太平军的往来文书。当时太平军的文书档案管理不严密，在外带兵的将领就更散漫。康福恰恰钻了这个空子。不久，康福把这些情况都了解得一清二楚了。池州城外，杨国栋密切配合着，再次施展他的乱真绝技。

这天深夜，一个前胸绣有"两司马"字样的精干信使，叩开了池州府东门，一溜烟直奔主将衙门，看上去一副千里奔驰、风尘仆仆的模样。此人将一封印有云朵飞马的信函，交给主将衙门的亲兵。这种印有云朵飞马的信函，在太平军中唤作云马文书，是一种特急的重要文书。各驿站接到这种文书后，不管白天黑夜，刮风下雨，都要加盖印章，立即投到下一站。亲兵见信函上盖着沿途二十几个驿站的印章，一一验证无误，便开了一个回条。那两司马接过回条，拨马便走，并没有留下一句话。

亲兵将云马文书送到韦俊卧房。卧房里灯火明亮，韦俊正在与康福聚精会神地对弈。他离开棋枰，将文书放在烛火边，慢慢地化开胶封，从中取出一张纸来。一会儿工夫，韦俊的脸便变了色，呆站着，好久回不过神来。康福将这一切都看在眼里，轻轻地走过来，关切地问："这么夜深了，哪里来的信件?"

"天京来的。"韦俊回过头来，神色忧郁。

"有紧急军情?"康福试探着问。

"要我火速回京。"韦俊的声音不太自在。

“将军在外日久，回京住几天也好。”

“兄弟，你哪里知道，此番回京，就会被人囚禁，再也出不来了。”韦俊的面容更沮丧了。

“这是怎么回事?”康福大惊。

“兄弟，你也不是外人，你看看，可千万不要传出去。”康福接过云马文书来，看上面写着：“遵天王圣谕，着左军主将韦俊，立即回京述职，不得延误。”下钤一长方形云龙边纹印：钦命文衡正总裁开国精忠军师顶天扶朝纲干王洪仁玕。下面盖着一颗三寸见方的大印：旨准。

康福看毕，把云马文书放到桌上。二人都无心再下棋。康福问：“韦将军，文书上并没有囚禁的意思，你何必如此焦急。”

“兄弟，你不知道这中间的底细。”韦俊叹息道，“丙辰六年十一月，我困守武昌孤城四个多月后，终因粮尽援绝，不得已退出。事隔三年多了，前一向风闻干王要追查责任，怀疑我是因兄长被诛而有意放弃武昌，要我回京向天王陈述战事的经过。”

“有这等事!”康福惊道，“小人在江湖上，到处听说将军功高盖世。天国三克武昌，有两次的指挥者便是将军。论功劳，天国将官中难找得到几个；况且事过三年，还提它作甚！这干王何以非要与将军过意不去。”

“究其实，也不是干王的主意，完全是天王长兄信王、次兄勇王有意陷害。韦氏家族只剩我和以德二人，以德年幼不更事，信王勇王必欲置我于死地而后快。”韦俊木然坐在棋枰对面，忧心忡忡。

“将军，不是小人多言，陷害将军的，名为信王勇王，其实就是天王。天王对将军一家太不公道了。”康福满腔义愤地站了起来，“小人听人说，北王当年与天王结为异姓兄弟，毁家起义，全家老小一百余口都加入了义军，从金田打到天京，战胜攻取，出生入死，其功不在东王之下。东王逼天王封万岁，当时北王正在江西督师，天王手诏北王、翼王、燕王回京勤王。北王杀东王，乃奉诏行事，名正言顺。

谁知事情闹大了，天王却诿过于北王、燕王，杀二王来平息内乱，这已是大大的缺德。尔后，又定东升节，封幼东王，而将北王亡灵打入地狱，使天国数十万两广老弟兄心寒齿冷。如此天王，岂不太自私残忍？”

康福这几句话，说到韦俊的心坎里去了。他热泪盈眶，甚为感动，以手示意康福坐下来，小声点。康福坐下，压低声音继续说：“现在，他以为清妖江南大营溃败，天下坐稳了，又要来算计将军了。天下有这样的道理吗？将军，依小人看，这天王早已不是金田起义时期的传道先生了，他煞费苦心为洪氏一家一族谋私利，而不顾当年冒死从他起义的数十万兄弟姐妹的利益。将军，你心里难道还不明白吗？”

韦俊望着康福不做声，多年来心里想的，今日由康福嘴里痛快淋漓地说出，他感到非常的舒心。

“天国谁人不知天王长兄次兄庸劣贪鄙，翼王就是被这两个小人排斥出京的。但天王偏偏要封他们为王。最近又封恤王、对王，都是洪姓子弟。洪仁玕来京不过一月，天王不顾阖朝文武反对，便封他为军师、干王，总理朝政。一个未立寸功的白面书生，凭什么瞬息之间就一人之下、万人之上呢？还不是凭一个洪字。我前向在天京，听人说，天王进小天堂八年之间，只到过东王府一次，足不出王宫一步，终日在后宫淫乐，不管朝政。如此昏愦的君王，将军值得为他效忠吗？”

“兄弟，你不知道，当初起义时，我们韦氏全族人都起过誓的，决不背叛教义，决不背叛天王，我们不能违背自己的誓言呀！”韦俊面色痛苦，看得出内心正在进行激烈的斗争。

“哈哈哈！”康福放肆地笑了起来，韦俊忙用手捂住他的口。

“将军也太忠厚了。你们韦氏家族宣誓不背叛天王，天王却背叛了韦氏家族。这几年来，他从来没有真正相信过将军。前年任命将军为左军主将，乃是迫不得已。现在稍一稳定，便露出真面目了。将军想过没有，五军主将，其他四人都已封王，唯独将军例外。将军受此奚落，有何威望去统帅士卒？有何颜面对待韦氏父老兄弟？”

这一句话，深深地刺痛了韦俊的伤心处。他的心在汩汩流血，他的四肢在阵阵抽搐，好半天，他才从极度悲痛中苏醒过来。“兄弟，你真是一个有血性、有见识的好汉，干王的这道命令，你说我该如何处理？”

“不理睬！”康福不假思索地回答。

“天国军律：违令者斩。”韦俊摇摇头。

“学翼王，另树一帜！”康福很快指明第二条出路。

“人数太少，难成气候。”韦俊又摇头。

“再不然，改换门庭，投靠朝廷。”康福想了想，说。

“兄弟，你怎么说出这种话来？”韦俊惊恐地瞪起眼睛，死盯着康福。

康福轻轻地一笑：“这也不行，那也不行，难道束手待毙，做一个千古不瞑目的冤死鬼不成？我看只有这一条路了：弃暗投明！”

“你！？”康福“弃暗投明”的话引起了韦俊的怀疑，他虎地站起，陌生人似的将康福上下仔细打量一番，厉声问，“你是不是曾国藩派来的奸细？”

“将军，你说对了。”康福坦然地说，“我不叫米福，我是曾国藩曾大人麾下亲兵营营官康福，特来为将军指出光明大道。”

韦俊大惊失色，猛地从墙上抽出佩剑来，指着康福怒喝：“大胆清妖，你竟然钻到我的衙门里来了，老子砍了你！”

康福神色自若地说：“韦将军，你砍了我，就能救你的命吗？依我看，它不但不能挽救你，反倒加重了你的罪责。”

韦俊的手软下来，颓然倒在椅子上。

“韦将军。”康福换上了平和的语调，恳切地说，“请你息怒，暂且不要理会我的身份，你冷静想一想，我刚才说的这些话对不对？”

韦俊不做声。康福继续说下去：“韦将军，你那天不是问我，围棋是怎样到了我的手吗？我今天告诉你吧！我一个普通老百姓，哪有可能得到前明御用之物。这副围棋是曾大人的，当今皇上亲手赏赐与他。他久慕将军棋艺，特地要我将这副棋子送给你，和你交个棋友。”

“有这事?”韦俊十分惊讶。

“曾大人思贤若渴，惜才如命，将军不只是棋艺受曾大人器重，曾大人更钦佩的是将军带兵打仗之大才。”

“我打死他手下第一号大将，他不恨我?”

“哪里的话！曾大人正是从此看出将军超群的才能，他特地要我向将军致意，若将军献池州府投奔朝廷，曾大人将奏请皇上，授将军总兵衔。”

“这怕是不可能吧，我的军队杀死湘勇何止千百，他曾国藩能不记仇?”

“曾大人想的是国家大局，从不计个人恩怨，不信，请将军看这个。”康福说着，从蓝布包里取出一副字来，“这是曾大人送给将军的。”

韦俊展开。这是一张条幅，上首写“韦俊将军两正”，下首题“涤生曾国藩”。旁边一枚鲜红的印章，衬出两个清晰的白文：涤生。中间题着一首七律：

> 圣主中兴迈盛周，联翩方召并公侯。
> 神威欲挟雷霆下，大业常同江水流。
> 汉祖曾闻韩信勇，唐宗亦赐尉迟裘。
> 凌烟台阁方新构，杞梓楩楠一例收。

字迹刚劲谨严，韦俊以前见过曾国藩的字，知不是伪造。他卷起条幅，许久不说一句话。康福在一旁耐心等着，慢慢地将棋子收好，装进紫檀木盒里，双手递给韦俊说：“将军不必急，再从长计议，这盒棋和字请收好。曾大人要我多多致意，他愿意和将军交个棋友、诗友。我走了。”

康福说罢，迈步向门口走去。

“等等！”韦俊叫住，“康营官，这是件性命攸关的大事，不能有半点马虎，我一直听的只是你一面之词，并没有见过曾大人的面，叫我如何拿得定主意！”

“将军要见曾大人？”康福兴奋地说，“那容易，我陪将军去！”

“不！”韦俊摆手，“让以德跟你去吧！”

“也好！不过，”康福说，“以德是将军的侄子，将军对他的生命安全，可能会不放心。这样吧，我留在将军身边作人质，另外再安排人陪小将军去如何？”

“那太委屈你了！”韦俊显然被康福的诚意所打动。

第二天，杨国栋陪着韦以德离开池州府。池州府距祁门不到三百里，骑马一天的路程。第三天，杨国栋又陪着韦以德兴高采烈地回到池州。以德向叔父叙述曾国藩如何地倾心仰慕，如何地推诚相待，并答应韦俊手下的八千子弟兵，仍全部归他统带，不撤不换，这点最让韦俊放心。以德又带来曾国藩赠送的两件礼品：六两长白山人参送给韦俊，一斤洞庭藕粉送给以德，均为御赏。韦俊大为感动。

过几天，韦俊带着侄儿和几个亲信部将，由康福、杨国栋陪同，来到祁门拜见曾国藩，将那头梅花鹿的角制成的一架鹿茸作为晋见礼。曾国藩乐呵呵地收下了。与太平军交战八年了，他们的许多底细都弄不清楚，韦俊是第一个投降的高级将领，且于打仗很有一套，在询问了一些有关当年内讧和现在天京政权的事后，曾国藩着重打听太平军的战术。

“韦将军，听说你们守城很有一套。”曾国藩和气地笑着说，俨然一个宽厚慈祥的长者。

“回禀大人，”韦俊欠身答，“我们守城有句话，叫做守险不守陴。即精锐人员不聚在城内，而在城外要塞守御。比如守武昌时，就在花园、虾蟆矶筑垒；守安庆，则在集贤关筑垒。”

曾国藩一怔，看来安庆的要害在集贤关。这真是一句至关重要的话。

“你们惯用的阵法是什么?”曾国藩又问。

“常用阵法有四种。”为讨曾国藩的欢心，韦俊滔滔不绝地详细谈开来，“一是牵线阵。行军时队伍按一条线行进，有敌情时，首尾蟠屈勾连，顷刻会集，互相救援。二是螃蟹阵。三队平列，中队人少，两翼人多，形似螃蟹，可以随时变阵迎战。三是百鸟阵。以二十五人为一小队，全军分成数百个小队，散布如散星，使敌惊疑，然后突然进攻，常可取胜。四是伏地阵。在遇敌追到山穷水尽的地步，忽一旗偃，千旗齐偃，转瞬间全军都贴伏地上，寂不闻声；然后一旗举，千旗齐立，全军从地上爬起，按旗号指点，如风涌潮奔，向敌军反扑，转败为胜。”

曾国藩心里暗暗吃惊：原来长毛并不简单，从前总以乌合之众视之，难怪常常吃败仗。百鸟阵、伏地阵，不见于前人兵书中，真是了不起的创造。曾国藩表面上没有任何变化，继续问：“还有一些什么方法?”

韦俊竭力思索，想了一会，说：“以前我们常用的，还有以进为退的战术。每当要撤离一地时，必连日出队，打仗不息，前进几十里，逼近敌营下寨，使敌不疑。到了布置完备，忽然一夜之间安全撤退。当撤退时，必在城墙上或立草人，或立木桩，上顶竹帽；白天遍插旌旗，晚上虚张灯火。”

曾国藩想起那年石达开一夜之间撤离南昌时，正是用的这个战术，心里说：“这些个长毛，决不可等闲视之。”

谈了这些大事后，韦俊又对曾国藩谈了些太平天国内部的繁琐称谓，如天王的话称圣谕，东王的话称诰谕，翼王的称训谕，英王的称金谕，干王的称宝谕，勇王的称瑞谕等；又如王长女称天长金，二女称天二金，丞相子称丞公子，丞相女至军帅女皆称玉，师帅女至两司马女皆称雪等等。曾国藩和众人听了哂笑不已。

此时，陈玉成正率兵五万来救安庆，曾国荃向祁门告急。曾国藩命韦俊率所部渡江援安庆，另派湘勇进驻池州。

待韦俊离开祁门后，曾国藩叫彭寿颐将韦俊所谈的加以整理，题名叫“长毛战术”，眷抄十多份，分发给湘勇主要将领。又派人将李鸿章献的安徽分府地图给曾国荃送去，另附一封密信：

> 兹派降人韦俊带所部前来援助。此等贼匪，逼迫无奈才降我，其性反复无常，终不可重用。然分化瓦解，自古以来为制胜良策，望弟善于运用；且此辈久在贼中，深知贼情，用之制贼，可谓以毒攻毒，要害在严加驾驭也。韦俊之部，宜放在前沿打四眼狗之援军，令其火并。另据韦俊供，安庆之贼，精锐在集贤关，切切注意。

六　施七爹坏了总督大人的兴头

曾国藩一到祁门，见四周山势陡削，与外界相连的仅一条东通休宁、徽州，西连景德镇的官马大道。除此之外，有一条小路，勾通北面的两个小镇：大赤岭、大洪岭；另有一条小河，名叫大共水。大共水发源于祁门，南下经浮梁、景德镇流入鄱阳湖。河面狭窄，只能浮起坐两三个人的小船，货船不能进来。这里人烟稀少，土地贫瘠，倘若东西方向的官马大道被堵，与外面的联系一断，县城则陷于绝境。曾国藩后悔不该匆匆将驻扎祁门的决定上报朝廷，但事已至此，只得暂时住下。不久，实授江督并任命为钦差大臣、督办江南军务的上谕到达，曾国藩更觉要老成持重，决策不能随意更改。但幕僚们不以为然，纷纷劝他离开祁门，另觅合适之处，曾国藩不听。因为马匹买不齐，马队暂不能建，李鸿章也跟着到了祁门。他用了两天时间，将祁门四周实地勘察一遍，对曾国藩说：“恩师，祁门地势形同釜底，此兵家所说的绝地，不如及早另择他处，以免将来受困。”见曾国藩沉吟不语，李鸿章又乘势再进言，“依门生之见，可移师东流。此地傍江依山，可进可退，可攻可守，老营驻扎东流，万无一失。”

曾国藩仍抚须不语。李鸿章忖度曾国藩心思已活动，话说得更直了：“恩师，倘若长毛闻讯围攻祁门，只需数千人就可将出路堵死，我们将成瓮中之鳖，束手受擒。”

曾国藩抚须之手突然停住，两目光芒毕露，厉声责问：“少荃，你如此厌恶祁门，是不是胆小怕死？若如此，你可收拾行李离开这里。烦你转告其他人，凡怕死在此地的人，都可及早离开。”说罢拂袖而起。李鸿章只得讪讪退出。从那以后，再没有人敢提撤离祁门的话了。

曾国藩将祁门柴氏宗祠改作总督衙门，开始办理两江政务。他日夜审阅江苏、安徽、江西三省地方报送的文书，并分派幕僚，秘密考察三省府道以上官员的政绩，并撰楹联一副：“虽贤哲难免过差，愿诸君谠论忠言，常攻吾短；凡堂属略同师弟，使僚友行修名立，乃尽我心。”要各府州县将此联书写在官厅楹柱上，时时以此自戒。又刊发《居官要语》一篇给各级官吏，要求他们严格遵照执行。又亲拟一份告示，标题为《晓谕江南士民》，雕刻成版，广为刷印，张贴在集市、街衢、码头上。这个告示共有六条：一禁官民奢侈之习；二令绅民保举人才，以两江之才，平两江之乱；三是安顿流徙，恤难周贫；四是求闻己过，凡军政过失，许据实直告；五为旌表节义；六为禁止办团。三省官吏，见这位威名久播的新总督果然厉害，无不畏惮，官场腐败之风略有收敛。

曾国藩又仿效武则天当年的办法，在衙门口置一木匭，名为举劾箱，命两个勇丁终日守护。号召所有军民人等，均可将各级官吏奸弊情事写成举劾函投入箱内，总督衙门对举劾人严加保护。曾国藩这一举动，使祁门附近几个县的官吏们整天提心吊胆。他们平日奸弊情事太多了，一旦落入这个素有“曾剃头”之称的总督大人手里，后果岂敢设想！祁门县令包人杰，捐纳出身，自称是包拯的三十五代孙，其居官却与先祖大相径庭，贪赃枉法，鱼肉百姓，祁门阖境怨声载道。

这些天，他见曾国藩派员在三街六巷察访民情，急得犹如热锅上的蚂蚁，惶惶不可终日。

不能坐以待毙！包人杰决定给曾国藩送一份重礼，借此拉近与这位铁腕总督的距离。送什么呢？包县令犯愁了。送黄金白银？在有名的不爱钱的湘军统帅面前，那无疑是自寻死路。送妙龄美女？彼此素昧平生，毫无往来，岂不太显形太露骨！包县令左思右想，终于想到家中那件镇宅之宝：多年前一个落魄书生为一桩命案送给他的一幅王羲之字帖。包县令早就知道，翰林出身的总督酷爱书法。哪个爱书法的人不崇敬王羲之？尽管十分舍不得，但事关前途性命，再舍不得也要割爱了。傍晚时分，他怀揣着这幅字帖，以禀报祁门防守事宜为由，来到两江总督临时驻节处洪氏宗祠。

“大帅，久仰您的书法大名，卑职这里有一幅王羲之的字，请您鉴定一下。”包人杰将祁门如何协助大军防守事宜禀报一番之后，从袖口里取出字帖，恭恭敬敬地双手捧上。

“右军的字？那可是宝贝！”包人杰的防守之策纯是官样文章，毫无新意，激不起曾国藩的兴趣，一听到王羲之的字，他的情绪立时陡增，忙亲手打开。原来，这是王羲之写于东晋永和十二年的东方朔画像赞。看着看着，曾国藩的眼神越来越专注，越来越亮堂，嘴里不停地说道：“好，好，真的好！”看过一遍后，他又回过头来，目光久久地盯在“戏万乘若僚友，视畴列如草芥”一行上，激动地说：“这些字写得真的是神龙矫变，不可方物，后世书法家哪有这等手笔！”

包县令将这一切看在眼里，喜在心头，暗暗称赞自己这件礼品选对了。他指着书卷的尾部，极为谦恭地说：“大帅，这里还有一段王文治写的跋语。他说是唐代的摹本，又是宋代淳化阁帖的祖本。卑职眼俗辨不出，特请大帅法眼鉴定。”

随着包人杰的手指，曾国藩将王文治的跋语注目看了一遍。王跋说的正是这个意思。

王文治号梦楼，是乾隆时代的大书法家，与当时最负盛名的书家刘墉并列。刘墉是状元，其字墨色浓厚。王文治是探花，其字墨色素淡。于是世有浓墨状元、淡墨探花之说。这两个人的书法，在曾国藩的心目中都有很高的地位。得知是摹本，他又从头至尾把这幅字过细看了一遍，慢慢说："王梦楼是大家，又精于鉴赏，他说是唐摹本，自然有他的道理。我向来疏于此道，不能提出异议。即便不是右军真迹，这也是一件稀世珍宝。我今年五十一岁，能看到这件宝贝，真是眼福。"

听了这话，包人杰欢喜无尽，忙说："大帅您见多识广，什么宝贝没有见过！有您这番评价，真是卑职的三生之幸。"

这幅字的确给疲劳中的曾国藩带来兴致，他不由得话多了起来："右军真迹传世的都是信函，字既少，书写也随意，显现他最高成就的《兰亭集序》，可惜被唐太宗带走了，流传下来的三种版本全是唐代的摹本。后人看到的羲之精妙，其实都来自唐代人的临摹。所以，唐摹本就是羲之书法的精品神品。东方朔画像赞，在唐代也不止一种摹本。这种摹本既然被宋代皇宫所看中，自然便是其中最好的。这幅字帖的字数要超过《兰亭集序》，它的价值当不会低于那个天下第一行书。你要好好典藏，不可轻易示人。"

这番话正为包人杰所期盼，他赶紧说："卑职想，如此珍贵的东西，也不能久存于卑职这座小庙里。大帅既是名重海内的书家，又是威震八方的统帅，这幅字只有在大帅这里才是最合适的。卑职就此送给大帅，还望大帅赏脸收下。"

"这东西我不能收！"曾国藩的脸色立刻沉了下来，语气斩钉截铁，"我从不接受下属的礼品。"

"这不是礼品！"包人杰急了，"卑职从小爱书法，敬重王羲之。卑职这是为这幅字找一个真正的好归宿。"

"包明府"，曾国藩脸上微微露出一丝笑意。包人杰不知这笑意是冷笑，还是真心，只得紧张地听着，"不是我不给你面子，是因为这个东西太贵重了。我跟你说件事吧！上个月，黎寿民要送我两幅字，它的来头也不小。乾隆四十八年顺天乡试，刘墉与翁方纲同为阅卷官。身在禁中，不能外出，空闲时光只能用读书习字来打发。于是，两个人每人都临摹一份《兰亭集序》，并互为题跋。”

“那可真不寻常！”包人杰情不自已地插了一句。

“这两幅字后来流转到寿民的父亲黎樾乔的手里。樾乔是我的翰林同寅，又是同乡。寿民为感谢我为他的父亲订定诗稿，要把这两幅字送给我，我同样不接受。没有别的原因，就是东西太好了。世间尤物，不敢妄取。这是我的为人准绳，你不要多心。”

说罢起身，亲手把字帖卷好，递给包人杰：“你自己好好收藏吧！”

包县令见曾国藩把话讲得这样绝，知道再说也是多余的了，只得拿回字帖，怏怏告退。

行贿这条路走不通了，包人杰只有再求助于他的一个老朋友。此人年过七十，人唤施七爹。施七爹二十岁起在县衙门做事，一生给十多个县令当过幕僚，在衙门里整整混了四十八年，是一个更事极多、经验极丰富的刀笔吏。这两年养老住在县城，包县令每有难事，便带着一份礼物去请教。礼物厚薄，视事之难易而定。施七爹接过礼物，往往沉思一会，然后说出主意来，包县令照此去办，几乎件件顺遂。

第二天夜里，包县令换上青衣小帽，从钱柜里取出一个二十两元宝，小心翼翼地放进袖口里，谨慎地锁好钱柜。刚落锁，他想到今日此事关系太重大了，一个元宝可能会嫌少，又把锁打开，再取出一个同样重的元宝，仔细看好，放进袖口，这才出了门。施七爹见包县令恭恭敬敬地送上两个元宝，乐得透体欢喜。凝神听完陈述后，他抱着一杆长烟筒，石雕泥塑似的靠在椅背上，长时间沉默不语。包县令耐心地等着，大约过了半个时辰，施七爹想出了一个主意。

第二天晚上，守护举劾箱的湘勇将一大叠信函送到曾国藩书案上。像往日一样，他依次将最上面的一封信拆开，准备每一封信都亲自看一遍。谁知这一封信刚读了几行，便大为惊骇。这封信举劾的不是别人，正是他自己。信上说，曾国荃打下吉安时，偷运了二万多两银子回荷叶塘买田起屋，据说此事是曾国藩授意的。曾国藩额头上沁出了汗珠。他心中知道，沅甫的确运了不少银子回家，但并非是他授意的。不过，作为大哥，作为主帅，沅甫做的这种事，他能逃脱责任吗？曾国藩将这封信锁进竹箱里，继续看下去。

第二封举劾的是邹九嫂乘丈夫外出之时，偷了一个野汉子在家，请官府速派人前去捉奸，以正风俗。曾国藩看后冷笑一声，顺手丢在一边。

打开第三封，他又惊呆了。这封信再次告到他的头上来。说他自办团练以来，打仗无功，争权有术，所办的事情，大多违背国法，不通情理，举了在赣北设厘卡一事为例。曾国藩皱起扫帚眉，把这封信也锁进了竹箱。

他已无心一封封细看，略微浏览了一下：十几封举劾函，有一半是告的乡间小偷小摸、打架通奸等琐碎细事，另一半告的是驻扎祁门的湘勇官丁的不法情事，涉及地方官吏的，一封都没有。这一夜，曾国藩兴味索然。

第二天送来的十几封，也差不多全是鸡毛蒜皮的小事。第三天也有七八封。打头一封，便让曾国藩心惊肉跳。这封函告曾国藩私通长毛，与长毛左军主将韦俊私订密约，伺机造反；并有根有据地指出他的不臣之心多年前便已萌发，举了几句诗为证。说他曾写过“竟将云梦吞如芥，未信君山铲不平”的诗句，这里的“君山”就是暗示朝廷。又有“我思竟何属，四海一刘蓉；他日予能访，千山捉卧龙”的五言诗，刘蓉既然是诸葛亮，他曾国藩无疑是当今的刘先主了。

曾国藩气得火冒三丈，恨恨地想：这一定是有人在与我作对，借机诬陷，非得把这些人查出来不可。转而又想：如何查呢？不是自己号召别人举劾的吗？举劾别人可以，举劾你自己就不行吗？倘若此事闹大了，传到朝廷上去，皇上派人来调查，这些是是非非、真真假假的举劾函一旦公之于世，岂不反而坏了大事！曾国藩赶紧从竹箱里取出前两天那些告他和九弟、满弟的举劾函来，点起火一把烧了。思量此事只能不露声色地悄悄平息，方是上策。过几天，恰好宁国府告急，曾国藩便以军情紧急，无暇阅览为借口，吩咐勇丁将举劾匭撤了。

这里，包县令见大难躲过，心里好不畅快，又暗地送给施七爹一匹缎子，嘱咐他千万千万不能泄露出去。

宁国府的告急书是鲍超派人送来的。就在陈玉成出兵援安庆的时候，罗大纲、周国虞怀着对叛徒韦俊的不共戴天之仇，带领一万精兵奇袭池州府，一举收复，打乱了曾国藩的军事部署。李秀成率领十万人挺进赣北，与正在浮梁、景德镇一带的左宗棠楚军激战。李世贤则带领七万人马将宁国府城团团包围。鲍超霆字营有一万人，但驻在城里的只有三千，其他七千分扎在城外百十里地方。鲍超一面飞调城外兵马来救援，又要随身书吏给曾国藩写一封求援书。

书吏受命，关起门来拟稿。鲍超忙布置城内兵勇加强防守。过一会儿，鲍超匆匆赶回衙门，高喊："求援书发了吗？"

书吏毕恭毕敬地回答："回禀鲍提督，求援书尚未写好。"

鲍超一听火了，骂道："十万长毛围在城外，大火已烧到眉毛屁股上，你做啥子去了？这么久还没写好！"

书吏忙说："鲍提督息怒，这就写好，就写好！"

说完，坐在文案边托腮构思。鲍超看得不耐烦，走上前去怒斥："你这个书呆子，什么时候了，还调文墨？老子写给你看。"

鲍超夺过书吏手中的笔，在纸上画了一个方框框，然后心急火燎地在方框外画了几十个小圆圈，看看还不甚满意，便又在方框里写了个东倒西歪的"鲍"字，这才放下笔，高喊："来人啦，把求援书给曾大人送去！"

那书吏在一旁直觉得好笑，却又不敢笑出声来。

鲍超的求援书送到祁门，引起督府幕僚的哄堂大笑。曾国藩也笑了起来，笑后称赞说："鲍春霆人聪明，这幅画生动简明，胜过文字多了!”

急命朱品隆带三千人前去宁国救援。朱品隆刚走，徽州知府又来告急。曾国藩一时不知调何人去为好。正在为难之时，一人走了进来，说：“徽州是我的属地，你怎么不派我去救援呢?”

曾国藩一见乐了，心里说：“惭愧，我怎么竟忘了他!”

七　李元度丢失徽州府

原来，自请援救徽州府的是平江勇统领李元度。李元度咸丰四年起跟随曾国藩南征北战，功劳不小。尤其是咸丰五六年间，曾国藩在江西处于困境时，李元度平江勇简直成了他的擎天之柱。但曾国藩竟然不保李元度一职，李元度心中不满。曾国藩回籍守丧后，杭州知府王有龄利用李元度的不满，和他拉上了关系。罗遵殿死后，王有龄升任浙抚，保李元度为温处道道员。直到看见朝廷发来的咨文，曾国藩才知道这事，对李元度很不以为然。他把李元度召到祁门，明确告诉他，王有龄此举，目的在分化湘勇；而李元度投靠王的门下，也有背叛湘勇之嫌。李元度意识到问题的严重性，又见曾国藩已实授江督，也没有必要改换门庭，遂答应不去浙江。于是曾国藩奏请改授李元度为安徽徽宁池太广道道员。上谕批下来后，李元度便把平江勇带到祁门，作为祁门老营的拱卫之师。

这时，曾国藩对李元度说：“你去最是名正言顺。徽州乃皖南大城，又是祁门的屏障，长毛打徽州，是想冲破这道门，窜进祁门来，守住徽州意义重大。张副宪防守徽州几年，虽说没有打什么胜仗，但也没有丢失，你千万不要把它丢了。”

“你放心，长毛撼山易，撼平江勇难。有平江勇在，徽州城决不会缺一个角。”

曾国藩见他说得如此轻巧，反倒不放心他去了，但眼下实在再调不出其他人，只得正色对他说：“此次围徽州的是长毛的精锐部队，你不可小觑。按理你带勇多年，我不用多叮嘱，但徽州府关系太大了，我不得不和你约法五章。你做得到就去，做不到可不去，我再另外择人。”

李元度心里大不悦，说：“哪五章？你说吧！”

“第一戒浮。你身边有不少书读得好，但并无打仗经验的文人，对其中那些好说大话者，决不可重用。第二戒自负。到徽州后，切莫自视过高，师心自用。第三戒滥。银钱的使用，立功人员的保举，都要有所节制。第四戒反复。为统领者切忌朝令夕改。第五戒私。用人当为官择人，不可为人择官。”

曾国藩的这五章，章章都是针对李元度的弱点而言的，李元度却一句也听不进。曾国藩刚说完，他便拍着胸膛说：“你也不必多说了，我立个军令状吧，徽州府倘若丢失，你唯我是问！”

“好，一言为定！”曾国藩伸出手，对着李元度的手碰了一下。

“涤生兄，前几天我送给你的《国朝名臣言行录》，你看过没有？”刚走出门，李元度又回过来问。

“哦，看过了。正要璧还，一下子又忘记了。”曾国藩从一个较小的竹箱里取出一大叠稿纸来，把它递给李元度。“你的这部稿，广采博集我朝名臣嘉言懿行，厚世俗，正人心，异日刊印出来，必是一部极好教材。我先向你预订两百部，发给两江州县以上官员人手一册，如何？”

得到曾国藩如此青睐，李元度刚才的不快消散了许多。他高兴地说：“涤生兄，你是文章老手，指点指点，让我修改得更好些。”

“要说指点，有一条倒不知肯听么？”曾国藩笑道。

“请说！”

“你的书，局面太窄了。那些山林隐逸，前代遗民，以及姓名不登乎仕版，而节义可惭愧那些王侯者，被你‘名臣’一词排斥在外了。我想你不如改个名，叫做《国朝先正事略》。如此，刚才所提的那些人，便都可以进来了。你看如何？”

“最好，最好！”李元度拊掌大笑，“就按你的办。”

“好！那我再多订一百部。”曾国藩大笑起来。

徽州府是一个历史悠久的文化名城，又是皖南五府州的经济中心，历来以牌坊众多、石雕精美闻名于世，城内匠人制的纸、笔、墨、砚，最受读书人看重，尤其是徽墨，与湖笔、端砚、宣纸并称，号为文房四宝中的佳品。都察院左副都御使张芾在徽州驻防六年，上个月奉召回京，后回陕西泾阳原籍补持服，留下一万四千兵在徽州。按理说人员不少了，但这些兵已有五个月未领到饷银，军心浮动，不但不能打仗，反而成了徽州城的祸根。知府谭慕白不能统御，闻李世贤的兵已到宁国，慌忙向曾国藩告急。李元度的平江勇开进徽州城的第二天，罗大纲、周国虞率领四万人马就到了城门外。谋士们提醒李元度，缺饷五个月的绿营不可信任，城门不能让他们守。李元度认为很对，立即将东南西北四个城门的绿营守兵全部调走，换上他的平江勇。被换下的绿营士兵，都作为苦力去扛弹药、担砖石、运粮草。本已怀着满腔怨怒的绿营官兵，这下如同火上加油，纷纷骂开了：

“平江勇凭什么赶走我们？我操他祖宗！”

“都是为朝廷卖命打长毛，他妈的湘勇个个发横财，我们五个月没领到一文钱，这个世道还有公理吗？”

“反了吧，老子不为朝廷卖命了！”

有一个愣头小子带头，居然跟着一百来号人，光天化日之下，公然抢劫银库，谭知府吓得躲在卧室里瑟瑟发抖。李元度大怒，调集八百平江勇将闹事的绿营士兵抓起，不分情节轻重，一律杀头，暂时将变乱弹压了下去。徽州城里的这场骚乱，早已被太平军的细作报告给城外的罗大纲和周国虞。

“湘勇绿营结仇，正是我们破城的好机会。”罗大纲面有喜色。

“绿营有怨气，湘勇有傲气，有怨气则无斗志，有傲气则必松懈，我们可采取收买和强攻相结合的办法。”周国虞已成竹在胸。

罗大纲点头。周国虞继续说：“据说绿营副将徐忠是一个贪财好货的人，叫老三进去，送给他三百两黄金，叫他在城内发难，只要打开一个城门就够了。”

罗大纲赞同这个主意。

夜晚，在徐忠的面前，周国贤亮出了自己的身份和三百两光灿灿的黄金。徐忠又喜又怕。他知道，徽州绿营憋着一股对朝廷的怨气，现在又加上对李元度的愤怒，军心早已涣散，只要长毛重兵一压，城内就有可能哗变。这些兵痞子，危急之间，是什么事都可以做得出来的，徽州城早晚保不住，不如得了这笔金子，城破之后远走高飞，埋名隐姓，做个下半世快活无比的富翁。但做这种事，他心里总还有些胆怯，犹豫了好半天，才咬咬牙答应了。他召集亲兵营的都司和几个千总、把总商议，每人发十两黄金。这些都司、千总、把总二话没说，都同意干。约好以放炮为号，亲兵营的人左臂上都系一根带子，太平军见此记号不能杀。

徐忠与周国贤的密谋策划，李元度全然不知。他见绿营兵这些天未再闹事，以为严刑镇压起了作用，又见城头上兵勇都在忙忙碌碌地奋战，他放心了。嗜好名山事业的李元度关起门来修改他的《国朝先正事略》，并打算还写一部《历代先正事略》，洋洋洒洒，写它一百万字，好比太史公作《史记》一样，从盘古开天地写起，一直写到明末，将所有卓异人物的事迹，凡可考查的，都查出来。这两本书今后一并刊印，播于海内，垂之后世，李元度之名，也将永垂不朽了。他越想越兴奋。

这一天，忽然传来消息：宁国府破了。李元度大吃一惊，忙将书稿收起，四处巡逻城防。原来，朱品隆带的三千人以及霆字营分散在城外的各路人马，根本无法进入宁国城里，统统被李世贤的部队堵在城外。李世贤几次猛攻之后，宁国城里的湘勇动摇了，鲍超亦无主张。身边人劝他：与其城破被戮，不如杀出城去，保全力量，再纠合部队将城夺回来，大丈夫能伸能屈，不必过于拘执。鲍超认为有道理。城里三千湘勇饱餐一顿，半夜时分，乘太平军酣睡之际，冲出城门，在城外与朱品隆的援兵合为一处，向祁门奔去。第二天一早，李世贤进了宁国府。他留下二万人守宁国，亲率其余五万人帮助罗大纲、周国虞攻徽州。

九万太平军将徽州城团团围住。一颗炮弹冲天而起，徐忠带着亲兵营冲到东门口，守门的湘勇吓呆了。绿营士兵抡起刀，像报仇似的砍杀湘勇，很快将东门打开，周国虞率领太平军弟兄们一拥而进。城内的绿营兵不杀太平军，反而把刀尖转向湘勇。平江勇惊慌失措，人人抱头鼠窜，仓皇逃命。李元度见此情景，慌忙带着一批亲信从西门逃出城外。徐忠早有准备，在一片混乱之中挟着二百两黄金溜出城，远远地跑了。

八　曾国藩卜卦问吉凶

徽州失守，祁门变成了前线。此时祁门的兵力，仅张运兰的老湘营一部分及康福的亲兵营，合起来不足三千，情形十分危急。湘勇老营弥漫着惊恐慌乱的气氛，曾国藩虽恨李元度不争气，事到如今也无可奈何了。他一面布置张运兰、康福率兵扼守距老营十里外的榉根岭、羊栈岭，这是由东北方向进入祁门的两道关口。一面派出两队人。一队向南通报驻扎在浮梁、景德镇一带的左宗棠，务必保护好祁门通往江西的大道，徽州失后，这便是祁门粮饷、文书的唯一通道了；一队向宁国方向奔去，沿途寻找鲍超，要他火速来祁门救援。

此时，太平军正兵分三路向祁门包围过来。李世贤带着四万人进入江西，拟从南面打祁门，谁知遇到劲敌左宗棠。左宗棠在乐平城东南一连三次大败李世贤。南路太平军受阻，不能按预定计划进入祁门。东面，罗大纲率二万人穿过渔亭镇，在榉根岭遇到张运兰的阻击。西面，周国虞率二万人翻过大洪岭，在羊栈岭遭到康福的抵抗。太平军的兵力在湘勇十倍以上，湘勇则占据有利的地势，双方打了三天三夜，一时还没有分出个胜负来。但是，湘勇的人数一天天减少，太平军随时都有可能破岭而入。看来，祁门老营的覆没是在所难免了。

白天，从榉根岭、羊栈岭不断传来凶惨的喊杀声；入夜，岭上岭下，到处是时明时灭的松明火把。两江总督衙门里那些纸上谈兵的军机参赞们，舞文弄墨的书记文案们，以及记账算数的小吏们，虽然生活在军营中，却从没有亲眼见过两军厮杀的场面，更没有过身历前敌的处境。这些手无缚鸡之力的文人们，一天到晚处在极度的恐惧之中，眼见得东、北两面血肉横飞，南面略为安静些，便瞒着曾国藩，互相串通，偷偷地买通了二十号小划子。每天夜晚，将一包包行李往划子上运，单等败兵逃回，便起篙向江西方向划去。当李鸿章把这个情况报告曾国藩时，他气得怒发冲冠，恨不得把这些扰乱军心的胆小鬼，一个个抓起来杀掉。但他没有这样做，反而亲拟一个告示，叫文书誊抄后贴在营房外：

> 当此危急之秋，有非朝廷命官而欲离祁门者，本督秉来去自愿之原则，发放本月全薪和途费，拨船相送；事平后愿来者，本督一律欢迎，竭诚相待，不计前嫌。

这份告示一贴出，那些准备走的幕僚反而不好意思走了，又偷偷地把行李从划子上搬回。对这一切，曾国藩装作没看见一样，白天他照旧批文、发函、见客、下棋、读书，安之若素，稳如泰山；夜晚，他开始清理文书，把一些重要文件包扎起来，叫荆七藏在附近山林里，对荆七说：“倘若老营倾覆，我为国尽忠了，这些东西，你今后都要设法运回荷叶塘去，听明白了吗?”

荆七点头答应，心里早已乱成一团麻。这天深夜，曾国藩见东、北两座山岭烽火又起，鲍超至今无消息，心想，此番必死无疑，将老营设在祁门实在是个大错误，悔不该没听李鸿章劝说，移驻东流，但现在后悔已晚。自已年过五十，官居一品，今生除学问无成就外，也没什么大遗憾的了。这样一想，又平静多了。

他先给皇上写一封遗折，将自己所经手的几件大事，逐一作了安排。又给儿子纪泽纪鸿写了一封家信，叮嘱他们长大后切不可涉历兵间，此事难于见功，易于造孽，也不必做官，惟专心致学，做读书明理的君子，又重申八本三致祥的家教。怕他们忘记，将八本三致祥又写了一遍：读书以训诂为本，作诗文以声调为本，养亲以得欢心为本，养生以少恼怒为本，立身以不妄语为本，治家以不晏起为本，居官以不要钱为本，行军以不扰民为本；孝致祥，勤致祥，恕致祥。

写好这封当遗嘱的家书后，天已蒙蒙发亮，看着外面萧瑟秋景以及匆忙奔走的亲兵，曾国藩的心又绷紧了。他惶惶然呆望着，不知所措。过了许久，他突然想起了什么，叫荆七端一盆清水来。曾国藩仔细地洗净脸和手，整理好衣冠后，端坐在案桌旁，从一个小笔筒里拿出五十根蓍草来。他从中随意拣了一根放在一旁，又将一根夹在左手拇指和食指之间，将剩下的四十八根任意分成两堆，然后每四根一次地拿开，直到不能再拿时，则将两堆合并。如此这般分分合合地摆弄十八次，占出一个《坎》卦来，其中九二为老阳，上六为老阴。曾国藩记得九二爻辞为：“坎有险，求小得。”上六爻辞为：“系用徽纆，置于丛棘，三岁不得，凶。”九二爻辞无疑是句好话，上六爻辞中的徽纆，是用来捆自己，还是捆长毛呢？真是天意渺茫，难以猜测。正在疑虑之时，康福气息喘喘地推门闯了进来：“大人，长毛已冲破羊栈岭防线，我保护你离开祁门。”

说话间，王荆七已将枣子马牵过来。枣子马大声嘶鸣，幕僚们纷纷围拢，大部分人的肩上都背着包袱，有的连鞋袜都未穿上。看到这一片混乱场面，卜卦给曾国藩带来的一丝希望早已化为乌有。他冲着荆七吼道：“谁叫你牵马来的？你们都走吧，我今天就死在这里了！”

“大人。”康福走前一步，“情况已万分危急了，不走不行，请大人上马。”

曾国藩仍坐着不动，心里如同有千百个鼓槌在敲打，碎零零，乱糟糟。杨国栋、彭寿颐都来劝：“大人，再不走就出不去了。”

曾国藩环顾四周，见幕僚们都用哀求的眼光望着他，长长地叹了一口气，缓缓地说："国栋，你带众人走吧，我最后离开。"

一句话刚出口，幕僚们立即如鸟兽散去，七手八脚地忙着搬运行李。曾国藩将王世佺送的剑从墙上取下，放在书案上，然后穿好朝服，微闭双眼，任外面吵吵嚷嚷，乱作一团，他木头似的坐着，心里已作好最后的决定：一旦长毛冲进屋，就立即以剑自裁。康福、王荆七在一旁急得团团转，不知如何是好。

忽然，外面传来一阵惊天动地的欢呼声。李鸿章兴奋异常地跑了进来，大喊："恩师大喜，鲍提督来了！"

曾国藩睁开眼睛，刚要起身，又立即坐定，仍以缓慢的口气问："你没看错？"

李鸿章正要说话，杨国栋激动万分地冲进来："鲍提督已杀败长毛，来到老营了！"

曾国藩刷地站起，说："我们去接春霆！"

老营外，一片欢呼雀跃，鲍超被众人簇拥着，正向营房走来。见曾国藩出现在门口，立即从马上跳下来，跑到曾国藩面前，正要行跪拜礼，曾国藩赶快走前一步，一把抱住。望着鲍超胡须杂乱的黧黑面孔，他两眼滚动着泪水，好半天才吐出一句话："不想还有与贤弟见面的时候！"说完头一晕，便失去了知觉。

九　李鸿章一个小点子，把恩师从困境中解脱出来

半个月来，曾国藩处于极度焦虑紧张之中，靠着顽强的意志勉力支撑住，现在骤然得知危险已过，大喜过望，犹如一根拉紧的弦猛地松弛，一时不能控制，倒了下来。过一会，他恢复了常态。鲍超眉飞色舞地演说战斗的经过，说生平没有打过这样顺利的仗，不到一个时辰便大获全胜，打死了长毛头领罗大纲，只可惜让野人山的匪首逃跑了。曾国藩记起"徽缨"的爻辞，心里想：这怕是天数。众人正在说

说笑笑，互相庆贺死里逃生的胜利时，南面官马大道上远远地奔来一匹快马。一眨眼工夫，那马已跑到众人面前，两只炸开的鼻孔里喷出灼人的热气，江西巡抚衙门的袁巡捕从马背上滚下来，将一封十万火急上谕递给曾国藩。上谕命曾国藩速派鲍超带五千人马，交胜保统带，前来北京救驾。曾国藩看后大吃一惊：京师竟然发生了这等意外变故！

早在咸丰四年，英国就提出，要对道光二十二年订立的条约进行修改，企图扩大在中国的特权，遭到清廷的拒绝。尔后，英国和法国联合起来，在沿海一带屡屡挑起战争。两个月前，他们从北塘登陆，打败僧格林沁的骑兵，攻占天津，后来又击败胜保的部队，逼近北京城下。咸丰帝匆匆带着一班大臣妃嫔逃到热河，留下恭亲王奕䜣在京师与英法谈判。咸丰帝接受胜保的奏请，在逃往热河的途中，接连发布上谕，令各地督抚将军迅速带兵来京勤王。第一道上谕，便发给湘勇统帅、两江总督曾国藩。曾国藩接到这道上谕，一方面为皇上蒙尘而担忧，一方面又对派鲍超救驾而犯难。

曾国藩不愿鲍超远离。这些年来，鲍超的霆字营是湘勇中最能打仗的部队。尽管上月有宁国之失，但鲍超之勇，仍令太平军畏惧。在湘勇内部，甚至有打着鲍超的旗号，冒充霆字营吓退太平军的事。这次若不是鲍超及时赶到，祁门老营就彻底完蛋了。曾国藩器重鲍超，感激鲍超。皖南局面尚未分明，通往江宁的道路，尚需要鲍超和霆字营去扫清。这个时候，怎么能让鲍超远赴京师！而且，曾国藩还看出此中埋藏着胜保的险恶用心。胜保的底细，曾国藩清楚。

这个出身于满洲镶白旗的公子哥儿，借着皇上对满人的特殊照顾，道光二十年中举，考授顺天府教授，很快就升为祭酒。胜保屡屡上书言事，皇上欣赏他的文采，夸他是满人中的才子，擢升为内阁学士。那时曾国藩供职翰林院，见过胜保几面，读过他的奏疏。曾国藩对胜保的看法，与皇上完全相反。他认为胜保无真才实学，奏疏只有夸夸其谈、哗众取宠的辞句，并无实在的解决问题的办法，且为人骄横之气太足，眉宇之间有一股阴暗的煞气。按照曾国藩的相人之术，他断定胜保不会有好结局。谁知太平天国事起，胜保倒走起鸿运来了。

咸丰四年，胜保在直隶打败林凤祥的北伐军，皇上因此授他钦差大臣，特赐神雀刀，副将之下，有权斩杀，一时有南江（忠源）北胜之称。不久，胜保围李开芳于高唐，数月不克，惹怒咸丰帝，削了他的职，遣戍新疆。咸丰六年召还，发往安徽军营差遣。七年，予副都统衔，帮办河南军务。胜保自己无军队，以重饵招降捻军一个名叫李兆受的头领，将他改名李世忠，又结纳皖北凤台团练首领苗沛霖，保他为记名道员。胜保企图以李世忠和苗沛霖的人马作为自己的军队。李世忠出身强盗，一贯打家劫舍，作恶多端，苗沛霖野心勃勃，欲作皖北王。曾国藩一到安徽，便从各方面的情报中，把这两人看死了，因而对胜保极具戒心。

现在，胜保居然要统带鲍超的五千霆字营，他的野心越来越大，竟敢打起湘勇的主意来了。曾国藩岂能让他的算盘滴溜溜地如意转动！不派吗？这是皇皇圣旨。抗旨罪名已不轻，何况当此非常变故之际、皇上蒙难之时，抗旨不发兵，你曾国藩平时口口声声标榜忠君爱国，岂不都是假话？皇上都不保，你的几万湘勇意欲何为？倘若胜保这样质问，定然激起皇上震怒，天下共责，不待杀头灭族，便早已身败名裂，死有余辜了。曾国藩真的进退不是，左右为难！

可鲍超这个莽夫，偏偏不知内中奥妙，以为率师北上勤王，正是取悦皇上、立功受赏的大好时机，几次三番地催促："曾大人，霆字营全体将士听说洋鬼子欺侮我皇上，气得哇哇叫，骂他娘的洋龟儿子瞎了狗眼，恨不得插翅飞到京师去保皇上。曾大人，救兵如救火，还有啥子要想的？快下令吧！"

面对着这个头脑简单的鲍提督，曾国藩哭笑不得。想说皖省战局不能离开他，又怕他因此昏头昏脑，居功自傲。霆字营本就依仗常打胜仗的资本跋扈嚣张，不把其他营看在眼里，若再翘尾巴，可能会连他这个统帅的话都不听了。想告诉他胜保欲借此挖空湘勇的实力，壮大自己的私人势力，又怕这个心里不能藏话的直汉子，将此话捅出去，日后更与胜保结下不可解的怨仇。无奈，只得用几句话敷衍着鲍超，心里急得如同火烧油煎，终日绕室彷徨，拿不定主意。

这天康福提醒道："胡中丞近来驻军黄梅，离祁门不远，何不派人送信与他商量一下；左宗棠素有今亮之称，也可以问问他。"

曾国藩觉得有道理，立即派人分别到黄梅、浮梁，征求胡、左二人的意见。几天后，回信来了。胡林翼说："疆吏争援，廷臣羽檄，均可不校；士女怨望，发为歌谣，稗史游谈，诬为方册，吾为此惧。"左宗棠说："江南贼势浩大，正赖湘军中流砥柱，霆字营不可北上。"胡、左态度明朗，湘勇当全力对付太平军，不能北上勤王。但不去，以什么作为合法的借口呢？这一点，二人都没有好的主意。

曾国藩决定广泛征求幕僚的意见，命他们每人就此事写一个条陈。条陈送来了，大部分人的意见主张救君父之急，立即遵旨出兵；也有几个条陈说按理当勤王，取势当剿贼，按理还是取势，由制军独裁。几十张条陈阅罢，曾国藩深感失望。

"恩师，我没有写条陈。"李鸿章进来了，一眼望见桌上散开的一大叠纸，知曾国藩仍在为此事发愁。曾国藩这才想起，人人都上了条陈，唯独李鸿章一人没上。

"你为什么没有写？"

"有些话不便写在纸上，我想和恩师面谈。"李鸿章回答。

"好吧，坐下慢慢谈。"曾国藩素来喜欢和人谈话。对于初次见面的人，在察言观色的过程中，他对其人便有了一个基本认识，而这个认识，以后实际证明大半是对的。他因而有"知人"的美名。在与朋友、幕僚的谈话中，他能从对方的言谈中得到多方面的启发，获得多种知识。虽然闲谈耽搁了时间，但总的来说，所得大于所失。

"恩师，门生为此事想了很久。"李鸿章在曾国藩的对面坐下来，两只手掌合着，夹在两腿之间。这情景，使曾国藩想起过去在京师碾儿胡同里，师生之间常常这样对坐论学。那时，老师的年龄恰好是今天学生的年龄。"岁月过得真快呀！"曾国藩心里轻轻地感叹一句。

“门生以为，进京勤王一事，实属空言，于皇上无半点益处。”李鸿章少年得志，锋芒毕露，说话办事，向来不知忌讳。这一点，与曾国藩大不相同。

“少荃，你这话从何说起！”曾国藩的口气似乎有点不悦。

“恩师，洋人已抵京城，如果他有意加害皇上的话，完全可以凭着洋枪洋炮的威力，向热河追去。挡得住也罢，挡不住也罢，都只是三五天之内便见分晓的事，哪有从数千里之外调兵入卫的道理？这不是皇上被突然变故吓昏了头，便是有人要借此夺走湘勇的五千精锐。”李鸿章的话干脆尖锐，一针见血，曾国藩听后心里很痛快。

“你认为洋人有加害皇上的意图吗？”学生已不是当年幼稚的书生了，老师也不自觉地放下了架子。

“门生以为，洋人之举，决没有加害皇上的意思，只不过是逼皇上答应他们修约，欲占我大清更多的便宜罢了。历来外族入侵，要社稷者难免刀兵相斗，要金帛子女者都好办。恭亲王年纪不大，却极有办事才能，一向对洋人礼之甚恭。依门生之见，洋人在恭王那里可以得到所要的一切，京师再不会出现大的变乱了。”

“少荃，你说的固然有道理，但北援事关君臣大义、将帅职责。君父有难，臣子岂能袖手旁观？洋人即使不再北进一步，我湘勇将士也应该受命入京呀！”毕竟老师的尊严要保持，曾国藩不能再以刚才的口气问李鸿章。明明是希望学生提出一个两全其美的办法来，老师却以教训的口吻说话。李鸿章对老师的性格是熟悉的，忙答道：“恩师教导的是，救君父之难是臣子义不容辞的职责。恩师与胡中丞，位居督抚，理应亲带湘勇前往，鲍超乃一战将，非一面之才，且受胜保指挥，亦恐二人难以协调。依门生之见，恩师可据此再作一奏折，请皇上于曾、胡二人中指定一人，统兵北上，护卫京畿。圣旨下达之时，立即发兵。”说到这里，李鸿章压低了声音，“从祁门到京师，奏折最快要走半个月，有半个月的时间，恭亲王早已和洋人达成了协议。到那时，北援勤王一事，已是过丘之水了。”

机灵鬼！曾国藩情不自禁地在心里说着，他对李鸿章这个“按兵请旨”计策的妙处已完全明白了，一个困惑他七八天的难题终于解开。曾国藩一阵轻松，笑着说：“少荃，那就麻烦你拟个折子吧！”

奏折拜发后的第二天，丢失徽州府的皖南道员李元度，蔫头耷脑地来到祁门。当他得知祁门刚刚度过危难之后，心中万分内疚。他想向曾国藩负荆请罪，又怕昔日同窗不容他，便托李鸿章去试探下。果然不出所料，曾国藩一听便火冒三丈，大声地对李鸿章说：“他还有脸见我，我都没有脸见他！你问问他，还记不记得自己亲手立下的军令状？”

李鸿章见老师正在盛怒之时，不便多说，只得轻轻退出。刚走到门槛边，曾国藩又叫住了：“少荃，你赶快替我拟一个折子，参劾李元度。”

李鸿章吃了一惊，唯唯诺诺地答应两句，赶紧退了出来。

身材瘦小、戴着高度近视眼镜、号称“神对李”的皖南道台，是个人缘极好的人，众幕僚纷纷为他鸣不平。李鸿章因为有昨天的大功劳，自觉在众人眼中的地位大为提高，便俨然以首领的口气说：“我们一起到曾大人那里去，替李观察说说情吧！”

大家都赞同。

当一群幕僚出现在房门口时，曾国藩不知出了何事。李鸿章从队伍中走出，向曾国藩打了一躬，说：“大家都说李次青丢失徽州府情有可原，这次就宽恕了他，给他一个戴罪立功的机会吧！”

原来是他煽动幕僚们来动摇自己的决策，曾国藩火了，气得吊起三角眼，厉声问：“李元度丢城失地，辜负了本督对他的期望，有什么情可原，你说？”

当着众人的面这样凶恶地斥问，李鸿章很觉丢面子。他心想：我虽然是你的学生，也有三十七八岁了，也是朝廷任命的四品要员，昨天才帮你渡过难关，怎么今天就不记得了？再说李元度是你要好的朋友，参劾他，于你脸上也不光彩。

想到这里，李鸿章心里有一股委屈感，壮起胆子分辩道：“李元度诚然犯有大错，但门生听说，绿营副将徐忠勾结长毛，是这次失守的主要原因。徐忠勾结长毛，能得到绿营官兵的支持，又因为五个月未发饷银。李次青到徽州仅只九天，要说追查责任，主要责任在张副宪。”

“张副宪守了六年徽州不曾丢失，你去找他吧!”曾国藩冷笑。

“要说失城就参劾，鲍提督先失了宁国府，正因为宁国府丢了，才祸及徽州府，要参劾，得先参鲍超。”

“鲍超有丢宁国之罪，也有救祁门之功。李元度丢失徽州二十多天了，一面不露，他到哪里去了。你们没有听到有人编‘士不可丧其元，君何以忘其度’的对联骂他吗?”曾国藩凶狠地望着李鸿章，众幕僚见状不妙，都不敢做声。

“恩师。”李鸿章见曾国藩仍不让步，只得祭起最后一个法宝了，“李元度从咸丰四年跟随您，六七年来战功累累，恩师曾多次对人说过，于李次青有‘三不忘’。今天何以这般计较他的一次过失，岂不会寒了湘勇将领们的心!”

李鸿章没想到，恰恰是这几句话把他的恩师逼到了悬崖边。曾国藩又羞又怒，气呼呼地从椅子上站起，吼道：“李少荃，你是要我徇私枉法吗?李元度不参，天理何在?国法何在?”

“恩师一定要参李次青，门生不敢拟稿。”

李鸿章也生起气来，倔强地顶了一句。门生的这句话，大出曾国藩的意外，他本想冲上前狠狠地训斥一顿，猛地想起丑道人陈敷说的“杂用黄老之术”，拼命地将火气压了下去：

“好吧！不要你拟，我自己写。”

李鸿章是个异常机敏的人，他早知将老营扎在祁门，在军事上是一个绝大的错误，太平军也绝不会甘心这次失败，倘若再来一次南北包围，祁门将会连锅端。李鸿章有自己的一番远大抱负，他只能依仗老师上青云，不愿与老师共灭亡，现在正可趁此机会离开祁门：“恩师既不需要门生，门生就告辞了。”

曾国藩先是一怔，随后冷冷地说：“请自便!”

众幕僚见局面闹得这样僵，早已三三两两地先溜了。李鸿章刚要挪步走，又觉心中不忍："恩师，祁门不可久驻。门生走后，请恩师速将老营移到东流。"

曾国藩侧过脸去，看都不看一下，挥了挥手："你走吧，不要乱了我的军心。"

李鸿章心中一阵凄楚，恭恭敬敬地向恩师鞠了一躬，然后慢慢退出，悄悄地收拾行李，连夜和李元度一起，坐着小划子离开了祁门。

不久，曾国荃从安庆前线来函，几乎以哀求的口气请大哥速移营东流。曾国藩读毕大受感动，并由此想到李鸿章是真心为他着想，也由此减轻了对李元度的谴责。这年冬天，曾国藩终于将两江总督衙门从祁门搬到长江边的东流。

现在，他要全力支持九弟攻打安庆了。

第三章／强围安庆

一　围魏救赵

曾国荃带着弟弟贞干，统帅吉字营、贞字营屯于安庆城下，已有七八个月了。他采取的仍是过去围吉安的老办法，稳扎稳打，长围久困。曾国荃是个以蛮出名的人，他遇事不干则已，干则非达目的不可，拼上血本，甚至贴上老命也不在乎。那时安徽连年战争不息，皖中、皖南，太平军和湘勇打得你死我活，皖北捻军、苗沛霖团练、胜保袁甲三的绿营之间也斗得难分难解。从咸丰三年开始，七八年间无一日无战火，无一地无硝烟，再加上干旱、蝗虫，真个是天灾人祸，集于一时，东南八省，以安徽百姓受苦最为深重。史书上记载的易子而食、析骨而炊的事，在这里常可见到。人肉公开出卖，一斤标价从八十文到一百二十文不等。曾国荃将军中一千石积压发霉的陈米拿出来，招募民伕，替他挖壕沟。告示一贴出去，安庆府六县饥民便蜂拥而至。

他用这批廉价的劳力，绕安庆城外挖了两道宽五丈、深二丈的大壕沟，只在南门外靠长江一带与东门外靠菱湖一段留下两个缺口。这两道壕沟相距两里多路。前壕又称外壕，用于阻挡援军；后壕又叫内壕，用于围住城内的太平军。吉字营就扎在两条壕沟之间。曾国荃在湖南新招五千勇，连同原来的五千，共一万人，习惯上仍叫吉字营，实际上已有二十个营了。他按建营初期前、后、左、右的称呼，将二十个营分成四个部分。四年前，曾国藩曾荐萧启江、江继祖、萧庆衍、彭毓橘为吉字营营官。不久，萧启江回籍守丧，江继祖阵亡，萧庆衍被李续宜拉去。于是曾国藩又荐萧孚泗、李臣典、刘连捷代替。曾国荃以彭、萧、李、刘为分统。每个分统下隶五个营。曾贞干贞字营四千人，分为八个营。这支人马，曾国荃私下称之为曾家军。曾国藩将它看成真正的嫡系，它的粮饷装备都要优于李续宜、李元度、鲍超、张运兰、萧启江等陆路各部，甚至也比他所喜爱的水师要好。

曾国荃驭勇自有一套与大哥大不相同的办法。他不作什么忠于皇上之类的训话，也没有繁琐的规章制度，他的办法很简单，只有两条：一是打仗时，所有官勇都要给他死命地打；不肯出力的，贪生怕死的，他授权分统、营官、哨官，有权就地处决。二是打完胜仗后恣意享乐。通常是，野战打赢了，听任勇丁抢敌尸身上的金银财宝，直至剥衣服；攻下城池后，让勇丁快活三日，这三日内不论奸抢掳掠，杀人越货，一概不问，三日过后再禁止。曾国荃的吉字营保举比别的营都多都滥，有的营官、哨官把自己在家种田做事的兄弟叔伯的名字也写进保举单，曾国荃明明知道，照保不误。这两条办法对农家出身的湘勇来说，最为实在，因此他手下的官勇人人打仗不怕死，成为湘勇中极有战斗力的一支人马。曾国藩对九弟“快活三日”的犒勇之法很不满意，多次劝说，曾国荃当面答应，实际上却一点不改。他有他的想法：没有甜头，谁会为你卖命？忠君保朝廷，只能跟读书人说说，种田人出身的勇丁，要的是实实在在的利益。吉字营驻安庆城外久了，前壕外新增了不少店铺，其中尤以茶楼、烟馆、妓院为多；有的营官哨官干脆用几十两银子买个逃荒女子，给她盖个茅棚住下，天天相会，好像要在这里成家立业，生活一辈子似的。所有这一切，曾国荃一概不管。

安庆城里却又是另一番景况。守将叶芸来，官居受天福，是从广西杀出来的老兄弟，英勇善战，忠直耿介，手下有二万五千精兵，隶属英王陈玉成部。玉成打江南大营时，把留守安庆的重任交给了叶芸来。叶芸来深知安庆战略地位的重要，这个酷爱饮酒的广西佬，从受命之日起，便戒了酒，并下令所有官兵，非特令不得饮酒。对曾国荃的围攻，叶芸来做针锋相对的部署。安庆城墙高大坚厚，不易攻破，只要与外界的联系不断，湘勇围它三年五载都不在乎。

安庆与外界的联系，主要靠的三条路。

南面的长江是最主要的交通要道，但这条水道却被堵死了。彭玉麟的内湖水师和杨载福的外江水师，像两座水坝似的将长江拦腰截断，太平军的粮船一只也到不了安庆。叶芸来无水师，只能眼睁睁地看着这条通道丢失。间或有少数洋船夹带着粮食闯过“水坝”，来到安庆码头，叶芸来则以高价收买，使洋人获利甚多。

城东面有一个湖泊，名叫菱湖，以盛产菱角出名。此湖虽不大，但它南通长江，东连破岗湖，与纵湖相接。这一带号称鱼米之乡，是安徽最富饶的地方。安庆被围之后，城内的柴米菜蔬主要由菱湖运来。叶芸来为保全这一条通道，派副手巩天侯张朝爵带八千人，沿湖筑了十八座石垒，将菱湖牢牢看管。

北门外一条大道连庐江、庐州，历来是安庆与北面联系的主要陆路。离北门十五里处有一险要地段，名唤集贤关。关外山冈起伏，尽是红色花岗岩，当地人叫它赤岗岭。集贤关犹如一道天门，扼控着安庆通向皖北的这条官马大道。叶芸来派他手下第一员猛将刘玱林防守此地。刘玱林带领五千精锐之师，沿赤岗岭建起四座大石垒，如同四大金刚似的将集贤关死死地把守。叶芸来守安庆，运用的正是太平军行之有效的传统战术——守险不守陴。

湘勇和太平军就这样对峙着，时打时停，城也攻不下，围师也不撤。陈玉成几次亲自带兵救援，都未能突破曾国荃的两道壕沟。每次打了几仗后，又因别处战事紧急，陈玉成又不得不掉兵他往。

安庆战场引起了天王洪秀全的关注，他命令干王洪仁玕设法解安庆之围。洪仁玕是天王的族弟，自幼饱读诗书，一心想走科举功名的道路。洪秀全起义前，曾与他密谈过，但他不参加。起义后，洪秀全派人回花县老家接眷属，再次邀请他，他又拒绝了。后来，清朝廷通缉洪氏族人，他便离开花县，寻洪秀全不到，半途折回。咸丰三年去香港，在西洋牧师处教书。第二年离香港到上海，想到天京去，受清军所阻，只得滞留上海，在洋人办的学校里学习天文历法。这年冬天又返回香港。咸丰九年四月，洪仁玕抱着“聊托恩荫，以终天年”的思想再次寻找洪秀全。在洋人帮助下，这次终于顺利到了天京。

此时正当杨韦内讧之后，石达开又带兵出走，洪秀全对异姓猜忌甚深，而自己的两个异母兄又不中用，见到这位学贯中西的族弟，十分欢喜。见面之后，便授予福爵；几天后又晋封义爵，加主将；不久，又不顾许多大臣的反对，晋封洪仁玕为开国精忠军师顶天扶朝纲干王，总理全国军政，相当于当年杨秀清的地位。

洪仁玕来到天京未满一个月，并无尺寸之功，便位居宰辅，完全出乎他的意料。洪仁玕毕竟是个眼界开阔、学养深厚的有为之士，他决心不负天王重托，忠心耿耿、勤勤恳恳地担起领导天国军政这副沉重的担子。

洪仁玕在香港生活较长时间，对外面世界了解甚多，看到西方国家制度优越，生产发达，很受启发，有心想把天国治理得如同西方国家一样的繁荣富强。他参考外国的成功经验，向天王提出了一套崭新的建国纲领——《资政新篇》，试图从风、法、刑三个方面着手，彻底改变中国的面貌。这个《资政新篇》受到天王的激赏，只是因为天国版图内，几乎无一块安宁之地，其中所提出的许多美好的设想，现在都不能实现。他只能暂时搁下，集中精力考虑战事。

干王虽然没有亲临战场打过一天仗，但他聪明好学，读过不少前代兵书，平时也常跟天王闲聊打仗的事，慢慢地也悟到一些用兵打仗的知识。在对天国各大主要战场作了全面分析之后，干王提出围魏救赵之计，即以打武昌来解安庆之围。干王向天王禀报这个设想，得到天王支持，并要他和陈玉成、李秀成再细细商量。

陈玉成从皖北战场星夜赶回天京，李秀成也匆匆离开苏州忠王府工地。洪仁玕向二王谈了大江南北两岸同时出兵奇袭武昌，以此引诱湘勇兵力西去，从而解安庆之围的用兵计划。陈玉成听毕，立即表示赞同："干王此计甚好。武昌为湖广中心，湘妖粮草辎重，全靠从武昌船运至下游，倘若将武昌夺回，则断了湘妖的后路；且目前胡妖头正率湖北绿营的主力驻扎在英山一带，守武昌城的是满虏官文，此人是个无真才的圆滑官僚，城里的兵力也单薄。武昌告急，胡妖曾妖必然会全力抢救。"

李秀成却不同意，无论从哪方面看，洪仁玕的这个想法都不成熟。

"围魏救赵之策，写出我天国军事史上光辉一页的，是今年初夏大破江南大营的战绩。"外表看来文弱白净如同妇人的李秀成，说起话来却声如洪钟。他有一个特殊的习惯，一坐下来，左右两条腿便交换着不停地上下颤动，说话时亦如此。干王在李秀成的心目中并无地位，只是由于等级的限制，也因为看在天王的面子上，他才表面上服从。李秀成认为这是一个关系到天国命运的重大战略决策，他，一个身经百战的统帅，一个对天国有深厚感情的老兄弟，有责任帮助从未打过仗的干王和比自己小十来岁的英王纠正失误。"它固然是一个好计策，但并不是任何时候都行之有效的，要看天时、地利、人和。目前正当隆冬季节，天寒地冻，非大规模军事移动之时，武昌离安庆近千里，围千里之外的武昌来救安庆，这种围魏救赵，历史上少见，且上次的对手和春、张国梁，都是有勇无谋之辈，现在我们面临的曾国藩、胡林翼，最是老奸巨猾，怕是难以瞒过他们的眼睛。"

李秀成的这番话，说得洪仁玕和陈玉成一时语塞。沉默一会，陈玉成说："忠王的话不无道理，但我以为，此策仍可使用。千里围武昌，固然远了一点，但长途行军是我军的传统，轻装疾进，有十天半月也便到了。天气虽冷，难不倒弟兄们，只要能打胜仗，吃这个苦值得！曾胡老妖虽然奸滑，但他们也不能眼看武昌丢掉不救；武昌一丢，清妖军心必然不稳，安庆亦不可久围。我看还是按干王布置的，我带皖北十万人从江北进军，忠王带苏南八万人从江南进军，可望正月间在武昌相会。"

洪仁玕也说："眼下解安庆之围，只有这个办法，舍此别无良策。退一步说，即使曾妖不去援救，我们乘隙来个四下武昌，也是一个振奋军心的大胜利。"

李秀成仍不能接受这个方略，除掉刚才说的天时地利人和不合外，他还有自己个人的小算盘。天京以南广袤的土地，几乎都是他率部打下的，这是中国最富裕的地方，他已奏请天王同意，将苏州一带改为苏福省，将来作为天国的陪都。李秀成有心把苏福省按照自己的理想建设成为真正的小天堂，正在兴建中的忠王府，就是他宏伟建设蓝图中的一个重要工程。所以，李秀成此时不想离开苏州，但这个理由他不便拿出来。

"苏南的人马不能动。躲在上海的清妖头目何桂清、薛焕正与洋人勾结，试图反扑，湘妖萧启江部即将逼近溧阳。此时从苏南调兵西去，无疑方便清妖乘虚而入。"李秀成又找到一条重要理由。

"留下一万人在苏州，由谭绍光率领抵御清妖。"洪仁玕爽快地回答。

"谭绍光难以独当一面。"李秀成还是不同意出兵。

陈玉成是个直爽人，见李秀成再三反对，心里已不痛快。他开始觉察到李秀成是不愿意离开他经营半年之久的苏福省。这位出生入死奋斗十年，于天国忠贞不贰的王爷，对李秀成在这样危急时刻，不把天国大局摆在第一位，脑子里盘旋的总是自己统辖的苏福省，大不满意；但想到此刻天国军事重担已压在自己和李秀成两人的肩上，况且李秀成大十多岁，资格也老得多，不便直接指责他，便沉默不语。洪仁玕心里也有数，他站起来说：“好了，这事明天再说吧！天王说难得与两位王爷见面，今晚在金龙殿宴请二位，我们这就进宫去吧。”

洪秀全自住进天王宫后，很少接见文武臣僚，当年生死与共的战友日渐疏远。陈玉成、李秀成也有大半年未见天王了，听说天王设宴，便都高兴起身。

三人出了干王府，走进黄龙大轿。干王的轿走在前面，由三十六个身穿黄马褂的轿夫抬着；英王的轿排第二，忠王的轿排第三，都由二十四个轿夫抬，也一律穿黄马褂。黄龙大轿的前面摆着三位王爷的全副执事，后面跟着百多个佩剑持戈的卫士。这列轿队逶逶迤迤，绵延里把路长。洪仁玕把贴身侍卫叫到轿边，小声吩咐几句，侍卫先骑马去了。干王府设在城南三坊巷原江宁县署。这一列气势非凡的轿队出了顾楼，穿过司门口，走过府东大街，从堂子巷转到太平街，然后进入花牌楼，一到卫巷，雄伟壮丽的天王宫便出现在眼前了。

经过几年的大兴土木，天王宫已全部建好了。一道周长七八里，高达三丈的黄色琉璃墙围的是外城，名曰太阳城。太阳城里有一座内城，名曰金龙城。金龙城中有一座大宫殿，名曰金龙殿，这就是天王会见大臣的地方。殿后有一个大花园，名曰御林苑。围绕着御林苑的是一排排宅院，这便是天王和他的八十八名后妃娘娘的寝宫。天王宫里的一切建筑，均以黄金涂饰，门窗用黄绸裱糊，阳光下金光灿灿，远远地望去，高高的城墙里好像围了一座金山。

三王的轿队在御沟外停了下来。御沟上建有五座桥，名曰五龙桥。过了桥，迎面而立的是一座高耸入云的望楼，名曰天台，这是天王每年十二月初十日生日时谢天之所。两旁各有一座牌楼。左边牌楼上写着“天子万年”四字，右边牌楼上写着“太平一统”四字，都出自天王手笔，字字洒脱，龙飞凤舞。天台后边是一道大照壁。照壁与围墙齐高，宽十五丈，彩绘九条巨龙，这是天王张贴黄榜之处。黄榜系黄绫制就，印龙凤云纹，它通常用来写天王封爵授官的告示。照壁之后，便是朝天门了。

朝天门左、中、右三扇巨门全用黄缎包就，绘上双龙双凤，门上金沤兽环，五色缤纷。门两旁摆着大锣四十对，朝天炮二十座。每天早晚天王在内吃饭，门前即齐击大锣，又放炮二十响，声震数里之外，故太阳城附近不见一雀一鸟。进了门，两旁各有一溜朝房，内外三进，宽敞明亮，这是宫中官员的办事之处。这些官员一律是女人，没有一个男子汉，为的是确保天王的安全。所有房屋门前一律悬挂着大红绸灯笼，里面摆设玉瓶、玉盆、玉碗，其中尤以安放在金龙殿里的二十四个三尺高的大玉瓶最为珍贵，这是赞王蒙得恩亲自为天王监制的。天王洪秀全今晚就在二十四个大玉瓶旁边的大理石条桌上，摆下一席丰盛的酒菜，招待从前线回京的英王和忠王。

九年深宫生涯，已完全改变了天王当年英俊挺拔的容貌。他浑身显得肥胖而松弛，行动很不方便，站起坐下都要宫女在一旁搀扶，头发稀疏，精神不旺，从外表上看，全不像一个四十九岁的中年人，倒有六十开外的年纪了。只是头脑依然灵敏，语言快捷。天王今夜特别高兴，频频与两位宠将干杯，不停地劝菜，席上谈笑风生，妙语连珠。在陈玉成、李秀成的眼里，此刻的天王，脱掉了神圣尊贵的外衣，露出传道和战争岁月中亲热豪爽的本性。一下子，他们与天王的关系亲密多了。秀成乘机对天王说："陛下，打武昌的江南一支，你另派能干人去吧，我不大合适。"

洪秀全一听，哈哈笑了起来，拉着李秀成的手，亲热地说："围魏救赵，秀胞尔是老手了。春夏之间的那一仗，打得几多漂亮！清妖建了七八年的江南大营，让尔给砸得稀巴烂，和妖呕血而死，张妖投河，何妖吓得屁滚尿流。我天国战将，从升天的东王算起，有几个人打过这样痛快的大胜仗？莫客气了，这南路一支，非尔亲自指挥不可。有尔去，朕就放心了。"

天王这几句贴心话，说得李秀成心里异常温暖，在如此褒奖和信任之下，李秀成还能再说什么呢？洪仁玕心想：到底天王威望隆重，几句笑话就解决问题了。他举起玉杯，兴高采烈地敬了天王一杯，又和英王、忠王干杯，碰得玉杯叮当作响。

玉成问："陛下近来忙些什么事?"

"近来忙得很!"外面北风呼啸，但金龙殿里炭火熊熊，温暖如春，几杯酒喝下去，洪秀全感觉身上发烫，他敞开明黄绣龙袍，严肃地说："这两个月来，我在逐条批阅《圣经》。《圣经》看似浅显，实则深奥无比，尤其是《圣经》上说的事与我们天国之间的联系，朕如果不讲清楚，兄弟姐妹们如何知道！朕于是给予详细指示，今日已全部批完。"

"陛下功德无量!"玉成、秀成齐声说。

仁玕在香港时，便对《圣经》很有研究，他想看看天王是如何批的。天王满口答应，命女承宣官把书案上的那本《圣经》拿过来。

一会儿，女承宣官捧来一本装帧考究的《圣经》。众人翻开看时，只见每页天头地角密密麻麻地布满了蝇头朱批，字体恭正。看得出，天王对此事十分郑重，态度非常虔诚。仁玕不由得心头一热，自愧不如。他随手翻开一页，玉成、秀成都凑过来，三人细看。在《创世记》第十四章末段边，"又有撒冷麦基洗德带着饼和酒出来迎接。他是至高上帝的祭司"句旁，天王批道："此麦基洗德就是朕。朕前在天上下凡，显此实绩，即今日下凡作主之凭据也。盖天作事必有引。爷前下凡救以色列出麦西郭，作今日爷下凡作主开天国引子。朕前下凡犒劳亚伯拉罕，作今日朕下凡作主救人善引子。故爷圣旨云：'有凭有据正为多。'钦此。"

读完这段话后，玉成更崇拜天王，秀成纳闷不解，仁玕心里冒出两个字：荒唐！

仁玕又翻开一页，见在《约翰》第三章旁，天王批道："上帝独一，至尊基督是上帝太子，子由父生，原本一体合一，但父自父，子自子，一而二，二而一者也。"

这一段批文，三王都不甚解其意。于是仁玕合上书，双手恭还给天王，说：“《圣经》经陛下御批，果然意义都出来了。明日臣即下令刻书衙，命他们从速刻印，天国师帅以上的文武官员人手一部。”

天王高兴地命女承宣官收起《圣经》，说：“为庆贺朕今日御批《圣经》完毕，特请诸位看一件稀罕物。”

天王刚说完，另一女官提了一只灯笼进来。玉成、秀成一看，都吃了一惊，原来这只灯笼的罩子并不是通常的绸子，而是无色透明的玻璃，又天衣无缝地做成大南瓜似的形状。这种玻璃灯笼，玉成、秀成还是第一次见到。这也难怪，那时的中国，这种玻璃灯笼的确极为罕见，天王乐呵呵地对着李秀成说：“秀胞，尔不知道，这其实是尔的战利品。”

李秀成惊得双目睁起，不懂天王话中的意思。

“四月份打下苏州后，尔率军南下，谭绍光在江苏巡抚衙门发现八个木箱，撬开一看，竟是八只崭新的圆形玻璃灯笼。问衙门旧书吏，才知是何桂清托洋人从英吉利刚买来的，还来不及用，便做了俘虏。”

说得大家都笑了起来。天王接着问秀成：“王府盖得如何了？”

“快盖好了，还差个把月就完工了。”秀成答。

“好！不要急着完工，把它盖好点。”天王接过女官递过来的热毛巾，擦了擦手和脸，兴致高涨，“当年萧何为高祖营造未央宫，立东阙、北阙，又建前殿、武库、太仓。高祖打仗回来，见未央宫建得甚是壮丽，大怒，对萧何说：天下不安，连年苦战，成败尚不可知，宫殿为何建得如此豪华过度？萧何说：正因为天下未平定，所以要造这样的宫殿，不豪华壮丽，不足以威重天下。高祖于是转怒为喜。天王宫的规模是大了些，也有人指责，他们其实不懂得朕的用心良苦，朕要借此威重天下呀！”

刚进宫时，玉成、秀成对天王宫的侈丽奢华，心中都颇不以为然，现在听天王如此解释，方才明白。

“当然，诸王的宅院，决不可模仿天王宫，但既贵为王府，也就不可草率，都要建造得像个样子。尤其是苏州的忠王府，今后是陪都的第一大王府，更要威重。非如此，不可震慑四属。秀胞，苏州来的这八个玻璃宫灯，仍叫它回苏州去。朕特为赏给尔，待忠王府落成之时，悬挂大门上，以壮威仪。明日叫呤唎回他的英国老家去一趟，买它几百个来，每个王府都要挂它几个。尔回苏州后，立即调兵遣将，准备西行。王府营建之事，我命蒙得恩代尔主持。天王宫就是他负责建造的，我叫他将忠王府再扩大一倍，造得气派十足。秀胞，尔就放心去吧！”

多英明的天王，他似乎早已洞察李秀成不愿出兵的真正原因；多宽厚的天王，他给了李秀成意想不到的浩荡皇恩。李秀成还能说什么呢？他站起来激动地对天王表示：“谢陛下厚恩！小官服从圣命，速急发兵武昌，以解安庆之围。”

二　调和多鲍

离开天京后，陈玉成和李秀成便调兵遣将，从长江北、南两面分别向西挺进，约好一个半月后在武昌相会。北面陈玉成带着林绍璋、周国虞、康禄，点起二万人马，号称七万，由和州过庐州，欲擦过桐城，再走太湖进湖北。为壮声势，陈玉成又约定龚德树率三万捻军南下。在曾国荃看来，陈玉成此举显然是冲着安庆而来的。他将这一分析向大哥作了报告。曾国藩决定调多隆阿、鲍超率部在桐城县挂车河、孙城一带截击陈玉成的部队。

当年那颗奇异的玛瑙，多隆阿自然没有上交朝廷，曾国藩也从不问起，彼此心照不宣。这几年多隆阿一直转战在鄂皖交界之地，时有胜仗，曾国藩素来对他优容相待，复出之后，更有意笼络他。多隆阿凡有战绩，曾国藩便抢先奏报朝廷。去年，多隆阿已授福州副都统，他感激曾国藩；二人相处，遂日渐融洽。为使多隆阿更卖力，这次多、鲍协同打援，曾国藩又命多为主，鲍为副。但鲍超不理解曾国藩的用心，他不愿居于多之下。

“大人，多隆阿的能耐，您老比我更清楚。他哪里是打仗的材料？我在他之下，日后我的功劳都变成他的了，我不干！”

“世称多、鲍，其实多哪里可以比鲍。”曾国藩笑道，“这点我心里有数，你放心去。鲍提督的战功，多副都统是夺不去的。”

高帽子一戴，鲍超高兴了：“好吧，我听大人的。”

鲍超带着八千人渡江而北，按期驻扎在孔城至罗昌市一线上。按湘勇打仗的一贯作风，扎起二十座营房。营房外挖深沟一道，沟里插满竹签、荆棘。沟外放哨，沟内架炮。营房内外，防守得严严密密。十天过去了，多隆阿的绿营未到防，陈玉成的增援也未到，鲍超松了一口气。

鲍超统领的霆字营，打仗不含糊，但军纪比吉字营还差。十来天无仗打，勇丁们便不安分了，营中喝酒赌博，营外宿娼嫖妓，把个军营搞得乌烟瘴气。鲍超不甚贪女色，偶尔部下送上个漂亮女人，他也不拒绝，但天一亮，便摸出几个钱打发走，决不留女人在身边。鲍超最爱的是喝酒，喝酒时又要嫩鸡作下酒菜。一日三餐，十斤酒、三只鸡吃下去，不醉不胀。在他的影响下，霆字营的营官哨官都有吃鸡的癖好。十多天住下来，弄得周围几十里地面，鸡都遭了劫，军营外四处是鸡毛。当地一个老塾师气不过，给鲍超编了四句歌谣：“风卷尘沙战气高，穷民香火拜弓刀。将军别有如山令，不杀长毛杀扁毛。”鲍超听了也不在乎。

过几天，多隆阿带着一万绿营来到挂车河扎下。陈玉成联合龚德树的捻军，号称十五万，也跟着由北而来，在湘勇驻地十余里外扎下营来。鲍超疾驰多隆阿营，对多说：“贼兵新来，脚跟不稳，我军今夜劫营，可挫贼的气焰。”

多隆阿一贯打老爷仗，不想太劳累：“贼势浩大，暂勿轻动，过几天再说吧！”

鲍超心想：“你不去，老子今夜劫营给你看看。”

鲍超回到孔城，传令秣马厉兵，半夜待命。后半夜，鲍超带着两千精壮勇丁，驮了十余门火炮出发。副将宋国永问："鲍军门，部队向哪里开拔？"

鲍超喝道："不要做声，跟我的马走就是了！"

宋国永不敢再问，指挥部队紧跟鲍超马后。

时正深冬，夜色很浓，两千勇丁衔枚疾走。大约走了十四五里，忽闻四周刁斗声传来；再向前走，声音愈多愈急。官勇们疑惑不解，鲍超下令停止前进。过一会儿，天色渐晓，四周之物依稀可辨，大家定睛细看，一个个大惊失色。原来，鲍超将他们带到了敌军营垒之内。鲍超传令："不许惊慌，贼正酣睡，没有防备，正是劫营的好时候。"

说罢，亲自点燃一门火炮，对着前面大营放出。轰隆一声巨响，惊得睡梦中的人懵懵懂懂，不知发生了什么事情。紧接着十多门火炮一齐开炮，营垒中的官兵晕头转向，乱作一团。鲍超骑在马上，抡起大砍刀，带头冲过去，两千勇丁人人舍命向前，喊杀声震天动地。原来，鲍超闯进的这片宿营地，正驻扎着捻军龚得树的人马。当龚得树一眼看见到处飘扬着绣有"霆"字的军旗，知已碰上了湘勇中最强的部队，心里叫苦不迭。龚得树不知鲍超有多少人马，这次南下本不是他的用兵计划，捻军打仗，素来是打得赢就打，打不赢就走，现在吃此大亏，便干脆带着全部人马北撤回老家去了。鲍超掳掠了不少马匹甲仗，吹起得胜号，收兵回营。

鲍超的胜利，不但没有得到主将多隆阿的奖励，反而使他由羞愧而变得恼怒起来。恰好陈玉成趁霆字营得胜虚骄的空隙，发起一场反攻，鲍超没提防这一着，打了败仗，死了二百来人，后退二十多里。多隆阿抓住这个机会，扬言要向朝廷上一折，严劾鲍超军纪败坏，不听号令，请朝廷将鲍革职严办。鲍超得知，气愤已极，吩咐宋国永看管霆字营，一匹快马跑到东流，向曾国藩诉说委屈。

多、鲍不和，使曾国藩颇伤脑筋。打援，主要靠鲍超的霆字营，不能撤鲍超；多隆阿在安庆附近打仗多年，地形熟悉，也不能换多隆阿。鲍超勇猛，但头脑简单；多隆阿硬打不行，但算计尚可。二人要携起手来，才可以取长补短，相得益彰。早几年，曾国藩处理这样的事，必定采取强硬的措施，要么强迫鲍超听多隆阿的命令，要么断然调离多隆阿。但现在的曾国藩，不再用这样生硬的办法了。他温语安慰鲍超，留他住下，一面派人去挂车河，将多隆阿请来。

多隆阿来了，身后跟了一个随从额尔真。多隆阿虽然能讲汉话，却不识汉文，平日公牍书函，凡汉文均由额尔真诵读，回信亦由额尔真代办，额尔真也总是跟着他参加各种会晤。

曾国藩客气地接待多隆阿。寒暄毕，多隆阿问："不知大人将多某从挂车河唤来有何要事？"

曾国藩神色严肃地说："倘若没有大事，将军军务繁忙，鄙人怎能打扰。"说罢，吩咐荆七："把那封匿名信件取来给多将军看。"

荆七进到内室，捧出一封信函来。曾国藩接过，双手递给多隆阿，多隆阿随手给了额尔真。额尔真看着看着，脸色很不自在，看完后也不做声。多隆阿奇怪，问："信上写的什么？说与本都统听听。"

额尔真略为踌躇后，说："大人，这封信说驻守在桐城县南的军队军纪差，骚扰百姓，将百姓家的鸡子搜括一空。"

"放屁！"多隆阿骂道，"这都是鲍超干的，怎么算到老子头上来了！"

"多将军莫发怒，这里还有一封说好的。"说话之间，荆七又从里屋拿出一封信。

额尔真看后面露喜色，对多隆阿说："这封信夸将军智勇非凡，半夜劫营，几声炮响，便轰走五万捻军，实不亚当年张翼德在长坂坡前一声怒吼，江水为之倒流的气概。"

多隆阿平时常叫额尔真诵读《三国演义》以为乐，并以张飞自比，今见别人真的把他比作张飞，喜不自禁。只是这劫营之事乃鲍超干的，与自己无关，话到嘴边又咽回去了，脸上红红的，颇不自然。曾国藩将这些都看在眼里，慢慢地说："我这里关于多将军在挂车河一带打长毛援兵的信还有几封，就不一一给将军看了，大致也差不多，有夸将军战绩辉煌的，也有说将军不甚检点的。这些信有一个共同之处，那就是都没有提鲍超一个字。”

“鲍超搜括鸡子的事，也算到我的头上，真正可恼。”多隆阿一点也没有觉察到曾国藩的用心，自个儿唠唠叨叨。六年前，当多隆阿从江宁奉僧格林沁密令来到武昌时，曾国藩不过一在籍侍郎，湘勇也只是初次获胜的练勇，他把自己摆在监视者和指挥者的地位。六年后的今天，曾国藩已是实权在握的两江总督，奉命统率两江境内所有军事力量，湘勇战果累累，威名震天下，根本不是朝廷旗兵、绿营所可比拟的。多隆阿再狂妄，再有僧格林沁这个强后台，他也不敢像过去那样目空一切了，何况曾国藩对他优礼有加呢？故当曾国藩神色庄重地对他说话时，多隆阿也规规矩矩地以属下的身份恭听。

“多将军，从挂车河到罗昌市近两万名兵勇所做的一切，都要算到你的头上。为什么世人会这样呢？因为你是那里朝廷兵勇的主帅，那里兵勇的是非功过都与你分不开。我岂不知半夜劫营乃鲍超所为，岂不知好吃鸡乃鲍超的嗜好，抢鸡必定是他的勾当，但我向朝廷禀报，也会如同世人给我写的信一样，功也罢，过也罢，都要算到你多礼堂将军的头上。眼下，长毛倾数万人马前来援救安庆，挂车河一带的战场，乃天下第一大战场，皇上廑注，四海瞩目，东南半壁的安危，系于将军一人。多将军只能与部属精诚团结，万众一心打败长毛，方才不负皇上所托，世人所望；倘若此时与部下不和，贻误战机，让长毛占了便宜，多将军，你想过没有，那时你如何向皇上交代？”

曾国藩这几句话说得多隆阿神色悚然，他心悦诚服地说：“大人指教的是。”

曾国藩见他能够听得进，心里喜欢，继续说下去：“世以多、鲍并称，其实我心中有数，鲍如何可与多比？这几年鲍超能得名，实靠将军荫庇。鲍超乃一蠢悍武夫，只知硬打瞎冲，又不懂算计，又不讲军纪，岂可以与将军比得？将军出身世家，深通韬略，善觇军机，驭下有方，爱民如子，古之司马穰苴用兵，也未必能超过将军。鄙人之所以将鲍超从皖南调来，正是让他有机会跟着将军学习带兵之法。日前我已将此种用心与鲍超挑明，鲍超愿听将军调配，并无二心。况且鲍超勇猛，亦世间少有，只要将军调配得宜，是可以发挥大作用的。将军为打援主帅，鲍超之功，即将军之功。相反鲍超之失，亦是将军之失。愿将军慎思。”

多隆阿听了这番话后，心里明白过来，不好意思地说：“前向多某器局狭窄了，造成误会，回去后就向鲍春霆认错。”

曾国藩笑道：“鲍超早被召来训话了。今天就在我这里来个杯酒释前嫌吧！荆七，去把鲍提督请来。”

一会儿鲍超上来，见多隆阿在座，高叫起来：“多礼堂，你为何要上奏皇上弹劾我?”

曾国藩喝住：“鲍提督，快不要误会，多副都统专来接你回去的。”

多隆阿忙站起来，顺着曾国藩的话头说：“春霆兄，切莫听信谣传，我如何会弹劾你呢！昨天寻你商讨军事，得知你已到东流，我便赶到东流来接你了。春霆兄，我们一起回挂车河吧！”

曾国藩说：“莫忙，莫忙，在我这里吃了饭再走，你送给鲍提督那坛古井贡酒，也让我尝尝味。”

多隆阿先是一愣，见曾国藩大笑，也便跟着笑起来。见多隆阿当着曾国藩的面辟了谣，又特地赶来接他，还送了一坛好酒，直肠子鲍超怒气已消，也咧开嘴笑了起来。

三　夜袭黄州府

陈玉成本只是路过桐城，见捻军已退回皖北，便趁着打胜仗的机会，在一个月黑星隐的夜晚，率部悄无声息地离开了桐城战场，继续西进。临走前，他们将成千上万面各色旗帜插在山坡上，绑在树梢上。这一招果然起了作用。直到五天过后，多隆阿、鲍超才知道他们确已离开，但去向不明。

陈玉成的部队经黄家铺、官庄山过岳西县，打听到湖北巡抚胡林翼扎营太湖，便改道穿越司空山，绕过英山县，队伍进入了大灵山。周国虞对陈玉成说：“殿下，南边忠王殿下的人马还没有出江西省，我们必须在黄州府渡口过江，才能由南岸强攻武昌。”

陈玉成说：“现在只有走这条路了，不知黄州府的情况如何。”

康禄说：“殿下，我明天带几个人去刺探一下。”

“行。挑几个精干的弟兄，化装成客商，进城去仔细看看。明天一早出发，早点回来。”

三天后康禄回来，沮丧地告诉陈玉成：黄州府似乎已得知敌情，城墙上刀枪林立，四道城门把守严密；知府许赓藻精明能干，守城的军队是号称天下第一的镇筸兵，领兵的正是能征惯战的邓绍良。前几年，邓绍良已由云南楚雄协副将升为提督衔安徽寿春镇总兵。他口出大言：黄州府是一座铜打铁铸的关口，长毛一兵一卒休想从这里经过。

陈玉成、周国虞听了，心中作难。康禄说：“我再到黄州府里转几天，看可不可以寻到空子。”

康禄单人匹马再次来到黄州府，找了一家小旅馆住下，表面上悠闲自在地四处逛荡，内中却忧心如焚。傍晚时分，从知府衙门里走出一列轿队。康禄悄悄打听，得知蓝呢轿里坐的正是黄州知府许赓藻，便偷偷地跟在后面。轿队穿街过巷，来到西门内文庙前停下。康禄又一打听，得知文庙现已改作邓绍良的行辕。康禄想：许赓藻专来拜见邓绍良，必定有要事，这是个好机会。

康禄回到旅馆，换了一身夜行服，乘着月色来到文庙。看看没有人，纵身上了院墙，再一跳，轻轻地落了地。康禄见明伦堂里灯火通明，时见端着碗的仆人进进出出，心知许赓藻和邓绍良一定在这里喝酒。康禄又一跳，上了明伦堂屋顶，从一个小窗口里钻进，学鼓上蚤时迁的样，将身子紧贴靠近酒桌的梁上，竖起两耳听着。

席上果然坐的是邓绍良和许赓藻两人。四十多岁的邓绍良高大肥胖，他脱去外衣，穿着一件紧身黑绸小袄，帽子也没戴，露出一颗秃顶大头，正吃得酒酣耳热，油光满面。对面的许赓藻五十余岁年纪，灰灰白白的瘦长脸，五品文官袍服穿在身上空空荡荡的，犹如罩在一棵干枯的老树上，两只筷子整齐地摆在面前，似乎从没动过。许知府正襟危坐，神色忧郁地望着邓绍良说："军门大人，听说大灵山藏着好几万长毛，他们一定是来打黄州府的，城里三千守兵怕是少了点。"

"太守不必担忧。"邓绍良用手抹抹嘴巴，带着酒意，大言不惭地说："我手下这些镇筸兵，都是一个当十个的好汉子，三千人足可与三万人相比。当年长毛伪西王、翼王是何等厉害的角色，攻打长沙，眼看就要破了，我带着三千镇筸兵从湘潭一杀来，长毛闻风丧胆，丢盔卸甲，长沙城因此丝毫未损。这事许太守应知道，总不是我吹牛吧！"

吹牛不吹牛，许赓藻不能详辨，因为他没亲眼见过，亲眼看见的是驻守黄州府两个月来的表现，而这，却令谨慎的许知府不能放心。他婉转地说："将军神威，天下共仰，镇筸兵的能战，也有两三百年的传统了，下官岂能不知？只是听说大灵山中的长毛，领头的是伪英王陈玉成，这小子难得对付。"

"哈哈哈！"邓绍良狂笑起来，"许太守，你也太过虑了。陈玉成不过二十来岁的毛头小子，能担几多斤两？老子戎马生涯三十年，当守备时，怕那个伪英王还未出娘胎哩！他只能在和春、张国梁的面前讨便宜，在我面前，只怕是孙猴子遇到如来佛——打不过手板心！"说着又哈哈大笑起来，举起酒杯，说："许太守，来，放宽心喝一杯，这是我们乾州厅鼎鼎有名的雪山老窖。"

许赓藻拗不过，端起酒杯，浅浅地抿了一口，细细地嚼了两根青菜，又提起战事来："军门大人，胡中丞曾跟我说过，黄州、蕲州一起护卫长江天堑，两州相隔不远，遇到危难时互相救援。参将刘喜元现带一千五百弟兄驻扎在蕲州，与下官一向关系融洽。为确保黄州万无一失，下官拟请刘参将率部来黄州暂时协助军门大人几天，待风声平静后再回去，想必军门大人会同意。”

许赓藻的聒噪不休，已使邓绍良不快。心想：请蕲州兵来，一切开支反正都是你出，我也乐得有人来分些责任，你他娘的要请你就去请吧！邓绍良拿起放在桌边的红顶伞形帽盖在头上，站起身来说：“既然胡中丞有话在先，刘参将那里，你就去请吧！老兄在这里宽坐一会，我去上了茅房就回。”

说完，腆着肚子离开座位。对于这种没有教养的武夫的失礼行为，许赓藻虽气愤，但不能做声，也只好悻悻站起来说：“时候不早了，我也就此告辞，明早我派人去蕲州。”

次日凌晨，太阳还没出来，黄州府到蕲州的官马大道上，一骑快马在奔驰。马上坐着一个中年汉子，背上背一个黄包袱，正握紧缰绳，聚精会神地赶路，冷不防一颗石子打在马屁股上。那马突然受惊，前蹄腾空，将毫无准备的汉子掀下马背。正在这时，草丛中飞出一个青年英雄，一只手铁钳似的掐住他的脖子，另一只手亮出明晃晃的钢刀。汉子吓得脸都变黄了，冷汗淋漓，带着哭腔说：“好汉松手，我是个下书的，身上只有五两银子，都给了你吧！”

青年英雄瞪了他一眼，骂道：“谁要你的臭银子，把马牵着，跟我走！”

那人乖乖地牵着马，跟着青年离开大道，来到一片树林中。原来，这青年英雄正是太平军殿右十八检点康禄，他选在这段人烟稀少之处，已埋伏半个时辰了。康禄厉声问：“你说你是下书的人，你下的什么书？”

汉子低着头，犹豫着不敢讲。

“快说！不说，一刀戳了你！”

那人吓得连连磕头，说：“好汉饶命！我说，我下的是求援书。”

“向哪里求援？”

“向蕲州府刘参将求援。”

“你是什么人?”

“我是黄州府知府衙门的师爷许清。”

康禄心中高兴，果然没有认错人。

“起来，跟我走!”

“好汉要我到哪里去?”许清愈加害怕了。

“休要问，跟我走就是!”

“好汉!”许清重又磕头，“好汉放了我吧，我有公文在身，误了事要杀头的呀!”

康禄拉下脸来，吊起双眉骂道：“你怕知府杀你的头，就不怕我杀你的头?你再啰唆，我这就宰了你!”

许清不敢再求饶，顺从地站起来。康禄剥下许清的外衣，撕下一条做带子，蒙住他的双眼，将他抓上马背。两人骑着一匹马，飞也似的朝大灵山奔去。

第二天断黑时，一支千多人的清军来到黄州城下，领头的却是官居太平天国地官又正丞相周国虞。昨天，陈玉成、周国虞、康禄一商量，决定利用这个好机会，冒充清军混进黄州城。太平军因布匹紧张，又因常游动打仗，无暇制作军服，常常从战死的清军官兵身上剥衣服穿，故军中敌军衣帽极多。许清在威逼下，也被迫就范，答应和他们一起进黄州。

黄州城门早已紧闭，城墙上，几个镇筸兵提着灯笼，拿着铜锣，边走边喊：“加强戒备啦!”

“严防长毛啰!”

怪腔怪调的湘西土语在夜空中传播着，使人听了毛骨悚然。城门顶上，昏暗的纸糊灯笼边，站着几个懒洋洋的士兵，正在用不堪入耳的痞话互相逗乐，似乎并没有发觉，城墙下已来了一支千多人的队伍。

周国虞命令许清对着城楼喊话。许清拍马上前，高喊：“城上是哪位军爷在值夜?”

连喊了两三声，才见一个人提着灯笼走过来。那人向下一看，不禁大吃一惊，瓮声瓮气地叫道："你们是什么人？"

许清在底下喊："军爷，不要怕，我是知府衙门师爷许清，他们是抚标中营的弟兄们，是许老爷叫我去蕲州请来的。"

"是许师爷啊，辛苦了！"城楼上那人放了心，语气变得亲热起来。

许清又喊："开门吧，弟兄们走了一天的路，又累又饿，开门让他们进去吧！"

城楼上的人说："许师爷，你稍微等一等，邓军门交代过，长毛就在我们旁边，不许随便开门，我禀告邓军门再说。"

那人下了城楼，牵过一匹马，飞速跑到文庙，门卫说邓绍良在知府衙门，那人又一口气跑到知府衙门。邓绍良听了禀报，说："既是许师爷亲自带来的部队，当然是来自蕲州的弟兄们，开门让他们进来吧！"

"慢点。"许赓藻起身说，"让我问问是不是刘参将来了，若是他来了，我得亲自出城门外迎接。"

许赓藻出了衙门，坐上大轿，很快赶到东门。他爬上城楼，在几个兵士的保护下，对着下面喊："许清，是哪位将军带的队伍？"

许清不知如何回答，望着周国虞。国虞说："你说刘参将有事离不开，带队的是守备张永升。"

许清壮着胆子把国虞的话重复了一遍。许赓藻见许清说话不干脆，又见刘喜元本人没来，张永升以前没见过，心里犯了疑。他叫兵士们多打起几个灯笼，张大眼睛朝下看，却什么也看不清。不能大意！长毛冒充官军的事时有发生，难保许清不受长毛的挟制。许赓藻想到这里，大声说："许清，你带张守备进来，其他弟兄都在外面稍等一会。"

周国虞对康禄说："你带着弟兄们守候在这里，我和国贤一起进去，我会设法打开城门的，到时你要密切配合。"

黄州城东门有三个城门，左边城门侧面开了一道小门，专供夜晚单人进出。小侧门开了，许清带着国虞、国贤进了门。守门的卫兵以为国贤是张守备的随从，没有盘问就让他进来了。许赓藻下了城楼，在城门边的小屋里等候。周国虞走在最前面，许清居中，国贤走在最后。许清知道自己的性命掌握在国贤手中，只得乖乖地跟着，不敢乱说乱动。进了屋，周国虞见一个穿着五品文官服的干瘦老头坐在那里，知是许赓藻，便上前施礼道："抚标中营守备张永升参见知府老爷。"

许赓藻略为欠欠身子答礼，盯着周国虞问："是刘参将派你来的？"

"是。"周国虞从容回答。

"刘参将自己为何不来？"

"长毛大股已入鄂东，蕲州军务繁忙，刘参将走不开。"

"张守备面生得很，下官以前从未见过。"许赓藻以怀疑的眼光，上上下下地打量着周国虞。

"卑职新从武穴调来蕲州，怪不得老爷不认识。"周国虞早已作了准备。

许赓藻见许清站在旁边一直不开腔，脸白一阵红一阵，心里更是怀疑，他想了一下问："张守备，刘参将新近生了个公子，请问是哪位如夫人生的？"

这下把周国虞问住了，鬼知道刘喜元有几个老婆。周国虞停了一会，说："禀告老爷，我来蕲州不久，不知刘参将的公子出自哪房。"

"胡说！"许赓藻把手往椅把上一拍，站起来大声说，"刘参将前天为儿子办三朝酒，摆了两百多桌，蕲州满城百姓都知道是第三房姨太太所生，你既身为他的守备，如何能不知道？看来你不是刘参将派来的！"

国虞暗暗地使了个眼色给弟弟，国贤紧握刀把，做好了应急准备。国虞神色自若地反问："许老爷说我不是刘参将派来的，那么请问你，我是谁派来的？"

许赓藻一时给问住了。他将国虞又仔细看一遍，只见眼前这个军官气概堂堂正正，举止言谈也显得很有教养，完全不是他平素脑中长毛的形象。他极不自然地笑了一下，说："张守备，你暂且休息一会，待我问问许清。"转脸对许清说，"你跟我到里屋来。"

周国虞心想这一问，岂不露了馅！事情到了这般地步，不能再犹豫了。他猛地拔出刀来，对国贤喊道："三弟，你快去开城门！"

这一声喊，自然真相大白。许赓藻大叫："抓住这两个贼人！"

国贤一转身，早已冲出门外。国虞舞起钢刀，一人对付二十几个镇筸兵。镇筸兵素来强悍，又欺侮国虞只有一个人，便将他团团围住。周国虞虽武艺高强，毕竟寡不敌众，渐渐地只有招架之功，没有还手之力了。一个凶恶的麻子趁空从背后捅进一刀，国虞惨叫一声，扑倒在地，血流如注，含恨死去。城门边，国贤砍倒两个守兵后，用刀将门闩剁断，打开了右边的侧门。康禄指挥门外的一千多弟兄冲进城门。这一千多太平军恰如蛟龙入海，把个黄州府东门搅得波涛翻卷，许赓藻、许清以及城楼上下数百名镇筸兵尽死于乱刀之下。国贤跑到城楼上，烧起一把冲天大火，埋伏在不远处的陈玉成望见火光，知城门已打开，率领大队人马一阵狂风似的卷进黄州城。黑夜里，邓绍良见太平军如巨浪般滚来，弄不清究竟有多少人，他吓得心惊胆战，慌忙集合部队，胡乱杀了一气，便从西门逃出城，丧魂失魄地向武昌奔去。

四　上了洋人的大当

陈玉成夜袭黄州府的消息，像一声惊雷震撼鄂皖战场。湖北巡抚胡林翼气得连吐三天血。他清楚，陈玉成下一步便是进攻武昌。武昌城里老弱残兵加起来不足四千，且无一得力之将，身为巡抚，丢失了省城，将意味着什么？胡林翼决定立即回援武昌。但太湖的兵不多，安徽战场上，他可以调动的兵力只有两处：一是多隆阿的绿营，一是曾国荃的吉字营。当年多隆阿从江宁调到湖北，名义上隶属湖北巡抚掌管，尽管多隆阿本人已升为福州副都统，但湖北巡抚仍可视军事情况调派。曾国荃在咸丰七年九月复出时，听命于胡林翼，后来归于曾国藩的统一指挥，但与胡仍有上下之间的旧关系。但现在多隆阿、曾国荃既已接受曾国藩的统率，要调他们回援武昌，就必须经过曾国藩的同意，且一调动，就直接影响了围攻安庆这个重大的战略决策。恰好欧阳兆熊来太湖军营做客，胡林翼便托欧阳代他到东流走一趟。

欧阳泛舟东流，受到了曾国藩的热情款待。他陈明来意，并递上胡林翼的亲笔信。曾国藩已知黄州府失落的消息，昨天又收到左宗棠从浮梁的来信。左宗棠向曾国藩报告了李秀成统帅大军斩关夺隘，一路西进的情况，并提醒老朋友注意，李秀成骚扰赣北，其意很可能在安庆。这一点，与曾国藩的分析完全一致。

“小岑兄，依我之见，四眼狗进攻武昌不是他的目的，他的目的在解安庆之围。”

“你是说长毛使的是围魏救赵之计?”欧阳兆熊没有想到这点。

“正是这话，长毛惯使这个伎俩。今年三四月间，就是用的这个诡计将张玉良的精兵调往杭州，然后乘机反扑江南大营。这是长毛引为自豪的得意之笔。润芝这般聪明的人，怎么看不出四眼狗的花招!”

这样一件惊天动地的大事，曾国藩如此冷淡看待，使欧阳颇感意外。

“我想润芝也会看出长毛的用心，只是他身为湖北巡抚，眼看省垣危急，怎能置之不救?要救省垣，只有请沅甫和多礼堂了。”

“润芝聪明一世，糊涂一时，沅甫、多礼堂一走，四眼狗立即就会反扑安庆，经营将近一年的城围，顷刻便会化为泡影。安庆是江宁的屏障。安庆不下，江宁上游之势仍旺盛，安庆一破，江宁上游之势则斩杀；上游无势，贼之气焰则大衰。那时，东南再派出一支劲旅收复苏、常，孤城江宁，指日可下。这是我前年和润芝一起商议后定下的制胜之策，他何以临事又乱了方寸?”

在这样混乱的局面下，曾国藩对当前的形势和未来的前途能有如此明晰的认识，一直置身于战事之外的欧阳兆熊，对这位文字之交的老友很是佩服。他想，这大概便是曾国藩比胡林翼和其他所有肩负重任者高明之处。

“润芝日来呕血严重，倘若武昌陷于贼手，润芝怕也活不多久了，你总得想个办法吧！于公于私，武昌都不能丢哇！”

欧阳兆熊是个很重情义的人。正因为过于重情义，所以他坚持不入官场，尽管曾、胡、左这些年屡次相邀，他都婉谢。他执拗地认为，一入官场，则身不由己，将会迫不得已地做出许多绝情绝义、得罪朋友的事来。这几年，他常出没于曾、胡、左之处，却始终以一个布衣朋友的身份，尽自己的力量为他们做点事，既不要薪俸，也不受保荐。为此，曾、胡、左都格外敬重他。曾国藩郑重地思考着欧阳兆熊的话，忽然想起一件事来。

前些日子，军机处递来一份上谕，提到俄国愿意出兵帮助朝廷打长毛，并愿代办南漕海运之事，为此征求曾国藩的意见。曾国藩复奏，委婉指出，自古外夷帮助中国，成功之后，每多意外要求，为防日后要挟，借外兵之事宜缓，以后视其诚意如何再定；至于俄国人愿意代运南漕，似可允许。在奏折末尾，曾国藩郑重向朝廷建议：目前暂资夷力以助剿漕运，得纾一时之忧；将来师夷智以造炮制船，尤可期永远之利。这道上谕给他一个重要启示，是否可以借洋人之力来保卫呢？武昌、汉口都有英、法等国的租界，据彭玉麟日前报告，英国舰队司令何伯、参赞巴夏礼现正在汉口，多次表示愿助湘勇水师之力。这次就请他们出面帮忙吧。

曾国藩这个想法，欧阳兆熊也同意。

“小岑兄，你明天就回太湖去，要润芝请官秀峰去会见何伯、巴夏礼。洋人重利，官秀峰有的是古玩珍稀，送几样给他们，我想武昌可保无虞。”

就在东流商量如何保武昌时，武昌官场已是一片乱糟糟的了。从邓绍良带着残兵败将进入汉口的那天起，武昌省垣各衙门的官员们就急得如同窝巢着了火的一群胡蜂，惶惶不可终日。官文一面匆匆向胡林翼告急，一面草草部署守城兵力。他对守城毫无信心，私下收拾细软，随时准备逃走。各粮台军火总局委员闻警散尽，阎敬铭呼唤不灵，气得连上吊的绳子都已备好。欧阳兆熊作为胡林翼的特使，这时急急忙忙来到湖广总督衙门，将曾国藩的主意告诉他们。犹如一场噩梦初醒，官文等人定下神来。第二天，官文、阎敬铭穿戴整齐，携着重礼，过江来到江汉关，拜会何伯、巴夏礼。

英国侵华海军司令何伯，五十出头，肥头大耳，腆肚挺胸，坐着不动的时候，倒有一副海军将领的威风；但一走动，则一蹶一拐地，模样难看极了。左边的那只瘸腿，是前年指挥英法联军侵袭大沽炮台时的纪念。作为一个军人，他感到这是极大的耻辱。对于中国朝廷和人民，他有一种本能的傲视和仇恨。他的助手，英国驻华外交参赞巴夏礼，则又是另外一番神态。巴夏礼只有三十三四岁，二十年前便来到中国。这个中国通身材颀长、风度翩翩，既有英国绅士的派头，又受华夏文化的熏陶，显得温文尔雅。咸丰六年，巴夏礼任广州代理领事时，蓄意制造亚罗号事件，挑起第二次鸦片战争。去年又参加签订《北京条约》。巴夏礼年纪不大，却对太平军和清廷两方面都有很深的了解，使得地位和年龄都在其上的何伯，对他也言听计从。自从《北京条约》签订之后，英国便改变他过去的中立立场，转而全力支援清廷。帮助官文阻止太平军进攻武昌、汉口，是一件对清廷，也对英国有益的好事，本可以立即答应，但这个狡诈的职业外交官要借机捞一把。趁着何伯还在拈须考虑的时候，巴夏礼开口了："官中堂，我们愿为贵国效力，但利益均等，是我们英国人奉行的原则，你看呢？"

外交参赞轻轻地摇动二郎腿，栗色皮鞋亮晃晃的，使官文、阎敬铭的褐色官靴黯然失色。

"当然，当然。"官文卑微地点头哈腰，转过脸对身后的随从厉声轻喝，"还不快把礼品拿过来！"

仆从捧出一个三尺多长的木匣，官文亲自打开，一把古色古香的宝剑躺在猩红金丝绒垫上，绿色刀柄上，几颗珍珠在熠熠闪光。官文得意地介绍："这是三年前在江陵楚墓中出土的宝剑。"

巴夏礼欣喜地凑过脸来，说："江陵，我知道，这是贵国二千多年前楚国的都城。"又对坐在一旁的何伯用英语称赞，"司令，这是件稀世之宝。"

何伯连忙接过去，贪婪地看着。

"这把剑送给何大人，还有一样东西送给巴大人。"官文从另一仆从的手中接过一个三寸见方的木盒。打开木盒，映入眼帘的是一颗径长一寸的罕见珍珠。这就是那年官文向曾国藩、多隆阿炫耀的三万两银子买来的珠子。官文献媚地挨着巴夏礼的肩膀，指着珍珠说，"巴大人不要轻看了它，这是一颗夜明珠。今夜你可以试试，黑夜之中，百步内可见它的光毫，三步内可借光读书。"

"真有其事？"巴夏礼惊得合不上嘴。

"一点不假，鄙人亲自试验过。"官文合上木盒，"这是送给巴大人的一点薄礼。"

巴夏礼接过木盒，把它放在茶几上，重新坐好，仍旧有节奏地摇动着二郎腿，对官文说："官中堂，这两件东西是给我和司令个人的，我们大英帝国并没有得到实惠呀！"

官文早有准备，不假思索地说："只要保得武汉三镇不落贼手，今后什么话都好说。前向巴大人说租界狭窄了，我现在正式告诉何司令和巴大人，我们可以把租界地面再扩大一倍，从硚口到江汉关一带，任凭贵国圈地建房。"

"好，一言为定！"巴夏礼霍地站起来，兴奋地说。

"一言为定！"官文也姗姗起立，面有隐忧。

次日中午，陈玉成、康禄、周国贤等人正在原知府衙门商议渡江的事，亲兵进来禀报："江面上停泊一只洋轮，打着英国国旗，想拜会英王殿下。"

周国贤说："这会子忙得不可开交，哪有工夫见洋鬼子，要他以后到武昌见面吧！”

“慢点。”陈玉成说，“天王讲洋人信上帝，是我们的洋兄弟，见见何妨。”

巴夏礼穿着笔挺的西服，迈着规矩的步子走进知府大堂，见大堂上坐着三位年轻的将领。他知道居中的必是陈玉成，便恭恭敬敬地对着陈玉成鞠了一躬，一字一顿地说：“女王陛下政府驻中国外交参赞巴夏礼参见太平天国英王殿下。”

巴夏礼纯正的中国话，使得在座的太平天国将领们大为惊讶，也暗自钦佩。陈玉成以手示康禄身边的雕花木椅说：“请坐。”

“谢谢。”巴夏礼有礼貌地坐下。

在中国政府和人民面前，洋人一贯趾高气扬，巴夏礼如此谦恭有礼，陈玉成心中欢喜，随口称赞：“参赞大人的中国话说得真好！”

“我十四岁就到中国来了，在中国生活的时间比在英国还久。中国是我的第二故乡，它悠久的历史和灿烂的文化，令我景仰不已。”巴夏礼真诚的态度，使陈玉成等人感动。

“你真可以算半个中国人了！”陈玉成脱口而出。

“英王殿下封我为半个中国人，使我荣幸之至。”巴夏礼赶忙答话。

“参赞大人来此有何贵干？”陈玉成和颜悦色地问。

“我从汉口来，路过黄州府，知贵军已攻克此城，一来表示祝贺，二来听说有个朋友在贵军服务，也想顺道看看他。”

长期身处高位，养成陈玉成尊贵矜持的气度，今天在外国使者面前，尤为注意自己的仪表和谈吐，他悄悄地将左手卷起的袖子放下，端正自己的坐姿，望着巴夏礼问：“贵参赞的朋友叫什么名字？”

“他叫呤唎。我来中国之前，曾和他在一个学校读过书。前年夏天，他由香港到了中国，据说在贵军服役。”

太平军中有几个洋人，不过陈玉成的部队没有，他不认识呤唎。康禄见过一面。他接话：“呤唎是你的朋友？”

“你见过他?”巴夏礼露出惊喜的神色。其实，他根本就没有和呤唎同过学，只知道有一个青年英国海军军官叫呤唎的在太平军中，在汉口至黄州的船上，巴夏礼想起了他，觉得这是一根与太平军联络感情的纽带。

“见过一次，是个很可爱的洋兄弟。他不在这里，他在忠王手下教兵士们的炮术。”

听说呤唎不在这里，巴夏礼开始放心大胆地编造谎言了：“可惜，可惜！呤唎去年要我代他为贵国买一艘兵舰和三十门大炮，我已于上月买来，现停在上海码头，只等呤唎来取了。”

“有这事?”陈玉成顿时情绪大涨，感激地说，“参赞大人，你可帮了我们的大忙。”

“哪里，哪里。贵国有两句古诗，道是‘海内存知己，天涯若比邻’，何况我们同是上帝的子民，更是真正的亲兄弟了。”

巴夏礼的回答是这样典雅而得体，使陈玉成、周国贤、康禄与他的距离大为缩短。陈玉成吩咐摆酒款待。一会儿，知府大堂成了宴会厅，陈玉成向客人殷勤劝酒。巴夏礼乘着酒兴大大咧咧地说：“贵军陆战技术非朝廷之兵可敌，然贵军水师却不是湘勇水师的对手。”

在田家镇败给彭玉麟的周国贤对此感受最深，忙接话：“参赞先生说得正是。曾妖头水师船上的火炮全是洋炮，船也坚固。”

“贵军的火炮太原始了，全是铁铸的，又重又笨。贵军重炮炮身比敝国六十八磅的炮身还大，炮口却比六磅炮的炮口还小，这怎么能打仗呢!”巴夏礼俨然以一副火炮专家的身份说话，对火炮不甚精通的陈玉成等人连连点头。

“再说，贵军的兵船，更是比民船还不如，只配在小港小河中装泥运粪，岂能在大江大河中打斗！”太平军历来忽视水师而看重陆军，巴夏礼的话说得并不过分。巴夏礼见太平军的将领都洗耳恭听，益发来了神，“英王殿下，我给呤唎买的这艘兵舰女王号，是敝国的最新产品，比我们停泊在汉口的爵士号还要好，三十门大炮中有十门六十八磅重炮，十门三十二磅中炮，十门十八磅小炮，全是世界上最优良的火炮。这三十门火炮安放在女王号上，今后可以雄霸长江，将湘勇水师打得落花流水。”

陈玉成想起因水路断绝，围困在安庆城内的万余名将士，周国贤想起惨死在白人虎刀下的二哥，心里都在盘算：倘若将这艘女王号买过来，安庆之围可解，仇可报，岂不太好了！陈玉成心里还有一个想法，他的前军和李秀成的后军，陆战实力不相上下，若女王号落于李秀成的手中，那后军的水师就绝对强过前军；相反，若在他的手里，前军的力量也就远远超过后军了。得想办法从巴夏礼手中要来女王号！

“请问参赞大人，买女王号花了多少钱?”陈玉成问。

“连运费在内，共用去七十万两白银。”

这是一笔庞大的数目，陈玉成目前无力支付。

“呤唎付钱给你了吗?”周国贤问。

“呤唎哪有这多钱!”巴夏礼微笑道，“再说，女王号尚在我的手里，要等呤唎收到后，由忠王殿下支付。”

中国最富庶的苏、常一带，这几个月来已成为李秀成的地盘，这一点引起许多高级将领的不满，陈玉成对此亦有意见。正因为有苏福省，李秀成才可以一次拿出七十万两银子来，而陈玉成却不可能，他心里更不痛快。武汉三镇的银子也不少！想到这里，陈玉成热情地对巴夏礼说：“参赞大人，认识你很荣幸。既然呤唎还没付钱，这女王号就卖给我们吧！七十万两白银，我一两也不少，如何?”

巴夏礼见陈玉成已上钩，心中暗喜，嘴上却说：“我们英国人最讲信用，女王号是为忠王买的，现在又转给英王殿下，怕不合适吧!”

“忠王、英王同是天国的王爷，给忠王、给英王都是一个样。”周国贤说。

“是倒是一样。”巴夏礼略作思考后说，“好吧，我现在也急需银子办事，如果英王殿下一次能拿出七十万两银子，就把女王号从上海开过来吧!”

陈玉成见巴夏礼松了口，心里高兴，说："七十万两银子，我一时拿不出，但不出半月我就可以给你。"

"请问，为何半个月后又拿得出了？"

"我军即将攻打武昌、汉口，待武汉三镇克复后，七十万两银子应不成问题。"陈玉成以充满着必胜的口气说。

"什么？"巴夏礼故作惊讶，"贵国要打汉口、武昌？"

"是的，敝军明天即将溯江西上，武昌、汉口指日可下。"

"那我的女王号不能让给殿下。"巴夏礼断然地否定了刚才的许诺。

"为何？"陈玉成对巴夏礼瞬间的改变不可理解。

"殿下有所不知，汉口有大英帝国的租界，有数百名女王的子民，我作为女王陛下政府派出的外交参赞，有义务保护大英帝国在华的一切利益。"巴夏礼的口气，俨然是外交桌上的谈判。

"请参赞放心，我们不会伤害贵国的租界和人民。"陈玉成也以天国的全权代表的身份，郑重其事地宣布。

"那是不可能的。"巴夏礼的态度强硬起来，"敝国在汉口的租界已与整个武汉三镇紧密相连。武汉三镇一旦受损，敝国租界的利益就不能不受到损害。因此，女王号不能转让给殿下。"

陈玉成颇为恼火，想不到在自己国家内的军事行动，居然会受到洋人的掣肘。见陈玉成在犹豫，巴夏礼得寸进尺："殿下，女王指示我们，不干涉贵国内政，但要保护我国在华的利益。爵士号现正停在鹦鹉洲畔，倘若大英帝国的租界和子民受到损害，爵士号会坚决地履行它的神圣职责！"

一副强盗的嘴脸！陈玉成在心里喊道。依照他的倔强个性，非要怒斥巴夏礼一顿不可，但他冷静地想着：进攻武昌，女王号得不到，还要遭到爵士号的炮击，最好能通过外交途径，使英国不干涉这场军事活动。他见康禄满脸愤怒，正要发言，忙用眼色制止了，严正地对巴夏礼说："参赞大人，我们同拜上帝，都是上帝的子女，是亲兄弟。

我军打武昌、汉口，是为了消灭清妖，为上帝光复中国。你们阻挡我们的行动，无异在拯救清妖！”

巴夏礼见陈玉成态度坚决，便换成和缓的口气说：“殿下，对你们的事业，虽然女王指示我们保持中立，但我个人是完全支持你们的。为了我们的友谊，也为了大英帝国，我现在提出一个折中的办法，你们看怎样？”

“参赞大人请讲。”陈玉成忙抓住时机。

“贵军暂时不要打武汉，待我回到汉口，与敝国领事相商，将租界和子民作出妥善安排后再说。为答谢贵军的情意，我愿将女王号以半价转让给殿下。殿下以为如何？”巴夏礼侧过脸望着陈玉成，殷切地等待着他的答复。

打武昌，是在天王面前制定的重大决策，能因英国的态度而改变吗？但打武昌是为了解安庆之围，倘若此时以三十五万两银子得一女王号，凭借女王号的威力冲垮湘妖水师对安庆水路的围困，不同样也可以解安庆之围吗？只要能解安庆之围，手法可以灵活多样。这点，想必天王、干王都可以理解。至于三十五万两银子，则不需要从武汉获取，四处凑凑，不会有多大的问题。英王拿定了主意。

“参赞大人，我军可以暂不攻打武昌，但女王号一定要在下个月送达我军，船价三十五万两银子。”

“爽快！”巴夏礼以弥天大谎圆满地达到了他的目的。他兴奋异常地起身告辞，临行又送给陈玉成一个虚伪称颂和空头许诺：“清廷的官吏们个个滑溜溜、圆滚滚的，与他们打交道，令人头痛。英王殿下如此痛快干脆，果然是真正打江山的英雄。就这样说定了，三十五万两银子，下月十五日天京下关码头交货！”

五　左宗棠宴客退敌

陈玉成夜袭黄州府的时候，李秀成正在江西与左宗棠鏖战。

李秀成率领一万五千人马从天京出发，沿着长江南岸，经过当涂、芜湖、繁昌、青阳一路顺利地到达江西境内。左宗棠此时正统率楚军驻守在景德镇。他并不知道李秀成此行的目的在攻取武昌，进军江西只是借道。他推测李秀成的军事行动，其目的在以扰乱江西来解安庆之围。左宗棠筹建楚军所依畀的大将，正是王鑫的两个弟弟王开琳、王开化。王氏兄弟对大哥在曾国藩那里所受到的冷遇深为不满，早就倾慕与大哥性格相近的左宗棠，遂全心全意为左宗棠尽忠竭力。筹建不久的楚军这几个月在江西接连打了几个胜仗，左宗棠对这支军队能建大功充满着信心，决心将李秀成这支人马全歼于赣北，让普天之下都知道楚军的厉害。

这时正是寒冬季节，雨雪霏霏，长途跋涉的太平军将士又冷又疲，亟待略事休整，并补足粮草。当部队来到离石门镇只有三十里远的时候，李秀成的养子、二十岁的先锋李容发说："父王，弟兄们的衣服都淋湿了，得病的不少，军中粮食也不多了，石门是赣皖交界的大镇，我们何不鼓励大家拿下石门，进城休息几天，备足粮草，再向武昌进军。"

四周的官兵一听李容发这话，无不欣然赞同，慕天侯谭绍光也说："容发说得有道理，王爷下令吧，打下了石门，不仅对弟兄们大有好处，传到天京，对天王陛下也是一个鼓舞。"

因为这次军事行动，目的在于围武昌解安庆之围，所以一路来李秀成很少攻城略地，以免耽搁时间，损失实力。部队进入江西境内后，他知道左宗棠的楚军也在江西，更不想与楚军正面交锋。不过，粮草不多了，生病的却多起来的事实，作为全军的统帅，李秀成看在眼里，也不能置之不顾。他思考良久，对李容发、谭绍光说："暂时不走了，这两天就在这里住下，休整休整，派几个侦探出去探明情况。一是探听石门镇内的兵力，弄清楚守城的是左宗棠的楚军，还是江西的绿营，再到景德镇去摸清左宗棠的实力。"

当晚，去石门的侦探回报，驻守在石门的不是楚军，而是巡抚兼提督管辖的绿营，为首的是参将全克刚，手下有二千兵，城内粮草丰富，知大兵压境，正在全力防守。第二天，去景德镇的五个侦探，回来二人报告：左宗棠的楚军五千人，目前全部在景德镇城内，没有出城的动向。李秀成得知后，定下攻城的决心，并要求速战速决。

次日，雨雪停止了，太平军饱餐一顿后，由李秀成亲自率领，向石门发动猛攻。李秀成采用的是太平军的惯常战术，数千面战旗遍地挥舞，几百面锣鼓同时敲响，伴随着枪炮声、呐喊声，气势十分雄伟，场面甚为壮观。

全克刚登上城头，眼见太平军如此浩大凌厉的攻势，吓得心惊肉跳，一面布置死守，一面飞马向景德镇告急，请左宗棠派兵救援。

左宗棠正要寻找机会与李秀成决战，一展楚军威风，得知这一危急情况后，立即派王开琳、王开化率领驻在景德镇的全部五千楚军，兼程向石门奔去。幕僚杨昌浚提醒道："季帅，楚军倾城而出，倘若李逆乘虚转攻景德镇，将如何是好?"

"不要紧。"左宗棠胸有成竹地说，"李秀成目前正全力攻打石门，不可能分兵；再说，他如何知道景德镇的兵力全部出动了!"

"尽管如此，还是要作些布置，迷惑长毛为好。"杨昌浚对守空城总有点不放心。

"好吧，你就去传达我的命令：城墙上遍插旌旗刀矛，留城的三百老弱病残，只要能走得动的，都上城头，披挂整齐，日夜巡逻。"

王开琳兄弟率领五千楚军出城的第二天，留在景德镇城内的三个太平军侦探，便把城里的一切都探听得清楚了。他们暗自高兴，立即派出一个人，将这一重要军情告诉李秀成，并建议分兵攻打景德镇。李秀成接到谍报后喜出望外，命李容发带三千人间道奔赴景德镇。

江西的景德镇与河南的朱仙镇、湖北的汉口镇、广东的佛山镇，并称为全国四大镇，乃有名的繁华富庶之城，这里所烧制的各种精美瓷器，从明代起便享誉海内外。李容发受命后欢喜雀跃，当即点起本部三千人马，就要开拔。看着养子稚嫩的面孔，李秀成忽然有点不放心。他郑重叮嘱道："左宗棠老奸巨猾，诡计多端，你到景德镇城下后，要实地仔细观察，千万不可莽撞行事。"

李容发点头记住了。

当李容发率部来到离景德镇五十里外的两路口时，城内已得知这一意外的军情，杨昌浚急得团团转，口里不停地念道："这如何是好！调兵都来不及了。"

左宗棠心里也很着急，表面上却仍镇定如常。他端坐在椅子上，一边摸着胖胖的下巴，一边紧张地思考对策：敌军距城只有五十里了，一个半时辰就可以来到城下，城内的三百病残绝对不能守卫，调兵来救已不可能，弃城逃跑则更是不可为的事。怎么办呢？一旁的杨昌浚又开腔了："看来城里一定藏有李逆的细作，不然，何以王开琳他们一走，李逆便派人来打景德镇呢？何况派的是他年纪轻轻的养子，带的只有三千人，这不明明欺负我们是一座空城吗？"

空城！今亮立刻想起古亮唱的那一曲千古传颂的空城计。不过，人们都说，空城计是绝唱，只能唱一次，不能唱第二次。左宗棠想到这里，不免沮丧起来。但是，难道就这样束手待擒吗？再是绝唱，事到这等地步，也只得重唱一次了。只要不照搬古人的故事，出点新意，眼前这个二十岁的娃娃将领是有可能被蒙骗过去的。既然他的细作可以传出城内的军事力量，那么也一定会将我的戏文传出去。左宗棠打定了主意。他一面火速派人传令王开琳，立即带领三千人星夜回景德镇救援，一面在城内唱起他的空城计来。

一时间，景德镇城内沸沸扬扬，都说王开琳率部在石门城外马到成功，大败长毛，活捉了李秀成。楚军总部衙门张灯结彩，放起鞭炮，厨房里传出阵阵浓烈的酒肉香味。一会儿，城内文武官员、各大商号老板以及社会名流，纷纷骑马坐轿，穿戴一新，来到总部衙门。左宗棠穿起四品朝服，在大门外笑容满面地迎接各方宾客。客人们热情地祝贺楚军在石门城外的大捷，有的阔老板还赶制了题着颂辞的横匾。左宗棠喜气洋洋地接受大家的颂扬。衙门花厅里，二十桌酒席同时摆开。主人向来宾报告了战况，再次证实已将长毛忠王李秀成活捉，现正由楚军分统王开琳押送，行走在返回景德镇的大道上。一到城里，便将在十字街口示众三日，然后押到京师，向皇上献俘。

住在景德镇里的浮梁县丞虎中良代表地方各界向左宗棠致谢致敬，并当场将一柄特大黄绫万民伞，由一个大汉举着，送给楚军统帅。左宗棠毫不谦让地接过。

与衙门酒席相照应的是全城四门洞开，守门的兵勇也杯盘相碰，开怀畅饮，全然不知道李容发的三千大军正在向这里压过来。

这些情况，都被留在城里的两个太平军侦探一一看在眼里。他们先是惊讶，继而略表怀疑，最后，当亲眼看到左宗棠和各方来宾酣然醉倒在花厅时，他们不得不完全相信了。城内不可久待，估计攻打景德镇的人马正在半路中，两个侦探遂急忙溜出城门，向西北方向奔去。

刚出城外二十里，就碰到了李容发。侦探把在景德镇城内听到的消息告诉了他。

“真有这事?”李容发听后大吃一惊。他瞪起虎眼望着两个侦探，不能相信这是真的。

“少将军，一点不假。左宗棠摆了二十桌酒席庆贺，我们混进了宴会厅，亲耳听到左妖头对着客人宣布，说忠王已被他们捉住了，正在向景德镇押来。”两个侦探毫不含糊地肯定。

摆酒庆贺?看来父王真的被清妖捉了。年轻的先锋不觉怒火冲天。李容发本是一个广西永安城外道旁行乞的孤儿。那年他才十岁，父母双双病饿死去。小容发无兄无弟。一天，偶尔见从永安城里冲出的太平军中，有许多和他年龄相差不多的小孩，便恳求投靠太平军。他恰好找到了李秀成。李秀成见他生得端正伶俐，便收留他在童子军里。容发聪明勇敢，三年后就成为童子军的头领。李秀成在太平军中的地位也逐渐升高。他生有三个女儿，却没有一个儿子。一次，李秀成来到童子军视察，见小容发英姿挺拔，在众多的童子军中出类拔萃，心里高兴，摸着他的头，感慨地说：“我能有一个你这样的儿子就好了。”

机灵的容发一听，马上双膝跪在李秀成的面前，恳切地说：“若将军不嫌，我愿做将军的儿子。”

李秀成大喜，况且容发也姓李，姓都不要改，于是笑着对他说：“你真是天父赐给我的好儿子。”

从此，李容发便来到李秀成的身边。在李秀成的亲自指点下，他进步更快，不久便成为太平军中一名出色的年轻将领。去年又升为总制，已能独当一面，与清军打仗了。李容发与养父感情深厚，对养父极为敬重爱戴。他毕竟年轻，阅历不多，当时一听到这个不幸的消息，义愤填膺，也没来得及多想，立即下令，全军掉头往回走。他心急火燎，拍马奔跑在最前头，恨不得立即碰上王开琳，杀他个片甲不留，从清妖手中救出父王。

当李容发率部折回石门的消息传到楚军总部时，左宗棠立即下令关闭城门。他心中毕竟不踏实，再次派出快骑通知王开琳，不管战事进展如何，都要尽快赶回。又下令城内十五岁以上、五十岁以下的男子都拿起棍棒上城楼。到了傍晚，城外的斥候慌慌张张地进城禀报：长毛李容发又杀回来了！

左宗棠一听不觉跌足叫苦：“看来这空城计的确只能唱一次！”

原来，李容发走到半路，突然记起父王的教导：“左宗棠老奸巨猾，诡计多端。”他虽然没有读过书，也听人说起过诸葛亮用空城计退兵的故事。心里想：莫非上了这个老妖头的当！

李容发叫过身边的一个两司马，悄悄地吩咐他几句。那个两司马立即拨转马头，向景德镇飞奔。将近一个时辰后，两司马追上了队伍，向李容发报告：“景德镇四门紧闭，城头走动着手拿棍棒、面色恐慌的百姓。”李容发咬牙切齿地骂道：“这个千刀万剐的老妖头，果然中了他的奸计。弟兄们，再杀回去！”

楚军总部衙门里再度出现惊恐。左宗棠看着天色渐渐黑起来，心中有了底。他按剑厉声喝道：“大家都不要慌乱！现在的形势是我为主，长毛为客，天色已经黑了。黑夜作战，为主一方占八成优势；更何况景德镇城墙高厚，城楼上有的是火药炮子。凭借着有利的天时地利，我一人可敌长毛十人。即刻传我的命令：三百名伤病楚军中选出一百名来，一律充当炮手；上城楼的百姓，独子的回家，父子兄弟同在的留一人，听候调派，搬运大炮火药。长毛放炮放枪，一律不予理睬；若架梯攻城，则以炮子抵挡。只要坚持两三个时辰，王分统就会率军赶回。勇敢杀贼的，本帅有重赏；若有临阵脱逃、动摇军心者，立斩不赦!”

下达命令后，左宗棠亲自披挂上城墙指挥。主帅的气概，给城内的人心起了很大的安定作用，城墙上的防守队伍很快地组织起来。城外的李容发见黑夜之中城楼上号令严肃，整齐不乱，又见城墙厚实，不敢贸然进攻，只是命令不断地向城楼射箭放炮，吩咐各旅各师绑扎云梯，作好攻城准备，只等天一亮，便发动猛攻，务必拿下景德镇，活捉左宗棠，以洗误中诡计之羞!

城内城外就这样对峙着。时正隆冬，天亮得晚。待到辰初时分，天色才渐渐放明。正当李容发准备吹号攻城的时候，却不料王开琳率部急匆匆地赶来了。城楼上，左宗棠见救兵已到，心上的一块千斤重石骤然落地，忙下令向城下发射炮子，又亲自擂起战鼓。一时金鼓齐鸣，炮火喧天，楚军前后夹攻，李容发的阵脚大乱起来。激战半个时辰，眼看不能取胜，遂率部冲出王开琳的包围，向石门镇奔去。王开琳也不追赶，收兵进城。

当李容发来到石门时，李秀成早趁着王开琳撤军的大好时机，一举攻下了石门镇，全克刚仓皇逃命。虽未抓住左宗棠，但这次军事行动已圆满达到目的，李秀成没有谴责养子。太平军把石门镇内的粮食全部带上，次日傍晚便全军撤出，按着既定的目标，沿长江继续向西挺进。

六　荒郊古寺遇逸才

李秀成的部队来到武宁时，得知陈玉成从黄州府撤兵的消息。千里围武昌的用兵计划，他本来就是勉强接受的，现在北岸已撤兵，他正好借口不执行了，遂立即停止前进。他在武宁、通山、崇阳一带招募三十万流亡饥民，率部东归。围魏救赵的用兵计划，就这样流产了。一个月后，陈玉成才知道上了大当，但后悔已晚。

转眼到了七月，秋风又起，曾国荃围安庆，已经一年零三个月了。曾国藩不放心，带着康福等人亲到安庆城外视察。从东流到安庆，只有一百多里水路，午后便到了南门码头。国荃、贞干事先都不知大哥的行动，未到江边迎接，曾国藩一行作普通人打扮，悄悄地上岸，沿着外壕查看。

城内城外都很安静。但见壕沟宽深，满插竹签，两道壕沟之间，营房相连，炮台林立，时见搬运弹药、拭刀擦枪的湘勇，间或也可见集合操练的哨队。曾国藩心里默默称赞。快到西门地段，酒店饭铺开始多起来，进进出出的大多数是醉得歪歪斜斜的湘勇官兵。饭店旁边是一家烟馆。曾国藩从小窗口向里面望：昏黑的屋子里，四处闪着暗淡的火光，土砖垒起的炕上，摊尸一样横七竖八地躺着几个烟客，旁边堆着解下的上衣佩刀。无疑是军营里的人！曾国藩一阵恶心。刚转过脸，又见对面一座破烂的茅房前，站着三个抹粉擦脂的年轻女子，正笑着向他招手。曾国藩气得转身便走，不小心与前面过来的人撞了个满怀。

“瞎了眼的糟老头，你是去赶杀场呀！”

曾国藩抬头一看，前面站着一个酒气熏天的汉子，正对着他口出恶言。那人右手挽着一个年轻女子，左手提着一个酒葫芦，曾国藩分不清他是湘勇还是百姓。康福抢上前，指着那人训道：“无法无天的混蛋，你骂谁来！”

"老子宰了你!"那人甩开身边的女子，从腰里刷地抽出一把刀来。曾国藩看见这正是一把刻着"殄灭丑类，尽忠王事。涤生曾国藩赠"的腰刀。他不禁叫了一声"惭愧"，慌忙把康福拉开了。

咸丰四年曾国藩首次颁赠的刻字腰刀，深受湘勇将官的爱重，后来他又亲手颁赠了两次。凡得到腰刀者，一律被湘勇视为英雄。以后，湘勇人员大大扩展，曾国藩无法一个个颁赠，便统一打造，由各军统领代为赠送，初时控制很严，日久慢慢地松了。这腰刀尤以吉字营领得多，发得滥。

曾国藩无心再巡视了，叫康福进壕通报。曾国荃一听，忙带着弟弟和一批营官亲来迎接。曾国藩见两个弟弟风尘仆仆，营官们也都满面风霜，遂不忍心指责，在接风宴上，对吉字营贞字营大大地作了一番夸奖慰勉。晚上，在卧室里，他严肃地对两个弟弟说："过去，我教你们作文写字，都强调一个'气'字。文求气昌，字求气贯。文气不昌，虽道理充分，其文不足称；字气不贯，虽笔笔有法，其字不足观。带兵亦然。军营中最重一个'气'字。作统领者，应时时在军中培植新气、勇气，涤除暮气、惰气。打仗为极苦极烈之事，哀戚之意如临亲丧，肃敬之心如承大祭，方为军中气象。故军中不能有欢欣之象，更不能有桑中之喜，骄浮淫乐，必招大败。昔田单之在即墨，将军有死之心，士卒无生之气，此所以破燕复齐。及攻打狄时，黄金横带，前呼后拥，士卒有生之乐，无死之心，鲁仲连策其必不胜。围安庆一年多进展不大，其原因即在军中气不正。明日即严令前壕外一切酒楼烟馆妓院统统撤除，官勇一律在壕沟内训练，有未经允许私出外壕者，斩不赦!"

国荃、贞干谨遵大哥之命。几天后，军营气象果然大大改观。

这天，曾国藩仍着便服，带上康福，到前壕外再去亲自查看一番。一路上，原先的烟馆酒楼妓院都已关了门，过去人烟稠密之处，现在明显地萧条了，所见到的湘勇，都是带着火夫采买油盐菜蔬的什长哨官，不再是嫖客醉鬼了。曾国藩颇为满意。既然知错能改，且雷厉风行，看来两弟值得造就。一时喜欢，见前面山林荫翳，小溪长流，不觉生出一股游兴来。他对康福说：“久闻安庆山水好，我们到前面去看看吧！”

康福陪着曾国藩向山林走去。果然林木青翠，溪水晶亮，真可去污涤浊、陶情冶性。山水虽好，人事却令人气沮。本是水稻收割的季节，眼前却是稻稀草密，田野荒芜，走了两三里路，除见到几个老头瘦妇在有气无力地捋谷外，田里不见一个壮年人。“打仗真是件作孽的事！”曾国藩轻轻地自言自语。

山嘴背后是一个山坳，康福眼尖，指着远处说：“曾大人，前面大柏树下有个小屋子，我们到那里去坐坐，讨碗水喝吧！”

二人走近一看，原来是一座小小的寺庙，庙门上方横写着三个字：弘毅寺。

曾国藩笑着说：“从没有见过这样的寺名。”

“这怕是用的曾子的话：士不可以不弘毅，任重而道远。”康福猜测。

“和尚不识字，请读书人取寺名。读书人不懂佛经，只懂孔孟，就从《论语》中选了这两个字，造成了这个儒释结合的庙名。你说是这样吗？”曾国藩问。

“我想也可能是一个受了挫折的有志之士，曾在这里隐居过，为激励自己，干脆将原庙名改为这个名字。反正这里偏僻，没有几个人来，也不怕遭别人的谴责。”康福提出他的见解。

“你说的也有道理，这是桩解不开的公案。”曾国藩边说边进了庙门。

这个寺庙真的小，小到就一间一丈见方的屋子。正面供着一尊尺把高的小菩萨，菩萨面前有个石香炉，里面插着几支残香。左边一张床，床上整整齐齐叠着几排书，壁上挂一把剑鞘，真个是三尺宝剑半床书。右边一张书案，一条凳子，书桌上摆着笔墨纸砚，正中有一页写满字的宣纸，一个朱红玛瑙雄狮镇纸压在上面，显得格外引人注目。

书案前方墙壁上挂一副对联："把酒时看剑，焚香夜读书。"

"好，写得好！"曾国藩称赞，笑着对康福说，"还是你说得对，现在这里就住着一位隐士。"

"这个隐士到哪里去了呢？"康福四处张望，指着小菩萨旁边说，"大人，这里还有一道门。"

门虚掩着，一推便开。门外是一块四方土坪，一个人正背对着他们，在土坪上舞剑。那剑舞得真好！进如闪电，退若飙风，上下左右飞动起来，划出一个耀眼的银盘，如同中秋明月落到人间。

"好剑！"惺惺惜惺惺，康福看得呆了，脱口称赞。

"谁？"那人急忙收起剑，回过头问。

曾国藩这下看清了，舞剑的人三十余岁年纪，面白无须，身材适中，正如联语中所写的，是一个喜欢舞剑的读书人，不是江湖上的拳师侠客。曾国藩最不喜欢那些走江湖的剑侠。在祁门时，有一人前来投奔，自称皖省名侠许荫秋。武艺的确很好，但曾国藩不收留。幕僚问他何故。他说这种剑侠大多无赖流氓，邪多正少，不遵法度，留之则坏军纪。名侠尚且不留，此后再无侠客一类的人来投奔了。

"我们是两个过路的客人，想到这里讨碗水喝。刚才多多冒犯，请足下海涵。"康福答话。

"啊，是两位客官，请屋里坐！"那人豪爽大度地将曾国藩、康福让进屋里坐，一边倒茶，一边问，"听口音，客官不像是本地人？"

"我们是湖南人，听说安庆正在打大仗，特地来看看。"曾国藩暗思此人必非等闲之辈，有意向他透露点身份。

"客官胆子也太大了，打仗杀人的地方，有什么好看的。"那人笑着说。

"足下一人在战场边的荒郊古寺里读书用功，胆子岂不比我们更大。"康福插话，眼里流露出敬佩的神采。

"实不相瞒，我在这里等着见一个人，三个月了，一直无机缘。"那人说话坦率。

“足下想见谁?”曾国藩好奇地问。

“湘勇吉字营统帅曾九爷曾国荃。”

曾国藩和康福心里同时一怔，互相对望了一眼，康福正要答话，曾国藩先开口了：

“足下为何要见曾九爷?”

“想告诉他破安庆之法。”那人毫不隐瞒。

“你为什么不去找他呢?”康福奇怪地问。

“咸丰八年，我曾经亲自闯进曾九爷的哥哥六爷曾国华的帐中，告诉他不要打三河，转攻庐江。曾六爷不听我的话，结果弄得全军覆没。后来我总结出了教训，这些带兵的主帅大概看不起毛遂自荐的人。我这次改变做法，长期住在这里，我想总有一个得见的机会。”

这人的话勾起了曾国藩的记忆，那夜温甫不是说过这事吗?

“足下是江苏阳湖人?”曾国藩两目灼灼发光，注视着对方。

“是的。在下正是阳湖人。”那人惊奇起来。

“足下大名叫做赵烈文?”曾国藩进一步追问。

“正是！客官何以知道?”那人越发惊奇起来，也盯着曾国藩。

“赵先生，我与你神交已久了，不想今日在此相遇，真是天幸!”曾国藩激动地站起来，走到赵烈文的身边。

“客官你是?”赵烈文也站起来，拉着曾国藩的手。

“赵先生，他就是六爷九爷的大哥曾大人。”康福介绍。

“曾大人!”赵烈文纳头便拜，“大人万安，小人有眼不识泰山。”

“快起来，快起来!”曾国藩扶起赵烈文，“请赵先生收拾书剑，我们一起到九爷军营里叙话。”

听说来者正是那年阻止攻三河的赵烈文，国荃、贞干都另眼相看。吃完饭后，曾氏三兄弟向赵烈文请教破安庆之策。赵烈文从从容容地说：“长毛守城，有句老话，叫做守险不守陴。就是说，精兵良将都放在城外的险要之处，城内的反而是老弱病残。破安庆，就要从这里下手。安庆的险要首在北门外的集贤关。破了集贤关，安庆城一半到了手。次在菱湖石垒，菱湖石垒一下，安庆就是一座孤城。不出十天半月，即使外面不攻，内乱亦必自起。”

曾国荃插话：“集贤关我们打过几次，石垒坚固，更兼刘玱林凶猛异常，这块硬骨头不好啃。”

赵烈文微笑着说：“集贤关硬攻不能奏效，要采取另一种办法。”

“惠甫先生，你若帮我们破了集贤关，家兄一定重重保荐你。”曾贞干说。那夜，他亲耳听见六哥说过赵烈文。在他的心目中，此人是个奇人。

“保荐不敢。”赵烈文谦虚了一句，继续说下去，“集贤关的五千人，的确是安庆守兵的精锐，刘玱林也可谓长毛中的名将，但刘玱林的副手程学启和他的一班子兄弟，却有空子可钻。”

“程学启是个什么人?”曾国藩问。

“破集贤关就在此人身上。”赵烈文这句话，将曾氏兄弟的情绪大为提高了。“在下这几年在安徽，对此人颇有所了解。他是桐城人，咸丰五年在本省投的长毛。”

“程学启家里还有些什么人?”曾国荃问。他心里突然冒出一个主意：将程学启的家人抓起来，以此来要挟。

“程家启家里没有人了，他从小父母双亡。”

“呵!”曾国荃很失望。

“父母死后，程学启靠乞讨糊口，在下九流中长大，混得了一身好武艺，在桐城县里称王称霸，为非作歹，从县衙门到老百姓，个个都怕他。县太爷明里奈何他不了，便使了一个暗法子，用钱买通了庐江城里几个无赖。咸丰五年三月的一天，程学启过二十六岁生日，那几个无赖接他到庐江喝酒。喝到半夜，程学启酩酊大醉，无赖们将他的手脚死死捆紧，扛到江边，对着他的胸口刺了几刀，登时血流满地。无赖们见他已死，便一走了之。第二天凌晨，庐江城郊一个姓穆的老太婆到江边洗衣服，见一个全身是血的大汉在呻吟。穆老太婆吓了一跳，立即回家叫来儿子穆老三。穆老三把程学启背到家中，一进屋，他又昏死过去了。穆老太婆给他抹去血，洗净伤口，穆老三又拣了草药替他敷上。程学启醒过来，想起昨夜的事，万分感激穆家母子的救命之恩，当即认穆老太婆为干娘，与穆老三拜了把子。一个月后，程学启复了原，他知道自己的仇人太多，混不下去，于是干脆投了长毛。程学启有本事，打仗不怕死，很受陈玉成赏识，年年升官，现在已是监军了。程学启在贼中得了势，当年一班痞子弟兄都来投奔他，这些人大部分也当了官。程学启对任何人都不讲情义，唯独对穆家母子的恩德不忘。这些年给了穆家不少银子，但穆家不承认，可能是怕惹祸。"

曾国藩说："程学启能知报答穆家的恩，可见良心尚未完全泯灭。"

赵烈文说："正是大人这话。我想如果能够买通程学启，要他在内部发难，外面再配合，集贤关就可以破了。"

曾氏兄弟都认为这条路子值得一试，于是请赵烈文先去庐江找到穆老三，打听程学启最近的情况。

几天后，赵烈文从庐江返回，禀报曾国藩、曾国荃：据穆老三讲，程学启近来心思颇不安定，叶芸来、张朝爵、刘玱林等人都是两广老兄弟，对他始终不能以心相待，监军当了一年多未得提拔，心中不满，又对安庆能否守住有怀疑。曾国藩听后大喜道："此人可用。"

三人一起细细商讨了半夜。

次日晚上，曾国荃带着彭毓橘、李臣典和赵烈文一起到了庐江城。经过一番威胁利诱，穆家母子终于就范。穆老三利用程学启给他的令箭，畅通无阻地进了集贤关外的第四个石垒，拜见义兄。

"程哥。"穆老三哭丧着脸说，"娘病势沉重，怕只有一两天日子了，老人家一天到晚念叨着你，想临终前见你一面。"

程学启说："干娘恩德深重，论情理我应该去送终，但战事紧急，我离不开。这样吧，你拿两百两银子去，把干娘的丧事办得风光点。"

说罢，立即要亲兵去取银子。穆老三急了，说："程哥，银子倒不在乎，你平日送的，我们都存在那里，娘是想见你一面。你无论如何都要去一下，骑马去，后天就可以赶回来了。"

程学启想了一下，说："好吧，我这就去一趟。"

清早，两人骑两匹快马出发，安庆离庐江只有二百五十里，黄昏时便到了。穆老三将程学启带到老母的卧室。程学启推门一看，不见干娘，心中生了疑。正要发问，彭毓橘、李臣典手执大刀冲了进来。程学启情知不妙，忙向腰间拔剑，彭毓橘早已把剑抽走了。程学启愤怒地问："你们是什么人？"又转过脸去责问穆老三，"老三，这是怎么回事？"

这时，曾国荃身着正四品道员朝服从门外迈进。程学启惊问："你是何人？"

曾国荃哈哈笑道："程将军，久仰了！"

穆老三忙说："程哥，这位便是湘勇吉字营统帅曾九爷。"

程学启又惊又惧，转身就要出门，穆老三一把抓住："程哥，曾九爷特来见你，有要事相商。"

程学启见门已关，料想走不脱，只得站着不动。

"坐下，坐下好说话。"曾国荃脸型五官全像大哥，唯独两只眼睛细长，一笑起来，就成了两根线。程学启极不情愿地坐下，心像鼓槌样跳个不停，见曾国荃并无恶意，才慢慢平静下来。

"久闻程将军艺高胆大，恩怨分明，是个真正的大丈夫，只是出于不得已才屈身事贼，家兄和我深为程将军惋惜。"

程学启仍在莫名其妙中，不知这个死对头要干什么。

"程将军，你堂堂一条汉子，何必要顶个贼名呢？"见程学启不开口，曾国荃继续说，"家兄久慕程将军大名，特要我用此法将将军请来，想你不会怪罪。王师围安庆一年多了，各路援兵正源源而来，陈玉成的人马被陷在挂车河以北，不得南下一步，李秀成的南路已退回苏南，安庆不日即将攻克。闻程将军在长毛中备受两广老贼的欺侮，甚不得志，何不反戈一击，弃暗投明呢?”

曾国荃盯着程学启，眼中那股凶杀之气与大哥一模一样。程学启心中又紧张起来，暗思：原来是要我投归朝廷，看来今日不答应是出不了门，好汉不吃眼前亏，不如假意应承下来。

“曾九爷，今日能在干娘家里见识你，真是幸会。我也早闻曾九爷是个英雄，果然名不虚传。我投长毛，的确也是万不得已。我的祖父，也是桐城县里有点名气的秀才。我常想：今后死了，还不知在阴间如何见我的祖宗。我早有投奔朝廷之心，只是没有机会。不知曾九爷是要我现在就跟你去呢，还是回去后率人来归?”

曾国荃说：“如果程将军真心归顺朝廷的话，朝廷仍会真心相信你，你这次先回去，遇有机会做内应。我们内外进攻，打下集贤关。我今天带来了一套副将官服。”

曾国荃转脸对彭毓橘说：“你把它拿出来，给程将军过目。”

当彭毓橘捧出一套簇新的从二品副将官服时，程学启眼睛一亮，尤其是帽子上那颗起花珊瑚顶，令他久看不止。尽管监军的官位也不低，但它究竟比不上朝廷副将的尊贵，程学启的心动了。

“程将军，这套副将官服暂存你干娘这里，待破安庆后，我为将军亲自穿上。”

“愿为九帅效劳!”程学启站起来，向曾国荃鞠了一躬，然后打马直奔安庆。

七　血浸集贤关

当曾国荃将与程学启会见的情形告诉大哥后，曾国藩沉吟片刻，说：“程学启的归顺尚不可靠。那家伙是个无赖出身，无信义可言，说不定回去后又会变卦。”

赵烈文说：“大人虑及的是，在下还有一计。九帅只管放心猛攻集贤关，我保证程学启会在垒中作乱。”

说罢，轻轻地说出了他的计谋，曾国藩的脸上露出一丝浅浅的微笑。

为再次猛攻集贤关，曾国荃作了充分的准备。他调集大小火炮百余座，抬枪、鸟枪上千杆，火药五万斤，炮子一千箱，集中吉字营精锐八千人，针对着集贤关外、赤岗岭下四座石垒，布置了一个三面合围的火力网。炮火猛轰了三天。尽管长期的饥饿和疲劳，使石垒中的太平军将士体力不支，但大多数人并无二心。他们清楚，摆在面前的只有一条路，即为保卫安庆血战到底，此外没有第二条路可走。尤其是官拜擎天侯的刘玱林，这个从金田村里打出来的硬汉子，从没有在清妖面前有过难色，即使在最困难的时候，他的胸中仍充满着压倒一切的英雄气概。一到夜间，两军炮火暂息之时，他便走出一号石垒，到二号、三号、四号石垒中去吊死问伤，鼓舞士气，指授方略，调配弹药。这天他来到第四垒，见程学启正与几个师帅旅帅在喝酒，便走过去，拍着程学启的肩膀说："好兄弟，哪里弄来的酒？这么香，馋得我口水都流出来了。"

程学启忙斟上一大碗递上，笑道："侯爷，你也来一碗，这是邹矮子在酒坊里偷来的。只是没有好菜，你用这个将就点下酒吧！"

说着从瓦盆里抓出一个泡得发黑发臭的盐萝卜。刘玱林一口将酒喝完，咬了一口萝卜，说："弟兄们好好打，把眼前这班清妖打退后，我请大家喝古井贡酒，吃狗肉炖萝卜！"刘玱林顺手将剩下的半截盐萝卜丢到瓦盆里，对程学启说，"把受伤的弟兄们趁黑夜送回城里，再运几千斤火药炮子来。"说完，走出了石垒。

程学启从庐江回到石垒后，一连几夜没睡好觉，既恐惧又兴奋。他对太平军与朝廷两者之间，今后究竟谁胜谁负拿不准。以前他也不多想这些。他觉得这几年过得很快活，吃得好，玩得好，有权有势，风光体面。他想得很简单：拼命打仗，爬上更高的官位。太平军成功了，他一生有享不尽的荣华富贵；打败了，他就寻一个机会逃走，凭着已有的金银财宝，下半辈子也会痛痛快快。万一哪天打死了，死就死，过了这多年的好日子，死了也划得来。现在居然有这样的好运气，朝廷送官上门，今后脚踏两边船，谁胜都有自己的好日子过。程学启暗自庆幸那天还算机灵，没有拒绝曾国荃。他将这个好消息告诉最为相得的拜把兄弟，把兄弟们都很高兴，他们也想脚踏两边船，图个一辈子舒心。

眼看双方激战了几天，势均力敌，集贤关难以打破，曾国藩对赵烈文说："看你的第二步棋了。"

这天下午，穆老三正在家里闲坐，两个一胖一瘦的黑汉子走进他的家门。穆老三见两人来得蹊跷，忙站起来赔着笑脸说："二位有何贵干?"两个汉子紧绷着脸问："你是穆老三吗?"穆老三点了点头。"实话告诉你，我们是安庆城里的太平军。"穆老三心想，一定是程哥派来的人，于是放下心来，招呼他们坐，一面又去倒茶。

瘦子摆摆手，厉声说："不要张罗了，我们不是程监军派来的，我们是擎天侯刘玱林的人。"

穆老三刚放下的心又提起来了。"有人告发，说前几天程监军在你家里和清妖曾老九见了面，曾老九还送了一套副将官服，有这事吗?"

穆老三是个未见过世面的人，听了这几句话，脸都吓黑了，心想：这怎么得了，一旦坐实，脑袋不丢了吗？好在副将官服已藏在地下，他们搜不出，心里略安定些，便说："总爷，没有这事，这是别人诬告的。"

胖子说："是不是真的，我们搜后再说。"说着便把穆老三的家翻个底朝天，并不见副将官服。穆老三愈加镇定了："两位总爷，我说没这事吧!"瘦子说："有这事也好，无这事也好，不关我们的事，你陪我们去见擎天侯，当面对他讲清楚。"穆老三害怕了："我家有生病的老母，走不开，你们行行好吧!"胖子恶狠狠地说："什么行好不行好，别啰唆，到擎天侯面前去说话!"两人不由分说地把穆老三推出家门。门外拴着两匹马，瘦子把穆老三拎上马背，自己坐在他的后面，和胖子一起，扬起马鞭，两匹马飞快地向南边跑去。

断黑时，三人来到姜镇。这里距集贤关只有二十里了。瘦子对胖子说：“老哥，今夜就在这里舒舒服服睡一觉，明日再进垒吧！”胖子说：“行，今夜咱哥俩畅畅快快地喝两盅。”

进了伙铺，拴好马后，两个汉子大吃大喝起来，足足闹了一个时辰，都喝得酩酊大醉，烂泥似的倒在床上，死一般地睡着了。穆老三心里念着：“阿弥陀佛！天赐良机，再不逃走就是傻瓜。”他急忙把桌上的残汤剩水吃了两碗，然后蹑手蹑脚地走出旅店，又不敢去牵马，怕马叫起来坏事。往哪里去呢？回庐江，身上无分文，几天的路程如何对付？不如干脆去找程哥，也要告诉他事发了，早作准备。穆老三打定主意，摸黑跑向集贤关。

快要天亮时，穆老三钻进四号石垒，将突然变故告诉了程学启。程学启一听，心里发了毛，想：此事刘玱林既已知道，这里就混不下去了，不如先下手为强。程学启打发穆老三通知曾国荃：明天上午炮响后，四号石垒作内应。

当天夜里，刘玱林像往常一样查看二、三、四号石垒。踏进四号石垒时，正遇见程学启召集他的几十号同伙密商明日内应事。程学启心怀鬼胎地站起来，不自然地倒了一碗酒递上。刘玱林接过酒一饮而尽，拍拍程学启的肩膀说：“老弟，我弄来了几瓶好酒，明天打完仗后，到一号垒去，我们喝个痛快。”

程学启心里一惊：莫不是要抓我了？他讪讪地笑了几下，敷衍两句，把刘玱林打发走了。回头对伙计们说：“大家都听到了吗？明天再不下手，我们就完了。大家都不要手软，明天狠狠地打，程哥不会亏待你们。”

穆老三的到来，证实赵烈文计策的成功。第二天一清早，曾国荃下令：今天一定要破集贤关，全军将士都得奋勇向前，不许后退；打下集贤关，论功行赏。

吃过早饭，吉字营一万湘勇，抬着火炮、抬枪、鸟枪，跨过外壕，向赤岗岭进逼。曾国荃提着一把大砍刀，杀气腾腾地在后面督战。刘玱林远远地看见湘勇涨潮似的向石垒涌过来，气焰比往日更为嚣张。他对程学启说：“你带三垒四垒在后面防两翼，我带一垒二垒在前排挡正面，今日清妖来势凶猛，要多提防。”程学启暗自高兴，满口答应。

刘玱林挥舞红旗，站在一个山坡上亲自指挥。一垒二垒筑在赤岗岭下官马大道两旁，三垒四垒筑在山坡边，防东西方向。刘玱林将一、二两垒三千五百人全部调出垒外，组成强大的火力网，凭借着居高临下的有利地势，给疯狂进攻的湘勇造成了强大的威胁。湘勇在离石垒半里远的地方停下来，列队架炮。只听得一声号响，湘勇火炮、抬枪齐鸣，雨点般的弹子打在赤岗岭的岩石上，溅出星星点点火花，有些较松散的岩石则被打得碎片纷飞。吉字营是湘勇中装备最好的部队，这些火炮全部是从广东运来的洋炮，射程远，威力大，太平军的土炮远不是对手。

刘玱林手中蓝旗一挥，全军卧倒，任湘勇火炮狂轰滥炸不还击。打过一阵后，曾国荃命令击鼓冲锋。万名湘勇吆喝着向前冲去，约摸冲出四五十丈远的时候，刘玱林拿起黑旗一挥，太平军火炮大作，弓箭乱飞，湘勇饮弹中箭，一片接一片倒下。曾国荃气得直跺脚，无可奈何，只得传令收兵。彭毓橘跑过来说：“九帅，长毛土炮射程不远，我们可以再推进二十丈。”曾国荃满脸灰尘，气呼呼地说：“就依你的！传令所有火炮一律推进二十丈，各营各哨后面紧跟。”

在湘勇向前推进的时候，刘玱林也将部队作了新的部署，命令程学启将第三垒调到正面递补。待第三垒下到山坡时，程学启将第四垒的八百余名太平军唤进石垒。兵士们正感奇怪，只见程学启猛地跳到石垒中间的土台上，高喊：“弟兄们，安庆城里粮食已尽，赤岗岭的炮子也快完了，今天官军就要打破集贤关了，要活命的跟着我归顺朝廷。”

程学启的这一举动，把石垒中的兵士们弄懵了。“妈的，你这反草的妖魔！”话声刚落，一梭铁子飞来，程学启的半边耳朵打得粉碎。“哪个臭婊子养的！”程学启一边捂着耳朵，一边骂。那打枪的兵士正要起身冲出石垒，一道白光闪过，半个肩膀已被削掉了。这时，兵士们才看清，数十个当官的都一齐抽出了刀，恶狠狠地高叫：“听程监军的！”“有不听话的，刚才这人便是下场！”

原来，这些抽刀的全是程学启的把兄弟。这一垒都是安徽人，流氓地痞占了多数，平日就跟着程学启一个鼻孔出气，今日处于这种情形，哪还有人敢再说个不字，便一齐喊道：“听从程监军指挥！”

程学启说：“大家把头巾摘下来，绑在左手上，等下官军再进攻时，听我的命令，火炮朝一、二、三垒的人打。打死的人越多，功劳就越大，现在把火炮抬到垒外。”

程学启指挥四垒的人冲出石垒，这时曾国荃指挥湘勇发起了第二次进攻，一阵炮弹枪子后，湘勇又向石垒奔来。刘玱林挥起黑旗，强大的炮子压住了湘勇的推进。曾国荃气得大骂：“程学启这个王八羔子，还不动手，看老子以后不剐了他！”回过头来大叫，“把穆老三押过来！”一个亲兵把穆老三推到曾国荃面前。曾国荃的大砍刀架在穆老三的脖子上。穆老三吓得面如死灰，双膝发软，扑通一声跪了下来：“九爷饶命，饶命！”

“你这混蛋王八蛋，程学启为何还不动手？你想要弄老子?!”

穆老三结结巴巴地说：“九爷息怒，程学启他，他亲口说，说的，他在垒中内，内应，请九爷稍，稍等一会。”

就在这时，从前面山坡传来一阵炮响，彭毓橘兴奋地说：“九帅你听，这是程学启的炮！”

这的确是程学启从刘玱林背后打出的冷炮。这一阵炮声响过后，太平军躺倒了一大片，大家都惊恐万分，不知出了什么事。刘玱林怒问：“是哪里打的炮?”身边亲兵答：“侯爷，像是从四垒那边打来的。”刘玱林怒吼：“程学启他发疯了，火炮朝自家人打！”话音刚落，又一阵炮子打来，火星在刘玱林脚底溅起。曾国荃狂笑道："弟兄们，长毛内部打起来了，我们冲啊！"

湘勇个个勇气倍增，狂呼乱叫地向石垒冲去。当刘玱林确知程学启已临阵叛变时，气得五脏六腑都要烧出火来，不得已分出一半人来对付背后。

前面湘勇有恃无恐地冲来，后面炮子残酷地射出，可怜四千余名太平军，一个个含恨倒在血泊中。刘玱林坚持着，眼看人都死光了，只得带着身边的一百多名亲兵转过脸来，向关内冲去。谁知程学启指挥着一阵炮子打来，刘玱林晃动了几下，终于倒下了魁梧的躯体。

集贤关四千精锐的覆没和程学启部的叛变，使安庆守军的斗志顿时减去了一大半。就在士气萎靡的时候，彭玉麟奉曾国藩之令，率领所部内湖水师由南门码头上岸，抬着数百条战船奔向菱湖，将船放入湖中，向菱湖十八垒发起猛攻。这一天，天老爷有意给太平军作难，大雨如注，足足下了一个时辰，湖水暴涨，沿湖石垒浸水达两尺多深，火药全被泡在水中，火炮、抬枪都哑了。彭玉麟借着天时，乘集贤关大捷的锐气，血战一日一夜，将菱湖十八垒全部摧毁，巩天侯张朝爵趁乱逃跑了。第二天凌晨，菱湖上漂浮的太平军、湘勇的尸体，几乎遮盖了半个湖面。

随着集贤关、菱湖的丢失，安庆城彻底孤立了。城内人心浮动，天天都有成批人出来向湘勇投降。曾国荃决定七月十五日向安庆发起总攻，曾国藩制止了。他以神秘的口吻对九弟说："王闿运上月来信告诉我，钦天监奏，今年八月初一，日月及水火土木四星俱在张宿五、六、八、九度之内，金星在轸，亦尚在三十度之内，这是日月合璧、五星联珠的非常祥瑞，极为罕见，预示着国家有大喜事出现。国家的第一大喜事，莫过于战胜长毛。眼下与长毛激战的有四大战场：一为德兴阿、冯子材的江宁战场，一为左宗棠的赣北战场，一为袁甲三、胜保的皖北战场，一为安庆战场。除江宁战场外，其他三个战场在最近都可能有突破性的进展，如果谁能恰恰在八月初一这个日子获得大胜，谁就成了上应天心、下服朝野的福将。沅甫，你看如何呢?”

听了大哥这几句话，曾国荃又想起陈广敷那年在荷叶塘的预言，不禁周身血液沸腾，激动地说：“大哥，我明白了，我要全军休整几天，七月二十八日沿城墙开挖一百个地洞，三十夜里点火，八月初一准时拿下安庆!”

“好！大哥希望于你的，正是这个安排。国家的气运，曾家的气运，都在此一举。”曾国藩久久地握住九弟的手。半晌，又说，“明天早上我要回东流去了。”

“大哥，安庆已是瓮中之鳖，你不亲眼看我和厚二把这只鳖捉到手吗?”曾国荃不解地问。

“沅甫，大哥离开安庆，正是为了让你顺顺畅畅地在八月初一日那天拿下它。”曾国藩笑着说。

“这是为何?”曾国荃益发不解了。

“以后再告诉你吧!”

望着九弟迷惑的眼神，曾国藩心中不无怅惘。这些年来的战事，只要他身处前线，这场仗最后必定以失败告终。这几乎是屡试不爽。咸丰四年二月，他带兵打岳州，结果被太平军打得逃回长沙。四月打靖港，差点全军覆没，而同时塔齐布等人打湘潭，偏偏十战十胜。咸丰五六年间在江西，凡他参加之仗无不败，凡他不在场的又一定胜利。上次李元度丢了徽州城，他想再试一次，亲带一支人马去收回，三仗三败，结果还是鲍超去办成了。从那一次后，他彻底相信了，要想打胜仗，就不能有他在前线。他之所以急着要离开安庆，正是为助两弟的成功。可惜，这些都不能明说。他只好淡淡一笑，说：“八月初一日，我在东流为吉字营、贞字营祈祷，等着你和厚二的捷报!”

第四章／大变之中

一 曾老九要把英王府的财宝运回荷叶塘

八月初一日掌灯时分，曾国藩如期收到安庆攻克的捷报。看来，“日月合璧、五星联珠”的非常祥瑞，的的确确是应在安庆战场上，应在他曾氏家族身上，这不仅预示着长毛的覆灭，更预示着曾家将成为当今天下最为幸运的家族。这一点，马上就会通过皇上的褒奖而昭示天下。想到这里，曾国藩兴奋不已。他立即在灯下给沅甫、贞干写了一封信，向两位老弟恭贺大喜，并告诉他们明天亲来安庆祝贺，两江总督衙门也随即迁到安庆。

第二天早起，东风大作，江面上波涛汹涌，船不能行，曾国藩只得留在东流，草拟报喜折。以往，曾国藩的报捷奏疏，免不了自矜自夸的言辞。复出以后，他牢记陈广敷的指点，按黄老学说处世，尽去矜夸，一味柔退。“兵者不祥之器，非君子之器，不得已而用之，恬淡为上。胜而不美而美之者，是乐杀人。夫乐杀人者，不可以得志于天下矣。”老子这话说得多么深刻，可惜先前理解不深！曾国藩想。尽管他内心深处为安庆的攻克，为曾氏家族的勃兴而矜喜万分，他的报喜折却极平极淡，绝口不提“日月合璧、五星联珠”一事，也绝口不提曾家三兄弟的谋划战功，而把一切成绩都堆在胡林翼的头上：“前后布置规模，谋剿援贼，皆胡林翼所定。”一来谦让，二来也借此报答胡林翼这几年对他的好处。写好后，他还觉得把这事提高了。想起鲍超前几天打了一个大胜仗，于是干脆改作为鲍超报捷，把攻克安庆之事的文字尽量压缩，降为附片。

大风刮了三日三夜，到了第五天早上，长江风平浪静，曾国藩带着一班文武幕僚乘船东下。下水船行得快，不到两个时辰便到了安庆南门码头。曾国荃、曾贞干、鲍超、多隆阿，还有韦俊等，早已在码头上等候了。大捷之后重逢，大家都格外高兴。

“雪琴呢?”曾国藩发现欢迎的人群中缺了立了大功的彭玉麟。

“他到池州府去了，过几天就来。”国荃答。

寒暄之后，曾国藩准备从南门进城。国荃说：“不着急，大哥，今下午先在城外安歇，我和厚二陪大哥看看城外的战场，明天上午再进城。”

曾国藩说：“也好，我是要细细看一看，好晓得将士们这半个月来攻城的艰辛。赴汤饼会，不能怀抱婴儿而忘了产妇的苦楚。”

说罢哈哈大笑起来。随行幕僚都说：“产难之后，好比再生，真正不容易。”

当天下午，众人陪曾国藩沿着城墙走了一段路。见缺口毗连，血痕满目，曾国藩不停地叹息，感叹胜利来之不易。

次日吃过早饭后，营房外摆着一长溜轿，除一顶绿呢外，其余都是蓝呢轿。沅甫请大哥进绿呢轿。曾国藩说：“战事刚结束，到处乱糟糟的，一切都要从简为好，牵匹马来代步就行了，何须费力去找来这么多的轿!”

沅甫笑道："长毛当官的最喜坐轿，安庆城里少说也有百来顶官轿，只是他们喜欢用黄绸黄缎遮盖，找轿不难，换绿呢蓝呢却费了几天功夫。"说着，大家都依次进了轿。

安庆城九门，数南门最为高大、宽阔，这一年多来南门一带仗打得少，破坏不大。曾国荃选定从南门进城。今天，南门外扎起了一座高大的牌坊。牌坊上装饰着松枝、绸花，并悬挂着四个大红灯笼。担任南门外指挥的是吉字前营分统李臣典。

李臣典字祥云，今年才二十四岁。邵阳人，从小在湘乡荷叶塘外婆家长大。人生得孔武有力，打起仗来，冲锋陷阵，很是勇敢，从曾国藩的身边来到吉字营后，极受曾国荃的器重。为把这次入城仪式办好，李臣典早早地便作了安排。他站在城楼上，远远地看见前面一列约有三四十顶轿组成的队伍，逶迤向南门这边走来，立即下令作好准备。曾国藩的绿呢大轿离城门还有百把丈远的时候，南门外排列的十座火炮，相继对天发射。一声声闷雷般巨炮，惊得鸟飞兽走，附近的人纷纷躲进屋里。入城的气氛，一下子变得威严肃杀。火炮声停下来的时候，轿队已来到城门口。李臣典率领百余名吉字前营的营官哨官，穿着整齐的武官服，笔挺肃立在城门的两边。曾国藩忙吩咐停轿。他从轿中走出，双手抚着李臣典的肩膀，感动地说："李分统，你们为国家收复名城，厥功甚伟，请受本督一礼。"

说完就要作揖。慌得李臣典忙扶着曾国藩的手说："大人请上轿。过两天，吉字前营全体官勇设宴为大人洗尘。到时，我们还要向大人讨赏哩！"

曾国藩快乐地说："诸位大功，我已向皇上申报了，想不久御赏即可到来。本督恭喜诸位。"说完重新上轿。

曾国荃将两江总督衙门安排在荣升街的英王府。自咸丰三年安庆被太平军占领后，八年来，历任安徽巡抚都无力将安庆收回。咸丰六年，检点陈玉成奉命为安庆主将，将原巡抚衙门改建为检点衙门。以后，陈玉成的官位不断升迁，检点衙门也就跟着改为成天豫衙门、英王府。太平天国讲究修缮官衙，英王府于是成了安庆城内第一富丽堂皇的建筑。安庆将破时，曾国荃忖度英王府里一定藏有不少奇珍异宝，遂下了一道命令，任何官衙都可打劫，唯独不准进英王府。城破的当天下午，曾国荃便带着贞干匆匆来到英王府，果然里面有不少珍宝。他指挥勇丁把这些东西全部装进一间屋子，然后贴上封条，派几个勇丁日夜把守。

从南门到英王府沿途大街小巷都已清扫干净，每隔十步八步便站着一个执刀持枪的湘勇，气氛森严而威风。曾国藩坐在轿里不觉感叹起来：过去看不出九弟有过人之处，这两年真是大有长进，且不说攻打安庆的军事才能，光就从南门进城来一路的安排，就已显示出大将之才了。想起当年天未亮进武昌，半路遇冷箭，险些丧命的情景，愈发见出九弟不同凡响的气概和老练。

轿队在英王府前停下。“英王府”三字横匾早已砸烂，换了两江总督衙门黑底金字竖牌。太平天国喜欢绘画。英王府里到处涂画着有关天父天兄的宗教画和赞美天王、英王及歌颂太平军军事胜利的各种图画。现在，它们全部被白石灰遮盖了，唯独大门前照壁上的那幅画还保留着。那是一株盛开红花的桃树，树干上爬着一只猴子，猴子手里拿一根木棍，戳着桃树杈上的一个蜂窝，四周是惊得乱飞的小蜜蜂。曾国藩伫立在照壁前，问：“这幅画为何没刷掉？”

“大哥!”曾贞干走上前说，“这是封侯图。取蜜蜂和猴子的谐音。九哥说这幅图还要得，这是大哥日后封侯的喜兆。”

“什么乌七八糟的东西!”曾国藩满脸不悦，“长毛不学无术，拿猴子来比侯爷，岂不荒唐绝顶！堂堂总督衙门哪能容此不伦不类的涂鸦。赶快把它刷掉，另写‘清正廉明’四字。”

“是！我马上叫人办。”

国荃带着大哥进了卧室，指着屋里摆的东西说：“这是过去四眼狗住的地方，大哥看哪些要得的就留下，哪些不行的，我叫人搬走。”

曾国藩环视卧室内四周，见卧房布置得豪华奢侈，不禁皱紧眉头说："屋子里的东西一件不留，统统给我搬走。把我的那几口竹箱抬过来，再寻一张旧床，几条旧桌椅板凳就行了。"

曾贞干说："九哥，大哥既不要，就抬到我的房子里去吧，让我乐得享受几天。"

"行，满崽后来福，都送给你了。"曾国荃笑着一挥手，立时过来十几个亲兵，一窝蜂似的把屋子里的用具抬了个精光。

曾国荃在英王府里摆下丰盛的酒席。这顿饭一直吃到夜里，曾国藩正要解衣睡觉，国荃推门进来了："大哥，有件要紧事跟你商量。"

"什么要紧事？"曾国藩奇怪地问。

"大哥，过几天，待城内略微安定后，吉字营托厚二照管一下，我回荷叶塘去休养两个月。"

"论你前段的劳累，是应当回去休息一下。"曾国藩望着九弟黑瘦的脸，颇为心疼地说，"不过，依大哥之见，暂时还不要回去，你要乘攻克安庆的军威，东下无为、巢县、含山、和州，作进军江宁的准备。"

"大哥说得不错，"沅甫压低声音说，"我此番回荷叶塘，名为休养，其实是要把英王府的财物运回去。"

"四眼狗聚敛了多少财宝？"曾国藩吃惊地问。

"全部封存在后院一间屋子里，少说也值几十万两银子。"曾国荃说着，面露喜色。

"你打算全部运回荷叶塘？"曾国藩面有愠色。

"全部运去。"曾国荃毫不含糊地回答，"用船运，我已想好了。用旧木板钉五十口大箱子，估计可以装完，外面再放些旧书。别人问起，就说运书回家。回来时再沿途买几箱人参，赏赐这次有功将官。"

"沅甫，你不能这样做。"曾国藩满脸正色地说，"军中饷银很紧，除吉字营、贞字营外，其他各部都已欠饷多月，你如何能将这笔巨款私自运回家去？再说，世上没有不透风的墙，你就不怕别人指责你私吞贼赃？此事万万不可为！"

“大哥，你也太认真了。”国荃微微一笑，不当一回事，“私吞贼赃？军兴以来，不论是八旗兵，还是绿营，哪个带兵的将帅不私吞贼赃？就拿我们湘勇内部来说，又有几个将领不将金银运回湖南老家的？迪庵在世时，运回家的银子何止十万二十万！现在希庵在皖北，又是一船一船地将贼货运回湘乡。他家的田少说也有五千亩，记在别人名下的，就更不知有多少了。只有我们曾家，大哥管得严，我们几兄弟都不敢多带一两银子回去。可别人是怎样看的，大哥想过没有？没有一个人相信我们不私吞贼赃，都说黄金堂现在名副其实地堆满了黄金。”

“谁讲这些没根据的话？”曾国藩气愤地说。

“讲的人多的是，不只是湘乡县，全湖南都这样说。前几天又有人对我讲，说湘乡县、长沙城没有人参买，就有人说，都让曾家的人买光了！这次我真的要对不住各位，不但湘乡、长沙，连衡州、湘潭的人参我都要买光。”曾国荃越说越起劲，嗓门很大。

“小声点，老九。”曾国藩说，“你这次立了这样大的功劳，我想皇上必定会有厚赏，估计会放个臬司，也可能是藩司，何必要授反对者以口实呢？”

“我不这样看。”当过几年统帅的老九，已不像过去那样唯大哥之命是从了。他有他自己的一套，只不过跟大哥说话，口气和神态还是恭敬的。“皇上升不升我的官，我看既不在乎我运不运银子回家，也不在乎别人攻讦不攻讦。在当今这样的乱世，皇上要的是早日光复他的江山，只要我的吉字营能打仗，他就不能不升我的官！”

曾国荃的话虽欠含蓄，但说的是实情。

“大哥，道光二十三年，你初次放了四川主考，得了二千两程仪，忙着寄回一千两，并附一张长长的清单，亲戚朋友、左邻右舍都写到了，我和四哥、六哥当时不理解，自己家里很紧，得了点钱，何苦要这样散开。大哥开导我们，说亲朋过去支持甚多，有的已年老了，若不早点给他们点钱，以后怕无法报答了；还深情地回忆起南五舅说要给你当火夫的话。我们看后很受感动，最后完全按大哥说的办了。大哥，你可能不大清楚，这些年来，因为你要做清官，家里没有多的银子，致使许多亲戚对我们生了怨气，说是担了个虚名，一点实惠也得不到。”

曾国藩笑了起来，说：“当我曾家的亲戚真是委屈了他们。”

“大哥，我知道你是要做一个无半点瑕疵给人指责的圣贤，但家产不能不置，子孙的饭碗不能不考虑，至亲好友的要求不能不满足。这种事大哥你就莫管，让我来做。我不怕别人讲，我也不想做圣贤，我讲的是实在。再说，安庆城里的财产都让弟兄们分光了，伪英王府的东西归我和贞干亦不过分。”

“沅甫，我平时是怎样教你的？才打下一个省城，你就这样急急忙忙置家产，摆阔气，倘若以后真的由你打下江宁，你岂不要把伪天王宫里金银都运回荷叶塘？”

见大哥动了气，老九不再开腔了。这时贞干进来，手里拿着一叠纸：“大哥，这是保举单，各营将士都在催发，你就赶快过过目吧！”

曾国藩接过来，一张张地翻看。保举单上的名字，曾国藩大部分不认识，也弄不清各人的功劳如何，明知其中必有许多不实之处，他也无可奈何，正要提笔签字，却突然看见了一个名字：“厚二，这个金益民是不是金松龄的儿子？”

贞干点了点头。曾国藩发怒了：“他还只是个十岁的孩子，就请以把总尽先拔补，赏戴蓝翎，给人知道岂不笑掉大牙！”

曾贞干不慌不忙地解释：“大哥，自从金松龄被处死后，他的老母妻儿活得太可怜了。我知道大哥后来对此事也有些后悔，但人已死，无可挽回，便只有对他的儿子尽点心意了。大哥不要忘记了，金益民的爷爷曾经救过母亲大人的性命。”

“到底是个小孩子，又远在湘乡，离谱太远了。”曾国藩说，口气明显地缓和了。

“待到长大成人，只怕仗早就打完了！”曾国荃凑过脸来，插了一句。曾国藩沉吟片刻，再次提起笔来，写了两个字：照缮。兄弟三人正准备就寝，外面骤然响起一阵急促的马蹄声，大家都深感突兀，不约而同披衣向门外走去。刚出房门，康福捧着一个木匣正从大门口进来："大人，朝廷来了紧急公文。"

曾国藩急忙接过木匣进了屋。木匣打开了，露出一份兵部信套，上面赫然写着：六百里日夜传递，送东流两江总督曾大营。为何这般火急？他匆匆拆开信套，一行字跳进眼中，只觉两眼一黑，手一软，人瘫倒在椅子上，兵部咨文从手中飘落下来……

二　鼎之轻重，似可问焉

原来，兵部咨文报告了一桩天崩地裂的事：咸丰皇帝已于七月十六日晏驾热河行宫，皇长子载淳即位为新主。大行皇帝临终前托孤于八位顾命大臣，他们是怡亲王载垣、郑亲王端华、六额驸景寿、协办大学士户部尚书肃顺，军机大臣穆荫、匡源、杜翰、焦祐瀛。奉上谕，各省将军、督、抚、都统概遵成例，不要来热河叩谒梓宫。

过一会儿，曾国藩回过神来，吩咐九弟满弟连夜布置灵堂，传令阖城官吏，明天一早成服，会集于总督衙门，给大行皇帝行哭拜礼。两弟走后，曾国藩把房门紧闭，静静地思索着这突发的重大变故。

皇上只有三十岁，正当盛年，虽有体弱多病、常常咯血的传闻，但曾国藩从没有想到皇上会这么快地驾崩。尽管这些年来，皇上对自己有过猜忌，但总的来说还是信赖、依畀的，尤其是去年实授两江总督，这表明猜忌已大为消除。有此际遇，本人生大幸，正要乘风远扬，岂料……曾国藩心里很痛苦，叹息自己命运多蹇。他拿起兵部咨文，将八个顾命大臣的名字再细细地看一遍。新主只有六岁，国家的大计今后都在这八个顾命大臣的手中，自己的命运，湘勇的命运，乃至东南大局的命运，都将听命于这八人的安排。八大臣中载垣、端华都是袭爵的王爷，名位极高，人却平庸，景寿是个驸马，为人木讷谨慎，无所作为，名列第四的肃顺，是曾国藩熟悉而钦佩的人。他干练刚明，早为朝野所知，尤其是力主起用汉人平乱，足可证明他是满蒙亲贵中有识之士。曾国藩永远记得，当年的出山，正是基于肃顺向大行皇帝的荐举，而去年的实授江督，更是因为得力于肃顺对大行皇帝的劝说。没有肃顺，说不定会没有今日的三军统帅；没有肃顺，说不定现在仍处在孤悬客位的尴尬局面。曾国藩是感激肃顺的。但肃顺太专权，太跋扈了，积怨甚多，仇人甚多，曾国藩一直审慎地与他保持着不远不近、不亲不疏的关系。另外四人都唯肃顺马首是瞻。端华是肃顺的异母兄，载垣与端华亲如兄弟。这样看来，除开一个景寿外，其余七人都是一党，这一党的首领便是肃顺。顾命大臣，远者如南北朝的傅亮、徐羡之，近者如本朝的鳌拜，都没有好下场。顾命大臣地位太高，权力太大，既为别人所嫉恨，又难尽如新主之意。一旦新主羽翼丰满，根基巩固，便会嫌顾命大臣的束缚。而顾命大臣又往往自恃功高，不甚敬重新主，也就容易为新主制造加害的口实。对于这些复杂的君臣关系，曾国藩是揣摩得很透彻的。何况现在这个顾命大臣的首领是如此的刚愎自用，不得人心，又是如此明显地结党拉派，自我孤立，他能“顾”得久吗？曾国藩为肃顺的前程捏着一把汗。

第二天一早，安庆城里的文武官吏们一齐前来督署，身着素服的曾国藩带着他们，在大行皇帝的牌位面前三叩九拜，然后放声大哭。曾国藩想起咸丰帝对他的恩德，动了真情，眼角边不断流出泪水。曾国荃和大部分官吏们只是阴沉着脸，干号了几声。

正哭拜之际，胡林翼赶来了。他是特为来安庆祝贺的，进城后见到素灯白花，惊问其故，才得知这一消息。胡林翼赶忙驱马来到总督衙门，来不及与曾国藩等人打招呼，先对着咸丰帝牌位大哭了一通。哭临结束，曾国藩置办素酒，为胡林翼洗尘。吃过饭，二人携手来到签押房。曾国藩吩咐荆七，今日一律不见客，他要与这位心心相印、足智多谋的老友畅谈当今的局势。

“大行皇帝驾崩，既感意外，又不感意外。”胡林翼平静地说。他没有曾国藩那么多的忧心，且自己正患咯血，极需保养，他哭临纯粹是演戏。“应甫、壬秋这一年来，信里都提到圣体不康，京师知内情的人都说，皇上的病难以痊愈。不过，毕竟只有三十岁，也太早了，我又感到意外。”

“大行皇帝即位十二年，长毛就造反十二年，没有过一天安宁日子。去年洋人兵临京畿，被迫秋狝木兰，身体原就弱，又受此奇辱，更是雪上加霜呀！”曾国藩的情绪仍在悲痛之中。

“本来，京师有恭王在那里应付，洋人的事也平息了，大行皇帝在热河好好休养休养，身体也就会日渐好转。偏偏大行皇帝年轻，放任自己，不知爱惜，终于越来越不济。”胡林翼不悲痛，反倒不讲情面地揭穿了咸丰帝毙命的老底。他出身官宦之家，年少时也是个浪荡子弟。二十岁那年，时任詹事府右春坊右庶子的胡达源，下狠心把儿子死死地打了一顿，这一顿打把胡林翼打转了，二十四岁乡试高中，第二年连捷中进士点翰林。胡林翼虽然以后克己修身，但可惜，少年放荡时得下的痼疾却害了他一生，不仅身体孱弱，更使他后悔莫及的是，三妻四妾没有给他生下半个子女。因为有这层缘故，胡林翼对咸丰帝的死因看得清楚。

素来谨慎的曾国藩从不在人前谈论皇上的事，更何况是皇上不光彩的私生活。他有意转了话题：“新年号定作祺祥。”

胡林翼思考了一下说：“这两个字像是出自《宋史·乐志》：‘不凋不童，诞降祺祥。’”

“正是，正是！”曾国藩十分佩服胡林翼的博学强志。刚接到兵部咨文，看到“祺祥”这个年号时，曾国藩想了很久，想不起出自何典，最后还是身边的幕僚们翻了半夜的书才查出，不料胡林翼随口就答了出来！

“这个年号取得好，无疑出自八大顾命大臣之手。国家虽遭大变，有这批老成谋国的大臣掌舵，看来不会出乱子。”曾国藩有意这样说，他要借此试探一下胡林翼此时的态度。

“涤生，今天就我们两人，我跟你说句心里话，对于国事，我没有你这样乐观。”胡林翼的城府没有曾国藩的深，在多年交情深厚的老友面前，他是愿意敞开心扉的。

“上面的事，你素来比我灵通。”曾国藩亲手给胡林翼斟上茶。

“顾命八大臣牵头的名为载垣，其实不是他。”

“是哪个？”曾国藩明知故问。

“肃顺。”胡林翼说。他近来身体很差，时常咯血，本来就略长的脸，这下因干瘦松弛，越发显得狭长了。“肃顺这人聪明能干，敢作敢为，自是朝廷中数一数二的人，但办事手段太狠了一点。咸丰八年为科场案杀柏葰，至今使人心冷，近来又为户部宝钞处案严办了一批大员，京师物议沸腾。肃顺的仇怨太多了。”

“是的，峣峣者易折，太刚直的易招怨恨。”曾国藩想起咸丰三年至六年这段时间，在湖南、江西屡遭挫折的事。他现在算是彻底明白过来了，当初若不那样执意强行，略作些宽容，事情可能会顺利得多。还是老子说得好，“将欲取之，必先与之”，关键是要最终达到目的，走的路不妨迂回点。欲速不达，示弱反强，天下事就是这样的！可惜肃顺不明白这个道理。

“涤生，还有一个人，你可能不知道他的底细。”

曾国藩离京近十年，京中人物也生疏了，他不懂胡林翼说的谁。

“官秀峰有次多喝了点酒，一时兴起，跟我说起了一个人。此人为今上的生母。”

“你是说懿贵妃？”曾国藩离京时，懿贵妃叶赫那拉氏尚只是一个名位不高的贵人，莫说外臣，就是宫中也不把她作个人物看待。但后来居然就是这个小名叫兰儿的贵人，大受咸丰帝宠爱，给皇上生了个独子。母以子贵，不久便晋封为懿妃，后又升为懿贵妃。现在她的儿子继了大统，无疑她就是太后了。对于这个昔日唯一皇子、今日真龙天子的生母，曾国藩所知也仅仅只有这些。

“宫中的事，我们这些做外官的哪里知道，但官秀峰却清楚得很。”胡林翼说。

“他当然知道，他是满人，宫中耳目甚多。”曾国藩极有兴致地问，“官中堂说了些什么?”

“他说这个女人非比等闲，不要说大清朝没有这样的后妃，前朝前代也少有人可与她相比。”

“啊——”曾国藩吃了一惊。

“官秀峰说，此人国色天香，自不必说，更兼绝顶机警，这都罢了，此人还有一个嗜好，便是贪权!”

贪权?一个女人也贪权，曾国藩颇感意外。

“涤生，这一年来由热河发回的奏折上的朱批，你说是谁批的?”

胡林翼的问话使曾国藩好生奇怪：“朱批还有谁假冒?”

“也不是假冒，是大行皇帝委托懿贵妃批的。”

“有这事?这种事可不能信口胡说。”

“我当时也这样责问官秀峰。你猜他怎样?他放下筷子，哈哈大笑说：‘你看你这人，大惊小怪的，这在京师已不算秘密了。’”

曾国藩想，朝中出了这样的太后不是好事，嘴上却说：“有这样了不起的太后，新主虽在冲龄，也大可放心了。”

“就因这样，不能放心。”胡林翼冒出一句怪话。

“为何?”

“倘若太后与肃顺一条心，那就可以放心，但现在恰恰是太后与肃顺面和心不和，两个都要揽权，都要自作主张，而皇上嫡母又是个懦弱无能的人，今后有戏看了。”

“哦，是这样!”曾国藩站起来，甩了两下手，在屋子里来回踱步。外患内乱，主少国疑，庙堂不和，时局维艰，他已预感到，或在热河，或在京师，很可能不久将有大事发生!

“涤生。”过了一会，胡林翼又神色凝重地说，“还有一桩事，也令我忧虑不安。”

“润芝，你都敞开说吧。你刚才说的这些，使我大有收益。”曾国藩重新坐到胡林翼的对面，说，“我这几年在外带兵，与京官接触甚少，筠仙、荇农、壬秋他们也不常来信，对朝廷中的事懵懂得很。”

“大行皇帝临终前指派了八个顾命大臣赞襄政务，却只字不提在京师办理夷务的恭亲王。大行皇帝这样冷淡才德兼备、广孚众望的亲弟，只怕会因此种下麻烦。”

“是啊，恭王，怎么能忽视恭王呢？”曾国藩十分钦佩胡林翼的精明，“哎，看来大行皇帝与恭王的疙瘩是至死未解呀！”

咸丰帝奕訢与其弟恭亲王奕䜣有何前嫌呢？

原来，奕詝十岁时，生母孝全太后便去世了，从此便由奕䜣生母孝静太后抚养。孝静对奕詝疼爱关怀，视同己出，又加之奕䜣只比奕詝小一岁，两兄弟天天在一起读书玩耍，亲如同胞。奕詝即位后，对奕䜣也另眼相看，关系远比五弟、七弟、八弟、九弟密切。

咸丰五年，孝静太后病重，奕詝天天看望，亲伺汤药。有一天，奕詝又去看望，太后正脸对着墙躺在床上，知有人来到床边，以为是奕䜣，说：“你又来做什么，我所有的东西都给了你。他性情不易知，不要引起他的怀疑。”说着转过脸来，见不是奕䜣而是奕詝，面露难堪。奕詝口里唯唯，心里却不是滋味。孝静死后，奕詝谥她为“孝静康慈弼天辅圣皇后”，不系宣宗谥，不祔庙，有意减杀丧仪。安葬孝静太后的第二天，便以办理皇太后丧仪疏略为名，罢去奕䜣军机领班之职，命回上书房读书。兄弟不睦开始公开。

后来，奕詝在热河行宫期间，又多次听人说奕䜣和夷有方，外人多信服，京中有拥奕䜣为帝的说法，故而对奕䜣更加提防，连奕䜣欲来行宫奏禀和议情况都予制止。然而奕䜣器局宏阔、识见开明，久为朝野所景仰，曾国藩更是特受他的赏识器重。

“今后说不定朝廷会出现太后、辅政大臣、恭王三足鼎立的局面，国家的事将更难办了！”胡林翼说完端起茶杯。他今夜话说得太多，胸部已隐隐作痛，两颊潮红，轻轻地咳起来。他小口小口地啶茶，一只手慢慢地在前胸抚摸。两人都不做声了。沉默一阵后，胡林翼说：

“来安庆前一天，我接到左宗棠的信。信上说，他日前游浮梁神鼎山，偶得一联，特为寄来，要我看后交你一看，请你替他改一改。”说着从袖口里抽出一个信套来。

曾国藩从信套里取出一张叠得整齐的宣纸，宣纸上的联语字迹锋芒毕露，正是左宗棠的亲笔。曾国藩轻声念着：“神所依凭，将在德矣；鼎之轻重，似可问焉。”联语字头，恰好嵌着“神鼎”二字。曾国藩脱口称赞：“好一副对仗工整的佳联!”

胡林翼微笑着不做声。

“神所依凭，将在德矣；鼎之轻重，似可问焉。”曾国藩又抑扬顿挫地念了一遍。忽然，两只三角眼里射出异样的光彩，凝神望着胡林翼，觉得胡林翼平和而带有病态的微笑里，似乎蕴藏着无限的机巧诡谲，联系到刚才他所说的那些话，曾国藩对这副联语的弦外之音已有所悟。但，这是可能的事吗？左宗棠能有那种非分之想吗？关于左宗棠的胆量，三湘士林中有一个传说。

那一年，陶澍回湖南，在醴陵渌江书院见到左宗棠书写的“春殿语从容”的楹联后，特邀左来相见。左大大咧咧地来到陶澍身旁，作揖时，恰巧碰断了陶澍胸前挂的朝珠线。一粒粒珠子立时掉下，撒满一地。倘若是一般二十几岁的平头百姓闯下这等祸事，早已吓得举止失措，左宗棠却无事般地弯下腰去，一边拾珠子，一边和陶澍说话，全不在意。陶澍亦为他的胆量所吃惊。

就是这样一个胆识超群的人，被压抑了二十多年，近几年才略舒志量，现虽自带楚军，不过曾国藩知道，左之志向决不在一个方面的将军。难道他想问鼎？曾国藩想到这里，浑身不自觉地颤抖了一下。手中只有万把人，就存这种想法，未免太狂妄不自量了。曾国藩下意识地摇了摇头。他想试探我？曾国藩立刻想起衡州出兵前夕，王闿运那番“鹿死谁手，尚未可料，明公岂有意乎”的话。实在地说，国乱民危，已有人揭竿在先，况且帝位为满人所据，怎能禁止人们的逐鹿之想？湘勇创建之初，王闿运便有那番话，现在湘勇将士近十万，威震天下，别人对自己有某些猜测也不奇怪。左宗棠虽说睥睨一切，可也不是莽撞粗疏之人，他怎么也会这样来试探我？

“润芝，季高这副题神鼎山的联语好是好，不过也有不当之处，暂且放在我这儿，容我考虑一下，我帮他改一改。”

“行！”胡林翼又从袖口里掏出一个信封来，“这里还有一副联语，是我送给老九的礼品。”

曾国藩正要打开，胡林翼用手按住：“暂勿拆，我先向你核实一件事。”

“什么事？你说吧！”

“我在来安庆的路上，听人说老九使了个计策，将投降的长毛一百人一批，分成一百批，轮流叫他们进屋领路费。进屋后，便由刀斧手捆绑，从后门押出砍了头，整整砍了一日一夜，杀了一万人。有这事吗？”

“是有这事。这是李臣典出的主意，事后老九有点悔，至今心里还有些不畅快。”

“好了，你可以拆了。”胡林翼笑着说，“我这副对联就是医他这块心病的药方。”

曾国藩扯开信封，对联只有十个字：“用霹雳手段，显菩萨心肠。”他立时笑从中来，大声说：“润芝，妙极了，有你这服药方，老九的心病即刻就会好。”

第二天，鲍超派人来请示，军营如何为大行皇帝举办祭奠仪式。曾国藩由此想起，湘军中的将领绝大部分都是这几年骤升的大官，不懂得国家定制，于是吩咐幕僚立即以他的名义代拟一个通令，发给大江南北各处带兵的将领，告诉他们：军营规矩和地方不同，大丧期间，军营弁勇不缟素，不蓄发，各守本职，照旧办事，往来文书亦不用蓝印，仅统兵大员在营外摘缨素服三日而已。各营各哨必须切切遵行，不可因大丧而误战事。

军事政事太多了，且加之又遇大变，胡林翼不能在安庆久住。两天后，曾国藩亲自送他到南门外码头。时间还早，二人并肩来到江边望夫岩上，眺望长江风光。曾国藩轻轻地说：“润芝，左季高的题神鼎山，我给他改了一个字，他可以放心大胆写出去，不至于招来闲言碎语了。”说罢，将前天那个信套送还给胡林翼。胡林翼抽出来看时，曾国藩在“似”字旁边点了一点，再添了一个“不”字，变成了“神所依凭，将在德矣；鼎之轻重，不可问焉”。

胡林翼看毕，放声大笑起来：“涤生，你真不愧为镜海先生的贤弟子，这一字之改，将左季高从九天云霄上推倒下来，掉到东海洪波里去了!”

“正要他在大海里洗洗澡，清醒清醒才好!”曾国藩也轻松地笑起来。

一阵江风吹过，胡林翼很觉舒畅。他纵目向东望去，只见江面上一只大木船正鼓满风帆，缓慢地向上游行来，船头船尾有七八个大汉在合力摇桨，不时传出有节奏的号子声，一群江鸥追逐着船边起伏的浪花，时而俯身紧贴水面，时而惊起高飞，欢快矫健，意趣盎然。这幅风景镶嵌在蓝天白云之下、浩浩长江之上，极富诗情画意。

胡林翼感叹地说：“难怪东坡说‘江山如画’，平时没有闲情，还真领会不出这句词的妙处哩！涤生，我做鄂抚，你做江督，我居江之腰，君居江之尾，我们齐心合力，扫净贼氛，使万里长江永远静谧如画!”

“润芝，你说得好，但愿早日海晏河清、国泰民安!”

二人正说得投合，忽然，一声响亮的汽笛传来，一艘挂着英国国旗的轮船追风破浪，箭一般地从下游驶来，转眼之间，便将那条木船远远地抛在身后。胡林翼瞪大双眼，不觉看得呆了。猛然，他哇地大叫一声，一口鲜血喷出，眼前一黑，从望夫岩上栽倒下来……

三　东南半壁无主，涤丈岂有意乎

这下把曾国藩吓慌了，连叫几声“润芝”，胡林翼没有睁开眼。亲兵赶忙把他抬到船上，曾国藩打发王荆七飞马去接医师。

正忙乱之中，从下游驶来一只大船，水师内湖统领彭玉麟由池州府赶来安庆。见此情景，忙来到胡林翼船上，与曾国藩见过面后，便守在胡林翼的身边。过一会，医生来了，忙了半个时辰之久，胡林翼醒过来了。他睁开失神的眼睛，望着站在眼前的曾国藩、彭玉麟，略微动了动嘴唇。彭玉麟想起梅小姑临终前的样子，也是这般憔悴干瘦，心里一阵难受。

“润芝，刚才还说得好好的，为何突然变得这样？”

“哎！”胡林翼服下两粒救急药，气色好了一点，“涤生、雪琴，我自知不久人世了，有一言要留给二位。”

曾国藩握着胡林翼冰凉的手，说：“润芝，这是什么话，你不过五十岁，报国的日子还长着哩！”

彭玉麟也说：“你素来身体强壮，这点小病，不要挂怀。”

胡林翼摇摇头说：“我自己清楚，我就要跟着大行皇帝去了。”说着，不禁凄然一笑。“长毛之乱，总在这两年可以平定，我不挂牵；我所担心的是，坏我大清江山的不是内贼而是洋人。涤生兄，你看刚才江上那艘铁舰，一副耀武扬威的样子，我十条百条木船都不是他的对手呀！”

胡林翼说到这里，一口痰涌上来，两眼紧闭，气接不上了。好一阵才又苏醒，拉着彭玉麟的手，气息低沉地说：“魏默深说过，‘师夷之长技以制夷’，这是真正的爱国志士的话，可惜这些年来没有谁去认真办。雪琴，我湘勇水师今后若要对付洋人，必须要有洋人那样的坚船利炮啊！”

彭玉麟双手握着胡林翼的手，用力地点了点头。曾国藩终于明白了胡林翼刚才昏厥的原因，十分感动。心想，十八省督抚都能有润芝这样的爱国之心和远见，中国何至于有长毛之乱，何至于有大行皇帝蒙尘热河，何至于有六岁孩童为天子的局面出现！偏偏这样的忠贞卓越之士，又不得永年！

待胡林翼稍微平息下来，曾国藩要亲兵抬胡林翼下船进城将息。胡林翼摇手说："我身为鄂抚，当此国丧期间，哪有心思在安庆养病！船上平稳，不会出事，让我早点回武昌去吧！"

曾国藩情知留不住，便命令医师跟船到武昌，一路好好照料，又要船尽量划得慢些稳些，这才依依不舍地和胡林翼告别。

曾国藩默默地站在码头上，直到船消失在烟波中，才转过脸来与彭玉麟寒暄。这时，他才发现彭玉麟浑身素服。

"刚才见胡帅这般样子，只怕真的如他自己所说的，不久人世了。倘若胡帅跟随大行皇帝而去，事情就更难办了。"

曾国藩默默点头，没有接腔。彭玉麟立时觉悟此地不是说话之处，便不再开口。

彭玉麟进了刚才胡林翼坐的轿子，随曾国藩进了城。来到督抚衙门，曾国藩带着彭玉麟进灵堂，行过哭临仪式后，再与曾国荃、曾贞干等人一一相见。饭后，彭玉麟一人进了曾国藩的卧室。在池州府听到咸丰帝去世的消息后，几天来彭玉麟想了很多很多，他准备慢慢地跟曾国藩谈谈，而曾国藩也有一件大事要征求彭玉麟的意见。

彭玉麟情感专注、持身谨严的品格，深得曾国藩的赏识，他们之间的关系不比一般。

"涤丈，夜里浑身痒得睡不着觉，如何过得？难道就没有药可治吗？"当曾国藩说起近来癣疾又发作了，常常痒得通宵不眠时，彭玉麟关切地问。

"此病已害了我三十多年，药渣都可堆满一屋了，总是好一阵丑一阵，不能断根，我也失去信心，再不吃药了。"曾国藩苦笑着说。

"涤丈，假使夜间有一个人替你搔痒，你会睡得安稳点吗？"彭玉麟忽然想起什么。

“从前在京师，纪泽娘就常常替我搔痒。有人搔，当然会睡得好些。”

“涤丈!”彭玉麟欲说又止，停了一下，还是说了出来，“我给您老买一个妾来，专替您老搔痒、洗衣、做饭。”

“买妾也难啊!”曾国藩摇摇头。但彭玉麟已觉意外：只是说难，并没有一口拒绝呀!

近年来，欧阳夫人几次在信中提到此事，说自己不能在身边服侍，不如买一个妾来，女人家究竟比粗手大脚的荆七要好得多。曾国藩婉谢了夫人的好意。

他并不是一个六根清净得完全不思女人的苦行僧。年轻时，他也曾对歌楼舞女有过浓厚的兴趣。湘乡县城挂头块牌的粉头大姑死的时候，曾国藩还为她送了一副风流挽联：“大抵浮生若梦，姑从此处销魂。”进京后，他想到自己贵为天子门生，言行要多加检点，后拜唐鉴为师，做了理学先生的门徒，更加规规矩矩，谨言慎行，自觉地将歌舞声色屏弃于千里之外了。带勇之后，他立志要事事身先士卒。兵勇久离妻室，又手握刀枪，故历朝历代，军纪再严的部队都不可能杜绝奸淫。曾国藩决心把湘勇练成一支军容整肃的曾家军，先从自己做起，不近女色。欧阳夫人劝他，不少分统、营官自己想带女人，也怂恿他买妾蓄婢，曾国藩一概予以拒绝。

这半年来，他觉得自己更为衰老了，衰老最明显的标志是目力更加减弱，读书写字不戴眼镜就不行，右目时常发痛，他真担心这只眼睛不久会痛瞎掉。精力不济，中午非得小睡片刻不可；到了傍晚，又得闭目在床上躺半个时辰，夜晚才能治事。尤其在癣疾发作时，整夜整夜睡不好，白天提不起精神来，倒不如真的去买一个妾来！但买一个好妾也不容易。

“不难!”彭玉麟见曾国藩松了口，很是高兴，“涤丈，你要个什么样的妾，我去给你买来。”

“我这样一个满身癣疾的衰老头，哪个年轻女子愿意和我在一起。”曾国藩笑着说。

“什么衰老头，涤丈是当今第一号伟丈夫。哪个女子能被涤丈看中，真是她的福气。您老说说条件看。”

“条件嘛!”曾国藩兴奋起来，血涌涌的，颇有点“老夫聊发少年狂”的味道，“模样儿只要周正就行了，千万不要太漂亮的，性情则一定要温顺平和，最好还得识几个字，能帮我清点清点文牍。”

“好，我去细细访求。您老说有要事跟我谈，何事?”

“雪琴。”曾国藩望着彭玉麟，深情地说，“自咸丰三年你辞别老母，屈从我创办水师以来，和厚庵一起，把水师办得有声有色，功勋卓著，不是我当面夸奖你，我朝二百年来，还没有这样的水师，也没有你和厚庵这样的水师统领。”

“涤丈言重了，水师即算是有成绩，也是您老之功，玉麟不过是您老帐下一名供驱使的校尉罢了。”

“你是大才，不能老为鄙人所屈。自翁同书革职以来，皖省巡抚之位空缺已久，现省城已下，宜早定主人，我拟向朝廷推荐你为皖抚，想你不会推辞。”

“玉麟深谢涤丈的器重，但皖抚一职，则万万不能接受。”彭玉麟的态度似无可商量的余地，使曾国藩深为奇怪。

“雪琴，这又为什么?厚庵和你一起办水师，早已当了提督，连邓翼升都已升了副将，你至今只是个三品臬司，我心里为你过意不去。”

“涤丈，玉麟不是热衷禄利之徒，这点想必涤丈也知。”

“正因为你不慕禄利，我才荐你；倘若是热衷钻营之徒，我就不得荐你了。”

“生我者父母，知我者涤丈。涤丈知遇之恩，今生今世粉身碎骨难以报答。”彭玉麟激动而恳切地说，“我虽诸生出身，其实并无经纬之才，近十年来在江湖波涛中出没，更把学业荒疏，把脾气弄坏，把性情弄慵懒了。我只能短衣芒鞋在船上奔波，耐不了大堂高座、簿书应酬的生涯。先前接受广东按察使，是看在只挂个名，现在要为皖抚，则不能挂名了。还有，”说到这里，彭玉麟稍稍犹豫了一下，“这个世道太令我失望了，您老有依靠一二人做榜样，移风易俗、陶铸世人的宏愿，我没有这个想法。”

“你近来有什么不愉快的事吗？”曾国藩听出彭玉麟话中有话。

“涤丈，您老听说了吗？何桂清就要无罪释放了。”

“有这事？”曾国藩惊愕起来。

“大学士祁寯藻、彭蕴章联络十七名一二品京官向皇上上书，说人才难得，请求宽免其罪，让他戴罪立功。”

“岂有此理！”曾国藩愤怒地站起来。

“祁、彭两个老头子还向皇上密奏，说让何桂清带二万绿营去围江宁，不能让湘勇得了攻下贼巢的首功，否则，湘勇将不可驾驭。”

“祁寯藻为何总是这样仇视我们湘勇呢？我跟他实在没有个人恩怨呀！”曾国藩想起祁寯藻数次在皇上面前进谗言的往事，心中又恨又怕。

“我们湘勇如此忠心耿耿地为皇上而与长毛血战，却要受到别人的猜疑；何桂清丢城失地，临阵逃命，反而被称为人才难得，且这些话出于所谓天下大老的两个大学士之口，尽管大行皇帝可能没有采纳他们的建议，但已足使志士灰心了。”彭玉麟两只手来回搓着，似乎要借此发泄胸中的积郁，“涤丈，这样贤愚不分、忠奸不辨的人把持朝政，我还去当什么巡抚？我感大人的知遇之恩，尽忠竭力统率水师，协助大人攻下江宁。一旦江宁打下手，我就回我的渣江去，不管什么官职我都不接受，践行我投军之初的诺言：以寒士出，以寒士归。”

“雪琴，你的高洁令我敬佩，但心不可灰。祁中堂、彭中堂固然糊涂，而朝政并不完全掌握在他们手中，且眼下大行皇帝远行，新主施政，自有一番除旧布新。”

“新主只有六岁，他晓得什么！”彭玉麟冷笑一声，压低声音说，

“涤丈，湘勇水陆军威大振，今又攻克安庆，全国军民莫不仰服。大丈夫当意气纵横，不可仰他人鼻息。今东南半壁无主，涤丈岂有意乎?”不待曾国藩回答，彭玉麟又说，“倘若涤丈有此心意，玉麟和全体水师愿效犬马之劳，虽赴汤蹈火，亦心甘情愿!”

如果说胡林翼、左宗棠尚只是试探的话，彭玉麟则是明目张胆地煽动。这种赤裸裸地犯上作乱的话，若不是骨肉之亲、生死之交，谁敢说出口?彭玉麟是把自己的一颗心剖了出来，捧给你啊！曾国藩本想亲切热烈地拥抱彭玉麟，但理智使他清醒。他只是用深沉的日光紧紧地盯着这位肝胆之友，面无表情、平平淡淡地说：“雪琴，你不要拿这种话来试探我！安徽巡抚一职，我明日就拜折推荐，请你不要再推辞!”

四　王闿运纵谈谋国大计，曾国藩以茶代墨，连书“狂妄，狂妄，狂妄”

胡林翼回到武昌后几天便去世了。噩耗传来，曾国藩哀伤不已，哭道：“润芝赤心以忧国家，小心以事友生，苦心以护诸将，天下再难找这样的好人了。”又亲撰一挽联：“逋寇在吴中，是先帝与荩臣临终恨事；荐贤满天下，愿后人补我公未竟勋名。”派贞干代表他带着挽联和奠金到武昌祭吊。

这时，骆秉章奉调督办四川军务。曾国藩去信，向他推荐刘蓉佐幕，并详告刘蓉之才可胜封疆大任。又与官文合议，荐李续宜为鄂抚、毛鸿宾为湘抚。

这时杨载福由湖口来安庆哭临，并与曾国藩道及“载福”二字犯了今上“载淳”的讳，拟改名岳斌。又说邓翼升本姓黄，幼年丧父，随母改适邓氏，遂从邓姓，现已升至副将，例应复姓归宗，请代向朝廷奏明。

曾国藩满口答应：“改名岳斌，是对皇上的尊崇；复姓归宗，是对祖宗的孝敬。这都是大好事。尤其是邓翼升的情况，湘勇中可能不少，要借此广为宣传，鼓励大家都来积功受赏，像他那样，由皇上亲颁复姓归宗，这样的孝子贤孙几多荣耀，几多风光！”

不久，从热河行宫陆续寄来上谕，嘉奖攻克安庆有功人员：曾国藩赏加太子少保衔；曾国荃加布政使衔，赏穿黄马褂；曾贞干免选本班，以同知直隶州尽先选用，并赏戴花翎；又谥曾国华为愍烈，以彰其为国捐躯的忠烈。国藩接旨又喜又惧，急速发密信至庐山，嘱六弟千万千万不能下山。曾国藩注意到上谕一改过去成例，直呼湘勇为湘军，这点尤使他欣喜。他想起过去在这件事上对王錱的指责，对左宗棠的规劝，觉得自己的谨慎稳重还是对的。今后可以堂而皇之地叫湘军，而不担心遭人讥责了！

三省巡抚的实授也下来了：皖抚彭玉麟、鄂抚李续宜、湘抚毛鸿宾，一概照曾国藩所荐允准。李、毛欢欢喜喜地上任了，唯独彭玉麟坚辞不受。朝廷拿他没办法，只得改授兵部右侍郎，调李续宜为皖抚，严树森为鄂抚。

接着又运来一箱新主颁赏的大行皇帝的遗念衣物。曾国藩焚香顶礼，对着北边跪拜后，命人将箱子打开。赏物包得很严实。外面一层牛皮，牛皮拆开后，又是一层毛毡，毛毡拆开后，遗念衣物出来了：冠一顶，以上红丝结顶；青狐胲袍一件；西洋精表一只，玉扳指一件，上刻“嘉庆御用”四字；淡黄东珠念珠一串；大小橘黄寿山印章石十枚。均注明系大行皇帝生前喜爱之物。曾国藩捧着这些遗念衣物，又大哭了一场。这是第二次得遗念物了。十二年前道光帝去世时，曾国藩以正二品侍郎身份领得一件春绸大衫。后来才知是件假的，真的早让太监拿走，高价出卖了。这次远在安庆，却得到如此多如此贵重的真品，怎不令他感激涕零呢？对他家兄弟四人的嘉奖，三省巡抚完全照他的推荐任命以及这箱遗念衣物的颁赏，这三件事使曾国藩深深感到，咸丰帝虽已大行，新主对自己依然眷顾甚隆，坚决地、毫不犹豫地拒绝胡、左、彭的试探，是非常正确的。皇家的天高地厚之恩，永远不应该忘记！

“大人，王壬秋先生前来拜见。”荆七进来禀报。

“他怎么到这里来了？”曾国藩正想着时，王闿运已经进来了。

“幸会，幸会！”一别七年，王闿运显得比过去成熟老练多了，倜傥不羁的性格中更增添几分轩昂的气概。这几年，王闿运以“衣貂举人”名扬京师。这里有个故事。有次肃顺上奏章，咸丰帝看后问“这篇奏章是谁写的？”肃顺答：“家中西席湖南举人王闿运。”咸丰帝又问：“此人为何不出仕？”肃顺答：“此人非貂不仕。”咸丰帝说：“可以衣貂。”当时规矩，二品以上的大员和翰林才可以穿貂皮衣。翰林品级虽不高，因为是天子门生，故也可以享受这种待遇。从那以后，别人就称王闿运为“衣貂举人”。

“湘军攻克安庆，闿运特来向宫保和九帅贺喜。”王闿运仍像当年那样，恭敬而又大方地笑着说。

“安庆虽光复，皇上却龙驭上宾，这种时候，说什么贺喜一类的话。”曾国藩和王闿运对面而坐，将他仔细地看了一阵。“听说你一直在肃中堂家当西席，为何有空到安庆来？”

“我离开肃中堂家有半年了，这一向一直在山东作客。”王闿运端起茶杯，喝了一口，忽然正色道，“大人，国家大乱在旦夕，闿运想求大人赐一良策以避风险。”

“壬秋此话从何说来？”曾国藩惊问。

“大人，不是晚生危言耸听，朝廷早晚必有大动乱。”王闿运平平和和地说，“大人，有人上折，叫两宫皇太后垂帘听政，你知道吗？”

小皇帝即位的第二天，便给嫡母钮祜禄氏上徽号曰慈安太后，给生母叶赫那拉氏上徽号曰慈禧太后。这就是王闿运所说的两宫皇太后。曾国藩不知有垂帘听政一事，他摇了摇头。

“龙皞臣现尚在肃中堂家，离济宁前，我收到他的信，信上说起此事。”王闿运拿出一封信来，双手递给曾国藩。龙皞臣信里提到御史董元醇上疏，建议皇太后垂帘听政；还提到恭王赴热河行宫吊丧，并说九月底大行皇帝梓宫回京等事。看来，局势的确越来越复杂。曾国藩沉默了好长一阵子，才慢慢吞吞地吐出一句话："我朝无太后临朝的先例。"

"正是大人所说的，不能行垂帘听政。"王闿运一副正气凛然的姿态，"纵观史册，凡女主临朝，国必大乱，晚生所忧正在此。"

在这点上，曾国藩与王闿运所见相同，但他不能像王闿运一样，如此毫无顾忌地直言。须知议论的不是前朝往事，而是当今太后，稍一不慎，就可能招致奇祸。他思索良久才说："肃中堂才干，世上少有，有他和其他七位王公大臣辅佐，哪里还要太后操心！"

"大行皇帝临终前授了两颗印信给两位太后，一颗印曰御赏，送给慈安太后，一颗印曰同道堂，送给慈禧太后。大行皇帝说，今后上谕必须经两位太后审阅，前盖御赏，后盖同道堂，方可发出。"

王闿运这几句话，解开了曾国藩心中的大疙瘩。这些日子发来的上谕，上面都盖有这两个印章，他一直不解这是何故。他暗暗地想：大行皇帝此事办得欠思量，倘若顾命大臣拟的旨与太后意见相左如何办呢？不料，王闿运把他心中的顾虑挑明了："大人，假使肃中堂办的事与太后完全一致，那就好办，或者太后不管事，只履行钤印手续也好办，但偏偏那慈禧太后也有才干，好师心自用，今后有戏看了。"

曾国藩的心开始紧张起来，自古天无二日，民无二主，大事必得圣心独裁才是。太后、顾命大臣共同处理政事，的确会增加许多麻烦。皇上一贯英明，为何这事又不英明呢？

"大人，我想总有一天，太后会借她六岁儿子之口，对肃中堂他们下毒手的。"王闿运漫不经心地说。曾国藩的手却突然像被马蜂刺了一下似的抖起来。

"没有这样的事，不要乱说。"话虽严厉，但语气缓和，脸上亦无愠色。

"大人，肃中堂力矫弊政，重用汉人，尤其重用大人和湘军，是我大清兴盛的栋梁。但肃中堂也有致命的弱点，他权欲太重，心胸狭窄，我看他早晚要出事。”

曾国藩不愿意看到肃顺垮台，这对他、对湘军都是不利的。他微笑着对王闿运说：“肃中堂于你有知遇之恩，你应该指点他一下，在这个关键的时刻帮他的忙。”

“肃中堂这个弱点我说过多次，但没有引起他的重视。这次我特地从济宁日夜兼程赶到安庆，就是想请大人为国家，为肃中堂，也为湘军办一件事。”王闿运恳切地说。

“我为他办什么事?”曾国藩意识到此事非比一般。

“大人。”王闿运正了正身子，以素日少见的严肃态度端坐在椅子上，托出他一番深思熟虑的计划来，“当今天下形势，处在一触即发之时。肃中堂等辅政八大臣，如同卧危楼、游浪尖，随时都有灭顶之灾。以晚生看来，肃中堂一旦下台，则中国局面将无人可收拾。那时，发捻乱于内，夷人侵于外，我大清二百年江山岌岌可危。大行皇帝辞世以来，朝廷嘉奖之隆、赏赐之厚，宫保为第一人。可见无论是两宫皇太后，还是辅政八大臣，在对宫保的依畀上是一致的。故晚生环顾朝野，今日能救我大清者，唯有宫保一人而已。现在皇太后不甘于览奏钤印之虚位，要垂帘干预国是。御史明奏，太后机心，依晚生之见，均不足以制服肃中堂等。一则祖制重于泰山，二则肃中堂乃大行皇帝托孤大臣，上谕煌煌，阖朝共知。但皇太后会走出一步棋来，这步棋为大行皇帝之失误，而肃中堂又失察，那便是与京师恭王联络，叔嫂合谋，政变于宫闱。”

曾国藩神情肃然起来，他暗自佩服王闿运对局势看得深透，分析得精辟。

“本来，”王闿运换成平缓的口气，条理井然地说下去，“大行皇帝应该牢记周公辅成王的古训，效法本朝多尔衮辅顺治爷的先例，任命恭王为摄政王，将幼子托付与他，再嘱咐肃中堂尽心协助恭王。这样尽管新主冲龄，政局会确保稳定。大行皇帝已去，自然不能再苛论，当今之计，只有宫保自请入觐，申明祖制，说明不能行两宫垂帘听政的道理，再与肃中堂一起谒见恭王，务请恭王以社稷为重，泯灭前嫌，辅佐新主。这样，上有贤明至亲之摄政王，下有干练威断之肃中堂，外有手握重兵之曾宫保，大清朝廷即使遭遇暴风骤雨之袭击、天崩地裂之灾祸，也可上下同心，朝野协力，共度危难，稳如磐石。如此，大人对国家的贡献，将远胜攻取一城一地，千年青史，将永标大人忠贞为国之赤心！”

王闿运越说越意气昂扬，曾国藩则越听越冷静。眼前这个聪明异常的书生，为肃顺计，可谓远谋深算，处心积虑，但他毕竟是个年轻的书生，阅世尚浅。以肃顺之性情，他要执掌国政大权，岂会自请恭王当摄政王？说不定大行皇帝没有要恭王摄政，正是出自肃顺的主意！与肃顺谋此事，无异与虎谋皮，自讨苦吃。再说，肃顺跋扈，积怨甚多，恭王愿不愿意与他共事，也很难讲。若自请入觐申明祖制，肃顺、恭王两边讨不讨得好尚不可预卜，先得罪了两个皇太后，却是肯定的事。以慈禧太后之为人，得罪她岂有好处！现在是太后、顾命大臣、恭王三方在明争暗斗，三个方面不管谁胜，都必定要依靠自己，何必要介入这中间呢！在安庆静观时局变化，以不变应万变，乃是目前的最佳态度。主意打定，曾国藩笑着说：“壬秋，你的想法很好，但我一个外臣，岂能干预朝政？再说前线军事瞬息万变，也不允许我离开。”

曾国藩的断然拒绝，如同寒冬中一盆冷水劈头浇到王闿运身上，立时蔫蔫搭搭的，半天说不出话来。但王闿运并不死心，定定神后，他又托出第二个计策：“大人，你还记得咸丰四年正月，在衡州出兵前夕，晚生对大人讲的那番话吗？”

怎么可能不记得呢？当年王闿运那番说辞，使初带兵的曾国藩为之心跳血涌。现在，他已久历沙场，连克名城，对胡、左、彭的暗示规劝，他处之泰然，王闿运那番话，至今想起来，也不过如此。曾国藩似有似无地点点头。

“若大人觉得晚生刚才所说的不妥当的话，大人可在安庆首举义旗，为万民做主。以大人今日之德望之实力，晚生可以担保，不仅天下响应，四方影从，就连肃中堂也会心悦诚服地拥戴。”说到这里，王闿运偷偷地看了一眼曾国藩，只见他安然坐在案桌边，低着头，若无其事地以手蘸茶水在桌面上画着。王闿运暗思：这回可能动心了。他兴致高涨：“肃中堂常说，满人糊涂不通，不能为国家出力，唯知要钱，国家遇有大疑难事，非重用汉人不可，尤其敬仰大人……”

“大人，折差送来重要信件。”荆七进来，打断了王闿运的话。

“好，我就来。”曾国藩起身，对王闿运说，“你来得正好。早几天，安庆城里一个姓曹的秀才，自称是曹子建的后人，送了一页子建的手书给我。你是行家，帮我鉴定一下，看是不是真迹。”

待曾国藩出了门，王闿运走到案桌边，只见曾国藩刚才以茶代墨写的字尚未干，仔细看时，竟是一长串“狂妄，狂妄，狂妄”！王闿运摇摇头，嘴角边泛出一丝苦笑，心头涌起一股悲凉。

五　离国制期满还差两天，彭玉麟领来一个年轻女子

原来，折差送来的是军机处抄的廷寄，对苗沛霖攻占寿州一事咨询曾国藩：剿，还是抚？

都是胜保坏了大事！看完廷寄后，曾国藩在心里狠狠骂道。这几年，苗沛霖在皖北招兵买马，广建圩寨，不臣之心充分暴露，但胜保欲挟以自重，一直庇护着他。上月，寿州邑绅孙家泰、徐立壮奏苗跋扈。苗大怒，发兵攻下寿州，挟制正在寿州城内的前皖抚翁同书。胜保向朝廷告急，他惧怕事情闹大，不可收拾，请求安抚苗。

“对苗沛霖决不能安抚，必须趁此机会宣布他背叛朝廷的大逆之罪，彻底消灭，以除隐患。”曾国藩对赵烈文说，“惠甫，你就按这个意思拟一份奏稿。”

“假若朝廷接受大人的意见，派湘军剿苗沛霖呢？”赵烈文一贯遇事想得深远。

“湘军不能分兵，要集中力量打金陵。苗沛霖今日之所以敢于与

朝廷分庭抗礼，实是袁甲三、翁同书等人养痈遗患，理应由他们收拾乱局。你写明：请皇上责成胜保、翁同书讨伐苗沛霖，收复寿州。”让他们去混战吧！曾国藩心里得意地笑着。

王闿运在安庆住了几天，见曾国藩再不跟他提起国事，自觉没趣，留下“我惭携短剑，真为看山来”的诗句，带着曾国藩送给他的程仪，回湘潭云湖桥看他的老母妻儿去了。他刚离安庆，京师便传来惊天动地的消息：两宫皇太后联合恭王，废去了顾命八大臣，载垣、端华自尽，肃顺弃市，恭亲王任议政王，两宫垂帘听政，从明年起改国号为同治。

曾国藩为自己的谨慎稳重而暗自庆幸。王闿运则从此与官场告别，专心致志去做他的名山事业，刻意寻访奇才，决心将自己满腹帝王之学传与弟子，留待后人。

紧接着，从京师频频寄来上谕：“钦差大臣两江总督曾国藩统辖江苏、安徽、江西三省并浙江全省军务，所有四省巡抚提镇以下各官悉归节制。”“曾国藩以两江总督协办大学士。”“曾国藩节制四省，昨又简授协办大学士，其敷乃腹心，弼予郅治，朕实有厚望焉。”接到这一封封上谕，曾国藩受宠若惊。他自己尚不知道，之所以有这一系列隆重圣眷，还有一个重要的原因。

肃顺垮台后家被抄，从家里抄出几大捆书信。由于肃顺炙手可热的权势和有意笼络，各省督抚、带兵的将军都统，个个都与他书信往来密切，且信中极尽谄媚言辞，而唯一没有在肃府留下字迹的只有曾国藩。这件事使两宫皇太后和恭王大为感叹，故而引为腹心。曾国藩有感于依畀太重，一再恳请辞去节制四省之职，朝廷则一再不允。他只得挑起这副重担，日夜与文武僚属商议归复金陵大计。偏偏癣疾又一次大发，弄得他苦恼不堪。

这天午后，曾国藩强打精神批阅文书，忽然觉得眼前一亮，彭玉麟带着一个年轻女子走进来。

“涤丈，您老看看这个妹子如何？”彭玉麟笑吟吟地指着低头站在一旁的女子问。这以前，彭玉麟已带来过三个女人，曾国藩都不满意，或嫌其粗俗，或嫌其丑陋。这个女子一进来，便给他一种好感：身材匀称，步履端庄，那副羞答答的样子，既显得安详，又有几分迷人。

“把头抬起来。”曾国藩轻轻地命令。那女子把头抬了一下，觉得对面的老头眼光很阴冷，又赶紧低垂。曾国藩见她虽算不上美丽，却也五官端正，尤其是眉眼之间那股平和之气很令他满意。“叫什么名字？”

“小女子名叫陈春燕。”

嗓音清亮，曾国藩听了很舒服，又问：“今年多大了？”

“二十二岁。”

“听你的口音，像是湖北人？”

“小女子家住湖北咸宁。”陈春燕大大方方，口齿清楚，完全不像以前那几个，要么是吓得手足失措，要么是忸忸怩怩，半天答不出一句话。曾国藩心中欢喜。

“家中还有哪些人？”

“有母亲、哥嫂和一个小妹妹。”

“父亲呢？”曾国藩问。

“父亲前几年病死了。”陈春燕的语调中明显地带着悲伤。

是个有孝心的女子。曾国藩心里想，又问：“你父亲生前做什么事？”

“是个穷困的读书人，一生教蒙童糊口。”

听说是读书人的女儿，曾国藩更高兴：“那你也认得字吗？”

“小女子也略为识得几个字。”

“雪琴，谢谢你了！”

“涤丈收下了！”彭玉麟如释重负，欢喜地说：“明天我带大家来向涤丈讨喜酒喝。”

“慢点，慢点！”曾国藩叫住彭玉麟，问：“百日国制未满吧？”

“今天刚好百日，您老就放心让陈春燕侍候吧！”彭玉麟笑着边说边出了门。曾国藩伸出指头点点掐掐，便将春燕留下来了。

夜晚，疲劳一天的曾国藩回到卧室，发觉房间大变了样：屋子打扫得干干净净，桌上文书整理得整整齐齐，床上铺垫摆得清清白白。

春燕提着一大桶热水上来，轻柔地说："请大人洗脚。"

"你怎么知道我有这个习惯?"曾国藩吃惊地问。

"小女子问过彭大人，他说大人有睡觉前烫脚的习惯。彭大人还说，大人临睡前要吃点甜软的东西，如稀饭、鸡蛋汤，平日喜欢吃鱼，吃新鲜蔬菜，吃湘乡土制的盐姜、干菜，饭后还喜欢散步。"

"你真细心。"曾国藩拉着春燕的手，亲热地望着她。春燕感到，曾国藩眼中射出的是柔和温馨的眼神，完全不像白天的冷峻阴森，人也显得年轻些。

"春燕，我是个衰弱的老头子，全身都长满了蛇皮癣，你跟我睡觉怕吗?"

"大人是人人敬慕的英雄，小女子能服侍大人，这是小女子的福气。"

春燕的答话使曾国藩大为高兴，他觉得已消失多年的脉脉温情又悄悄地生发了，一边抚摸着春燕细腻的手心，一边和蔼地说："春燕，你今日作了我的妾，便是我曾家的人了。我要把家里的事情跟你说说。"

曾国藩将脚浸泡在热水中，慢慢地对春燕说起了他的家庭，从高祖讲到妻子："欧阳氏是我的结发妻子。在娘家时，岳父凝祉先生给她取的名字叫秉钰。十八岁时，从衡阳嫁到我家，那时我二十三岁。她是个命好福大的人。过门第二年，我便中了举人。也就在这一年，她给我生了大儿子祯第。过了几年，我又中进士点翰林。道光二十年，她带着儿子来到京师。湖南到北京三千多里，儿子又小，一路辛苦颠簸，也多亏了她。"

曾国藩说到这里，想起此时正在荷叶塘老家的欧阳夫人，突然对她产生一种又是感激又是负疚的心情。春燕也在思考着：想不到这个带兵打仗的大人物，对妻子竟是这样一往情深哩!

“夫人多次来信，要我在外面讨个妾，说粗手粗脚的荆七，如何能代替得了心思细致的女人！每次我都拒绝了她的好意。我明天要写封信告诉她，说我接受了她的劝告，纳了一个端庄温和的小妾，请她放心。”

春燕感觉到，自己丰软的手被曾国藩干瘦的手抓得紧紧的。她的心在怦怦跳动。“端庄温和”四个字，使她略有一丝幸福的感觉。

“你放心，夫人不会欺负你的。”曾国藩的声调变得轻轻细细的、温温润润的，眼睛专注地望着春燕的脸，又抬起手来，抚摸她油黑发亮的头发。春燕脸红了，心跳得更厉害。

过了好一会儿，曾国藩的手离开春燕的头发，重新以平静的语调说：“祯第三岁上死了，得的是痘症，和他一起去的，还有我九岁的满妹。现在的老大纪泽，其实是老二。纪泽今年二十三岁，比你大一岁。这孩子像他妈，温情有余，刚强不足，不过也还诚实聪明，肯发愤读书，今后虽然说不上有大出息，但也不会给曾家丢脸。这点我很放心。他先前娶了贺耦庚先生的满女。耦庚先生，你知道是哪个吗?”

春燕摇摇头。

“是的，你是不会知道的。”曾国藩淡淡一笑，“耦庚先生病逝的时候，你才只几岁人。他是我们湖南一个顶有名的大官，做过贵州巡抚、云贵总督，学问也极好。他的兄弟蔗农先生也是进士出身，做过御史、知府，晚年在城南书院当山长，用心培育人材，左季高就很得过他的教益。贺家虽不如二十年前的鼎盛，但仍旧是长沙第一大家族。”

曾国藩不厌其烦地介绍贺家的情况，陈春燕不觉得他是在夸耀亲家的显贵，而是在她跨进曾家大门的第一天，就把作为一个曾家人所应具备的知识告诉她。春燕对此很是感激。她的心不再急跳了。她半低着头，眼睛望着水桶，聚精会神地听着。

“贺妹子命苦，过门第二年就难产死了。接生婆说，肚子里怀着的是个男伢，可惜呀！纪泽念着她，一直不肯再娶。他娘不知劝过他多少遍，直到前年，才娶了刘孟蓉的二姑娘。孟蓉是我多年来相交最深的朋友，他是个顶好的人。”

春燕用手探探泡脚的水。水有点凉了。她起身说：“大人，水不热了，我再去烧点来。”

“好吧，不要烧多了。”

一会儿，春燕提了半壶滚水过来，加在木桶里，水温升高了，曾国藩觉得很舒服。

“刘妹子过门三个年头，生了两胎。头胎是伢子，只活到半岁就夭折了。二胎是个妹子，刚生出来就憋气憋死了。纪泽夫妇很伤心，我写信安慰他们：死生有命，不要太悲痛，年纪轻轻的，还怕今后没有崽女？”

曾国藩微微地笑了，陈春燕也悄悄地笑了一下。猛然间，她想到了自己，她希望今后能多生几个儿子；那样，她才能在曾家有地位。

“纪泽下来，夫人一连生了五个女儿。大姑娘叫纪静，嫁的是我翰林院的好友湘潭袁芳瑛的大儿子秉桢。秉桢人聪明，但好玩乐，看来今后难得成器。二姑娘纪耀嫁的是我的同年茶陵陈岱云的儿子远济。远济这孩子可怜。生下只有几天，娘就死了，寄养在我家，一岁多才接回去。他自小失去亲娘，没有人娇惯，所以还能吃苦，也懂得自爱。咸丰三年岱云在池州府殉国，远济还只九岁多。夫人见他无父无母，很是怜爱，便常常接他到荷叶塘去住。今年上半年，远济虚岁刚交十八，夫人就急忙让他与纪耀完了婚。三姑娘纪琛，许的是罗山的二儿子兆升，四姑娘纪纯许的是郭筠仙的大儿子刚基，都还未过门。五姑娘不满一岁就死了，得的是痢疾。接下来是二儿子纪鸿。这孩子长得肥头大耳，虎虎有生气，大家见了都喜爱。翰林院学士郭雨三硬要把他的三女许给纪鸿。他的三女比纪鸿大一岁。夫人说，纪鸿学曾祖父、祖父的样，娶个大一点的老婆，以后好照顾。我想也有道理，就订了这门亲事。所以，纪鸿一岁时就有了老婆。”

曾国藩开心地笑起来。春燕也觉得有趣，抿着嘴陪他笑。

“夫人最后一胎是个女孩，取名叫纪芬，今年虚岁十岁，还没有许人。满妹子长得厚厚墩墩的，是个有福有寿的相，今后要为她寻一个好丈夫。”

曾国藩絮絮叨叨地讲着。夜已很深了，他毫无倦意。春燕静静地听着，一点一滴都默默地记在心中。她觉得眼前的这个半老头子，并不是世间传说的那样威严可怕，他其实也是一个普普通通的男人，他对自己的家，对自己的老婆儿女有着深切的爱。作为女人，春燕喜欢这样的男人。

洗完了脚，曾国藩坐到桌子边，开始写日记。他将春燕今日入室行礼作为一件大事，郑重地写上了日记簿。为了确证今日正是百日国制期满，他对着日记一天天地倒指头。从七月十六日数起，数到今天——十月二十四日，不觉大吃一惊！无论怎样满打满算，今天也只是第九十八天，离期满还差两天！

“怎么这样糊涂！”曾国藩暗暗地骂了一句。他想起这些日子来朝廷对自己的破格隆遇，心中有一股浓重的负罪感，“这如何对得起天地君父！”

“荆七！”他大声呼喊。王荆七不知出了什么事，从隔壁房子仓皇而至。“你把春燕带到客房去睡！”

春燕一听，吓得浑身发抖，忙跪下哭道：“大人，小女子犯了错，任大人打骂，只求大人不要将我赶出去。”

“我没有赶你出去。”曾国藩苦笑道，“只因离百日国制期满还差两天，我不能留你在我的卧室中，待过了这两天，我再让你进来。”

“大人，何必这样认真呢？”荆七终于明白了原委，心里真觉得好笑。他嬉皮笑脸地劝道：“姨太太已经进了屋，你就让她在这房里陪你睡觉，瞒两天不公开就是了，何苦要她去睡客房，一个人冷冷清清的。”

“胡说!”曾国藩瞪了荆七一眼，吓得他忙说：“是，是。小人这就带姨太太去。”荆七刚走两步，曾国藩又叫住了他：“你安排好姨太太后，火速赶到江边彭大人船上，就说是他把日期弄错了，我已将陈春燕送至客房，二十七日下午，我在衙门招待各位便饭，正式宣布纳春燕为妾!”

第五章／幕府才盛

一 《挺经》。“如夫人”与“同进士”。五百两银子洗冤案

有陈春燕的精心照料，曾国藩的饮食起居大有改观，精神状态好多了，癣疾也日渐好转，每天夜里也能安稳睡上两个时辰了，中午再小睡片刻，一天到晚显得神采焕发。曾国藩没有料到，春燕对他有如此大的帮助，心里充满对她的感激。时常给她点钱，要她寄回咸宁老家去，补贴老母和哥嫂。闲时也跟她讲点前朝故事和身边发生的琐碎事，春燕很爱听。过去只知道他是威风凛凛的湘军统帅，杀人不眨眼的曾剃头，与他相处久了，春燕逐渐看出曾国藩也有细腻体贴的一面，尤其是对小事细节的思虑周到，春燕自认她这个女人亦不及。她对曾国藩由敬生出不少爱来，她希望早点生个一男半女，既讨得丈夫的欢心，又可以使自己在这个显赫家族中站住脚。

安庆城自古以来便是皖省第一大镇，这里水陆交通便利，物产富饶，人文发达。曾国藩最崇敬的文人姚鼐，就出生在离安庆不远的桐城县。桐城文派曾影响过全国，也对曾国藩影响甚深。近一二十年来，桐城文派日趋衰微，曾国藩为此痛心。好了，现在有一个较安定的省城和一大片归于自己治理的土地，两江总督是有义务，也有力量对桐城文派起衰救疲的。为了向文人学士们表达这个心愿，他特地下令，为因战乱，死而未葬的桐城名士方东树、戴钧衡、苏厚子等人举行隆重的安葬仪式。下葬那天，他亲率全体幕僚参加，并为他们撰写墓志铭，盛赞他们的道德文章。这一举动，使所有文人们感激涕零。不仅要挽救桐城文派，曾国藩还要挽救整个两江的世风吏治，并以两江作为基地，造成一个好风气，推广到全国去，从而实现自己的最高理想，做一个像周公、孔子那样的人，将整个国家治理为一个风俗淳厚、人心端正、四海升平、文明昌盛的社会。曾国藩知道这一理想的实现，光靠自己一人不行，要有成百上千个志同道合的人一同去做，那样才可以使举世为之和，天地为之应，酿成一种气氛，造成一种形势。

为此，他一方面向朝廷上奏，请选择一批品学兼优的六部官吏和新科进士来安庆，他将视其才情，因量器使；另一方面广贴告示，多发书信，向全国招延人才。听说功高震世的两江总督思贤若渴，爱才如命，短短的几个月里，从京师，从地方，甚至从偏僻的边徼之地，怀着各种目的的文人武夫纷纷来到安庆。武夫来了，曾国藩或当面考核，或叫将官测试后，立即派往军营，能干的马上就可做什长哨长，一般的则充当勇丁。文人来投的，曾国藩不管多忙，一律亲自接见，与之交谈。在察言观色中掂量着来人的斤两。这些人，大部分派往三省各州县，对其中较为杰出的人，则留在自己的身边，经过一段时期的熏陶、栽培，再予以重用。即使是那些毫无一技之长，或不中意的人，曾国藩也好言勉励，打发盘缠让他们回去。

曾国藩又亲自作劝诫浅语十六条。其中劝诫州县四条，上而道府，下而佐杂以此类推：治署内以端本，明刑法以清讼，重农事以厚生，崇俭朴以养德。劝诫营官四条，上而将领，下而哨弁以此类推：禁骚扰以安民，戒烟赌以儆惰，勤训练以御寇，尚廉俭以服众。劝诫委员四条，向无额缺，现有职事之员皆归此类：习勤劳以尽职，崇俭约以养廉，勤学问以广才，戒骄惰以正俗。劝诫绅士四条，本省乡绅，外省客游之士皆归此类：保愚懦以庇乡，崇俭让以奉公，禁大言以务实，扩才识以待用。每条下又详作一百余字的具体说明。曾国藩命人分别写在四块一丈高四尺宽的大木板上，插在总督衙门大门两旁。一时引得安庆府里的人都来观看，齐声称道湖南来的总督为官正派，办事有方。派到各地的官吏委员，初时还有所畏惮，不敢放肆，时间一久，便近墨者黑，同流合污了。只有留在身边的幕僚，一来本有不少操守较好的人，二来处在曾国藩的严密监视之下，不能乱来。两江总督幕府，一时人物茂盛，才俊众多。

每天早晚两次正餐，曾国藩常和幕僚们在一起吃饭。席上，国事、兵事谈得少，大多谈学问文章、野史轶事，甚至街谈巷议。这一天早上，两江总督衙门餐厅里，曾国藩又和幕僚们一起有说有笑地吃早饭。

“十年前，恩师只是一个以文名满天下的侍郎，这十年间，恩师创建湘军，迭复名城，门生不知，天下士人亦不知，恩师何以能建如此赫赫武功?”问话的是浙江德清才子俞樾。道光二十七年，俞樾参加会试复试，曾国藩是阅卷大臣。诗题为“淡烟疏雨落花天”，俞樾的试帖，首句为“花落春仍在”。曾国藩读后激赏之，称赞道：“咏落花而无衰飒意，与‘将飞更作回风舞，已落犹成半面妆’相似，他日所至，未可限量。”遂将俞樾拔置第一。俞樾为报答曾国藩的知遇之恩，将自己所作的诗文集命名为《春在堂集》。曾国藩一到安庆，他便弃官前来投奔。

“是荫甫在问吧！我告诉你，我有一个秘诀，今天传授给你，你千万莫轻授别人。”曾国藩微笑着，放下筷子，大家都笑了起来。俞樾说：“请恩师传授，门生决不外泄。”

“外人都不知，我有一部兵书，是一位道行精深的仙师传给我的。凭着它，我才能带兵打仗，由文人行统帅事。”

幕僚们第一次听曾国藩讲仙师授兵书的事，都很惊讶，不少人脑子里立即浮起鬼谷子传书给苏秦、圯上老人赠书给张良的传说，还有人想起《水浒》里九天玄女送书给宋江的故事，大家将信将疑，都聚精会神地听下文。

“这部兵书名叫《挺经》。”曾国藩端起小汤碗，慢慢地喝。

“《挺经》?”幕僚中有人小声地念着。有的在交头接耳，悄悄地议论：

“好奇怪的书名。”

“从没听人说过。”

“《挺经》有二十四条经文，我先给你们讲第一条。”曾国藩放下小汤碗，右手作五指梳，缓缓地梳理着胸前的长须，慢悠悠地说，“荷叶塘有个老头，一天，家里来了贵客。老头叫儿子到蒋市街买酒菜款待客人。儿子挑一担空箩筐出去了，一直到太阳偏西还不见回来。老头子急了，自己出门去找。在半路一丘水田田塍上遇到了儿子。”

曾国藩说到这里停下来，又端小碗喝汤。大家尖起耳朵听着，不知老头的儿子买东西和“挺”有什么关系。“谁知儿子担着一担东西站在那里，在他对面也站着一个挑担子的人。两人你望着我，我望着你，都不动。老头一见急坏了，板起面孔骂儿子：‘你这不成器的东西，家里等你的酒菜，等得人都跳起来了。你却死了一样地站在这里不动，你到底要做什么?’儿子委屈地说：‘他不让我过去。’老头对那人说：‘兄弟，你下田放他过来吧！’那人怒道：‘你好偏心！你为什么不叫他下田，放我先过去呢?’老头说：‘兄弟，你人高，他人矮，你可以下田，他不能下田；再说你是杂货，他是吃的东西，你的货可以浸水，他的货不能浸水。’那人越发气了：‘你看不起我的货！他小我大，他越要让我，我不能让他。’老头也气了：‘罢，罢！只有我下田了。’老头脱去鞋袜，站到水田里，用手托过那人的担子。这才把那人打发了，和儿子挑着担子回来。这就是《挺经》中的第一条。”

曾国藩微笑着闭住嘴，大家听后似懂非懂。俞樾说：“恩师，您老刚才讲的只是《挺经》中的一条，还有二十三条呢？”

“今天只讲这一条，以后再慢慢地讲给你们听。”曾国藩端坐着，不再说话了。大家继续低头吃饭，一边嚼着饭菜，一边也在咀嚼着这条经文的含义。二十二岁的桐城才子吴汝纶，先是抱着听传奇故事的心情来听《挺经》的，现在觉得乏味，他一贯耐不得沉默，左右张望了一眼，指着旁边的武昌古文家张裕钊对大家说：

“诸位发觉没有，廉卿兄的头发都变青了。”

张裕钊虽只三十九岁，却头发花白，他不满意自己未老先衰，昨天特地染了。于是众人的眼睛都转向正在吃饭的张裕钊，弄得张裕钊很不好意思。

“陆展染须发，欲以媚侧室。”吴汝纶调皮地背了两句南朝何长瑜的诗来讥笑他。

“我哪有什么侧室啊！”张裕钊大笑起来，望了一眼对面的李善兰说，“我看壬叔兄比我大十多岁还满头乌发，不染，对不起他呀！”

大家都笑了起来。笑过后，曾国藩说：“挚甫提到侧室，我倒想起一件事。前几天有人跟我说，‘如夫人’失对。我想了几天想不起，你们想想有什么好的下句。”

“有！”曾国藩话音刚落，吴汝纶便急着嚷起来。

“快说呀！”大家催促。

“同进士！”吴汝纶冲口而出。

“对得妙！”有人喊。

曾国藩听了，脸色一变。俞樾看在眼里，暗暗骂道：“这个鲁莽的吴挚甫，卖弄小聪明，这下闯大祸了。”他沉下脸，举起筷子指着吴汝纶说：“你混说些什么！”

这时，吴汝纶才意识到失言了，满脸通红，局促不安。

“挚甫，你帮我解了一个大难题。”曾国藩很快恢复常态，脸上露出真诚的笑容，“今后好好努力，桐城出了你这样才思敏捷的后起之秀，桐城文派的振兴大有希望。”

听了这句话，吴汝纶和在座的全体幕僚无不感动不已。吴汝纶心想：今天假若是遇到黄祖那样的人，说不定无意之间便把脑袋丢了！

“中堂大人，您老说起桐城文派，我记起前天接到吴南屏的信。”说话的是二十六岁的年轻人黎庶昌，贵州贡生，以上书论时事受朝廷重视，派来安庆军营。曾国藩见黎庶昌气宇不凡，古文尤其作得好，甚是喜爱，便留在幕府中，黎庶昌与吴南屏是文字之交的好友。

“南屏信里说了些什么？”曾国藩一向看重吴南屏的文才。吴南屏为人疏懒，极少写信，这次来信，必有要事。

“他说要与中堂打官司，先叫我露个信给您老。”黎庶昌的话把大家的注意力都吸引过来了，一齐停下筷子注意听。

“他有什么事要跟我打官司？”曾国藩不解。

“为《欧阳生文集序》一文。”黎庶昌答。

前两年，欧阳兆熊将其早逝的儿子欧阳勋的文章汇编起来，刻了个集子留作纪念。欧阳勋曾向曾国藩请教过学问，于是欧阳兆熊便请老友作篇序言。那时曾国藩还在建昌，一口答应。

“这篇文章犯着他什么了？”曾国藩觉得有趣，笑着问。

“吴南屏说，他对中堂未经他允许，就将他列入桐城文派在湖南的传人大为不满。他说一则根本就不存在桐城文派，二则他素不喜欢姚鼐，中堂硬要把他划为姚鼐派，他很愤慨。还说什么果以姚氏为宗，桐城为派，则中堂之心，殊未必然。”

“哈哈哈！”曾国藩大笑起来，他想起咸丰二年回湖南，在岳州城里听欧阳兆熊讲“岳州四怪”的往事，真是个“怪才吴举人”！

“我说什么事，就为这个。莼斋，你给他回一封信，就讲曾某人说的，他吴举人的大名列入桐城文派传人一案已定谳了，他要跟我打官司，会无人受理。最好还是照我们荷叶塘有钱人的样子，拿出五百两银子来贿赂我，我再写篇文章，为他洗刷这个冤案，私了算了！”

当黎庶昌还在作古正经地说“南屏是个穷书生”的时候，满厅幕僚早已捧腹笑开了。

“大人，有两个士子要拜见。”荆七进来说。

“好！叫他们稍等一下，我换了衣服就来。”曾国藩起身，四面扫了一眼，客气地说，“大家慢慢吃，我失陪了。”

二　今日欲为中国谋最有益最重要的事情，当从何下手

过一会，曾国藩穿戴整齐，坐在小客厅藤椅上，赵烈文、杨国栋、彭寿颐等人分坐两侧。他拿起放在茶几上的两张名刺，见一张上写着：长洲王韬紫诠。“这是个名士呀！”曾国藩笑着说。

“此人在上海墨海书馆替洋人做了十多年的事。”赵烈文说。

“墨海书馆？”杨国栋问，“那不是跟壬叔在一起共过事吗？”

“是的。”彭寿颐回答，“李壬叔说起过他。”

“此人怎样？”曾国藩问彭寿颐。

“据李壬叔说，此人聪明异常，中文洋文都很好，但生性放荡，喜寻花问柳，是个唐伯虎、祝枝山式的人。”

曾国藩一听这话，心中便有三分不喜。正说着，王韬走了进来。曾国藩见他长得矮胖臃肿，眉毛粗黑，两只鱼泡眼松松垮垮的，没有神采。“酒色之徒。”曾国藩心里说。

“拜见中堂大人！”王韬在曾国藩面前叩头。

“请起请起！”曾国藩起身回礼，指着旁边一个座位说，“紫诠先生，请这里坐。”

“听说紫诠先生在墨海书馆多年，翻译了不少洋文书，这是桩好事呀！”待王韬坐定后，曾国藩先开腔。

“也是混口饭吃而已。”墨海书馆是英国传教士麦都思在上海创办的一家印书铺，当时读书人都不屑于与洋人打交道，王韬说的是实话。

但听曾国藩一称赞，又高兴得很，便将墨海书馆的情况，向曾国藩简略地禀报了一番。

“他们用机器印书，一天印多少张?”曾国藩问王韬。

“一天可印七八千张。”

“啊！这么多!”赵烈文轻轻地叫了一声。

“一架机器抵我们五六十个人了。”曾国藩笑着说。

说了一阵墨海书馆后，曾国藩问：“先生到鄙人这里来，有何事见教?”

王韬望了赵、杨等人一眼，说：“在下有一要事跟中堂大人说，请屏退左右。”

“不必了，你讲吧!”曾国藩淡淡地答复。

“好吧，请恕在下直言。”王韬碰了一个软钉子，心上飘过一丝不快，他将身子略向前倾，对曾国藩说，“大人今日拥重兵，居高位，其身虽荣耀，而其势却危殆。”

“你这是什么意思?”曾国藩拉长着脸，两眼冷气逼人。

“中堂大人，”王韬似乎没有看见曾国藩面孔的变化，继续说下去，“大人精通典籍，熟读史册，当知蒯通劝韩信事，而今日事正与当年同。清廷、太平天国、湘军好比当年的刘、项、韩。湘军助清廷，则清廷强；助太平天国，则太平天国兴。大人何苦要为别人出力？不如既不为清廷，亦不为太平天国，让他们两虎相争，最后由大人来收拾残局。这是大人你的最好选择。”

从王韬刚进门的那一刻起，曾国藩便对他的印象很不好。心想：他居然敢以素昧平生之身份，赤裸裸地劝我行非分之举，他把我看成什么人了？曾国藩压住心中的厌恶，铁青着脸说：“紫诠先生，你我素不相识，你不了解鄙人。鄙人是宁愿遭到韩信那样的下场，也不会背叛朝廷的!”

说着端起茶杯，荆七见状，高喊：“送客!”

王韬怀着一肚子希望而来，没想遇到这样的冷遇，只得沮丧着起身告辞。走到门口，他对天长叹一声：“不料两千年前的故事又要重演了！”

“大人，此人有一技之长，留下能起作用。比如我们今后要请洋匠传授军火技艺，他可以当翻译。”杨国栋并不认为王韬有什么过错，倒是觉得曾国藩的态度太冷淡了。

“此人虽不护细行，但究竟有点薄名，又懂洋文，本可留下他做点事。但他偏偏不安分，野心不小，思维怪诞，这种人留在我身边，是一个大隐患。两江总督幕府不能有这样的僚属。”曾国藩将端起的茶杯放下，他其实并没有喝。

“大人，我看王韬非等闲之辈，大人既不用他，不如杀掉，免得他投靠长毛，为虎作伥。”赵烈文谏道。

“惠甫，你把他看得太高了。”曾国藩冷笑道：“此人不过一无知妄人而已。我料他此生成不了什么事，你们放心好了。”

他顺手拿起茶几上的另一张名刺，对荆七说：“叫容闳进来。”

当容闳跨进门槛的时候，曾国藩便盯着他仔细打量起来：这是个三十三四岁的中年人，中等偏低的身材，眉粗眼大，颧骨很高，嘴唇的棱角极为分明，皮肤呈淡棕色。他与常人的最大区别，是脑后没有辫子，一头黑发齐耳剪得短短的。“是一个武将的料子。”曾国藩心想。待那人走到身边，曾国藩又以犀利的眼光将他认真地看了一遍。

“你就是容纯甫先生吗？我这是第三次邀请，你才肯赏光来呀！”曾国藩不待容闳通报，便先说话了，脸上无一丝笑容。

“总督大人息怒，我是个商人，与长毛做过生意，怕大人加罪于我。”容闳一口广东官话说得不熟练，他有意放慢点，好让人听懂。

“我三番两次叫人，而且叫你的朋友写信请你来，我难道会加罪于你吗？我知道你曾向长毛上过书，你的那份上书我已看过，我不认为你是勾通长毛，倒觉得有爱国之心。我明白告诉你，你给长毛建议的七条，除以《圣经》为主课这一条外，其他六条我都能接受。”

容闳大为惊讶。两年前，他和两个美国传教士一起到太平天国考察，在苏州、常州等地，他亲眼见太平军军纪好，人民安居乐业，对太平天国的印象是好的。一进天京，与太平天国的高级官员接触交谈后，他失望了。他发觉那些天国要员们一个个观念陈腐，见识鄙陋，且争权夺利，结党营私，容闳断定这批人成不了事。其中稍有点头脑的是干王洪仁玕。容闳在香港时就认识他，算是天国最高领导层中有新思想的人了。容闳向他提出七点建议：一、组建良好军队，二、办武备学堂，三、建海军学校，四、建人才政府，五、创办银行，六、以《圣经》为主课，七、设立各种实业学校。这七点建议，干王未给他任何明确答复，却送给他一个黄缎小包袱。容闳打开一看，是一颗四寸长、一寸宽的印，上刻“太平天国卫天义容闳”九个字。容闳对此哭笑不得，便把印依旧包好，放在客房里，悄悄离开了天京。以后，他在江西、安徽一带做茶叶生意，不管是官方还是太平天国，只要有生意他就做。李善兰、华蘅芳、徐寿早闻其名，多次向曾国藩推荐。一直到第三封信上，容闳感其诚，遂来拜访。他不曾料到，这个号称理学名臣的两江总督，对自己这套从西方搬来的设想竟然赞同！

“洋人的轮船枪炮的确比我们厉害，这是事实，我们要向洋人学习。你提出办学校，这是个好主意。我们今后还要派出更多的人到外国去学习，学成后归国，把我们自己的国家也慢慢建设得富强起来。容先生，听说你就是从小出的洋？你在外国住了多少年？”

“我七岁时便在澳门跟随英国传教士古特拉富夫人读书，十九岁时到美国，在耶鲁大学学习，在美国住了八年。”容闳答。

“你是个人才。”曾国藩的脸上开始露出笑容，“国家正需要你这样的人才。你愿意在我手下当一名将官吗？”

“在大人麾下当个军官，当然是很荣耀的。”容闳起身，笔挺笔挺地站着。“不过，我从未经过军旅之事，也没学过军事学，不能胜任。”

曾国藩对容闳刚才这个举动甚为满意，湘军中没有这样素质的将领。“我看你的长相必定是个良好将材，因为你的目光威棱，一望便知是个有胆有识之人，一定能发号施令，驾驭士卒。不过，既然你不乐意，我也不勉强。你今年多大了，授室了吗?”

“我今年三十四岁，已娶妻生子。”容闳答。

“你愿意在我的幕府里做点别的事吗?”曾国藩的语气不知不觉地和蔼多了。

“这要看总督大人安排我什么样的差事。”

凡到总督衙门里来的人，无论才高才低，莫不卑词谦容，像容闳这样讨价还价的还没有过。曾国藩反倒喜欢他这种不曲意逢迎的性格，心想这大概是洋人教育的结果。一时想不出适当的差事，于是转而问：“容先生，依你之见，今日欲为中国谋最有益最重要的事情，当从何着手?”

“总督大人，你提的问题是一个很大的问题，我尚未很好考虑。”容闳重新坐下，思考片刻，说，“当今最重要最有益的事，我想莫过于仿照洋人的办法建一个机器厂。”

“我看最好建一个机器母厂。”杨国栋插话，“由这个母厂再制造各种各样的机器，然后用这些机器去造枪炮子弹、战船战车。”

“对，这位老爷说得对!”容闳高兴地说，“我的想法正是这样，犹如母鸡生蛋似的，有了这样一个母机厂，过了十年八年，中国就可在全国各地建造许许多多的工厂。如此，中国就会跟外国一样地强大了。”

“容先生，你的建议很好!你就住我这儿，不要再做茶叶生意了，和壬叔、雪村、若汀等人细细地筹办此事。大致规划一下，建造一个这样的机器厂，要买些什么样的机器，需要多少银子。商量好了，我请你再到美国、英国去辛苦一趟，带着银票去，把母机买回来。”曾国藩替容闳想到了一个差事。

曾国藩的这番话简直使容闳震惊!今天是他归国七年来最兴奋的一天。他似乎觉得，多少年来在异国他乡所设想的富国强兵的计划，正在迈开最关键的第一步。

三　你还记得初次见我的情景吗

几天后，兵部火票递来一份明发上谕："浙江按察使着李元度补授。"曾国藩接到这份上谕后甚是恼火。

原来，李元度祁门请罪不赦之后，一气之下，从粮台索回欠饷，将平江勇解散，径直回湖南去了。不久，圣旨下达，李元度被革去徽宁池太广道员职。曾国藩期望李闭门思过一段时期后再来找他。谁知李元度却又跟王有龄联系上了，募集八千人，号称"安越军"，浩浩荡荡地由湖南开拔，经江西进浙江，沿途又在义宁、奉新、瑞州一带打了几场胜仗。江西巡抚毓科向皇上请功，皇上赏他布政使衔。进入浙江后，王有龄为长期留住这支军队，又竭力向皇上保荐，于是有了这道上谕。李元度不服管束，不讲交情，三番两次明目张胆地背叛湘军，投入一贯对湘军怀着敌意的何桂清集团，这种以中行待老友，以智伯待怨仇的行为，使曾国藩由恼而怒，由怒而恨，过去患难与共多年的友谊已不复存在了，结儿女亲家的答谢诺言也不必兑现了，这两三年逐渐压抑下去的偏激性情又乘隙而生。他不要幕僚代笔，亲拟一份奏章，给李元度列举三条罪状：一为革职后不静候审讯，擅自回籍；二为义宁、奉新、瑞州无贼情，亦无接仗，系冒禀邀功；三为赴浙途中节节逗留，贻误战机。并承认自己用人不明，保举有误，请皇上将李元度交部严处，永不录用。

曾国藩由此想起李鸿章为李元度说情之事。为失地将领说情固然不对，但李鸿章离开祁门一年多来，袁甲三、胜保、德兴阿、王有龄等人多次邀请他，许以重保，李鸿章都不为之动心，宁愿在江西赋闲，宛如那年在建昌旅馆候见时一样。与李元度的见异思迁比起来，李鸿章的一片忠心是多么地难能可贵，何况其才其谊又都在李元度之上！曾国藩想到这里，立即派彭寿颐带着他的亲笔信，前去饶州府接李鸿章来安庆。

李鸿章来了。他对恩师的认识，比恩师对他的认识还要深一层。他知道，恩师虽以理学名臣誉满朝野，但绝不是一个迂腐的理学先生，既深谙历代权臣的用人之术，又有自己一套识别、考察、培育、驾驭、笼络人才的办法，被训斥而改换门庭的人会令其恨之入骨，相反，疏远之后仍忠心不改的人，则会获其加倍的重用。曾国藩的这一手，果然被李鸿章看准了。年家子、受业生，再加上精明、才情和忠心，使李鸿章重入曾国藩幕后，受到了这位权绾四省的恩师的格外垂青。

这时，陈玉成受苗沛霖之骗，死于胜保之手，而李秀成以苏福省为基地建设第二个小天堂的事业，则达到鼎盛时期。整个苏南，除冯子材驻扎的镇江城及上海一隅之地外，全部土地都在李秀成手里。李秀成注意发展经济，实行轻税制度，赢得了广大农民的拥护。农民作歌称赞："毛竹笋，两头黄，农民领袖李忠王，地主见他像阎王，农民见他赛过亲娘。"苏州、常州市民纷纷建牌坊，表达他们对忠王的崇敬。李秀成又在江西铅山收容了从西征路上撤退回来的石达开部将童容海、朱衣点等二十万人，军势益发壮大，随即一举攻克杭州，王有龄被迫自杀。太平军在苏南、浙江一带如火如荼的声势，使上海日夜处在惊惶之中。

上海是中国第一富庶之城，每月仅厘金、捐输的收入就达六十万两银子，外国人麇集此地，以何桂清、薛焕为首的江浙逃亡官吏和以钱鼎铭为首的江浙逃亡士绅也都聚集在这里。洋人和官府都组织了武装力量，试图阻挡太平军向上海进攻，其中最著名的是美国人华尔指挥、全用洋枪洋炮武装的中外混合军——常胜军。但毕竟力量不足，于是公推钱鼎铭前往安庆，请曾国藩速派湘军来上海。

饷银极缺的曾国藩，绝对不能眼看上海落入太平军之手，他派人火速赶到荷叶塘，要正在家休养的九弟担负这个任务。曾国荃不答应。他的眼睛盯着江宁城。攻下安庆后，曾国荃认为自己既有攻城的本事，又是天下第一福将，打江宁非他莫属。这一点，曾国藩也有同感，见他不去，也就不勉强了。九弟不去，再派谁去呢？曾国藩将手下带兵的将领一一掂了掂：李续宜是个病夫，鲍超是个莽夫，都不能担此重任；张运兰、萧启江均非大将之才；贞干不能独当一面；至于多隆阿、韦俊，从来就不能算是心腹，这样的大事，岂能放心让他们去干；彭玉麟、杨岳斌固然适宜，但既然要成全老九的天下第一功，岂能又折他的水师辅翼！

一连几天，曾国藩为之寝食不安。这天吃完晚饭，他有意走出城外，远一点去散步。时已深秋，草木凋零，安庆城外一片萧条。曾国藩触景生情，脑子里浮起宋玉悲秋的名句："悲哉，秋之为气也，萧瑟兮草木摇落而变衰，憭栗兮若在远行，登山临水送将归。"蓦地，他想起自己投笔从戎，已历八九年了。这些年来，朝廷耗资数万万两银子，调集近百万军队，从广西打到江苏，而长毛却总不能扑灭，反而闹得更红火起来。天心何时才能厌乱，百姓何时才得安宁呢？而自己未老先衰，湘军暮气已生，有生之年还能重睹太平吗？一时间，曾国藩心乱如麻，忧沮悲伤不能自已。他干脆拣了一块干净的石头，坐下歇息，荆七在一旁站着侍候。

曾国藩眯起老花眼睛，向四周无目的地张望。远远地看见两匹快马扬着灰尘，从西边山坡边奔来，一溜烟进了城门，后面有三条狂跑乱叫的黑狗在追赶。曾国藩对马上骑手的剽悍艳羡不已。

"荆七，骑马的人是谁，你看清楚了吗？"

"好像是李观察和他的弟弟昭庆，可能是从西山打猎回来。"刚才那两人的骑术，也引起了王荆七的注意，他一直目送着他们进城。

"噢！"曾国藩轻轻地应着。是的，前天李昭庆来安庆，李鸿章还带着他来请安哩！李鸿章六兄弟：瀚章、鸿章、鹤章、蕴章、凤章、昭庆，个个既秉书香门第的文雅秀美，又兼淮北民众的强悍劲气。昭庆说他和三哥鹤章，在庐州招募了一千多乡勇，护卫桑梓，大大小小也打过三四十次仗，手下也有一批能干人。说话间，少年峥嵘之色时露，曾国藩很是欣赏。一个念头在心里悄悄泛起：派李鸿章去上海如何？但眼下他无一兵一卒，能在短期内组建起一支军队吗？

曾国藩回到衙门，将这个想法与赵烈文商量。赵烈文完全同意，并说出两个更为重要的理由来：一是曾家门第太盛，军权太大，要谨防谤谳，预留后路。趁着现在兴旺时期，让李鸿章出来建一支淮军，名为另立门户，实为一家。万一今后曾家有不测，湘军有不测，只要李鸿章在，淮军在，大局则不会破裂。二是河南、皖北捻军势力很大，江宁克复后，主要的敌人便是它了。仗打得久，军营习气必然滋生，且湘军不服北方水土，今后平捻，还得靠由皖北招募的淮军。赵烈文这两个理由一说出，曾国藩不由得心悦诚服，为自己身边有如此远见卓识的人才而高兴。尽管作为自己的传人，李鸿章还有许多不足之处，但权衡利弊，只有他最为合适了。曾国藩不再犹豫，他要为目前的救上海之危，更要为以后的百年大计，把李鸿章全力扶植起来。

听说要由自己去招募淮军，援救上海，李鸿章比当年中进士点翰林还要兴奋。他十分懂得乱世年头，有枪便是草头王的道理。上海一个月光厘捐就是六十万，拿出一半来，就可以养五万精兵了；手中有五万精兵，谁还奈何得了！

李鸿章兴冲冲地将招五万淮军的计划向曾国藩禀报时，却遭到当头一盆冷水："少荃，将在谋而不在勇，兵在精而不在多，这条古训你都忘记了？"曾国藩严肃地说。"一次招募五万，泥沙俱下，鱼龙混杂，必然正经人少，无赖之徒多。你看长毛，动辄十万二十万，有时甚至号称百万，其实都是乌合之众，稍一遇挫，便四散逃走了。这样的兵，再多有什么用！徒靡费粮饷罢了。你这次回庐州募勇，一定要以我和罗山先生过去招募湘勇的办法，募那些有根有底、朴实勤苦的种田人，油滑的市井游民，纵然聪明伶俐也不可要。"

"恩师指教的是。"李鸿章忙点头不迭，"那我先招两万。"

"两万也多了。"曾国藩摇摇头。

"一万何如？"

"先招五千。"曾国藩伸出一只巴掌。

"好，我就先招五千！"乖觉的李鸿章忙点头应允。心里想：到了上海，有了银子，打开了局面后，招多少还不由我！

“恩师，大家都说您会相人识人，门生想请您传授一点识别兵勇的办法。这次回去，好多挑选些有出息的官兵来。”

“相人识人，奥妙甚多，复杂得很，不是一两句话可以说得清的，有些还不能言传只能意会，关键在相者识者的阅历。我曾经编过几句口诀，念给你听听。”曾国藩微笑着说，“邪正看眼鼻，真假看嘴唇，功名看气概，富贵看精神，主意看指爪，风波看脚筋，若要看条理，全在言语中。”

李鸿章轻轻地背诵了一遍，说：“这几句口诀简明扼要，只是门生愚陋，觉得空泛了些，好比说真假看嘴唇，究竟什么样的嘴唇是真，什么样的嘴唇是假呢?”

曾国藩大笑起来：“这就难说了。方才我讲的，只可意会不可言传，就是指的这些，要靠自己去揣摩。东坡说世上有许多事，只可了于心，不可达于笔，这相人识人一事最是如此。不过，你问的是识别兵勇，这是相人术中最简单的，我就跟你细说几句吧！”曾国藩捋着已变花白的长胡须，正色道，“第一看五官，以双目神不外散，鼻梁直，嘴唇厚为最好。第二看皮肤，以肤色粗黑，双手茧多为最好。第三看说话，以木讷寡言为最好。主要是这三条，其他都是次要的。”

曾国藩的三条相勇标准，给李鸿章很大的启发。他恭恭敬敬地说：“门生一定按恩师所教的，挑选五千精壮淮军前来。”

李鸿章的父亲李文安官至刑部督捕司郎中，记名御史，他和哥哥瀚章又在外面做官，故李家在庐州颇著威望，加以鹤章、昭庆这几年在家办团练，与其他团练首领交往很多，当李鸿章振臂一呼时，便应者云集，没有几天，应招的乡勇就达到五六万。李鸿章不敢违背老师的意志，按照那三条相勇标准，从中精选了五千人，组建成十营，由李家多年的好友张树声、张树珊、张树屏三兄弟和周盛波、周盛传两兄弟及刘铭传、潘鼎新、吴长庆、鹤章、昭庆十人为营官，依次命名为树字一营二营三营、盛字一营二营、铭字营、鼎字营、庆字营、鹤字营、昭字营。二十天后，李鸿章便带着五千淮军齐齐整整地开进了安庆，在金保门外操兵场上，接受两江总督的检阅。

曾国藩见五千勇丁绝大部分粗壮结实，颇为满意；但十个营官，仅潘鼎新为举人出身、鹤章昭庆出自读书人世家，其他七人或为盐枭，或为马贩子，或为无业游民，或为乡间土霸王，中有两三人竟然一字不识，曾国藩对此很是忧虑。好在这些营官均武艺超群有统驭士卒的威严，既已组建成军，并开到安庆，曾国藩也就不再说什么了。钱鼎铭心急如火，见军队已建好，巴不得他们立刻飞到上海，便以十八万两银子的高额代价雇了七艘洋船，要将五千淮军一次运走。

如此气魄宏大的调兵遣将，令四方震动，淮军将士人人自觉很阔气风光，湘军将士个个眼红，巴不得哪天也开开这个洋荤，安庆百姓更是从未见过这个世面。一大早，江边码头上，便老幼扶携，人山人海了。

南门外上下三层的怀宁酒楼，是安庆城最大的酒家，三天前便开始谢绝一切客人，忙忙碌碌地作准备，这里将要为开赴上海的淮军举行盛大的饯行宴会。

辰时起，怀宁酒楼前的草坪上便陆续停下一顶顶呢轿、一匹匹骏马。到了午正，宽阔的草坪便被轿、马挤得水泄不通。这时，一队卫兵过来，清出一条两丈宽的过道。接着，一队长轿缓缓抬来，在草坪边停下。从打头的绿呢轿里走出今天宴会的主人——钦差大臣、协办大学士、太子少保、兵部尚书衔节制四省军务两江总督曾国藩。他头戴正一品红珊瑚顶戴伞形红缨帽，身穿绣有仙鹤补子的绀色九蟒五爪袍，脚套粉底皂缎靴，下轿后，在过道口站定，并没有开步。紧接着，从第二顶蓝呢轿里走下今天饯行的主要对象——按察使衔、福建延津邵道道员、淮军统领李鸿章。他今天头戴正三品蓝宝石顶戴红缨帽，身穿绣有孔雀补子暗红九蟒五爪袍。跟着，从各色轿里相继走出李续宜、杨岳斌、彭玉麟、鲍超、多隆阿、康福等一班文武僚属来，都一色的朝服，没有品级的也换上簇新的衣帽。湘军中的老营官哨官们记得，如此隆重的盛会，只有武昌城颁赠腰刀那一次。待大家都下了轿，曾国藩伸出右手，对李鸿章说："少荃请!"

李鸿章一听，慌得满脸通红，忙说："恩师请，门生随后侍候。"

曾国藩笑着说："今天为你饯行，理应你走在前。"

李鸿章急了，连声说："恩师请，恩师请!"

见曾国藩仍笑着站立不动，李鸿章深深地一弯腰，说："恩师今天给门生这样大的脸面，门生粉身碎骨不足以报答。"说到这里，李鸿章激动得泪水盈眶。

曾国藩点点头，似对这句话很满意，便不再谦让，迈着惯常稳重的步伐，走进怀宁酒楼，李鸿章和彭玉麟等人随后跟着。

怀宁酒楼的一、二两层楼里摆下三十桌酒席，那里早已坐齐湘淮两军营官以上的将领，以及安庆官场上的要员、乡绅名流，还有钱鼎铭及七艘洋船的船长等等。曾国藩、李鸿章一行刚进门，等候在一楼的人便纷纷起立肃迎。曾国藩微笑着伸出手来，对着大家挥动几下，然后登上楼梯向二楼走去。二楼只摆了五桌，这里的人物身份更高一些，上首一桌特为给曾国藩、李鸿章等人留着。曾国藩刚一落座，热气腾腾的各色菜肴便不断上来了。

徽菜与粤菜、川菜、湘菜、浙菜、闽菜、苏菜、鲁菜齐名，号称为中国八大菜系。安庆城酒店里的菜肴，更是徽菜的代表。尽管这座城市脱离战火还不过半年光景，因为总督衙门和湘军统帅部设在这里，旧官新贵云集，尤其是那些在战场上发了横财的湘军将官们，抱着"醉卧沙场君莫笑，古来征战几人回"的心态，一有机会来到安庆，便把它当做烟花温柔之乡，毫不吝啬地将大把大把的银钱抛向酒楼妓寮，故而刺激了安庆城在废墟上很快地形成畸形的繁华。苦难中的安徽人民，从皖南皖北蜂拥向这座长江边的古城，其中尤以厨师和少女为多。徽菜这朵肴苑奇葩便在这片土地上重新开放。

徽菜向以烧炖为主，讲究真本实料，火功到家，菜肴明油味浓，色泽红润，滋味醇厚，汤汁清纯。怀宁酒楼的徽菜，公认为安庆府里第一号。今天，老板和厨师们有意趁着这个百年难遇的机会，好好地表演一番，把怀宁酒楼的名气传到全国去，甚至想借洋船长之口远播海外。厨师们使出浑身解数，精心烹调，老板站在厨房门口，每出一道菜，都要亲口尝一尝，点头了，才端出去。酒席上无论是冷盘热菜、烧炖汤汁，道道菜还都体现了徽菜风味。席上一片赞赏之声，连那几个不惯中国饮食的洋船长也伸出大拇指，喜得十几个跑堂脸上流油，脚底生风。徽菜中拿手压轴戏是水族菜。打听得酒席的主人最爱吃水物，今天传统的荷包鲫鱼、清蒸鲥鱼、蟹烧狮子头、咸水虾更是做得令人叫绝。厨师们别出心裁地在这四盆水族菜上，用红萝卜丝摆出“福”“禄”“寿”“禧”四个字，招得酒楼上下满堂喝彩！

为助酒兴，老板还从戏班子里请来了戏子。只见一旦一生正在对唱黄梅小调《夫妻观灯》：“胖子来观灯，挤得汗淋淋，瘦子来观灯，挤成一把筋；长子来观灯，挤得头一伸；矮子来观灯，他在人缝里钻。我夫妻二人向前走哎，观灯观人好开心！”风趣的唱词，滑稽的动作，再配上动听的黄梅调，把醉醺醺的客人们乐得捧腹大笑。此时此刻，他们哪里还想得起就在安庆城外，贫瘠动乱的安徽大地上，数百万人正在死亡线上挣扎，到处是哀鸿遍野、饿殍满地的惨象！宴会进行到火热的时候，曾国藩举杯对大家说：“诸位在这里宽怀畅饮，我和少荃到三楼茶室里叙叙师生之情。”

说着，携起李鸿章的手走上三楼。

三楼早已布置好了一个精致的茶座。一把古色古香的宜兴茶壶里泡着碧青的婺源绿茶，几上摆着八色时鲜果品，曾李二人相对而坐。

李鸿章激动地说：“恩师为门生举办这样隆重的送别仪式，令门生没齿不忘。不管今后发生什么变化，有一点决不会改变，那就是，鸿章今生今世永远是恩师的门生，是年伯的犹子。”

曾国藩微笑着点点头，没有做声。过一会儿，他望着窗外寥廓江天，深情地问：“少荃，你还记得初次与我见面的情景吗？”

“记得，记得。”聪明过人的李鸿章完全没料到，老师会突然间提出这样一个不着边际的问题来，他诚惶诚恐地回忆道，“那是道光二十四年秋天，正是京师最好的季节，门生那年二十二岁，第一次随父亲进京。进京的当天晚上，父亲便对门生说：“我有个湖南同年，道德文章胜我十倍，明天带你去拜他为师。第二天一早，父亲便带我到碾儿胡同来拜见恩师。”

“你那天穿一件不合身的夹绸长袍，怯生生地站在我的面前，红着脸喊了声年伯后就不做声了，像个大姑娘似的。”曾国藩开心地笑着，笑得李鸿章不好意思起来。

“门生从未见过世面，那时恩师在我的心目中，犹如半天云端中的神一样，高不可攀。”李鸿章说着，自已也禁不住笑了。

“少荃，你还记得我当时正在读什么书吗？”对那天的情景，曾国藩记忆犹新，他有意考考眼前的门生。

“记得，记得。”李鸿章立即答道，“恩师那天读的是《史记·高祖本纪》。”

“你为何记得这样清楚？”曾国藩兴趣浓烈。

“恩师那天对门生说，平生最喜《庄》《韩》《史》《汉》四书，四书中又最爱《史记》，《史记》中尤爱读《高祖本纪》，故门生记得。”

曾国藩微笑着点点头：“少荃，我再告诉你，《高祖本纪》中我最爱这几句话：已而吕后问：‘陛下百岁后，萧相国即死，令谁代之？’上曰：‘曹参可。’问其次，上曰：‘王陵可。’”

李鸿章终于明白了曾国藩的用心，他从座位上站起来，虔诚地说：“门生永世不忘恩师的栽培，不负恩师的厚望。”

“这就好。”曾国藩指着空位子说，“你坐下，我还有很多话要对你讲。”

“门生聆听恩师教诲。”李鸿章坐下，两手合着夹进两腿缝隙之中，犹如当年在碾儿胡同受教时一样。

“少荃，我问你，上海的情况你清楚吗？”

“关于上海，门生略知一二，不知恩师要问哪方面的情况?”自从得知要组建淮军救援上海后，李鸿章便以他一贯的精细作风，立即通过各条途径对上海作了深入的研究。

“你先说说上海目前的防守。”

“上海目前的军事力量，大致有五个方面。”李鸿章条理清楚地说，“一为朝廷在上海的防兵，原为苏抚薛焕的第三标，经过扩大后有近四千人。后来，从扬州、镇江、杭州陆续去了一些人，再加之薛焕就地招募的乡勇，朝廷的防兵总共在三万左右。”

“薛焕那人很可恶，他派滕嗣林到湖南募勇，幸而寄云来信告诉我。对他不起，我将滕嗣林所募的四千人全部留下了。”寄云是湘抚毛鸿宾的字，他是曾国藩的同年。

“薛焕眼红湖南人能打仗，也想自己建一支湘军。”李鸿章继续说，“二为团练，因系按亩出丁，人多，估计总在十万左右。三为英法洋兵，他们专为保护本国在上海的租界，有三千人左右。四为华尔为头领的华洋混合的洋枪队，有五千人。五为中外防务局，由英国参赞巴夏礼发起，主持者为上海官绅中的头面人物，有钱有物，但无军队。”

李鸿章对上海的军事力量了如指掌，令曾国藩很满意。暗思：这种精细程度，不仅老九远不及，就是自己也不一定比得上，真可谓青出于蓝而胜于蓝。

“这五个方面的军事力量，你打算主要依靠哪一方面?”

“门生将主要依靠华尔的洋枪队。”李鸿章略为思考后回答。

“对了，你的想法很好。”曾国藩含笑赞许，“这就是我要跟你说的第一件事。到上海后，必须跟洋人处好关系。守住上海，不让它落到长毛手里。在这点上，洋人与我们的利益一致。华尔的洋枪队能打仗，远胜薛焕手下的绿营，今后要和华尔协调作战。洋人到中国来，不是要江山。咸丰十年八月洋人入京，不伤毁我宗庙社稷。目下在上海、宁波等处助我攻剿发逆。二者皆有德于我，我中国不宜忘其大者而怨其小者。但对洋人，我也一贯存有戒心。我向来不主张借洋人之力去收复城池。自古以来借外人之力办事者，事成后遗患甚多，不可不引起注意。所以你到上海后，用洋人的军事力量有个原则，即用之守上海则可，用之帮助收复其他城池则不可。洋人本性贪劣，诛求无度，这点你心里要清楚。总而言之，与洋人打交道，离不开四句话：言忠信，行笃敬，会防不会剿，先疏后亲。你懂得这个意思吗？"

"恩师是说用诚信之心与之相处，只用其力保上海，刚开始时不宜跟他们亲密，以防他们鄙视，待我军打出威风后，洋人自然会靠拢我们的。"李鸿章像诠释六经经义似的，对老师的话加以阐述发挥。

"是这样。"曾国藩满意地轻轻点头，"看来今后跟洋人打交道，你会比我圆熟，这点我放心了。第二点，上海是个通商码头，财货多，但三面临水，易攻难守，军事上远不如镇江重要，且镇江距江宁近，对攻打江宁有关键作用。冯子材人虽忠勇，才略不够，你在上海一旦立稳脚跟后，便要设法移驻镇江，我也会向朝廷奏请调走冯子材的。"

这一点，李鸿章没想到。他重重地点了两下头，表示牢记了这个重要指示。

"再一个是人事问题。上海有三个人，看你将怎样与他们相处。"

"恩师指的哪三个人？"

"一个何桂清，一个薛焕，一个吴煦。"曾国藩扳着指头，一个一个地点名。

这件事，李鸿章更没想过。他茫然地望着老师，思索了一会，说："何桂清丢城失地，开枪杀士绅，朝野愤恨，我估计他早晚会被朝廷逮走。至于薛焕、吴煦，既然他们的巡抚、藩司的职务都已撤去，又一贯紧跟何桂清，门生到上海后决不跟他们往来。只是苏抚一职，不知朝廷将放何人？"

曾国藩望着李鸿章冷笑道："你以为苏抚将放何人？"

李鸿章认真地说："门生以为，第一合适的应是左季高。"

"左季高将放浙抚，上谕就要到了。"曾国藩平淡地说。

李鸿章一惊，暗想：左任浙抚，看来一定是老师的推荐；除左外，彭玉麟最合适，但他既然不受皖抚，自然也不会受苏抚。停了一会，李鸿章神秘地说："恩师，有一个人倒挺合适，不知恩师想到过没有？"

"你是讲哪一个？"

"林文忠公之婿、前赣南兵备道、门生的同年沈幼丹。此人有文忠公之风，耿介忠直，又在恩师幕中办过军务，受过恩师的感化，派他去任苏抚也很适宜。"

"幼丹是不错。"曾国藩望着楼下江面上缓慢行驶的一队帆船，似不经意地点了点头。沈葆桢早已在他的巡抚人选中，只是沈更适宜取代毓科在江西，但这尚在拟议中，不能说。"还有人吗？"

李鸿章沉吟片刻，说："门生平日对人才留心不够，一时想不出了。"

曾国藩笑着说："此人远在千里，近在眼前。"

"恩师指的是门生？"李鸿章大吃一惊，浑身血液立即沸腾起来，脸和脖子都涨红了。

"少荃，我早已想好了，你才大心细，劲气内敛，现又统率淮军入上海，你才是最合适的苏抚人选。今日送你走，我明天就拜折保荐你。"

这是李鸿章几分钟之前根本不敢想象的事，他一时激动得说不出话来，只用两只充满着光彩和泪花的眼睛，无限感激地望着胜过父亲的恩师。

"何桂清的事，你说对了。有人劾他，也有人保他。前几天皇上询问我的看法，我奏了这样两句话：'疆吏以城守为大节，不宜以僚属一言为进止；大臣以心迹定功罪，不必以公禀有无为权衡。'看来何桂清在世之日不久了。"曾国藩仍以平淡语气说，"薛焕固然与何桂清为同党，但此人与恭王关系极其亲密。撤了他的苏抚，却依然叫他以钦差大臣经办东南沿海及长江沿岸通商交涉事务，由总理各国事务衙门管理。你想想，若无恭王在后做靠山，薛焕能得到这个肥缺吗？少荃啦，我告诉你，说不定薛焕正是恭王安在上海的耳目。”

“恩师，门生明白了，既然薛焕已卸去抚篆，专办商事，门生也无必要开罪他，将他供起来，上天言好事，下地保平安。”李鸿章的脑子一点就通。

曾国藩轻轻颔首，继续说：“吴煦长期控制江海关，执掌上海财权，此人在经营上很有一套。听说这次他竭力主张请湘军进上海，又是他拿钱出来租洋船。这表明吴煦与何桂清有别。这个财神爷你要用。你一任苏抚后，便奏请恢复吴煦藩司兼关道之职，将他紧紧拴住。”

“恩师，我明白了，不仅对薛焕、吴煦是这样，对上海、江苏官场原则上也是这样，只要不是死心塌地跟着何桂清与我们作对的，门生一律都让他保持原官不动，以便稳定人心，一齐对付长毛。”李鸿章真不愧为他恩师的高足，他能很快地举一隅而反三隅。

“正是这个意思。”曾国藩高兴地说，“看来你今后可以做个称职的巡抚。”

“恩师，门生尽管授道员一职多年，但其实没有做过一天地方官，蒙恩师提拔，不久就要做巡抚了，门生心中究竟没有底，不知要怎样才能不负恩师的期望。”

“少荃，你问得好。我今天择其要端说几条，你要好好记住。”曾国藩以手梳理胡须，沉思片刻，不紧不慢地说，“督抚之职，一在求人，一在治事。求人有四类，求之之道有三端。治事也有四类，治之之道也有三端。求人之四类，曰官，曰绅，曰绿营之兵，曰招募之勇。其求之之道三端，曰访查，曰教化，曰督责。采访如鸷鸟猛禽之求食，如商贾之求财；访之既得，又辨其贤否，察其真伪。教者，诲人以善而导之；化者，率之以亲身。督责，如商鞅立木之法，孙子斩美人之意，所谓千金在前，猛虎在后。治事之四类，曰兵事，曰饷事，曰吏事，曰交际之事。其治之之道三端，曰剖析，曰简要，曰综核。剖析者，如治骨角者之切，如治玉石者之琢。每一事来，先须剖成两片，由两片而剖成四片，四片而剖成八片，愈剖愈悬绝，愈剖愈细密，如纪昌之视虱如轮，如庖丁之批隙导窾，总不使有一处之颟顸，一丝之含混。简要者，事虽千端万绪，而其要处不过一二语可了。如人身虽大，而脉络针穴不过数处；万卷虽多，而提要钩玄不过数句。凡御众之道，教下之法，要则易知，简则易从，稍繁难则不信不从。综核者，如为学之道，既日知所忘，又须月无忘其所能。每日所治之事，至一月两月又综核一次。军事、吏事，则月有课，岁有考；饷事则平日有流水之数，数月有总汇之账。总之，以后胜前者为进境。这两个四类三端，时时究之于心，则督抚之道思过半矣。近日来，我纵观前史，总结出这样两句话：盛世创业之英雄，以襟怀豁达为第一义；末世扶危救难之英雄，以心力劳苦为第一义。少荃，我辈当此危难乱世，要做英雄，舍劳苦之外没有捷径，切不可以巡抚位高权重而稍有松懈。”

这一番教导，使李鸿章对眼前这个恩师佩服得五体投地，真有“仰之弥高，钻之弥深，瞻之在前，忽焉在后”之感。他深知这正是恩师一生的真才实学所在，可供自己一辈子学之不尽，用之不竭，遂如吸墨纸似的，将每字每句都一一印在心上。

这时，江面上汽笛长鸣，七艘洋船就要一齐起锚了。钱鼎铭走上三楼，对曾国藩说：“大人，洋船在催李观察了。”

“好，我们下去。”曾国藩和李鸿章并肩走下酒楼。五千淮军已全部上了船，送行人员列队站在码头上，不断地挥手致意，单等李鸿章一到便开船。曾国藩把李鸿章送到跳板边，李鸿章一再打躬，请恩师止步。

“少荃，上船吧，祝你一路顺风!”

“恩师山之恩德，海之情谊，门生没齿不忘!”李鸿章又一弯腰，发自肺腑地感谢。他正要转身上跳板，突然被曾国藩叫住了：

“少荃，忘记告诉你一件大事了。我今日送你去上海，好比嫁女一般，岂能无一点嫁妆？我再送你三个营：杨鼎勋的勋字营，郭松林的松字营和程学启的开字营，共一千五百人，随后就到。”

李鸿章先是欣喜，接着便是不安。他很快调整了感情的变化，露出满脸笑容来："门生深谢恩师的厚待!"说完，转身踏着跳板向洋船走去。

四　安庆操兵场的开花炮弹

自那次会面以后，容闳和曾国藩又长谈了两次。曾国藩认定容闳是个诚实可靠的人，给了他六万八千两银子，要他到欧美去采购机器。容闳感谢曾国藩对他的信任，回到广东香山老家，将老母安顿好之后，便扬帆远航了。曾国藩又接受容闳的建议，在安庆城外建一个军火工厂，取名为安庆内军械所，委派杨国栋负责，李善兰、华蘅芳、徐寿等人参与，仿照洋人的办法制造枪炮子弹。杨国栋也带了三万两银子，南下广东聘请技师工匠，采买工具原料。杨国栋回来后，带来十几个匠师，安庆内军械所红红火火地办起来了。曾国藩每隔两三天都要到军械所去转一转，看一看，心里想得很美妙：先把安庆这个厂办好，培养一大批熟练的工匠出来，然后再在上海、武昌、长沙、南昌等地也开办起来，慢慢地再扩大到全国去，这就可以制造出大量和洋人一样的枪炮子弹来，以后还要造轮船，造钟表，造各式各样的精巧器具，现在先用它对付长毛，往后再跟洋人争高低、决胜负，不信中国就不可以徐图自强。

这时，左宗棠授浙抚、李鸿章授苏抚、沈葆桢授赣抚的上谕也相继下达。又批准新建淮扬、宁国、太湖三个水师。淮扬水师统领为黄翼升、宁国水师统领为李朝斌、太湖水师统领由彭玉麟兼任。不久，曾国荃由荷叶塘来到安庆，并带来新募的六千湘勇，加上吉字营和贞字营的原有人数，已达两万。现在，苏皖赣浙四省的巡抚，或为朋友僚属，或为门生部下，调度分派，犹如指臂，更兼陆军壮大，水师齐备，文武同心，上下协力，应是谋取江宁首功的时候了。曾国藩召集湘军高级将领和全体参与军机赞画的幕僚们，在安庆督署内日夜商讨进兵江宁的大计，最后在汪士铎提出的分布攻守之策的基础上，综合其他人的有益建议，制定了三面并举、五路进军的用兵总计划。

三面并举，即由以吉字大营为主体的湘军从西面，以湘军分支楚军为主体从南面，以及以淮军为主体从东面同时并举，合围金陵。这三方面的统帅分别为曾国荃、左宗棠和李鸿章。五路进军，是指西面的四支陆军和长江水师五路军队齐头并进。陆路四支人马：曾国荃由芜湖、太平取秣陵为南路，鲍超由宁国、广德进取句容、淳化为东路，多隆阿由庐州、全椒进取浦口、九洑洲为西路，李续宜由镇江取燕子矶为北路。这四路以曾国荃的南路为主攻，其他三路为游击之师打援。鲍超、多隆阿、李续宜都想得攻克金陵首功，但掂一掂声势、实力，都不能跟曾国荃相比，也便罢了。

会议完毕，各路将领都来向曾国藩辞行。曾国藩笑眯眯地对大家说：“明天一早都到阅兵场去，我请你们看个把戏，权且为各位将军壮行色。”

大家不知总督大人要玩个什么把戏，都抱着好奇之心，第二天一大早便会齐在阅兵场。金保门外阅兵场，正中摆着一门擦得锃亮发光的短炸炮。这种炮，将士们都称之为田鸡炮。因为它的炮身很短，成四十五度角朝天，极像一只前肢撑起的田鸡（青蛙）。旁边一只大竹筐里堆满一筐新铸的炮弹，每个炮弹上都围着一条红绸，十分引人注目。田鸡炮的另一面放着垒起的一包包火药。田鸡炮的周围放着几排靠背椅，一百多名湘军、绿营的高级将领规规矩矩地坐在椅子上，一齐望着这门田鸡炮和它旁边的杨国栋、华蘅芳、徐寿、李善兰等人。当曾国藩走进圈子中时，全体将官一齐站起。曾国藩以少见的喜悦招呼大家坐下，大声说：“今天请各位来看看我们内军械所最近铸造的开花炮，这是若汀、雪村他们经过几个月的殚精竭虑造出来的，前天已试验过一次，放了三个，个个开花，今天大家也来开开眼界。开花炮是洋人造出来的，正式用在战场上还不久，我国战场上至今还没有用过。前次杨国栋到广东买了十几个，又向洋人专家请教了制造技术，若汀、雪村将这十几个洋开花弹一个个地拆开，仔细研究，终于造出来了。这在我们中国还是第一次，以后我们就可以成批生产了。现在请若汀先给大家讲讲。”

高高瘦瘦的华蘅芳走到大家跟前，他的身旁跟着一个高大雄壮的兵士，兵士双手捧着一个炮弹。华蘅芳指着兵士，操一口无锡官话说：“各位将军，大家看这颗炮弹与诸位平时用过的有哪些不同。”

将领们的目光都转向兵士手里的炮弹。有的喊：“这颗炮弹大些!”有的嚷：“这颗炮弹是长的尖的。”

华蘅芳笑着说：“大家说的都对，这颗炮弹是比往常的炮弹都大，都长，头子是尖尖的。这只是从外表看，最主要的是内里的不同，它不是实的，是空的。”

“空的?”“空的能杀伤人吗?”将领们感到奇怪，纷纷议论起来。

“它里面装了引信和炸药，射出后，引信点燃里面的炸药，引起爆炸，整个炮弹都炸开了，就像开花一样，所以叫做开花炮。”华蘅芳详细地讲解给大家听。

“铁片炸开，十几丈远的人都会被打死!”“可不，真是个厉害的东西!”“有了这种东西，再也不怕长毛人多了。”

像煮开一锅水一样，将领们又情不自禁地议论起来，个个脸上笑逐颜开。

“现在就由炮手放几个给大家看看。”华蘅芳说完，三个炮手走到田鸡炮的旁边。一个炮手拿起一袋炸药，一个炮手拿起一个炮弹，都从炮口里向下塞，先塞炸药，再放炮弹；放进后，又用一根粗长木柱从炮口里伸进去，用力捣紧。抽出木柱后，这两个炮手都退到一边。这时，第三个炮手来到炮身引火口。将要引火时，华蘅芳摆摆手，对大家说：“各位看清了，前方三百丈远处有一座砖石垒起的屋子。开炮后，再来看看效果。”

说完发令点火。只见火光一闪，一阵剧烈的响声从炮身里发出，眨眼工夫，远处传来一声雷鸣。大家看时，目标处砖石横飞，浓烟滚滚。一百多名将领全都兴奋得从椅子上跳起来，欢呼声、喝彩声、鼓掌声惊天动地。待硝烟稍稍变淡后，大家便飞奔着向前方跑去，果然见一座砖石木房被轰去了一角。刘连捷、彭毓橘等人在屋边寻到好几片铁块，那正是炸开后的弹片。一连又放了三个，都像第一个一样，传来三声炸雷，燃起三堆浓烟，最后将那座房子夷为平地！

各路将领都拥向杨国栋、华蘅芳等人，问造了多少个。李臣典霸蛮，不容分说地将竹筐里剩下的五个炮弹双手捧起，飞也似的跑了。曾国藩招呼大家重新坐好，笑容满面地说："各位都看到了吧！开花炮比实心炮强十倍还不止。内军械所已经试验成功了，就不愁大批生产。以后每天造出十几个来，一个月就可以造出三四百个，都会发给各位的。我已叫李少荃在上海向洋人购买三百尊田鸡炮，买来后也会分给各位，今后对付长毛就更容易了。"将领们又一阵欢呼。曾国藩继续说："前几年去世的魏默深先生，是我们湖南一个了不起的人物，他早在二十年前就说过师夷长技以制夷的话，可惜这句话未被世人重视。洋人在制造枪炮轮船方面比我们能干，这是事实。其实，火炮本是我们中国人最先造出来的。大家知不知道，南宋时有个叫陈规的人，将火药填塞在竹子里，然后点燃火药，竹筒里喷出火来。一百年后，就离我们安庆不到五百里远的寿州，又出现了突火枪，内装火药弹丸，这就是今天洋人枪炮的鼻祖。那个时候，洋人还不知道火药是什么东西。"这时，将领们都笑起来，佩服总督大人知识的渊博。

"后来，洋人走到我们前面去了。我们不能制止洋人的前进，但我们可以学习洋人的技术。洋人并不比我们多长一个心眼，他们能做到的事，我们也可以做到。现在制成了开花炮弹，下一步就要制造炮身，再下一步就要造轮船，先用它来对付长毛，再用它来对付洋人，这就是魏老先生的'师夷长技以制夷'。"将领们热烈地鼓起掌来，经久不息。待掌声平定后，曾国藩又笑着说："内军械所的几位先生制造了开花炮弹，功劳极大，除每人奖给一百两银子外，我还要送给他们一件礼物。”

这时王荆七走过来，递给曾国藩一根两尺来长的铁筒。曾国藩举着它问：“诸位知道它是什么东西吗？”众人齐摇头。“这是千里镜，用它看东西，五六里路外走过来的人，可以清楚地看出他是男是女，是老是少。”人堆里一片称赞声。

“少荃到上海后，英国海军司令何伯送他两个千里镜，他又转送一个给我。今天我把它转送给内军械所，以后检验开花炮效用，就不必跑路了，站在炮旁就可以看得清清楚楚。这个东西很好。我已告诉少荃，叫他不惜重金向何伯买几十个来，诸位打仗正急需它。现在大家可以轮流来看看。”说完，曾国藩将千里镜递给将领们，每人都看了一眼，无不惊叹。

千里镜再次传到曾国藩的手中，他兴犹未尽，又发出一通出人意料的议论来：“不知各位看后有什么感觉？我看后心里想，不论钢铁、玻璃等物，一经洋人琢磨成器，便精耀夺目，我从中悟出一个道理：天下之物，凡加倍磨冶，皆可变换本质，别生精彩，何况人之于学！但能日新又新，百倍其功，何必忧虑不能变化气质，超凡入圣？我从青年时代便有志于学，但一晃二三十年过去了，依然如故，学业一无可取。看到这具千里镜，我觉得惭愧。”

田鸡炮周围的湘军、绿营高级将领们听了两江总督这番由千里镜联想到求学进德的话，无不感叹万分。李善兰见曾国藩今日兴致这样高，在回衙署的路上，悄悄地对他说：“中堂大人，四年前我和伟烈亚力将《几何原本》剩下的九章译完，当时承松江韩禄卿资助，刻印了一百本。前向禄卿来信，说版毁于战火。我一贫如洗，无力再刻，中堂大人能否拨点银子……”

“行！你看要拨多少？”不待李善兰说完，曾国藩欣然答应。

李善兰很是感激，忙说：“前次刻用了二百两银子，印用了五十两，这次我想多印一百部，刻印合起来要三百两银子。”

“好，我给你四百两银子，另一百两算是给你的润笔。”

“谢谢中堂大人。”李善兰感激不尽地说，“我不要润笔，加那一百两银子就可以印四百部了，广赠有志学子，使洋人的绝技让更多人掌握。不过，我有个请求，请中堂大人赐一篇序言。”

曾国藩为李善兰的学者情操所感动，恳切地说：“你们继续利玛窦和徐光启的未竟事业，将造福于我中国子孙后代，我理应为你们作一篇序言，可惜我平生对天文历数一窍不通，写些什么呢?”走了几步，又站住，望着李善兰说，“壬叔，假使你不在意的话，纪泽过两天就会来安庆，他对这些东西懂一些，就让他先拟个稿，我再润润色，用我的名义刻出去，好吗?”

“能借得长公子的大笔，当然是很好的，何况中堂大人还要亲自润色并答应署名，太谢谢大人了!”李善兰情绪激动地说。

五　含雄奇于淡远之中

安庆幕府聚集着众多全国一时俊杰，使一向爱才惜才的曾国藩颇为以此自豪。他素来重视对子弟的教育。长子纪泽今年二十四岁了，前次乡试未中，做父亲的不以为然，儿子的情绪却受到影响，来信中有些抑郁之词，父亲觉得对儿子有亏欠。咸丰二年，纪泽十四岁，正是求学的黄金年代，不幸离开了京师。这些年，他带兵打仗，已置身家于不顾，更谈不上对儿子的教育了。儿子天资聪颖，也知上进，只是家乡无良师。倘若因此而不能成才，不仅害了儿子，做父亲的也会后悔不已。现在这里名师如林、嘉朋如云，更兼父子可以朝夕相对，时常加以点拨，真正是课子的好环境。为此，他要儿子割舍燕尔新婚的情丝，速来安庆求学。

半月前，纪泽到了安庆，随行的还有南五舅的独子江庆才。江庆才小时候因家境不好辍学务农，后来靠着曾国藩的接济，又断断续续念了几年书，但终因基础太差，长进不大。江庆才一见做了大官的表哥，便痛哭不已，说父亲临终时一再要他来找表哥，谋一份差使，免得再在乡里受苦。表弟的能力，曾国藩大致知道些，看在南五舅的分上，没有一口回绝，心中也有三分成全的意思。总督幕府重金聘请、多方罗致四海才俊，对于前来投奔的，只要有一技之长，也量才使用，不加拒绝，但对无能之辈、庸碌之徒决不收留。曾国藩的观点是：牛骥同槽，庸杰不分，必然使英雄气短、才士齿寒。

半个月来，曾国藩有意识地考察了江庆才，交给他几件事，都不能办好；性格又疏懒、褊急，爱以总督表弟自居。尤其是昨天一起吃饭时，亲眼看见他将饭碗里的谷一粒粒挑出来，丢到脚底下。曾国藩心里很不舒服。他自己吃饭时遇到谷，总是去掉谷壳，把里面的米嚼碎咽下，从未连米扔掉过。一个贫苦出身的人，才过了几年好日子便忘了本，曾国藩于这件小事上看出江庆才不堪造就。昨夜为此事思考很久，终于下决心了：尽管南五舅有恩于前，尽管江庆才是至亲，也决计打发他回家，安庆幕府不能留下这个阘冗。今天一大早，曾国藩跟表弟好说歹说谈了半个时辰，又从积蓄中拿出一百两银子，又亲自写了“世事多因忙里错，好人半从苦中来”的对联勉励他，总算把表弟说通了。

处理好这件事后，曾国藩开始做他每晨必做的功课——临帖。这些日子临的是刘墉的《清爱堂帖》，这是纪泽带来的。

去年，卜居宁乡善岭山的唐鉴，以八十四岁高龄谢世。曾国藩接到讣告后十分伤心，命纪泽代他到宁乡吊唁。唐鉴的侄儿将一本字帖交给纪泽，说是伯父生前叮嘱的，此帖留给曾制台。这本字帖就是《清爱堂帖》。

曾国藩接过这本字帖，唏嘘良久，二十年前从镜海师研习程朱理学、探讨前代兴亡的往事，一一浮上心头，宛如昨天。这本字帖，他曾在唐鉴的书斋里多次见过。后来唐鉴致仕，字帖被送回善化老家。曾国藩那年回家守母丧时，还特为到善化把它借来，细心临摹过一段时期。刘墉号石庵，谥文清，乾隆朝大学士，书法冠绝一时。《清爱堂帖》集中地体现了他的书法艺术成就，是字帖中的珍品。对唐鉴了解甚深的曾国藩，知道老师如此郑重地将这本字帖作为遗物留给自己，绝不仅仅只在临摹观赏，一定另有深意。但镜海师死前两年已不能作字，又没有遗言留下来，这中间的深意究竟是什么？半个月来，曾国藩天天临《清爱堂帖》，天天对帖思考，却始终没有琢磨透。

今天，他凝神静气地临摹两刻钟后，又对着字帖深思起来。刘石庵的字，粗看起来天趣自然，有小桥流水、远山淡墨之意境，细究则笔笔刚健，字字雄放，包含着黄河长江般豪壮气概。他将帖子又从头至尾一字一字地鉴赏一遍，看完后，又对整页整页作一番鸟瞰。忽然，如同一道阳光射了进来似的，他的心扉亮堂了。他赶紧拿出日记本来，记下今天这个不寻常的顿悟：

> 看刘文清公《清爱堂帖》，略得其自然之趣，方悟文人技艺佳境有二，曰雄奇，曰淡远。作文然，作诗然，作字亦然。若能含雄奇于淡远之中，尤为可贵。

写完，又轻轻读了一遍，在“含雄奇于淡远之中”一句下画了几个圈。他十分欣赏这句话，自认这是个很大的发现。一时思绪泉涌，不可遏止。他奋笔续写：

> 昔姚先生论古文之道，有得于阳与刚之美者，有得于阴与柔之美者，二端判分，划然不谋。然柔和渊懿之中，必有坚劲之质、雄直之气运乎其中，乃有以自立。

想了想，又写下去：

> 作字之道须阳刚阴柔并进，有着力而取险劲之势，有不着力而得自然之味，着力如昌黎之文，不着力如渊明之诗，二者阙一不可，亦犹文字所谓阳刚之美、阴柔之美矣。

他觉得意犹未尽，于是又添了一段：

大抵作字及作诗古文，胸中须有一段奇气盘结于中，而达之于笔墨者，却须遏抑掩蔽，不令过露，乃为深至。

曾国藩把这几段联起来读了一遍，深感自己今天对字、对诗、对文的研究突然进到了一个全新的境界。难道这就是镜海师的深意吗？镜海师一生以国计民生为重，以培养学生的人格为重，素来视诗文字画为末技；而自己这几年来位居总督，带兵十万，早已不再是翰苑舞文弄墨的书生了。显然，镜海师的用意还不在于此。曾国藩离开书案，在房子里慢慢踱步。走了几步，他蓦然明白了。常言道字如其人，文如其人，作字作文与作人是相通的，既然字可寓雄奇于淡远之中，文可含阳刚于阴柔之中，那么为人为什么不可以如此呢？曾国藩明白过来，也喜悦起来，在日记的结尾处，迅速添上两句话："含刚强于柔弱之中，寓申韩于黄老之内。斯为人为官之佳境。"像一个高明的画师终于完成了最后最得意的一笔，整个画面瞬时光彩夺目，曾国藩觉得今天这篇日记也因这两句话而满篇生辉。他心里想，镜海师送帖的深远意义，可能就在于此。

今天的这个早晨过得太有意义了，曾国藩的心情很舒畅，想起儿子来安庆这么久了，也没有好好地跟他谈过话。吃过晚饭，他特地叫儿子到书房里来。

曾纪泽身子单薄，不及父亲青年时代的厚实，五官与父亲一个样子，只是线条没有父亲的硬朗，显得柔和一些。待儿子坐下后，曾国藩说："我这一向很忙，也没和你多说几句话。那天到时，我忘记问你了，你在武昌以后坐的船是我原来的座船，船上有一面帅字旗，沿途这面旗帜张挂没有？"

"没有。"纪泽恭恭敬敬地回答，"表叔看到后说要挂起来，我没同意。”

“哦，要得。我还问你一句，我写信要你不要惊动地方文武，你做到了吗?”

“儿谨遵父命，沿途所有地方文武的宴请一概谢绝，只在湖口彭侍郎的衙门里歇了一晚。”

“要得，要得。”曾国藩点点头，“甲三，我一再跟你说过，我不望子孙做大官，只望做明理晓事的君子。乡试中不中，不是重要的，关键是把书中的道理参透，这一阵子心情舒坦些了吗?”

“儿子在家时，接读父亲手谕，已开朗不少。这次千里乘船来安庆，沿途见山川形胜，风光绮丽，心胸大大开阔了。”曾纪泽高兴地笑着，脸上露出孩童般纯真的光辉，使曾国藩十分欣慰。

“这便是古人说的，不仅要读万卷书，还要行万里路。苏子由说得好：太史公行天下，周览四海名山大川，与燕赵间豪杰交游，故其文疏荡，颇有奇气。心胸一开阔，人的见识也就自然高了。从来功名乃天数，非强求可得，唯圣贤可学而至。我要你摹画三十二位圣贤像，用心便在此。这三十二位圣贤，你都记在心中吗？数出来给我听听。”

“文王、周公、孔子、孟子、左丘明、庄子、司马迁、班固、诸葛亮、陆贽、范仲淹、司马光、周敦颐、程颐、张载、朱熹、韩愈、柳宗元、欧阳修、曾巩、李白、杜甫、苏轼、黄庭坚、许慎、郑玄、杜佑、马端临、顾炎武、秦蕙田、姚鼐、王念孙。”

纪泽每数一个，曾国藩就扳下一个指头，数到“王念孙”时，恰好三十二个。曾国藩感到满意，说：“我写了一篇《圣哲画像记》，你拿去好好诵读，以这三十二个圣哲为榜样，时时鞭策自己。”

“是。”纪泽答，那恭敬严肃颇像曾国藩祗领圣旨时的样子。

曾国藩又问了儿子关于叔祖父当时出殡安葬的情况，以及母亲、四叔父和各位婶母的饮食起居。

“纪耀今春出嫁，我也跟纪静一样，只付二百两银子回家，陈家没讲闲话吧?”

“陈家倒是没说什么，旁人都不相信，说是大学士嫁女，只有二百两银子嫁妆，天下哪有这样的怪事！”纪泽笑笑说，“二妹出嫁的前一天，她的一把金耳挖被贼偷了。”

“纪耀哪有这种东西？”曾国藩皱着眉头问。

“是母亲偷偷替她打的，只有七钱重，用去二十两银子。为了这个金耳挖被偷，母亲一连三个夜晚未睡好觉，泪流不干。这事传出去，大家都说大学士夫人竟为一个金耳挖这样伤心，可见家中金银不多。于是，二百两银子嫁女也就相信了。”

“今后纪琛、纪纯、纪芬出嫁都以此为定例，一律二百两。”过一会，曾国藩又问，“你们兄弟最近读些什么书？”

“纪鸿跟邓先生读《诗经》、《尔雅》，我在读《汉书》。”

“我生平最爱读《史》《汉》《庄》《韩》四书，你能读《汉书》，我很欣慰。”曾国藩顺手从案桌边拿起一本《汉书》翻了翻，“我每天不管事情多忙，都坚持读史书十页。你现在无事，至少要读七八十页。读《汉书》有两种难处，一是假借奇字多，一是难解的句子多。你必须先通小学、训诂之学，先习古文辞章之学，才能把《汉书》读通。”

“父亲指教的是。儿子于小学、古文辞章之学基础都不深厚。”

“钱警石老先生、俞荫甫、莫子偲等人都精于小学、训诂之学，你遇有疑难，可多向他们请教。黎莼斋、吴挚甫他们，年龄和你差不多，古文根基却比你深厚得多，你要放下大公子的架子，平素多与他们相处。”

“儿子读书十多年了，总像还未得到读书的奥妙似的，父亲，这读书到底有没有诀窍？”这几年来，曾纪泽一直在想这个事，今天可以当面向父亲请教了。

“读书没有诀窍，就在于熟读深思，但要说一点没有也不是。”曾国藩思索了一下，说，“依我之见，读书的诀窍在看、读、写、作四字紧密配合，每日不可缺一。这话我以前好像对你说过。”

“我还想请父亲详加指点。”纪泽瞪着两眼聚精会神地望着父亲。

这双眼睛的外形与父亲极像，但明显缺乏父亲那种威凛逼人的神采，而显得柔软温和，它来自母亲欧阳夫人的遗传。

“看，指的默观，如你去年看《史记》《韩文》《近思录》《周易折中》，今年看《汉书》。读，指的高声朗诵，如《四书》《诗》《书》《左传》诸经，《昭明文选》、李杜韩苏之诗、韩欧曾王之文，非高声朗诵则不能得其雄伟之概，非密咏恬吟则不能探其深远之韵。譬如富家居积：看书则好比在外贸易，获利三倍；读书则好比在家慎守，不轻花费。又譬如兵家战争：看书好比攻城略地，开拓土宇，读书则好比深沟坚垒，得地能守。二者不可偏废。至于写和作——”

“写和作不是一回事吗?”纪泽插话。

“不是一回事。”曾国藩温和地对儿子说，“写，是指抄写。对于好的文、句和章节，不但看、读，还要写，将它抄一遍，记得就更牢了。真行篆隶，你都爱好，切不可间断一日，既要求好，又要求快。我生平因写字迟钝，吃亏不少，你须力求敏捷，每日能作楷书一万，那就差不多了。”

“我一天到黑坐着不动，还只能写八千。”

“努力练，可以做得到的。罗伯宜抄奏折，一天能抄一万二，晚上还可以陪我下围棋。”曾国藩拿出一份罗伯宜刚抄好的普通奏折给儿子看，“罗伯宜不但抄得快，而且没有差错，一篇奏折抄下来，一个字不改，我每个月给他三十两银子薪水，跟其他幕僚差不多。有人不服气，说罗伯宜年轻，没有别的长处，就这点能耐也拿这么多银子。我说，他这点长处就值得拿三十两银子，用人如用器，这个长处对我很有用，我就重用他。”

曾纪泽细看奏折，字果然写得好，一个个蝇头小楷，又端庄又秀美，令人叹为观止。他心里想，这里人才的确不少。

“至于作，是指的作诗文，作四书文，作试帖诗，作律赋，作古今体诗，作古文，作骈体文，这些都要一一讲求，一一试为之，作诗文宜在二三十岁前立定规模，过三十则难长进。少年不可怕丑，须有狂者进取之趣。这时不试为之，则此后年纪大了，愈发不肯为了。”

“父亲教导的是。”纪泽说，心里想：难怪四叔父从不作诗文，遇有应酬，总是推给我，大概是年轻时没有立定规模，现在年岁大了，怕丑的缘故。

“父亲，刚才你所教导的看、读、写、作四字诀窍，为儿子迷途指津。儿子素日读书，对于书上讲的，常常觉得似乎是明白了，但仔细思想起来，又无甚心得，这不知是什么原因？”

“你的这个困惑，我在年轻时常常遇到。”曾国藩又摆出他惯常的姿态，伸出右手慢条斯理地梳理胡须，“朱子教人读书，曾讲过八个字：虚心涵泳，切己体察。虚心，好理解，即不存成见，虚怀若谷。涵泳二字最不易识，我直到四十上下才慢慢体验出。所谓涵者，好比春雨润花，清渠溉稻。雨之润花，过小则难透，过大则离披，适中则涵濡而滋液。清渠之溉稻，过小则枯槁，过多则伤涝，适中则涵养而勃兴。泳者，则好比鱼之游水，人之濯足。程子谓鱼跃于渊，活泼泼地，庄子言濠梁观鱼，安知非乐，此鱼水之快乐。左太冲有‘濯足万里游’之句，苏子瞻有夜卧濯足诗，有浴罢诗，也是说人性乐于水。善读书，须视书如水，而视此心如稻如花如鱼如濯足，则大致能理解了。切己体察，就是说将自身置进去来体验观察。好比《孟子·离娄》首章‘上无道揆，下无法守’，年轻时读这两句话无甚心得。近年来在地方办事，乃知在上之人必遵循于道，在下之人必遵守于法。若每个人都以道揆自许，从心而不从法，则下将凌上了。我想你读书无甚心得，可能在涵泳、体察二语上注意不够。”

曾国藩对儿子的这番详尽的指示，完全是他自己读书几十年来的切身体会，对儿子极有启发作用。曾纪泽认为这是他今天与父亲长谈中获益最大的部分，他决心按照父亲所教的，将过去所读的书再好好温习一遍。

“早两天，李壬叔要我为他翻译的《几何原本》作一篇序言，把我难住了。”隔了一会，曾国藩又对儿子说，“我生平有三耻：天文算学毫无所知，虽恒星五纬亦不认识，这是一耻；做事有始无终，这是二耻；练字不能成自己的一体，又慢而废事，这是三耻。现已过五十，要洗去这三耻，已不可能了，希望寄托在你们兄弟身上。壬叔的这篇序，就由你去写。你通过写序，好好向壬叔、雪村、若汀等人学习天文历算。他们都是海内最负盛名的专家，学好了，也就为父亲洗去了这个耻辱。你做得到吗?”

“儿子一定努力做到。”望着父亲慈爱期望的目光，曾纪泽硬着头皮答应了。

“好吧，夜很深了，你去睡吧，明天还得早起。”曾国藩说着站起来，曾纪泽随后站起，向父亲行了礼，转身出门。

“甲三!”曾国藩叫住儿子，“我在信中一再跟你讲，你的毛病在举止太轻，语言太快，要你举止稳重，发言讱讷。今夜你的发言倒还可以，但走路仍是轻飘飘的，一点都没有改。”

纪泽垂手低头，接受父亲的教训。曾国藩盯了一眼儿子身上穿的衣服，又说，“你这身打扮也太鲜丽了，明日要换掉。凡世家子弟，衣食起居无一不与寒士相同，方可望成大器；若沾染富贵气习，则难望有成。我现在忝为将相，所有衣服加起来值不得三百两银子，你们兄弟要谨守我家世代俭朴之风，这也是惜福之道。懂吗?”

“懂!”纪泽恭恭敬敬地答。

“去睡吧!”曾国藩轻轻地对儿子一挥手。

待纪泽的背影完全消失在黑夜中，他才关好门窗，走进卧室。陈春燕提来一桶热水，帮他脱去鞋袜。他把双脚伸进热度适中的水里，慢慢地搓擦着，脑子里又想起东进金陵的九弟来：半个月没有信来了，他今夜驻营何地?

第六章／天京大火

一　庄严的忠王府礼堂，集体婚礼在隆重举行

建在天京城内明瓦廊的忠王府一片喜气洋洋，从大门外到王府里，处处披红挂绿、张灯结彩，往日绘着旭日东升、海波荡漾的巨大照壁已被黄缎裱糊，正中那个大红“囍”字，犹如火球般辐射着光芒，把出出进进的男女老少的脸蛋映得红通通的。

今天是忠王府的大喜日子。忠王次女忠二金金好下嫁英国军官毕尔斯、忠王三女忠三金金妙下嫁慕天安谭绍光，两姐妹的婚礼同时在王府礼堂举行。还有两对新人也在这个时刻向世人宣布自己的婚姻，他们是英国籍军官呤唎和葡萄牙姑娘玛丽、希腊籍军官包西和安庆姑娘姚弱琴。四对新人同时举行集体婚礼，这在金陵城里是旷古未有的奇闻，何况还是王女下嫁，中外联姻！直把小天堂里的几万太平军将士、几十万居民们的心撩拨得痒痒地、融融地，谁都想去亲眼一睹盛

况。怎奈王府警戒森严，大家都只能在远处张望，在街巷议论，礼堂里正在举行的婚礼，岂是一般人所能看得到的！

宽敞的王府礼堂，平素是礼拜上帝的庄严场所，今天作了婚礼的会堂，平添了浓厚的喜庆气氛。从屋顶悬下四十盏挂有彩色流苏的八角玻璃灯里红烛高烧，一条条布满各色小三角旗的绳索，把这些角灯与四壁牵连起来，正面是一张特大条形茶几，上面燃着八根硕大的红色龙凤蜡烛。茶几前，一字儿摆开十一张大桌，桌面一律铺着红绸，上面摆的是天京城内各王所赠的礼品。他们是干王洪仁玕、侍王李世贤、辅王杨辅清、章王林绍璋、沃王张洛行、顾王吴如孝、信王洪仁发、勇王洪仁达及幼东王、幼南王、幼西王。这些礼品大多是被面、枕头、衣料、首饰等。正中一张桌上，天王洪秀全的礼品与众不同，那是四本装裱精美的《天王御制诗》。环绕着这一排礼品桌的，是一盆盆盛开的鲜花。两旁悬挂一副贺联：中外结同心，万里长城护天国；华洋联佳偶，百年美眷享太平。这是已升为楚天安爵号的康禄送的礼物。整个礼堂一派花团锦簇、珠光宝气，只有正中那幅耶稣蒙难图，给热烈欢腾的气氛增加了几分庄严肃穆之感。

左右两边已坐好了穿戴一新的男女贵宾。左边坐的是男人，全部朝服朝冠。第一位坐的是王府主人李秀成。他作为主人，本不应该坐第一位，但因为他不仅是两位公主的父亲，又是四个新郎官的上司，且其他新人家都没有长辈参加，忠王便做了这四对新人家长的代表，被众人推上了第一把交椅。第二位坐的是洪仁玕，下面各自依爵位高低坐下去。右边的女宾一律插花戴朵，绣袍彩裤。坐在第一位的是两位公主的生母宋王娘，接下去是干王的正妃罗王娘，再下去是各位王娘和夫人，还有些女官。主持婚礼仪式的是干王的朋友、英国伦敦传教会牧师亨卜洛。

只见亨卜洛牧师手捧《圣经》，满脸含笑地走到茶几中央，操着流利的中国话宣布："忠二金金好与毕尔斯、忠三金金妙与谭绍光、呤唎与玛丽、包西与姚弱琴结婚仪式现在开始。"

大厅里奏起雄壮的《东王得胜歌》，众人簇拥着四对新人，如同众星捧月似的合着乐曲的节拍，仪态万方地走进礼堂。这时掌声、欢呼声响起，人们纷纷向他们抛出红绿彩纸碎片。四位新娘都穿着洁白的拖地长绸裙，每人身后跟着身穿大红短褂发插金花的女傧相。四个新郎都穿着太平军高级将领服，每人身后一个身着戎装的男傧相。四对新人缓慢地一步一步地走过来，他们的脸上洋溢着青春的幸福的微笑。是的，这四对新人的婚姻都是崭新的令人羡慕的，他们每一对都有一段永生不会忘记的幸福的回忆。

走在最前面的忠二金金好，既有母亲同样的婀娜美丽的长相，又有父亲那种勇敢追求的气质。她的夫婿毕尔斯，与呤唎一同从英国经香港来到天京投奔太平军，因作战英勇、性格坦诚，很快受到忠王的器重。后来包西也来了，三个洋兄弟结成莫逆之交，一起作为忠王的爱将，时常出入忠王府，俨如家人。毕尔斯英俊的风度、优雅的谈吐，得到二公主金好的爱慕。金好放下王女的尊贵，冲破礼教的藩篱，主动向毕尔斯表白自己的爱情，使毕尔斯受宠若惊。当金好向母亲说出自己心中的秘密时，却遭到母亲的坚决反对。原来母亲早已为女儿觅好了东床快婿，那便是留守苏州的谭绍光。

谭绍光跟着父亲加入太平军时，还只是一个十二三岁的小男孩。不久父亲战死，李秀成的夫人宋氏见谭绍光孤苦可怜，遂收留在身边。谭绍光聪明懂事，对李秀成和宋氏很是尊敬，深得他们的喜爱。宋氏因为无子，更将绍光视同己出。绍光在战火中长大，锻炼成一条钢铁汉子，逐渐担负起太平军的领导重任。从那时起，宋氏便暗中起了一个心意，要将绍光招为女婿。宋氏三个女儿，大女早夭，她便把红线的另一头系在金好的脚上。谁知女儿竟瞒着父母自己找了男人，还居然是个洋人！宋氏好说歹说，怎奈金好对毕尔斯的爱情忠贞不渝，母女俩僵持着。毕尔斯将此事告诉呤唎及其未婚妻玛丽。

玛丽是个刚强的葡萄牙姑娘，很小时便跟着父母来到香港。父亲是个富商，在香港办了一个修船厂。十六岁那年母亲去世，父亲强迫她嫁一个有钱的智利人。玛丽不愿意，一个人躲在一条小汽船上不出来，恰遇呤唎也到了这条船上。姑娘的不幸引起呤唎的深切同情，呤唎协助她逃出香港，一同来到中国内地。在颠簸的旅途中，两人相爱了。

玛丽给他们出了个主意：私奔去杭州，争取正在围攻杭州的忠王的支持，相信胸怀宽广，既爱女儿又爱部将的忠王会成全这桩好事。金好、毕尔斯欣然采纳。玛丽这个主意不仅对金好有利，也对自己有利。

原来，玛丽一到天京，便因她出众的美丽引起幼赞王蒙时雍的爱慕，曾两次想在半途将玛丽掳去，幸而她机灵地躲开了。呤唎和玛丽不愿意因此事使天王降罪蒙时雍，也欲借此离开天京一段时期。和他们一起去杭州的，另外还有一男一女。男的便是包西，女的便是姚弱琴。说起这对恋人的结合，更富有戏剧性。

去年，英王陈玉成在安庆失利，天京派出大军赴援，包西率马队从征。在安庆城外姚家村，包西的先头马队遭到鲍超霆字营的袭击。包西手臂受伤，又累又饿，来到姚家村一个大宅院里。

这家宅院只有一个年过花甲的老头和一个女儿、一个婢女。包西说明来意，老头命婢女立即烧茶做饭，又给包西包扎伤口。包西很感激这个老人，拿出钱来给他。老人不收钱，反而求包西保护他的家庭和宅院。包西一口答应，写了一张字条贴在老人家的大门上，不准别人闯进来。

包西告辞老人走到半路，想起后队里有不少清军投降过来的人，那些人过去作恶惯了，本性难改，决不会因他的字条而放过两个年轻的女子。包西急忙转身赶回。一到村口，果然见后队的人在大肆抢掠烧杀，老人宅院门口也有几个士兵围着一个女子在调笑。包西气愤已极，喝令住手，一看正是给他包扎伤口的婢女。他冲进大门，迎面碰上两个兵士拖着老人的女儿出来。包西飞起一脚，将一个兵士踢倒在地，另一个吓得跑了，他扶起小姐。小姐哭哭啼啼地告诉包西，父亲已被杀。包西急忙进入内室，见老头倒在地下，身旁一摊血。包西将老人抱到床上。

老人慢慢回过气来，指指身旁的女儿，又指指窗外的枣树，以极弱极细的声音对包西说："枣树下有我埋下的六十根金条，都送给你，你要好好照顾我的女儿弱琴。"说罢断了气。包西埋葬了老人，从枣树下挖出了金条，将姚弱琴安置好，打完仗后便将她带到了天京。

当金好和毕尔斯一行来到杭州时，正碰上太平军克复杭州，李秀成十分高兴地在原浙江巡抚衙门里见到自己的女儿和这几个英姿勃勃的洋兄弟。金好向父亲陈述了自己的心愿，果然得到父亲的理解。不久，李秀成带着他们一起回到天京，说服了宋王娘，并决定将三女金妙许给谭绍光。

"现在，由新郎新娘向天父上帝祈祷。"亨卜洛宣布婚礼的第一项程序。

毕尔斯挽着金好，向着耶稣蒙难图跪下，念道："小女金好、小子毕尔斯跪在地上，祷告天父皇上帝：今有小女小子迎亲嫁娶事，虔具牲馔茶饭，敬奉天父皇上帝，恳求天父皇上帝祝福小女金好、小子毕尔斯夫妻和睦，家道吉庆，万事如意。托救世主天兄耶稣赎罪功劳，转求天父皇上帝，在天圣旨成行，在地如在天焉。俯准所求，心诚所愿。"

接着金妙与谭绍光、吟唎与玛丽、包西与姚弱琴都照以上格式，对着天兄耶稣祈祷了一番。

"现在，由忠王向新郎新娘赐结婚戒指。"

在各位男宾的朝服朝冠面前，忠王华丽舒适的王便服显得分外引人注目：长袍由黄缎制成，下半部绣一只棕色雄狮，上罩一件大红短袄；头巾由枣红绸子制成，上面是忠王自行设计的独特装饰——中间一块异常明亮的祖母绿大宝石，宝石左右各排着四块椭圆形金牌，金牌上刻着刀、枪、剑、戟、爪、锤、弓、斧八件兵器的图案。忠王今年刚四十岁，就已居王位，且成为中外两员虎将的岳丈，事业的胜利，家庭的美满，给他的双颊布满了喜悦的笑容。他向八位新人每人送了一个镶宝石纯金大戒指，笑眯眯地看着他们互为对方将戒指戴上。

按照太平天国通常的婚礼仪式，到此主要内容已完成，牧师开始给他们发龙凤合挥——当时的结婚证书。但遵循忠王的命令，还要按照起义前滕县，也是全国的老规矩行三拜大礼。

亨卜洛高喊："一拜天地。"四对新人对着礼堂顶拜了一拜。

"二拜父母。"李秀成和宋王娘代表新人的家长，接受了他们的跪拜。

"夫妻对拜。"四对新人互相作了一揖。

礼堂里年长的宾朋们，很久没有见到这种仪式了，今日在忠王府里再见，都感到很亲切。拜完后，亨卜洛庄重地将四张龙凤合挥发给他们，并慈爱地祝福他们互敬互爱，比翼齐飞。

"幼赞王到！"礼堂里突然响起门卫的大声报告，除李秀成、洪仁玕外，全体人员都起立迎接。这四对新人，尤其是呤唎与玛丽的心一下子急跳起来，他们不知如何来应付这突发的后果难以预料的冲突。十九岁的幼赞王蒙时雍身着王服，神情沮丧地走了进来，身后跟着一大群随员。李秀成站起，笑着对蒙时雍说："请幼赞王入座！"

蒙时雍点了点头，径直向玛丽走去。呤唎紧握拳头，玛丽脸色惨白，礼堂里其他人不知底细，都兴高采烈地望着。蒙时雍在玛丽的面前停下来，紧紧地盯着她。玛丽先是紧张已极，后来看到幼赞王的眼神越来越黯淡，越来越模糊，终于滚下两颗晶莹的泪珠来，这才放心了。呤唎等人也放心了。

"玛丽小姐。"蒙时雍带着哭腔说，"你是我所遇到的最美丽的女子，你曾经把我的魂魄都勾去了。你没有成为我的王妃，我心肝已碎，本不想来此亲眼看到这个使我痛苦的场面，但我还是忍不住来了。"

在深宫妇人中长大的幼赞王不能控制自己的感情，泪如雨下。他转过脸去，擦了一把泪水，喊道："把礼物送来！"两个随员走上来。前面的捧着一个大木盘，盘上罩着一大块绿绸。幼赞王揭开绿绸，露出盘上放着的两件东西：一顶满是珠花的凤冠，一件绣着牡丹的霞帔。烛光下，凤冠霞帔熠熠发光，美艳耀眼。

“玛丽小姐，这两件礼品，原是暗中为你制的，希望有朝一日看到你在赞王府里穿戴。今天当着呤唎的面送给你，我祝你们幸福!”幼赞王说到这里，眼泪又哗哗地流了下来。

“谢谢幼赞王。”玛丽声音颤颤地。

隔了一会，蒙时雍又揭开第二个木盘上的绿绸子，露出三只玉镯、四把短剑。他将三只玉镯分别送给金好、金妙、姚弱琴，又将三把短剑分别送给毕尔斯、谭绍光、包西。最后，他拿起剩下的那把短剑，走到呤唎面前，将短剑递过去。呤唎接过剑，正要说声“谢谢”，却看见蒙时雍在狠狠地盯着他，压低声音骂道：“我恨不得杀了你!”说完，扭头匆匆离开了礼堂!

“现在，请忠王代表新人们的父母，向各位来宾讲话。”亨卜洛充满喜庆色彩的声调又响起。

忠王再次离开座位走到茶几前，红光满面地对大家说：“毕尔斯、呤唎等人的父母或远在异国他乡，或已去世，我今天代表他们向各位兄弟姐妹们说几句话。第一谢谢各位光临，使他们的婚礼能有如此隆重热烈的场面。第二祝福他们琴瑟和谐、白头到老。第三，我要借此机会讲讲如何建设天国，保卫天国的事。尽管安庆已陷于清妖之手，天京失去一个重要屏障，但我天国仍有广阔的幅员和众多的子民，我们的力量是强大的。两年来，苏福省的人民安居乐业，百废俱兴。许多人问我苏福省是如何繁荣起来的，我可以告诉大家，苏福省的治理采取的正是今天婚礼的形式。”

礼堂里的全体来宾都被这句话所吸引，为什么治理苏福省和婚礼是一样的形式呢？大家兴趣盎然地听下去。

“今天的婚礼，我们采取了天国制度和古制相结合的形式。治理苏福省，也是用天国制和古制相结合的办法。人人平等，男女平等，有田种，有饭吃，这是天国制；施仁爱、宽刑罚、讲礼仪，这是古制。

天国制和古制相结合，苏福省就治理好了。”

干王洪仁玕坐在那里，听了李秀成的这番议论，心里大为不安。忠王这种天国制和古制相结合的办法，既违背了天王的方针，也与他在《资政新篇》里提出的建国大纲相去甚远。他为天国最高层的严重分歧而担忧。

“要建设好天国，首先要保卫好天国，现在曾妖头在安庆派出好几路人马向我天京进犯，李妖头依靠洋人的力量在上海蠢蠢欲动，左妖头也在浙江窜扰，我天国的形势仍是严峻的。”

一个卫兵进来对忠王耳语几句，忠王的面孔立刻沉下来。

“各位兄弟姐妹们，刚才得到情报，清妖曾国荃的前锋已到聚宝门外雨花台。”

礼堂里开始哗然，人们议论纷纷，无不感到大出意外。自从江南大营彻底打垮到现在整整两年了，天京城外再也看不到一个清妖。尽管前线天天炮火不息，天京城里却是一片升平安定的景象。现在又要打大仗了，怎不令人紧张！尤其是右边女宾席上，更是嘈嘈切切乱成一团，婚礼显然不能继续下去了。忠王环顾四周，镇定地宣布：“婚礼结束，全体将领随我到花厅议事！”

二　孤军独进，瘟疫大作，曾国荃陷入困境

曾国荃领了主攻金陵的任务后，便和曾贞干一起率领吉字营、贞字营雄心勃勃地向东开拔，一路斩将夺关，从芜湖、太平府打过秣陵关、方山，来到金陵城南门外雨花台，将老营设在报恩寺塔废墟边。这座建于南宋的宝塔高达十三层，颇为壮观。咸丰六年天京事变时，北王韦昌辉害怕翼王石达开回师攻天京时凭借此塔攻城，于是这座历时七百余年的宝塔便被韦昌辉拆毁了。

曾国荃和他的心腹大将李臣典、萧孚泗、刘连捷、彭毓橘、朱洪章等人都是第一次来到这座江南名城。他要韦俊带着他和部将们远远

地从南门附近走到太平门边，一路细看漫议，费去了整整一天。韦俊告诉他，金陵围墙三成只走了一成。曾国荃等人大吃一惊，心里想：吉字营、贞字营合起来只有两万多人，要想像过去围吉安围安庆一样包围天京，岂非梦呓！一向倔强自负、蛮横不计后果的曾国荃，虽有点后悔不该轻率进兵，但事已至此，也只有硬着头皮挺下去了。曾国荃命令全体将士在雨花台一带深沟高垒，建筑坚固的工事，作长期围下去的准备，一面盼望其他各路人马早点来到金陵城下。哪知进军金陵的其他几路各有各的难处。

北路主帅、安徽巡抚李续宜刚准备出师，忽接父丧凶信，匆匆回家奔丧，部将唐训方率部受阻于寿州，不能南下。鲍超则被阻于宁国，也欲进不能。多隆阿刚启程几天，朝廷便命他为钦差大臣开赴陕西，西路也因此没有了。水师因要修补战船，等待从广东运来的洋炮，也暂在池州至铜陵一段江面上逡巡不前。五路人马，其余四路都不能按期抵达，曾国荃在雨花台气得暴戾失常，曾国藩在安庆也急得日夜不安。每天晚上临睡前，曾国藩都要到三楼的小房间里去一趟。那间房子里放着一个旧蒲垫，他在蒲垫上端坐半个时辰，尽量让百念消除，气沉丹田。这是镜海师当年教给他的静坐凝神的工夫。然后再跪在蒲垫上默默地对天祷告，求老天保佑各路军事顺利，早点拿下金陵。

但曾国藩的祷告不但没有为湘军求来福祉，一场瘟疫反而突然在金陵城外蔓延，给雨花台畔的湘军带来巨大的灾难。仅仅只有几天时间，湘军就死去三百多人。一个营房里，只要有一人得了病，便会立即扩散开去，早上看着还是好好地，晚上便僵卧不起了。连夜派出十人抬尸出去掩埋，回来清点人数，就只剩下五人；打着灯笼火把去找时，沿途看到的则是五具倒在路边的僵尸。曾国荃惶恐不安。四处延医寻药，附近的药买光了，又派人远到安徽、湖北等地去买，药未买来，人又死了一千多。李秀成趁此机会大举向雨花台进攻，曾国荃不得不率领病羸士卒抵抗，弄得焦头烂额，痛苦万状。李秀成进攻了几次，部卒也染上瘟疫，吓得他不敢再与湘军接触，才使得吉字营从濒于全军覆没的边境上得以解救。

正当曾国荃稍稍喘口气的时候，贞字营统帅曾贞干忽染瘟疫死去了。贞字营被合并到吉字营中。噩耗传到安庆，曾国藩闻之伤悼不已。曾国荃孤处雨花台，连遭不幸，使曾国藩日夜为之心神不安。他希望老九暂时撤离雨花台，与鲍超的霆字营合兵一处，但老九不同意。于是曾国藩写信给在家守制的李续宜，请他墨绖视师，速带北路军南下，却不料李续宜自己已病入膏肓，不能应命。曾国藩又命李鸿章将程学启的开字营二千将士开赴雨花台，但程学启打仗勇猛，李鸿章正依靠着他，不愿放出，只同意调吴长庆前去。曾国藩知吴长庆的庆字营多为未经训练的新勇，干脆不要了。他在安庆为满弟举行完吊唁仪式，亲将灵柩送上西行的大船后，便立即乘船东下，他要去查看吉字大营在雨花台畔的驻扎情况。临行时，曾国藩又把当年王世佺送的那把王氏祖传宝剑带上，心里作了决定：先尽力说服老九暂时撤兵，如果他坚决不撤，则以此剑相赠，鼓励他早日达到目的。

太平军水师自田家镇之役大败后，便一蹶不振，以后周国虞兄弟相继战死，水师也便基本瓦解了。千里长江江面上，全是湘军水师的战船，只是紧靠天京一段江面上，太平军陆军在几个重要关口上建筑了堡垒，加强防守，使得湘军水师不敢闯进来。这几个重要关口，由西向东依次为：大胜上关、凤林洲、永定洲、三汊河、九洑洲、老江口、草鞋峡、七里洲、燕子矶。曾国藩的座船在离大胜上关二十里路远的落星寺停了下来，坐进早已在此等候的绿呢大轿，在彭毓橘指挥的三百名湘勇的保护下来到雨花台。

一连几天，曾国荃陪着大哥查看金陵城外的地形以及吉字大营二万多人马的分布情况。这时瘟疫已经过去，军营刚刚恢复元气。曾国藩见九弟的营盘扎得牢实，堡垒坚固，壕沟挖得又深又宽，很是满意，边看边称赞，使沮丧大半年的曾国荃心情舒坦起来。

“沅甫，尽管如此，吉字营还是要暂时先撤下，等北路到达江北，霆字营进入溧阳后，再三路并进包围金陵。”在曾国荃的老营，当屋子里只剩下他们两兄弟的时候，曾国藩又一次劝说九弟。

“大哥，屯兵金陵城下，饮马秦淮河边，从出山到长沙办湘勇的那一天起，你就立定了这个志向，盼望十年之久的这一天终于到了。现在瘟疫已经过去，军营恢复了生气，正宜一心一意在这里作攻城的准备，岂能言退兵?”曾国荃虽没染上时疫，人却比在安庆时要黑瘦多了，不过说起话来，仍和过去一样的虎虎有生气。

“不全部撤也可以，还有一个方案你考虑一下。”曾国藩深知九弟的脾气，他不愿意干的事，任何人也难说动他。“金陵城里有长毛七八万，苏州、常州一带有长毛十余万，吉字营二万多人全部屯在这里，万一哪天长毛调集十万人马将你们团团包围，要突围出去亦是难事。军事上最忌呆兵，二万人长期聚在一起便成了呆兵，不如腾出彭毓橘、刘连捷两支人马出来游弋在外，作活兵。”

“有两支活兵在外固然好，但分兵势必单，长毛来围便更为难。”曾国荃仍坚持他的意见。

“我不能眼看吉字营处于困境而不顾，沅甫，功要立，名要争，但自古以来成大事者，半由人力，半由天命，你尽管好强有能力，但目前天命不顺呀!”曾国藩见九弟高低不听，不免焦虑起来，“瘟疫大作，全军死了二千多人，军心大受挫折，这是天命不顺的第一点。五路大军开赴金陵，其他四路都不能顺利进军，这是天命不顺的第二点。贞干骤然去世，这是天命不顺的第三点。有此三点，吉字营暂时必须撤。”

“大哥此话固然有理，但大哥平时也常对我们说，功可强成，名可强立，在人之努力耳。又说天下事有所逼有所激而成者居其半，眼下尽管时机不太利，这正是困知勉行的时候，要在逼和激中去做成事。我准备过几天要杏南回湘乡去再招三万精壮勇丁来金陵，湘乡没有这么多，就到宝庆府去招。有五万人，我保证拿下金陵!”

曾国荃这番话，正是曾国藩过去所奉行的信条：越是艰难越要奋斗。难道说，是自己年过半百、官居一品而滋生了官场暮气吗?或者是让一时的困难吓倒了吗？曾国藩心里很是赞赏九弟这种迎难而进的斗志，一时语塞，竟然不知用什么话来回答才好。

“大哥，我还有许多话没有对你说，你先听我讲讲好吗?”曾国荃给大哥泡了一碗清亮的碧螺春，双手递上来。

“我到金陵来，一是看看你的布置，二是来听听你的意见。你有什么话，全部给大哥倒出来吧!”曾国藩喝了一口茶，催九弟说下去。

“大哥，依弟之见，我吉字大营只要在雨花台稳扎下来，今后进入金陵的第一人，就必定是我而不是别人。”曾国荃如此自信的态度，如此肯定的语言，使得曾国藩对他的话格外重视起来。

“好哇！大哥巴不得如此。你且说说必定是你而不是别人的理由。”

“大哥，我是这样看的。”曾国荃不慌不忙地将胸中的想法亮了出来，“长毛的实力不在金陵而在江苏南部，即长毛所谓的苏福省，以及浙江省。在这两个地方和长毛周旋的李少荃和左季高，都是当今不可多得的人才，且二人都极为好强，又有洋人的支持，相信他们就在这一年半载之间，便会将苏南和浙江的局面控制下来。如此，则金陵后院起火，粮饷不能接济，援兵不能前来，城内必然混乱，金陵作为一座孤城，攻下只在早晚了。我长期屯兵在此，谁敢再擅自兵临城下，抢我的功劳？倘若我这时一撤兵，难保少荃或季高不乘虚派兵进来。对他们两个人，大哥你都得存一点戒心。”

曾国荃的分析不是没有道理的。他笑着说：“看来仗把你打得越来越精了。”

得到大哥的表扬，曾国荃的兴头更足了：“大哥，我还要告诉你一件重要的事。”曾国荃的眼中流露出诡谲的神色，“这两个月来，我派了一百多个聪明能干的弟兄打进了金陵城内，要他们刺探情报，联络乡绅，拉拢收买长毛中那些不很坚定的人，这方面收获不少。”

“沅甫，你这个点子想得好!”曾国藩十分赞赏，眼前的弟弟，再也不是当年那个脾气犟硬、脑子不开窍的混小子，而是一名真正的大军统帅了。往城里派细作，这一点连他自己都没想到。

“有哪些收获?”金陵城里的消息，不仅对于曾国荃是重要的，对整个湘军的统帅曾国藩来说更为重要。

“他们每天向我报告情况。据他们所提供的情报看来，长毛的败局是必然的。他们的天王洪秀全自进金陵后，便一直在天王宫里花天酒地寻欢作乐，军政大事一概不管，先是全部交付与杨秀清，后来又听信于两个异母兄长，现在又完全委托给他的族弟洪仁玕。”

“据说此人资历很浅，不过学问还不错。”曾国藩插话。

“是的。长毛将领们都不服他。他只能纸上谈兵，实际打仗则不行；搞了个什么《资政新篇》，完全是一纸空文。长毛自内讧之后元气大伤，洪酋作乱之初所宣扬的那一套人人平等，原来都是假的，长毛内部很多高级将领都看透了。长毛打仗，原先靠的是杨秀清、石达开，后来靠陈玉成、李秀成。”

“杨秀清、陈玉成已死了。前向孟蓉来信，说石达开已被他们逼得走投无路，成为瓮中之鳖，现在只剩下一个李秀成。这个人有头脑，那年以偷袭杭州的花招破了江南大营，其用兵之乖巧令人佩服。”曾国荃谈的这些情报并非什么绝密消息，曾国藩早已掌握。

“李秀成是个人才，但洪酋不信任他。”

“是吗?”这点使曾国藩感到意外，他一直以为李秀成是受着洪秀全绝对信赖的人物。

“自从那年内讧之后，洪酋便不再实心相信异姓人，后来韦俊投诚，更引起他对拥有重兵的异姓将领的不放心；且据城内来的消息说，在用兵打仗、用人行政等方面，李秀成和洪酋有不少重大分歧。他在苏州行使的一套，与洪酋的方针大有不同。只是因为李秀成性格软，常常对洪酋做些让步，才保得分歧没有表面化。大哥，如果不派人打进城里，我们如何会得到如此机密内情。”

“的确如此。”曾国藩点头，“沅甫，今后有关长毛上层的一些重要消息，你要常常告诉我。”

“好是好，但大哥你要拿东西来交换。”

“交换?”曾国藩不禁大笑起来，“好厉害的老九，要什么条件，你尽管说。”

“大哥，你要给我买一百尊重型开花炮，每隔半个月给我送一千颗开花炮弹。”

“一百尊重型炮我给你买。至于每半个月一千颗炮弹嘛，”曾国藩停了一会，“安庆内军械所目前一个月还造不出二千颗炮弹，全部给你都不够呀!”

“大哥，安庆造的开花炮弹，你不全部给我，还给谁呀！我不管多少，造出几多给几多，我派两个人坐镇安庆。我不打下安庆，哪里来的安庆内军械所!”

曾国藩听了这话先是一怔，随后勉强笑道：“老九，你可是越来越强梁了!”

“不强梁还能带兵打仗吗?大哥以前老是对我们说，要牢记祖父的教导，懦弱无刚是男子的奇耻大辱。打下金陵，不是我老九一个人的光彩，也是我们曾氏家族的荣耀呀!”

老九说的也是实话。“好，好，全部都给你，还有什么条件吗?”

“还有一个。”曾国荃指着挂在墙壁上的金陵地形图对大哥说，“刚才我说过，金陵城内的粮饷接济主要靠南面，但北面也源源不断地向城内供应，长毛从北面来的粮饷都存放在九洑洲。”曾国荃拿起桌上的毛笔，将九洑洲重重地一圈，“再上船运进城。故长毛自大胜关至七里洲一带修建了十几个坚固的堡垒，其目的就是为了保卫这一条通道，我想请大哥命令厚庵和雪琴，立即发水师把这一带肃清。这样就将金陵的北门给关死了。然后，由我来关南门。”

“好，这一个条件也答应。”九弟强梁虽强梁，气概却也可嘉，曾国藩从内心里来说是喜欢的。

“如此，我便每天派人送一次情报到安庆。”曾国荃得意地说，又故意问，“大哥，吉字营还撤吗?”

“你这个精明鬼!”曾国藩快乐地笑起来，“大哥奖励你的气概，也送你一样东西。”

“什么好东西?”曾国荃的兴致大增。

“一把剑。”曾国藩从随身布袋里抽出王氏祖传宝剑来。

“我看看。”作为一个带兵的统领，曾国荃对兵器有着浓厚的兴趣。他从大哥手里接过剑，“刷”的一声，便把剑从剑鞘里全部抽了出来。只见一道白光闪过，冷气迎面扑来。

“好剑!”见过成百上千种刀剑的吉字营统帅不觉脱口赞叹。“大哥，这是从哪里来的?”

“那年在衡州初办团练时，船山公的后裔送给我的。他说当年他的先祖就是仗着此剑冲进金陵城的，这是一件攻克金陵的吉物。为了鼓励湘勇，他将这把祖传宝剑送给了我。”

曾国荃睁开眼睛听着，心情激动起来。他已完全明白了大哥转送给他的用意。

“大哥，这么好的东西，你为什么没有早送给我?”

“大哥没早送，是因为时候未到。”

“你是说早些时候吉字营还没有围金陵?”

“不，不是这个原因。”曾国藩有意将声音压低，“沅甫，世佺先生告诉我，这把剑有一个奇异之处，每到它立功的前夕，都要长鸣一次。”

“有这事?”曾国荃很惊讶。

“世佺先生说，当年他的先祖仲一公进金陵前夜，此剑长鸣了一次。传到船山公手里，他去广西找永历帝时，又在夜里长鸣了一次。那年我去王衙坪瞻仰船山遗迹时，世佺先生说，先天夜里，此剑又鸣了一次。于是，他慨然把剑送给了我。离安庆前夜，此剑突然长鸣不已。我想它是不安心在我这里闲居，它要到英雄身边去建功立业了。因此，我把它带到金陵来。”这一番话，纯是曾国藩的即席编造。那年王世佺说这把剑每到半夜都要长鸣一次，其实一次也没鸣过。他知道那是王家故意抬高剑的身价所要的花招。他觉得他这样说既无破绽，又能给老九坚定必胜的信心。

果然，在“日月合璧，五星联珠”那天打下安庆，从此便自诩为有天保佑的曾国荃，此时毫不怀疑自己就是应剑鸣的立功之人。他把剑往剑鞘里重重一插，说：“大哥放心吧，此剑必将以胜利者的身份，第二次进入金陵城！”

“好！”曾国藩站起身，拍了拍九弟的肩膀，庄重地说：“这正是大哥所希望于你的！”

三　彭玉麟私访水下道，杨岳斌强攻九洑洲

彭玉麟、杨岳斌统率湘军长江水师很快来到了落星寺。曾国荃亲到船上与他们见了面。第三天，三人乘坐一条小民船从大胜关一直划到燕子矶，借助千里镜查看太平军在这一带的设防。长江控制着金陵的西北两面，从杨秀清开始，便十分注意对进入金陵地段的长江水路的防守，经过十多年来的修筑，这一带堡垒林立，且高厚坚固，尤其以大胜关、九洑洲、草鞋峡、七里洲、燕子矶等处更是重点设防。其中九洑洲驻扎了一万人马，以康禄为主帅，呤唎为副帅，更是铁壁金汤，控扼着江浦至金陵的水上通道。彭、杨等人查看一番后，都觉得这场仗不容易打。

“再难打也得打，千里长江就这一小段在长毛的手中了，我们难道就甘心受阻于大胜关吗？”对自己的水师战斗力充满信心的杨岳斌，不管困难多大，也要以强攻拿下。

“水路不肃清，就不能关住金陵的北门，二位非拿下不可！我再要刘连捷带五千陆师来支援你们。”曾国荃在一旁竭力怂恿。

“长毛已到穷途末路，当然不可能阻挡我水上雄师。不过，困兽犹斗，何况他们目前尚未大败，实力仍很强。我想先以九洑洲为突破重点，明天派小股战船去试探试探。”彭玉麟经过一番熟虑后说出了

自己的意见。杨岳斌、曾国荃都急于成功，不以彭玉麟的谨慎为然。

第二天，杨岳斌亲率三千水师强攻九洑洲。激战一整天，死了百多人，毁坏战船几十艘，九洑洲岿然不动。杨岳斌沮丧收兵，但不服气。第三天又整队前行打了大半天，仍然无功而回。彭玉麟说："九洑洲防守严密，一味强攻不是法子，我们要学宋江三打祝家庄的经验，想法子刺探清楚后再去打。"杨岳斌说："好是好，只是难以进去。"彭玉麟说："试试看吧！"

彭玉麟和刘连捷两人，一人装猎手，一人扮樵夫，悄悄坐一只小划子，划到江北上了岸。刘连捷今年三十四岁，是贞干在湘乡读私塾时的同窗，为人甚是机警，且武艺极好。二人来到九洑洲旁。这九洑洲长约有十五六里，宽在一二里至六七里之间，位于长江主航道以北，与北岸相隔一条十余丈宽的水带。江边尽是芦苇和茅草。二人沿着一条羊肠小道边走边留心观察，时时听见洲上传来喧哗声，但江边却异常寂静冷落，走了个把时辰，尚不见一个人。刘连捷有收获，打了两只野兔，一只五彩斑斓的锦鸡。彭玉麟只是随便拾了几根枯柴应付应付。正在失望之际，忽见水边茅草丛中露出一只旧斗笠来。

"有人在那儿。"彭玉麟提醒刘连捷。二人走近看时，果然见一个年在六十岁以上的老渔翁，安详地坐在一块石头上，垂着一根长长的钓竿。

"老伯伯钓了多少鱼啦?"彭玉麟操着少年时代在舅舅家里学会的芜湖话问。芜湖与金陵相隔不远，口音接近，老渔翁没有怀疑他们是异乡人。

"今天刮什么好风，把两位老弟吹过来了！这块坐坐。"老渔翁指着斜对面一块大青石，对彭玉麟、刘连捷说。他在这儿钓鱼，三五天不见一个人是常事，更莫说有人主动向他打招呼了，真所谓空谷足音，他很快活，因此对彭、刘很热情。

"听说这里有好野物，走了几十里路赶来，老半天见不到一个人，没有想到在这里遇到了姜太公。"彭玉麟更快活，紧挨着老渔翁坐下，一边拿起鱼篓看，见里面盛着大半篓鱼。“老人家的钓术很高哟!”

受到称赞，老渔翁越加高兴：“不瞒二位说，这里野物并不多，但鱼多。尤其是我坐的这个地方，有个小小的漩涡，四面八方的鱼都赶到这块来了，每天都可以钓到二三十斤。”

“这么多!”刘连捷情不自禁地冒出一句湘乡话，彭玉麟瞟了他一眼，他意识到失言，于是闭住嘴不再说了。这句话只有三个字，老渔翁根本没有听出口音来，接着说：“吃是吃不完，兵荒马乱的，卖也卖不起价，送些给别人，剩下的就晒干，日后慢慢吃。”

彭玉麟心想：江边只有这个老渔翁，再也遇不到第二人，且他天天在此垂钓，一定晓得些内情，必须抓住不放，从他口里挖出些东西来。彭玉麟有意奉承：“老伯心肠好，这么活鲜鲜的鱼白送给人，真少有！老伯，听说钓鱼中的学问大得很，您老给我们传授点吧!”

“钓鱼又不是读书做官，有什么学问不学问，天天钓就是了。天长日久就钓出来了，哪里是讲得出来的!”老渔翁憨厚地笑着，彭玉麟知他说的是实话，想了片刻，说：“老伯，我听人念过一首钓鱼歌诀，您老听听看有没有道理?”

“钓鱼还有歌诀？你念出来给我听听。”老渔翁显然很有兴趣。

“好，老伯请听。”彭玉麟一字一板地念道，“钓鱼钓鱼，心神专一。春钓浅滩，夏钓树荫，秋钓坑潭，冬钓朝阳。春钓深，冬钓清，夏池秋水黑阴阴。春钓雨雾夏钓早，秋钓黄昏冬钓草。深水钓边，浅水钓渊，雨季鱼靠边。鱼儿顶浪游，钓鱼迎浪口。钓翁钓翁，莫钓南风。西风要到西，钓鱼切勿守。轻提慢慢动，鱼儿上钩勤。水下小鱼多，大鱼不在窝。”

“有道理，有道理。老弟，你懂得很多哇!”老渔翁大笑，满脸皱纹又多又深，像一块石磨似的。“我钓了几十年的鱼，人蠢，编不出这样好听的歌诀，只知道鱼跟人一样，冬天怕冷喜太阳，夏天怕热躲阴凉。眼下天气热了，我就在这块钓，这里树木多，阴凉，鱼就赶到这块来。一到冬天，我就到那块钓。”老渔翁指了指右前方，“那块树少，阳光多，鱼都往那块赶。”

“这就是老伯的诀窍。”彭玉麟忙恭维。老渔翁很开心，说：“眼下正是鲥鱼入江产卵的时候，我还常常钓到鲥鱼。这种鱼别处钓不到，就这个小漩涡有，两位老弟今后要钓鲥鱼就到这块来！”

老渔翁的胸怀坦荡使彭玉麟感叹起来，到底是与明月清风做伴的人，无机心，无忧愁，这才是真正的人生！老渔翁从水中捞出一只大竹篓来，笑嘻嘻地打开篓盖，里面有五六条近两尺长的大鲥鱼在跳动，阳光照着银白色的鱼鳞，甚是逗人喜爱。

“老伯伯，这几条鲥鱼大概要卖得两把银子吧！”彭玉麟在芜湖生活过，知道长江中的鲥鱼是一种名贵鱼，尤其以扬子江这一段的鲥鱼味道更鲜美，更值钱。

“不瞒两位老弟，”老渔翁得意地笑着，指了指对面的九洑洲说，“明天我给洲上的洋大人送去，他要给我二两银子。”

“你是说这个洲上的洋大人?”如同进山探宝的人蓦地发现寻找多久的宝物，彭玉麟心里欢喜极了。

“洲上的洋大人叫呤唎，据说是英国佬。还有一个洋婆子，是他的老婆。他们两个人都要吃我钓的活鲥鱼。洋大人说他到过很多国家，吃过很多山珍海味，再没有比我钓的鲥鱼更好吃的了。这次积了半个月，明天一早给他送去。卖了鱼后，我去买酒割肉，两位老弟就在我这里住两天如何?”

“多谢老伯。我们也是两个酒鬼，葫芦里正装着一壶好酒，宰了这只野兔，烧了它下酒吧！”老渔翁的话提醒了彭玉麟，忙拉着他来到一块沙砾地。刘连捷拔出腰刀，三刀两下地剥了野兔的皮，将彭玉麟拾来的干柴架起来，烧火烤肉。不一会，河滩上飘出一股兔肉香，三个人用手撕扯着兔肉，一口接一口地喝起酒来。几口酒喝下去，彭玉麟与老渔翁仿佛成了相交几十年的老朋友了。

“老伯，你怎么会与洲上的洋大人相识的?”彭玉麟存心抓住九洑洲不放。

“老弟，你不知道，我本是住在这洲上的人。”老渔翁的脸开始泛红，看来酒量并不大。

“九洑洲上还住着人家?”彭玉麟惊问。

“怎么没有人家?原先也有十几户的。咸丰三年，城里的太平军上了洲，在洲上修堡垒，我们都扛过石头。太平军很和气，帮他们做事都给钱。那时洲上的军队不多，我们也都照样住着，在洲上种菜喂猪，卖给太平军，日子过得比先前好。去年，说是朝廷派曾九帅带兵来到城下，要收回天京，九洑洲上的军队就一下子增多了。”

“现在洲上有多少人?”彭玉麟赶紧抓住这个话题提问。

“很多，我也不知道确数，总有一万多吧!”老渔翁顺手拿起一根枯柴扔到火堆里，快熄的火又重新燃起来。“洲上也来了新头领，大头领称楚天义，二头领便是刚才说的洋大人。洋大人要我们统统都搬走，说是要打大仗了，免得在洲上白白送死，我们十多户人家都搬了。我家搬得不远，离这里只有四五里路，心想暂时住住，打完仗后还得上洲种庄稼。我也没有别的事做，就天天到这块钓鱼。有一天，洋大人见到了我钓的鲥鱼，问我这是什么鱼。”

“老伯，你还懂洋话?”彭玉麟故意打趣。

“老弟说得有味，我这个糟老头还能听得懂洋话么!是这个洋大人会讲中国话。你们大概没听过洋人讲中国话吧!那真讲得好，比我们中国人还讲得好听。”老渔翁今天特别快乐，“我说这鱼叫鲥鱼。洋大人摇摇头说从没见过，好吃吗?我说最好吃，你拿一条去吃吧!我从鱼篓里抓起一条尺多长的鲥鱼递过去。洋大人笑着说我收下了，给你钱。说着从口袋里掏出一把钱来给我。你们猜猜有多少?”

彭玉麟摇摇头。

“五百文!”老渔翁自己回答了，“若是拿到江浦去卖，一百文还卖不到。第二天，洋大人派人找我，说鱼味道好得很，要我每个月送两次鱼给他，鱼要大的，就按昨天给的价，每条五百文。哪里去找这么好的生意!我满口答应。”

"噢，是这样的。"彭玉麟若有所思地望着对面的九洑洲，慢悠悠地说。过一阵子他又问，"老伯，你们过去住在洲上，是怎么到岸上来的，划船过来吗?"

"不，我们不坐船!"

"不坐船?"刘连捷是个急性子人，忘记了刚才的失言，又脱口而出一句湘乡话。彭玉麟忙接过去："老伯，你方才说不坐船，那又怎样上得岸呢?"

"我们靠两只脚走。"老渔翁笑嘻嘻地，好像在卖弄关子。彭玉麟、刘连捷不解地望着他。"老弟，你们不住这里，当然不知道，九洑洲原本有一条路与岸上相连的。"

有一条路? 探宝的湘军将领们又挖得了一件宝物。

"九洑洲与江岸相隔的这一段，水浅，底下都是烂泥，不能走船，洲上的人合力修了一条路，有四五尺宽，车马都可以走。"

"为何现在没有了呢?"彭玉麟追问。

"楚天义和洋大人来后，将路削去了三尺多，原来是高于水面一尺多，现在是低于水面一尺多，眼下水丰，路看不见，待到冬天枯水季节，路上还可以走人。"老渔翁动了感情说，"楚天义是个好人。他说现在因为打仗，不得不挖路，但不能全部挖掉，打完仗后还要再填起来，老百姓好用。"

彭玉麟和刘连捷都暗自得意，多亏了这个"好人"，有路就好办了。

"老伯，你今天就把鱼送去吧，我们和你一起到洲上去看看。"

"今天送鱼倒是可以。不过，"老渔翁犹豫着，"不过两位老弟去怕不行。"

"为什么?"

"楚天义和洋大人一再招呼，只能让我一个人上洲，不能再带别人。"

"老伯。"彭玉麟将酒葫芦递过去，殷勤地劝老渔翁再喝一口，

“我们今天能在一起喝酒吃肉也是缘分，难得，你就带我们到洲上去看看吧！”

“只怕是守关口的将爷不放。”老渔翁慢慢说，突然灵机一动，“好吧，两位老弟硬是要去，就带上那只死野兔和锦鸡，过关时送给他们。你们只说也是住在这个洲上的人，一年多没回来了，想看看，求他们放行。”

“那太好啦！”彭玉麟站起来说，“过几天我们再打几只野兔送给老伯下酒。这就请老伯带路吧！”

趁着老伯收拾鱼篓的时候，彭玉麟用衡阳话悄悄地对刘连捷说了几句。老渔翁带路，在一个堆满鹅卵石的地方停下来，脱掉草鞋，卷起裤脚，彭、刘也脱鞋卷裤，跟着老渔翁下了水。果然只有膝盖深的水，下面便是坚硬的泥路。彭玉麟在心里默默地感激老天保佑，搀扶着老渔翁边走边说，刘连捷背着鱼篓猎物有意落在后面，每隔丈把远便在两旁插上芦苇秆。秆顶只露出水面两寸长，并不引人注意。

“刘二爹，你又给吟唎将军送鱼来了。”刚一上洲，便见从石垒里走出三四个太平军来，每人头上包一块大红布。

“是啊，是啊。”老渔翁笑呵呵地迎上去，“好几日没见了，将爷们都好哇！”

“刘二爹，这两个人是谁？”内中一个高个子太平军指着彭玉麟、刘连捷问，并以警惕的目光将他们上下打量了一番。

“将爷，我们原先也是住在这个洲上的，想看看过去住的屋子。”彭玉麟走前一步，仍以纯熟的芜湖话回答。

“过去住在洲上的？怎么从没见过！”高个子怀疑地问。

“是这样的。”老渔翁情急智生，“将爷们来到洲上时，他二人正外出做生意去了，回来时家已搬出洲，将爷们没见着。他们今日死活缠着我，要来看看，将爷们行行好，放他们进去吧！”

“那不行！楚天义和吟唎将军有令，这个洲上只许刘二爹一人每月来两次，其余任何人都不能进来，何况这几日清妖水师和我们打仗，谁能保证他们不是清妖的奸细?”高个子说完又狠狠地盯了彭玉麟一眼。

“将爷，清妖都是两湖人，哪有我这个讲天京话的奸细。”彭玉麟再走前一步，悄悄地对高个子说，“将爷，我有一瓦罐子碎银埋在屋后菜土里，家里谁人都不知，我要把这罐银子挖出来。将爷，你放我进去吧，我分给你一些。”

高个子的脸上立刻露出了笑容，彭玉麟从刘连捷身上取下野兔锦鸡往高个子怀里一塞：“这点野物送给将爷们下酒吧!”那几个太平军一听，忙过来将野兔锦鸡抢了去。高个子刚要放彭玉麟进去，忽然神色紧张起来，压低了声音：“楚天义来了，你们不要讲话，我来应付。”

康禄走过来。上九洑洲之前，他从楚天安晋升为楚天义，这是六等爵位中的最高一级。比起前几年来，康禄显得身躯宽大了些，也更觉成熟老练了。高个子带着兵士们垂手肃立。楚天义微笑着向老渔翁打招呼：“刘二爹，又钓得好鲥鱼了?”

“义爷，我正要给您送去。”老渔翁提着鱼篓子向前走了两步。

“这两人是什么人?”康禄指着彭、刘问。

“他们两人原先也是这洲上的居民，想来看一看。”老渔翁忙抢着回答。

“这几天正在打大仗，以后再来吧。刘二爹，你也别到呤唎将军那里去了，把鱼留下，我这里有四两多银子，你都拿去算了。”康禄掏出银子给刘二爹。

“谢谢义爷。”刘二爹接过银子，转脸对彭玉麟说，“老弟，义爷说了，现在正打大仗，以后再来，我们回岸上去吧!”

彭玉麟望了高个子一眼。高个子会意，忙上前对康禄说：“义爷，八号垒又加厚了一层，叫七牛子陪你去看看吧!”

“要得，去看看。”康禄向前走了两步，又回过头来对刘二爹说，“你带着这两个人赶快走，炮子不长眼睛，打死了划不来。”

“好，就走，就走!”刘二爹弯了弯腰，提起空篓子就要往回走。

“慢点。”高个子一心惦记着彭玉麟挖银罐子的事，“义爷已走了，你们去看看就来。”

彭玉麟对刘二爹说：“老伯你先回去吧，免得义爷回头看见了又说你，我们去看看就走。”

刘二爹答应一声，又下水去了。彭玉麟向高个子借了两块红布，和刘连捷一道包了头，赶紧向洲心走去。

两人从洲头走到洲尾，细心地查看洲上太平军的火力布置，发觉沿江北一带防守较弱，主要力量都集中在沿江南一面。同时还发现一座武器库，里面堆满了火药、炮子和开花炮弹。彭、刘兴奋不已。

傍晚时分，两人将九洑洲上的情况已基本摸清了。出卡时，彭玉麟从怀里摸出一把碎银子来，对高个子说：“兄弟，谢谢你了，这点银子拿去买酒喝。”

高个子满脸堆笑地接过，悄悄地问：“没有给楚天义和呤唎将军撞见吧?”

“没有。”彭玉麟答。

“那就好，你们快走吧!”

刚出卡，刘连捷猛地倒在地上，手脚抽搐，口吐白沫。彭玉麟神色慌乱地对高个子说：“我这个伙伴素有癫痫病，不想在这里发作了，看来一时走不成了。好兄弟，求求你让他在这里躺一夜，明天就自然好了。”

高个子犹豫半天，说：“那好吧，他一个人留在这里，你赶紧走。”

“我这就走。”彭玉麟将刘连捷抱进哨卡后，便急急忙忙地赶回落星寺。

第二天早晨，康禄刚起床不久，便有军士来报，发现上游清妖的战船密密麻麻地正向洲头开来，他忙叫醒呤唎。呤唎与他的妻子玛丽赶紧穿衣出堡。玛丽是个勇敢的女子，她多次婉谢康禄的好意，执意留在洲上，参加打击清妖的战斗。很快，各个石垒中的将士都已到位，摩拳擦掌地要给清妖水师再来一次歼灭性的打击。

杨岳斌指挥的五千水师死劲地向下游划去，与前两次不同，他们不从九洑洲的头部和南面进攻，而是绕过去，将战船集中在洲尾。昨天半夜，杨岳斌从五千人中抽调出三百人为先锋队，乘坐十只战船。出发前，他亲自为这三百人一人敬一杯酒，鼓励他们说："这次有人做内应，大家放心打，一定会成功。洲上爆炸声起，便奋勇冲上岸去。成功后，每人赏百两银子，有官衔者升两级，白丁拔六品实职。"众皆踊跃。

康禄和呤唎见清妖的船改变了进攻方向，便重新部署力量，火速调派二千人移往洲尾。人虽然立即赶到了，但火炮却一时搬不过来。呤唎焦急。康禄说："不要紧，多运点火药、炮子去就行了，清妖并不知洲尾防守较弱，他们也不敢贸然进攻。"

仗打起来了。洲头、洲尾、洲南三面同时飞来湘军的炮子和开花炮弹，尤其是洲尾的火力更是密集。获得两次胜仗的太平军抱着必胜的信心，沉着对敌，尽管有不怕死的先锋队在前面卖命，杨岳斌的水师仍未占到便宜。

这时，彭玉麟指挥的二千刘连捷部属，早已埋伏在北岸芦苇丛中了。昨天烧野兔肉的地方又架起一堆干柴，上面淋了一桶茶油。见江上已接仗，便命令点火，浸了油的干柴立时熊熊燃烧起来。躲在火药库房废料堆边的刘连捷见北岸火起，便打起火石，点起一个草包，从窗口里丢进去，自己就势一滚。轰隆一声惊天动地的巨响过后，火药库上冒起了乌黑的浓烟。康禄和呤唎见此情景，急得直跺脚，守在北边的一千多老弱太平军不约而同地向火药库奔去，试图抢救些炮弹出来。岸上，彭玉麟带着湘军陆师，从原来插好的标记——芦苇秆尖中趟水而过，很快地冲上了九洑洲。洲上展开了短兵相接的白刃战。

就在火药库爆炸，洲尾守兵惊呆的瞬间，三百先锋队在杨岳斌的统领下，冒死靠近了九洑洲，强行登了岸。康禄和呤唎分头指挥，命令将士们一定要守住九洑洲。无奈，九洑洲上的坚固防守，已被敌人从内部攻破了。军心动摇，弹药也供应不上，太平军防守乏力，湘军水师战船一艘艘地靠岸，勇丁们如蚂蚁般源源不断地爬上来。湘军已完全占了上风。

“楚天义，九洑洲守不住了，我们撤退吧！”呤唎向康禄建议。

“不行。死也要死在洲上！”康禄虎着脸孔，亲手点燃一根引信，一发开花炮弹射出，几个湘军倒地。

又苦战了半个时辰，太平军成片成片地倒在石垒边。江边停泊的木船已有几只在升帆起锚了。

“不能再打了！”呤唎叫起来，“楚天义，你们中国人血战到底的战术不是最佳的方法，保存实力，争取最后胜利才是英雄。赶快坐火轮进城吧！”呤唎不容分说地拖着康禄向江边跑去，一面高喊：“玛丽，快跟我来！”

康禄见江边的战船已全部开动，洲上的炮火已全部熄灭，心里如刀绞锥刺般痛苦，无法，只得听呤唎的，暂时撤退。刚走出几步，猛然想起一件事：“糟了，金陵城防图尚在石垒里，不能落到清妖手里。”呤唎见玛丽刚出门，高喊：“玛丽，你把垒壁上挂的那张城防图取下来！”玛丽又转回去。一会儿，她从石垒里出来，高一脚低一脚地向江边跑去。眼看就要追上呤唎了，忽然惨叫一声，倒在地上。呤唎回头高叫“玛丽，玛丽”，发疯似的向玛丽奔去。只见玛丽头上身上中了十几颗铁子，满脸是血，已不能开口了。呤唎抱起玛丽向火轮跑去。

火轮开动了。呤唎将玛丽平放在甲板上，从口袋里掏出那张金陵城防图来，把它递给康禄。康禄攥紧这张浸着玛丽鲜血的地图，望着九洑洲上湘军狂呼乱叫的惨景，心中的怒火在炽烈地燃烧着，他愤怒地大骂：“你们这班畜生，不要高兴得太早了！”

四　一别竟伤春去了

攻克九洑洲之后，彭玉麟、杨岳斌统率湘军水师又一鼓作气，将大胜关至七里洲这一段江面两岸的所有石垒都攻破了。至此，整个长江全部由湘军水师所控制。天京北门被封锁了。捷报传到安庆，使几个月来一直郁郁寡欢的曾国藩略觉宽慰。曾国藩这段日子来，不但为金陵城下的吉字大营提心吊胆，也为如夫人陈春燕的病而忧心忡忡。

曾国藩并不贪恋女色，陈春燕也不是国色天香的女人，但这一年多来，他却是从心里喜欢上了春燕。曾国藩没有多少时间和春燕厮守在一起，也没有以像与儿子谈话那样的热情，来向春燕交待该怎么做、不该怎么做，一切都靠她通过细细地观察体味来决定自己的言行。没有多久，春燕便出色地做到了这一点，她完全掌握了曾国藩的脾性，服侍得周到细致，使得精细的曾国藩找不出一点岔子。尤其令曾国藩满意的是，春燕谨守妇人规矩，一天到晚不多说一句话，不随便走动。安庆总督衙门有前院后院，后院她只走过几次，前院是从来不去的，平时走动，走到厅堂的门帘前便止步。还有一点是不贪。春燕的母亲和兄嫂有时来看她，走时总是两手空空的，从不私塞他们一点东西。有这两条，曾国藩渐渐地对春燕生出一丝爱慕来。谁知春燕年纪轻轻地却染上了吐血的恶疾。曾国藩四处延医，终无效果。四十多天来粒米未沾，只靠吃药吊着一口气。曾国藩派人将其母亲、兄嫂接来照料。

昨夜，春燕自知死期已至，请曾国藩进内室，支开母亲、兄嫂后，哭泣着说："大人，我能够服侍大人一年多，这是我的福气，无奈我福薄命短，不能终生侍候，眼看就要与大人永别了。我一个卑贱的小女子，不值得可惜，但有三件事未了，死不瞑目。"

春燕说到这里，咳嗽起来。曾国藩端来茶杯，春燕喝了一口，略为安定，无比感激地说："谢谢大人!"又喝了一口，将茶杯放在桌上，继续说，"第一件不瞑目的是，我肚里已怀着大人的骨血三个月了。”

曾国藩一听，心里一阵慌乱。刚娶春燕不久，曾国藩也曾想过晚年得子的事，后来见自己的身体每况愈下，春燕也多时没怀上，便打消了这个想法。想不到她居然有了，他心里暗暗责备春燕不该瞒着。听说老夫少妻生出的儿子聪明异常，唉，这个儿子无指望了！

“我没有支撑到把他生下来这一天，深负大人恩情，就是到了阴间我也不甘心。第二件，大人的癣疾患了三十年，给大人带来了无穷的烦恼，我托我哥哥在乡间打听偏方。现在得了一个方子，原想亲手调理，可惜也不能了。”

“什么方子？”曾国藩问，心里很是感动：这是一个有心计的女人，事情没办成之前不露半点风声，与自己的性格颇为相近。

“这个方子很简单，就是用菖蒲艾叶煎水天天洗澡，洗上一年半载就可以了。也不知有用没用，我死之后，请大人再买一个妾来，要她天天煎水给大人洗澡。”

曾国藩点点头，但他已不想再买妾了。

“还有一件，我做了大人一年多的妾，却没有见到太太，没有亲自服侍她，我心中不安。虽有幸见到了大少爷，但二少爷和家中五位小姐也都没见过面。春燕我前生作了孽，今生命薄如纸。哎！”春燕长长地叹了一口气，泪水一串串地流出来，好半天，又说出几句话：“我死之后，请大人看在服侍一年多的情分上，将我的棺木送回荷叶塘，莫让我作孤魂野鬼。大人你自己要多多保重。”说完便晕过去了。

曾国藩知道春燕难过今日，且不论这一年多来的服侍，就凭昨夜那番“三不瞑目”的话，曾国藩觉得自己今天也应停办一切公事，守在春燕的病榻边，给她最后一丝温情和安慰。但曾国藩没有这样做。为了一个女人的死，便废搁公事，岂不因小失大！一个堂堂协办大学士、两江总督，在小妾面前情意绵绵、悲哀失性，传扬出去，岂不成了人们谈笑的话柄！何况昨天收到的两份上谕，事非寻常，不能耽误。

下午，曾国藩把赵烈文、杨国栋、彭寿颐几个最为贴心的幕僚召进签押房。昨天来了两份上谕。一是授曾国荃浙江巡抚实缺，不赴任，仍在军中。一是授左宗棠闽浙总督实缺，兼署浙江巡抚。弟弟荣膺封疆，自然欣慰。兄为总督，弟为巡抚，圣眷之隆，世所罕见，足使曾氏家族荣耀天下。但朝廷为何如此急忙将左宗棠擢升闽浙总督呢？这事却使曾国藩隐隐约约感到背后有文章。

本来，左宗棠德才兼备，是个不可多得的人物。他与左相识三十年了，尽管对左睥睨一切目中无人的个性不喜欢，但对左廉洁自守、精明干练则一直是钦佩的。咸丰九年樊燮案中，他极力保左，次年又奏请左自建一军援浙，在左打了几场胜仗后，又密荐左为浙抚。平心而论，左以不足两万人的楚军，三年来攻无不克，战无不胜，陆续收复衢州、严州、金华、绍兴等府城，最近又攻克富阳，兵围杭州，战果的确辉煌。他常钦服不已，自叹不如。但仅仅只有三四年间，便由一个四品京堂升为二品实授巡抚，朝廷对左的酬庸也够面子了。他想起自己以一个侍郎身份，带勇八年才得到一个总督实缺，相比起来，左未免太平步青云、飞黄腾达了。他不可理解，朝廷为何要在这时急急授左以总督之职，今后不是要与自己平起平坐了吗？

“中堂，恕卑职直言，左季高得授闽督，朝廷有深意存焉。”已授七品知县、仍留幕中的赵烈文经过一番深思后，终于忍不住开腔了。“我想这是冲着大人来的。”见曾国藩脸上不悦，赵烈文赶紧缩了口。

“惠甫，你说下去，为什么是对着我来的呢？”赵烈文话虽不中听，却说到点子上了，曾国藩鼓励他说下去。

“中堂，依卑职之见，朝廷是要借此来树立一支与中堂抗衡的力量。”话已说到这种地步，赵烈文不得不竹筒倒豆子了，“左季高有才能，也有功劳，但给他一个巡抚也足够了。当年润帅才还不大，功还不高吗？也只是一个巡抚；再说远一点，岷帅的才和功又怎样呢？也只一个巡抚。论才论功，朝廷没有必要叫他当总督。左季高为人，只能居人上，不能居人下，当巡抚时便常常自作主张，只是朝廷有命，浙抚受大人节制，才不敢公然对抗。现在做了总督，楚军两万人，大人休想再调派了。朝廷此举，便是从湘军中把楚军彻底分离出去，大大削弱湘军的力量。这其实就是前代推恩之计的翻版。”

曾国藩静静地听着，脸上无丝毫表情，心里在称赞赵烈文的见事之明。

杨国栋也点头表示赞同：“惠甫之言很有道理。左宗棠这人虽然才高八斗，器量却不开阔。据卑职所知，他先前便不大服中堂，今后会更仗着朝廷破格礼遇而有恃无恐。说不定，朝廷欲以左宗棠来牵制大人。”

曾国藩仍听着，不做声。彭寿颐也同意赵、杨的分析。他说：“说不定还有几个总督封。比如李少荃这一年来在江苏军事进展顺利，朝廷亦很可能封他一个总督，将他和淮军由从属于大人的地位，提到与大人一样高，那时湘军、楚军、淮军三足鼎立，互不能制约，朝廷就可以此制彼，分而治之。”

曾国藩听到这里，出了一身冷汗。幕僚们的分析是极有道理的，帮助他更加清楚地看出朝廷擢升左宗棠为闽督一事的用心，他由此而更加惦念金陵城下的弟弟：倘若李鸿章、左宗棠很快将苏南、浙江收复，老九的局面就难堪了。忽然，后院传来一阵悲怆欲绝的号哭声。

“大人，春燕她，她过了。”春燕的哥哥肿着两只烂桃子似的眼睛进来，对曾国藩说。

曾国藩怔怔地听着，一股郁气冲塞胸口，他真想大喊一声“春燕”，哭着奔向内室，但他理智地控制了。“知道了，你去吧！”他缓慢地边说边站起，正要转身走出签押房，又坐下来，对赵烈文说：“过几天康福会从赣北返回安庆，你准备一下，待康福一到，就和他一起到金陵去协助老九。老九身边缺人，尤其缺出主意的人。”

“是。”赵烈文站起。杨国栋、彭寿颐也站起来。他们知道曾国藩要进内室与春燕遗体告别，便告辞出门。

“惠甫陪我下两盘围棋。你们两个回去吧！”曾国藩挥挥手。

“还下棋？”赵烈文惊愕得睁圆了眼睛，他对曾国藩此时的心态捉摸不透，只得重新坐下。几个子摆下后，赵烈文看出曾国藩的棋法紊乱，悄悄地说："中堂，今天不下了吧！"曾国藩不做声，很快按下一子，赵烈文只得硬起头皮陪着，心里百思不解。一局未终，曾纪泽带着几个衙役进来，衙役们的手上都捧着东西。

"父亲，幕府里先生们凑了一千两赙银，还有挽联祭幛。儿子请问，要不要刻讣告散发？"曾纪泽说完，站在父亲身边等候示下。这时后院又传来春燕母亲撕心裂肺的痛哭。曾国藩迟疑良久，对儿子说："赙银、祭幛全部璧还，挽联留下，不发讣告。"

曾纪泽站在原地不动，好半天才嗫嚅着说："既然这样，我这就去退还银物。"

"慢点。"曾国藩叫住儿子，"银物叫荆七去退，丧事你不要插手，只管去做你的事。《几何原本》的序言写好了吗？"

"初稿拟好了。"纪泽站住回答。

"明天上午送给我看。"

"是。"曾纪泽低头带着衙役们退出。

"惠甫，这两天你帮我料理一下丧事。"曾国藩停止下棋，小声地对赵烈文说。

"中堂放心，我会把一切料理得熨熨帖帖的。用什么规格，请大人定一下。"聪明的赵烈文终于看出曾国藩内心的复杂情绪。

"今天夜里就悄悄抬出衙门，一切祭吊仪式都在静虚庵举行，我不参加，纪泽也不去，就由你出面代表曾家应酬，仪式由她的兄长主持。通知安庆府县，一律不要派人送钱送物去。此事不能张扬，静悄悄地办。请静虚庵的尼姑念三天经。三天过后，就暂在庵内租一间空屋停着，是埋在安庆，还是运回湘乡，以后再说。"

静虚庵里，尼姑们为春燕念了三天超度经文。总督衙门里一切如故，没有一点办丧事的迹象。曾国藩照常每天治事、见客、读书、下棋，看不出一丝丧妾的悲哀。第四天夜里，王荆七带着供果、纸钱、线香、蜡烛等物，偷偷地陪着曾国藩来到城外静虚庵。荆七将供果摆在春燕灵柩旁，燃起香烛，焚化纸钱。曾国藩坐在一旁的草垫上，看着黑漆发亮的棺材，既不哭，也不做声，只是默默地呆坐。过了很久，他从袖口里摸出一把雕花红木梳来，轻柔地抚摸着。这是曾国藩给春燕买的唯一一件礼物，只值十文钱。春燕很喜爱，每天用它梳头。那乌黑的长长的头发，那白里透红的面孔，随着这把梳子来到了曾国藩的眼前。又过了很久很久，他叫荆七向尼姑讨来几张白纸和笔砚。借着昏暗的灯光，他为春燕写了一副挽联，吩咐荆七悬挂起来。挽联挂好后，他又端坐在草垫上，两眼呆呆地望着它，心里一遍又一遍地反复念着："未免有情，对帐冷灯昏，一别竟伤春去了；似曾相识，怅梁空泥落，何时重见燕归来。"

直到窗纸渐渐变白，天快要亮了，曾国藩才叫荆七将挽联取下来，在春燕灵柩前焚烧。他最后仔细看了一眼那把雕花红木梳，然后也将它扔进火中。望着梳子和挽联一齐烧成灰后，才和荆七一道，无声无息地回到两江总督衙门。

五　献出苏州城后，纳王部云官也献出了自己的脑袋

进入上海的李鸿章如鱼得水，他的军事和交际的才能得到充分地发挥，老师临行送的锦囊妙计，他有取有舍。"移师镇江"这一条他不愿采纳，"用洋人之力"，则谨记于心，运用极妙。他与英国海军司令何伯和洋枪队的首领、美国逃犯华尔关系密切。他将洋枪队改名为常胜军，以厚饷重赏引诱他们攻克了嘉定、青浦，很快便赢得朝廷的嘉奖。在此同时，他又指挥程学启、郭松林、刘铭传、李鹤章、潘鼎新、周盛波等在苏南连获大胜，相继拿下常熟、太仓、昆山。后来，黄翼升率淮扬水师来援，淮军力量更强了。不久，华尔在打慈溪时中弹身亡，原副首领美国人白齐文当了常胜军的首领。后白齐文索饷不得，痛殴上海道员杨坊，攫取白银四万两。李鸿章一怒之下解了他的兵权，白齐文便带着银子投奔太平军去了。常胜军的首领则由英国人

戈登来充当。这时，李鸿章命程学启率所部开字营、戈登率常胜军、黄翼升率淮扬水师三路并进，向苏州强攻。

苏州守将正是忠王的三女婿，已晋升为慕王的谭绍光。他的副手是纳王部云官、比王伍贵文、康王汪安均、宁王周文嘉以及庆天福包西。苏州历来是江苏省的省城，现在又是苏福省的中心，而苏福省是李秀成经营多年的根据地。谭绍光深知守城的责任重大，飞骑向李秀成求援。李秀成此时正在安徽六安，原拟再来一次袭击长江上游，吸引湘军主力，图解天京之危。闻太仓、昆山接连丢失，苏州危急，便从六安星夜赶到苏州。李秀成刚进城，通往无锡的北路立即被李朝斌统率的太湖水师截断，苏州成了四面受围的孤城。程学启、戈登、黄翼升日夜强攻，娄门、葑门、盘门外的石垒均遭洋炮所毁，外围破坏，粮道断绝，城内军心浮动，形势十分危急。

这天深夜，李秀成在谭绍光陪同下巡视胥门、阊门、娄门、齐门的守城工事后回到忠王府。听着城外不断传来的枪炮声，眼见城头时明时灭的火光，李秀成心情抑郁，无法安睡。一年前，苏福省在他的直接领导下，还是一派欣欣向荣的气象。苏州，作为苏福省的政治中心，在太平天国军民的眼中，有着仅次于天京的崇高地位。在天京城内上层领导争权夺利愈演愈烈的时候，不少忠心耿耿的将士在失望之余，把天国的希望和前途寄托于苏州，他们相信忠王领导下的苏州，最终能够担负起挽救国运的重任。那时，忠王自己也有这个雄心壮志，一向不大吟诗作文的李秀成在一个泛舟虎丘的月夜，居然望着剑池吟了一首七律：

鼙鼓轩轩动未休，关心楚尾与吴头。岂知剑气升腾后，犹是胡尘扰攘秋。万里江山多筑垒，百年身世独登楼。匹夫自有兴亡责，肯把功名付水流？

没有想到就在这一年里，天国形势急转直下。先是以九洑洲为主体的长江防线全线崩溃，天京防守遭到致命的打击。接着翼王石达开被骆秉章擒获处死，西行的太平军全军覆没。凶信传来，举国悲痛。尽管西行大军对保卫江南河山不起作用，但只要他们在，天国的一堆火焰就在燃烧，说不定有朝一日，他们在西南义旗高举，开创出一个蓬蓬勃勃的局面来。可是现在，这一线希望也破灭了。再接着，浙江大部分府县丢失，楚军和以法国人为头领的常捷军已将杭州包围起来，杭城随时有可能再陷。而今苏福省的地盘一天天缩小，苏州危在旦夕。数千万人为之憧憬追求的理想，难道就这样破灭了？数百万人为之流血牺牲的天国，难道就这样亡了国？李秀成在心里痛苦地呼喊号叫。一阵揪心的难过之后，他颓然倒在安乐椅上，无可奈何地喃喃念着："天意，这是不是天意呢？"

"忠王！"一声急促而生硬的口音传来，秀成抬起头，见娄门主将包西神色严峻地匆匆进来，"忠王，纳王和汪天将刚才悄悄地出了娄门。"

"他们深更半夜为何出城？"秀成警觉起来，"你问过他们了吗？"

"问过。"包西答，"纳王说有急事。"

"你为什么不拦住他？没有我的命令，任何人不得出城！"秀成发怒了。

"我怎么能拦呢？纳王是王，我只是一个福。"包西伸开两只多毛的手，耸耸双肩，做出一个委屈、无可奈何的动作。

秀成的脸色松弛下来。包西不仅仅只是一个福，而且他还是一个洋人，他没有自己的人马，怎么能拦得住拥有五万部属、阴鸷凶恶的纳王部云官呢？"你派没派人盯住他们？"秀成又问。

"派了两个人。"

"做得对！"秀成拍着包西的肩膀称赞。他以这个亲昵的动作表示对刚才发怒的歉意。昨天下午，李秀成和谭绍光巡视大半个苏州城，却不见郜云官、伍贵文、汪安均、周文嘉的影子，心里纳闷。他和绍光径直来到纳王府，推开门，见这四王和天将范起发、张大洲、汪环武、汪有为正在鬼鬼祟祟地交头接耳，见他们突然闯进来，八人脸色尴尬。忠王略说了几句话便出来了。“郜云官等人的行动值得怀疑。当此兵临城下的危亡时刻，要防止有人卖城投敌。”路上，秀成郑重告诫女婿。当天夜里，苏州各门都加派了慕王的亲信，并将这一重要情况通告了守娄门的包西。

“父王。”谭绍光大步流星地进来报告，“郜云官、汪有为划着一条小船进了阳澄湖。”

“你怎么知道的？”秀成问。

“我刚从娄门来，包西派去的人回来报告的。”

他们到阳澄湖干什么呢？李秀成沉思起来。

李秀成没有想到，此时，郜云官、汪有为正在淮扬水师提督黄翼升豪华的座船上，与李鸿章、程学启、戈登、黄翼升对面而坐，商量绝密大事。

“当然啦，苏州指日可下，不过，即使这样，郜将军能弃暗投明，改恶从善，朝廷还是欢迎的。”李鸿章容长脸上露出明显的鄙薄，他学着曾国藩的样子，右手不停地梳理着嘴巴下的胡须，但他的胡须短而稀疏，远不及老师的气派。他盯着郜云官的脸，以审讯的姿态问，“郜将军，你控制了多少人？”

“苏州城里八万人，我们控制了五万多，谭绍光只有二万多人。现在城里的粮食已基本上光了，他的二万多人中，死心塌地跟着走的只有二三千，其他的人只要粮一断，就都会过来的。”郜云官并不是胆小无能之辈，相反，他一贯有过人的胆量和勇力，正因为此，他不甘于长期居人之下，甩掉锄头，拿起刀枪，投了太平军，要靠战功来出人头地，求得个荣华富贵。但现在，眼看太平天国大势已去，摆在他面前只有两条路：死守苏州，其结果必然是死在这里；献城投降，还有可能做朝廷的大官。张国梁、韦俊、程学启就是例子。前不久献常熟的骆国忠、献太仓的钱寿仁都封了副将，换个主子，换身衣服，照旧是高官厚禄。郜云官没有什么奋斗终生的信仰，也没有什么节操之类的道德观念，他的人生目的是要有权有势有钱，活得快活舒心。苏州城高级将官中持他这种人生观的很多，他很快便联络了比王伍贵文、康王汪安均、宁王周文嘉及天将范起发、张大洲、汪环武、汪有为。密谋了几次，一致的看法是：苏州守不住，投降是唯一的出路。汪有为化装出城，向围城的淮军表达了这个意思。李鸿章约定今夜在阳澄湖上见面，他要亲自见见郜云官，看是真降还是诈降。

"伍贵文他们都靠得住吗?"李鸿章歪着头，斜起两只长眼睛问。

"靠得住，完全靠得住!"郜云官从怀里掏出几张纸来，双手递给李鸿章，"这是伍贵文、汪安均、周文嘉等人写给大人的信。"

李鸿章接过纸，略微翻了一下，放在一旁。

"这几张薄纸有屁用!"程学启轻蔑地瞟了一眼伍贵文等人的信，忽然站起来尖厉地叫道，"若是真心投降，你下次将李秀成的头提来见李中丞。"说完坐下，讨好地望着李鸿章。

李鸿章笑着问郜云官："程总兵的话，你们办得到吗?"

"这个嘛，这件事嘛……"郜云官迟疑起来。为获取李鸿章的信任，眼下叫郜云官办什么事，他都会毫不犹豫去办，唯独杀李秀成，他很为难。要说现在突然率兵包围忠王府，将李秀成抓起来杀掉，也可能不太难，但郜云官不忍心这样做，而且伍贵文、汪安均、周文嘉等人也可能下不了这个手。他们四人多年来一直是李秀成的亲信，是李秀成把他们从普普通通的低级军官一步步提拔上来，后又奏准天王，将他们四人都封了王；且李秀成在苏州八万将士中威望极高，反对杀李秀成的大有人在，难保不出乱子。

"连李秀成都不敢杀，还说什么投降，算了吧，我早知你们这些龟孙子不是真心。"见郜云官犹豫不决，程学启又气焰嚣张地逼了一通。李鸿章不做声，只是不停地梳理着胡须，嘴角边挂着嘲讽的微笑。戈登挺直着胸膛，一副很有教养的职业军人的派头，他的中国话说得不太好，但可以听得懂。黄翼升向来不善言辞，他们两个都闭口坐着听。

“我们的确是真心的，可以对天发誓!”郜云官急了。汪有为也忙说，“程总兵不要误会，我们是诚心诚意向朝廷投降。”

“是这样的。”郜云官不得不说实话了，“我们这些人都是李秀成一手提拔上来的，将士们受他恩惠的人也很多，怕万一去杀李秀成，反倒引出乱子来。”

李鸿章轻轻点了点头。郜云官想了想，又说：“如果中丞和程总兵不相信的话，总在这两天内，我们先杀了谭绍光，将他的首级悬挂在齐门外，你们验看清楚了，我们再打开齐门，让大军进来。那时，李秀成自然逃不出苏州，大人们看如何呢?”

“可以。”戈登说了一句极简单的中国话。

“我看这样也好，只要杀了谭绍光，苏州就会大乱。我军只要进了城，李秀成就是瓮中之鳖了。”黄翼升也表示同意。

“那不行，非先杀了李秀成不可!”程学启不让步。

“若非要按程总兵说的去做，那我一人作不了主，还得回去和伍贵文他们再商量。”郜云官望了程学启一眼，轻轻地说，“程总兵也是后来归顺的人，何必如此为难别人?”

“你！你他妈的说什么?”程学启气得又站起，脖子上的青筋一根根鼓起。“归顺”二字是程学启头上的疮疤，他最忌恨别人揭破，今天若不是有李鸿章、戈登等人在座，他一定要大打出手。

“他没说错。”戈登平静地对程学启说，他对毫无军人气质的程学启十分瞧不起。

程学启瞪眼看着戈登，脸涨得紫红，握着两只拳头，几次欲站起，又压制着坐定。戈登只当没看见一样，依旧挺直腰杆，两只手平放在膝盖上。李鸿章担心谈判破裂，他现在要的是尽快得到苏州城，困兽犹斗，何况城里还有八万兵，又有威望素著的李秀成在，万一将郜云官逼得和李秀成抱成一团，苏州城能不能拿下就难说了。

“好吧!”李鸿章放下摸胡子的手，严肃地对郜云官说，“就这样定了。三天之内，你将谭绍光的头挂在齐门城楼上。这就是你们的诚意。三天之后没有动静，我们就要强攻了，那时再投降就晚了。”

戈登、黄翼升点头赞同，程学启讪讪地不置可否。

“三天之内我们一定杀谭绍光，开齐门。”这件事郜云官放心了，但另一件事他还不大放心，“中丞大人，弟兄们投诚过来后，朝廷不会杀我们吧？”

“哈哈哈！”李鸿章大笑起来，“你一百个放心，你们是朝廷的有功之人，哪里会杀头呢！都会有重赏。”

“大概会是个多大的官呢？”汪有为怯怯地试探。

“起码副将。”李鸿章爽快地回答。

“我们的部属呢？”郜云官迟疑片刻问。

“原封不动归你们指挥！”

李鸿章的痛快，反倒使郜云官觉得这些好处来得太容易而不敢轻信，他又加了一句：“中丞大人，你说的这些，到时都不会变吧！”

“我堂堂一个江苏巡抚，岂能出尔反尔。”李鸿章斩钉截铁地回答。

“口说无凭，你可以立个字约吗？”郜云官大着胆子问，他生怕遭到李鸿章的训斥。

“行。”李鸿章异常干脆的答复，使郜云官、汪有为大出意外。李鸿章援笔写道：“郜云官等八人杀谭绍光献苏州，事成之后，向朝廷保奏封为副将，原部属照旧不动。立此字据，决不食言。”李鸿章在后面签上自己的名字，又将笔递给程学启说：“你和戈将军、昌歧都签个名，好让他们放心。”

郜云官、汪有为藏好这份字据，放心落意地回到了苏州。

第二天一清早，一骑快马穿过清军的包围圈，从齐门冲进苏州城，将一封天王亲笔诏书递给李秀成。诏书封李秀成为太平天国真忠军师，执掌全国军政大权，速回天京解围。真忠军师一职，实际上是仅次于天王的第二把交椅。此时天王将此职授予他，无疑表示对他的完全信任。对此，李秀成心里感激。但苏州危在旦夕，尤其是郜云官、汪有为昨夜的诡秘外出，更使李秀成觉得事态严重。谭绍光年纪轻轻，能担负起这个重任吗？

“父王，毕竟天京比苏州更为重要，你还是回天京去吧！”李秀成离开苏州将意味着什么，谭绍光当然很清楚，但他素来顾大局，识大体，这也是李秀成招他为婿的重要原因。

“忠王，你回到天京后，一方面解天京之围，同时再派一支人马救援苏州。”包西在一旁建议。

“好，你这个提醒很好！”包西一句话将李秀成的矛盾解开了。是的，苏州的解围还得仰仗外援。“绍光、包西，你们只要再坚持一个礼拜，我一定组织五万大军前来救援。”

当天半夜，李秀成带了几个亲兵从齐门缒城而出。临走时，他紧握绍光的手，说：“苏州这副担子就担在你的肩上了，要千方百计坚持住。郜云官、汪有为等人形迹可疑，你要留神提防。”

绍光坚定地说：“父王放心前去，有我就有苏州。”

李秀成的突然离去，给郜云官等人带来意想不到的方便。这一夜，四王四天将在纳王府密谋筹划了一整夜。

为了应付意外，谭绍光召集全体守城高级将官会议，对城防重新作了部署，宣布郜云官、伍贵文、汪安均、周文嘉分别从阊门、齐门、胥门、盘门换下来。

“啪！”谭绍光的话还没说完，郜云官拍案而起，怒目圆睁，吼道：“姓谭的，你放明白点，苏州不是你的天下了，你凭什么撤换我们！”

谭绍光看时，伍贵文、汪安均、周文嘉、范起发、汪有为等人的手都握紧了剑柄；门外，数百名手执刀枪的大汉已将会议厅包围了起来。“不好，让他们先下手了！”谭绍光暗自叫苦，嘴里喝道：“郜云官，你要造反吗？”

“老子正要造反！”郜云官刷地一声抽出腰刀，命令汪有为：“给我上!”汪有为抽出剑来，发疯似的向谭绍光冲去。“快躲开!”包西喊着，随即拔出腰间的洋枪，“叭叭”两声，子弹向汪有为飞去。汪有为头一偏，随着两声惨叫，后面的两个将领倒在血泊中。郜云官挥刀大嚷：“都给我上!”其他六人一齐冲上，谭绍光、包西寡不敌众，终于倒下去了。议事厅里一片混乱，将领们被这突然的变故吓晕了头。

“弟兄们!”郜云官跳上桌子，嘶哑着嗓门高叫，“苏州城的粮食早就光了，再守下去，大家都会饿死。我们已和李中丞联系上了，只要献城投降，弟兄们都可以保住现在的官职。大家看怎样?”

“好!”“同意!”“我们听纳王的!”

议事厅里绝大部分将领都表示赞同，只有几个人冷眼看着，没有做声。

谭绍光的头颅挂在齐门城楼的当天，李鸿章带着程学启的开字营、戈登的常胜军便进了城。忠王府改作了江苏抚台衙门。三天后，李鸿章在宽阔的后花园里摆下二百五十桌酒席，郜、伍、汪、周四王所属旅帅以上的军官二千人应邀赴宴。郜云官等八人喜气洋洋地坐在主宾席上。

酒过三巡，李鸿章站起来，笑容可掬地说：“弟兄们，苏州城的光复，你们都立了大功，尤其是郜将军、伍将军等人功劳更大，李某已奏准皇上，加封郜将军等八人为副将之职。”李鸿章说到这里，转过脸去喊道，“来人呀，将郜将军等人的官服送来!”

话音刚落，从后面走出八个穿戴体面的衙役，每人捧着一个木盘出来，盘上整整齐齐地叠放着一套崭新的二品武官袍服，袍服上放着八顶红缨伞形帽，特别是帽顶上那八颗起花珊瑚珠，在阳光下闪着光彩，令宴席桌上的人眼红不已。“弟兄们，为郜将军等人的受封满干三杯!”李鸿章说着，带头举起酒杯，与郜云官等人笑吟吟地干杯。所有喝酒的人一齐骚动起来。他们大口喝酒，大块吃肉，全然不明白自己已坐在断头台上。

看看大部分人都已醉得差不多了，李鸿章向程学启丢了一个眼色。

只听得一声冲天炮起，后花园里忽然从天而降数不清的淮军士兵。他们一个个全身披挂，手执利刃，并没有费很大的劲，二千颗人头就落了地；与此同时，主宾席上那四王四天将，早已一齐到阎王殿里报到去了。李鸿章端坐在凳子上，面露微笑，如同看戏似的观看着眼前这幕人间惨剧。程学启大声狞笑，他很得意，也很开心。黄翼升心中不忍。他难以明白李鸿章的心思，杀降不仁，连这点都不懂吗？戈登横眉怒对，他对李鸿章如此公然背信弃义十分愤慨。他终于不能忍受，霍地站起来，指着李鸿章的鼻子大骂："流氓，我要向全世界控告！"说罢，气冲冲地走了。

"中丞，戈登说得出做得出，他真的会控告的。"望着戈登的背影，黄翼升有点心怯地对李鸿章说。

"让他控告去吧！这是中国，不是他的大英帝国！"李鸿章开怀大笑起来。

六　我们还是各走各的路吧

李鸿章的话说对了。在中国这块土地上，戈登以杀降之罪来控告李鸿章，真个是告状无门。他四处闹了一阵，各方反应都很冷淡，自己也觉得无趣，最后便以名誉受到损伤为由，扬言要辞去常胜军的首领之职。李鸿章还要靠戈登的洋枪队收复无锡、常州，不能太得罪他了，于是一方面向美、英、法等国驻上海使团发一个文告，说明戈登本意是要宽赦降将，杀降时未在场，系中国人自己决定的，与戈登无关；一方面又给常胜军发了六万赏银，其中一万给戈登本人。戈登既保护了名誉，又得到厚赏，便再也不告状、不辞职了。

李鸿章软硬兼施驾驭戈登的手腕，得到官场的一致称赞，曾国藩对此深为满意。在一次早餐席上，他欣喜地对幕僚们说："少荃算是历练出来了。驭洋人没别的诀窍，就在于软硬两手交替使用，运用得法。去年总理衙门来文，说赫德建议从英国买一支装备精良的舰队，询问我可不可以采纳。我回信说很好。赫德和英国政府不外乎想借此赚一笔钱。这钱给他赚嘛，舰队买来后对我们的好处更大。后来，赫德便委托李泰国去买。李泰国用二百万两银子买了七只轮船，一只趸船。不想李泰国暗藏野心，想控制这支舰队，竟私自和英国海军上校阿思本签订了为期四年的合同，说明阿思本只服从他李泰国转达的中国皇上的命令，他人不得干预。阿思本就擅自在英国招了六百个水手。总理衙门先是不答应，声明只能服从中国官员的节制。阿思本于是扬言，如果不让他指挥，就把舰队带回英国解散。诸位，这个阿思本横蛮到了何等地步！我们花的银子买来的舰队，他有什么资格解散？可是总理衙门竟然向阿思本妥协，承认他的指挥权，真正糊涂到家了。我得知此事后，立即上书恭王，宁愿将二百万两银子白白丢进海里，也不能接受阿思本的无理要求。后来恭王接受了我的意见，退了船，虽只收回五十万两本价，到底气还是争回来了。这件事有两个阶段。前阶段，明知洋人要从中渔利，我睁只眼闭只眼，让他去赚钱，这就是软。后一阶段，洋人想骑到我的头上来，那就绝对不能答应，这就是硬。少荃算是学到手了，看来他今后可以和洋人打交道而不会吃大亏。”

幕僚们遂一齐称赞：“这全是中堂大人栽培得好！”

曾国藩既为门生得其真谛而高兴，又因这个后起之秀咄咄逼人的气势，而为自己的弟弟担忧。应该说，李鸿章收复苏州，已给围攻金陵创造了极好的形势，老九为何不能抓住这个大好时机，一鼓作气将金陵拿下呢？倘若李鸿章收复了整个苏南，到那时，老九即使想得攻下金陵的首功，朝廷怕也不会答应了。一定要尽力促使他早日成功！恰好康福近日从赣北回来，曾国藩便命他和赵烈文带着二十万两饷银前去金陵，竭力协助老九。

对康福和赵烈文，曾国荃一向是尊重的。在他们的帮助下，攻城的部署作了调整。正在这时，李臣典、萧孚泗带着从湖南招募的三万新勇前来，吉字大营扩大到了五万，再加上长江水师二万，水陆人马共七万，虽不能将金陵城铁桶般包围，但主要通道已完全控制住了。

打入城内的细作不断传递出重要情报：李秀成虽然被封为真忠军师，留守城内调遣各王，但同时洪秀全又封了大大小小的王二千七百多个。封王之多，史无前例！洪氏家族，连火夫、门房都封王，善于钻营的小人，用几十两、百把两银子贿赂洪仁发、洪仁达等人，也可以得到王的爵号，而许多劳苦功高的人反而封不到王，人心大不服。后来洪秀全也知封王太多太滥，就将没有战功的人改封作小王，两字相连写作“尘”。那些被封作尘的人也不乐意。整个天京城内，政治混乱到了无以复加的地步。李秀成面对这个棼乱如麻的局面一筹莫展。隔几天，又传出洪秀全封楚天义康禄为楚王，负责十三门防守总调派的消息。康福听了暗思：这个楚王康禄很可能就是自己的弟弟。太平天国的失败已成定局，金陵城的攻破只是早晚的事，作为兄长，岂能眼看胞弟面临灭亡而坐视不救？应该到城里去走一趟，劝说弟弟悬崖勒马。不过，康福也深知弟弟的脾性，不对此行抱过高的希望。于是，他瞒着曾国荃和赵烈文，化装成一个普通百姓，从通济门混入了城内。

天京城已变成一座军营，到处所见的，都是因粮食不足，饿得面呈菜色、疲惫不堪的士兵们。百姓大都外出觅食，所剩不多了。店肆关闭，战马奔忙，空气中弥漫着呛人的硝烟气味。这个壮丽的六朝古都，再次沦为血腥战场。

新封的楚王康禄尽人皆知，康福很容易就打听到了。在他的王府——一间极平凡的民房外等到半夜，康福才见到两只灯笼前导，一个身着战袍的青年骑马过来。三人一起进了屋，只听见黑暗中传来几句简短的对话：

“王爷还有何吩咐？”

“你们去歇息吧，五更时再叫醒我。”

“那我们就走了。”

“你们走吧！”

两个打灯笼的人从屋里出来，关了门，走进旁边一间更矮小的屋子。康福知道骑马的青年即楚王。他轻轻地把门推开，见那人正坐在桌子边，背朝着一盏昏暗的油灯发呆。“谁?”那人听见脚步声，猛一回头，发觉屋里站着一个陌生人。果真是弟弟！趁着那人回头的一瞬间，康福看清楚了。自从武汉城破前夕，兄弟俩匆匆打过一个照面，到现在一晃十年过去了。

“兄弟，我是你的哥哥!”康福异常激动地走过去，伸出双手想拥抱弟弟。

“哥哥?”那人本能地后退一步，右手已握紧了腰间的剑柄。

“兄弟，我是你的哥哥康福，你不认得了?”

“哥哥!”康禄终于认出来了，向哥哥猛扑过去。兄弟俩久久拥抱在一起，说不出话来。

“兄弟，你这些年还好吗?”好久，康福才松开手，兄弟二人在油灯下对面而坐，互叙十年来的情况。康福告诉弟弟，他前次回老家住了两年，娶妻并生了个儿子，又将父母的墓地修葺一新，时时刻刻想着弟弟，盼望兄弟能早日团聚。康禄似乎没有多少话题好跟哥哥说。十年来转战东西，没有一天安静的日子，娶妻成家这件事，他总是一天天往后挪。“匈奴未灭，无以家为”，很小时父亲说过的这句话，在康禄的心中留下深刻的印象。消灭清妖后再成家，他一直这样对自己说。可是，清妖没有消灭掉，自己满腔热血报效的天国却岌岌可危了。

“哥，你还在曾国藩手下做事吗?”康禄问。康福点点头。

“官居何职?”

康福笑着摇摇头。

“没有做官?”康禄有点吃惊。

“据说弟弟已被封为楚王，只可惜哥哥我不能祝贺你。”

“不要祝贺。”康禄平淡地说，“我刚才问话的意思，不是炫耀我当了什么王。天京城内到处都是王，王也变得一钱不值了。我的意思是说，哥哥为曾国藩出生入死地卖命，曾国藩也没有赏哥哥一个官职，他待哥哥不太刻薄了吗?”

“不能这样讲。”康福坦然地说，“在曾大人幕中有不少无官职的人，曾大人对这些人反倒比对有官职的人客气得多。他常对人说，有官职的人，我以上下之礼相待；无官职的人，我以朋友之礼相待。所以在曾大人幕中，无官职的人比有官职的人地位还要高。”

哥哥的这几句话，使弟弟听了很新鲜，这样的总督衙门倒是从来没听说过。

“曾国藩本人到天京来了？”康禄警觉起来。

“没有。他仍在安庆，大概金陵不攻下，他是不会来的。”

“哦！”康禄松了一口气，“哥，我们是亲手足，你对我讲实话，你这次潜入天京，究竟是为了什么？”

“实话跟你说吧。兄弟，我是特为来救你出苦海的。”康福将身子移向弟弟，灯光中，他见弟弟面无表情。

“苦海？”沉默片刻，康禄冷冷地问，“怎么个救法？”

“兄弟，你可能还不明白眼下的处境。”望着弟弟这副神态，康福心里万分焦急，“前两天，杭州已被楚军收复，无锡、常州也被淮军夺取了，浙江、苏南已全境光复，你们的所谓太平天国，只剩下金陵一座孤城了。金陵虽大，毕竟只是一座城，能守得几天？兄弟你尽管权大位尊，才干过人，但大势已去，一人如何能挽回得了？天命如此，人力又怎能抗拒？”

康福说得很可怕，但康禄依然面容冷漠，并不为之所动。康福严肃地说下去：“兄弟，作为你的哥哥，我怎能眼看死亡来到你的头上而不相救？哥哥为你谋划了两条出路。”

“哪两条？”问话仍旧是淡淡的。

“兄弟，你可以利用目前的地位联络同志，杀掉洪逆，献城投诚。以兄弟这样大的功劳，一定会蒙朝廷格外宽大，恩赏副将总兵，如同韦俊、程学启那样。这是第一条出路。”

“哥哥是要我做郜云官？”康禄甩出的话中分明带有强烈的愤怒。

“不，不！”康福急忙分辩，“郜云官的事很少见，内里是否还有些什么别的原因我不知。但有一点我可以向兄弟说清楚，兄弟是向曾大人投诚。曾大人曾经亲口对我说过，只要兄弟弃暗投明，一定重用。”

“还有一条出路呢?”康禄对这条路似乎并无兴趣。

“若是兄弟觉得前条出路不好的话，还有一个办法。兄弟今夜就出城，哥哥带着你出去，剃发换衣，休息几天后，再护送你回沅江老家。待金陵攻下后，哥哥我也回到下河桥去。我们兄弟看护着父母的墓地，从此不过问世事，长守我康氏耕读家风。”

康禄没有做声。康福看得出，这条出路已使他动心了。为了让弟弟能冷静地思考，康福也不再讲话，借着微弱的灯光，他细细地打量着房间的布置：房间里没有一件光鲜的东西，简陋得如同一家下等客栈。谁能相信，这就是眼下金陵城里最有权势之一的楚王府。康福不由得生出一种敬意来。都说长毛的高级官员有聚敛的恶习，从弟弟这间屋子里的摆设来看，长毛中必有不少廉洁自守的清官。

“哥哥，兄弟谢谢你的好意，但今生今世要我重做一个守父母墓庐的普通百姓，已经是不可能的事了。”康禄终于给哥哥一个明确的答复。

“这是为什么?”康福惊问。

“哥哥，古人说，曾经沧海难为水，兄弟我经过这番风浪，已养成了疾恶如仇的性格。天下不平之事这样多，要我还像过去那样逆来顺受，我是宁愿死也不能做了。再说，我与朝廷结仇十多年，亲手杀朝廷命官不下百人，朝廷和仇家对我恨之入骨。我怎能将自己以后的命运，寄托在一向不讲信义的朝廷之上?何况数不清的仇家，我对他们也防不胜防。”康禄平静地说，“当初我抱着追求人人平等的目标投了太平军，尽管我没有在太平军中看到理想的平等，这使我很失望，但我不后悔。天京即将沦陷，天国就要覆灭，对这一点我看得很清楚。几个月前，我也曾有过这样的想法：离开天京，隐居在一个人迹罕至的深山古刹中，冷静地思考总结天国失败的原因。后来，忠王信任我，天王封我为王，我感激天王、忠王对我的倚重，遂决定不出城，誓与天京共存亡。”

“兄弟，近来你也想过没有，你走的这条路是错的。”康福对弟弟忠于天国的心情可以理解。“士为知己者死”，这是他们兄弟共同的为人准则。不过，这与道路选择的正确与否是两码事。

“哥哥，你以为天国失败了，就证明我的路走错了吗？没有！我自己所选择的路没有错。是的，天国的国运很可能就这十几年，但是，哥哥你当然理解不了，这是多么轰轰烈烈、峥嵘灿烂的十几年啊！”康禄黑瘦的脸庞上绽出了真情的笑容，他陷入了一往情深的回忆，“我曾代表贫苦百姓的愿望，公审了十多个作恶多端的县太爷，杀了几十个地方上民愤极大的恶霸劣绅。我也曾经亲手发放了几百万斤粮食。看着那些衣衫褴褛、白发苍苍的老人和瘦骨伶仃、濒于饿死的小孩，从我的手上接过救命的粮食时，哥哥，你知道我那时心里有多痛快吗？我也曾亲手将成千上万亩田地分配给无田无土的农民，与他们分享过种田人的最大幸福。我千百次驰骋沙场，杀得官军鬼哭狼嚎，抱头鼠窜。弟兄们个个竖起大拇指，称赞我是英雄。我当过多年的统兵大将，现又身居王位，指挥着千军万马，跺一脚山摇地动，喝一声风云变色。哥哥，你想想看，在家种田有这么痛快过吗？像哥哥一样投靠曾国藩，我会有这种痛快吗？人活在世上，不在寿命的长短。有的人平平庸庸地活了一百岁，有的人活得不长，但他轰轰烈烈。依我看，轰轰烈烈的十年，就远远超过了平平庸庸的百岁。今生今世，我已经得到了许多人得不到的快乐和幸福，而这些，都是因为投奔了太平军。生当作人杰，死亦为鬼雄。有声有色地活着，威威武武地死去，这就是大丈夫生命的意义。这十多年来，我活得有声有色，真正像个人了，我感受到了生命的意义。说不定天京明日就会沦陷，那么我明日就威威武武地死去，决不给我的生命带来污点。”

康禄说到这里停住了。他站起身，推开窗户，对着夜空瞭望。康福却像被钉子钉死在凳子上，全身失去了动弹的力气。听了弟弟这番慷慨激昂的话，他仿佛觉得兄弟之间无形易了位，弟弟做了生活中的兄长，哥哥做了聆听教诲的小弟。是啊，就算金陵城马上克复，太平天国顷刻完蛋，上自洪秀全，下到每一个小长毛都被斩尽杀绝，谁能否定得了，在中国历史长河中，他们曾经掀起过惊天动地的巨浪！谁能否定得了，在中国文明史册上，他们曾经建立起一个迥异常制的崭新王朝！又有谁能否定得了，他们都是掌握自己命运、敢于跟强大势力作对的英雄豪杰！相比之下，康福发觉自己有些委琐、有些卑微。

自己算得了什么呢？这些年来，严格地说起来，只是做了一个忠心耿耿为曾国藩效力的家奴罢了。聊以自慰的是，这个家奴颇受主子的器重，而主子也非等闲之辈。但是，再受到有本事的主子所器重的家奴也只是奴才，离英雄还差得远啦！

凭着康福的良知，尽管不同意弟弟所走的这条路，却佩服弟弟义无反顾的气概，做人应当如此！他想起数年前成功地策划韦俊反水，那时他认为韦俊是识时务者。今夜听了弟弟的这番议论，意识到弟弟的灵魂似乎比韦俊要光明透亮一些。康福并不因这次劝说无效而沮丧，相反地，他为有这样的弟弟而隐隐约约有一种自豪感。如此复杂的感情，康福一时也理不清，说不明。

康禄望了一阵夜空后，转过脸来对哥哥说："已到五更了，我要巡视城门去了。事到如今，我也不会像上次在荷叶塘那样，劝哥哥投靠太平军了。不过，哥哥也休想说动我离开天京城。我们还是各自沿着自己所选择的道路走到底吧！"

康福望着弟弟傲岸挺拔的身姿，敬重、怜惜、悲伤、感叹，各种心情混在一起，再也说不出一句话来。兄弟俩一齐走出门，二人再次紧紧拥抱了一下，彼此都明白这很可能就是最后一次见面了。寥落的晨星照在康家兄弟端正的脸庞上，两双明亮的眼睛里都充满着晶莹的泪水。相对凝望许久后，康福说出了一句连他自己也感到意外的话："兄弟，你是个真正的英雄，哥哥我钦佩你！"

康禄也深情地说："哥哥，战争结束以后，你最好是解甲归田。

每年清明节你给父母坟头上香的时候，记得也代我点一支。”

泪水在两双眼睛里同时落下，两双手也终于同时松开了。他们各自向着相反的方向走去，很快消失在茫茫夜色中。

七 半路上杀出个沈葆桢

不久，鲍超率霆字营来到金陵城下，驻扎在神策门至钟阜门一带。至此，原定东西南北水五路大军，除西路多隆阿奉调开赴陕西，北路因统帅李续宜去世仍留安徽外，其余三路都已到了金陵。在曾国荃的统一指挥下，湘军水陆合作，拿下东南八隘：中和桥、双桥门、七桥瓮、方山、土山、上方门、交桥门、秣陵关，接着又攻占淳化、解溪、龙都、湖熟、三岔五镇。这样，金陵东南也全被湘军封锁。金陵城真正变成一座孤城了。

金陵城墙素称天下第一。它长达九十里，高如三层楼房，墙顶部可以并排通过两部马车。城墙根与江河湖泊相连，只有通济门至太平门一带是陆地。曾国荃带着赵烈文、康福等人沿着聚宝门至太平门的城墙察看地形。只见城高墙厚，防守严密，在城外攻打，兵员和火力都不易部署。“难怪它做过几百年都城！”曾国荃心想。唯有一处是最佳的地方，那便是太平门外富贵山至龙脖子一带。此处为钟山南麓，左路地势甚高，便于架设炮位，炮子可以平射进城，足以控制城墙上的防守火力，右路地势极低，又利于开挖地洞。

“这真是天赐予我！”曾国荃得意地笑起来。恰在此时一发炮子打过来，马被惊得前蹄腾空，身边扬起一阵灰尘。

“不好，山上有堡垒！”康福指着山顶上一座石垒说。果然钟山第三峰峰顶上有座高大坚固的石砌堡垒，刚才的炮子正是从那里打出来的。曾国荃等人赶紧向后退。

“九帅，那边还有一座！”彭毓橘指着龙脖子一座黑灰色石垒惊叫。的确又是一座，而且这座正筑在攻城的最佳位置上。正因为这是攻城的有利地势，故历朝金陵城防都极为注重此处。太平军在前人基础上更将这两座石垒加高加厚，把最精良的西洋大炮架在这里。给山上的石垒取名天堡城，山下的石垒取名地堡城。

“我操他娘的！”曾国荃粗野地骂起来，“把老营移到孝陵卫来！老子非轰掉它不可，看看是它厉害，还是老子厉害！”

经过几天几夜的奋战，萧孚泗、朱洪章率领节字营、焕字营，以重大代价拿下了天堡城，但城外最后一个堡垒——地堡城却始终固若金汤，任凭湘军洋炮土炮一齐狂轰滥炸，依旧岿然不动地屹立在龙脖子上，令曾国荃十分头痛。由于地堡城攻不下，城外的地道也总是挖不成。半个月间，湘军在地道口丢下数百具尸体，却无法挖通一条通向城墙脚的地道。这块骨头竟是这样坚硬难啃，已够使曾国荃愤怒、曾国藩担忧，不料又突然发生沈葆桢拒绝拨饷的事，更使曾国荃恼火、曾国藩气愤了。

曾国藩任江督后，规定江西厘金全部充作军饷，漕折以及九江关洋税也经常被截留运往军营。沈葆桢做赣抚，一反前任无所作为的旧习，自己募勇建团，经费开支大为增加。太平军在浙江战场失败之后，大量人员退到江西，江西局面危急，朝廷调原隶湘抚的席宝田、江忠义率勇入赣。沈葆桢又趁机将本省团练扩大。这样一来，江西的勇丁激增到三万多人，粮饷支出浩大。沈葆桢于是常常将供应金陵围师的款项截留下来，充作江西军饷。曾国荃因此大为不满，屡屡向大哥索求。曾国藩虽极不满意沈葆桢的作为，但江西军情确实严重，他只得忍下来，好言劝慰弟弟，有时则从别处腾挪一些给吉字大营。

去年，曾国藩给九江关道蔡锦青寄了封私信，叫他解九江关洋税三万两给金陵围师。蔡锦青解了一半时被沈葆桢知道，沈将蔡怒斥一顿，扬言若不收回，则撤去蔡的道员之职。曾国藩对沈葆桢如此不讲情面而恼怒至极。且不说沈葆桢是他一手保荐上来的，即使无这层关系，也要执行朝廷命令接受总督节制。沈葆桢此举既无情又无理，按照曾国藩过去的性格，早奏参了，但现在他忍下这口气，将收到的一万五千两银子如数归还。金陵城下的曾国荃破口大骂沈葆桢，甚至责备大哥太窝囊。曾国藩听了，只是苦笑而已，并不分辩。

但现在是什么时候？天堡城已下，金陵城眼看就要攻破，正要拿银子去鼓励吉字大营卖命的时候，沈葆桢却将应解金陵的五万厘金全部截留，分文不给，还上疏朝廷告曾国藩眼睛里只有金陵，全不顾江西的危难，并声明若将厘金强行解走，他只有辞职不干。更使曾国藩不能容忍的是，沈葆桢还与大学士、户部尚书倭仁相勾结，通过倭仁上奏，说两湖、川、赣、粤每月协解曾国藩军饷十五万五千两，即使不能全解，每月亦有十万两的进项，且江浙大半肃清，上海更是富甲天下，曾国藩强解赣厘，不是广揽利权、贪得无厌吗？

曾国藩看了这份转发下来的倭仁奏折，简直要气昏了。饷银不继，金陵围师很可能功亏一篑；索求厘金，又激起上下忌恨。曾国藩左右为难，忧虑重重，本已好多了的癣疾又突然发作，弄得他痛苦不堪。

"这个忘恩负义的小人！"曾国藩终于忍不住对着几个心腹幕僚咒骂起沈葆桢来，"我要建议朝廷于博学鸿词科外，再增设一个绝无良心科，取沈葆桢为第一名。"

"大人，沈葆桢太可恶了。此时断饷，简直是给金陵围师釜底抽薪，要卡九帅的颈脖子。我和杨国栋等人揣摩大人的意图，狠狠地参了沈葆桢一折。这是草稿，请大人过目。"彭寿颐从袖口里抽出两张纸来递给曾国藩。

这几天幕僚们都在议论江西拒饷的事，人人都很气愤。彭寿颐想，当年江西巡抚陈启迈就因饷银之事被曾国藩一纸参劾。那时他只是一个在籍侍郎，客居江西，而陈启迈是他的同乡同年，尚且不能相容，罗织罪名，抗词上疏，不达目的誓不罢休。现在他位居协办大学士、两江总督，奉皇太后、皇上之命节制四省军务；权力之大，威望之高，三藩以来没有第二个汉人可以相比。且沈葆桢是他的晚辈下属，又是他所提拔的人，他能容得了吗？彭寿颐这样揣摩着曾国藩的心思，和杨国栋、李鸿裔、汪士铎等人商量一下，便先起草了一份言辞严厉的参折。

曾国藩把奏稿浏览了一遍，见上面罗列沈葆桢几条罪状：防守不力，丢州失县，吏治无方，奸宄当道，大权旁落，劣幕操纵等等，特别将这次拒绝拨饷，造成金陵不能速克的危害大大渲染了一番。照这份折子来看，沈葆桢的确不够封疆大吏之任，应予立即革职查办。奏稿在曾国藩的手中捏了很久。

“大人，沈葆桢太可恨了，我们都为大人抱不平。”彭寿颐在一旁怂恿，“若是大人没有别的改动，我这就叫罗伯宜去誊抄。”

“慢点。”曾国藩凝神望着彭寿颐那张失去右耳的脸，若有所思地说，“我再想想。”

当年奏参陈启迈是何等的干脆利落，敢作敢为，现在对沈葆桢为何这样迟疑犹豫，拿不定主意呢？彭寿颐不可理解。

“长庚，你是江西人，我来问问你，为何江西的巡抚老是跟我过意不去呢？沈幼丹在我幕中时也毕恭毕敬，一旦坐上赣抚之位，便也跟着他的前任陈启迈、文俊一样与我作对了。你知道这里的原因吗？”曾国藩两眼失神，一脸忧郁。

关于这中间的原因，江西人彭寿颐自然知道一些。原来，江西官场从上到下对曾国藩都没好感。先是当年湘军在赣北擅自建厘卡收钱，截了地方的财路，后来又查禁私盐，空了不少官吏的私囊，最后借父丧之机，不待朝廷批准，便扔下在江西的烂摊子不管，匆匆忙忙回籍奔丧，官场一时哗然。加之曾国藩在江西几年屡败于石达开之手，一个九江城打了三年都打不下，离开后不久九江、湖口相继收复。所以江西官场都认为曾国藩既乏军事才能，又好利争权。

沈葆桢在江西当过多年地方官，对过去的事情很清楚，做了赣抚后又听到上上下下的议论，觉得他们讲得有道理。尤其是江西并不富裕，他为筹集本省军饷已弄得焦头烂额，曾国藩却像催命鬼似的催促江西解饷，为了弟弟的首功就全然不顾别人的死活，激怒了沈葆桢和江西全省官吏，遂一致决定和曾国藩斗一场。沈葆桢自认一身清白，无把柄给曾国藩抓，宁愿丢掉乌纱帽也不屈服。

这些情况，彭寿颐能对曾国藩讲吗？何况彭寿颐虽是江西人，却素来恨江西官场，他并不认为江西官场对曾国藩的意见有道理。

“大人，江西官场历来风气不正，近朱者赤，近墨者黑，谁到江西当巡抚，都要变坏。”

彭寿颐愤愤地作了回答。曾国藩听了后不置可否，又看起奏稿来。稿子拟得不错，行文措辞，严密周到，无懈可击。这些年来，在曾国藩的指点下，幕僚们拟稿的水平大为提高。当时两江总督衙门上报的奏章，被誉为海内第一，成为各省督抚学习的范本。曾国藩几次下狠心，欲签上“照缮”二字，但最后还是决定不发。

首先，参沈葆桢这事本身便是不妥。沈是自己一手保荐的，说沈该革职查办，岂不等于说自己荐人失察？因李元度事，已向朝廷承认荐人有误的曾国藩，不愿再给自己的脸上抹黑。再说，催饷解金陵，虽是为了打长毛老巢，但一半也是为了自己的弟弟，这一点，朝野上下也洞若观火。位高权重，本已到招人嫉妒的地步了，再来个为军饷而参劾自己节制内的巡抚，更会给攻讦者提供口实。越是对方锋芒毕露，越是要柔弱退让，方能显出自己的理直气壮。将欲取之，必先予之。他决定以柔克刚，以退为进。

曾国藩松了一口气，将奏稿平放在案上，伸直了腰板。彭寿颐以为要批发了，遂赶紧把笔蘸上墨递过去。曾国藩摇了摇手。

“大人。”彭寿颐仍不甘心，“从来下属都要服从上峰，方可收指臂之效，沈葆桢以巡抚当此军情紧急之际抗命总督，参之于理不碍。”

“长庚呀，你不懂我的苦心。”曾国藩神情黯然地说，“沈幼丹有意掣肘，我哪能不忿恚，但细思古人办事，掣肘之处，拂逆之端，世世有之，人人不免。恶其拂逆而必欲顺从，百计设法以锄异己，这是权臣的行径；听其拂逆而动心忍性，委曲求全，且以无敌国外患为忧虑，这是圣贤的用心。我正要借沈幼丹之拂逆以磨砺自己的德性。”

“大人，你太仁慈了。”彭寿颐动情地说，“要不我为大人写封私信给他，明白告诉他红顶子是大人给的，要他知趣点。”

“长庚，你别乱来，你熟读史书，当知娄师德不市恩的故事。前朝出了一个娄师德辉耀史册，本朝就不可以再出一个吗？”过了一会，曾国藩长叹一口气说，“即使你说明也没有用，我知道沈幼丹不是狄仁杰。”

彭寿颐不能再说什么了，拿起奏稿悻悻退出。曾国藩提起笔，想了想，自己动手拟了一个词气委婉的“沥陈饷缺兵弱职任太广户部所奏不实”的折子。先叙述户部所言两湖、川、赣每月协济银十五万多两之事全系捕风捉影，四川五年来无丝毫之款，湖南今年也未解过，江西解来的九江关洋税已退还，只有广东今年解了九万两。写到这里，曾国藩不禁暗自感激老友郭嵩焘。自从去年郭嵩焘署粤抚以来，粤厘几乎没有断过。湖北的协济，也只是供应原归湖北发饷的几支部队，并不是支援围攻金陵的湘军。接下来，曾国藩思考良久，写下了几句沉痛的话：“臣才识愚庸，谬当重任，局势过大，头绪太多，论兵则已成强弩之末，论饷则久为无米之炊，而户部奏称收支六省巨款，疑臣广揽利权。如臣虽至愚，岂不知古来窃利权者每遘奇祸。外畏清议，内顾身家，终夜悚皇，且忧且惧。”

写到此处，他不免有些心绪烦乱，停下笔来，久久地望着窗棂出神，沉思良久，才又接着写下去。又说，他现在所居之职，以前是六人分任，多次奏请皇上简派德高望重的大臣会办，均未蒙俞允，特再次恳请皇上派员南来，非敢预为诿过之地，实以绵力而兼病躯，自度不足捍御贼氛，不得不沥陈于圣主之前。

写完后他从头至尾再仔仔细细斟酌一番，作了几处小小的改动，颇为满意了。正要传令罗伯宜誊写，杨国栋进来了。

“大人，现在正有一笔大款，名正言顺是我们的，大人何不向朝廷要来？”

“哪里有一笔我们的大款？”杨国栋的话，曾国藩一时摸不着头脑。

“大人忘记了？前年退李泰国代购的舰队，李泰国答应赔朝廷五十万两银子。买舰队本是为了打金陵，这笔钱是给我们的。现在舰队没有了，退回来的五十万银子，岂不该归还给我们？”

“对，对！”曾国藩顿时高兴起来，“国栋，你这个提醒太重要了，这段时期被沈葆桢搅得昏头昏脑，居然忘记了这件事。那五十万两银子当然应该归我们！”

“银子是分两批交还的。第一批二十九万已上户部的账，再要出来怕难了，第二批二十一万尚在上海。大人一面向总理衙门去一份咨文说明这个情况，要他们向户部讨还那二十九万，另一方面赶紧给少荃去信，命他将在上海的二十一万速解金陵。”

“行，就这样办。麻烦你代拟个给恭王的咨文，少荃的信由我来写。”好比一条在干涸的沟渠里奄奄待毙的鱼，突然得到一股清泉立时活跃起来一样，曾国藩忘记了与沈葆桢斗气的懊恼，兴冲冲地握笔作书。

朝廷很快作了裁决，江西厘金一半留本省，一半解由江督支配，李泰国退还的五十万两银子全部作为军饷，留在上海的二十一万立即调往金陵，以救燃眉之急。一场危机终于渡过去了。

八　洪秀全托孤

二十一万军饷很快解到金陵城下，使吉字大营的军心稳定下来。金陵城重新处于严密如铁桶般的包围之中，曾国荃也便因此得了个“曾铁桶”的雅号。

城内人心开始浮动。每到傍晚，便有一家一家的人扶老携幼，从各个城门洞里走出去，再不进来了。湘军在城内的奸细四处活动，威胁、利诱、造谣、哄骗，使尽了各种手段。不少不愿与天京共存亡的太平军兵士，也悄悄地削了头发，三五成群趁黑混出城。城内人员锐减，军民合起来不足四万。就是这些天国最忠诚的人心，也渐渐地难以维系了。最主要的困难是缺粮。康禄向天王建议，在城内播麦种，种蔬菜。天京城内面积辽阔，有田有山，有河有湖，是可以种植的，但毕竟所种有限，且远水救不了近火。凡是能吃的都吃了，连原先猖獗得令人生厌的老鼠也被人吃光。饥饿严重地威胁着天京城。

“陛下，再这样下去，只有坐以待毙。”这些日子来，许多将士来到忠王府，一致请求忠王速拿主意，挽救天国和阖城军民。李秀成和洪仁玕、康禄、林绍璋等人熟商后，决定向天王直陈他最不能接受的方案，“陛下，现在清妖在外围困甚严，壕深垒固，内无粮草，外援不来，京城不能保住。眼下只有一条路了，那就是请陛下让城别走。”

“什么？让城别走，走到哪里去？”洪秀全惊愕地问。与三年前相比，天王显得更衰老了。头顶已成光秃，胡须变得花白，目光晦滞，行动迟缓，全身都是病痛，一天到晚委靡不振，这半年来形势的危急，更使他焦虑忧愁。正当中年的天王已经步入龙钟老态了。

“陛下，我们将三万将士拧成一股绳，趁着黑夜冲出神策门，然后设法过江到皖北去找捻子会合。”李秀成把酝酿已久的想法说了出来。

“尔不要胡说了，扔下京城给清妖，岂不等于朕的天国已灭亡!”洪秀全愤怒地吼道。

“陛下，大丈夫能伸能缩。留得青山在，何愁无柴烧。今天虽暂时丢掉京城，日后还可以再夺回来的，岂能让清妖久占?”李秀成知天王不忍弃城，耐心地劝慰。

“李秀成，朕封尔为忠王，要尔当真忠军师，把全国兵马大权都交给尔，尔就拿不出别的好办法，只有这个馊主意吗?”洪秀全完全不能理解李秀成的以屈求存、以退求进的策略，反而视为一种软弱无能的表现。

“现在城围粮尽，众心解体，倘若不走，将会被清妖一网打尽。陛下，天京固然重要，但天国的命运比天京更重要呀!”

李秀成自觉此话过重，便一边流泪一边叩头，希望能以此打动洪秀全的心。谁知洪秀全一听这话，变得怒不可遏了："朕奉天父天兄之命下凡，作九州万国独一真主，何惧之有？尔畏死，去留任尔。朕铁打江山，尔不扶助，自有人扶助。"

"陛下！"李秀成急得喊起来，"秀成一身，虽万死不惧，只是陛下和全城军民不能眼睁睁地困死在天京。陛下说自有人扶助，现在天京城外百里内无我天国一兵一卒，谁来扶助呢？"

"李秀成，尔敢蔑视朕？"洪秀全冷笑一声，仰起头说，"尔说无兵，朕之天兵多于水，何惧清妖乎？尔怕死，便会死，尔走吧，政事不与尔相干。"

洪秀全离开龙椅站起来，在李秀成面前傲慢地踱了几步，忽然高喊："承宣官！"

一个身着官服的年轻漂亮女子走过来。

"传朕的命令，从明天起朝政由勇王执掌，朝命由幼西王发出，有不遵幼西王令者，阖朝诛之！"

"陛下！"李秀成抬起头来，痛苦地望着洪秀全说，"你把我一刀杀了吧，我宁愿死在陛下面前，也不愿受日后之辱。"

"尔去吧！"洪秀全看也不看李秀成一眼，便拂袖向内宫走去。

李秀成含泪出了天王宫，洪仁玕、康禄、林绍璋等早已在宫门外等候，得知情况后无不又气又急。大家陪着秀成回到忠王府。府门外已聚集了上千名军民。一位五十余岁的老兵饱噙热泪对李秀成说："忠王，天京不能没有你的指挥呀！"李秀成抱着老兵的肩膀说不出话来。老兵转过脸去，对周围的兵士们喊道："弟兄们，我们都到天王宫去，请天王召见，一定要他收回成命！"

"对，到天王宫去！"上千名士兵一齐发出嘶哑的喊声，举着刀枪向天王宫走去。

"干王，你必须赶快进宫去，不然会出大事的。"康禄拉着洪仁玕的手催道。

"是的，我们都去！"林绍璋跺了跺脚，对洪仁玕和康禄说。李秀成看着情形不对，也急了，“都去，天京城里不能再出乱子了!”

等洪仁玕、康禄、林绍璋等人赶到天王宫时，王宫门前已经群情激昂、人声鼎沸了，人群中一再响起“请天王出来！请天王出来”的呼喊声。洪秀全急得在宫里团团转，洪仁玕等人的闯入，使他如同见了救星。他扯住洪仁玕的衣袖，连声说：“玕胞，尔要设法快点平息这场风波!”

“陛下，秀成让城别走之策即便不可取，但保卫京师的重任仍得指望他，勇王和幼西王能担得起这副担子吗?”洪仁玕以责备的口气对洪秀全说。洪秀全也意识到刚才的处置太不妥当。“玕胞，尔要朕现在怎么办呢?”洪秀全已急得手足无措了。

“陛下，现在只有你亲自去见弟兄们，亲口向他们宣布撤销刚才的命令。”

“朕出去见他们?”情形如此危急，洪秀全仍放不下天王的架子。进天京城十年来，他仅仅只出过一次宫门，就是到东王府去亲封杨秀清万岁的那一次，事后还后悔不已。

“哎呀！三哥。”洪仁玕急不择言，竟以在家时的称呼叫起洪秀全来，“这是什么时候了，还顾得那么多，当年打江山时，三哥不是天天和弟兄们在一起吗?”

洪秀全毕竟是战火中厮杀出来的英雄，一句话提醒了他，他定定神，整整衣冠，坚定地说：“我这就出去!”

“天王出来了!”有人眼尖，率先喊起来。

“万岁，万岁!”兵士们高呼起来，这些人大部分都是从金田村跟随洪秀全杀出来的老广西。未出广西前，时常可以见到洪秀全，自从进了小天堂，就再也看不到天王了。天王是他们心中的天父之子天兄之弟，就在即将油尽灯干之时，这些对天国忠贞不贰的战士们，见到自觉尊贵无比极不情愿出来的天王，仍然感到无限幸福无比荣光，情不自禁地欢呼起来。天王尽量做到保持昔日的威仪，以缓慢的声调对大家说：“京师虽遭到围困，但稳如泰山，它不会被清妖攻破的。昨夜朕上了天，见到了天父天兄。天兄将派十万天兵下凡辅助天国，尔等不必惊慌，各守本职，天兵天将就要下来了。”天王记得，十年前，每当他对兄弟姐妹们讲这样的话时，底下便是一片如醉如痴的狂呼。可是今天，大部分听众反应冷淡。聪明的天王马上宣布：“尔等不要听信谣传，忠王仍是真忠军师，大家都要听他的号令，保卫天京。”

“天王英明！”底下有人喊起来，接着是一阵此起彼伏的高呼：“天王英明！天王英明！”洪秀全见此情景，心里颇不是滋味，但事情已到这般地步，也只得完全依靠他了。洪秀全大声问：“楚王康禄何在？”

“小官在这里。”康禄走到天王身边。

洪秀全当众脱下龙袍，对康禄说：“这件龙袍朕已穿了多年，现交给尔，尔替朕将它送到忠王府去赐给忠王。”

“是。”康禄跪下去接过龙袍。

群情感奋，不少老兄弟流下了热泪。有人在喊：“天王，我们的粮食没有了，吃什么呢?”

“吃甜露。”洪秀全沉思片刻后回答。

“甜露是什么?”“甜露在哪里?”人群中议论纷纷，大家都不知道天王说的是什么东西。

“尔等都忘记了?”洪秀全不悦地说，“《三字经》上说：‘皇上帝，大权能，以色列，尽保全。行至野，食无粮，皇上帝，谕莫慌。除甜露，人一升，甜如蜜，饱其民。’”

洪秀全侃侃背诵，人群中开始有人点头了。细细地回忆，前两年天王颁行的新《三字经》中是有这几句话。洪秀全耐心给大家解释：“甜露就是野外之草，这是上帝赐给百姓的粮食，当年以色列人即靠此度过了饥荒。天京城里野草甚多，从明天起，阖城男女老少均以此充饥，其味甘甜如蜜。”大家听了，都茫然苦笑。

洪秀全自己以身作则，第二天即开始吃由野草合成的团子，不想三四天后便病倒了，一直不愈。他自知不可救药，将太子洪天贵福叫到面前："朕死之后，由干王辅助尔，行吗?"

十六岁的太子泪流满面，摇头不语。

"那么由信王、勇王辅助尔，行吗?"

又是一阵摇头。

"那么章王呢?"

还是不语。

"尔要谁辅助?"洪秀全不耐烦了。

"忠王。"太子轻轻地回答。

"哎!"洪秀全深深地叹了一口气，传命忠王进宫。

太平门内，忠王李秀成正在指挥将士们挖井。原来，城外的湘军正在挖地道，一旦把地道挖进城内后，便在地道内大量堆放炸药，再点火爆炸，把上面一段城墙炸掉。这个时候，双方便在缺口处大搏杀，往往在倒下几百具尸体后，冲进来的湘军又被赶出去了，城墙很快又被堵住。后来，太平军创造了一个破地道的好办法。他们沿城墙每隔两三丈埋下一个空水缸。城外的湘军只要在水缸附近挖地道，城内人将耳朵贴在水缸壁上，便可听到嗡嗡响声。从这个水缸边垂直挖下去，十之八九就会挖到城外进来的地道。就凭这个办法，湘军在城外挖了上百条地道，却无一处成功。天王的紧急诏命，使李秀成忐忑不安：天王已病倒二十天了，莫不是……

李秀成急忙赶到天王宫，只见太子洪天贵福跪在龙床边，洪仁发、洪仁达、洪仁玕、康禄、林绍璋等人垂手肃立一旁。李秀成知天王已病危，蹑手蹑脚走到床边，天王微闭着眼睛直挺挺地躺在豪华精美的龙床上，身上盖着明亮的绣龙黄缎被。"陛下，小官奉命来到。"李秀成在洪秀全的耳边轻声说。

洪秀全缓慢地睁开眼睛，失神地望着李秀成，好久才张开口："秀胞，尔来了，就在这里坐吧!"洪秀全的眼睛看了看床沿，李秀成侧着身子坐下。洪秀全从被子里伸出一只枯干的手来，无力地放在李秀成的手心里，久久地不做声。李秀成也不知说什么好。二人相对无言约有一刻钟，洪秀全终于又说话了："秀胞，天父天兄就要召朕上天了，朕要将大事托付给尔。"秀成忙要跪下，洪秀全的头摇了两下："不要，不要。"秀成只得又坐下。"朕归天之后，太子即位，他还只是一个十六岁的孩子，朕不能放心。"

"陛下放心吧，小官和干王、楚王、章王等一定会尽力辅佐太子。"刚一说完，李秀成便觉得回话不得体，应该安慰天王才是。

"秀胞，朕对尔不起。"洪秀全深陷的眼睛里滚出两颗泪珠。见此情景，太子号啕大哭起来，屋里所有的人也一齐流泪。好半天哭声止住，洪秀全继续对李秀成说："自杨韦相残，达胞出走，朕心实对异姓存了戒心，明知尔为万古忠义，却任尔而不信尔。让城别走，本是良策，悔不该当初未纳忠言，铸下今日大错。"

"陛下保重!"忠王滚烫的双手紧紧握着天王冰冷的手，安慰道，"世贤十万人马已到江西。待陛下龙体康复后，还是可以突围出去的。那时我们转到江西，再图复国。"

"秀胞，朕要跟尔谈的正是此事。"宫女端进最后一碗人参汤，李秀成给洪秀全喂了两口。闭目养一会儿神，天王觉得精神好多了，挣扎着坐起来，斜靠在床头上，叫太子起来，并招呼自己的兄弟和康、林等人都坐下。

"我的病不会好了，我不能和你们一起突围。"

"陛下，过几天待你略微好点便突围。"康禄说。

"那不行，病躯出城，早晚要被清妖逮住，自古有帝王而为俘囚的吗?"洪秀全嘴角边刚露出一丝苦笑，便很快消失了，"朕的事，朕自己已作了安排。现在，朕将天贵福托付给你们。福儿。"

洪天贵福站起。

"忠王、干王、楚王、章王，忠义智勇，是朕为尔选拔的辅佐大臣。尔年幼无知，军政大事，今后一定要听四王的安排，尔不得乱出主意。四王都是尔的父辈，尔视四王，当如视朕。"

"儿遵命！"洪天贵福恭恭敬敬地说。

"尔当着朕的面，向四位王叔鞠一躬。"

忠王正要拦住太子，他却已爽快地向大家行了一个礼。于是四人慌忙跪下，向洪天贵福磕了三个头。

"朕这就算是将福儿托付给你们了。"洪秀全憔悴苍白的脸上现出一点轻松的笑意。

洪仁玕走前一步，满脸垂泪地说："陛下安心将息龙体，天京城外还有二十余万兵马，天国一定会复兴。"

"玕胞说得好！"洪秀全满意地望了洪仁玕一眼，又环视其他各人，忽觉精神大振，他以昔日指挥打仗时的刚决口吻说："朕希望秀胞、禄胞和璋胞都如玕胞这样想，也希望天国全体将士都这样想，即使朕归天了，天京沦陷了，但天国并没有亡，我们还有二十多万人马。当年金田起义时只不过数千人，只要弟兄们万众一心，天国一定会复兴。天父天兄跟朕说了，朕的子子孙孙都将稳坐江山。尔等要一心一意拥戴太子。朕死后，太子立即登基，以稳定军心人心。"

洪秀全说到这里，歇息片刻，继续说："尔等要随时寻找机会，保护太子冲出京城，到江西去寻找贤胞。一时找不到机会，即使城破之时也还有可能。那时必然四处混乱，清妖的心思都在打劫财宝上，尔等正好趁此时混出城外。后宫袍褂房里放着一千多件清妖衣帽，这是朕当年有意保存下来的，尔等到时……"

洪秀全正要往下说，忽然一阵晕眩，头歪过去了，吓得洪天贵福又大声哭起来，众人也慌了，干王吩咐速传御医。一会儿御医进宫，探探脉后说："不碍事，话说多了，累的，让陛下安心休息一会便会好。"

忠王等人悄悄退了下来。

第二天一早，王宫传出噩耗：天王驾崩了。李秀成、洪仁玕、康禄、林绍璋等人慌慌张张进宫，只见天王仰卧在床上，鼻孔里流着血，全身已僵硬了。床边茶几上压着一张纸条，歪歪斜斜的字迹是天王的亲笔："朕托付已毕，归天去了，望尔等共扶幼主，重振天国。"

"陛下！陛下！"天王宫里，响起一片悲怆的哭声。

九　康禄和五千太平军将士在天王宫从容就义、慷慨自焚

要攻城非要先拿下地堡城不可，但地堡城偏偏就拿不下。太平军全力以赴保卫它，每天从太平门里将炮子火药源源不断地运进堡内，选最强干的年轻战士替补伤亡。城里勒紧裤带，把最宝贵的能吃的东西送给守堡的人。就这样，虽然天堡城丢掉四个多月了，地堡城却依然还在太平军手里。曾国荃成天暴跳如雷，常常无缘无故地诛杀统兵将领，弄得吉字大营人人提心吊胆。正在这时，朝廷又下达命令，派李鸿章率军会攻金陵。上谕到达安庆，曾国藩为之苦恼。叫李鸿章去嘛，利用戈登的洋枪队，金陵或许可速克，但吉字大营辛苦得来的战果，让别人来摘取，不要说心高气傲、争强好胜的弟弟不甘心，就是他自己也不甘心。不叫李鸿章去嘛，金陵拖到哪一天才破呢？火药粮饷都不可久支，万一再出点什么意外事故，功亏一篑，岂不惹天下耻笑？考虑来考虑去，他决定从大局出发，还是要李鸿章速带洋枪队援助为好。并同时决定，一旦李鸿章出兵，他也从安庆启程，坐镇金陵城外。这样，攻城之功，他作为战场总指挥，自然列第一；若李鸿章不去，他也就待在安庆，他不能去抢弟弟的功。

苏州城里，李鸿章接到谕旨后也犯难。对于那个曾老九，他是深知的：本事不大，却眼空无物，自以为是天下数一数二的英雄。他知道自己一去必然马到成功，但从此也就与曾老九结下了深仇，还会令恩师心中不快。不去，又违背圣命。李鸿章想来想去，想到一个极好的借口：盛暑天不宜多用火炮。他便以此复奏，并分别致函安庆、金陵。

"别人要来抢功了，你们答应吗？"在吉字大营高级将领会议上，曾国荃出示上谕后厉声问大家。

"世上有这样便宜的事吗？老子们在这里打了三年，脑壳吊在裤带

上，他们倒来得现成的。李老二他敢来，我在城门外先跟他打个输赢!”李臣典跳起来大叫大嚷。

“金陵是吉字大营包的，早破迟破，都是我们自己的事，谁也别想过问。”彭毓橘在喊。

“什么洋枪队，休想在爷爷面前耀武扬威!”刘连捷在骂。

看到手下将领们如此齐心，曾国荃大为欢喜，他宣布：“明天各营推荐三十人，我要从中挑选一千人出来组成敢死队，三日之内务必拿下地堡城。各位回去告诉他们，待金陵打下后，敢死队每人赏银五百两，战死者抚恤银一千两。”

曾国荃相信重赏之下必有勇夫的古训。他最佩服胡林翼的三如：爱才如命、杀人如麻、挥金如土。但第一条他做不到，后两条他有过之而无不及。果然这一着有效，各营营官争着报名。坐在一旁的赵烈文冷静地开了腔：“弟兄们浴血奋战的成果不能让别人便宜得去，自然是对的，九帅重赏敢死队，更是豪杰之举。但我以为，使气用事，蛮攻蛮打，三日之内必不能拿下地堡城，要吸取过去的教训，改蛮打为巧取。”

“惠甫，你有什么巧法子？快说出来。”曾国荃催道。

“龙脖子堡垒仗着它居高临下的地势，使我军损失惨重，的确可恶至极，但又不可仿照四面包围打山上石垒的办法，因为它与城内紧紧相连，围不住。”赵烈文皱着眉头，慢慢地说出他的办法，“因此我们还得正面进攻。古时打仗，两军对垒，一手持矛，一手持盾，矛攻盾挡，各自有它的用处。贼在石垒中，炮为矛，垒为盾，可攻可守，我军只有炮而无垒，也就是说只有矛没有盾，我们要造盾。”

“造盾?”李臣典丈八金刚摸不着头，“炮子打来，你什么盾挡得住?”

“祥和兄，你听惠甫说下去，我想他的盾一定不是用牛皮做的。”康福说。

“当然不是牛皮。”赵烈文笑道，“我们也筑一道墙。”

“只怕是墙未砌好，人都被炮子打得死尽了。”朱洪章插话。

“大家莫着急，听我说完，看我的主意行不行。”赵烈文仍旧不慌不忙地说，“我们学乡下人编竹篱笆的办法，用芦苇、竹枝和木条编织几十个丈把长、八尺高、两尺厚的篱笆，然后再将稀泥调好涂在上面。这样就成了一堵厚实的墙。再在下面装几个轮子，人在后面推着它向前走，大炮跟在后面。这竹篱笆不就是盾吗?”

“惠甫这个办法好是好，但它能挡得住炮子吗？丈把长八尺高二尺厚的篱笆，即使装轮子能推得动吗?”康福提问。

“二尺厚的篱笆，炮子可以挡得住，开花炮挡不住。”曾国荃说，“八尺高不必要，做五尺高就行了，长子稍微弯弯腰也能挡住。为了减轻重量，还可把一丈长改为七八尺长。”

“九帅说的对。”见曾国荃支持，赵烈文高兴，“篱笆墙能挡炮子，不能挡开花炮。这半个月来长毛没有打一发开花炮，我估计是开花炮不多了，故可用篱笆墙。其他尺寸，都按九帅说的减下来。”

许多将领都说这个办法可以试试，曾国荃便命赵烈文赶紧监制。

次日，十五个高大结实的滚动篱笆墙制成了，由彭毓橘等人率领的敢死队也已组成。第一批敢死队三百人推着五道活墙向地堡城前进，在离堡三百丈远的地方停下来。堡里的太平军不知湘军推的是何物，密集的炮子射过来。只见炮子打在篱笆上，发出“扑扑”的响声，全让篱笆给吞掉了。湘军得意了，忙装设炮弹。一发发开花炮弹开始在地堡城旁边轰炸，有的篱笆又大胆地推进五六十丈，炮弹打碎了部分石块。地堡城指挥官沐王何震川命令打开花炮。正如赵烈文所猜测的，堡内的开花炮弹已不多了，不到危急时不用。开花炮弹果然厉害，一发炮弹打过去，篱笆立即被炸开一个大窟窿，后面的湘军跟着死了一大片。敢死队员们吓怕了，走在前面的篱笆又退了回来。几十个开花炮弹打过来，五个篱笆墙炸得稀巴烂，三百名敢死队员也死去多半，彭毓橘的半边耳朵被削去，血流满面。赵烈文脸色灰白，担心曾国荃会狠狠地训他。谁知曾国荃凶恶地下令：“第二批上!”第二批三百敢死队员个个心怯，面面相觑不敢贸然向前。刘连捷提着大刀跳出，手起刀落，旁边一根木桩劈成两截，打雷似的吼道：“都给我向前冲，有后退不前的，就是这根木桩！”敢死队被镇住了，只得提心吊胆地推起篱笆向前走。老远地，炮就打起来。地堡城里又射出几发开花炮弹，有两个篱笆墙被炸烂，刘连捷督促后面三个继续上。三个篱笆墙慢慢向前推着。奇怪！篱笆上只传来“扑扑”的响声，再也听不到开花炮弹的炸裂声了。

“九帅，长毛的开花炮弹打完了！”赵烈文对着曾国荃大叫。曾国荃拿起挂在脖子上的千里镜，一声不响地望着前方。三个篱笆墙明显地加快了速度。离堡垒只有二百丈了，炮眼里仍然不见开花炮弹打出，连炮子也稀少了。“第三批上！”曾国荃挥舞着指挥刀命令。朱洪章应声冲出，一边喊“上”，一边脱掉早已汗湿透了的上衣和长裤，光着赤膊，穿着短裤衩，敢死队纷纷仿效，人人光身上前，八个篱笆墙一齐前进。他们在重赏驱使下，欺侮太平军没有开花炮弹了，仗着西洋大炮的威力，毫无忌惮地向地堡城推进。另外一些湘军则对着太平门城楼发炮，将城墙上的火力压住。

“沐王，还有五个开花炮，放了吧！”堡里的士兵请示何震川。

“让他们再上前些吧！”何震川望着山下步步逼近的活墙，冷静地指示。这时，没有篱笆作盾牌的成千上万湘军勇丁，在营官的驱赶下，蜂拥蚁附般地向山麓奔来。

“放！”何震川下令。一个开花炮打出去，眼看它钻进了篱笆墙，却没有一点声响。“糟了，是个哑炮！”原来，这剩下的五个炮弹是最底层的一排，直接与地面接触。这时正是六月初，六月的金陵本是一个大火炉，这地堡城里填满了三百多个兵士，更是挤得密不透风，酷热难熬，汗水犹如雨水般地流下，地堡城里的泥地变成了泥浆。这五发炮弹压在泥浆深处，给汗水浸泡着，引信已完全失效。另一发炮打出去，又不响。太平军恐慌起来。“打炮子！”何震川冷冷地下令。再强烈密集的炮子也挡不住湘军前进了。一发开花炮弹打在地堡城上，炸开了一个天窗，又一发打进来，十几个战士倒在血泊中。何震川亲自点火，吼道：“弟兄们，今天我们一起上天堂去见天王吧！”一发又一发的安庆造、西洋造开花炮弹接二连三地打了进来，何震川倒下了，三百多名太平军将士倒下了，地堡城从龙脖子上消失了。

地堡城丢掉后，天京城外再没有堡垒了。天天骄阳似火，晴空万里，在城内三万军民看来，却是阴霾满天，连三岁小孩子都知道，天京的陷落就在这几天了。城内这些人都是天国最忠诚的子民，没有人想到要外出逃生。一切都豁出去了，天地万物，包括日月星辰都不复存在，存在的只是自身和城外的清妖。他们也没有保卫天京的概念了，活着的目的就是多杀几个清妖，死了就拉倒。早些天，还有些母亲把幼小的孩子送去城外，她们不忍心看着孩子和自己同归于尽。后来，女人们看到城外墙脚下横排着一具具小孩的尸体，便连这点想法也打消了。全体军民都投入了挖井。一旦井与地道相遇，就引燃火药包往下丢，地道立即被轰掉。没有火药了，则倒污水、粪便。就这样，硬是把一个个地道堵住了，天京城奇迹般地又屹立了半个月。

同治三年六月十六日清晨，曾国荃带着全体将官们来到太平门外，对大家说："李军门的信字营昨夜干了一通宵，挖穿了三个地洞，幸而没有被长毛发现，即将点火爆炸，三个地道，至少有一处炸开城墙。谁愿当先锋，最先从缺口处冲进去?"

众将官们你看着我，我看着你，都不做声。大家心里都明白，城里的太平军已是孤注一掷了，城墙缺口一开，必然会拚死堵住。何况早就听说他们沿城墙内侧挖了一道又深又宽的壕沟，里面插满了竹签、荆棘，最先冲进去的人，无异于作了填沟的砖石。曾国荃又问了一声，还是没有人回答。朱洪章忍不住了："平日大家都说深受皇恩，今日正是报效的日子，为何都畏葸不前？依我看，干脆按职务高低排先后名次。"

当时众将官中，鲍超、萧孚泗分别为实授浙江、福建提督，职务最高。鲍超为一个方面军的统帅，自然不合适，且他不是吉字大营的，大家也没有想要他当先锋，他因而不做声。萧孚泗也不做声。其次为记名提督、河南归德镇总兵李臣典。李臣典对朱洪章说："你的建议很好，我的职务比你高，但信字营前日挖地道未成，四百精壮全部死在洞中，昨夜一千人通宵未睡。你的焕字营借给我，我当先锋。”

朱洪章冷笑道：“我的焕字营借给你？你欺负我不会指挥吗？”他瞟了一眼萧孚泗，“娘的，平日喊得比谁都响，过硬时哑了喉。九帅，朱某人愿带焕字营作先锋！”

“好，英雄！”曾国荃按剑环视四周，“朱总兵当了先锋，下面便不自报了，都听我安排！”

各将肃然听命。

曾国荃宣布：“朱洪章率部从缺口冲入后，急速进攻伪天王宫北门。康福率部继朱洪章之后进缺口，包围伪天王宫西门。李臣典率部继康福后进城，一同打伪天王宫西门。萧孚泗、熊登武率部从朝阳门、洪武门打进，然后围伪天王宫东门。刘连捷、张诗日率部从神策门进攻，肃清天京城北。彭毓橘从通济门进城，直奔伪天王宫南门。各路只许向前，不能后退；前进者赏，后退者诛！”

“九帅，霆字营呢？”鲍超见各路人马都已分派，唯独没有提到他的部队，以为把他疏忽了，因为霆字营一向都在城外独立打仗。其实，曾国荃并没疏忽，他有意不派霆字营攻城。攻克金陵的首功，只能归他和他的吉字大营独占，别人不能染指，彭玉麟、杨岳斌的水师尚且没有进城的任务，何况因常打胜仗使曾国荃嫉妒不已的鲍超？

“鲍军门，霆字营有更重要的任务。”曾国荃指着城墙说，“金陵十三门，我已安排彭侍郎、杨军门把守水路各门。钟阜门、金川门、神策门、太平门、朝阳门、聚宝门与陆路相连，这六个门都由霆字营把守，若有一个长毛从这六个门里逃出去，我唯你是问！”

鲍超再憨，也知曾国荃的用心，无奈他军权在握，只得忍气听他的。

曾国荃吩咐完毕，各将正要分头行事，忽然一个身穿破烂长衫、留着杂乱白胡须的老者分开众人，径直来到曾国荃面前，跪下叩头，大声说：“九帅，老朽有几句话要敬献。”

众将惊讶，曾国荃也觉得稀奇，莫非此老头有攻城的绝妙之策？他将两手交叉放在胸前，弯了弯腰，尽量装出一副和蔼的态度对老者说：“你有什么话，请说吧！”

老者又叩了一个头后才说：“九帅，你的大军就要进入金陵城了，这是天意，老朽特来恭贺。”

曾国荃脸上露出得意之色，奉天意进金陵，士人献贺辞，今后载在史册上，一定是生动的一页！

“自古得胜进城之将，有嗜戮者，有仁厚者。”老者继续说，“嗜戮者如楚霸王，入咸阳时火烧阿房宫三月不熄，留下千古骂名；仁厚者如曹武惠，进金陵时不妄杀一人，礼遇南唐后主，百世赞不绝口。老朽愿九帅做仁慈宽厚之曹武惠，城破之时，兵不血刃，优待天国君臣，封存宫府钱库，保护文物图册，留一个美名传给后世子孙。”

曾国荃尚未开口，一旁急于发大财的吉字营将领早已厌烦。李臣典冲上前去，一把抓起老头，嚷道：“哪里来的长毛说客，花言巧语乱我军心，老子宰了你！”说完掏出新得到的英国造新式短枪，老头吓得直哆嗦。朱洪章过来，顺手一个巴掌打得老头口流鲜血。萧孚泗骂道：“老不死的！什么优待长毛，封存钱库，一派胡言乱语！”在这批虎狼面前，老头早已吓得半死。还是曾国荃记起刚才设想的那生动的一页，笑着对李臣典等人说：“放了他吧，他也是一番好心。”老头一听，慌忙抱头钻出人群，撒腿跑了。众将官大笑不止。

曾国荃挥舞那把王氏祖传宝剑，大声下令：“不要理会这个老头子的酸腐之言。兵不血刃，还打什么仗？本帅不想做曹彬，大家放心大胆去烧杀吧！”

午刻，曾国荃下令点火，只听见三声惊天动地的轰鸣响过后，靠近太平门一带的城墙出现一个二十多丈宽的缺口，朱洪章率焕字营冲到缺口中。缺口两边聚集着数千太平军将士，一时间炮子、枪子、石块、刀矛都向缺口飞来。焕字营的将士也杀红了眼。双方在缺口内外激战半个时辰后，除朱洪章等少数几个人外，焕字营先锋队四百多人全部丧命。

康福、李臣典趁势率部从后面冲入，他们踏着湘军和太平军的尸体，居然一声呼啸，最先进了城。接着，后面的人马成千上万地跟上来，城内的太平军纷纷向城中心撤退。康禄骑在一匹羸弱的战马上高呼："弟兄们，都跟我进天王宫!"

此时仪凤门、钟阜门、金川门、神策门、太平门、朝阳门、洪武门、通济门、聚宝门、小西门、旱西门、清凉门都相继失守，忠王、干王、章王先后率残部进了天王宫。幼天王洪天贵福已吓得惊慌失措，后面跟着两个小王娘，从宫中的望楼上跑下来，拉着忠王的衣襟哭道："四周都是清妖，我们怎么办呢?"两个小王娘更是披头散发，涕泪交加。幼天王的两个弟弟，十三岁的光王、十二岁的明王也哭哭啼啼地过来，站在李秀成身旁。看着眼前的惨景，李秀成心里万分难受。他勉强挤出一丝笑容，安慰幼天王说："陛下莫怕，到天黑时，我保护陛下冲出去。"

"库房里有清妖的衣帽!"危急中，林绍璋突然记起了洪秀全的遗嘱。衣帽很快找出来了。李秀成挑选出一千多名年轻的战士，换上了清军的衣帽。李秀成对洪仁玕、康禄、林绍璋说："这一千多号人由我统率，无论如何要保护幼天王冲出去，你们各人也都率一支军队，保护两位王娘和光王、明王逃出去。三更后我们都从天王宫出发，大家都到江西去找世贤，一个月后，我们在世贤那里再相会。"

"忠王，你到王府去看看吧，王太后、王娘和殿下都还没作安排哩!"康禄第三次提醒李秀成。

"好吧，我去去就来。"李秀成说完，骑马向忠王府奔去。半个时辰后又回到天王宫。

"家里如何安排的?"洪仁玕问。

"我都托付给李容发了，生死存亡，听之于天，我已顾不得这么多了，眼下是保住幼天王要紧。"洪仁玕看到，李秀成的眼眶里已充满了泪水。

天色黑下来了。天京城里到处展开了肉搏战。湘军每前进一步都很艰难，大街小巷，尸横遍地，血流漂杵。信王府被攻破了，信王洪仁发被杀。勇王府也被攻破了，勇王洪仁达不知去向。除天王宫外，这两府是天京城内最富有的王府。洪仁发、洪仁达两兄弟没有别的本事，只知聚敛。十年间，两王府搜罗珍宝无数、金银满屋。顷刻之间，它们都变成了湘军的财产。

已是深夜了，赵烈文见各路人马都在城内四处抢掠，一担一担的绫罗绸缎、珠宝金银从城门挑出，这些将领们只顾抢眼前的财物，似乎忘记了还有个内城天王宫。赵烈文看在眼里，很焦急，他飞马跑到缺口边的一个小棚子前，向正在这里的曾国荃报告。一进屋来，只见曾国荃歪躺在一堆柴草上呼呼大睡，鼾声如雷。望着满脸汗污黑瘦如猴的曾国荃，赵烈文真不忍心叫醒他。曾国荃已经三天三夜没有睡觉了。

当炸药轰响，城墙炸开，朱洪章、康福带着大队人马冲进城的那一刻，曾国荃心中悬着的千斤重石砰然落地，他一下子倒在柴草上，立时昏然睡去，任外面火光熊熊、炮弹震耳、人喊马叫，撕天裂地，曾国荃什么也不知道了。但现在不行，外城虽破，内城未克，伪幼天王、忠王、干王、楚王等要犯一个也没擒拿到，若将士们只管抢夺钱财，放走了这些要犯，必是这场胜仗中的极大损失。一定要叫醒他！赵烈文打定主意，大声喊："九帅，九帅！"一边用手推，好不容易曾国荃才睁开惺忪的眼睛。"九帅，将士们只顾抢东西，没有进伪天王宫，伪幼天王、忠逆都没拿住，这样下去不行。你要赶紧进城督师，进攻天王宫！"

赵烈文连珠炮似的说了一大通，曾国荃浑身无力，站不起来，心里想，今夜不攻天王宫也好，打下后他们必定会趁黑洗劫一空，自己不就一点都得不到了？曾国荃半眯着眼睛对赵烈文说："惠甫，将士们辛苦了几年，拿点东西，不要大惊小怪。你代我下令，不要放走了伪幼天王等人，我要回孝陵卫去好好睡一觉，明天再打天王宫吧！"

一个亲兵上来，背起曾国荃出了小棚子。赵烈文摇摇头，扫兴地跟着出来。只见城内火光更大了，直将天空映成一片橘红，喧闹之声震耳欲聋。此时正交三更。

天王宫里，李秀成将洪天贵福扶上马，带着一千多装扮成清军的兵士们趁乱走出，后面跟着洪仁玕、林绍璋等人率领的两支人马，共二千余人。楚王康禄不愿冲出去，他看到王宫里有几千断手残脚的将士，他们已不能行动，遂决定留下来，和这些将士们一起尽最后一份力量保卫天王宫。

刚出王宫不远，幼天王的马便跛了脚，李秀成将自己的战马“漫天雪”让给幼天王，顺手把旁边一匹驮行李的马牵过来，扔掉行李充坐骑。沿途遇见的尽是忙于抢东西的湘军，谁也没有想到这支队伍中竟藏着幼天王和忠王。他们穿街串巷来到太平门边，只见缺口处无一人在，大家暗自高兴，感谢老天王在天之灵的保佑，急急忙忙穿过缺口逃出城外，三支人马合在一起，向南而去。

就在二千多人快要全部出完时，赵烈文进城来了。他看看不对头，为何这些人不像湘军那样大担小包的呢？他们每人手中只有一件武器，出城时行色匆匆。赵烈文驱马走近一看，糟了！他们全是满头长发！“长毛跑了！”赵烈文大声喊叫，无人理睬。一刻钟后，刘连捷带着几个人提着灯笼过来。

“南云，刚才一队长毛跑了，说不定伪幼天王混在中间。”赵烈文急着告诉刘连捷。

“真的？你看清楚了，有多少人？”

“黑灯瞎火的看不清楚，怕总有千把人。”

“朝哪个方向跑了？”

“南边，快去追吧！抓到幼天王，那可是第一功呀！”赵烈文催着。刘连捷打一声口哨，唤来几百人，从缺口中走出，沿着城外马路，向南边追去。

第二天凌晨，康福带着一支人马最先来到天王宫的外城——太阳城。出乎意外，他们在这里并没有遇到强烈的抵抗，湘军顺利地冲进了太阳城。一座金碧辉煌的宫殿出现在他们的眼前，这便是天王宫的内城——金龙殿。传说小天堂的财宝大半聚集在这里：金龙殿里的楹柱上涂的是真金粉末，殿里陈列的每一件物品都是稀世珍宝，谁要是有幸得到其中一件，都够他一辈子尽情挥霍享乐。湘军官兵人人眼里射出贪婪的欲火，舍生忘死地搏斗这些年，不就是为着这一刻的到来吗？他们正要疯狂地冲过去，却突然看见了一幅奇异的场面，一个个惊得目瞪口呆，半天回不过神来。

金龙殿四周密密麻麻地站着几排太平军将士，足足有五千人以上。他们一个个衣衫破碎，血迹满身，长期的饥饿和恶战，已使他们脱了人形，两只深深凹下去的大眼睛，像两个漆黑无底的深洞，直呆呆地望着前方，望着渐渐增多、渐渐靠拢的仇敌，脸上无丝毫表情。他们之中有的手残缺了，只剩下一个空洞洞的衣袖；有的脚断了，则用一根棍矛支撑着。大家身子紧挨着身子，胳膊紧挽着胳膊，静静地，默默地，像石垒的堤坝，像铁打的围墙，保卫着他们心中最崇高最圣洁最景仰的天国的象征——金龙殿。

康福被眼前的场面感动了。那天夜晚潜入楚王府，与弟弟一席深谈后，回到军营，他好几夜没有安稳地睡过觉，既为弟弟革故鼎新的豪迈气概所震慑，更敬慕他忠于信仰、义无反顾的高风亮节。内心深处，他为自己有这样一个英雄盖世的弟弟而自豪。还是在少年时期，父亲给他们兄弟讲史的时候，就意味深长地指出：莫以成败论英雄。中国历史上有许多失败的人物，无论就其事业而言，还是就其个人品德而言，都是高尚的，相对于他们的对立面——胜利者来说，他们都更加令人尊敬，他们之中有些人的失败，恰恰就在于其人格的光明磊落。康福记得，父亲每讲到这种观点时，心情都显得有些激动。从楚王府回来后他想：弟弟就是属于这种失败的英雄之列。不过，那时，他只在千千万万的太平军将士中看到自己的弟弟一人，而今天，他看到五千多个和他弟弟一样的英雄，他们一个个都如此高大，如此威武，虽是敌人，却不得不令他敬佩。

康福胸中波涛翻滚，不能平息。再定睛细看，他更被震惊了：人墙的前面分明已架好了一道两尺来高的干柴，将后面的太平军紧紧包围住。有几个人在给干柴浇油。他们神态安详，气宇宁静，如同农夫在灌园，如同园丁在浇花，站在对面二三十丈远、手持刀枪、凶神恶煞般的湘军，在他们的眼中似乎并不存在。

康福愣住了。他身后的湘军将士们也愣住了。大家都看出了这群太平军的意图：他们要点火焚烧，要将自己和这座金龙殿一齐化为灰烬！一时间，谁也不知怎么办，都站在原地不动，像看戏一样地等待着即将出现的场面。只有李臣典偷偷地掏出那支英国新式短枪，对着站在前面的康福瞄准。

李臣典一直在寻找康福，要悄悄地干掉他。李臣典和康福并无前嫌，他要杀康福，仅仅因为康福是第一个冲进金陵城的带兵将官，他因此而屈居了第二。做第一个冲进金陵城的将官，这是他垂涎已久的目标，但他又不愿意充当先锋。他知道这个先锋十之八九是替死鬼，他要跟在先锋的后面踏进缺口，要踩着先锋的尸体进城，谁知康福抢先了一步。所以，他要杀康福。没有了康福，他就成了带兵冲进金陵城的第一人。

康福看着看着，突然，心中涌出一股从未有过的巨大悲哀。他觉得自己不是一个胜利者，而是一个扼杀善良弱小生命的刽子手，是一个毁灭高尚纯洁灵魂的恶魔，是一个该受诅咒惩罚的历史罪人。想到这里，他那只握刀的手轻轻地颤抖起来。正在这时，他看到金龙殿前的人墙中走出一个三十来岁的青年。那青年虽形容枯瘦，却仍然腰杆挺直，有一副威武不屈的气概。他一只手高擎着火炬，迈着稳重的步伐，向浇了油的干柴堆走去。天啦！康福在心里惊叫起来，这不是自己的胞弟康禄吗？

自从那次策反不成后，康福日日向苍天祷告，希望弟弟早点离开金陵。昨夜听说有支千人队伍从缺口中冲出，他那时正在旁边，有意将部队调开。他想弟弟一定在这中间，让他好好地逃走吧。谁知弟弟竟没有走，他要和他的弟兄们一道，自焚报效他们的天国！康禄一步一步走近了柴堆，康福越来越害怕，双眼慢慢变得模糊了。终于，眼前升腾起一串熊熊的烈火，给巍峨高耸的金龙殿添上数万道耀眼的光辉，将五千太平军将士映照得如同金铸铜打的罗汉。

这火越烧越旺，越烧越烈，像一条火龙，将天国的象征和它的忠诚卫士紧紧地缠绕着。不论是在中国史册上，还是在世界史册上，这无疑都是一幅绝无仅有、震撼天地的画卷！

康福呆呆地望着这团烈火，只觉得心如刀绞，想喊喊不出，想冲冲不动。人生能有这样的悲哀吗？深爱弟弟的哥哥，却亲手将英雄的弟弟逼上了绝路，而且还要亲眼看着他死得如此从容，如此慷慨，如此惨烈悲壮、惊天动地！

康福那颗对弟弟有着深厚挚爱的心被割成了一条条，一块块；他的头脑似乎受了重重的敲击而开始清醒。他的破碎的心在绝望地狂呼："天啦，你何不让我死去！"就在这时，一颗子弹从他的背后射来。康福摇了两下，又站定。他艰难地扭过头去，看见了李臣典那张凶恶狰狞的脸。"兄弟，哥哥跟着你来了！"康福无力地念着，慢慢地倒下了。

"弟兄们，我们冲过去，大殿里有数不清的金银财宝，不能叫长毛烧掉呀！"李臣典举起手枪，在后面狂呼乱喊，数千围观的湘军仿佛如梦初醒，争先恐后地向金龙殿猛扑过去。

第七章／审讯忠王

一　威震天下的忠王被一个猎户出卖

临近拂晓，李秀成醒过来了，全身已被露水打湿，一阵晨风吹过，他感到一丝凉意。幼天王和干王、章王早已不知去向，四周一个人也不见，先前的呐喊声、追杀声已经平息，远处树丛中传来几声鸟雀的啁啾，它们在迎接又一个平凡而宁静的早晨。只有眼前七零八落的断戟残戈、烂盔破甲，东一片西一片倒伏的茅草，和几处犹自冒烟的树桩，显示出不久前这里是一块激烈鏖战的沙场。李秀成记起昨夜是被马颠下来的，沿着路坡滚下去后便失去了知觉。他试着动了动手脚，幸而没有受伤。天色慢慢亮了，李秀成四处张望，连那匹驽马也不知跑到哪里去了。他认出这里是方山，离天京城只有五十多里。此地正当大路，不能久停，李秀成顺着一条羊肠小道向山里走去。

走了三四里路，前面出现一座破败的土地庙，李秀成想去庙里躲避下。刚到庙门边，一股恶臭传来，里面窜出几只六七寸长的灰黑大老鼠，他感到一阵眩晕，打消了进庙的念头，在庙旁一块青石板上坐下。太阳出来了，身上燥热不安。李秀成这时才注意，自己浑身上下都是灰尘、血渍和草屑。环顾四周无人，他将紧箍在两只手臂上的十只金镯子、戴在手指上的二十只金戒指全部褪下来，又从口袋里掏出十多个金元宝，摘下头巾，把它们包好，挂在石板边一棵小树杈上。然后离开土地庙，去找一个有水的地方洗洗脸和手脚。

走出一里之外，李秀成见到一泓清澈的溪水。他来到水边，脱去上衣，慢慢地洗手洗脸，心里盘算着下一步如何走。正在这时，一阵嘈嘈杂杂的人声传来，李秀成警觉地站起，迅速把上衣穿好，猛地听到一声喊："这里有个太平军!"原来，李秀成未戴头巾，一头浓密黑发散在肩上，甚是引人注目。李秀成拔腿就向草丛跑去。慌乱之间，上衣袋里的散碎银子掉了出来，那群人在后面紧追，高声叫喊："你把身上的银子都交给我们，我们不要你的命!"李秀成哪敢停留，继续奔走。无奈又累又饿，两脚无力，一不小心，绊在一根青藤上，摔了一跤。后面追的人赶上来，将他抓起，两个年轻汉子就要搜身。

"且慢!"一个中年男子把两个年轻人拦住，仔细将李秀成上下端详。他越看越惊奇，终于确认了："这不是忠王爷爷吗?"李秀成正要否认，只见这几个人一齐跪下，口里喊道："忠王爷爷，您老人家受苦了!"说罢，都哭了起来。李秀成见此情景，也就不再隐瞒了："弟兄们请起，我就是李秀成，你们都是什么人?"

那中年男子边哭边说："我叫邢金桥，这几个人是我的兄弟子侄。我们邢家世代开药店行医。上个月，我带子弟出城谋食，信王的卫兵把守城门，要我们每人交四两银子才放行。我一文钱都没有，哪里拿得出这多银子！我磕头哀求宽免，毫无作用。幸好您老人家路过那里，送给我们银子，我们一家才得以出城活到今天。您老人家如何在这里?"

邢金桥说的事，李秀成已记不起了，送银子给出城的老百姓，倒是常有的，他相信说的是事实，于是将昨夜的事情简略地说了一下。邢金桥说:“忠王爷爷,方山周围都是湘军,你一时出不去,先到我家去躲避几天吧!”

“好吧!”李秀成刚迈步,忽然记起挂在树杈上的包包,“等一等,我有一包金子挂在土地庙前的树上,待我去取了来,送点金子给你们。”

邢金桥说:“我们和你一起去。”

李秀成带着众人急匆匆赶到土地庙,走到小树边看时,那布包已不翼而飞了。“怪事!是哪个拿去了呢?”李秀成四处张望,不见一个人影。

“可能是陶大兰拿去了。”邢金桥的弟弟玉桥说。

“你怎么知道?”金桥问。

“刚才你跟忠王爷爷说话的时候,我看见陶大兰急急忙忙从对面小路下山去了,正是从土地庙那边过来的。”

“陶大兰是什么人?”李秀成问。

“他是邻村一个猎户。”邢金桥说,“等会儿我们去问他要来。忠王爷爷,您老现在跟我们一起下山吧!”

天京都丢了,还在乎这包金子!李秀成对邢金桥说:“算了吧,不要找姓陶的了,免得张扬出去。”

“不能让那小子发了横财,一定得要回来!”邢玉桥气愤地说,他心里也想得这笔横财。

邢家兄弟把李秀成领进家门,将门紧闭,吩咐婆娘烧水做饭,又找了几件破旧衣服来替他换了。吃了饭后,邢金桥拿出一把剃刀,对李秀成说:“忠王爷爷,小人给您老人家剃头了。”

“什么?剃头!”李秀成愤怒地瞪起了眼睛。

“忠王爷。”邢金桥低声下气地说,“小人也知道您老人家不愿意剃头,小人刚出城时也不情愿剃,但不剃太显眼,随时都会被官府捉去。眼下天京陷落,湘军四处在抓太平军,方山离天京只有五十里,四面八方都是朝廷的人,您老不剃头,如何保得了性命?”

“哎!”李秀成无可奈何地叹了一口气。邢金桥说的是实话,总不能因头发而送了命吧。“你剃吧！”李秀成闭起眼睛，剃刀在头顶上刷刷作响，犹如刀切他的肉一般痛苦。剃完了头，邢金桥说：“忠王爷，你就在我家好好睡一觉，我到外面去打听打听。”

李秀成刚入睡，邢玉桥便进来了。

“哥，忠王爷呢？”

“睡着了。”金桥指了指里屋。

“正好趁这个机会，我们去陶家把金子要过来。”邢玉桥很急。

“那小子刁浑得很，他哪里会肯。”

“能容他不肯吗？无论如何都要拿过来。”邢玉桥也不是个好惹的人。

陶家村的猎户陶大兰，昨夜在方山守了一夜的陷阱，一无所获，天亮下山路过土地庙，意外得到李秀成那包金子，笑得口都歪了。他对着土地庙重重地磕了三个响头，一溜烟跑回家，找了个坛子，将这包金子装在坛子里，深深地埋在自家后园菜地中，再移来几株白菜在上面。陶大兰刚把这一切忙好，坐在椅子上休息的时候，邢家兄弟进了家门。

“早呀！两位老弟。”陶大兰心里高兴，招呼客人比往常热情得多。转念又想，这邢家兄弟平素从不登门，今天一大早来，莫不是走漏了风声。陶大兰心虚，脸上的笑容就更多了。

“陶大哥，你今早发了大财！”邢玉桥是个急性子，不晓得打弯弯，开门见山地挑明了来意。

陶大兰先是一惊，随即马上镇定下来，依旧笑着说：“莫说笑话了，我陶老大一个穷赶山的，哪里发得了财！昨夜在山上空守了一夜，连个兔子都没逮到。”

“陶大哥，不要装迷糊了。”邢金桥拍着他的肩膀，“今早土地庙前树杈上挂的那个包包，是你拿走的吧！”

“没有，没有！”陶大兰脸色开始发白，嘴上却很硬，“我今早下山，根本没经过土地庙，我是从前山大路上回家的。”

“好哇，姓陶的，你还要赖账，这是什么！”邢玉桥冲到床边，将凉席上一块明黄头巾抖起。

原来这正是李秀成包金子的头巾，陶大兰将金子放进坛子里时，一时大意，这块头巾没有藏好。

“这是我老婆的头巾。”陶大兰情急智生。

“您老婆的头巾？您老婆好大胆，敢用这样的头巾！”邢玉桥尖声冷笑着，将头巾抖开，那头巾四个角，每个角上都用赤线绣了一条龙。陶大兰当时被金子照花了眼睛，没有细看头巾，这时一见，全身瘫软了。

“陶大兰，你知道那是谁的金子吗？”邢玉桥站在陶猎户的面前，昂首挺胸，俨然一副审判官的姿态。陶猎户气馁了，心里咚咚乱跳。“实话告诉你吧。这包金子不是别人的，是太平天国真忠军师忠王李秀成的，你好大的狗胆，竟敢拿他的金子！你今天把它交出来万事皆休，若不交出来，你的命难保。”

陶大兰一听，惊得半天做不得声。他不是傻子，今早得到这包金子时他就在想，谁有这多金子呢？又为何不放在家里，要挂在树上呢？他先想可能是强盗的。一个强盗打劫了这包金子，挂在这里，约好等另一个人来取。后又想天京城这几天炮火连天，也许是城内大官的，也可能是湘军抢的。但为何要挂在树上呢？他左想右想，想不出个名堂来，也就算了。陶大兰回过神来，问：“你们怎么知道是太平天国忠王的呢？”

“忠王亲口对我们说的。”邢金桥颇为自豪地说。

“忠王现在哪里？”

“在我家，怎么样？要不要我带你去见他！”邢玉桥得意地说。

忠王出了城，天京莫不是被朝廷攻破了？一个邪恶的念头在陶猎户的脑中浮起。他脸上又泛起了笑容：“兄弟，实不相瞒，挂在土地庙树上的那包金子是我拿了，我不知道是忠王爷的。他老人家爱民如子，我怎能昧着良心拿他的，只是这包金子现不在我这里，我已转到妻弟家去了。你们先回去，今天夜里我把金子送到你家，并当面向忠王爷请罪。”

邢家兄弟见陶大兰说得恳切，相信了：“你今夜务必送来！”

“今夜不送来，我陶大兰遭雷打火烧，过不了今年！”陶大兰赌咒发誓。

待邢家兄弟出了门，陶大兰立即从后门溜出，向天京方向奔跑。他有个堂弟名叫陶大芷，在湘军一个兵营里当马夫，这个兵营扎在离陶大兰家十五里处的东山。平日无事时，陶猎户常去堂弟那里坐坐，混两餐饭吃。陶猎户要把这个消息告诉堂弟，让他禀报上司，派人来抓李秀成和邢家兄弟。他想李秀成和邢家兄弟抓走了，他就可以稳稳当当地占有那包金子了。陶猎户一口气奔到东山兵营，正碰着堂弟牵马出来。

“大芷。”陶猎户气喘咻咻地对着堂弟的耳朵悄悄说了几句话。

“当真?”陶大芷惊喜万分，抓住忠王，可是一件特大功劳啊！陶大芷立即把这个惊人的消息报告营官，这个营隶属于萧孚泗部。萧孚泗命令营官亲自带一百人，悄悄隐蔽在方山中。

这天半夜，陶猎户带着湘军将邢金桥的家严严实实地包围起来，把熟睡中的李秀成抓了，邢金桥也被抓走。陶猎户又带着人到村尾去抓邢玉桥。哪知玉桥听到狗叫声情知不妙，早溜出屋外，躲到山里去了。

几天后，陶家村的人在村口池塘里发现了陶猎户的尸体。

二　洪仁达供出御林苑的秘密

萧孚泗仔细查看，又叫几个投降过来的太平军官员当面核实，确证绑送前来的人就是李秀成。他知道，老天王洪秀全已死，幼天王洪天贵福是个稚童，干王洪仁玕名义上总理全国政事，但资望浅、功劳小，不足以号令全国，目前太平天国真正的第一号人物，就是眼前这个李秀成。真个是福星高照、鸿运齐天，萧孚泗飞马进城，向曾国荃报告了这个特大消息。

“真的是伪忠酋?”曾国荃这几天正为没有抓到太平天国最重要的领袖而气沮，这个消息太使他兴奋了。

“卑职已叫投降过来的长毛伪官员当面验证，确为伪忠王李秀成无疑。”萧孚泗响亮地回答。

“那伪幼天王、伪干酋、伪章酋呢?”曾国荃迫不及待地追问，恨不得一网打尽。

“暂时都还没有抓到，不过不要紧。”萧孚泗信心十足地说，“这一两天内一定有喜讯传来，九帅你就放心等着吧!”

“萧军门，你赶快把伪忠酋带上来，本帅要亲自审讯他!”曾国荃大声命令。

“是!”萧孚泗转身出门。

“慢点。”曾国荃摸着光秃秃的尖下巴，想了片刻说，“本帅是堂堂王师的三军统帅，伪忠酋不过是山野草寇，今日做了本帅的阶下囚，就这样叫了来，本帅不是与他平等相见了吗？萧军门，你下去赶紧造一个长三尺、宽三尺、高六尺的木笼子，将那伪忠酋五花大绑扔进木笼之中，再命四个兵士肩抬着他来大堂见我。”

当兵士们抬着装有李秀成在内的大木笼进来时，曾国荃已穿上二品文官朝服，板紧长脸，挺直腰板，端坐在大堂正中。木笼被轻轻放下，曾国荃放在案桌上那两只瘦骨嶙峋的手已抖动起来，发出鸡啄米般的“笃笃”响声，两只细长的眉毛紧紧连成一线，两边太阳穴上的青筋暴凸，嘴唇在抽搐着，见木笼中的李秀成坦然坐在里面，犹如一个正在纳凉的闲人，不由得更加气愤。

“啪!”曾国荃猛地拍打案桌。用力太猛，自己都感到手心发麻，两旁兵勇吓得一齐把头低下，木笼中的李秀成仿佛什么也没有听到一样，依然端坐着，脸上露出一丝淡淡的微笑。

“你就是伪忠酋李秀成?”堂上曾国荃嘶哑的吼声近于战栗。

“本王正是。”木笼里李秀成的回答十分安详。

曾国荃被李秀成的气概所震慑，好一阵子问不出第二句话来。“伪幼天王到哪里去了?”很久，曾国荃才又迸出一句话。

“不知道。”李秀成心里高兴，这说明幼天王没有被抓住。

“洪仁玕、林绍璋呢?”

李秀成又是一喜，干王、章王都没有被抓！他仍然从容回答：“他们会始终在幼天王身边的。”

“哈哈哈!”曾国荃盯着木笼许久，突然发出一阵大笑，“李秀成，你也有今天!”曾国荃放肆地笑着，声音由得意到癫狂，由癫狂到黯淡，由黯淡到凄然，终于掺和着嘤嘤哭腔，使得满堂官兵毛骨悚然，大热天气，如同站在寒风之中，全身瑟瑟抖动。

“李秀成，你害得我好苦哇!”曾国荃大叫一声，收起怪笑，两眼射出凶光，猛地站了起来，两手支在案桌上，喝道，“你逃出城时带了多少人马?”

传闻本事了不得的曾老九竟是这样一个色厉内荏之辈，李秀成着实鄙视，他闭上双眼，不再搭理。

“你想逃到哪里去?”

李秀成不答。

“你的弟弟李世贤现在哪里?”

李秀成仍不回答。

“陈炳文、汪海洋、赖文光他们都到哪里去了?”

李秀成面无表情闭目端坐，对曾国荃的提问一概采取蔑视的态度，不予理睬。一个阶下囚竟然如此傲慢无礼，使得曾国荃威风扫地。他恼羞成怒，终于完全抛开了二品大员的身份，顺手从案桌上拿起一个平时装钉文簿的铁锥，快步走下堂来，直冲到木笼边，对着李秀成的大腿死劲一戳。李秀成紧闭双眼，全身靠在木柱上，脸上的肌肉不停地抽搐着，他强忍巨大的疼痛，一声不吭。曾国荃将铁锥用力拔出，一股鲜血泉水般喷起，从木笼里流出来。李秀成斜起眼睛看着，嘴角微微歙动。曾国荃气得又是一锥。这一锥没有刺着，反倒因用力过猛，自己的额头撞在柱子上，痛得他哇哇直叫：“来人呀，拿刀子割他的肉!”

两个亲兵过来，搀扶着曾国荃坐到椅子上，一个亲兵拿了一把匕首上来。“割，给我一块块地割!”曾国荃坐下后，一手压着额头，一边大嚷。

亲兵拿起匕首，走到木笼边，将刀伸进木笼，对着李秀成左臂一划，一块肉掉了下来，鲜血涌出。胆小的幕僚掩面不敢看，胆大的侧眼看时，只见李秀成依然坐着，岿然不动，心里暗暗钦佩。

“再割！”曾国荃完全疯了。亲兵只得又将匕首举起，在李秀成的左臂上又切下一块肉来。这时李秀成左边衣裤已完全被血浸湿，他不动也不做声，如石雕铁铸般端坐着。坐在一旁的赵烈文实在看不下去，站起来走到曾国荃身边。轻声说：“九帅，不要再割了，李秀成神志已麻木，再割几块也是枉然，万一血流过多死了，今后不好交代。”

“死了就死了，有什么不好交代的？”曾国荃冷冷地回答。

“九帅，假如朝廷要献俘呢？”

“李秀成不过草寇一个，朝廷犯不着为他举办献俘大典。”曾国荃阴冷地望着桌面，突然神经质地抬起头来，大声发令：“给我割，一块块地割下去，割死拉倒！”

赵烈文知曾国荃已丧失理智了。他当然能理解曾国荃此时的心情。为破金陵，老九差不多把命都贴上了，但作为受曾国藩之命前来辅佐的幕僚，他认为有责任制止曾国荃的失态行为。“九帅，就是朝廷不让献俘，李秀成毕竟是长毛中的要犯，抓住他，是九帅一桩很大的功劳。现在天气炎热，李秀成又衰弱不堪，若再割几刀，李秀成立即就会死在堂上。今后万一有个小人上书给朝廷，说九帅抓的是个假的，冒功请赏，九帅那时拿什么来作证？”

赵烈文这几句话显然打动了曾国荃，他抬起黑瘦的右手，有气无力地挥动一下，示意亲兵下去。

“九帅。”赵烈文继续说，“还有一个重要原因，不能让李秀成现在就死去，故还要请九帅立即命人给他搽药治伤，免生意外。”

“你说什么？”曾国荃鼓起眼睛望着赵烈文。赵烈文转过脸去，躲开他那令人生畏的眼光。“九帅，中堂大人还未来哩，他要亲自审讯李秀成。”一句话，仿佛一服清凉剂，使曾国荃蓦地清醒了。是的，大哥还在安庆，说是这两天就要到金陵来。假若李秀成今天死了，怎么向大哥交代？糊涂！曾国荃暗自痛责。他站起来，对着公堂下的木笼子说：

"李秀成，你犯下了弥天大罪，死有余辜。本帅今日暂不凌迟你，再让你苟活几天!"

四个亲兵走到木笼边，一声吆喝，将笼子抬到肩上，正要启动时，李秀成望着曾国荃破口大骂："曾老九，你这个比蛇蝎还毒、比猪还蠢的家伙，两国交兵，各为其主，败军之将，可杀而不可辱，这点小道理你都不懂，岂有资格审讯我！且胜败兵家之常事，大江之南，我天国将士还有数十万人，你不过偶尔获胜而已，怎能在本王面前装腔作势!"

刚刚冷静下来的曾国荃又被李秀成的这几句话激恼了。他怒不可遏地从亲兵手中抢过匕首："老子今天非要宰了你不可!"说着就要冲过去，赵烈文一把抓住："九帅，不要跟这等小丑计较!"转脸吩咐，"还不快抬下去!"

曾国荃重新坐到椅子上，气得脸色煞白。正在这时，刘连捷进来大声禀报："九帅大喜，洪酋的二哥洪仁达捉到了!"

"押上来!"曾国荃命令。与李秀成第一次面对面地较量，他自己心里清楚是输了，现在要通过审讯洪仁达把面子挽回来。

洪仁达被押上来了。这是一个五十多岁的人，身材肥胖，面皮黧黑，头发稀疏，眼小唇厚，一副猥琐的样子。洪仁达进得门来，不待曾国荃问话，便双膝跪在大堂当中，口中喊道："曾九爷饶命!"

曾国荃鄙夷地瞟了一眼，喝道："报上名来!"

谁知洪仁达虽在金陵住了十多年，竟然听不懂曾国荃的湘乡官话，茫然呆望着曾国荃，不知他说些什么。"报上名来!"曾国荃不耐烦地又吼了一句。洪仁达仍然傻子似的望着。他莫不是个聋子？曾国荃心想。

"九帅。"赵烈文心中已明白，凑过去说："想必他听不懂你的话。"曾国荃点点头。赵烈文对亲兵说："把陈德风押来。"

松王陈德风昨天在城里巷战被俘，当即就向湘军缴械投降了。陈德风被带上来了，两只手被绳子绑着。

"陈德风，你禀告本帅，洪仁达是聋子，还是听不懂本帅的话？"曾国荃问。

“禀告九帅，洪仁达不是聋子。他自幼在家种田，没有出过官禄布一步，平素只听得懂花县土话，其他什么话都听不懂。”陈德风弯腰回答。

“那你就把本帅的话用花县土话再说一遍给他听，要他务必从实招供。”

“是！”陈德风又一鞠躬。

经陈德风翻译，洪仁达终于听懂了，“小人名叫洪仁达。”

“你是洪秀全的什么人？”

“小人是洪秀全的二哥。小人兄弟三人，大哥和我是一个娘所生，老三是另一个娘生的。”

“洪秀全封了你什么官？”

“老三先封大哥为安王，后改为信王，封我为福王，后改为勇王。九爷，其实我和大哥一世种田，大字认不得一石，我们不晓得做王，只知吃好的穿好的，多讨几个老婆。”洪仁达在被抓的那一刻，就在盘算着如何保住这条命。他把责任全部推到洪秀全身上，把自己装扮成一个愚昧无知的乡巴佬。大堂里的人都觉得好笑，只是不敢笑出声来。曾国荃想：这样的人居然也当了十多年的王，真他娘的混账！

“洪仁达，本帅问你，洪秀全是哪天死的？”

“老三是四月十九日归的天，自三月底以来，天京被九爷围得紧，老三知道仗打不赢，便急病了。我劝他吃药，他不吃，他说他的命是天父掌管的，吃药没有用。四月十九日那夜里，城里四处火光冲天，老三以为城攻破了，便服毒自杀了。”

“洪秀全的尸体埋在哪里？”

“埋在新天门外御林苑东边山上那棵最大的桂花树下。”

“你可要老实招供，不准胡扯！”

“是，是，小人不敢胡扯。老三归天后，是我抹的尸、换的衣，埋的地方也是小人和小人的大哥一起选定的。”

洪秀全虽未生擒，却可确认已死无疑，这是曾国荃今大审讯洪仁达的收获。这样一个愚不可及的人，大概所知不多，曾国荃没有心思再审下去，吩咐押走。洪仁达心里急了，他想就此押下，说不定哪天就会被砍头，还有一个救命方子未拿出来，再不说就迟了。

“九爷，小人还有一件事要禀告九爷!”洪仁达在堂下高喊。

“你还有什么事?”曾国荃没好气地问。

“九爷，这是一桩绝密的事，你答应我不杀头，我就告诉你。”

曾国荃心想，这家伙是洪秀全的二哥，说不定真知道些别人不知的事，便哄道:“你说吧，我不杀你。”

洪仁达很高兴，说:“这事只能对九爷一人说，不能给别人知道。”

“你们都下去吧!”公堂里除留下陈德风外，包括赵烈文在内，所有的人都走了。洪仁达凑到曾国荃身边，悄悄地说:“御林苑左侧有一个牡丹园，牡丹园正中有一块簸箕大的空地，从这块空地挖下去，有三个大酒坛子。这是我上个月见天京危急时，偷偷埋进去的，里面装了这十多年来老三赏赐给我的珍宝。这批珍宝究竟值多少钱我也不知，只记得老三有次对我说，他赏给我的东西比别人都多，他说我的财产可以胜过前代一个叫石崇的人，又说我是天下最有钱的人。九爷，我现在愿用这三坛珍宝来赎我的命。那三坛珍宝都给你，你放了我吧!”

曾国荃绝没想到，审这个愚蠢的伪勇王倒审出一桩这样的美事来，刚才审李秀成的烦恼早已飞到九天云外，喜得心花怒放。

“好，本帅不杀你，但你绝对不能再对别人说起这事。倘若本帅挖不到那三坛珍宝，看不把你碎尸万段!”

三　攻下金陵的捷报，给曾国藩带来两三分喜悦、七八分伤感

六月十八日半夜三更三点，曾国藩终于将堆积如山的文件批阅完毕。他走出房门，来到后院。但见星月满天，万籁俱寂，心里顿时有一点宁静之感。大前天接到九弟信，告金陵城外四处开挖地道，城破

就在这几天。他望着夜空，心里说：“九弟，大哥不能和你一起攻城杀贼，为你读一篇名文助战吧！”他重新走进签押房，拿出《资治通鉴》，翻出写赤壁之战的那一篇来。他希望九弟如同当年的周瑜火烧赤壁那样，取得攻克金陵的胜利，日后也能焜耀史册。曾国藩先是轻轻地念着，慢慢地兴致高涨，竟高声吟唱起来。

“大人，刚才信使送来九爷的急信。”荆七捧着一封信走过来。

“快给我！”曾国藩心里一跳，深夜送信来，这在过去是从来没有的事。兵机瞬息万变，不可预料，难道金陵出了意外？曾国藩的一颗心几乎悬到喉咙口。他一反平日剪信口的习惯，一把从荆七手里抢过信套，用力撕着，手在微微抖动。信套纸很结实，一次没撕开，他又撕一次。信笺出来了，是沅甫的亲笔：“十六日正午，我吉字大营轰开城墙，攻占金陵外城……”

“金陵城破了！金陵城破了！”曾国藩喃喃念了两遍，便觉一口痰涌上胸头，眼前一黑，栽倒在地上。荆七不知出了什么事，慌得赶急上前，双手将曾国藩扶起，平放在竹床上，用冷水打湿毛巾，擦拭脸和手。荆七弄得大汗淋漓，摸摸曾国藩的手，却冷冰冰、凉飕飕的。荆七害怕了。

“你到哪里去？”荆七刚要出门，曾国藩醒过来了。

“大人，您老醒了。”荆七十分欣喜，忙走到竹床边，“大人，刚才把我吓死了，见您老总不醒，我正要去叫大公子。”

“好啦，不要叫他了，我没事。你也去睡觉吧，明天不要对任何人说起我刚才昏倒的事，听到了吧？”

荆七答应一声，关好房门，到旁边耳房里睡觉去了。曾国藩躺在竹床上，深为自己刚才的失态而羞耻。平日读《晋书》，曾为谢安一句“小儿辈已破贼矣”，数度拍案叫绝。那是一场关系到国家存亡、谢氏家族兴衰的重大战争，且事前并无把握，谢安居然在接到侄儿的捷报时，照样下完棋，只徐徐说出这样一句轻描淡写的话来。这是何等样的胸襟，何等样的气度啊！曾国藩也曾多次设想过，有一天接到九弟从金陵前线来的捷报时，也要像谢安一样，毫不经意地告诉身边的僚属，可是刚才呢……幸好只有荆七一人在旁，连儿子也未看到，不然，必将作为笑柄广为传播，一直传到子孙后代。

略微舒服点后，曾国藩再也不愿躺在竹床上了，他起来披件衣服，坐在椅子上，望着跳跃的灯火，心驰神往，浮想联翩。他想起在湘乡县城与罗泽南畅谈办练勇的那个夜晚，想起郭嵩焘、陈敷的预言，想起在母亲灵柩旁焚折辞父、墨绖出山时的誓词，想起在长沙城受到鲍起豹、陶恩培等人的欺侮，想起船山公后裔赠送宝剑时的祝愿，想起江西几年的困苦，想起投水自杀的耻辱，想起重回荷叶塘守墓的沮丧，想起复出后的三河之败，想起满弟的病逝，想起自九弟围金陵以来为之提心吊胆的日日夜夜，一时百感交集。曾国藩愈想愈不好受，最后禁不住潸然泪下。他感到奇怪，这样一桩千盼万盼的大喜事，真的来到了，为什么给自己带来的喜悦只有两三分，伤感却占了七八分呢?

第二天一大早，纪泽来到父亲房里请安。见父亲如同往日一样，端坐在书案前，临摹刘石庵的《清爱堂帖》。在纪泽看来，父亲写的字足可以自成一家，不必再学别人的字了。看着父亲头上渗出一层细细汗珠，一向对父亲崇拜至极的曾纪泽，此时更增添一番敬意。

“父亲大人安好!”纪泽重复着每天早上的现话。

“起来多久了?”曾国藩问，头没抬，手仍在写。

“有半个时辰了。”纪泽恭敬地回答。

“今天散步到了哪些地方?”曾国藩规定儿子早晨起床后要到户外去散步，晚饭后也要走一千步。

“今天没有走多远，就在西门外小池塘边转了转。”

“昨夜你九叔来了一封信。”曾国藩笔仍未停。

“九叔信上说了些什么?仗打得顺利吗?”纪泽急切地问。

“金陵已被你九叔攻下了。”曾国藩边说边用力写了一横，脸色平静得如同什么事也没发生一样。

“九叔打下了金陵?”纪泽简直不敢相信，随即他就觉得这个语气不对头，对父亲的话还能怀疑吗？父亲常常教导自己，为人要诚敬，要勤奋，诚敬从不打诳语做起，勤奋从不晏起床做起。父亲难道还会打诳语吗？何况这样大的事情！纪泽兴奋万分，高声喊起来：“金陵打下了!”

“甲三!”曾国藩威严地斥责，“大喊大闹，成何体统!”

“是!”纪泽意识到自己的不应该。父亲常说举止要庄重，怎么又忘记了!

“你去告诉杨国栋、彭寿颐等人，我在这里等他们。”

不到一顿饭的工夫，安庆全城都知道金陵已攻下了。两江总督衙门张灯结彩，鞭炮连天，幕僚们弹冠相庆，喜气融融。曾国藩的签押房贺客络绎不绝，道喜声、颂扬声洋洋盈耳。曾国藩始终以素日一贯的凝重、从容的态度接待，只是脸上增添了一丝淡淡的笑容。

过几天，曾国荃又送来一封详细的信，报告内城也已拿下，并附来一叠厚厚的保举单。彭寿颐等人按照这封信的内容拟好了报捷折。对奏稿的审阅，曾国藩历来十分慎重，今天这份折子非比寻常，他关起房门，谢绝一切客人，一字一句地仔细斟酌。

奏稿自然拟得很好。条理清晰，文句流畅，对自六月份以来各种攻城的准备，尤其是十六日那天各路人马勇猛攻城以及进城后的剧烈搏斗，都写得具体扎实，且主次详略都很得当，虽然比往日的奏折要长些，但这样一件大喜事，长些也是应该的。要说欠缺，那就是奏稿中回避了一件大事，即伪幼主的下落如何。曾国荃信上说，伪幼主据传已逃出城外，也有的说已自焚于宫中，但至今都未得到证实。彭寿颐等人对此如何措词拿不定主意。这是一件大事。既已写伪天王服毒而死，怎能不言及伪幼主呢？曾国藩想，伪幼主是个未满十六岁的孩子，在如此兵火慌乱中，能有什么作为，死的可能性极大，即使逃出城也免不了一死。为了使胜利显得更圆满，曾国藩在中间添上一句：“城破后伪幼主积薪宫殿，举火自焚。”想想觉得不妥，因为毕竟没有确证。他又在前面加上“据城内各贼供称”七个字，今后实在不是这回事，也好有一个转圜。曾国藩将修改后的奏稿再从头至尾读一遍，觉得事情是叙述清楚了，但意犹未尽。古往今来，这样的奏折能有几篇！当年的翰林院侍讲学士，决心亲自写一段动人的文字接在后面，让它与攻克金陵的巨大功勋相匹配，成为一篇传播海内、流芳百世的名奏疏。

曾国藩背手在室内踱步，时时抚摸近来大为稀疏的长须，口里喃喃念着，然后坐在桌前，凝神片刻，提起笔来，在奏稿后面补了一段：“臣等伏查洪逆倡乱粤西，于今十有五年，窃据金陵亦十二年，流毒海内，神人共愤。我朝武功之超越前古，屡次削平大难，焜耀史篇。然如嘉庆川楚之役，蹂躏仅及四省，沦陷不过十余城。康熙三藩之役，蹂躏尚止十二省，沦陷亦第三百余城。今粤匪之变，蹂躏竟及十六省，沦陷至六百余城之多，而其中凶酋悍党，如李开芳守冯官屯、林启容守九江、叶芸来守安庆，皆坚忍不屈。此次金陵城破，十万余贼无一降者，至聚众自焚而不悔，实为古今罕见之剧寇。”

将川楚之役、三藩之役拿来作比较，更突出了平定长毛的功劳之伟，曾国藩觉得这段话是必不可少的，但又恐有自夸之嫌，招来物议，于是干脆再加一段：“然卒能次第荡平，铲除元恶，臣等深维其故，盖由我文宗显皇帝盛德宏谟，早裕戡乱之本。宫禁虽极俭啬，而不惜巨饷以募战士；名器虽极慎重，而不惜破格以奖有功；庙算虽极精密，而不惜屈己以从将帅之谋。皇太后、皇上守此三者，悉从旧章而加之。去邪弥果，求贤弥广，用能诛除僭伪，蔚成中兴之业。臣等忝窃兵符，遭逢际会，既恸我文宗不及目睹献馘告成之日，又念生灵涂炭为时过久，惟当始终慎勉，扫荡余匪，以苏孑黎之困，而分宵旰之忧。”

写好后，曾国藩念了一遍，觉得这篇奏疏真个是天衣无缝、完美无缺了，尤其对“宫禁虽极俭啬”以下三个排比句甚为满意，心想，当今疆吏能写出这几句话来的怕不多。

奏稿改好了，还有一个会衔的问题，幕僚们不能做主。按道理说，由曾国藩领衔，曾国荃、彭玉麟、杨岳斌会衔最好。曾国荃功劳最大，应置会衔者的前列；彭玉麟、杨岳斌攻下九洑洲，肃清江面，直接保证了陆路的进攻，厥功甚伟，也理应会衔。但曾国藩想得更深。自从咸丰二年出山以来，凡有大胜仗，报捷折中他从未单独领衔。塔齐布在时，他和塔一起领衔，并将塔排在前；塔死后，攻下安庆时，他和胡林翼一起领衔，又将胡推到前面。曾国藩这样做，既向朝廷表示了功不独占的器量，赢得朝野一致称赞，又得到了塔、胡的肝胆相助。这次攻下金陵的大捷，他也援例不单独领衔，顺手牵来了湖广总督官文，把官文置于第一，自己屈居第二。

报捷折处理好后，又开始审阅保举单。曾国荃开来的保举单多达三十二页，近二千人。曾国藩明知其中有许多金益民一类的人，并预料到保举如此之滥，日后必然招致口实，但现在也只得照此上报。由保举单他想到九弟如今不知怎样地欢喜若狂。越是大功告成，越要谦虚谨慎，而这点，自小不受约束的九弟恰恰不会想到。应该立即到金陵去一趟，曾国藩想。突然，窗外传来一阵刺耳的鸟叫声。他推门一看，原来是一群喜鹊绕着院中凉亭在惊慌失措地乱飞乱叫。凉亭年久失修，将要倒塌，府里管事吩咐拆掉重建。现在几个人正在搬拆，用竹竿捣毁筑在亭顶上的喜鹊窝。眼看着窝中的枯枝茅草纷纷落地，一个个鸟蛋摔得稀巴烂，喜鹊们围着凉亭发出悲哀惊恐的号叫。大喜日子里，总督衙门出现一幅这样的惨景不是好事，曾国藩心中怃然。他把荆七叫过来说："去告诉他们，凉亭不要拆了，鸟窝也不要捣毁，打碎的蛋扫干净，莫让这些喜鹊看了伤心。"

四　陈德风在李秀成面前长跪请安，使曾国藩打消了招降的念头

安庆内军械所制造的"黄鹄"号小火轮，顺水在长江上飞快地行驶，一眨眼工夫就到了张枫岭。曾国藩坐在舱里，对徐寿说："到底

火轮走得快，若是坐木船，这会子鲫鱼湾都到不了。”

徐寿兴奋地说：“若一路顺利的话，掌灯时分就可以到下关。”

“黄鹄号比洋人的轮船慢多少？”曾国藩问。

“大概只有洋人船速度的一半。”徐寿回答。“制船造炮方面，洋人的确比我们行。”

曾国藩默默地看着涌流的江水，没有做声，徐寿也就不再说下去了。船过芜湖，正是正午时分，船舱里热得像蒸笼，二人衣裤都湿透了，不得已换了衣裤后改乘民船。曾国藩说：“黄鹄号好是好，就是太热不通气，不可久坐，还要改一改。”

徐寿说：“中堂说的是。我们正在造一只大轮船。图纸画好后再请中堂审示。”

“好。”曾国藩说，“到时我先看通风不通风。若不通风，我就再也不坐你的船了。”

说完，二人都笑了起来。民船坐起来虽然惬意，但太慢了，当晚停宿采石矶。第二天天未亮便开船，赶在中午前到了金陵。早有人报知曾国荃。曾国藩一出船舱，便在下关码头上看到吉字大营几十名高级将领已伫立在烈日之下。曾国藩快步登上码头，见站在最前面的九弟黑得好比终年劳作的老农，瘦得犹如卧床多年的病人，不禁心头一酸，三步并作两步来到九弟面前：“你受苦了！”他紧紧抱住弟弟，只这四个字，便再也说不出下文了。兄弟久久拥抱在一起。见弟弟眼眶渐渐红了，曾国藩怕他失态，忙松开手，走到李臣典、萧孚泗、刘连捷等人面前，逐个道喜祝贺。

到了临时由原侍王府改作的行辕，进入内室，曾国藩才细细地向九弟询问一切。又叫弟弟脱掉上衣，一一查看背上和胸前的伤疤，轻轻地抚摸着。每摸一处伤疤，他都不厌其烦地问弟弟，是什么时候受的伤，在哪个地方伤的，又是什么时候好的，好了以后有没有影响，再发过没有。一句句、一声声，直问得曾国荃泪水汩汩地，先是悄悄地流，最后终于忍不住号啕大哭起来。

"哭吧，哭吧！这里没有外人，大哥知道你吃尽了苦，你对着大哥把这两三年来所受的委屈、痛苦、劳累，统统都哭出来。"曾国藩边说边拍打着弟弟的肩膀。时间仿佛倒退了三十年，荷叶塘老家，大哥在安慰受了委屈的小弟弟。

过了好一阵，曾国藩才笑着说："好了，哭够了吧！如此盖世功勋落在别人的头上，嘴都笑歪了，身子都飘起来了，哪有我们这样兄弟相对而哭的。"

一句话，说得曾国荃止住了眼泪。外面已摆好了丰盛的接风酒，李臣典、萧孚泗、刘连捷、彭毓橘等人都来作陪。席上杯盏相碰，笑语喧天。曾国藩对李臣典等人说："想想当初给我当亲兵是如何的寒酸，哪有这样神气的时候，还是跟着九帅好哇！"

说得大家哄堂大笑。曾国荃说："这次破金陵，他们都立了大功，这都是大哥当年辛勤栽培的结果。"

"这也是天数。"曾国藩换上素日的凝重神色，"当年他们在我身边，也没有想到会有今天这样大的功劳。自古以来，凡办大事，半由人力，半由天命，诸位都要从这方面去想，日后才好和上下左右相处。"大家都胡乱点头，并没有体会到这句话的深远用心。

吃过饭后，曾国藩又在九弟等人陪同下，出城查看地道哨垒，又到信字营、振字营、备字营、刚字营、节字营驻扎之地拜访该营营哨官，向他们祝贺道乏，营哨官们都很感激。回到原侍王府，天已经黑了，吃罢晚饭，曾国荃说："大哥，今日太累了，早点洗了澡休息吧！"

"你们辛苦了两三年，我这算什么！今夜还有件大事要办。"

"什么大事，非要今夜办不可？"

"审讯李秀成！"

"大哥，明天到大堂上去审吧，我陪大哥审。"

"不坐公堂，就在这个小房子里审讯。"

"那不行。"

“为什么不行?”曾国藩觉得奇怪。

“笼子太大，进不来。”

“什么笼子?”曾国藩惊问。

“李秀成装在大笼子里。”

“哈哈哈!”曾国藩大笑起来，“李秀成又不是老虎，你用笼子装他干什么?”说得曾国荃颇有点不好意思。“你是想用我当年在长沙办匪盗的法子吗?真是有其兄必有其弟!”曾国藩快活起来，“放他出笼子吧，叫个人押来就行了。”

一会儿，李秀成被五花大绑地押了进来。自从咸丰八年复出以来，与此人整整周旋了六年之久，几乎天天在文件中看到他的名字，听部属们谈论他。此人究竟是个什么样的人呢?曾国藩今夜要仔细地看看。站在面前的这个长毛大头领属于中等偏矮的个子，单单瘦瘦的，面孔显得憔悴发白，额头宽广，眉眼细长，好似两道平行的黑线布在脸上，鼻直嘴正，轮廓分明，尽管手脚都已绑得紧紧的，但隐约可见上身在轻微地抖动，看那神色，又不是害怕得发抖的样子。一向喜欢以相度人的曾国藩很难理解，一个长得这样单薄柔弱，尤其是那张嘴唇，竟纤巧得像女人一般的长毛，何以有如此坚忍卓绝的毅力、拔山吞海的气魄?

不管怎样，他毕竟是个人杰!一股爱才惜才之情悄悄地涌上心头。“给他松绑!”曾国藩吩咐。李秀成颇感意外，绳子解掉后，他将手脚随意动了几下，似有一种重新获得自由似的舒服。就在这一瞬间，他抬头把这个不知杀了多少太平军弟兄的曾剃头好好地看了一眼。

“李秀成，本督问你几件事，你都要从实招供，不得胡说。”曾国藩话虽说得严厉，但语气和缓，李秀成不感到有压力。心想，他既然以礼待我，我也以礼待他，于是答道：“可以。”

“我问你，咸丰四年守田家镇的燕王秦日纲，后来在船上搜到你们的许多文件，称燕王孙日昌，秦日纲和孙日昌是一人还是两人?”

李秀成注意到曾国藩在称燕王时，没有像曾国荃那样有意改作

“燕酋”，也没有在前面加上一个“伪”字，气氛不像是在审讯，倒像是在打听旧事。他爽快地回答：“孙日昌即秦日纲，是一人，当时封燕王。”

“林绍璋在湘潭被我军十战十败，此人并无本领，为何封王？”曾国藩仍是询问的口气。

“林绍璋打仗虽无大本领，但他十分能吃苦，有忠心，故天王封他为章王。”李秀成的回答不卑不亢。

“曾天养与林绍璋同到湖南，死于岳州，那人是一把好手，资格又深，何以反比林绍璋权小？”最初与湘军打交道的几个人，曾国藩对他们的印象格外深刻。

“曾天养与林绍璋职位相当，曾天养不识字，年岁大，为人老实，林绍璋聪明，样样晓得，又勤劳，故其权较重。”尽管曾天养战死时李秀成还只是一个低级军官，但起义之初那些火红的岁月，是他一生永远不会忘记的，当时军中高级将领是大家崇拜的偶像，常常谈论，故李秀成很了解。

“石祥祯以后为何不见提起，此人还在吗？”略停一会，曾国藩又问，颇有点聊家常的味道。李秀成觉得与几天前的那次审讯，简直有天壤之别。

“石祥祯后来随翼王西征去了，据说去年与翼王一道被害。”李秀成又松动一下手脚，曾国藩看到他的两条腿在不断地交换抖动。

“我再问你，林凤祥、李开芳、林启容死后都封为王，罗大纲、周国虞、叶芸来也为你们出了大力，为何又没有封王呢？”

这些话问到李秀成的心坎上去了。在这点上，他与洪秀全有重大分歧，也是他最不满意洪秀全之处，尤其是天京沦陷前的滥封瞎封，简直令他愤怒。但在敌人面前，不能指责天王。他想了一下说：“这些事很乱，无可说处。”

问过这些多年来在脑子里记忆甚深的人之后，曾国藩不再问往事了。“李秀成，本督问你，金陵克复之前，城里有多少人，多少长毛?”

“阖城军民不过三万多人，我太平军兄弟只有一万余人，而且大部分已病饿倒下，能守城者，只有三四千而已。”作为天京城破前夕的最高统帅，李秀成对当时的兵力了如指掌。

曾国藩听了却很不自在，他用眼角瞄了一下坐在身旁的九弟，只见曾国荃神色更难看，他的报喜信上说，城破前太平军有十多万人，全部杀毙，秦淮长河尸首如麻。曾国藩又将这几句话上报朝廷。如此说来，九弟欺骗了自己，自己又欺骗了朝廷!

“李秀成，你胡说八道! 满城都是长毛，为何只有一万余人?”曾国荃愤怒地对着李秀成吼道。

“这些军队都由本王指挥，究竟有多少人，本王岂有不知之理!”对于横蛮不讲理的曾国荃，李秀成毫不相让，俨然以王爷之尊在教训部属。曾国荃讨了个没趣。

曾国藩问的这些事，李秀成基本上都作了令他满意的回答，这使曾国藩想到李秀成是可以争取的。沅甫说李秀成顽梗不化，显然是因为他的凶暴态度所致。像李秀成这种人，严刑拷打，甚至以死威胁都不可能使之屈服，关键在于设法打动他的心。目前金陵虽已攻下，但长毛在江西、浙江、福建一带还有一二十万人马，伪幼主并未捉住，很可能没有自焚而是逃出去了，倘若这些人联合起来辅佐幼主，继续与朝廷对抗，那仍是很可怕的事。不如利用李秀成的地位和影响，使金陵城外的长毛放下武器，投降朝廷。对! 从攻心入手。

“李秀成，本督听说洪秀全虽封你为忠王，但骨子里并不认为你忠于他，时刻提防你，既然如此，你为何还要拼死为他卖命呢?”

曾国藩的这个提问使李秀成惊奇：曾妖头为何了解得这样清楚?久闻此人远胜清妖其他文武官员，果然名不虚传。李秀成想了想说：“我主有大过于人之处，非我辈所能及。他封我为王，有大恩大德于我，虽对我有所怀疑，但我还是应该忠于他。我这是愚忠。”

曾国藩听了满意。暗思此人竟然懂得愚忠二字，还算得上一个有情有义的人。他忠于洪秀全，洪秀全死后，他又忠于其子，假若洪的儿子也死了，他岂不没有忠于的对象了？

“李秀成，你陷于贼中十多年，身为贼首，罪恶极大，但刚才如你所说，你是出于对洪秀全的一片愚忠，本督可以理解你的心情。现在本督要郑重告诉你，洪秀全的儿子洪福瑱……”

“幼天王不叫洪福瑱。”李秀成打断曾国藩的话。

“不叫洪福瑱，叫什么？”曾国藩吃了一惊，暗思：以往向朝廷上报的所有奏折都称伪幼王为洪福瑱，难道把他的名字都弄错了吗？

“幼天王小名叫洪天贵，前两年老天王给他加个福字，从那以后，幼天王的名字就叫洪天贵福。老天王升天后，幼天王登极，玉玺上的名字下横刻真主二字，致使外间误传为洪福瑱。”

看来真的错了。曾国藩想，继续说下去：“本督郑重告诉你，你的幼主已死于乱军之中，现已传首京师。”

“幼主已死了?!”李秀成惊讶了一下，很快也就平静了。这几天他一直惦记的便是幼天王，对曾国藩说的这个消息，他想想也不应该感到意外。幼天王才十六岁，自幼长在深宫之中，被几十个王娘当做太阳月亮似的捧着，不会骑马，更不会舞刀射箭，在凶恶的追兵威逼下，被杀、自杀都是有可能的。不过，他心里仍然悲伤，深责自己辜负了天王的托孤重谊。

“李秀成，你的幼主以及他的几个弟弟都已死，洪秀全一家已绝了，你还忠于谁呢？你打算愚忠洪仁玕吗？”曾国藩的态度显得更加温和，李秀成低头没有回答。是的，老天王死了，幼天王也死了，忠于哪个呢？今后若是拥立新主，很有可能是洪仁玕，但李秀成却不愿意忠于他。见李秀成沉默不语，曾国藩已看出他的心思，便更和蔼地说：“李秀成，本督既恨你作恶多端，又爱你是个人才，本督一向爱才重才，倘若本督向朝廷申报，饶你不死，你肯归顺朝廷吗？”

李秀成一听这话大出意外，一时不知如何回答是好。坐在一旁久不开口的曾国荃也没有想到大哥会说出这样一句话来。他对曾国藩说：

“大哥，李秀成杀了我湘军成千上万弟兄，饶不了他！不必再跟他啰唆了，杀了干脆！”

“九弟。”曾国藩微笑着对弟弟说，“人才难得呀！洪秀全前前后后封了两千多个王，我看真正能打仗的，前期只有一个石达开，后期只有他李秀成了。”

李秀成听后，无端地冒出一种欣慰之感。李秀成正是这样看待太平天国的众多将领的，他服的只有一个石达开。但天国朝野却普遍认为最会打仗的，第一要数东王杨秀清，第二才数翼王石达开，第三数英王陈玉成，李秀成只能坐第四把交椅。今天李秀成终于发觉，这个与自己死战多年的曾妖头竟是知音！既然幼天王已死，自己对老天王的忠诚也就到此结束了。天京的陷落，将天国的元气已打散，幼天王这一死，意味着群龙无首，洪仁玕不足以号令全军，其他在外的将领如侍王李世贤、昭王黄文英、来王陆顺德、戴王黄呈忠、沛王谭星、听王陈炳文、康王汪海洋、宁王张学明、奖王陶金会、凛王刘肇钧、利王朱兴隆这些人，在目前这样军事险恶、人心已散的局面下，没有一人可以领袖群伦。从金田村烧起的这把火，烧到今天，已成余烬了。既然曾国藩如此看得起，且将这身本领再酬知己如何？刚刚这样一想，李秀成又觉得这念头太可耻了。难道今后率领清妖去打与自己一起浴血奋斗、患难与共的弟兄？难道去做一个被子孙后代骂作猪狗不如的叛徒？不！死也不能做这种人！

凭着几十年的阅人经验，尤其是审讯所抓获的太平军将领的经验，曾国藩对眼前一言不发的李秀成的心理活动，已猜着了七八分。

“李秀成。”曾国藩完全换成一种平等相待的口吻，“本督知你不愿为朝廷出力，怕遭过去伙伴的唾骂，本督不为难你，倘若你能为本督劝告金陵以外的大小长毛放下刀枪，不再抗拒，本督将可以送你回广西老家，并传谕将士不杀你的老母妻儿，让你一家团聚，长作朝廷良民。”

李秀成陷入深深的沉思：眼下太平军被打得七零八落，官兵杀红了眼睛，继续打下去，散落在外的二十余万弟兄必然会被官兵斩尽杀绝。若是曾国藩能做到不杀放下刀枪的弟兄，岂不可以挽救他们的性命？自己纵然被弟兄们误解，被后世错责，也是值得的，这颗仁爱之心总会有人理解，何况还可以换来老母幼子的性命！

李秀成对母亲有深厚的感情。他出生在广西滕县五十七都大黎里一个贫寒的农家，兄弟二人，父亲体弱多病，家里全靠母亲一人支撑。为了让李秀成有点出息，母亲跪在娘家堂兄面前，为儿子求情，请堂兄教儿子识几个字。李秀成断断续续在堂舅那里读了三年书，母亲也就为他家做了三年女佣。李秀成永生不能忘记母亲的这个恩德。以后他参加太平军，升了官，将母亲从滕县接出，总是把老人安置在最保险的地方，住最好的房子，吃最好的东西，对母亲毕恭毕敬，百依百顺。李秀成直到近四十岁尚无亲生儿子，大前年，何王娘为他生了一个儿子，他把这个亲儿子当做心肝宝贝。这些天来，他除开想念幼天王外，就是牵挂着老母幼子。如果曾国藩真的讲信用，今后带着老母幼子，回到滕县老家，做一个自耕自食的普通百姓，今生今世再不过问一家之外的事。既挽救了二十余万弟兄的性命，又不为清妖朝廷做一点事，这不能算作叛徒吧！李秀成觉得自己的这个决定是对的，是无愧于天王，无愧于太平军弟兄的。李秀成心里坦然了，踏实了，精神充足了。他恢复了往日的神态，抬起头来，平静地说："老中堂，放下刀枪的弟兄，你能保证不杀他们吗？"

"老中堂"三个字，使曾国藩暗自惊喜：这不分明表示他已愿意投降了吗？

"只要放下刀枪，本督保证不杀！"曾国藩赶忙回答。

"两广过来的老兄弟也不杀吗？"李秀成追问。在往日的战争中，湘军也曾宣传过不杀降人，但对两广人例外，这使两广老兄弟更加铁了心，与湘军打到底。

"两广老长毛也不杀。"曾国藩立刻答复。

"你能保证找到我的老母幼子吗？"李秀成又问。

“本督下令所有追杀的官军，务必保护好你的母亲和儿子，你可放心。”

曾国藩的答复使李秀成很满意：“如此，李秀成愿意归顺朝廷。”

“好!”曾国藩十分满意，站起来走到李秀成身边，看到被曾国荃割去了两块肉的左臂在化脓腐烂，便对曾国荃说：“叫一个医师来，给他的伤口上药包扎，每天茶饭要按时供应。”

曾国荃点点头，对大哥今夜的审讯很是佩服。

“谢老中堂厚恩。”李秀成完全换成了一个降人的口气。曾国藩他刚要转身离开，门外忽然走过两只大白灯笼，灯笼后面是一个双手被捆的汉子，汉子后面是两个执刀的士兵，再后面是一个穿着浅白湖绸长袍的师爷。

“惠甫，你上哪里去?”曾国藩叫住了长袍师爷。

“中堂大人、九帅。”赵烈文迈进门槛，行了一礼，“刚才和庞师爷一起提审了长毛头子伪松王陈德风。”

“就是那个早想投诚的陈德风?”曾国藩问。

“正是。”

“叫他进来!”

陈德风被押了进来，一眼看见李秀成站在那里，赶紧走前两步，在李秀成面前长跪请安，口中叫道：“忠王殿下……”说着泪如雨下，磕头不止。李秀成抱着陈德风的双肩，神情黯然。两双眼睛对视着，似有万千之言而无从说起。曾国藩在一旁看了，心头一跳，暗想：李秀成已是我的阶下之囚，陈德风居然敢于当着我的面，在刀斧监视之下向李秀成行大礼，这李秀成在长毛中的威望可想而知。不能怪沅甫把他装在笼子里，他可真是一只猛虎哇！假若再将此人释放回广西，岂不是真的放虎归山？到时只要他振臂一呼，那些暂时放下刀枪的旧部，就会再聚集在他的旗帜下！不能放他，此人非杀不可！他那双棒色眸子里又闪出了凶狠凌厉的光芒。

“李秀成、陈德风，此是何等地方，岂容得你们放肆!”曾国藩喝道。他本想审问陈德风几句，现在亦无心思了，遂命令押走。陈德风走到门口，又回过头来，带着哭腔对李秀成说：“殿下多多保重，恕小官不能侍候了。”

“你走吧，自己多保重。”李秀成无可奈何地挥了挥手。

“李秀成！”曾国藩的口气分明严厉多了，“从明天起，你要老老实实地写一份悔过书，本督将视你的悔改态度申报朝廷，你要明白此中的干系！”

五　洪秀全尸首被挖出时，金陵城突起狂风暴雨

第二天，囚禁在木笼里的李秀成的待遇得到改善。手脚不再捆了，左臂也上了药，饭可以吃饱了，由于天气炎热，还特为给他摆了一个盛满凉水的瓦罐和一只泥碗。另外，木笼里还添了几样东西：一条小凳，一张小几，几上摆着笔墨纸砚。李秀成坐在凳子上，一边慢慢磨墨，一边对着砚台凝思。

昨夜回到木笼里，李秀成又深深地思考了大半夜。鉴于几条基本认识，他越来越觉得自己的想法是对的：一是幼天王凶多吉少，很可能真的死了；一是太平天国元气已丧尽，包括自己在内，没有一人能重振当年雄风；一是劝弟兄们放下武器，以免无谓的牺牲，不是叛变。识时务者为俊杰，自己能看清眼前的时务，仍不失为俊杰。不过，李秀成也不轻易相信曾国藩。这个诡计多端、心毒手辣的老妖头是什么背信弃义的事都可以做得出来的。昨夜，当陈德风抱着他流泪的时候，李秀成偷眼看了一下曾国藩。只见他面孔阴冷，眼中流露出一股杀气。这更使得李秀成不敢相信曾国藩了，看来自己的性命不一定能保得住。

对于死，李秀成不害怕。从参加太平军那天起，他就抱定随时为天国献身的决心，何况天国已成就了这样一番建都立国的伟业，自己身居如此崇隆的地位。此生已足，死有何惜！太平军中读书识字的人犹如凤毛麟角，就是在朝中掌大权的人，能将自己的思想用文字准确

表达出来的也不多。过去忙于打仗，李秀成没有想起要写回忆录的事，天王也不重视这事。现在天王已死，与天王一同起义的人大半凋零，天国也行将彻底覆没，这样一场波澜壮阔，震古烁今，历时十四年，波及十六省的汤武革命，难道就让它无声无息地消失了吗？作为一个最早参加金田起义的老弟兄，作为天国后期的主要领袖，时至今日，李秀成认为将这十几年来亲历亲见亲闻的大事记下来，传给子孙后代，已是自己不可推卸的责任了。很可能这就是生命的尽头了，他决定利用这个难得的机会，写成一份详细的自述，以对天王负责，对天国负责，对后人负责的态度，将往事真实地、不带任何成见地记录下来。他以一贯的过人毅力，强忍笼中的酷热，强忍左臂化脓腐烂的剧痛，强忍身为囚犯的耻辱，强忍自身的一切痛苦，迫使脑子冷静下来。眼前仿佛又燃起连天烽火，耳畔又响起动地鼙鼓，千万匹战马在奔驰，无数面旗帜在飘舞，那些铭心刻骨、永生不忘的往事，一件件、一桩桩又浮上心头。他文思泉涌，笔走龙蛇……

几天来，曾国藩被弄得晕头涨脑。每天一早，曾国荃就把大哥拉出去，到城内城外遍访各营。所到之处，都令曾国藩忧虑重重。但见这些胜利者们一个个都像疯子一样，酒气冲天，秽语满口，打着赤膊，有的甚至连裤衩都不穿，三个五个在一起赌钱打牌，每人屁股上都吊一个沉甸甸的钱袋。有一个营为一个女人，几十个湘勇竟然火并起来。沿江边密密麻麻地排列着几百号小民船，别人告诉曾国藩，这些小民船每只上都有一个年轻的女人，一到傍晚，湘军官勇就像苍蝇逐臭一样地往船里钻。曾国藩听了胸堵气闷。今天在回来的路上经过李臣典的营房，曾国藩顺便去看看。门一推开，只见李臣典赤身裸体睡在床上，房子里有七八个女人，都光着上身，床上还睡着一个，通体上下，一丝不挂。曾国藩本想大骂李臣典一顿，想起康福已死，他是第一个冲进金陵的大功臣，便悄悄退出门去。

康福死于金龙殿前，这事是李臣典告诉曾国藩的。但奇怪的是，打扫战场时，却不见康福的尸体，而从那以后，大家再也见不到康福了。曾国藩相信康福已死。他想起康福跟随自己十三年来，忠心耿耿，屡立奇功，又多次舍命相救，却没有得到朝廷的一官半职，心里很觉得惭愧。他和九弟商量，康福虽死，但作为第一个冲进城的人，还是应该为他请第一功。曾国荃不同意，说人都死了，不如赏活人作用更大。他看出弟弟的心思，也就不再争了。心里决定：今后要在沅江为康福建个祠堂，亲去凭吊，再做块“义士康福”的匾挂在祠堂上；过几年待他儿子大了，要为之寻一个好师傅，悉心教育成才。以此来告慰康福的在天之灵。

金陵城内，到处是残砖碎瓦、余火未尽。天王宫的大火仍未熄灭，今下午西北角好像又烧得旺盛起来了，每天都有成百上千的湘军在天王宫废墟上翻来刨去，也有人的确从中挖出了金银珠宝，但大部分人都没有寻到什么值钱的东西。十五六岁以上、五十多岁以下的女人已被抢尽。城里没有了，这几天都跑到方山、青龙山等地去搜捕，弄得人心惶惶，避湘军胜过避匪盗。所有这一切，令曾国藩焦虑万分。他担心金陵城里再这样胡闹下去，一定会祸起萧墙。但打金陵的第一号功臣曾国荃却满不在乎，他成天泡在恭维声和杯盏声中。

“九弟，还有一件大事没办。”

“什么事？”曾国荃望着大哥，两眼通红。

“洪仁达招供洪秀全尸首埋在御林苑里，还没有验看哩！”

“这还要验看吗？”曾国荃对此很疑惑，“我审讯了不少长毛头领，都说伪天王在两个多月前就死了。假若没死，哪会有幼天王？”

“我也相信洪酋一定是死了，但人死要验尸，这是常识。日后有一天朝廷问起，说验尸了吗？将作何回答？还有，”曾国藩严肃地对弟弟说，“长毛是否会耍金蝉脱壳计呢？假装死了，实际偷偷地出了城。这种可能性虽不大，但没验尸，万一今后有人硬要这样说，怎么办？”说到这里，曾国藩有意停了一下，轻轻地拍着弟弟的肩膀，意味深长地说，“老九，打下金陵，功劳盖世，称赞的不少，眼红的也不少啊!”

曾国荃似有所悟:“过些日子有空,我去验一下。”

“还能过些日子吗?”曾国藩说,“现在天王宫废墟上那么多人在捡宝贝,你想过没有,他们很有可能是想挖洪酋的坟墓,企望从他身上获取奇珍异宝。真的让他们挖到时,你还验什么尸呢?”

“那现在就去!”曾国荃说走就要走。

“慢点。”曾国藩扯住弟弟,“明天去。今天你先叫彭毓橘带一千人将天王宫外面包围起来,把废墟上的人统统赶出去,然后再派人分头去请雪琴、厚庵等人前来,大家一道去验看。戈登早两天到了秣陵关,也把他请来。他是洋人,说话别人相信。另外,再贴一道告示出去,各营必须整肃军纪,不准再酗酒、赌博、斗殴、抢女人!”

第二天午后,洪仁达被押到天王宫。先前雄伟壮丽的天王宫,而今已变成一片瓦砾场,洪仁达左找右找,好不容易才找到御林苑。它已被破坏得面目全非,桂花树也不知到哪里去了。洪仁达沮丧地站着,不能指出洪秀全的葬地,口里喃喃地念道:“找到黄三妹就好了,她找得到。”

“黄三妹是谁?”曾国藩问洪仁达。

“黄三妹是老三的女官,聪明能干记性好,那天夜里她也在场。”洪仁达依然木头似的站着,眼睛茫茫然四处张望。

“沅甫,你知道伪天王宫里的宫女都到哪里去了吗?”曾国藩问弟弟。

“伪天王宫的宫女投井、上吊的有好几百,据说是有个叫黄三妹的,正要上吊,被士兵们抓住了,后被李祥云要了去。”

“快去叫李臣典把黄三妹送来。”曾国藩皱着眉头说。

一会儿工夫,黄三妹用快马驮来了。是一个三十岁左右的女子,姿色极普通,她一句话也没说,很快就找到了桂花树原址。曾国荃命令士兵们往下挖。这时,天王宫上空突然布满乌云,天色开始晦暗起来。

挖了五六尺后，出现一个雕花深黑色长大木柜，士兵们用绳子把这个大木柜吊了上来。木柜钉得很严实，几个人费了很大的劲才把木柜撬开，果然见柜子里躺着一具尸体，从头到脚都用明黄缎子包裹着。兵士们把它从柜子里扯出来，打开外面的黄缎子，又见一层红缎子，再打开红缎子，露出一身白缎子，将白缎子打开，里面终于露出一个人来。黄三妹突然疯了似的冲到尸首面前，跪下喊道："天王陛下，你带我一起升天吧！"喊完，大声哭起来。

洪仁达站在一旁哭丧着脸说："老三啊，我们真苦呀！"

曾国藩走近一步仔细查看，只见洪秀全身上穿了一件绣着红日海水飞龙黄缎袍，脚穿白底乌缎长靴，头上包的纱巾已散了，露出一个秃顶，双目微闭，面皮干瘦，下巴上留着稀疏的胡须，全是白的，看那样子总在六十岁以上。曾国藩高声对大家说："诸位都看清楚了，这就是扰乱我大清江山、神人共愤的长毛伪天王洪秀全。"彭玉麟、杨岳斌和其他营官都走近看了一眼。曾国藩又特地对戈登说："看清楚了吧，这就是贼首洪秀全。"

"他是个老头子。"戈登微笑着说。

"彭毓橘！"曾国荃高喊，"你带几个兵士把洪酋尸体扛到江边，浇上油烧掉！"

曾国荃话音刚落，随着一道闪电划过，头顶上忽然响起一声炸雷，仿佛落下一颗重型开花炮弹。紧接着又是一声，一连响了五声炸雷。围在洪秀全尸体边的湘军将领们莫不惊恐万状。曾国藩脸色惨白，他觉得这几个炸雷是冲着他打的。

黄三妹对天大叫："苍天呀，你有眼睛啊，你有眼睛啊，多打几个炸雷，炸死这些畜生吧！"

"你这个贼婆娘！"曾国荃气得脸色发乌，刷地抽出刀来，猛地向黄三妹刺去。黄三妹倒在洪秀全的尸体上，热血喷泉般涌出，将白缎袍染得鲜红。洪仁达目睹这一惨象，吓得全身抖个不停。

乌云越积越密，天完全黑下来了。"大哥，马上有大雨下，我们赶快走!”曾国荃拉着曾国藩刚走出天王宫，豆大的雨点便直向脸上打来，转眼间金陵城大风骤起，大雨滂沱，电闪雷鸣，天昏地暗，刚才还是暑气蒸人，一下子阴冷了。被雨淋湿的湘军将领们，个个身上起了鸡皮疙瘩。躲在小屋檐下的曾国藩，面对着天气的突变，心中惊惧不已。他不明白，为什么对这个造反贼首的掘墓焚尸，会招致天心如此震怒!

六　宁肯冒天下之大不韪，也决不能授人以口实

这些天来，李秀成以每天约七千字的速度在木笼里书写自述。每到傍晚，便有个兵士将他当天写好的纸全部拿去。第二天一早，便又拿几张同样的纸来。这些纸都是一色的黄竹纸，约五寸宽、八寸长，分成三十二行，对中折为两页，中缝处印有“吉字中营”四个字。李秀成写好的自述全部送到了曾国藩那里。这些天他忙得无片刻安息，桌上已积压七八十页了。今天他摒弃一切琐事，要专心致志地审阅一番。李秀成的字写得很潦草，错别字很多，曾国藩看起来很吃力。这两年他的视力是越来越不济了，右眼时常疼痛，视力极差，左眼也大不如从前。他找来一只西洋进口的放大镜，一个字一个字地看，有些字，还得费神去猜测，结果弄得速度很慢。直到深夜，三万多字的供词还有四五千字没看完，已是头昏眼花，实在坚持不下去了，他走出签押房到后院散散步。院子里凉爽，人也觉得舒服些。

李秀成的自述，从天王出生写起，其中包括创办拜上帝会，与杨、冯、萧、韦、石在金田村起义，一路打永安、打长沙、打武昌，最后打下金陵，建都立国；而后写自己的身世，如何参加起义军以及这些年来的战功；再写六次解天京之围的经过和经营苏州、常州的政绩，接着写天国最后几年国势颓败及其原因，最后写自己如何为天王尽愚忠等等。一个仅读过三年私塾的人能把太平天国这十几年的军国大事，以这样简短的篇幅井井有条地写出来，曾国藩读着读着，常常发出感

叹。记忆超人、才华出众、处事精明、用兵神妙、忠于主子，这些方面，都是世所罕见的。这样的全才将领，不要说八旗、绿营找不出，就是在湘军里也找不出一个，曾国藩甚至觉得自己在这些方面的总和上，也不如李秀成。可惜呀，可惜一个旷代之才误投黑暗！尤其在读到“今天朝之事已定，不甚费力，要防鬼反为先”一句时，曾国藩禁不住放下纸来，为之沉思良久。

在后院转了几圈后回到房里，曾国藩仍无睡意，又将李秀成的自述继续读下去。忽然，几行字跳进他的眼帘，引起他的注意：“天京城里有圣库一座，系天王的私藏，另王长兄次兄各有宝库一座，传说里面有稀世珍宝，但我未见过。”曾国藩被这几行字弄得大为不安起来。早在几年前人们就在传播这样一句话：金陵被长毛建成了一个小天堂，里面金银如海，财货如山。因此引起许多人垂涎，当年和春、张国梁等人之所以拼命围城，据说就是想得到这笔财产。昨天，在曾国荃的陪同下，曾国藩到了朱洪章的营房。进得门来，里面闹哄哄的一片，三四个大箱子敞开着，珍珠银钱、绫罗绸缎撒满一地。见了曾国藩兄弟进来，大家吓得不知所措。朱洪章忙将一个朱红大箱的盖子盖好，一屁股坐在上面，望着曾国藩傻笑。

“朱镇台，你们在干什么?”曾国藩已知七八分，正要教训几句，曾国荃忙岔开说：“朱镇台，你们玩得好起劲哟，连箱子都拿来当赌注了。”朱洪章“嗯嗯”两声后反应过来了，离开箱子站起，仍旧是傻笑着说：“中堂大人，不知您老驾到。过两天卑职专备一桌薄酒，请您老赏脸。”

“好，好！你说话算数，过两天我和中堂再来赴宴。”曾国荃打着哈哈，边笑边把曾国藩拉出了大门……

是的，金银财宝——长毛的金银财宝，沅甫对它是如何处置的呢？到金陵这些天来，一直没有工夫和他细谈这事。“荆七！”曾国藩喊。王荆七过来了。“你去请九爷过来。”

“老九，李秀成的供词，我看完了大部分，你抽空也看看。”待国荃坐下后，曾国藩将李秀成的自述扬了扬说。

“这会子哪有这个闲工夫。”曾国荃以一种鄙夷的态度说，“一个不通文墨的绿林草寇，能写个什么东西出来！”

“老九，李秀成虽读书不多，但条理清楚，识见有大过人之处，就是你我兄弟，论个人的才情，也未必能超过他。”

“大哥你把他抬得过高了。”曾国荃冷笑道。

对于这个亲弟弟，做大哥的是再清楚不过了。漫说一个被他打败的长毛头领，就是当今公认的高才左宗棠、彭玉麟、李鸿章等人，他也不放在眼里。现在立此大功，更是洋洋自得目空一切了。这一点令曾国藩深为忧虑。他知道不可说服，便指着刚才那段话说：“你看李秀成说的什么。”

曾国荃将这页纸拿过来看了看，脸色有点不自在：“什么圣库、宝库，我们都没有见到。”说着将纸往桌上一甩。

“老九，这几天忙得昏头涨脑，我忘记问你了，城破前，你有没有对将士们说过，不准将金银财宝据为私有？城破后，有没有采取些必要措施来保护？”

“没有。”曾国荃答得干脆。

曾国藩心里很不是味道。要在先前，他马上会黑下脸来重重地说几句，现在，他从心里感谢弟弟为他挣了这样大的脸面，也怜悯弟弟攻城辛苦。略停一下，他仍以和悦的态度问：“老九，外间早已哄传金陵城里金银财宝是如何如何地多，城破后那几天虽没来得及保护，现在还可以下令封存。”

“大哥，你来金陵前我就下过令了。”曾国荃懒洋洋地说，一副不大乐意的样子。

“那就好，那就好！”曾国藩忙赞扬。

“但各营都来报告，说并没有看见长毛的什么财产，小天堂啦，金银如海啦，都是假的。”

“假的？”曾国藩大吃一惊，“如山如海，当然过头了，完全没有是不可能的，我担心的是刚进城的那几天一片混乱，金银都入了各自的腰包。”

“大哥说得有道理。”曾国荃的态度开始认真起来，“长毛经营了十几年的伪都，要说它全没有金银财宝，鬼都不相信，这些营官的话还能瞒得过我吗？我心里明白，一定是他们入了私房。不过我没有讲他们，说声‘没有就算了’！”

“不追查不行，你要知道，朝野内外多少人在盯着这笔财产，户部早就传下话来，要靠这笔钱来发欠饷。就是我，也等这笔钱来给鲍超、张运兰、萧启江他们发欠饷，都欠了好几个月了。鲍超霆字营有五个月没发饷了，那天我要他沿伪幼主南逃路线跟踪追击，他还不情愿，想守着金陵这座金库分钱，我答应他就这个月补齐，他才走。”曾国藩说的都是实情。

“户部等金陵的钱来发欠饷！”曾国荃冷笑一声，“他们那些大人老爷们自己为何不来打？”

“老九，你这话过头了！”曾国荃盛气凌人的态度，使得曾国藩忍不住有点生气了。

“怎么是过头呢？大哥。”曾国荃不以为然地说，“户部大人老爷们坐在京师安享清福，他们哪里知道我们的苦啊！”曾国荃说着激动起来，“弟兄们舍生忘死打金陵，到底图的什么？说是为光复皇上的疆土，皇上也应该领情，论功行赏才是！大哥，这些年皇上是怎样赏我们的呢？我吉字营五万将士，积功而保记名提督的有三百多人，记名总兵的八百多人，记名副将的一千多人，其余准保参将、游击、都司、守备、千、把的加在一起总有万多，实缺有几个呢？全部加起来总共只有五人。大哥，只有五人呀！”曾国荃两只眼睛像不甘瞑目的死人一样，直瞪瞪地望着大哥。曾国藩觉得这两道目光如此阴冷，如此凄厉，使他身处三伏之中，直觉通体冰凉。“没有实缺，空衔顶屁用！一万多人排队轮着等缺，只怕是排到虱孙灰孙都排不到，至于没有得到保举的弟兄们，连这个想头都没有。大哥，吉字营并不比霆字营好多少，弟兄们也有两三个月没有发饷了，大家眼瞪瞪地就望着这个小天堂，才那样拼着老命去打呀！朝廷对我们这般薄情，现在弟兄们自己打下金陵，从战利品中取点东西，有什么不可以呢？我这个统帅还忍心去追查吗？那天朱洪章营房箱子里全是金银珠宝，我明明知道，也只能装作不知，让他们去分了。”

这番话，说得曾国藩竟无言以对，停了好长一会，曾国荃才缓过气来，以平和的口气说，“户部要钱我不理睬，心安理得，大哥要钱不能给，我心里不安。不过，大哥你也别太心软了，鲍超、张运兰、萧启江他们各有各的路子，哪一个不是打下一城就大抢大掠的，把个城池弄得像篦子篦过一样？大哥不要听他们叫苦，鲍超那家伙我知道，霆字营再有五个月不发饷也饿不死人。以后朝廷来问也好，别人来问也好，大哥只管说金陵城空荡如洗，吉字营一两银子也没得到。”

“要我说金陵城无金银可以。”曾国藩虽不赞同弟弟这番话，但他觉得没有更多的理由可以说服他，那些廉洁、报国等大道理，眼下对这个吉字营统帅来说，都是不起任何作用的空话废话，而对于五万吉字营将士来说，更简直如同放屁一般，不但不会激发他们的忠心，反而促使他们对朝廷的更加愤慨。“但李秀成已说了，金陵城有圣库、宝库。”

“他说他的，他说有什么用！”曾国荃似乎从来没有把李秀成当个什么角色。

“怎么没有用？他若当面对朝廷说起这话，不就坏了大事！”

“怎能让他去瞎说呢，给他一刀，不就完事了。”

“没有这么简单，沅甫。”曾国藩望着弟弟，微微摇了摇头，“朝廷已知抓了李秀成、洪仁达，我想十之八九会要将他们押到北京去，由刑部鞫讯。”

曾国荃感到事情严重了，尤其是洪仁达，他不但会讲出圣库、宝库的事，还一定会讲出御林苑的珍宝事。那一夜，曾国荃带了几个心腹，偷偷地在御林苑牡丹园挖出三坛子奇珍异宝，这些珍宝若换成银子，曾氏家族十辈八辈子都用不完。

“明天就将李秀成、洪仁达凌迟处死！”曾国荃坚决地说。

“怕不行吧！”曾国藩轻轻地说，“上次奏折上说，是献俘还是就地处决，等圣旨决定。”

“大哥！”曾国荃刷地站了起来，以不容分说的强硬口气说，“决不能因这两个跳梁小丑坏了我吉字营五万将士的大事，我曾国荃宁肯冒天下之大不韪，也不能授人以口实。李秀成、洪仁达是我捉的，明天由我下令处决。今后有天大的干系，大哥你只管往我身上推就是了！”说罢，也不跟大哥打招呼便出了门。曾国藩在心里叹了一口气，以无声表示同意他的处置。

不献俘，今后可以用李秀成并非元凶，援陈玉成、石达开的成例，还可用怕途中绝食或被抢夺等话来搪塞。但李秀成的供词是一定要上报的，类似这样的文字，怎能让朝廷看见呢？曾国藩拿起笔来，把“圣库”那段话涂掉了。

经这番折腾，曾国藩的审阅更仔细了，才看了几页，不对头的话又出来了：“心有私忌，两家并争，因此我而藏不住，是以被两个奸民获拿，解送前来。”这怎么行呢？曾国藩记得在给朝廷的报捷折里写的是：“伪忠王一犯，城破受伤，匿于山内民房，十九夜萧孚泗亲自搜出。”倘若李秀成这几句供词让朝廷知道了，不仅萧孚泗的功劳没有了，自己也犯了欺骗朝廷、贪功为己有的大罪，他提笔将“是以被两个奸民获拿”九个字改为“遂被曾帅追兵拿获”。再读下去，曾国藩不由得惊呆了，只见李秀成赫然写道：“罪将谢中堂大人不杀厚恩，愿招集大江南北数十万旧部归中堂统率，为光复我汉家河山效力。”这个该死的囚徒，这不是教唆我去造反吗？哪里是感激我的厚恩，分明是送我上断头台！他将这一句话狠狠地涂掉了。过一会又觉不妥，干脆用剪刀剪下来，放在灯火上烧了。随着字条化为飞灰，曾国藩全身都酸软起来，两眼昏花发痛。这才意识到天已快明了，遂将几十页供词叠好，郑重锁在竹箱里，决定明天再仔细地一字一句地从头看一遍，凡不合适之处都要涂掉，有的干脆整页烧掉算了！

曾国藩疲惫不堪地躺在床上，却又不能入睡，一时忽然想起逃走在外的洪天贵福，心中很觉不安。没有抓住这个长毛幼天王，毕竟是老九的最大疏漏，他一定是南逃了，会去江西找李世贤，沿途必将经过李鸿章、左宗棠、沈葆桢的地盘，若是半途死亡，倒也罢了，倘若被李、左、沈等人抓住，岂不白白让他们捡了一个大功！老九呀，老九，你是被打下金陵城的胜利冲昏了头脑，还是被小天堂的财宝迷花了心性，当时为何不将缺口守住？得知主犯逃走后，为何不派得力人马去追赶？而现在，这一切都晚了！

七　争夺幼天王

事情果如曾国藩所料，就在金陵城内审讯李秀成的同时，从苏南到赣北，一场争夺幼天王的激烈战斗正在进行。

李秀成被捕几天后，萧孚泗部下一个什长，将这个惊人的消息告诉了驻扎在湖熟镇的一个淮军酒肉朋友，又根据自己的揣摩对这个朋友说，随同李秀成出城的人中，必定有许多长毛大官，还有大批金银财宝。这个淮军是个有心计的人，他连夜将这一重要情况禀报统领李昭庆。正对吉字营眼红得要命的李昭庆一听，喜得心花怒放，随手赏给他一锭七两多重的银子，叮嘱他千万不能再说出去。第二天，李昭庆快马加鞭到了常州。李鸿章住在城内原太平军护王陈坤书的府里。

“二哥，这可是一批漏网的大鱼呀！你说怎么办？”报告情况后，李昭庆兴奋地问。

“是的，说不定中间还混有鱼王哩！”李鸿章也按捺不住内心的喜悦，站起来，在屋里快步来回走着。

“二哥，你是说，长毛的小天王有可能夹在这批人里？”

“很有可能！”李鸿章摸着下巴答道，两眼射出光彩。

“你怎么知道？”李昭庆颇为奇怪。

“老三派在金陵城里的细作传出信来，说曾老九没有抓到小天王，连洪仁玕都没抓到。看来，他们是混在这批人中间逃出了城。”李鸿章边说边走到大挂图边，凝神端望。

“哦!”李昭庆点点头，心想：原来金陵城里还有淮军的细作，这事怎么从不见二哥三哥说起?

“老六，你过来一下。”

待李昭庆走到挂图边，李鸿章以手指画着图纸说：“现在的情况是，苏南已被我淮军肃清，浙江大部分地方也由左季高的楚军收复，苏浙一带虽有长毛的零星部队，但不可能成气候，能构成影响的是麇集在赣东北的伪侍王李世贤和伪来王陆顺德，据说他们拥有十多万人马。”

“这样说来，逃出金陵的这批长毛，很可能会去江西与他们会合。”李昭庆不待他的二哥说完，就急忙发表自己的看法。

“是的。”李鸿章的语气极为肯定。

“我带弟兄们去拦截!”李昭庆迫不及待。他心里想，若是有幸抓到小天王，那自己顷刻之间便名扬天下了。

“应立即去拦截，去晚了，这批大鱼就会落到左季高、沈幼丹他们的手里。”李鸿章眯起眼睛盯着挂图，“不过，由方山南逃去江西，有两条大道，一是往西走秣陵镇，一是往东走隆都。你带八百弟兄，轻装疾行，迅速赶到安徽太平府，从那里将长毛截住，东边一路，叫老三去堵。”

“好，我即刻回湖熟调人。”李昭庆说完就要转身。

“慢点。”李鸿章拍着六弟的肩膀，郑重地说，“若是发现了小天王，要千方百计抓活的。抓到后，就押送到常州来，我再为你上一道奏章，请求在京师举行隆重的献俘仪式。”

“但愿这个幸运落到我的头上!”李昭庆说完出了门，跨马扬鞭，向北飞奔。

从太平门缺口侥幸逃出的这支太平军，自从失去李秀成后，便由干王洪仁玕负起指挥全军的担子。危境中的洪仁玕头脑异常冷静，他深知这支军队决不能打仗，它的任务是尽快护送幼天王到江西，与李世贤会合。这样，分散在赣、浙、闽一带的太平军，就有了名正言顺的领袖，就会再团结起来，天国的旗帜也就不会倒下。眼下人员虽有二千出头，但受伤生病的过半，严重地拖住了全军的速度，若不迅速赶到江西，则随时都有可能被追兵或沿途官军抓获，且二千人的队伍，寻找食物也是一个很大的问题，必须将伤病员留下。洪仁玕与林绍璋等人商议，大家都有同样的看法。经过一番苦劝之后，伤病员被说服了，又留下一些无伤病的人，以便照顾。这样，部队只剩下五百人了。

干王将这五百人重新作了一番整顿组织，安排二十个本事高强的年轻人专门保护幼天王，又安排十个人看护两个小王娘，再安排五十人负责寻找食物。又叫大家统统脱掉官军衣帽，换上百姓衣服，只是头上的长发一时无法剃，便都用各色布裹着。为确保安全，都改作夜行晓宿。如此，居然平平安安走了几百里，李昭庆也并没有追上。

李昭庆不死心，带着人马继续翻山越岭追赶。他每走一天，便留下二三十个人，为的是怕走快了，超过了太平军，让留下的人回过头再慢慢搜索。一旦发现情况，就立即飞马报告。李昭庆相信自己已布下天罗地网，从曾老九手中逃出的小天王，决不会再从自己的眼皮底下溜走。

这一天，李昭庆的追兵来到皖浙赣交界之地婺源县屠家寨，当夜宿在乡绅屠光之家中。屠光之是这一带的土皇帝，手下有一百多个团丁，方圆三四十里地方，稍有风吹草动，都在他的掌握中。吃早饭的时候，团练头领向他报告，凌晨有一队四五百号人来到松木岭山脚，不知是干什么的。屠光之警惕起来，他怕强人来打劫山寨，于是一面叫团练严加监视，一面吩咐山寨坚壁清野。一天下来，不见任何动静，屠光之怀疑这批人会长期住下来，心中甚是不安宁。恰好傍晚时分，李昭庆带着五六百号人来。屠光之要借官军的力量保卫山寨，遂将这一情况告诉李昭庆。李昭庆心想：冲出金陵城的长毛有二千多人，这批人只有四五百号，是不是太平军，还不能肯定。他又累又饿，不愿亲自去，命令手下一个哨长带三十多个弟兄，打着灯笼火把去松木岭看情况。

半个时辰后，哨长回来报告，松木岭山脚下的人无影无踪了，只捡来几张废纸。李昭庆把废纸抹平，一一细看，发现有一张是一道布告的残片，那上面有“天父天兄”“清妖”等字。

“这正是我们追的那伙长毛！”追赶半个月之久，终于发现了踪迹，李昭庆惊喜万分，立即下令，“马上出发，四处追寻！”

李昭庆招来几个屠家寨的团练带队，在树林草丛中转了一夜，直到天明，都没有看到这队人的影子。正在沮丧之时，一个勇丁远远地看到对面山里的小道上，有十几个人在奔跑。

“六帅，那边有人！”他慌忙报告李昭庆。

李昭庆举起挂在胸前的千里镜，向对面山上看去，只见树林中隐隐约约有上百号人正在往深山中钻去。

“快追！”李昭庆大声下令。

淮军官勇们顾不得疲劳，鼓起劲头向前奔跑。约跑了三里多路，忽然从另一道山坡上杀出一支甲胄鲜明、荷枪实弹的人马来，将李昭庆的淮军半路拦住。

“你们是什么人？”李昭庆喝道。

“我们是楚军！”一个剽悍的汉子答话，并指着身边的一个中年汉子说，“这是我们的总兵王开琳大人。”

“原来是王军门。”王开琳是左宗棠手下的大将，李昭庆早闻其名，只是从未见过面。

“你叫什么名字？”王开琳威严地立着，冷冷地问。

“卑职乃淮军分统李昭庆。”

“哦，原来是李六爷！”王开琳立刻换上满脸笑容，客气地抱拳，“久仰，久仰！请问为何事到这里来？”

“我奉二哥之命，前来追捕从金陵城里逃出的长毛。”

“从金陵城里逃出的长毛?”王开琳惊道，“这些人在哪里?”

“就在前面那座山林里。”李昭庆用马鞭指了指前方说。林子里早已不见人影了，他心里焦急不已。

“噢，你说的是刚才那一伙人?”王开琳轻松地笑道，“那不是从金陵城里逃出的，那是长毛汪海洋手下的一批人，被我们追赶几天几夜了。这不正是要去抓他们!”王开琳转过脸，望了望他身后的人马，右手将腰间的佩刀抽出两三寸。

“不是金陵城逃出的?”李昭庆将信将疑，略停一会说，“王军门，不管他们是哪里的，反正是一伙真长毛，我们一起去抓吧!”

“不烦六爷了，这班家伙早已成了我们的猎物。”王开琳说着，伸开双手，做了一个阻拦的姿势。

李昭庆起了疑心。有人来帮忙，是大好事，为什么要阻拦呢?“王军门，长毛是困兽犹斗，凶狠得很，你的人手少，我帮你一网打尽!”

“不用了。”王开琳收起笑容，认真地说，“你刚才说追赶从金陵逃出的长毛，倒使我想起来，昨天有一个老头告诉我，有一大队留满脑长头发的长毛朝黄沙镇方向去了。”

“真的！有多少人?”李昭庆问。他心里想：莫非那伙人才是真的从金陵逃出来的。

“老头说不清，总有好几百吧!”王开琳指着前面说，“六爷，你回头走，穿过屠家寨，往南投大道，再过鬼面岩，就到了黄沙镇。快去吧，不要误了大事。”

“好！王军门，我们回头见。”李昭庆抱了抱拳。

“回头见，李六爷，祝你交好运。”王开琳也抱了抱拳。

待李昭庆走远后，王开琳哈哈大笑一声，对部属们一挥手，说：“弟兄们，我们进山抓小天王去！谁亲手活捉了小天王，左制军赏他三百两银子!”

楚军欢呼雀跃，一齐向山岭没命地奔去。

这是怎么回事呢？王开琳如何知道洪天贵福在这里？原来，早两天王开琳的部下抓到两个满脑头发的汉子送来。王开琳一看便知道是太平军，遂亲自审问。那两个人恰恰是幼天工身边的卫兵，因脚受了伤，跟不上队伍被抓了。开始他们死不承认，当后来从一个人的身上搜出了一顶绣龙黄软缎帽时，才不得不招供了自己的身份。王开琳这一惊非同小可，于是花言巧语哄着这两个卫兵，又给他们吃饭、敷药。就这样，把一切都套了出来。真是从天上突然掉下一份富贵！王开琳暗暗感激老天爷的保佑，立即点起一千多人沿途追来。到手的鸿运岂能让给别人？王开琳随随便便扯一个谎，便把李昭庆支走了。

当王开琳进山来时，却不见幼天王人马的踪迹，气得跺脚大骂李昭庆误了他的事。王开琳哪里肯罢休，命令兵士们漫山遍野地放铳敲锣，高声呼喊。他认定这伙长毛已成惊弓之鸟，只要把气势造得足足的，内中总有胆小沉不住气的会蹦出来。

王开琳这一着也真是有效。就在几里之外，被林木遮掩的太平军将士们清清楚楚地听到四处的响声、喊闹声，十六岁的小天王早吓得全无主张，连连对洪仁玕说："干王叔，怎么办呢？看来今天是死在这里了。"

洪仁玕把幼天王搂在怀里，安慰说："陛下不要急，天父天兄会保佑我们的。"

林绍璋等人也急了，都围在干王周围，请他拿主意。这种时候，干王能拿得出什么主意呢？他只有下令：朝没有响声的地方走！又走了三四里，谁知来到悬崖边，没路了！这下大家都傻了眼。这是一批天国最忠诚的将士，几乎无人想到投降，许多人都在无声地作最后安排。洪仁玕紧紧地拉着幼天王的手，心里头也作了最坏的准备：万一被清妖包围了，则效法陆秀夫，抱着幼天王从悬崖上跳下去，一道以身殉国。

正在这千钧一发之际，忽然，侧面密林深处走出一个白发老叟。

老叟手拿一把小锄头，背后背一个长竹篓，篓子里装满了草药。洪仁玕似乎看见了一线希望，赶忙迎着老叟走去。

“请问老伯，此处前面可有路否？”洪仁玕向老叟深深鞠了一躬，十分谦恭地问。

“客官难道没看见吗？前面是悬崖陡壁，哪来的路！要寻路，只得回头去。”老叟从从容容地答道。

这时，从后面又传来一阵阵喊杀声，眼看追兵就要发现他们了。

洪仁玕无法，只得再次对老叟说：“老伯是本地人，一定熟悉这里的地形，恳请老伯指示道路。我们都是好人，被强盗追逼到此。倘若蒙老伯指引，能绝处逢生，日后老伯不论有任何要求，我们都能满足。”

老叟将洪仁玕细细看了一眼，又向四周的人环视一通，然后严肃地问：“你们究竟是什么人，准备到哪里去，实话告诉我！”

事到如今，也没有隐瞒的必要了。洪仁玕痛快地说：“老伯，我们都是太平天国的将士，从天京城里逃出来的，准备去江西与大队人马会合，再树天国大旗，与清妖决战到底！”

老叟一听，脸色顿时阴沉下来，轻声问：“照你说来，天京已被湘军破了？”

“正是。老伯，我们已实话对你说了，你能帮我们的忙吗？”

“既然是逃难的天国将士，老夫给你们指一条路。”

幼天王和两个王娘一听，忙说：“请老爷爷指路！”

老叟带着洪仁玕来到悬崖边，指着下面离顶部七八丈远的一颗老松树说：“好汉们请看，这棵百年松树之下，有一个千年古洞，穿过这个古洞，就到了德兴县，那已是江西省的地面了。”

“洞的出口，离此地有多远？”洪仁玕问。

“如果从此地沿着山路走，两天到不了。”老叟不经意地回答。

洪仁玕默默地感谢天父天兄及老天王在天之灵的保佑。

林绍璋问：“怎么下去呢？”

“搓青藤滑下去。”老叟说，“三十年前我下过一次，洞口处像一个大厅，可容纳上百人。”

洪仁玕立即命令将士们砍青藤编绳子，很快编成了一根十丈长的藤绳。老叟将它的一头系在山顶一棵大樟树上，另一头则顺着悬崖甩下去，恰好到松树边。林绍璋说：“我第一个下！成功后，我站在洞口向上射一支箭。”

说完，林绍璋像一只敏捷的猿猴，顺着藤绳滑了下去。一会儿，从松树下射出一支箭来。

成功了！干王双手抱着老叟的双肩，感激不已。于是又编了两根藤绳，照刚才的样，一头系在山顶树上，一头甩下去。大家都学林绍璋的样，一个接一个地从山顶进了古洞，连幼天王和王娘也都壮起胆子下去了。山顶上，只剩下干王和老叟两个人。

“好汉，你也快下去，我在上面替你把藤绳扔掉。”

洪仁玕满眼含泪，激动地对老叟说：“老伯伯，你的救命大恩，我们无以为报，请受我一拜。”

说罢双膝跪下，对着老叟磕了一个头。老叟忙扶起，说：“快下去吧！”

洪仁玕握紧青藤，正要下滑，老叟突然说：“好汉，你能给我点东西留作纪念吗?”

洪仁玕如同大梦初醒似的，说：“哎呀，是我的不是，老伯伯这大的恩德，我居然没有想到要送您老人家一点金银。现在他们都下去了，我身上却没有银两，如何办呢?”

“老夫是山野中人，要银两干什么?你能不能在你随身带的东西里，挑一件给老夫，以便作个永久纪念。”

洪仁玕摸摸身上，什么也没有，只有腰间绣袋里藏着的一颗长方形玉印。这是他随身携带须臾不离的宝物，这时也顾不得了，忙取下，双手捧起，递给老叟，庄重地说：“老伯伯，你好生保存它，说不定三年五载，我天国将士就会重新杀回来的，那时你带着这颗印来找我。”

老叟将玉印接过，看着，只见上面端端正正刻着两行仿宋字：钦定文衡正总裁精忠军师干王洪仁玕。

“你就是干王殿下！”老叟大惊。

“是的。”洪仁玕平静地说，“实不相瞒，刚才下去的那个少年，就是我们的幼天王。”

老叟颇为激动地望着洪仁玕，说：“干王，有你在，我相信太平天国一定会复兴。你们千万要记住，再不可闹内讧了。天国前段的失败，根子就在丙辰六年的内讧上！”

“老伯，我们一定会记住！”洪仁玕边说边顺着青藤溜了下去。

老叟不慌不忙地砍断青藤，将它们扔在百丈悬崖下，然后背起竹篓，很快隐没在林木中。

半个钟头后，王开琳带着追兵来到悬崖边，低头望下去，但见谷底深不可测，一股冷风从脚下吹来，浑身不自在。他摇了摇头，对部属们说：“前面无路了，分散到左右两边去搜查吧！”

王开琳在这一带搜寻了三天三夜，再也见不到幼天王的踪迹了，这才扫兴地来到杭州，将这一情况报告了闽浙总督、楚军统帅左宗棠。

“长毛的小天王真的逃到浙江来了？”左宗棠问。他放下公文，两手兴奋地搓着。

“一点不假。”王开琳从袖口里掏出洪天贵福的绣龙帽递了过去，“左帅，你看看这个。”

左宗棠接过，略微看了一下，便甩在案桌上，右手用力拍了一下桌面，大声嚷道：“这个曾涤生，他居然敢欺蒙太后、皇上！”

“他对太后、皇上说什么啦？”王开琳问。

“他的报捷折里说：‘伪幼主积薪宫殿，举火自焚。’亏他说得出口。”左宗棠顺手抓起一叠纸扔了过来，说，“这是昨天收到的从安庆发来的咨文，你看看吧？”

当时，长江南北与太平军作战的清廷军队，无论是湘军内部，还是淮军、楚军，以及绿营各部，每有重大战役的奏报，拜折之后，都以咨文形式互相通报，以利彼此了解情况。左宗棠收到这份江宁攻克的咨文时，心中的感情甚为复杂。江宁破了，无疑是太平天国彻底覆灭的象征，作为一个与太平军周旋十多年的朝廷官员，左宗棠当然很高兴，因为这胜利中有他的一份不可磨灭的功劳。另一方面，对于一个渴望建天下第一奇功的“今亮”来说，左宗棠心里也颇觉泛酸。他一向认为自己的才能举世无双，攻下江宁的喜讯，应当出自以他的名义上报的奏章，而不是别人。他从心里瞧不起不学无术的曾国荃及其军纪腐败的吉字营。他觉得曾国藩将围攻江宁的大事不交给他，而交给曾国荃，是曾国藩最大的谋私利。这个一向标榜以诚待人的曾老大，在这件事上终于暴露了他的虚伪、他的自私、他的乖巧。而这份奏折，貌似谦虚，骨子里却大肆夸耀他曾家的成绩。尤其令左宗棠不能容忍的是，这样一份报告整个太平天国灭亡的大奏章，居然不提楚军这些年转战江西、浙江的劳苦战绩。若没有楚军收复浙江、拖住大批太平军的先决条件，曾老九那个混小子能有今天的成功吗？反过来，却又把毫不相干的官文拉来领衔，且不说官文是左宗棠的死对头，就从公这一方面来说，官文够得上受此崇誉吗？

“左帅，这份奏章有欺君之罪！”王开琳愤愤地说。他对曾国藩一直有着隐隐的怨恨。他的二哥王鑫是公认的第一流将才，曾国藩就是不重用。咸丰四年，他和四弟开化在湘乡募勇，人马即将募齐了，却不料王鑫被遣还湖南，原定计划破产了。如果曾国藩对待王鑫，也和对待曾国华、曾国荃一样的话，他王氏家族也必定会有今天曾氏家族、李氏家族的荣耀。

“左帅，你给太后、皇上上个折子，参他们一本！”王开琳怂恿道。

“对，应当上个折子。”左宗棠心里想。首先，洪天贵福并没有死在金陵城，而是出逃在外，至今尚未抓住。这件大事必须告诉太后、皇上。由太后、皇上下旨，命各省各地严密搜索捉拿。擒贼须擒王，斩草须除根，现在王未抓获，根未斩除，难保不再萌生祸乱。作为一个肩负重任的总督，一贯办事认真的左宗棠，认为自己责无旁贷地要向朝廷报告。

另外，他也对曾氏兄弟在这样一件大事上公然欺骗太后、皇上感到气愤。曾氏兄弟蒙受朝廷大恩，理应在各方面为全国将帅的榜样，现在打下一座金陵城，就如此欺上瞒下、目无天下，发展下去，岂不会谋反篡位？这一点，对曾国藩来说，通过修改神鼎山联语一事，左宗棠相信他或许不至于，但对于曾老九及其手下那批虎狼将士，左宗棠敢断死，若不示以天威，十之八九会被胜利冲得昏头昏脑，飘飘然不知自己为何许人！是的，要上一道措辞强硬的奏折，敲敲他们发热的脑子，让他们知道这天底下有的是人，并不是他曾家兄弟一手所能遮盖得了的！

“王开琳！”左宗棠一声高喊，把身边的王开琳吓了一大跳。

“末将在！”

“伪幼天王很可能是逃往江西与侍逆会合去了，你再点二千人马，将西去的各条道路严密堵住，务必将伪幼天王擒来见我！”

“是！”王开琳答道。

当王开琳离开杭州时，洪仁玕已将这批人马安全带到江西，正要与李世贤接头时，却不料又走漏了风声，江西巡抚沈葆桢派出候补知府席保田率兵追堵。后终因寡不敌众，幼天王洪天贵福在江西石城被席的部下抓住。消息传出，王开琳垂头丧气，左宗棠也大为失望。

第八章／殊荣奇忧

一　李臣典不光彩地死去

奉命监斩李秀成、洪仁达的是记名提督归德镇总兵信字营营官李臣典。围观的老百姓有好几百人。邢金桥、邢玉桥兄弟也夹杂在中间。那天夜里，邢金桥趁着湘军只管李秀成不管他的空子，半路上逃走了。前两天兄弟俩带着些中草药和狗皮膏药，在金陵城里摆个地摊糊口，看到城门上的告示后，他们特地赶到清凉山来为忠王送行。当他们看到素日敬仰的忠王口吟绝命词从容就义的时候，心里难受极了。得知李臣典肆无忌惮恣行淫乐的事后，兄弟俩对这个监斩的刽子手更为痛恨，决定弄死他为忠王报仇。

第二天，邢氏兄弟将不久前在方山捉到的一只十年雄蝾螈焙干磨成灰，用祖传下来的秘方，配制了十多粒药丸，又取出一个百年老葫芦来盛着，走到神策门外信字营的驻地，有意将地摊摆在营房旁边。

邢金桥拿出一块布来，铺在地上，把各色中草药一小堆一小堆地放好，又拿出一块浅黄色绸帘来，悬挂在一株老槐树杈上，绸帘上有四个黑字：悲天悯人。就将那只百年老葫芦挂在绸帘旁边，取的是古人悬壶济世的典故。就在这个时候，邢玉桥已敲响手中的小铜锣，一面高声嚷道："为祝贺金陵光复，邢家老药店散药行医，消灾弭难，救死扶伤，市民求药，收取半价，若是攻克金陵城的英雄们要药，本药号仗义奉送，分文不取。"

一时间，小小药摊边便围满了人，大部分是信字营的官勇。这些官勇几乎人人都有外伤，又加之天气炎热，酒肉吃得过多，肚泻腹胀的也不少，于是趁着好机会，这个要膏药，那个要草药，乱糟糟地挤作一团。人越围越多，喊闹声越来越大，正在屋里和女人们调笑的李臣典也被吸引出来了。敲锣的邢玉桥一见李臣典，铜锣敲得更响了。他站在一条借来的长凳上，猛力敲了几声锣后，对着站在圈外的李臣典高喊："本药号还有用祖传秘方配制的特效强身药，因用料稀罕，采集艰难，不得已收点本钱。"

"好多钱一服?"围观中有人高声发问。

"实不相瞒，十两银子一粒。"玉桥笑着答。

"什么珍贵的药，卖这么贵!"

"卖药的，这强身药有哪些好处，要价这高?"

"这强身药么，"玉桥笑容可掬地说，"它的好处真是妙不可言，只是有一条，不见真佛不烧香，不是买主，小的也不随便说出。"

"讲不出便是假的!""骗子!""拿出来看看吧!"人群中七嘴八舌地嚷嚷，都对这十两银子一粒的强身药产生了浓厚的兴趣，撩拨得李臣典心里痒痒的。他终于忍不住了，分开众人走了进来。大家见是李臣典，便纷纷让开，有人讨好地说："李镇台，您老也看热闹来了。"

"卖药的，十两银子买一粒丸子，你太欺负人了吧!"李臣典两手叉在腰间，一副十足的蛮横之态，玉桥恨不得一口把他吞掉。哥哥金桥忙笑着哈腰过来："听弟兄们说起，方知大人是赫赫有名的李镇台，小人失礼了。”李臣典鼻孔里哼了一声，并不回答他的话，仍旧叉腰挺腹。“大人是攻打金陵的头号英雄，我们景仰不已，故而特来大人营房边，为弟兄们义务散药行医，并不收取分文。只是这强身丸，因为用料昂贵，不得已而如此。”

“你的强身丸有哪些奇特地方，你要当着弟兄们的面说明白，否则老子对你不客气！”李臣典脸上的横肉鼓胀着，满嘴喷着酒气，凶神恶煞似的指着邢金桥的鼻子吼。

“李镇台说得好！”“当着我们的面说明白！”“说呀，不说是狗娘养的！”信字营的兵勇一齐起哄。

“李镇台！”金桥对着李臣典的耳朵小声说，“这强身丸的好处妙不可言，不能对众人说，我只能对大人你一人说。”

李臣典瞪了他一眼：“好吧，带着药跟我来！”

邢金桥取下绸帘边的百年葫芦，跟着李臣典出了人圈。有几个勇丁跟在后面想听个究竟，李臣典回头恶狠狠地瞪了一眼，吓得他们赶忙站住。圈子里，玉桥仍在高声叫卖散药。

“快说吧！”一进屋，李臣典便不耐烦地催促。金桥把门关好，又去关窗户。“有话快说，有屁快放，鬼鬼祟祟地做什么？”李臣典鄙夷地呵斥。

“镇台大人，实不相瞒，这不是别的药，乃是春药。”金桥悄悄地说，样子很神秘。

“春药？”李臣典眼中射出惊喜的光彩，仿佛看到了一个绝色女子。“拿出来看看！”

金桥从葫芦里倒出两粒丸子放在手心，李臣典一把抓过来，仔细看了看，又放到鼻子边嗅了两嗅。丸子很普通，黑褐色的，无特别气味。“你这春药有什么效用？”李臣典今年二十七岁，十五岁投奔湘勇，充当曾国藩的亲兵，后来又跟着曾国荃，打起仗来勇猛不怕死，十余年来立下不少战功。此人最大的特点是贪女色。长期带兵在外，也没有在家乡讨老婆，他到处瞎来，每打胜一仗，占一城池，第一件事便是叫亲兵为他抓女人。营官如此，信字营的官勇个个效尤。信字营成为吉字大营中风气最坏的一个营，但打仗也厉害。曾国荃从不因此责备李臣典，李臣典也便有恃无恐。他早就听说江南女子娇美，打金陵城时便以此为诱饵，鼓励士气。打下城后，他身先士卒抢女人，连洪秀全身边的宫女也不放过。尽管李臣典年轻力壮，但毕竟经不住过分的戕伐，这些天来常觉精力不支，昏昏欲睡。他只听说过有春药，却从来没见过，更未吃过，这时候有人送来，真可谓饥中食、雪中炭，喜得李臣典抓耳搔首，心花怒放，恨不得就去试试。

“我这春药么，”邢金桥仍旧笑嘻嘻地悄悄地说，“吃了它，一夜睡三五个女人不要紧。”

“真有这事?”李臣典把手里两粒丸子攥得紧紧的，淫邪的目光毫不掩饰地射向邢金桥，射向他背的那只百年老葫芦。

“一点不假，镇台大人不妨试一试。”邢金桥见李臣典这副色中饿鬼相，心中暗暗高兴。李臣典把手中的两粒丸子送到嘴边，刚要吞进去，却又忽地停下来，盯了邢金桥一眼，大声嚷：“你是个漏网的长毛，想用这两粒丸子来毒死老子!”

邢金桥吓了一跳，没有想到这个莽武夫粗中有细。他很快镇静下来，哈哈笑了几声，说：“李镇台，你真不愧是一个百战百胜的将军，既有胆量，又有心计，小人钦佩不已，钦佩不已。眼下长毛虽已打败，但不识时务要报仇复国的人定然不少，大人存这分戒心完全必要，完全必要。不过，对于小人，大人或许不知道，小人家世代在朱雀桥边开药号，传至小人兄弟这一辈，已经是第五代，虽不能说医药世家，也可以说是一个本分的家族。提起朱雀桥邢家药店，金陵城里无人不知。大人不信，可以在城里随便找个人问问。小人不但不是长毛，小人家族男女二十余口，没有一人与长毛沾过边。小人因出自仰慕之心，才特地按祖辈传下来的秘方配制了十几粒丸药敬献给大人，感谢大人光复金陵，挽救了阖城百姓。大人既然有此疑心，我现在把葫芦里十几粒丸子全部倒出来，任大人挑一个，小人当着大人的面把它吞下去。”说罢，将葫芦里的丸子全部倒出。

李臣典见他如此说，怀疑之心大大消除，为防万一，仍从中挑了一粒递给邢金桥。邢金桥看都不看一下便吞了下去。

“好，义士！”李臣典竖起拇指称赞，“你这药如何吃法？”

“大人在睡觉前半个时辰，将此药化在白酒中，三粒丸子，一两白酒，一口服下。小人保大人夜里龙马精神，百战不衰。”

“好，义士！”李臣典又称赞一句，“今夜我试试，明天一早你到这儿来领银子，一粒十两，一钱不少。现在先给你五十两，奖赏你这份孝心。”进城后，李臣典掳来的金银财宝，少说也值十万两银子，办这种事，出手自然大方得很。

“不，不！”邢金桥直摇手，“小人刚才说了，这药是敬献给大人的，不收钱。”

“啰唆什么，拿去吧！”李臣典把一锭五十两的元宝往他面前一丢，邢金桥只得接过，说声“谢谢”出了门。

邢金桥前脚出门，李臣典后脚就把门关死了。他忙取出三颗丸子来，用上好的白酒化开，一口吞下，在营房外转了几圈，心里像有一把火在烧，浑身顿添千斤之力，看看还不到两刻钟，他实在按捺不住了，唤几个女人进来。李臣典如疯似狂地跟这几个女人鬼混了一通，果然觉得效果极佳。到了夜晚，他又取出三粒，用白酒化开喝了，心里盘算：明早邢金桥来，一定要他说出配方。若好说话，便用两三千两银子买来亦值得，若不好说话，便用刀架脖子来威胁。上半夜，李臣典仍精神抖擞，斗志旺盛，谁知到了下半夜，四肢便像散了架一样，一点力气都没有了，底下却流泄不止。第二天茶饭不思，病势越来越沉重，第三天全身形销骨立，已不成人样了。

原来，邢金桥送的药的确是春药，但正确的用法，是一次只能吃一粒，用白开水吞下。邢金桥有意害他，用酒调和吞下三粒，已使李臣典精气大损，谁知李臣典不到三个时辰连吃六粒，均用白酒咽下。这等于在肚子里烧了一把火，五脏六腑都烧烂了。李臣典知道上了大当，派人到朱雀桥去找邢家药号。药号早不存在，邢氏兄弟已逃之夭夭了。天下之大，到哪里去抓他们!

第三天下午，曾国荃闻讯赶来，李臣典已气息微薄了。曾国荃逼着他讲出实情。李臣典断断续续地说个大概，把个曾老九气得七窍生烟，看看是个要死的人了，又不忍指责他，心里恨恨地骂道："真是个不争气的下流坯子!"临时叫来两个随军医师看视，医师得知这个情况，随随便便摸了摸脉便摇头退出，吩咐赶紧备棺木办后事。李臣典亦自知死在旦夕，请求见曾国藩一面。

曾国藩听说李臣典病危，大出意外，匆匆赶到神策门外。曾国荃将李臣典的病因告诉大哥，曾国藩恨得半天做不得声。来到李臣典的床头，见几天前还是一个生气勃勃的战将，如今却病得如同骷髅一般，刚才的满脸怒气，一时化作无限悲哀。

"祥云，祥云!"曾国藩轻轻地呼唤，一边用手摸着李臣典的额头。一连呼叫几声，李臣典才缓缓睁开眼皮，两只眼睛已完全失神了。李臣典看了半天，终于认出曾国藩来："中堂大人，我不行了。"声音细得像一根游丝，曾国藩只得俯下身去倾听。李臣典说着，又艰难地抬了抬手，却举不起来。曾国藩帮他抬起手，只见他指了指站在一旁的胞弟李臣章。李臣章赶紧俯下身来："哥，你有什么事要吩咐?"

李臣典望着曾国藩，断断续续地说："臣章的猴伢子过继给我……日后朝廷……有赏下来……便由我的儿子……领取……"说着说着，头一歪便闭了眼。李臣章伏在哥哥的胸脯上放声痛哭。

曾国藩将弟弟拉向一边，严肃地说："祥云吃春药的事要严加封锁，绝对不准外传出去。倘若走漏风声，不仅大损祥云的英名，整个吉字营的脸上都被抹了黑。给朝廷上奏，只能说是因伤转病，医治无效而死。此次李臣典必有重赏，过几天圣旨下来以后，再按新的官衔给他办一个丧事，丧事要办得非常隆重，借此追悼所有为攻破金陵城而献身的有功将士。"

"大哥，按理说圣旨前天就应该到了，怎么今天还没来?"

“谁知道什么地方耽搁了。”曾国藩的脸阴沉沉的。攻克金陵，功勋盖世，但皇上酬赏的圣旨却至今未到，已够令人心焦了，而偏偏第一个进城的大功臣却又如此不光彩地死去。望着直挺挺的僵尸，听着满屋的痛哭声，曾国藩心里忽然涌出一股莫名其妙的忧郁和恐惧来。

二　皇恩浩荡，天威凛冽

不是因为李臣典的饰终，而使曾国荃忽然想起圣旨已过了三天未到。事实上，从六百里加紧红旗报捷折发出的那天起，上自曾国荃，下至普通兵勇，所有参与攻克金陵的人，无不在翘首盼望皇上的赏赐。大家都在计算上谕到达的日期：六月二十三日拜发奏折，一天行六百里，五天可以到达北京，皇太后、皇上接到这份捷报必定龙颜大喜，会立即下达上谕，再传回来，又是一天行六百里，到达金陵，也只有五天，朝廷的商量以及路上不可预计的耽搁，就打它费去三天时间，七月初六日也应该到了。今天已是初十了，上谕还没来，什么原因呢？七月初的金陵城本是一个名副其实的大火炉，热得使人甚至到了活亦无趣、死亦无惧的地步，而上谕迟迟未来，又给他们烦躁的心情增加几分焦虑。

原侍王府后花园有一大片竹林，枝叶婆娑，青翠欲滴，曾国藩很是喜欢。午后，他将竹凉床移至竹林里，旁边再放一个茶几，他便在这里写字看书，累了，就躺在竹床上略为休息。现在，他正躺在竹床上，心里也在想着这份上谕。皇太后、皇上会怎样酬赏呢？他凝视着头顶上墨绿色竹叶，默默自问。想起在田家镇和康福密谈的那个夜晚，由周寿昌传出的“攻克金陵的首功之人封王”的金口纶音。那时候这句话曾令他着迷了好长一段时期，联想到王世佺赠剑时所说的那番话，以及武昌、田镇的顺利拿下，他觉得自己是最有希望成为攻克金陵的首功之人，也就是说，自己将有可能封王。不过，曾国藩也清楚，自从三藩之乱平定后，汉人不封王，已作为祖制传下来。文宗说那句话时，很可能只是一时的高兴，也可能想到的只是琦善、和春、都兴阿等满人，并没有把汉人算在内。真的是汉人最先攻克金陵，满蒙亲贵也会将祖制抬出来，到时文宗再有心也不能践约。后来，江西受困三年，百事不遂，他也就再没有心思去想这些事了。再后来，文宗驾崩，太后秉政，曾国藩对封王之事便不抱希望。即使最先攻克金陵，太后难道还会重提这个违背祖制的许诺吗？刚开始曾国藩觉得有点遗憾，尤其在攻下安庆，克金陵已成定局的时候，他也曾幻想过，假若文宗仍健在，说不定封王也还有一线可能。但后来他也释然了，老子说得好："不敢为天下先。"天公对名器甚为矜啬，这样一个人人艳羡个个眼红、近两百年来再没有汉人占有过的巍巍高爵，受之将如处炉火之上，又有何益！封王没有福分，那么封侯呢？曾国藩记得，自三藩之乱后，文职也没有人封过侯，自己是文职，并未直接带兵亲临城下，皇太后、皇上会不会破格赏赐？这些日子来，曾国藩一直为此担心。虽说他一再叮嘱自己要以老庄之道养心，把名利看得淡些，但到底不能做到淡忘的地步。

沅甫呢？沅甫又会是个什么样的赏赐呢？想过自己，曾国藩又为他的弟弟着想了。他从心里对这个弟弟感激不尽。因此甚至对二十多年前，沅甫在京师不欢而别的往事也感到内疚。他责备自己对当时年仅十八九岁的弟弟要求太苛严了，态度太冷淡了，临别赠诗，说"长是太平依日月，杖藜零涕说康衢"，对沅甫的希望，也仅仅是做个太平时代的本分读书人而已，真正把这个弟弟看轻了！沅甫历来功名之心甚重，自我期望也很高，倘若这次赏赐比大哥差得太远，他心里又会怎样想呢？以后兄弟情分会不会反而生疏呢？还有沅甫手下这一批骄悍的营官，论功劳都相差无几，若是恩赏差别过大，彼此不服气，难保不生意外。还有彭玉麟、杨岳斌，封锁江面，占据九洑洲要害，为攻克金陵立下了汗马功劳，但他们并没有直接进城，他们的赏赐又是如何呢？还有在江苏打仗的李鸿章，在浙江打仗的左宗棠，在江西打仗的沈葆桢，目前正在南下追杀逃兵的鲍超等等，他们或拖住了长毛各路兵力，或一道参与攻城，都为攻克金陵立下了不可磨灭的战功，皇太后、皇上又如何奖赏他们呢？这一系列问题，把曾国藩搅得心烦起来，他索性不去想它了，坐在竹床上继续批阅公文。

“大哥，上谕到了！”曾国藩被一声高喊惊得抬起头来，只见曾国荃大步流星走上来，脸上露出异样的喜悦。后面彭玉麟、杨岳斌、萧孚泗、刘连捷、朱洪章、彭毓橘等人簇拥着折差欢天喜地走过来。

“好，好！”曾国藩激动得一时不知说什么才好，停了好久才起身说，“大家都到大厅里去，待我换好衣后一起接旨。”

一会儿工夫，曾国藩便换好了朝服，端端正正地面北跪在大厅中间，身后是一大群文武官员。前面大案桌上香烟缭绕，正中供奉着由兵部六百里加紧递来的内阁所奉的上谕。曾国藩率领众人面对上谕行了三叩九拜大礼，然后展开诵读，大厅里响起他洪亮的湘乡官话：

“本日官文、曾国藩由六百里加紧红旗奏捷，克复金陵省城，逆首自焚，贼党悉数歼灭，并生擒李秀成、洪仁达等逆一折，览奏之余，实与天下臣民同深嘉悦。”

接下来曾国藩虽仍旧起劲地读着，但听者都不在意，因为它照例是复述原折的主要内容，大家注意的焦点是下文。

“钦差大臣协办大学士两江总督曾国藩。”这一句话提起了众人的心，上谕的核心到了，“自咸丰三年在湖南首倡团练，创立舟师，与塔齐布、罗泽南等屡建殊功，保全湖南郡县，克复武汉等城，肃清江西全境。东征以来，由宿松克潜山、太湖，进驻祁门，迭复徽州郡县，遂拔安庆省城以为根本，分檄水陆将士，规复下游州郡。兹幸大功告成，逆首诛锄，实由该大臣筹策无遗，谋勇兼备，知人善任，调度得宜。曾国藩着加恩赏加太子太保衔，锡封一等侯爵，世袭罔替，并赏戴双眼花翎。”

众人一齐看着曾国藩，只见他脸色平静，无任何表情，仿佛上谕嘉奖的是一个与己无关的人，大家不由得佩服他的超人涵养。

“浙江巡抚曾国荃。”大家立即转向曾国荃。只见他神情肃然，竖耳恭听。“以诸生从戎，随同曾国藩剿贼数省，功绩颇著。咸丰十年由湘募勇，克复安庆省城，同治元、二年连克巢县、含山、和州等处，率水陆各营进逼金陵，驻扎雨花台，攻拔伪城，贼众围营，苦守数月，奋力击退。本年正月克复钟山石垒，遂合江宁之围。督率将士鏖战，开挖地道，躬冒矢石半月之久未经撤队，克复全城，歼除首恶，实属坚忍耐劳，公忠体国。曾国荃着赏加太子少保衔，锡封一等伯爵，并赏戴双眼花翎。”众人艳羡不已，看曾国荃时，他不但面无喜色，反倒露出一副垂头丧气的神情，大家都觉诧异不解。

又接下去，曾国藩念道：“记名提督李臣典，着加恩锡封一等子爵，并赏穿黄马褂，赏戴双眼花翎。”名列五等爵位，却无福享受，众人为李臣典叹惜不止。曾国藩又念：萧孚泗封一等男爵，并赏戴双眼花翎；朱洪章交军机处记名，无论提督、总兵缺出尽先提奏，并赏穿黄马褂，赏给骑都尉世职；刘连捷、彭毓橘等赏加头品顶戴，并赏给一等轻车都尉世职。接着又念了一长串受赏名单。

跪在大厅中的人都有重赏，唯独没有彭玉麟、杨岳斌的，二人心中正疑惑时，曾国藩又展开一道上谕念道：

“钦差大臣科尔沁博勒噶台亲王僧格林沁，已迭次加恩晋封亲王，世袭罔替，着加赏一贝勒，令其子布彦讷谟祜受封。钦差大学士湖广总督官文，加恩锡封一等伯爵，世袭罔替，并加恩将其本支毋庸仍隶内务府旗籍，着抬入正白旗满洲，赏戴双眼花翎。江苏巡抚李鸿章，着加恩锡封一等伯爵，并赏戴双眼花翎。长江水师提督杨岳斌，加恩赏加一等轻车都尉世职，并赏加太子少保衔。兵部右侍郎彭玉麟，着赏加一等轻车都尉世职，并赏加太子少保衔。四川总督骆秉章，着加恩赏给一等轻车都尉世职，并赏戴双眼花翎。署浙江提督鲍超，着加恩赏给一等轻车都尉世职。西安将军都兴阿、江宁将军富明阿均着加恩赏给骑都尉世职。闽浙总督署浙江巡抚左宗棠、江西巡抚沈葆桢均候浙、赣等省军务平定后再行加恩。”

人人有赏，个个不缺，真是皇恩浩荡，普天同庆。当曾国藩把这两道上谕诵读完毕后，文武大员共同山呼万岁，纷纷向曾国藩、曾国荃祝贺，都说兄弟同日封侯伯，不仅本朝绝无，也是旷古奇事！曾国藩也笑容可掬地向各位道贺。正当大厅里洋溢着弹冠相庆的喜悦时，亲兵在门外高喊："折差到！"大家正在纳闷，折差已大步踏进来。彭毓橘上前接过，双手将它安放在案桌上。行过礼后，曾国藩打开黄绫包封，从中取出一份上谕来，众人一齐低头听着：

"浙江巡抚曾国荃六月十六日攻破外城时，不乘胜攻克内城，率部返回孝陵卫大营，指挥失宜，遂使伪忠酋夹带伪幼主一千余人，从太平门缺口突出。据浙江方面奏，伪幼主洪福瑱即混杂这股逸贼之中，内中尚有伪干酋、章酋等巨寇。浙闽赣等处尚有长毛数十万众，倘若拥立伪幼主与朝廷对抗，则东南大局，何时可得底定？曾国藩奏洪福瑱积薪自焚，自是听信谣言。现责令该督追查太平门缺口防守不力人员，严加惩处。金陵陷于贼中十余年，外间传闻金银如海，百货充盈，着曾国藩将金陵城内金银下落迅速查清，报明户部，以备拨用。李秀成、洪仁达二犯，着即槛送京师，讯明处决。"

大厅里一片死寂，鸦雀无声。曾国荃全身早已湿透，脑袋嗡嗡作响，两只手臂僵直撑在花砖上，曾国藩的声音也明显地低下来，中间还杂着颤音："曾国藩以儒臣从戎，历年最久，战功最多，自能慎终如始，永保勋名，惟所部诸将，自曾国荃以下，均应由该大臣随时申儆，勿使骤胜而骄，庶可长承恩眷。"

上谕宣读完毕，众人依旧呆呆地跪在那里，仿佛两宫太后的训话虽完，但仍板着冷峻的面孔，森严地审视这班战功赫赫的大臣，并没有下达起身的命令。

"诸位请起。"曾国藩收好上谕，强打着笑容对大家说，"今天是大喜日子，应当高高兴兴，明天本督略备薄宴，祝贺诸位荣升。圣旨英明洞达，望各位切实记住，勿使骤胜而骄，庶可长承恩眷。"

过了好一阵子，曾国荃才带头站起，阴森森地走进内室，众人也兴趣顿失，一言不发地各自回营去了。

三　荣封伯爵的次日，曾国荃病了

第二天一早，便传出曾国荃生病拒绝会客的话，曾国藩闻之大惊，急忙走进弟弟的卧房，果然见他睡在床上。原来，曾国荃听到上谕指名道姓地斥责他，心中窝了一肚子怨气，一夜未睡。到了后半夜，竟然浑身起了红色小斑点，左肩下还长了一个肉包，居然有铜钱大。

"老九，你这是湿毒，不要紧的，"曾国藩安慰道，"前几个月辛劳过度，日夜守在战场，毒气攻心，现在发出来最好。"

"大哥。"曾国荃抓住哥哥的手，手烫得厉害，"带兵杀贼，攻城略地，死尚且不怕，还怕癣疥之病吗？我是心里难受呀！"

"老九，你心里哪些事感到难受？"曾国藩慈爱地凝视着弟弟，其实他已知七八分。昨夜，曾国藩也一夜没睡好，对日里同时接到的两道上谕想得很多很深。这些年来，他服膺丑道人的高论，在孔孟程朱之学的基础上杂用老庄之道，以不求名利来保养恬淡之心，以柔退谦让来调和上下左右的关系，对于自己封侯、弟弟封伯，他已很为满足，不敢奢望更高的赏赐，倒是诸如"功高震主""大功不赏""兔死狗烹"等历史教训时常萦绕脑际。近来，他又把《史记·淮阴侯列传》《唐书·李德裕传》《明史·蓝玉传》等翻阅了一遍。历史上那些惨痛的故事使他心惊肉跳，他告诫自己此时更应百倍谨慎小心，不能授人以柄，可惜九弟和他的部属们没有把自己往日的规劝记在心中。金陵之捷并非十全十美，尤其是纵火烧天王宫，将金银财宝尽数掳掠，日后免不了要遭世间讥劾，难以向朝廷交代。但曾国藩没有料到，朝廷的指责竟会来得这样快，措辞竟会这样严厉，这道上谕的背后埋伏着什么，已经是非常明白的了。

前几天，欧阳兆熊来了一封信，信上说："大功成矣，意中事也，而可喜也。顾所以善其后者，于国何如？于民何如？于家何如？于身何如？必筹之已熟，图之已预矣。窃尝妄意：阁下所以为民者，欲以勤俭二字挽回风俗；所以为家为身者，欲以退让二字保全晚节。此诚忧盛危明之定识，持盈保泰之定议也。”这几句话曾国藩诵读再三，对老友的关心感激不尽，也决定采纳他的建议，以退让二字保全晚节。心高气傲、阅世不深的九弟却并没有意识到这一点，今天必须向他郑重指出。

“大哥，我曾听你说过，文宗亲口许诺，最先攻下金陵城的封王，皇太后、皇上应当遵循。”

曾国藩心中一惊，这个不识时务的老九，居然还有如此非分的想法！曾国荃见大哥愣住了，知话说得过急，忙补充道：“大哥创建湘军，运筹帷幄，虽未带兵亲临金陵，论功劳还是大哥居第一。说封王，是说我和大哥都封王。”

曾国荃这一补充，反而使曾国藩心里凉了半截，为弟弟的狂妄无知而难受。他压住心头的不悦，仍以慈爱的口吻说：“老九，你这个想法不应该。文宗那句话，是康福在北京听周荇农说的，是不是真的还很难说，即使是真的，那也是文宗的一时兴起，当不得真的，你为此难受太不应该了。”

“就如大哥所说，不封王，难道不可以封公爵吗？就是不封公，我也应当封侯呀！大哥封侯理所当然，我不是要和大哥抢这个侯爵。皇太后为何这等小气，舍不得封两个侯呢？”

“小声点，说话要有分寸。”曾国藩见弟弟居然指责起皇太后来，未免太放肆了，便正色道，“须知隔墙有耳。”

“攻打金陵是何等的艰苦，我敢说，随便换另外哪个人都不可能拿下！”曾国荃既感委屈又很自负。

“老九，”曾国藩严肃地说，“那天的席上我跟你们说过，古往今来，凡办大事，半由人力半由天命。攻克金陵这样一桩震烁古今的大事业，岂能全由人力？你纵然本事大，也要让一半与天才是。”

“官文坐在武昌安富尊荣，封伯爵，李鸿章只收复苏、常，也封伯爵，这个伯爵太不值钱了嘛！”曾国荃不理会大哥的苦心，依旧高喉大嗓地发泄愤恨。

“官中堂统辖两湖，为湘军筹饷补员，功劳甚伟。李少荃在苏南迭克名城，保全上海，使金陵贼匪进无援兵，退无窜路。两人封伯爵，亦无可厚非。”对弟弟的牢骚，曾国藩也有同感，但此时不能附和他，否则将火上加油。

“这些都不去谈它罢！”曾国荃霍地从床上坐起来，眼中射出咄咄逼人的光芒，“金陵只逃出一千多号长毛，就要严加惩办。杭州城破时，伪听王陈炳文带着十多万长毛全数冲出，左宗棠为何不受指责？上谕说据浙江方面奏，显然是左宗棠在进谗言。这左三矮子不是个好东西！”曾国荃气得骂起来。

说洪福瑱积薪自焚，是曾国藩据曾国荃信上的话上奏朝廷的，左宗棠借幼主出逃大做文章，明里攻击曾国荃，暗地里攻讦曾国藩。这件事使曾国藩对左宗棠最为恼火。他对这个相交三十年的老朋友，在这样的大事上不留情面甚是不解。是因为自己亦位居总督，眼里没有他曾国藩呢？还是对他兄弟成了攻克金陵首功人员嫉妒呢？还是朝中有人授意左上这样的折子呢？不管怎样，在这种时候左宗棠上此绝情绝义的折子，两人三十年的友谊到此也就止步了。曾国藩微微点点头说：“老九，你也不必为此事难受了，左宗棠那人你也知道。过几天大哥再给皇上上个折子，为你说话。”

“还有。”曾国荃说出心中的积愤后觉得舒服了点，“皇上要槛送李秀成、洪仁达进京，两犯早已成鬼了，这事如何办？”

“这个也由我去向皇上说清楚。”曾国藩安慰弟弟，心里却想：那天拍胸脯的气概到哪里去了！

“李秀成的事还好说，问题是银子，皇上要追查金陵城里的银子呀！”曾国荃压低了声音，“大哥，实话对你说吧，金陵城里的金银珠宝，再加上年轻的女人，都变成了湘军将官的财产，现在正一船一船地往湖南运哩！连我也有几十万。倘若按皇上的谕旨，再将金银从他们的腰包里掏出来，那金陵城就会闹翻天，我也弹压不了。”

曾国藩面无表情地听着，这些事他早已看得很清楚，一点都不感到意外。但这的确是一件棘手的事。这些首功将官们自恃功大，要价很高，朝廷的封赏既不能全部满足他们的欲望，又只是空衔而无实惠，现在要把他们围攻两三年，自以为靠性命换来的财产再掏出来，这无异于挖他们的心肝。真的闹起事来，后果不堪设想。“老九，你要说服他们顾全大局，不管多少都要拿出一些，一则好向朝廷交代，二则也要堵塞天下悠悠之口。”

“杀人放火，我可以指挥他们干，要他们拿出自己的性命钱，我做不到。况且我也不干，我的银子就已经运走了。”

“九帅，你一碗水没有端平！”

曾国荃正要说下去，门口突然传进一声雷似的吼叫，只见焕字营营官朱洪章喝得醉醺醺地满口吐着白沫，两眼红通通地睁得如铜铃般大，跌跌撞撞地冲了进来，后面跟着几个亲兵。

“焕文！”曾国藩拉长着脸，十分不快地对朱洪章说，“你看你醉成什么样子！”

“中堂大人。”朱洪章这时才发觉曾国藩也在，顿时清醒了点，“第一个冲进城的，不是李臣典，而是我朱某人！”

“这话怎讲？”曾国藩感到奇怪，都说康福死后，李臣典是第一个冲进金陵城的，为何又变成了朱洪章？

“中堂大人。”朱洪章用手抹去嘴边的白沫，两脚也站直了些，以略为恭顺的态度说，“六月十六日上午，龙脖子地道第二次挖成，点火前，九帅集合各营营官，议决谁为攻城先锋，大家都畏葸不敢领命，是我出队领下了先锋之命，并立了军令状，这事九帅应该还记得。后来我率焕字营一千五百兄弟从城墙缺口冲入，第一个进了金陵，九帅还称赞我有能耐。”

“照这样说，应当是焕文第一个进城了。”曾国藩问弟弟。

“是的。”曾国荃点头。

“那又为何是李臣典呢？”曾国藩大惑不解。

“中堂大人，事情是这样的。”朱洪章抢着说，“龙脖子地道是信字营挖的，李臣典虽未第一个进城，但却是最先打到天王宫，说李臣典是第一号功臣，我并不反对，但现在萧孚泗倒排在我的前面，抢得了男爵，这能使我服气吗？娘的，攻城时他向后退，领赏时他往前冲，他聪明，老子是蠢崽。”朱洪章又喷出白沫来，他死命地吐了一口痰，愤愤不平地嚷道，“九帅，你这样压我，难道因为我朱洪章是贵州人，不是湘乡人吗？”

“朱洪章，你在放狗屁！”曾国荃猛地从床上跳起，“哪个因你不是湘乡人压了你，我是把你列在萧孚泗前面的。”

“那又是谁把我的名字排到后头去了呢？这个狗日的，害得我得不到爵位。”朱洪章大叫起来，气焰更足了。

“明告诉你吧！那是中堂大人手下起草折子的彭寿颐改动的。”曾国荃说着，顺手将桌上一把腰刀甩到朱洪章的脚边。腰刀与砖相碰，发出刺耳的撞击声，“你用这把腰刀把他杀了吧！”

朱洪章被这个突如其来的举动弄得不知所措，一时呆住了。

“你去杀呀！”曾国荃冲到朱洪章面前，像一头狂怒的饿虎，要把朱洪章一口吞下，“还站在这里干什么？不敢杀，你就给老子滚出去，狗杂种！”曾国荃的暴怒把朱洪章的气焰压了下去。他耷拉着脑袋，嘴里嘟嘟囔囔地出了门。

“大哥，你看看，就是这班人进了城！”望着朱洪章的背影，曾国荃气仍未消，“若不是刚才这一手，他几乎要坐到我和大哥的头上拉屎拉尿了。只有一个朱洪章还好对付，若是朝廷真的要追查金银，那就会有成千上万个朱洪章跳出来，你看怎么办？”

这个意外的插曲使得曾国藩又惊又恼。湘军已经腐败了。他在心里得出了结论。

“大哥。”曾国荃小声而神秘地呼唤，曾国藩觉得有点异样，“依我看，新的大乱就要到来，我们得先下手为强。”

“你说什么？”新侯爵已觉察到新伯爵的反常。

“我们学他。”曾国荃伸出左手掌，右手在掌心上画出一个字来。曾国藩顺着他的手势看着看着，不觉屏息静气，最后紧张得连大气都不敢出一口。

四　倚天照海花无数，流水高山心自知

原来，曾国荃在掌心上画出的是一个“赵”字。毫无疑问，这指的是陈桥兵变黄袍加身的宋朝开国皇帝赵匡胤。

“沅甫，你疯了！”曾国藩冷冷地看着因情绪激昂而红了脸的弟弟，生气地说。

“大哥。”曾国荃压低声音，焦急地说，“这桩事，打下安庆后我就想过了。我也晓得润芝、雪琴以及左宗棠都旁敲侧击试探过你，大哥那时不同意是对的，因为时机不到，而现在时机到了。吉字大营攻下长毛盘踞十多年的老巢，军威无敌于天下，所有八旗、绿营都不是我们的对手。现在朝廷要追查金银下落，吉字营上下怨声载道，正是我们利用的好时候。吉字大营五万，雪琴、厚庵水师两万，还有鲍春霆的两万，张运兰、萧启江的三万，这十二万人是大哥的心腹力量，再加上李少荃的淮军，只要大哥登台一呼，大家都会死心塌地跟着干。左宗棠要是不从，就干掉他！大哥，你把这支人马交给我，不出两年，我保证叫天下所有的人都向大哥拱手称臣。”曾国荃越说越得意忘形，曾国藩越听脸色越阴沉。曾国荃心想，大哥素来谨慎，这样的大事，他怎么会轻易作出决定，不做声，便是在心中盘算。他进一步撩拨，“大哥，大清立国以来，只有吴三桂、耿精忠几个汉人手里有过军队，这些军队一直是朝廷的眼中钉。后人都说吴三桂不安分造反，其实他们哪里知道，那是朝廷逼出来的。”

曾国藩心里猛一惊，觉得弟弟的话有道理，过去自己也是指责吴三桂的。也可能事实真的如沅甫所言，吴三桂造反是逼出来的。

“朝廷也在逼我们了。”曾国荃气得咬牙切齿，“走了一千多号人，

与打下金陵相比算得了什么？如此声色俱厉地训斥，居心何在？口口声声追查长毛金银的下落，无非是说我们私吞了，好为将来抄家张本。大哥，这十二万湘军在你的手里，朝廷是食不甘味、寝不安神呀！飞鸟尽，良弓藏，狡兔死，走狗烹，想不到今日轮到我们兄弟了。”曾国荃长叹一声粗气后，恶狠狠地对着曾国藩说，“大哥，我们这是何苦来！百战沙场，九死一生，难道就是要做别人砧板上的鱼肉吗？盛四昨日对我讲，家里起新屋上大梁时，木匠们都唱：两江总督太细哩，要到北京做皇帝。又说当年太公梦的不是蟒蛇，而是一条龙，因怕官府追查，才谎说是蟒蛇。大哥。”曾国荃扯着曾国藩的衣袖口，紧张得说不出话来，好一会才慢慢地吐出，“满人气数已尽，你才是真正的真龙天子呀！”

曾国藩坐在对面，听着弟弟这一番令人毛骨悚然的心里话，仿佛觉得阴风阵阵，浑身发冷。他突然意识到不能让他无休止地说下去，这里面只要有一句话被人告发，就可能立即招来灭族惨祸。此时自己已被搅得心烦意乱，难以说服他。办法只有一个，便是马上离开。

“老九，你今天情绪有点失常，可能是湿毒引起心里烦躁的缘故。你静下心来，好好躺着，我叫人来给你看看病。”说罢，不等曾国荃回答，便匆匆地走了。

回到房里，第一件事就是要荆七把盛四叫来。“盛四。”问明属实后，曾国藩气极了，“你也是三十多岁的人了，怎么这样蠢，这种话也是随便能说的？假若你不是我的亲外甥，我今天就一刀杀了你！”盛四一听，吓得忙跪在大舅的脚下叩头不止。“你明天一早就回荷叶塘去，警告那些胡说八道的人，若哪个敢再说半句做皇帝、真龙天子的话，就要四爷割他的舌头，听明白了吗？”

打发盛四后，曾国藩才略为定了定神。他燃起一支安魂香，盘腿坐在床上，将这两天来发生的一切细细地深深地思考着。老九的分析，很大部分都是对的，但要自己做赵匡胤，却万万不能接受。这种话，曾国藩已经是第五次听到了。第一次出自王闿运之口，他为之心跳血涌。第二次是彭胡左等人的劝说试探，他置之不理。第三次是王闿运为肃顺当说客，他视之为狂妄。第四次是王韬的无知妄言，他不客气地加以训斥。难道这一次就如沅甫所说的时机成熟了吗？曾国藩嘴角边露出一丝冷笑。时机，对于他来说，这一辈子都没有成熟的可能性。这一点，他比所有劝他问鼎的人都清醒得多。如果说，朝廷对于长毛的起事，对于吏治的腐败，对于民生的凋敝，对于洋人的欺凌，都是软弱无能、束手无策的话，对汉人的防范，尤其是对握有重兵的汉人的防范，却是老谋深算、戒备森严的。咸丰帝询问王世佺赠剑，拟派布克慎掌管水师，衡州出兵前夕降二级处分，刚任命署鄂抚又急忙撤销，德音杭布由盛京派到军营，多隆阿从金陵来到武昌，这一件件、一桩桩往事，刻在曾国藩的脑海深处，并时常冒出来，刺痛他的心。眼下虽然湘军兵力在苏、浙、赣、皖南等处占着绝对优势，但官文、冯子材、都兴阿等环伺四周，尤其是僧格林沁的蒙古铁骑虎视眈眈。所有这一切，似乎早就为着防备湘军而部署的，只等湘军一有反叛端倪，便会四面包围。还有左宗棠、沈葆桢，位列督抚，战功赫赫，对曾国藩的不满情绪早已暴露，而朝廷竭力笼络，有意扩大内部裂缝，从而达到分化的目的。可以说，从曾国藩手中掌握几千团勇的那天起，朝廷便对他存有相当大的戒备之心，到现在不但没有减弱，反而随着他的名声和功劳的隆盛而加强。

倘若与朝廷分庭抗礼，第一个站出来坚决反对的便是湘军内部的人，而这人一定便是目空一切、睥睨天下的左宗棠。曾国藩心想，老九太简单了，论打仗，不但老九比不上他，眼下海内将才，没有一个人是他的对手。到那时，左宗棠处极有利之形势，集全国之粮饷兵力，消灭曾氏家族的湘军，要比打败长毛容易得多。

一支香燃完了，曾国藩下床来活动一下酸胀的双腿，又点燃一支，重又盘腿坐到床上，继续着刚才的思索。

即使侥幸黄袍在身上穿稳了，这个心高气傲、倔强狠恶的老九，既然可以把黄袍披在自己的肩上，就可以随时把黄袍取走。斧声烛影，千古之谜，老九不就是赵光义吗？一向对兄弟知之甚深的曾家老大，有一百个把握相信自己的判断不会错。曾国藩上下两排牙齿在嘴里左右错动，发出一阵阵轻微的摩擦声，两腮时紧时松，双目木然冷漠。让我背上个乱臣贼子的千古骂名，他却轻轻松松地子孙相传，稳坐江山，老九的算盘拨得太精了。如同安魂香的轻烟袅袅直上，越来越淡，直到淡得没有了，曾国藩对弟弟也越来越看清楚了，直到看穿他的五脏六腑、灵府深处。

是的，曾国藩不能做董卓、曹操、王莽、赵匡胤那样无父无君、犯上作乱的叛臣逆子。三十年前，他还只是荷叶塘乡下一个农家子弟，卑微得像路边一根草，低贱得像桌下一条狗，如今贵为甲侯，权绾两江、节制四省、名重五岳，还不都是出自天恩，源于皇家吗？借助它给自己的一切，又来背叛它，反对它，良心何在？失败了，固然理所当然地要遗臭万年，猪狗不如；就算成功了，过去自己所说的那些忠诚敬上之类的话，不都是欺天瞒地的谎言假话？那些告诫子弟的谆谆家教，不都会成为后世训子的反面教材吗？一生抱负，千秋名节，都绝对不容许他曾国藩有丝毫不臣之念！

金陵攻下，举国都盼望早熄战火，铸剑为锄，若自己再树起反旗，岂不又把千千万万的人重新拖入血火之中？新建立一个王朝又如何呢？那无非也就是增加一个唐高祖、明太祖，豪杰事业是做到顶了，但平生追求的圣贤事业立刻灰飞烟灭。三千年史册，回过头看，究竟是秦皇汉武的豪杰事业伟大呢？还是周公孔孟的圣贤事业伟大？这个问题的答案应该是明白的。

笔直上升的烟柱忽地断掉，第二支香也已燃完，要细心思考的问题太多了，曾国藩下得床来，又点上一支。既然不按沅甫说的办，就必须更加事事小心谨慎，务必取得朝廷的充分信赖。曾国藩想，最使朝廷放心不下的，便是手下这十多万水陆湘军。数百个军营皆系将官私募，三千里长江无一船不挂曾字旗，这在本朝是从来没有过的事，怎不令太后、皇上心神不安？卧榻之侧，岂容旁人安睡？哪朝哪代的君王不是如此！况且进城后湘军的表现，也足使曾国藩失望。这样的军队，即使不撤，也不能打仗了。不如裁去五万八万，既令朝廷放心，也甩掉一个沉重的包袱。

再一个就是停解厘金。厘金一事最失人心，苦了亿万百姓，肥了数千局吏。现在金陵已经攻下，若再照解厘金，必然招致民怨沸腾，得罪地方。第一个先撤的是湖南东征局！作出这两个决定后，曾国藩的心头略觉宽松。他刚走下床，又想起一件大事：今年是乡试正科，要立即把贡院修复，务必赶上今科乡试。

清初时设江南省，包括安徽、江苏两地，康熙六年这两地分为两省，但乡试没有分闱，一直在一起，故录取名额较他省都多，又因人文荟萃，英杰辈出，一甲三鼎中数江南举子最多，故江南乡试，历来为天下注目。自从金陵落入太平军之手后，江南乡试已中断十多年了，这中间仅咸丰九年在杭州借闱开科一次，又因录取名额不足，失去了会试的机会。收复安庆后，曾国藩曾准备在安庆设一考棚，将安徽与江苏分开，先在安庆单行乡试，但后因皖北不靖、士子不齐而未果。那些急于仕进的江南读书子弟，眼巴巴地看着别省开科取士，新举人们肥马轻裘，自己满腹经纶而无法展示，心中躁急得不得了，早就盼望恢复江南乡试了。此事一公开，不知有多少人欢喜雀跃，破涕开颜！

如果说第一件事足以消除朝廷的戒备，第二件可堵天下百姓的口舌，那么这件事更是深得全国士子之心！曾国藩想到这里，终于摆脱压得透不过气来的负担，心情松快多了。

“大人，萧军门带着三十多位将领前来叩见，说有要事禀告。”荆七推门进来，说完后垂手站在一旁。

他们来干什么？曾国藩坐在椅子上，心里思考着，一只手慢慢地梳理胡须。上上下下地梳理几遍后，脸上露出一丝淡笑。

“更衣！”曾国藩起身，荆七随即捧来了朝服。除开跪接圣旨、重要会议及朔望朝贺外，曾国藩接见部属时通常只着便服：冬天是一件黑布棉袍，外罩一件酱色马褂，从不用皮货，更没有貂、狐、猞猁等珍贵皮袍。那年打下田家镇，咸丰帝赏赐了一件狐腿马褂，他只试穿了一下，表示对圣恩的祗受，第二天便派人送回荷叶塘珍藏起来。夏天永远是玄色或灰白色布长衫，也不穿丝绸衣裤。今天曾国藩一反常态，大热天气穿上严严实实的朝服，威严庄重地端坐在虎皮大帅椅上，两眼如电光般地平视前方。萧孚泗等人见此情景，心里先就有三分怯了。

“诸位找我有何贵干?”浓重的湘乡官话宽厚洪亮，在大厅里回响。

萧孚泗、朱洪章、刘连捷、彭毓橘、朱品隆等人坐在那里，你看着我，我看着你。谁也不敢先开口。萧孚泗轻轻地推了一下彭毓橘，小声说：“你是中堂的老表，你说吧!”彭毓橘见众人都拿眼睛望着他，分明也是推他出头的样子。他想，看来义不容辞了，便正了正衣冠，站起来说：“中堂大人，众位将军在营房里议论，说朝廷硬逼我们交银子，其实又没有，都不知如何办才是，特来请示大人。”说完，偷偷地望了曾国藩一眼。只见曾国藩两只棒色眸子正凝视着自己，就像两把尖刀向心脏刺来。彭毓橘一阵恐惧，忙坐下来，心不停地跳。

“彭毓橘!”

彭毓橘见曾国藩叫他，下意识地站起来。

“你是怎么想的呢?”

彭毓橘一时答不上来，四下望着众人，刘连捷对他努努嘴，示意他大胆说。

“大人，金陵城里的确没有金银，众位将军从哪里找得来?都想请大人给皇太后、皇上上个折子，免去这桩事算了。我也是这样想的。”彭毓橘鼓起勇气说完这番话后，觉得两腿发软，迫不及待地坐下来。

“都说金陵是长毛的小天堂，金银如海，财货如山，你们说什么都没有，皇太后、皇上会相信吗?”曾国藩仍旧梳理他的胡须，语气平缓。

“没有就没有，又变不出的！”刘连捷嘟嘟囔囔地说。

“莫把我们逼急了，狗急了还要跳墙哩！”朱洪章见曾国藩不做声，话说得放肆了些。

“中堂大人！”萧孚泗站起来大声说。他已经偷运两船财货回湘乡老家去了，倘若朝廷认真追查，不但这两船财货得不到，恐怕爵位也会注销，他因此很着急，“据说富明阿奉僧王之命，过些日子就要到金陵来了，我们不能等着他胡来。”

“你说怎么办？”江宁将军富明阿将来金陵视察满城，此事曾国藩已有所风闻，也在担心。他问萧孚泗。

“封锁十三门，不让他进来！”萧孚泗嚷起来。

“富明阿来金陵视察满城，你不让他进来，抗拒朝廷，岂不形同叛逆吗？”曾国藩依旧平和地问。

“叛逆就叛逆！”彭毓橘见曾国藩一直没有斥责他们，以为他心里支持，胆子大了，“大人，先下手为强，后下手遭殃，自古如此。无赖赌徒赵匡胤都能黄袍登基，大人功德巍巍，天下归心，何不趁此机会，光复汉家河山！”

“放肆！”曾国藩气得猛力拍打桌面，大喊，“来人啦，给我把这个胆大包天的乱臣贼子抓起来！”

立时出来两个亲兵，彭毓橘昂首站起，让亲兵捆绑，不争辩也不反抗。萧孚泗用眼睛瞟了一下众人，然后站起来，走到曾国藩座前，双膝跪下，同来的其他将官也学样跪下，一齐高喊：“请大人宽恕！”

“请九帅！”曾国藩大声发令。一会儿，曾国荃匆匆赶来，见此情景大吃一惊，忙垂手站在大哥身旁问：“杏南犯了何罪？”

“沅甫，彭毓橘口出狂言，无父无君，你说该如何处置？”

“大哥！”曾国荃抬头望了一眼彭毓橘，气势雄壮地说，“不要怪杏南，也不要怪诸位兄弟，都是我叫他们干的。大哥……”

“不要说了！”曾国藩愤怒地挥手制止，“荆七，纸笔伺候！”

王荆七一手拿着笔砚，一手拿着一叠白纸出来。

“不对，换大笔，大红碰笺!”

荆七进屋后再次出来了。曾国藩望着展开在桌面上的红底洒金云纹碰笺，凝神良久，然后挥笔写下一副联语。写完后把笔往砚台上一扔，目光威厉地向众人环视一周，头也不回地转身走了。

曾国荃等人呆呆地或站或跪，直到听不见脚步声，才纷纷走到案桌边，只见碰笺上写的是：“倚天照海花无数，流水高山心自知。”众人有的叹息，有的咋舌，有的感动，有的木然，有的细细品味而频频颔首，有的发出冷笑而摇头不止。曾国荃先是忿然，继则凛然，终于颓然地吩咐亲兵：“放掉彭藩台。”然后冷冷地对众人说：“今天的事谁也不准说出去，倘若哪个走漏了半点风声，九爷的刀要借他的血来磨洗!”

五　匕首和珊瑚树打发了富明阿

富明阿说到就到了。原来，僧格林沁对曾国藩奏报已就地处决李秀成、洪仁达和金陵城里无金银两件事甚为怀疑。他认为这是曾国藩在欺蒙朝廷，很有可能根本就没有抓到李秀成，而金陵城里的财产是绝对被他们兄弟及湘军官勇们私吞了。他要富明阿借查看江宁满城破毁情形为由，将这两件事查个水落石出，狠狠地压一下曾氏兄弟和湘军的气焰，为满蒙旗兵出一口无名怨气。

关于李秀成之事，曾国藩不在意。李秀成在押达二十天之久，见者甚多，还有洋人戈登可以作证。临刑那天，沿途观者亦在万人以上，况且还有他写的亲笔供词。不怕富明阿再刁，这个事实他否定不了，而金陵城里的财产一事，十之八九会出纰漏。

“不怕他，一个小小的富明阿算得什么!还不是狗仗人势，靠僧格林沁的势力。”曾国荃一副满不在乎的神态。“金陵城是吉字营的天下，岂容得他在这里兴风作浪。明天大哥到下关码头去接他，就说我卧病在床，不能亲迎，后天在伪侍王府里设宴为他洗尘。那时我给他点颜色看看。”

“老九，富明阿虽只一个江宁将军，但他可以通天，对他万万不可小觑。”曾国藩担心弟弟鲁莽坏事。

“大哥请放心，我要叫他高高兴兴离开金陵，安安稳稳平息这场风波。”有了这句话，曾国藩放心了。

第二天，曾国藩带着李秀成的亲笔供词，登上富明阿泊在下关江面的大船。富明阿将李秀成的供词翻了翻，曾国藩又把处决李秀成、洪仁达时的场面说了说，特地把戈登抬了出来，果然富明阿对抓获李秀成一事不再有怀疑。曾国藩和富明阿一起上岸，亲自陪着他查看了位于城东的满城。这里原本是前明故宫，后作为江宁旗兵的驻防地，经过这次血战，满城已荡然无存。曾国藩爽快地许诺富明阿，立刻拨巨款，先修复江宁满城，次修缮京口旗营，待房屋盖好后，再奏请朝廷从京师旗兵中调拨人员来，务必要恢复昔日旧制。富明阿对此甚为满意。次日晚上，曾国荃在原侍王府里设宴款待，富明阿欣然出席。

傍晚，富明阿穿上耀眼的麒麟补子袍褂，骑一匹高大的蒙古马，带着几个戈什哈，神气十足地来到原侍王府。但见门外冷冷清清，三扇大门关得紧紧的，没有一丝接待贵客的迹象。富明阿心中奇怪。戈什哈不客气地用拳头捶打大门，半天后才见一个老眼昏花的门房出来，穿着一件补丁叠补丁的粗布衣，又脏又黑，仿佛几十年没洗过一样。

“富将军来了，你们为何这般怠慢?”戈什哈不满地训斥着。老门房脸上笑嘻嘻地，并不生气。戈什哈知他没听清，又说了一遍。“总爷，请你再大声说一遍。”戈什哈不耐烦地又说了一遍。

“啊呀，是富大人来了，我全不记得九爷今晚请客这事了，真该死。”老门房恍然大悟。一口浓重的湘乡土话，自小在北京长大的富明阿几乎没有听懂一个字。接着忙跑进去通报，一会儿中门大开，曾国荃带着几个人在门后出现：“富将军，得罪，得罪！门房误事，我已骂了他一顿。”

“九帅客气。”富明阿双手抱拳，面色不甚欢悦。

二人并肩进了大厅，分宾主坐下。曾国荃又道歉："门房糊涂，多多失礼。"

"九帅，我看你这门房也是该换一个了。"富明阿郑重建议。

"是呀，不过别的事他又干不了。"曾国荃表示出一种很大的遗憾。

"贵府何必要这种人呢？打发他两个钱，开销了事。"富明阿奇怪，一座金陵城都打下了，一个老门房却处置不了。

"富将军说得好轻巧！"曾国荃靠在椅背上，脸色黑而憔悴。"他从荷叶塘乡下带着两个儿子跑来投奔吉字营，跟着我先后打了几百仗，大大小小的战功可以堆满一屋子，积功保至副将衔。打安庆时炮火震聋了耳朵，打金陵时，石头砸断了三根肋骨。两个儿子，一个死在吉安，一个死在巢县。这样的有功之人，我能随便开销他？再说，他从把总保起，一直保到副将，没有多拿一个铜板，他的俸禄要全部算给他，总在四五千两银子以上，我哪里拿得出？故而明知他干不了事，也只能养着他。"

富明阿听了这番话，心里不是滋味，嘴里含含糊糊地应付："是这样的话，倒也不能随便开销。"

一个亲兵上前，附着曾国荃耳边说了两句话。曾国荃站起来，伸手做了一个请的姿势，对富明阿说："富将军请，西花厅的宴席已摆好了。"

富明阿在曾国荃的引导下来到西花厅。只见厅里已摆好了十桌酒席，主席上空了两个座位，另外九席都已坐满了人，见他们来，便一齐起立。曾国荃笑容满面地向富明阿介绍："这些都是攻打金陵城的有功将官，有幸陪同将军，是他们的光荣。"

富明阿笑着向站起的人打招呼，请他们坐下。见这些人个个脸上傻笑着，身上穿着陈旧不堪的衣服，大部分人的脚上套着草鞋，就像长途行军途中临时将他们招来开军事会一样，富明阿心想：这样一群土头土脑的乡巴佬，也是打金陵的首功将领？曾国荃请富明阿在主宾席上就座。富明阿见桌上摆的全是粗瓷泥碗，里面盛的也只是普通家常菜，并无半点山珍海味，不觉食欲大减。曾国荃刚举起酒杯，说声“请”，那九桌上的陪客便迫不及待地大吃大喝起来，仿佛饿了几天一样。富明阿勉强举起酒杯呪了一口，意外地发觉这杯中的酒倒是异常的清洌醇香，喝下去满腹舒畅，不禁脱口称赞：“好酒！九帅，你这酒是哪里来的?”

“这酒可不比寻常。”曾国荃微笑着，眼里藏着诡谲神秘的色彩。“外间都说长毛天王宫里堆着无数金银财宝，其实什么都没有。但要说一点财富没得，倒也不是事实，我们也得到了两件宝贝。”富明阿的眼睛睁大了，露出极有兴趣的光彩。“头件宝贝便是一大坛子酒。”

“看来我喝的酒便是这个坛子里面的了。”富明阿笑着说。

“正是。将军可知这酒的来历?”

富明阿摇摇头。

“刚得到这坛酒时，大家都不知道它的贵重，打开坛子后，屋子里立刻充满了异香。李臣典命令赶紧把盖子盖好，谁也不准动。后来问了在洪酋身边十多年的黄三妹，才知酒的来历。”曾国荃神采飞扬地说到这里，忽地停住了，端起酒杯来，浅浅地喝了一口，细细地品味。富明阿也照样品了一口，眼睛望着曾国荃，示意他快点说。“原来，长毛初进金陵，在营造伪天王宫时，挖出了十坛酒，每坛酒上都加了一道封条，上书‘弘光元年’四字。”

“这坛酒在土里埋了两百多年!”富明阿惊讶起来。

“洪酋最爱美酒，便把这十坛酒全部据为己有，十坛喝去了九坛，这是最后一坛了。”

“啊，怪不得酒味如此醇厚!”富明阿感叹。

“原本想封存献给皇上，今日见富将军来，干脆打开喝完算了。”曾国荃爽朗一笑。其他九席上的人高喊：“我们都托富将军的福!”

富明阿十分高兴，刚进府门时的不快和粗瓷泥碗引起的不悦，给这坛美酒全冲走了。他喜滋滋地举起酒杯，高声说：“本将军沾了各位攻克金陵的光，能饮此美酒，真是生平大快事!”

十桌酒席上的人一齐开怀大笑，豪饮猛嚼起来。富明阿笑着问曾国荃：“两件宝贝，九帅只说了一件，还有一件呢?”

“还有一件么，”曾国荃卖着关子，“吃完饭再说吧。来，先干了这一杯!”

两人举起酒杯碰得“哐啷”作响，一口喝了个底朝天。酒至半酣，彭毓橘离席来到富明阿跟前，鞠了一躬，说：“军中无乐伎，不能为将军助兴，在座的多为武夫，也不会行酒令，末将且为将军打一通拳，供将军一笑吧!”

富明阿快乐地说：“好！打拳舞剑是军人的本色。彭将军，鄙人要看看你的真本领!”

“末将献丑了!”彭毓橘在大厅中间摆开一个架势，手脚活动了几下，便在众人面前翻滚跳跃起来，时而金鸡独立，时而灵猿攀树，时而大海探珠，时而深山擒虎。打得兴起，他干脆脱掉上衣，露出一身墨牡丹文身来。

“好!”“好!”大厅一片喝彩。富明阿端起一杯酒，离席走到彭毓橘身边，笑吟吟地说：“将军拳术高超，鄙人大饱眼福，我敬将军这杯酒。”彭毓橘接过酒杯，二话不说，一饮而尽。

“杏南兄，一人打拳太孤单了，我跟你来个对打吧!”

“好!”满厅又是一片喝彩。刘连捷也脱去衣服，露出黑黝黝的一身肉来，与彭毓橘面对面地打了起来。刘连捷习的是巫家拳，柔中藏刚，绵里裹金，与彭毓橘的北拳恰成对比。二人在厅中一刚一柔，一攻一守，都拿出全身本事，互不相让。突然，彭毓橘脚跟一晃，朝天倒在地上，只见脸色惨白，口吐白沫，众人都感到意外。刘连捷正要弯腰去扶起他，猛然间彭毓橘飞起一脚，正踢在刘连捷的胸口上。刘连捷双手捧住胸口倒在地上，半晌不省人事。众人见二人打得认起真来，纷纷站起，有的说：“算了，莫打了，原是打着玩的，怎么能出毒手呢?”一会儿，刘连捷从地上爬起，发疯似的冲向彭毓橘，双手紧抱他的腰，两排铁锯似的牙齿在他肩上狠命咬起来，痛得彭毓橘哇哇直叫。

“啪！”曾国荃一手打在桌子上，杯盘震得跳了起来：“混账，你们要在富将军面前丢脸吗？都给我住手！”

彭、刘二人立时松了手。

“九帅，刘连捷不是人，他踢我的下身。”彭毓橘说着，用手捂住下身，厅里一片哄堂大笑，富明阿笑得酒都喷了出来。曾国荃止住笑，问刘连捷：“你为何下此毒手？”

“我要教训教训他！”刘连捷傲气地说，“他四处造谣，恶毒攻击我，说我在天王宫捡了一颗珍珠没有上缴。其实，自从进城到今天，我连珍珠的影子都没见到。”

“杏南，你为何要诬蔑南云？”曾国荃厉声问彭毓橘。

“九帅！”彭毓橘叫道，“是他先诬蔑我，说我在天王宫里拾到一个二两重的金元宝。真他妈的血口喷人，老子至今没有见到过一钱金子。”

“啪！”曾国荃又是一掌打在桌子上，把身旁的富明阿吓了一跳，“都是你们这班下作东西，在互相造谣攻击，怪不得外间传说纷纷，都说金陵城里的金银珠宝都被我吉字营吞了。诸位，现在富明阿将军在这里，你们都当着富将军的面，坦白你们各人到底得了多少金银！”

“我一两银子都没捡到！”

“哪个私藏金子不是人是畜生！”

“哪个看到珠宝眼烂瞎！”

“哪个摸过珍宝手烂断！”

吉字营的近百名营官们，带着八分醉意，东倒西歪地大声吵嚷，厅里乱成一片。

“各位都不要吵啦！富将军也知道你们攻城辛苦，并没有得到一丝分外之财，这都是彭毓橘、刘连捷两个王八蛋自己在骂自己，害得大家都担了恶名，来人呀！”曾国荃扯起嗓门大叫，“给我把这两个狗杂种推出去斩了！”

众人都惊呆了。富明阿忙说：“九帅，不必如此，不必如此！”萧孚泗等人也一齐喊：“九帅息怒！”

“好吧，看在富将军的面子上暂时饶了你们的小命。”曾国荃回头对身旁的亲兵命令，“拿两把匕首，牵两条狗出来！”

众人都不解，这个杀人不眨眼的九帅要玩出什么新花招来。匕首和狗都到了。曾国荃站起来大声宣布：“彭毓橘、刘连捷，你二人破坏吉字营的名声，本该处死，看在富将军分上饶你们死罪。现给你们一人一把匕首，一人一条狗，跟我到后门草坪上去，待狗跑过柳树后，你们各人将手中的匕首发出去。刺死狗者，本帅赏一杯酒；没有刺中者，本帅罚打二十军棍！”

这真是少见的赏罚！众人欢呼起来，富明阿也在心里称赞曾国荃的点子出得古怪有趣，不过他不大相信，这两个土将军能有如此本领。

大家都来到后草坪。彭、刘二人各持一把匕首，牵一条狗，站在离柳树五十步远的地方，每只狗后面跟着一个手拿鞭子的士兵。曾国荃一声令下，两个士兵举起鞭子朝狗身上用力一抽，两只狗狂叫着箭也似的向前飞奔。刚过柳树，彭毓橘眼明手快，匕首早已从手里飞出，不偏不斜，不前不后，正中狗头，那只狗在地上抽搐两下，不动了。正在这时，另一只却连脚都未蹬一下，便躺在血泊中，一把匕首牢牢地插在它的脑顶。众人鼓掌狂笑。

“狗日的，你再诬骂老子拿了珍珠，这只狗就是你的下场！”刘连捷侧过脸去，狠狠地骂道。

“婊子养的，你再讲老子拿了元宝，这只狗也是你的下场！”彭毓橘也侧过脸去，狠狠地回了一句。

站在一旁的富明阿猛然一惊，如同这两把匕首插在他的心上似的恐怖不已。

再次回到厅里，吉字营的将官们酒兴更浓，富明阿却心事重重，望着眼前的酒菜，再也吃喝不下去了。曾国荃看在眼里，心中暗喜。

“富将军，另一件宝贝，你不想见识一下吗?”

“哦！哦!”富明阿仿佛醒过来了，“好哇，只要九帅肯拿出来，我当然乐意一开眼界。”

“来人，把宝贝抬出来!”

曾国荃的话音刚落，八个年轻的兵士抬出一座黄龙大轿来。

“这是长毛坐的轿吧?”富明阿问。

“是的。”曾国荃答，吩咐士兵：“把轿罩揭开!”

四个兵士走上前，一人站一角，一声吆喝，把轿罩掀过头顶。富明阿的眼前忽现一片大红，定神看时，原来是一株特大罕见的珊瑚树。只见树高四五尺，枝柯交错，其大盈围，其红如血。睹此异物，富明阿好比置身龙宫，惊诧不已!

“富将军，这是在洪逆西花园里得到的，我本想自己留着，但家兄生性俭朴，不喜珍奇，定然不能容此物，故不敢留。富将军是城破后第一个进城慰劳的朝廷要员，这株珊瑚树，就算作我吉字营全体将士对将军的答谢吧!”

“如此珍宝，鄙人不敢受，不敢受!”富明阿吓得忙起身推辞。

“朱洪章!”曾国荃高喊。

“到!”朱洪章离席来到厅中。

“你带着焕字营一百个兄弟，将这株珊瑚树护送到富将军船上，不得有误!”

“是!”朱洪章转过脸下令，“弟兄们，抬到下关去!”

富明阿见此情景，也不做声了。

第二天一早，富明阿便带着这株红珊瑚树，悄悄地离开金陵城，兼程赶到山东济宁府，面见僧格林沁，十分诚恳地对他说：“金陵城内金银如山、财货如海的话，纯系子虚乌有，卑职细心查访，询问故旧父老，都说并无此事。请王爷转告皇太后、皇上，不必再追查，以免激怒湘军，引起事端。”

六　御史参劾，霆军哗变，曾国藩的忧郁又加深了一层

富明阿好打发，但天下悠悠之口却难堵住，当曾国藩离开金陵，回安庆料理一个多月，将两江总督衙门正式迁入原太平天国英王府时，朝野上下已物议沸腾，纷纷指责湘军将金陵城洗劫一空，还送曾国荃一个极难听的绰号："老饕"。曾国荃闻之湿毒加重，肝病复发，曾国藩也忧心忡忡，时刻担心不测之祸临头。

这一天，曾国藩于兢兢之中又拿起《宋书·范泰传》。当读到范泰对司徒王弘说"天下务广而权要难居，卿兄弟盛满，当深存降挹"这句话时，就觉得这正是在对他和沅甫敲的警钟。他提起笔来，在这句话的旁边加了一长串小圆圈，然后又在天头上批下一句："处大位而兼享大名，自古能有几人善其末路者，总须设法将权位二字推让少许，减去几成，则晚节渐可以收场耳。"放下笔，他又想到沅甫向来心境狭窄，正宜用这些前人的故事去开导他。于是叫来王荆七，命他将此书送给九帅，为郑重起见，又作了一封短函：

> 沅弟左右：弟肝气不能平复，又怀抑郁，深为可虑。弟不必郁郁。从古有大勋劳者，不过本身是一爵耳，弟则本身既挣一爵，又赠送阿兄一爵。弟之赠送此礼，人或忽而不察，弟或谦而不居，而余深知之，顷已详告妻子知之，将来必遍告家人家族知之。而今以后，当与弟谋长保家族不衰之方。现遣荆七送来《范泰传》一篇，愿弟熟读深思之。古来成大功大名者，除千载一郭汾阳外，恒有多少风波，多少灾难，谈何容易！愿与吾弟兢兢业业，各怀临深履薄之惧，以冀免干大戾。

荆七刚走，折差便送来一叠咨文，这是军机处照例抄送给各地督抚、将军、都统的朝廷重要奏折。曾国藩小心打开，一共三份，他看

着看着，心慌意乱，两眼模糊起来，最后竟冷汗透湿，面色发白，靠在椅背上，连站起的力气都没有了。原来，这是三个御史的参折，全是对着他曾氏兄弟和湘军而来的。

一是御史朱镇奏陈金陵善后事，谓兵勇宜遣散，田宅宜清还，难民宜抚恤，商贾宜招徕，而曾国荃办善后，却先事扰民，毫无纲纪，遂使金陵城的善后越办越乱。奏请罢掉曾国荃的巡抚职务，另在朝中拣择干员前去办理。一份是御史廖世民奏曾国潢在湘乡仗其兄弟之势，要挟县令，干预公事，私设公堂，挟嫌报复，甚至以人头祭祖宗，致使县令每隔三五天便躲在屋里痛哭流泪，谓曾四爷又要借其手杀人了。奏请朝廷命湖南巡抚严惩劣绅曾国潢，以肃乡纪。一是御史蔡寿祺奏湘军种种不法情事，罗列曾国藩、曾国荃、李鸿章、李元度、刘蓉、鲍超等人纵容部属胡作非为，谓这些年来湘军攻城略地，朝廷所得者少，所损者大。此次攻克金陵，纯因长毛气数已尽，非战之功。湘军本流氓之众，乘时而起，不少人已占军政高位，实非国家之福，诚为不测之患。此辈只宜授以卑职，不能寄以重任。

“如此说来，湘军和我曾家兄弟，简直不是功臣而是罪魁了！”曾国藩在心里凄凉地叹息。过了好长时间，他才慢慢清醒过来。御史本是可以风闻言事，不必承担责任的，皇上对他们所言也并不都认真追究。三份奏折都仅以咨文形式抄阅，朝廷未有任何态度，所递送的对象也仅限于两江总督一人。这就意味着只是敲敲而已，并不想把它扩散开。想到这一层后，曾国藩心里略为开朗了一些。他把赵烈文、杨国栋、彭寿颐等人叫来，将咨文给他们传阅了一遍，大家的看法与他一致。

“中堂，这些咨文要不要给九帅看看？”赵烈文将咨文折好，准备存入柜中时问。

“沅甫近来心情不好，暂不给他看吧！”曾国藩想了想说。

“中堂，我们拟一个折子，把这些无事生非的乌鸦们痛驳一顿，不要让皇太后被他们的谎言欺骗了。”彭寿颐气愤地说。

“是要上个折子，跟皇太后讲清楚。”杨国栋附和。

“折子暂时不上。”曾国藩捋着长须，安静地坐着，他的心境已基本平息了，“只将蔡寿祺的那份折子再抄两份，以我的名义转给李少荃、刘孟容，由他们去向皇太后辩诬为好。”

“还是中堂想得周到。”赵烈文说，他从心里佩服曾国藩处事的老练。幕僚们刚走，一亲兵进来禀告：“霆军营官滕绕树在衙门外求见。”

鲍超回四川省亲去了，霆军由记名提督宣化镇总兵宋国永统带，目前正在全力对付太平军康王汪海洋的人马。是战事危急，需调人救援，还是捉到了汪海洋，前来报捷？“叫他进来。”自从咸丰四年衡州出兵后，整整十年没有再见过滕绕树了。见当年这个瘦小得像一根小藤样的湘西勇丁，如今已是威风凛凛的将官，曾国藩心中一喜，含笑问：“你现在官居何职？”

“回禀中堂大人，卑职现居记名副将霆军树字营营官。”滕绕树一板一眼地回答。

“有出息，居然是二品大员了！”曾国藩称赞。

“这个二品有什么用！”滕绕树不屑地回了一句。

“怎么没有用？”曾国藩觉得奇怪。

“听说要裁军了，像我们这种记名官一旦离开军营，便是老百姓了。莫说二品，就是一品也是空的。”

裁军的事，曾国藩还没有考虑成熟，他深知这中间的问题一定会很多。在给皇太后、皇上的奏折中，他提到了这件事，表示了坚决裁撤湘军的决心，为的是让朝廷放心，至于具体部署，还有待周密思考。在一次湘军高级将领会上，曾国藩把裁军的决定透露给他们，以便听听他们对此事的反应。看来，鲍超已将此事在霆军中传开了。滕绕树来，正好可以借此机会听听军营将士们的意见，也可以对他们作些解释。

“绕树呀！”曾国藩放下总督的架子，以长辈的身份和蔼地说，

“你百战辛苦，为国家立了功劳，乡里族人谁不敬重？现在再拿些遣散费回去，买几十亩好水田，起几间大瓦屋，舒舒服服、自由自在地过下半辈子，岂不最好？何必当官争权呢？何况你们武官终年在军营，免不了要打仗流血，有性命之忧！”

“中堂大人的话固然很对。”滕绕树正正经经地说，“不过，买田起屋在家里过日子，再好也只是一个土财主，哪里抵得上大将军操生杀大权，八面威风呢？”

“这样说来，你们都不愿意遣散回籍了？”

“也有人愿意，但当官的大部分不愿意。”

“不愿意又怎样呢？”曾国藩想起前段时期吉字营的骚乱，已有一种不祥的预感。

“中堂大人，我这次正为此而来。”滕绕树神色严重地说，“霆军将近一半人哗变了。”

“有这样的事？”湘军中有逃兵，有骚乱，但尚无大批人哗变的先例。霆军一向纪律甚差，只有鲍超可以弹压得住。曾国藩也曾担心霆军内部会出乱子，但没有料到哗变。他气愤至极，“因何事哗变，谁领的头？”

“宋军门有一封信给您老。”滕绕树从背包里取出信来，双手递给曾国藩。

宋国永的信上说，哗变的部队达八千人之多，是在追赶汪海洋的途中，听到裁减湘军的消息后发生的。他们突然赖在金溪不走，向宋国永索取欠饷，为头的是庆字营营官申名标。这两年来申名标在霆军内暗中发展哥老会，这次哗变，就是哥老会在串联的。

这个可恶的申名标，悔不该当初没有杀掉他！曾国藩在心里骂道。那年撤了申名标的营官职务后，他在亲兵营待了半年，后被杨岳斌保释到外江水师，以后鲍超看他能打仗，便许他一个营官职务，将他从水师调到霆军。滕绕树退出后，曾国藩把霆军哗变事告诉了赵烈文，并带着他坐轿来到吉字营统帅部。

曾国荃在读了大哥的信和《范泰传》后，心情略为开朗了些，但神情仍然抑郁。见大哥一进门，便忙拉着他的手说：“大哥，我想好了，我只有走一条路才可以使天下谤言中止。”

“老九，你又瞎想些什么啦？”曾国藩为弟弟的话害怕，怕他有意外之举。

“我要学王弘、王昙首兄弟，称疾引退。”

原来要走的是这条路，曾国藩松了一口气。这实际上是曾国藩自己心里的想法，处眼下情势，老九还是暂时回籍避一下为好，叫荆七送《范泰传》的背后，或许也含有这层意思。但现在由老九口里说出，他又觉意外，尤其是在看了《范泰传》后提出，他又担心老九会以为是阿兄逼他回籍，忙说：“金陵诸务都离不开你，要称疾引退，也是大哥的事，待金陵善后诸事粗有头绪后，大哥我便向皇太后、皇上提出开缺回籍。”

“大哥怎么能走这条路！”曾国荃苦笑道，“况且我现在心身都有病，这金陵城嘈嘈杂杂的，也住不下去。吉字营的裁撤困难很多，我在这里，眼看他们泪淋淋地离别，心里难受。再说，我的大夫第，贞干的有恒堂，也要由我回去亲自督建。”

曾国藩见弟弟讲得恳切，便说：“好吧，这事我们兄弟之间好商量，现在有件急事要听你的意见。”曾国藩拿出宋国永的信来。

“这批王八蛋，统统都要杀头！”曾国荃匆匆看完信，恨得牙齿上下咬得格格作响。

“老九，这可是给我们胸口上插了一刀子，比外间的议论要厉害得多啊！”曾国藩以求援的眼神望着弟弟，“你看此事如何平息？”又对赵烈文说，“惠甫，你也说说，我们三人来商量一个两全之策。”

“卑职一定为中堂和九帅分忧。”赵烈文怀着被信任的感激之情说。

“这好办，叫彭毓橘、刘连捷带五千人马去，缴他们的械，把申名标押来。”曾国荃不假思索地冲口而出。

“这不成了湘军内部的火并，更给别人提供攻击的口实?”曾国藩不同意这个简单的处理办法。

“这不是火并，是平叛！对这等叛逆之贼，只有彻底消灭，才能根绝效尤。”曾国荃强硬地坚持自己的意见。

“是倒是这样，不过八千哗变官兵，消灭亦不容易呀！”曾国藩背着手踱步，没有想出一个好主意，但他总觉得沅甫这个办法不妥。

“中堂，九帅。”赵烈文沉默半晌后终于开口了，“我揣摩中堂的意思，是想用较为稳妥的办法，不很露声色地来处理霆军的哗变。”

“是的。”曾国藩点点头。

“卑职也觉得中堂的想法更好些。九帅欲以武力消灭，虽干净彻底，但不易做到。卑职以为不露声色的处理办法，最好莫过于抚。”

“怎么个抚法?”曾国荃问。赵烈文这两年来为曾国荃攻金陵出过不少好主意，对他的才能谋算，曾国荃是佩服的。

“卑职想，申名标再蠢，这种时候，他率部哗变，也绝不会去投靠长毛李世贤、汪海洋，其目的，大概是要在散伙之前多抢些金银财物，听说霆军欠饷很严重，有的营半年没开过饷了。中堂和九帅如果认为可以的话，派我到金溪去走一趟，暂且稳住这八千人的心，使他们不至于把场合闹得更大。”

“你用什么法子去稳定呢?”曾国藩欣赏赵烈文的主意。

“卑职有什么能耐，还不是要借中堂和九帅的威望。”赵烈文笑着说，“我去金溪，第一告诉他们裁军的事，目前还没有进行，大家不要听信谣传，乱了自己的军心。”

“噢。”曾国藩点点头说，“惠甫，你可以这样对他们说，关于裁军的事，曾某人正在等皇太后、皇上的御旨。湘军如何裁撤，目前还没有一个具体方案，有关这方面的一切传闻都是没有根据的。”

“是的哩，吉字营裁不裁，如何个裁法，我都还没有底。只有鲍超这个木脑壳，一听到风就是雨。”曾国荃气愤地说，曾国藩听了却不是味道。

“中堂这样明白地告诉我，我心里就有数了。我到金溪后就把中堂刚才这几句话原原本本地告诉他们。”

“惠甫呀!”曾国荃又开了腔，“我看，你干脆跟他们讲，就说裁军一事暂时不会动，过段时期再说。”

赵烈文望着曾国藩，等候指示。曾国藩不能同意老九的话，但想起他刚才说的学古人引退的那番话，觉得他已为自己作出了太大的牺牲，这件事再不能让他不高兴了，遂说：“你就照沅甫所说的，先哄他们一下也行。”

“再一条，”赵烈文继续说，“向中堂讨三十万银子，将霆军的欠饷一律还清。如此，大部分参加哗变的士兵都会回头的。”

曾国荃忙摇头：“使不得，使不得！你用三十万银子还清霆字营的欠饷，那其他营怎么办？哪有这么多银子还债?”

“沅甫的话有道理。”曾国藩思索良久后说，“不过，霆军已经哗变，事非寻常，不撒点银子出去，看来难以平息。这样吧，先从上海关洋税中提出十五万银子，发放半饷。”

“发半饷也行。”赵烈文说，“第三，请中堂授权给我宣布：凡参加这次哗变的官兵一律不追究。”

“不能这样便宜他们。”曾国荃又反对，“大哥作一书急招春霆回来，将此事交给他，让他慢慢地一个个地算账。”

“沅甫说得对，必须赶快将春霆招回来，但不必个个清算，要清算的是申名标等头子和哥老会的人。将这些人处置后，严谕各军各营，今后再发现有哥老会，不论闹事没闹事，一概严惩，凡参加哗变者格杀不论！惠甫这次去，我授特权给你，暂不追查，先平息下来再说，免得将他们逼上绝路。”

“谢中堂、九帅信任，卑职一定尽快将这次哗变悄无声息地处理好!”赵烈文站起来坚定地说。

七 恭王被罢，曾国藩跌入恐惧的深渊

赵烈文一哄二骗三收买的办法起了作用，哗变的八千人除一百多人跟着申名标逃走外，其余的都由赵烈文、滕绕树带回抚州老营。不久，鲍超由四川奉节日夜兼程赶回，将这些哗变的人狠狠地训骂了一顿，并以严刑拷打迫使他们供出了一百多个哥老会人。鲍超将他们一齐斩首示众。这场哗变终以惨败告终。曾国藩重赏赵烈文和鲍超，并将霆军哗变之事晓谕湘军水陆各营，严禁哥老会，一旦发现，格杀勿论；所有参与哗变的人，不论过去功劳高低，一概严惩不贷。从那以后，哗变不再出现，但索饷、闹事却时有发生。一时没有别的法子可想，曾国藩不得不实行老九的办法，向湘军将官们宣布：裁军之事暂时不提了，以后再说。这样，才逐渐平息了湘军的怒潮。

这时，曾国藩忙于部署修缮城垣，重建满城，并亲自监督江南贡院的修复。贡院开工的那天，曾国藩邀请金陵城内城外百多位德高望重的读书人，来到位于秦淮河畔贡院街上的贡院旧址边。这些读书人中，有汪增甫、钱密之等十人为宋学宿儒，在江南素有三圣七贤之称，曾国藩对他们很是礼遇。大家见偌大的江南贡院，除至公堂、衡鉴堂、明远楼未受大的损坏外，其他如监临、主考、房官、提调、监试各屋，誊录、对读、弥封、供给各所片瓦不见，一万六千间号房板荡然无存，这些耆儒们对此惨景莫不哀叹不已。曾国藩对他们说，不管工程量多大，都要抢在十一月前把贡院修好，不但举行本届乡试，还要补行戊午、辛酉、壬戌三科，都在今年一并录取，并增建号舍四千间，达两万整数。又考虑皖北尚在捻军控制之下，其应试秀才不能前来江宁，特为安徽省留下四成名额。

曾国藩的这些话引得老儒们万千感激，纷纷称赞此举是为江南读书人所做的第一大善事，功德无量。一个老头子颤巍巍地当众跪下，给曾国藩磕头，涕泪满面地说：“中堂大人，你是活佛活菩萨，我为

我祖孙三代人向你磕头祝福。我从咸丰三年起，整整盼了十三年，终于盼到了今天。十一月我要带着儿子、孙子祖孙三代前来应试。中堂大人，从明天起，我每天三炷香，对着你的长生牌位磕头行礼，托您老人家的福，我李老头子还能活着看到这一天的到来。”老头子趴在地上，唠唠叨叨地说了许多，说得曾国藩又欢喜又酸楚。

这百余个老儒们回去后四处传扬，把江南两省的举子们喜得心花怒放，感激的信件成百上千地飞向总督衙门，使久处忧郁之中的曾国藩略感一丝欣慰。这天上午，曾国藩照例来到签押房，审批案头上堆得高高的文书。首先打开昨夜送来的几份廷寄，刚读到第一句话，曾国藩就惊呆了，照例的“准兵部火票递到议政王军机大臣字寄”套话中赫然缺了“议政王”三字。他顿时诧异万分，连下文都无心看下去，便打开第二件，也没有“议政王”三字，再打开一份仍没有。昨夜收到的三份廷寄，均无“议政王”三字，他觉得此事非同小可，赶紧招来赵烈文、杨国栋、彭寿颐，三个心腹幕僚看后也深为不解。

曾国藩忧虑地说：“自同治元年来，军机处发出的文件，从来没有出现过这样的事，即使恭王生病期间，‘议政王’三字亦冠在前，这次若不是有生死大变，则一定有非常大事。”

“事情来得突然。”赵烈文沉思着说，“不过卑职早就听人说，蔡寿祺的那份劾折，原不是冲着中堂、九帅和其他湘军统帅来的，矛头指的是恭王，说恭王是湘军的靠背山、保护伞。”

“这话我也听说过。”杨国栋说。

“蔡寿祺一个小小的御史，哪会有这样大的胆子，必定有人在后面指使他。”彭寿颐托着腮帮子，深思熟虑地说出这句话来。

“长庚说得极有道理。”赵烈文说，“这个人八成是西边的太后。”

在曾国藩的密室里没有禁忌，上至皇太后、皇上，下至督抚两司都可以直言明说，但出门则不能妄说一句，而进得这个密室的也只有少数几个心腹幕僚。听着他们的分析，曾国藩觉得事情比自己所想的还要严重得多。假若恭王不是猝然去世，而是被罢黜的话，那最主要的一定是因为他和湘军的缘故。想到这一层，曾国藩心里恐惧起来。他端坐在太师椅上，右手不断地捋着长须，面色凝重，一言不发。

“中堂。”赵烈文轻轻叫了一声，“我们在这里议论，好比瞎子摸象。这样一件大事，震动中外，这两天必有京报来，我们看到京报后再说。”

正说话间，荆七捧来一大堆从京师来的函件，彭寿颐急忙从中挑选京报。找到了！京报在首要位置上登载明谕：“谕在廷王大臣等同看：朕奉两宫皇太后懿旨，本日据蔡寿祺奏恭亲王办事徇情贪墨，骄盈揽权，多招物议，妄自尊大，诸多狂傲，倚仗爵高权重，目无君上，视朕冲龄，诸多挟制，往往暗使离间，不可细问，若不及早宣示，朕亲政之时，何以能用人行政。恭亲王着毋庸在军机处议政，革去一切差事，不准干预公事。特谕！”

曾国藩看完这道特谕，半晌做不得声，他轻轻挥手，示意赵烈文等人退出。自己独自坐着，忡忡然仿佛呆了似的。不知过了多久，荆七在他的耳边说：“大人，天已黑了，要掌灯吗?”

“什么？天黑了，我坐了多久了?”曾国藩如同睡梦中醒过来一般。

“有一个时辰了。”荆七轻轻地说。

“好吧，掌了灯后，你告诉厨房，今晚不要送饭，叫他们煮一碗新鲜青菜汤，再打两个鸡蛋就行了。”待荆七出门后，曾国藩的脑子才开始转动过来。

宫闱事秘，详情莫知，但有一点已很清楚了，恭王的确是因蔡寿祺的弹劾而被罢黜的，且上谕写得明白，是奉两宫太后懿旨。所谓两宫太后，实际上是西太后的代名词，这点曾国藩早已知道。事情完全如赵烈文等人所分析的，西太后指使蔡寿祺上奏，又亲自下令革去恭王的一切差事，措词如此严厉：“目无君上”“诸多挟制”“暗使离间”，竟类似三年前指责肃顺的口气。

天气尚只是初秋，曾国藩已觉冷得发抖。他叫荆七找出一件棉褂来，穿在身上，还冷不过，于是又要荆七干脆生一盆炭火。曾国藩深知，在他离开京师，创办湘军到现在十余年间，恭王一直是他在朝廷中最强大的支柱。文宗在日，恭王以皇弟之亲贵，力劝文宗信任他，重用他，尽管遇到多方掣肘，满蒙猜忌，甚至文宗本人亦不甚放心，只因有恭王这座大靠山在，曾国藩始终还是受到器重的；当然，那时还有肃顺的大力支撑。文宗归天后，肃顺被处决，但恭王拥戴功勋巨大，位居议政王，朝廷一切大事，皆出于恭王一手。恭王将曾国藩引为腹心，给予完全信任，直至节制四省兵力，成为三藩之乱后军权最大的第一个汉人。后来，曾国藩渐渐看出西太后叶赫那拉氏是一个权欲极强，心机极多，手段极狠的女人，她不甘于大权旁落，与恭王常有龃龉，太后与恭王之间的不合，使朝中有识之士为之担忧，处于军事最前线的曾国藩则更是忐忑不安。

现在，曾国藩终于明白了，攻克金陵后所遭遇的一切不愉快之事，如富明阿的暗访，三御史的参劾以及沸腾人口的物议，很可能都是西太后这条线上生的事。是不是西太后害怕恭王利用湘军这支军队，作为日后重演辛酉政变的工具？抑或是西太后讨厌恭王过于重用汉人，使湘军坐大，成为满人江山的最大隐患？不管怎样，恭王的被罢黜，在曾国藩看来，是这十余年间所受到的打击中最为致命的一次。

皇上的亲叔，在辛酉年起了旋转乾坤的作用，近年来外抚诸夷，内平战乱的议政王，无论从亲，从贵，从功，从哪方面来讲，都是当今天下第一臣。就是他，都被这个西太后弄了下去，此人之手腕心肠可想而知！曾国藩想起前朝的吕雉、武则天，莫非大清王朝也要女主临朝了？牝鸡司晨，国之不祥，恭王已被先行开刀，接下来大概是自己和自己的兄弟了。曾国藩由恐惧慢慢转到绝望，木然坐在椅子上，仿佛身子正在被人推向黑暗的深渊。

第二天一早，他把曾国荃、曾纪泽叫进内室，关起门窗，向他们谈了自己对时局的分析。叫儿子立即离开江宁回荷叶塘，取消原定全家迁居江宁的打算，并转告四叔要事事谨慎，勿再招惹是非。也要弟弟对奏请开缺一事做好心理准备。倘若太后温词慰留，当此时势，勿再固请，以保存实力；倘若太后同意开缺，要坦然接受，接旨后立即启程，在家养病读书，不涉及湖南官场丝毫。一向我行我素、不畏人言天命的曾国荃，对这场突如其来的变故也大为震惊，不免冒出一股灰溜溜的心绪来。

八　秦淮月夜，曾国藩强作欢颜，为开缺回籍的弟弟饯行

一连几天，曾国藩无心治事、读书，早早晚晚和赵烈文等人围棋。下棋的时候，有时会偶尔想起康福来，心里无端冒出一种亏欠的疚意。京师再无重要消息传来，案桌堆积的事情又一桩桩压头，曾国藩自我嘲弄地作了一副对联：养活一团春意思，撑起两根穷骨头；无可奈何地打起精神来办事。

上午，汪增甫、钱密之等三圣七贤结伴来到总督衙门，对今年江南乡试事又提了许多建议：一是为隆重起见，今年甲子科乡试请总督大人亲自入闱监临；二是内帘十八房，请于科第出身实缺州县中考充，如实缺人数不敷，即于安徽江苏两省候补之即用大挑拣发各班中挑选；三是咸丰九年借杭州乡试时，因实到考生少，曾留下四成三十六名，请奏准列入今年中试名额；四是重建被长毛破坏后又遭兵火焚毁的夫子庙。这些建议，除第一点曾国藩表示要按旧章办事，两省巡抚轮流监临，今年由江苏巡抚李鸿章充任外，其他的都欣然采纳。三圣七贤满意告辞。临出门时，汪增甫将近日所作《不动心赋》交给曾国藩，说“请中堂赐教”，曾国藩连说两声“拜读拜读”，将它放在桌上。

下午，他又带着一班幕僚查看市面恢复情形，见四处都在兴建修缮房屋，街道已清理好，商贾也开始营业，城外的人都纷纷进城做生意，心中略感安慰。傍晚时回到书房，想起汪增甫日间所送的《不动心赋》还没看，便信手拿着读起来：“使置吾于妙曼蛾眉之侧，问吾动好色之心否乎，曰不动。又使置于红蓝大顶之旁，问吾动厚禄之心否乎，曰不

动。”曾国藩嘴角边泛起一丝微笑，正要继续读下去，猛然见旁边有人批了几行字：“妙曼蛾眉侧，红蓝大顶旁，尔心都不动，只想见中堂。”这分明是赵烈文的笔迹。曾国藩生气了，吩咐亲兵火速将赵烈文叫来。四处找不到人，一直到深夜，赵烈文进来了。

“惠甫，这是你批的?”曾国藩扬起《不动心赋》，沉下脸问。

“是卑职一时兴起，胡乱写的。”赵烈文爽快地承认了。

“汪增甫是江南头号名士，你怎能在他的手迹边批上这样不客气的话?”曾国藩显然不高兴。

“中堂，我看这个头号名士是个口是心非的假道学，有意刺他一下。”赵烈文似乎不在乎。

“惠甫呀!”曾国藩的脸色稍霁，但神情依然是严肃的，“此辈皆虚声纯盗之流，言行不能坦白，我亦知之，还要你来提醒吗?汪先生几十年来周旋于官绅之间，靠的就是这种虚名假学。你如此不礼貌地揭穿他，坏了他的名声，损了他的形象，他不恨死了你?他有不少朋友、弟子，这些人都会成为你的对头。说不定日后的杀身之祸，就埋在今日这几句打油诗里。”

赵烈文听了悚然变色，知曾国藩这番教导用心深长，便恳切地说：“是卑职不对，卑职阅世太浅，险些惹了祸，今后再不敢了。”

“明天他一定会做出一副讨教的样子，来接受我对他的称赞，然后再把我的话拿出去四处吹嘘。我早知他的用意，心中虽极不情愿，但又不能得罪他，我要靠这班人来争取江南士子呀!可惜，我明天不能在这页纸上批字了，只得另写。”

“都怪卑职见识浅陋。”赵烈文心中惭愧。

“惠甫。”过一会，曾国藩又问，“今下午四处寻你不见，你到哪里去了?”

“卑职访一个朋友去了。”赵烈文答，脸上不自觉地泛起一阵轻红。曾国藩盯着他的脸，看出了这一丝小小的变化，微笑道：“我看你不是去访友，而是寻欢去了吧!”

“中堂明察。”赵烈文忖度曾国藩已经知道，便红着脸承认，“卑职今下午跟一个朋友到秦淮河上听曲子去了。卑职今后再不去了。”说完低下头等着训斥，他知道曾国藩素来恨听曲狎妓的文人。

“秦淮河上又有人在唱曲子了?”

谁知曾国藩非但没有训斥，反而面有喜色。赵烈文很奇怪，答话的兴致提高了：“早就有了，近半个月来更热闹，老金陵人都说，只要再有半年安宁日子，秦淮歌舞就可以与咸丰二年之前相比了。”

“金陵人对此看法如何?”

“回大人，”赵烈文高兴起来，“金陵人都说，这秦淮歌舞是金陵城的象征，没有秦淮歌舞，金陵就不算金陵了。我的朋友也这样对我说。就冲他这句话，我犯了大人的禁忌，在秦淮河上听了半天曲子。”

“上秦淮河听曲子不算犯忌。”曾国藩捋着长须，若有所思，声音轻轻地，仿佛自言自语。

“什么？大人说不犯忌!”赵烈文简直怀疑耳朵听错了。

“惠甫，你大致说说，秦淮河两岸现在情形如何。”

“是。”赵烈文乐得手舞足蹈，兴致勃勃地说起来，“秦淮歌舞这十多年来，因长毛的禁止而绝迹了。又因这次攻城，战火猛烈，秦淮河两岸楼房也焚毁多半。刚进金陵的那半个月，秦淮河依旧是条死河，两岸黑灯瞎火，没有一点生气。慢慢地，过去操此业的人又回来了，在两岸修楼建房，造船漆桨，据说做的多是吉字营弟兄的生意。”赵烈文偷眼看了看曾国藩，只见他脸上并无反感之色，便又乘着兴致继续说下去，“这一个多月来，秦淮河两岸与河面上的生意是越做越红火了。从聚宝门到通济门一带，游客天天增多，房屋也三成恢复两成，尤其是桃叶渡更是热闹，酒楼妓馆一座接一座，卖小吃小玩意儿的叫声喧天。入夜则各色花灯、琉璃灯、纸灯、绢灯又都挑出门外，这一带的画舫，少说也有百把只，都雇了绝色女子、上等琴师，只只船上都坐满了听曲子的游客，一个个都听得如醉如痴，不知今夕何夕。”

秦淮河自通济门进城，西行五六里后，折转而南向聚宝门方向流去，转弯处有一个渡口。相传东晋大书法家王献之常在这里接爱妾桃叶，以后这个渡口便叫桃叶渡。如果说秦淮河是温柔富贵之乡、诗酒繁华之窟的金陵城的代表，那么桃叶渡便是胭脂花粉秦淮河的代表，怪不得赵烈文说到桃叶渡时，更是眉飞色舞，不觉得自己也迷迷糊糊了。

“你今下午就在桃叶渡？”曾国藩脸上微笑着，心想：看不出来，这赵惠甫还是一个风月场中的人物哩！

“卑职正是在桃叶渡听了两个时辰的曲子。卑职十多年没有听过这么美的吴曲了，真个是‘此曲只应天上有，人间能得几回闻’！”赵烈文似乎还没有从桃叶渡画舫上解脱出来。

“惠甫，我请你办一件事。”曾国藩停住捋须的右手，一本正经地对赵烈文说。

赵烈文一听有事，脑子立刻冷静了：“请问大人要叫卑职办件什么事？”

“你就负责秦淮河的修复事，抢在十一月乡试前，把聚宝门至通济门一带的秦淮河，恢复成咸丰二年前的模样。”

赵烈文又惊又喜，他做梦都没想到会有这样的美差落到自己的头上，乐不可支地说：“谢中堂大人青睐，我明天就走马上任！”略停片刻又说，“离十一月乡试只有一个多月了，要把秦淮河完全恢复过来，时间太短了。”

“全部恢复过来，怕也是不行。”曾国藩换了左手捋胡须，思考一下说，“这样好了，你只把桃叶渡上下一带恢复过来就行了。古人说六朝金粉，十里秦淮，秦淮河最热闹之处也不过十里，我现在只要你建五里就行了。”

“卑职遵命，卑职一定把桃叶渡修建得比十多年前还要好。”赵烈文雄心勃勃，隔一会，他又说，“不过，卑职还要向大人借一件东西。”

“什么东西？”

“借大人一纸告示。”赵烈文说，“请大人出一张修复秦淮河的告示，鼓励酒肆茶馆、勾栏瓦舍，各行各业在秦淮河两岸兴建，三年不纳税，与历代鼓励开生荒的措施同。”

“亏你想得出，把修复秦淮河与开生荒相提并论。”曾国藩不无赞赏地说，“好吧，就依了你。”

曾国藩对恢复秦淮旧迹如此感兴趣，使赵烈文大为惊讶，他终于忍不住发问：“大人，这秦淮河素来被人贬为轻薄子弟的游玩之所，卑职不明白，大人为何对此事这般重视？”

“你要问这个么！”曾国藩微微一笑，“三十年前，我是心向往游冶而不敢游冶；三十年后，我是心不想游冶而不禁别人游冶。三十年前血气方刚，声色犬马，常令我心驰神往，但我求功名，求事业，不能沉湎其间。我痛自苛责，常不惜骂自己为禽兽，为粪土，而使自己警惕。经过十多年的诚、敬、静、谨、恒的立志与修养，终于做到了心如古井，不为所动。三十年后的今天，我身为两江总督，处理事情则不能凭一己之好恶。我要为金陵百姓恢复一个源远流长、大家喜爱的游乐场所，要为皇上重建一个人文荟萃、河山锦绣的江南名城。芸芸众生，碌碌黔首，有几个能立廊庙，能干大事业？他们辛苦赚钱，也要图个快活享受。酒楼妓馆，画舫笙歌，能为他们消忧愁，添愉悦，也就有兴办的价值。我身为金陵之主，能不为这千千万万的凡夫俗子着想吗？且游览秦淮河，如同读一部六朝至前明的旧史，几度兴废，几多悲喜，亦足令读书君子观古鉴今，励志奋发，居安思危，为国分忧。夫子庙楹柱上曾有一副联语，道是：‘都是圣人，且领略六朝烟水；暂留过客，莫辜负九曲风光。’我看这副楹联就不错，君子小人都可以一游秦淮。夫子庙重新修好后，还得把这副楹联刻上去才是。范文正公称赞滕子京治岳州时是‘政通人和，百废俱兴’，这话说得好！有政通人和，才有百废俱兴，而百废俱兴了，又体现出政通人和。秦淮河初具规模后，还要修复鸡鸣寺、莫愁湖、台城、胜棋楼、扫叶楼，乃至城外雨花台、孝陵卫、燕子矶等等，将六朝旧迹、前明文物一一恢复，使龙盘虎踞的石头城再放光彩。惠甫，你说对吗？”

这番话，说得赵烈文从心坎里折服，并于此对曾国藩的认识更深入一层。他发自内心地叹道："大人器宇之广，见识之高，真常人万不及一。"

修城墙，造房屋，复满城，兴贡院，再加上重建夫子庙，恢复秦淮河，曾国藩一天到晚忙在善后处理与百废俱兴之中，暂时忘却了锥心的忧愁和恐惧。这天上午，一道圣旨又将他的忧愁和恐惧唤回，这便是皇太后、皇上批准曾国荃开缺回籍养病。当然，上谕还是客气的。先肯定他"迭克名城，勋德卓著，攻拔江宁，厥功尤伟"，又说他因办理军务心力交瘁，若不准其开缺养病，非体恤功臣之道，最后赏他人参六两，说朝廷正资倚畀，望加意调治，一俟病体痊愈，即行来京陛见。这些客气的表面话背后所包含的心思，曾国藩已洞若观火。要隐忍挺住！他不断地自我告诫。

就在曾国藩收到上谕的同时，浙江巡抚曾国荃也收到了这份开缺圣旨。他虽早有准备，但仍显得委屈痛苦，匆匆看了一遍后，便急急坐轿来到督署。

"大哥，我明天就离开金陵。"曾国荃说话之间，声音在微微颤抖。

"该做的事情都做了吗?"曾国藩温存地看着百战功高的弟弟，心里很难受，脸上却带着微笑，做出一副怡然的神态。

"请求开缺的折子拜发以后，我就开始做准备了。自恭王被罢以后，我知开缺只是早晚的事，该做的事都加紧做好了。"恭王被罢去议政王一事，给曾国荃震动极大，第一次真正领略到了君威凛冽，往日的骄狂性情有所收敛。

"我明天就走。"停了片刻，曾国荃又重复一句。

"也不要这样着急。"尽管"接旨启行"是他对弟弟说过的话，但真的这样，他又觉得太凄凉了。作为执行皇命的两江总督，他无疑要鼓励吉字营的统帅招之即来，挥之即去。但作为曾氏家族的兄长，他有义务要为给曾家立下光宗耀祖的巨大功劳的九弟隆重饯行。

"你这两天跟吉字营的弟兄们话话别，大后天是十五，晚上，我为你在秦淮河上置酒送行。”

赵烈文接到命令后不惜工本，日夜准备。两天过后，桃叶渡一带果真装点一新。

十五日下午，金陵城内吉字营全体湘勇如同过年似的，营营挂旗，队队摆酒，为他们的统帅太子少保一等伯爵原浙江巡抚曾国荃开缺回籍隆重饯行。吃过饭后，全体官兵换上新衣，一齐来到秦淮河畔。河里已停泊上百条画舫，所有什长以上的将官都被邀请上船，船上摆满了酒肉瓜果。普通勇丁则分散在桃叶渡数十家茶楼酒肆里。远远近近的百姓闻知湘军有此盛举，全都携幼扶老，纷至沓来，把桃叶渡一带的秦淮河两岸弄得万头攒动，热闹非凡。

河中一条特大号涂饰鲜艳的画舫上，盛会的主角曾国荃坐在这里，曾国藩带着吉字营和长江水师的高级将军们罗列四周，一个个与曾国荃殷勤叙谈。夸耀他的战功，赞扬他的军事才能，歌颂他对部下的仁爱，叙述他们之间鲜血凝成的情谊。总之，尽量把好听的话都搬出来，让凄然开缺的曾国荃开心。曾国荃也竭力装出一副无所谓的样子，同与他浴血奋战过来的袍泽们谈笑话别。

天色渐渐黑下来，河中画舫点起一色的大红蜡烛，船头船尾高悬各种形状的彩灯，有兔形灯、鱼形灯、鹿形灯、龟形灯等等，把一段绵延三五里长的秦淮河映得通亮。桃叶渡上的楼房更是争妍斗艳般点起千奇百怪的花灯来。秦淮花灯本是最有名的传统，这次是中断十多年后的第一次复兴，使人们欣喜万分。桃叶渡以及附近的店铺老板们，都要借此时机一展才能，招徕顾客，再加上赵烈文有心要在曾国藩面前显露办事的能力，这两天大肆鼓动宣传，竟使得桃叶渡今夜的花灯远胜咸丰二年元宵节的灯会，其花色之繁、品种之多、烛光之亮、出意之巧，真可以与史载六朝繁华时期媲美。河中岸上的灯火与天空中的一轮明月互相辉映，加上各处楼馆传出的袅袅丝弦声，竟然造出一个诗意盎然、韵味无穷的太平盛世的月夜来，仿佛时光已倒退到“烟笼寒水月笼沙，夜泊秦淮近酒家”的年代。

彭寿颐、杨国栋、汪增甫、钱密之等人坐在船尾，边喝酒边欣赏边畅谈。

“又到升平乐世了!”钱密之感叹。

“这都是托中堂大人、九帅和各位师爷将士们的福哇!”汪增甫望着彭寿颐、杨国栋讨好地说，并起身往彭寿颐杯里斟酒。彭寿颐忙起身说：“不敢不敢!”坐下后，向四周环视一眼，无限陶醉地说：“这秦淮夜月真妙不可言。”

“是呀，不然何以说秦淮夜月是金陵第一景哩!”钱密之以一个老金陵的身份加以肯定，又指着渡口矗立的一块约有丈把高的木牌说，“那上面‘桃叶渡’三字是中堂亲笔题写的，既刚劲谨严，又婀娜多姿，这三个字真要和这个渡口一起流传千古了!”

“正是，正是。”汪增甫接言，“字如其人。中堂大人本来既是号令三军、威猛森严的制军，又是文采蕴藉、风流多情的翰林嘛!”

不愧是江南头号名士，这话说得好，满座都报以叹服的笑声。

“桃叶复桃叶，渡江不用楫，但渡无所苦，我自迎接汝。”在众人的笑声中，杨国栋轻轻地哼着。

“杨老爷好记性。”钱密之称赞道，“前明陈芹有首诗写桃叶渡，历来被人誉为咏桃叶渡诗之首，不知杨老爷记得不?”

“我于秦淮河的知识就只有刚才那几句，其余一概不知，请老先生念念，也好长我见识。”

“历朝历代的才子们咏桃叶渡的诗何止千百，老朽独喜陈芹的这首。”钱密之摇头晃脑地念了起来，“献之当年宠桃叶，桃叶渡江自迎接。云容难比美人衣，花艳争如美人颊。王令风流旧有声，千年古渡袭佳名。渡头春水年年绿，桃叶桃花伤客情。”

“果然作得好!”杨国栋称赞，“流韵圆转，婉丽动听，深得南朝宫体诗之美。”

“这次秦淮旧貌的修复，是惠甫兄的佳构，平素看不出，他还有这份才情。”彭寿颐笑着说，“我明日要向他建议，两岸还要栽一万株杨柳。”

“对！秦淮杨柳，是当年金陵又一绝。”汪增甫插话。

“前明旧院也要修复起来。”彭寿颐醉眼迷迷地继续说，“还要把媚香楼和金陵另外七艳的楼院也按当时的样子修好。”

“好让今日的侯方域与李香君相会!”钱密之猛地插一句，引得大家一阵好笑。老头子自己更是笑得白胡子乱抖，缺了三颗门牙的嘴巴大开。

“你们看，金陵八艳真的来了!”汪增甫指着远处惊喜地叫了起来。

这时，赵烈文也正在得意地对曾国藩和曾国荃介绍：“中堂、九帅，卑职将前朝金陵八艳请来了。”

曾国藩等人顺着他的手势看去，果见一队红烛燃烧、彩灯高悬的画舫缓缓地向这边划过来，并传来一阵阵柔曼的江南丝竹。顿时，船上的湘军将领们如上天台，如登瑶池，都睁大眼睛，竖起耳朵，直欲饱餐吴越娇娃的秀色，咽下绕梁不绝的仙曲。第一只船头高挑一盏南瓜形红灯，上书“李香君”三字。第二只船头挂一盏方糕形黄灯，上书“顾横波”三字。第三只是一盏玉兔形白灯，上书“马婉容”三字。依次是柳如是、董小宛、郑妥娘、卞玉京、寇白门，果然八艳都到齐了。

“惠甫，你这个点子想绝了!”彭毓橘对着赵烈文竖起拇指称赞。

“好迷人的婊子们!”不知哪个粗野地迸出一句话，逗得满船大笑。

“先莫喊叫，且听听她们唱的什么曲子!”有人在提醒大家注意。笑声静下来，夜风送来一阵歌声：

秦淮夜月无新旧，脂香粉腻满东流，夜夜春情散不收。江南花发水悠悠，人到秦淮解尽愁。不管烽烟家万里，五更怀里转歌喉。

歌声宛转温丽，在柔软的水面上飘曳。歌声中，李香君、顾横波、董小宛等人翩翩起舞，河上画舫、两岸酒楼以及站在岸边观望的人们一齐喝起彩来。过会儿，喝彩声停，歌声又起：

下楼台，游人尽，小舟停留一家春。只怕花底难敲深夜门，月落烟浓路不真，小楼红处是东邻。秦淮一里盈盈水，夜半春风吹美人。

这时其他七艳都歇下来，只有李香君对月独舞。舞了一阵，又从舱中走出一位俊俏后生来，抱着李香君，做出种种依依情深的样子。千万双眼睛都转向这只画舫上来，仿佛在观看月里嫦娥与吴刚的相恋。

“惠甫，你今夜排的是孔聘之的《桃花扇》。”曾国藩对赵烈文说。

“不是全剧，选了几段。”赵烈文不无自得地回答，“秦淮月夜，桃叶渡头，画舫之上，演奏一曲《桃花扇》，不是最相宜了吗？”

“好是好。”曾国藩强打精神说，“只是哀怨了些。”

其实，赵烈文不知道，曾国藩此时并没有兴趣欣赏月夜歌舞，眼前这借男女情爱来怀念南明政权的《桃花扇》，反而使他心中更加伤感。的确，丝竹声变调了，一个老汉在哀哀唱道：

烽烟满郡州，南北从军走，叹朝秦暮楚，三载依刘。归来谁念王孙瘦，重访秦淮帘下钩。徘徊久，问桃李昔游，这江山，今年不似旧温柔。

“各位，惠甫给大家排的《桃花扇》折子的确精彩。不过，我们今夜是送沅甫还乡，还是要归到正题上来。”曾国藩越听越伤感。他不希望《桃花扇》再演下去，转脸问赵烈文，“我要的歌女来了吗？”

“来了，在小船上等候。”赵烈文略觉扫兴。

“叫她上来。”

赵烈文走到画舫舷边，对着停泊在旁边的一条小乌篷船招招手。乌篷船开过来了，一个十七八岁面容姣好的姑娘上来，后面还跟了两个男琴师。赵烈文传命那队金陵八艳划到下游去，让其他人去欣赏。

“九弟。”曾国藩亲切深情地对曾国荃说：“你自从咸丰六年募勇组建吉字营，九年来攻克安福、吉安、景德镇、安庆、繁昌、南陵、巢县、含山、和州、芜湖，最后攻下长毛老巢金陵，为国家建立不朽功劳，九弟勋业将永勒金石，垂之万世，千秋万代都是我三湘子弟效法的榜样。今因积劳成疾，皇太后、皇上恩赏人参，赐回籍养疴，愿吾弟安心息养，为国珍重，早日康复，不负圣望，再担重任。”说到这里，曾国藩的喉嗓有点哽咽，满船为之一静。

杨岳斌见状，忙举杯道：“祝九帅早日康复！”

大家都站起来，一齐举杯喊：“祝九帅早日康复！”

曾国荃两眼湿润地起身举杯：“谢谢各位！”

“九弟，过几天是你的四十一岁生日，大哥我无金银可送，无田宅可赠，只写了几首小歌子，现叫歌女唱来，算作送给你的寿礼！”

歌女清清喉嗓，琴师拨弄丝弦，委委婉婉地弹唱起来：

九载艰难下百城，漫天箕口复纵横。今朝一酌黄花酒，始与阿连庆更生。

歌女嗓音清亮动听，酒席上的送行者和被送行者频频颔首。

陆云入洛正华年，访道寻师志颇坚。惭愧庭阶春意薄，无风送汝上青天。

歌声把曾国藩和曾国荃带到了二十多年前的岁月，那时兄弟同寓京城，如陆机陆云一样，无奈为兄的力量有限，使得做弟弟的不能如意入仕。

几年橐笔逐辛酸，科第尼人寸寸难。一刻须臾龙变化，谁能终古老泥蟠。

歌声变得激越高亢，唱出曾国荃组建吉字营的抱负。

庐陵城下总雄师，主将赤心万马知。佳节中秋平剧寇，书生初试大功时。

楚尾吴头暗战尘，江干无土著生民。多君龛定同安郡，上感三光下百神。

前首称赞克吉安，后首颂扬下安庆。曾国荃倍感安慰，萧孚泗、彭毓橘、刘连捷、朱洪章等人心中也高兴。

濡须已过历阳来，无数金汤一剪开。提挈湖湘良子弟，随风直薄雨花台。

平吴捷奏入甘泉，正赋周宣六月篇。生得名王归夜半，秦淮月畔有非烟。

曾国荃的眼前又浮现出攻打金陵的日日夜夜，千辛万苦打下金陵，却不料未及一百天，便被开缺回籍，蓦然间心中涌出一股苦水。

河山策命冠时髦，鲁卫同封异数叨。刮骨箭瘢天鉴否？可怜叔子独贤劳。

曾国荃想起大哥一到金陵的当天夜晚，便叫他撩起衣服，轻轻摩挲他的背臂，含着眼泪，不厌其烦地询问每一处伤口。此情此景，随着歌声的腾起又上心头。个中甘苦，大哥知，太后、皇上却并不一定知，而那些无事生非的乌鸦们不但不知，还要诋毁咒骂，最后连太后、皇上也生了疑心，真正是“谗人高张，贤士无名”。曾国荃想着想着，满腹充满了委屈、痛苦。忽然，他放声大哭起来，越哭越凶，越哭越惨，弄得曾国藩和满船人手足失措，歌女和琴师吓得赶快停住。

“沅甫，你的辛劳，皇太后、皇上都知道，天地神灵也都知道，不要哭，不要哭了。”曾国藩说着说着，自己的眼睛也变得模糊起来。

四周画舫上的人全部停止作乐，无声地望着他们的统帅，各人心中都卷起复杂的思潮，由曾国荃的开缺想到了自己，由湘军的今日处境想到以后的艰难，人人心头上都罩上如同今夜月色似的轻纱，预感到前途的渺茫、迷惘、变化莫测、捉摸不定……

过了很久，曾国荃停止哭泣，曾国藩和画舫上所有人才放下心来。这时明月早已西坠，东方隐隐现出鱼肚白来，两岸观赏者们都已回家睡觉去了，一条装满货物的大船驶过来。曾国荃起身向众人拱手说：“国荃就要回老家去了，望各位善自珍重，异日再得相见。”说完后，又拉着曾国藩的手说，“眼下阴晴未测，大哥你要多加注意。”

众皆怃然。曾国藩紧紧地抱着弟弟的肩，良久，才凄怆地说：“大哥我早已置祸福毁誉于度外，坦然做去，见可而留，知难而退，但不得罪东家，好来好去就行了。”

兄弟二人互相紧紧地抱着，好半天，国荃先松手：“大哥，我走了！”

“等等。”曾国藩转身喊道，“荆七，把送给九爷的东西拿来。”

荆七捧着一卷红纸走来。

“九弟，你的大夫第建好后，将大哥替你写的这副楹联贴上去。”

曾国荃将红纸展开，上面写着：“千秋邈矣独留我，百战归来再读书。”他明白大哥的用意，重重地点点头，转身向货船走去……

船开出很远了，曾国藩仍凭窗远眺，他似乎忘记了满画舫上的湘军将领们，也忘记了自己身在秦淮河上。

“涤丈！”彭玉麟走到曾国藩身边，轻轻地叫了一声，“过几天，我也要请假回衡阳了。”

“为何事?”曾国藩转过脸来，看见彭玉麟脸色阴沉，不像是为了衣锦还乡，而是另有别故。

“国秀已病入膏肓了。”彭玉麟难过地说。

“什么病?”曾国藩这时才想起，近几天来彭玉麟一直心事重重，今天的饯行宴会上，他也一言未发，总以为是因沅甫开缺的缘故，却原来如此!

“医师至今未诊断出病因，有半年了，整日茶饭不思，日渐消瘦。”彭玉麟说着说着，眼圈都要红了。

“雪琴，这都怪我平素关心不够，依仗你为左右手，不让你回家休假，国秀这病是长期思念你的缘故。现在金陵已复，大功告成，你将军务安排一下，回去住三个月吧！要不要国栋和你一起去?”

“国栋跟我一道去衡阳看望妹子那更好。”曾国藩的真诚关怀使彭玉麟感动，犹豫片刻，他说，“不过，玉麟此番回去，就不再离开渣江了。”

“为什么?”曾国藩大为吃惊，九弟回籍，已使他不胜悲凉，彭玉麟又说出这样的话，更增一分怆恻。

“涤丈，玉麟出身贫寒，兼秉性耿介，当此乱世，本不宜出外做事。咸丰三年，一则激于义愤，二来感涤丈知遇，遂离家别母，随马后驱驰，幸托皇上洪福、涤丈大才，成此功劳。玉麟离开渣江时，曾对着小姑的坟头起过誓：功成之后，布衣回乡，长伴孤魂，永不分离。”彭玉麟说到此，已语声嘶哑，曾国藩也被这个奇男子的至情深义所感动。

“何况今日国秀又如此！看来她在世之日也不多了，我也不忍心再让她一人带着弱子在家受罪。涤丈，您老说得好：千秋邈矣独留我，百战归来再读书。十余年战事，湘军从将领到勇丁，死去的人总在三五万，留下我们这批人能亲眼看到攻下金陵，已是大幸了。玉麟天资鲁钝，于世事所知甚少，这些年来跟着涤丈转战东西，广结各色人等，眼界大开，此时再来追忆前哲遗训，似乎领悟更深。玉麟此生别无奢求，只愿回到渣江，粗茶淡饭，读书课子，对照先哲所言，细嚼十余年旧事，倘能于人生有一番深悟顿彻，则胜过蟒袍玉带多矣!”

彭玉麟这一番发自肺腑的话像一道流泉、一阵雨丝无声地注入、细细地滋润着曾国藩的心田。他很觉惭愧。自己天天讲黄老之术，却比从不谈黄老二字的彭玉麟相差十万八千里。他望着静静流淌的秦淮河水，由衷地说：“雪琴，你的这番志向，正是先贤遗风。我也时时想学着做，但可能做不到。金陵虽下，长毛还有二十余万，皖北河南一带捻军声势浩大，他们很有可能合为一股，战事即将由江南转向江北。君父尚在忧危之中，臣子岂能解甲归田，消受清福？雪琴，回去好好休养一段时期，照顾国秀。一旦国秀病情好转，还请大驾早返金陵。”

彭玉麟笑了笑说：“数年来玉麟虽迭授要职，然在军中，不敢以实缺人员自居，历任应领养廉俸银从未具领丝毫，诚以恩虽实授，官犹虚寄。目前军中需银孔亟，玉麟所存粮台二万两养廉银，请涤丈充作公用。”

曾国藩紧紧握住彭玉麟的手，激动地说：“贤弟这番心意，诚可钦服鬼神，但军中岂缺这二万两银子！你不领，我也会给你保存的。我只希望贤弟早点回来。”

彭玉麟不再做声了。天色已明，画舫正要返棹，却不料岸上一骑飞来。顷刻之间，新封一等男爵萧孚泗已哭倒在地。原来，湘乡送来讣告，他的老父二十天前去世了。萧孚泗的悲痛哭声，使画舫上的湘军将领们想起远在家乡的老父老母，不免心中凄然，曾国藩的心头也如同压上一团沉重的阴霾。祥云暴卒，霆军哗变，恭王被黜，九弟开缺，雪琴辞归，孚泗丧父，上谕严责，谤讟四起，他万万没有料到，盼望了十多年，历尽千辛万苦所得来的大胜之后，竟是如此的凄凉冷落，使人伤心失意……

画舫无声地向桃叶渡划去，秦淮河水逐渐由黑变青，由青变蓝，终于泛起千万叠闪闪发亮的光波。它从昨夜神秘的睡梦中苏醒过来，宛如由仙境重返人世，脱掉迷乱心性的五彩轻纱，恢复其温和可亲的本来面目。头顶上，旭日高高地悬挂在金陵城的上空，将它的无穷光芒、无限生机送给宇宙。曾国藩走出舱房来到船头，立时被正在兴建中的江南贡院的宏大气魄所吸引：数以千计的人在那里忙忙碌碌，壮阔非凡的贡院已初具规模了。望着朝阳下的复兴场面，曾国藩的心情陡然开朗起来。他不禁自我责备道：为什么总要从险恶方面去想呢？眼下自己明摆着是大清朝的第一号功臣，谤讟再多，能抹掉攻克金陵的铁的事实吗？太后再有疑心，不是已上奏湘军要大规模裁撤吗？历史上这样断然自剪羽翼的功臣有几个？长毛扑灭了，两江乃至整个东南半壁河山亟待重建，江南贡院可以在自己的手中得到恢复，金陵城、两江三省也同样可以在自己的手中得到恢复。如果说战场厮杀、夺隘攻城要靠九弟、雪琴等人的话，那么安邦定国、经世济民则是自己的长处，无须假手他人。而这，又正是大乱平定后的第一要务！广阔富庶的两江大地，为自己才具的充分施展提供了良好的基础。“大厦正欲梁栋拄，灰心何事赋归田”？手无寸权的翰林院学士时代都能有如此胸襟，大功初建、权绾三省的协揆总督反而退缩了吗？

想到这里，曾国藩豪情顿生。当画舫轻轻靠近桃叶渡岸边时，他安慰萧孚泗几句后，又对着满船湘军将领高声笑道：“诸位辛苦了，上岸好好休息吧。明年灯节，我再请各位来一次秦淮夜游！”